Les mariées du Blitz

amazon crossing

Les mariées du Blitz

HELEN BRYAN

amazon crossing

Édition originale parue aux États-Unis 2012
sous le titre *War Brides*, aux éditions HTJB, Inc.

Publié par
AmazonCrossing, Amazon Media EU SARL
5, rue Plaetis, L-2338, Luxembourg
Février 2016

Conception de la couverture par Mariagloria Posani / *the*World*of*DOT, Milano
Photos : © Nina Leen / Time Life Pictures / Getty ; © Jason Salmon / Shutterstock

ISBN : 9781503953543

www.apub.com

Ce roman est dédicacé, comme toujours,

à Roger, Cassell, Michelle et Niels,

et désormais aussi à mes petits amours,

Bo et Poppy

Introduction

Les mariées du Blitz était sans doute né dans ma tête bien avant que j'en prenne conscience. Je faisais partie de la génération du baby-boom, ces enfants qui ont passé leurs premières années dans l'ombre de la guerre, bien que dans mon cas, cela se soit passé en douceur.

Mon mari et moi avions tous deux un père qui avait servi dans l'armée de terre des États-Unis, et il en allait de même de tous nos oncles, hormis un qui s'était engagé dans la Navy et un autre qui était devenu pilote dans l'US Air Force. Mais il ne faut pas oublier les femmes, qui ont aussi joué un rôle important. Une de mes tantes par alliance était infirmière dans l'armée, et ma propre mère était officier dans le « Service d'urgence des femmes engagées volontaires », ou *WAVES* en anglais. Enfant, j'étais fascinée de l'entendre parler de cette période : ma mère, cette femme au foyer respectable, pilier de l'Église épiscopalienne, avait dans sa jeunesse, porté un pistolet à la hanche – arme dont elle savait se servir – et sillonné la base navale de Norfolk pour livrer des télégrammes et des messages urgents. Mon beau-père, quant à lui, avait été envoyé en Europe peu de temps avant la naissance de mon mari, obligeant ainsi ma belle-mère à accoucher dans un hôpital militaire de l'Alabama où elle ne connaissait personne. Elle avait dû ensuite entreprendre un long et pénible voyage pour rejoindre sa famille dans le Wisconsin, en se débattant avec un nourrisson en pleurs dans des trains bourrés à craquer de soldats. Les anecdotes de familles inquiètes, passant leur temps à attendre une lettre du front et à travailler d'arrache-pied pour s'en sortir, faisaient partie de notre enfance au même titre que les photos d'hommes en uniforme exposées avec fierté sur les buffets de salle à manger.

En 1944, la future mariée qu'était ma mère avait remonté l'allée centrale de sa petite église en pantoufles qu'elle avait pris soin de dissimuler sous sa robe de satin. Un comportement plutôt incongru pour la bourgade de Virginie où elle vivait, mais les chaussures étant rationnées, comme tant d'autres choses, c'était une pratique courante. Néanmoins, il y avait à manger pour tout le monde en dépit des restrictions imposées par l'État, et la guerre en Europe était suffisamment loin pour que les gens n'aient pas à craindre une invasion allemande.

C'est seulement plus tard, en étudiant l'histoire, que j'ai entraperçu la dure réalité de la vie en temps de guerre et que j'ai su pour toutes les horreurs, les terribles privations qu'ont dû subir les Européens et les Russes. Lorsque je suis partie vivre en Angleterre, j'ai commencé à saisir l'impact qu'avait eu cette période dramatique sur les gens, combien elle avait laissé des traces indélébiles. Cela faisait des années que je vivais à Londres lorsqu'une de nos vieilles connaissances est venue des États-Unis pour nous voir, peu de temps avant le cinquantième anniversaire de la victoire du 8 mai 1945, l'événement que les mariées du Blitz commémorent dans ce roman. Notre ami a consciencieusement visité le musée de la Guerre, le centre de commandement de Churchill et le Q.G. souterrain d'Eisenhower. Il en est ressorti bouleversé. Le soir même, il nous confiait son regret de ne pouvoir serrer la main de tous les Anglais de plus de soixante ans. Quand j'ai commencé à faire des recherches pour ce livre, j'ai compris ce qu'il voulait dire.

Dans les maisons où j'allais, petite, les clichés d'hommes et de femmes en uniforme ont commencé à jaunir et à être remisés au fond des tiroirs, afin de faire de la place pour d'autres photos, de mariage, de bébés, de vacances en famille. De mon côté, je me suis intéressée au rôle des femmes pendant la guerre, tout en ne sachant pas vraiment quoi faire de mes trouvailles, au départ. Je me suis rendu compte que les préoccupations communes à toutes les femmes, peu importe l'époque ou le lieu – tomber amoureuse, se marier, fonder une famille, avoir souvent du mal à joindre les deux bouts, ou bien subir le célibat, contraintes et forcées – valaient aussi pour la Seconde Guerre mondiale. Durant cette période sombre de leur vie, et malgré le rationnement, la peur de l'invasion et le lourd fardeau que l'effort de guerre leur imposait, quantité de femmes ont mené une bataille personnelle pour vivre à peu près normalement. Elles firent preuve du genre de courage qui n'est jamais mentionné dans les livres d'histoire. Elsie, Frances, Alice, Tanni et Evangeline ont commencé à prendre forme dans ma tête à partir des informations que j'étais en train d'emmagasiner. Elles ont ensuite attendu patiemment que leur histoire soit écrite.

Toutefois, si je devais donner le point de départ exact de ce livre, je dirais qu'il s'agit de Manfred qui est tout aussi réel que dangereux, et a quantité de morts sur la conscience. Tous les autres personnages du roman sortent de mon imagination, et pour autant que je le sache il n'existe pas de vieille famille De Balfort dans le Sussex. Si quelqu'un porte ce nom-là aujourd'hui, je m'excuse par avance de l'avoir associé, même de manière fictive, à Manfred. Il faut bien donner un nom aux personnages. Reste que ce Manfred a réellement existé, même si tout porte à croire que nul ne connaîtra jamais sa véritable identité.

J'ai entendu parler de lui, après m'être installée en Angleterre, par un ami qui avait travaillé pour les services de renseignements britanniques pendant la guerre. John n'aimait pas évoquer cette époque-là de sa vie. C'était un homme profondément gentil, intelligent et raffiné, doté d'un merveilleux sens de l'humour et totalement dévoué à sa famille, et il n'était pas du genre à garder une dent contre quelqu'un. Pourtant, combien de fois l'ai-je entendu critiquer âprement un « collabo » qui envoyait des messages, depuis le Sussex, aux Allemands postés sur les côtes françaises, les alertant en cas de conditions météorologiques favorables au-dessus de l'Angleterre. À cette époque d'avant les radars, les bombardiers allemands ne s'aventuraient au-dessus de la Manche que par temps clair, et ces informations ont donc été capitales pour l'ennemi qui était déterminé à soumettre la Grande-Bretagne. Le fait que l'espion ou le traître, indirectement responsable de tant de morts et de destruction, n'ait jamais été traduit en justice restait clairement sur le cœur de John, au point de me faire réfléchir aux profondes cicatrices laissées par la guerre : tous ces comptes qui n'ont jamais été réglés, toutes ces rancœurs qui ont été nourries pendant si longtemps.

Le vrai Manfred est assurément mort aujourd'hui, mais je me suis chargée de son cas de la manière qui me paraissait la plus juste. Je suis simplement triste que John, qu'il repose en paix, ne soit plus là pour le lire. En lieu et place d'une vraie justice, j'aime à croire qu'il aurait été satisfait de voir Manfred ainsi démasqué et enfin puni, ne serait-ce qu'entre les pages d'un roman.

Prologue

Printemps 1995

Dans la salle d'embarquement de l'aéroport d'Atlanta, par une chaude soirée de mai, Alice Osbourne Lightfoot souriait à chacun en disant : « Bonsoir ! Tout va bien pour vous ? ». Au fur et à mesure, elle cochait les noms qu'elle avait sur sa liste. C'était elle qui organisait le voyage, et son groupe était en partance pour Londres. Un vers des *Contes de Canterbury* appris à l'école lui trottait dans la tête : « *Alors ont les gens désir d'aller en pèlerinage.* » C'est toujours vrai, même si aujourd'hui on va en pèlerinage pour d'autres raisons, songea Alice.

Elle fut la dernière à monter dans l'avion. Avec moult précautions, elle plaça un vanity-case lourd et démodé dans le compartiment à bagages, puis alla s'installer à côté des dames qui occupaient l'avant de la cabine. Les passagères étaient les épouses de ce qu'il restait du 8ᵉ Escadron « Joe Lightfoot », des amis de fac venant de Géorgie, du Tennessee et de l'Alabama, qui s'étaient engagés en 1941 et avaient combattu ensemble en Europe. Ceux qui étaient encore valides traversaient l'Atlantique pour célébrer le cinquantième anniversaire de la victoire du 8 mai 1945 en Angleterre, et assister aux retrouvailles avec d'autres vétérans dans le vieil aérodrome du Norfolk d'où ils avaient décollé dans leurs B-17 et leurs B-24, pour mener à bien de dangereuses missions au-dessus de l'Allemagne en plein jour. Alice s'était portée volontaire pour organiser l'expédition, et parce qu'elle était d'origine britannique et avait tendance à prendre les choses en main, ses compagnes de voyage l'avaient élue chef de groupe.

Après le décollage, toutes ces dames ôtèrent leurs chaussures pour se mettre à l'aise, et sitôt le repas avalé firent « leurs visites », comme on dit dans le sud des États-Unis. En substance, elles se donnèrent des nouvelles de leurs familles respectives, et des mains piquées de taches brunes échangèrent des photos de petits-enfants entre deux rangées de sièges. « Je parie qu'il te tarde de rentrer à la maison, ma chérie, ne cessaient-elles de répéter à Alice. Je me demande si l'Angleterre a beaucoup changé depuis que tu es partie.

— À la maison ! Mais enfin chérie, la maison d'Alice, c'est Atlanta ! Ça fait cinquante ans qu'elle vit en Amérique ! protesta son amie Rose Ann depuis le siège d'à côté. Qu'est-ce que tu dis de ça, Alice !

— Dommage que tu ne viennes pas à la réunion, au dépôt de gerbes et au dîner après, d'autant plus que tu t'es drôlement démenée pour organiser ce voyage pour Joe et les aut' gars. Mais comme tu vas à ton autre cérémonie, c'est sûr que tes amies vont être drôlement contentes de te voir ! Vous devez avoir un tas de choses à vous raconter, déclara la dame assise derrière elle.

— Oh oui, je suis très heureuse de les retrouver ! » répondit Alice de cet accent traînant du nord de la Géorgie, qui s'était insinué dans sa voix avec le temps. Oh oui, répéta-t-elle pour elle-même. Un tas de choses à se raconter, en effet. Alice n'était pas du genre à esquiver les problèmes, et après ce qu'Elsie lui avait écrit au sujet de Frances, il était de son devoir d'être présente.

La conversation se poursuivit, les femmes ignorant superbement le chahut à l'arrière de l'avion où leurs maris étaient en train de boire plus que de raison tout en évoquant leurs souvenirs de guerre, en se racontant des blagues cochonnes et en donnant au passage une tape sur les fesses des hôtesses qu'ils appelaient invariablement « ma jolie ». Une fois les plateaux-repas enlevés, certaines, dont Alice, sortirent leur tricot ou leur broderie. D'autres tentèrent de dormir. Enfin Alice se mit à bâiller, rangea ses aiguilles, éteignit son plafonnier et mit le masque de nuit trouvé dans le nécessaire de toilette offert par la compagnie aérienne.

Au moment où Alice embarquait, un autre vol à destination de Londres décollait, celui-ci de l'aéroport Ben Gurion. Comme il était près de minuit, l'équipage servit un encas rapide puis baissa les lumières. Tanni Zayman regarda ses petits-enfants s'assoupir dans les sièges voisins. Chaïm et Shifra avaient quitté Tel-Aviv, vêtus d'un T-shirt léger aux couleurs de leur groupe préféré, comme les adolescents qu'ils étaient. Seulement il faisait beaucoup plus frais, à présent. Tanni demanda des couvertures à une hôtesse et couvrit Chaïm, dont les pieds dépassaient dans le couloir et dont la *kippa* était de travers, puis fit de même pour Shifra. Comme ils étaient mignons quand ils dormaient : le frère et la sœur se chamaillaient à longueur de journée et elle n'était pas mécontente d'avoir un peu de répit, vu son état. À l'idée de revoir Crowmarsh Priors, elle était trop agitée pour même songer à somnoler.

Un peu plus loin dans l'avion, un nourrisson se mit à pleurer. Tanni remua sur son siège, mal à l'aise. Comme toujours, elle se sentait prise d'une panique indéfinissable. Il n'y avait aucune raison, pourtant. Elle ferma les yeux et respira profondément pour se calmer.

Elle avait ouvert la lettre d'Elsie à l'hôpital, assise au chevet de Bruno. En la dépliant, l'invitation et les billets d'avion en première classe à leurs deux noms étaient tombés. « Non! » s'était exclamée Tanni quand elle avait vu de quoi il s'agissait. Après tout ce temps, quand bien même son mari aurait été à ses côtés, la simple idée de retourner en Angleterre – sans parler du village – lui donnait la nausée. Mais de toute façon, après sa récente opération du cœur, il était hors de question que Bruno prenne l'avion.

L'ayant réveillé sans faire exprès, elle lui avait lu la lettre, puis avait protesté d'une voix tremblante qu'elle n'irait nulle part tant qu'il était à l'hôpital. Bruno s'était calé contre ses oreillers mais il avait le teint pâle, et on ne lui avait toujours pas enlevé la perfusion. Il aurait dû se reposer. Au lieu de cela, il était entouré de livres et d'articles à lire pour l'université, introduits au nez et à la barbe des infirmières qui lui avaient formellement interdit de travailler. Et voilà qu'en plus de cela, il l'observait par-dessus ses lunettes de ses yeux perçants.

Tanni détestait ce regard – comme s'il savait quelque chose qu'elle ne savait pas – mais son irritation s'était envolée lorsqu'il s'était mis à lui tapoter la main, puis à la serrer dans la sienne tout en réfléchissant.

Les médecins avaient affirmé à Bruno que c'était très commun pour une femme de souffrir de dépression post-partum, à des degrés plus ou moins graves, même si dans les années 1940 le problème n'était pas évoqué en ces termes. L'amnésie de Tanni au sujet de leur bébé mort-né en Angleterre, il y avait tant d'années, était le moyen que la nature avait trouvé pour la protéger. Hormis une rechute, elle avait vécu une vie heureuse d'épouse, de mère et à présent de grand-mère – près de l'université, dans une maison lumineuse remplie de livres et d'objets d'art israélite – et entre leurs amis, le bénévolat à l'hôpital et son jardin, elle avait eu de quoi s'occuper.

Il s'était dit qu'il n'y avait aucun risque à ce qu'elle accepte l'invitation d'Elsie.

« Je sais que c'est dur pour toi, mais pense combien tu es redevable à tes amies malgré le temps qui a passé. Et vu les nouvelles concernant Frances, tu ne peux pas te défiler. Mais rien ne dit que tu dois y aller seule – pourquoi ne pas échanger mon billet et emmener les deux petits ? Cela te ferait du bien de ne pas t'inquiéter pour moi pendant quelques jours, et puis n'oublie pas que dans quelques mois seulement, Chaïm partira faire son service. De toute façon, avec tous les frères et sœurs aînés qu'ils ont, les pauvres n'ont jamais eu l'occasion de voyager. Imagine comme ils seraient contents d'aller en Angleterre ! Reste auprès de tes amies le temps nécessaire. Ensuite va passer une semaine à Londres, et emmène les enfants au musée et au théâtre. Faites un peu de shopping. Sans oublier les marchés en plein air où les jeunes aiment «traîner », comme dit si bien Shifra. Vous pourriez même pousser jusqu'à Oxford, tu leur montrerais mon ancienne fac. Ils pourraient faire une promenade en barque, comme moi à leur âge. Tu verras, vous allez bien vous amuser. »

Son regard était retourné à l'ordinateur. Bruno était en pleine rédaction d'un article qu'il comptait bientôt publier.

« En plus, à Londres, tu pourrais aller chez Foyles pour moi. J'ai toute une liste de livres que je n'arrive pas à trouver ici, et…

— Mais Bruno, je ne veux pas y aller ! Il est hors de question que je te laisse ici ! Tu n'y penses pas !

— Pourquoi, parce qu'il n'y a pas assez de monde pour s'occuper de moi ? Dès que quelqu'un sort, il y en a deux qui entrent ! Grâce à Dieu l'opération s'est bien passée, et je serai à la maison dans quelques semaines – si l'hôpital ne me tue pas entre-temps. Les médecins, les internes, les infirmières et que sais-je encore, ils entrent ici comme dans un moulin, à n'importe quelle heure du jour et de la nuit, soit pour m'amener un de ces horribles plateaux-repas, soit pour prendre ma tension pile au moment où j'ai enfin réussi à m'endormir. Et le kiné qui débarque quand j'ai envie de lire… Ah ! ne me regarde pas comme ça, je plaisantais. Tout va bien, mon ange. Alors vas-y ! Je vais appeler Elsie moi-même et lui annoncer ta venue. »

Il lui avait caressé la joue tendrement, puis avait remis ses lunettes en place et reporté son attention sur l'article.

C'est ainsi qu'à contrecœur, Tanni avait accepté et lancé l'invitation à ses petits-enfants, afin de ne pas faire marche arrière au dernier moment. Pour rien au monde elle n'aurait voulu les décevoir. Mais à présent qu'elle était en chemin, les yeux ouverts dans le noir, elle était assaillie de doutes et son malaise était encore exacerbé par les hurlements du nourrisson invisible, un peu plus loin dans l'avion.

Juste à ce moment-là, Shifra ouvrit ses yeux noisette. L'ado de quinze ans sourit à sa grand-mère et s'avança pour poser la tête sur son épaule.

« Si tu savais comme je suis excitée d'aller à Londres, Bubbie. Ma meilleure amie Rachel y est allée avec ses parents et elle a vu le *Rocky Horror Picture Show*. Elle m'a dit que c'était génial. J'en ai parlé à Grand-père, et son secrétaire nous a réservé des billets pour une séance, c'est un cadeau qu'il nous fait. J'ai économisé tout mon argent de poche pour aller faire du shopping à Cambden Lock – Rachel m'a dit dans quel coin aller. Et je vais voir où Eema est née ! Et… »

Ses yeux se fermèrent au beau milieu de sa phrase, comme si le nourrisson à l'autre bout de l'avion n'était pas en train de s'époumoner. Les bouclettes de Shifra lui chatouillaient la joue. C'était la benjamine de la famille, et Tanni la considérait toujours comme « le bébé », même si depuis l'année précédente, Shifra avait grandi et s'affinait peu à peu, perdant ses traits d'enfant. Tanni n'était guère plus âgée que sa petite-fille lorsqu'elle était descendue du train à la gare de Crowmarsh Priors, et ce jour-là, elle ne pensait pas aux vacances : elle était mariée et déjà mère. Avait-elle jamais été aussi insouciante que Shifra, avec sa musique dans les oreilles, ses T-shirts bariolés et ses poignets chargés de bracelets tressés que les ados se donnent en cadeau aujourd'hui ? Bruno avait raison. Elle devait faire ce voyage pour Frances qui avait été son amie. Qu'aurait-elle fait sans elle et les autres, à l'époque ?

Autour d'elle, les passagers commencèrent à bâiller et à redresser leur siège, étirant leurs membres engourdis. L'équipage se mit à faire des allers-retours dans les couloirs, proposant du thé et des fruits. Peu après, le commandant de bord annonça qu'ils entamaient leur descente vers l'aéroport de Gatwick, et Chaïm et Shifra tendirent le cou tant qu'ils purent pour voir enfin l'Angleterre, tandis que l'avion virait de bord au-dessus des automobilistes sur la M23.

L'ombre de l'avion passa sur une grosse Mercedes conduite par une petite femme, dont les bras et le cou potelés étaient chargés de bijoux. La berline argentée fonçait sur l'autoroute en direction du Sussex, zigzagant à qui mieux mieux entre les poids lourds. Lady Carpenter, le troisième membre du groupe, écrasait l'accélérateur avec son escarpin violet. Au grand dam de ses enfants, elle avait insisté pour prendre le volant, même si à soixante et onze ans sa concentration n'était plus ce qu'elle avait été. Mais depuis la mort de son mari richissime, elle n'en faisait qu'à sa tête…

La quatrième de la bande était déjà à Crowmarsh Priors. Elle était même là depuis si longtemps que d'où elle était originaire, seule une poignée de personnes se souvenait encore d'elle. Parmi celles-ci, certaines vivaient toujours à La Nouvelle-Orléans, des veuves aux cheveux blancs qui étaient allées à l'école avec Evangeline Fontaine, au couvent français. Désormais, elles passaient leurs après-midi dans un rocking-chair, sur la terrasse d'une maison de retraite qui avait jadis été le manoir de la famille Fontaine, à s'éventer et à parler des mêmes choses depuis les cinquante dernières années, y compris du soir où elles étaient venues au bal de débutante d'Evangeline précisément dans cette maison, avant que ses parents connaissent des revers de fortune et soient contraints de vendre.

« Quel dommage, tout de même, quand on pense que le manoir était dans la famille depuis tant de générations. Il est arrivé un malheur pendant la guerre, c'est pour ça qu'ils ont tout perdu. Mais à ce moment-là, Evangeline s'était déjà enfuie. »

La fugue amoureuse d'Evangeline Fontaine avait fait scandale à l'époque, et encore aujourd'hui.

« Tu as raison, c'était juste avant. J'ai oublié le nom du garçon avec qui elle s'est sauvée, mais dans mon souvenir on ne le connaissait ni d'Ève ni d'Adam, celui-là. Je me demande ce qu'elle est devenue. Mais en attendant, ce qu'elle a fait était bien indigne de son rang. »

Les autres hochaient la tête tout en continuant à se balancer.

« Ses parents ont étouffé l'affaire et personne n'a revu Evangeline depuis.

— Elle est sans doute morte aujourd'hui.

— Sûrement. La plupart des gens qu'on connaissait ne sont plus là. »

À Crowmarsh Priors, Evangeline Fontaine Fairfax fut réveillée par un défilé de camions qui s'arrêtèrent dans un crissement de pneus sur la place du village. Quelques jeunes Australiens, plutôt enjoués pour cette heure de la journée, commencèrent à s'échanger des « Salut ! » et à se crier des instructions. Les portes des camions furent claquées et les barres en métal des marquises déchargées à grand bruit. Evangeline rabattit la couverture, et ses pieds veinés de bleu cherchèrent les pantoufles à tâtons. Elle enfila une robe de chambre en satin râpée aux coudes, ouvrit les rideaux et dans le soleil éclatant du matin, loucha en direction du tohu-bohu.

Elle jeta un coup d'œil à la lettre d'Elsie posée sur la commode, devant une collection de photos dans des cadres en argent terni :

une de son défunt mari en uniforme, une autre d'elle-même tenant leur fils Andrew dans ses bras quand il était bébé, une troisième d'Andrew le jour de la remise des diplômes à l'université, et une dernière de sa femme et de leurs enfants chez eux, à Melbourne.

Elle prit une brosse à cheveux dont le dos en ivoire était incrusté de la lettre « P », et de l'autre main se versa une larme de sherry dans son verre à dents. Elle ramena le tout dans son lit et s'adossa contre les oreillers.

« À la tienne, Laurent. À la tienne, Richard. À la tienne, Frances. C'est qu'on fête les cinquante ans aujourd'hui. Cinquante ans que cette guerre lamentable est terminée. C'est en tout cas ce que disent ceux qui ne l'ont pas vécue. Mais peut-être qu'aujourd'hui on va enfin en finir. À votre santé à tous », dit-elle à la pièce vide.

L'accent du Sud s'était épaissi et la voix autrefois douce était devenue rauque. Elle but une gorgée de sherry, puis se brossa soigneusement les cheveux tout en réfléchissant à la tenue qu'elle allait mettre pour la grande journée qui l'attendait. « Oh oui, attendez de voir, vous tous ! »

1

Crowmarsh Priors, 26 décembre 1937

À vingt-deux ans, Alice Osbourne était le genre de jeune femme que les gens décrivaient comme « une chic fille », sensée et responsable, même si, ajoutaient-ils, elle était jolie lorsqu'elle daignait sourire. Elle était grande comme son père, le regretté révérend de Crowmarsh Priors. Elle avait également ses traits, ses cheveux châtains et son air studieux. En revanche, elle n'avait rien pris de sa mère dont la beauté s'était fanée après des années de santé « délicate » et d'espoirs déçus en voyant que son époux ne serait jamais rien d'autre qu'un petit pasteur de campagne dans le Sussex.

Quand elle était petite, Alice était une fille sérieuse et placide, et elle avait peu de camarades au village hormis Richard Fairfax, qui avait deux ans de plus qu'elle, qui lui aussi était enfant unique et dont le père avait étudié à Cambridge avec le révérend. Alice avait passé de longs après-midi avec Richard et sa nurse, à jouer dans le jardin des Fairfax lorsqu'il faisait beau et à inventer des jeux dans la cave à vins lorsqu'il pleuvait. Et puis le révérend Osbourne avait commencé à enseigner le latin et le grec à Richard, son père l'avait envoyé en pension et Alice ne l'avait plus vu que pendant les vacances. Chaque fois qu'il revenait, il lui paraissait plus beau, et parvenue à l'adolescence, Alice était en adoration devant lui.

Son meilleur ami étant loin et sa mère le plus souvent souffrante, le grand confident d'Alice était son père. Le moment de la semaine qu'elle aimait par-dessus tout était le samedi, lorsqu'ils allaient se promener dans les collines du Sussex, poussant parfois jusqu'à la côte, et que le révérend, un homme à l'imagination débridée, se laissait emporter par son amour pour l'histoire locale. Alice était captivée par ses histoires de légions romaines qui avaient fortifié le littoral. Il lui montrait les criques où de féroces Vikings avaient peut-être débarqué, et où, au XVIIIe siècle, les contrebandiers avaient creusé un réseau de tunnels et de grottes pour passer en cachette les étoffes de soie, la dentelle et le cognac venus de France. Lorsque l'heure du thé approchait, et qu'ils s'en retournaient, il y en avait toujours un pour chanter *La Ballade des contrebandiers* :

Si tu te réveilles à minuit au bruit des sabots
Ne regarde pas dans la rue mais tire le rideau,
À celui qui ne pose de questions on ne sert de boniments.
Regarde le mur, ma douce, quand passent les belles gens !

Chacun récitait une strophe, et ensemble ils reprenaient le refrain :

Vingt-cinq chevaux
Trottent dans le noir
Du cognac pour les Parson
Du tabac pour les Clerk
Des lettres pour un espion, de la dentelle pour une dame,
Regarde bien le mur, ma douce, quand passent les bonnes gens !

Puis ils faisaient la course jusqu'au presbytère, et à l'entrée Alice réprimait son fou rire, au cas où Maman se reposerait.

Lorsque cela avait été à son tour d'aller en pension, ces sorties lui avaient manqué, et à chaque période de vacances, il y en avait eu de moins en moins. Les samedis d'Alice étaient désormais consacrés à la préparation du service dominical, jusque-là l'unique concession de Mme Osbourne aux tâches qui incombent d'habitude à l'épouse d'un révérend. Elle avait continué à voir Richard quand il rentrait mais se sentait mal à l'aise et trop timide pour lui parler, même si lui faisait comme si de rien n'était. Avec Penelope, sa mère désormais veuve, ils venaient souvent boire un verre de sherry au presbytère après l'office du dimanche, et Richard en profitait pour bavarder avec Alice, ponctuant ses phrases de « pas vrai, vieux » comme si elle était un de ses copains de classe. Ensuite, elle se sentait très gênée quand son père la taquinait gentiment à propos de son « soupirant ».

Lorsque, ayant terminé ses études, Alice était rentrée au village pour de bon, elle avait pris conscience que le révérend était encore plus mal en point que sa femme, pourtant régulièrement souffrante. En fille dévouée qu'elle était, elle avait suivi son conseil. Elle était allée se former au métier d'institutrice à Brighton, avait repris la classe des petits à l'école de Crowmarsh Priors et s'était occupée de son père jusqu'à son dernier souffle. Pendant ce temps, Richard était entré à l'école navale, et un jour Alice avait appris qu'il venait d'être nommé attaché d'une personnalité à Londres. Penelope s'intéressait de près à la carrière de son fils et dès qu'elle avait des nouvelles, elle les transmettait à Alice.

Plus Richard montait en grade dans la marine, plus le monde d'Alice rapetissait. Le premier Noël après la mort de son père avait été bien triste. « Je me demande ce que ton père aurait dit si nous n'avions pas fêté Noël », avait commenté Mme Osbourne d'un air mélancolique en versant le reste de porto du révérend dans leurs verres, histoire d'accompagner le pudding qu'Alice avait raté. Elles avaient mangé pendant que la lugubre nuit de décembre tombait dehors, et souffert en silence devant la place cruellement vide en bout de table. En allant se coucher, Alice se sentait malheureuse comme les pierres.

Le lendemain matin, 26 décembre 1937, le ciel s'était dégagé, le soleil s'était levé et l'air vif revigora Alice qui se leva avec une détermination nouvelle. Sitôt les fêtes de fin d'année passées, sa mère et elle devaient quitter le presbytère pour laisser la place au successeur du révérend Osbourne. Elles emménageaient dans un petit cottage à l'entrée du village, et il y avait beaucoup à faire. Ce jour-là, Alice décida de s'attaquer au bureau de son père. Après le petit-déjeuner, elle fit un signe de tête à sa mère qui buvait un thé près de la cuisinière, noua énergiquement un tablier autour de la taille et disparut. Elle était à genoux, en train de jeter des papiers dans des cartons, lorsqu'elle entendit le heurtoir de la porte d'entrée.

« Flûte ! » marmonna-t-elle en se levant péniblement. Elle essuya ses mains sales sur le tablier et alla ouvrir à l'importun – pour se retrouver nez à nez avec un grand blond.

« Alice ! s'exclama Richard Fairfax en lui plantant un baiser sur la joue.

— Richard ! Oh ! Je… euh, je croyais que tu n'étais pas là. »

À la vue de ce visiteur inattendu, sans parler de son geste d'affection, la tête lui tourna. Comme Alice était gênée de l'accueillir ainsi vêtue, avec la plus vieille jupe de sa garde-robe et le gilet mangé aux mites qu'elle mettait pour faire le ménage !

« J'ai réussi à avoir une permission pour passer Noël avec Maman. Je me disais que si tu étais libre on pourrait aller se promener, la journée est si belle. On déjeunerait à ce pub, tu sais. Il y a une chose que j'aimerais te… Allez, dis oui, vieux ! »

Qui aurait cru que Richard l'inviterait un jour à déjeuner ! C'était la première fois qu'un homme lui faisait une telle proposition.

« Quelle bonne idée ! Laisse-moi juste… ». Alice ôta son tablier, de nouveau consternée par sa tenue.

« Viens comme tu es. »

Et avant de comprendre ce qui lui arrivait, Alice se faisait embarquer par Richard qui l'emmitoufla dans son manteau, lui mit une écharpe autour du cou et l'entraîna sur le chemin.

Une heure plus tard, Alice, qui en temps normal aurait eu l'air d'une pauvresse à la mine soucieuse et au nez rougi par le froid dans son vieux manteau en tweed, se baladait bras dessus, bras dessous avec Richard Fairfax, rayonnante de bonheur. Le vent lui avait rosi les joues, et ses yeux brillaient intensément. Oh, Richard chéri ! Le seul homme, hormis son père, capable de lui ravir le cœur. Dès qu'ils furent au sommet de la colline, il prononça les mots tant espérés. Croyant avoir mal compris, elle se figea et le regarda d'un air interloqué.

Il lui prit les mains et lui dit précipitamment :

« Ma chère Alice, tu m'as bien entendu, je t'ai demandé si tu voulais m'épouser. Je sais que je te prends de cours, mais nous nous connaissons depuis l'enfance et je n'ai pas arrêté de penser à toi à l'école navale. Il me tardait tellement de rentrer à chaque fois, parce que je savais que tu serais là. Je ne peux pas imaginer la vie sans toi à mes côtés, alors comme j'ai une bonne situation maintenant j'ai pensé que, peut-être, tu voudrais bien être ma femme. Maman n'arrête pas de laisser entendre qu'elle serait ravie de t'avoir comme belle-fille. Ma chère, chère Alice, je t'en prie, dis-moi oui !

— Oh, Richard ! Oui, évidemment ! De tout mon cœur, même ! » s'exclama-t-elle, incrédule devant la tournure que les événements venaient de prendre. Sa mère aussi allait être ravie.

« Et maintenant, ma précieuse, poursuivit Richard en lui serrant fermement une main tandis que de l'autre il prenait quelque chose dans sa poche, bien entendu je t'achèterai une autre bague si tu préfères, mais Maman se demandait si tu consentirais à porter la sienne. Elle est très spéciale. »

Il lui tendit une petite boîte en velours. Avec des gestes hésitants, Alice la prit, défit le fermoir et l'ouvrit. Dans une doublure en satin décoloré, avec le nom du bijoutier imprimé en lettres d'or, un magnifique solitaire encadré de deux saphirs et monté à l'ancienne resplendissait sous ses yeux. Alice retint son souffle. « Oh ! » Elle n'avait jamais rien vu d'aussi beau. Cela faisait longtemps que le père de Richard n'était plus de ce monde, mais comment Penelope pouvait s'en séparer ?

Richard commençait à s'impatienter.

« J'adorerais…, répondit-elle. Mais ta mère souhaite qu'elle me revienne, vraiment ? »

Il s'esclaffa.

« Maman était enchantée quand je lui ai dit que j'avais l'intention de te demander en mariage, et elle m'a dit de te dire que d'autres babioles t'attendent à la maison. Je suis censé confier à un bijoutier la mission de les remonter à ton goût. Et elle espère aussi que nous viendrons vivre chez elle. J'ai pensé que l'idée de rester près de ta mère te plairait. »

Penelope Fairfax, qui était une femme plutôt revêche, s'était même montrée enthousiaste lorsque Richard avait abordé le sujet.

« Mon fils chéri ! Enfin tu te décides. Un officier de marine se doit d'avoir une femme pour s'occuper du foyer, mais le genre d'épouse que tu vas prendre est d'une importance capitale dans ton métier. Et je suis heureuse de constater qu'Alice, au contraire des filles d'aujourd'hui, a les pieds sur terre. Rien à voir avec ces étrangères dévergondées et bruyantes que le fils De Balfort fréquente.

— Maman, il ne faut pas dire ça ! Hugo s'est fait des amis en voyageant, c'est normal qu'il les invite à passer du temps au château. Et puis ça doit divertir Leander d'avoir tous ces jeunes autour de lui. Mais tu as raison, ce sont des étrangers pour la plupart, et certains sont un peu trop noceurs à mon goût. Je suis sûr qu'Alice en dirait autant. Il y a quelque chose de si… si délicieusement anglais chez elle !

— Dieu merci elle n'a rien pris de sa mère. Non c'est vrai, Alice est une chic fille. Naturellement je lui léguerai les bijoux de la famille Fairfax, et je serai heureuse de vous laisser la maison. Sa mère lui tiendra compagnie lorsque tu seras en mer, et de mon côté j'ai tellement de travail à Londres avec le comité que ce sera beaucoup plus commode de loger dans notre appartement de Knightsbridge. J'ai envie de m'y installer depuis longtemps, à vrai dire. »

Penelope avait levé une main impérieuse en voyant Richard sur le point de protester. « À mon âge, après avoir passé ma journée à tenter de raisonner les farfelus qui nous gouvernent, rien ne me fait plus plaisir qu'un peu de silence, un bon cocktail, un dîner tranquille avec mes amies, et pour finir une pièce de théâtre ou peut-être un opéra. J'ai toujours trouvé la vie un peu trop calme, à la campagne. Il me faut de l'action, Richard! Sans compter que dans peu de temps, vous aurez besoin de l'étage. Tu n'auras pas le temps de te retourner que tu te retrouveras avec des nurses dans les jambes, des landaus dans le couloir, et ce sera un peu le chaos, c'est certain, mais notre chère Alice s'en sortira à merveille… »

« Je t'assure, Maman approuve. »

Richard fit glisser la bague de Penelope sur le doigt d'Alice. Alice tendit le bras devant elle, et tous deux admirèrent l'éclat chatoyant des pierres au soleil.

« Elle est un peu grande pour toi, je dirais, commenta Richard. Je vais l'emmener chez Aspreys à mon retour de permission, pour la faire retailler ».

À contrecœur, Alice le laissa remettre la bague dans la boîte. Il lui fit un grand sourire et la serra contre lui.

« Allez, ne fais pas cette tête. Je te promets qu'elle sera encore plus belle quand je te la ramènerai. Dès mon retour, on décidera d'une date. »

« Oh, tu repars déjà !

— C'est loin d'être la dernière fois, tu sais, mais en tant qu'épouse d'un officier de marine tu t'y feras, ma chérie. Et je reviendrai toujours auprès de toi. La simple idée que tu seras ici à m'attendre est un bonheur sans nom pour moi. »

Alice avait ressenti un frisson de plaisir en entendant le mot « épouse ». *Je vais me marier*, songea-t-elle, toujours aussi dubitative.

« Où vas-tu, cette fois ?

— On m'a affecté provisoirement en mission à Washington, auprès du président Roosevelt. À cause de la situation en Allemagne, tu comprends. Ensuite je dois me rendre dans divers endroits pour rencontrer des industriels américains qui commercent avec l'Europe. Nous prenons la mer le mois prochain, et je reviendrai sans doute par La Nouvelle-Orléans. Nos fiançailles n'ont pas besoin d'être longues, n'est-ce pas ? » demanda-t-il en l'attirant dans ses bras.

Alice faillit bien tomber en pâmoison lorsqu'il l'embrassa.

« Non », murmura-t-elle en se blottissant contre lui une fois qu'il en eut terminé.

Ils se remirent à marcher d'un bon pas pour se réchauffer, jusqu'à atteindre un sommet d'où ils voyaient la mer scintiller au loin.

« J'adore cet endroit, dit Alice. Père et moi, on aimait bien… Si seulement il était encore en vie pour nous marier. Il aurait été tellement heureux ! ». Sa voix s'était faite chevrotante.

« On aimait bien venir ici, reprit-elle, il me racontait un tas d'anecdotes sur l'histoire de la région. Un jour, un homme à l'agonie lui a raconté qu'il y avait un tunnel de contrebandiers dans le coin, et que l'entrée se trouvait dans une tombe du cimetière.

— C'est vrai ?

— Je n'en sais rien mais le vieillard n'en démordait pas, il n'arrêtait pas de dire qu'il y était descendu quand il était jeune. Père avait un ancien livre sur la contrebande, dans son bureau. Je crois me souvenir qu'il l'avait déniché dans une minuscule librairie de Lewes. Il y avait même une carte des tunnels dedans, mais elle n'était pas très claire. C'était un peu sa marotte, et Père est souvent venu ici dans l'espoir d'en trouver un. Je me rappelle qu'il me faisait peur en me racontant les aventures d'un certain Black Dickon. Lui et ses hommes faisaient passer toutes sortes d'objets sous le nez des douaniers. Maman était très fâchée quand elle l'a entendu me parler de ces bandits. Si je me rappelle bien, on les a trahis et ils se sont tous fait pendre, et ensuite leurs fantômes sont revenus hanter les douaniers, jusqu'à les pousser à se suicider en se jetant des falaises. J'en ai fait des cauchemars pendant un moment. »

Richard lui passa un bras autour de l'épaule et ils admirèrent la vue qui était superbe avec les rayons du soleil miroitant sur l'eau.

« Je ne veux pas te donner d'autres cauchemars, mais tu veux bien mettre ce livre de côté si tu le trouves ? Ces vieilles anecdotes sur la région me passionnent, moi aussi. Nous les raconterons à nos enfants, en omettant les détails qui pourraient les impressionner. Et maintenant, allons déjeuner. Je meurs de faim, pas toi ? »

Tout en tenant la main de Richard, Alice repensa au livre. Où l'avait-elle vu pour la dernière fois ? Elle se rappela vaguement l'avoir mis dans une boîte avec des papiers de son père. Elle le chercherait et l'offrirait à Richard en cadeau de mariage. Certains passages étaient *vraiment* macabres. Elle se souvenait tout à coup que d'après l'auteur, Black Dickon avait été pendu à l'endroit même où le pub se trouvait. Elle en frissonna malgré elle.

Lorsqu'ils entrèrent, une odeur de feu de bois vint picoter les narines d'Alice. Juste après, elle sentit celle du poulet en train de rôtir à la broche et Richard s'écria : « Champagne ! » Elle n'aurait jamais pensé qu'on pouvait commander ce genre de chose dans un pub de campagne. Il avait dû en apporter pour l'occasion. Fier comme tout, le patron les conduisit à une table où trônait un vase rempli de roses de Noël, dans un coin tranquille.

« Tu avais tout organisé, n'est-ce pas ! Oh, Richard, quelle merveilleuse surprise ! »

Richard sourit et lui prit la main sous la table. Ils trinquèrent. *Jamais je n'oublierai cette journée*, songea-t-elle en goûtant du champagne pour la première fois de sa vie, gloussant un peu lorsque les bulles lui chatouillèrent le nez. Son bonheur était si total qu'elle savait qu'il ne lui arriverait plus jamais rien de mal. Richard et elle vivraient heureux jusqu'à la fin des temps. Elle chassa de son esprit ces sinistres histoires de contrebandiers et de tunnels débouchant dans des cimetières.

2

La Nouvelle-Orléans, mars 1938

Dans la salle à manger aux volets clos de son manoir, Celeste Fontaine inspectait la table élégamment dressée pour trente convives. Soudain elle fronça les sourcils, ôta la carte portant le nom de *M. Maurice Fitzroy* de son support en argent, la déchira d'un geste irrité et glissa à la place celle du *Lt Richard Fairfax*, à côté de *Mlle Evangeline Fontaine*. Elle détestait devoir modifier son plan de table au dernier moment, mais Maurice avait téléphoné pour dire qu'un contretemps le retenait à la plantation et qu'il serait des leurs pour le café. Non, mais quel mufle ! Ou bien cela cachait-il autre chose ? Maurice était un homme trop traditionnel pour être grossier. Elle remit une fleur indisciplinée en place dans le vase. La saison du carnaval était toujours épuisante quand on recevait.

À cette époque de l'année, tout partait à vau-l'eau. Les domestiques passaient leurs soirées dans le Vieux Carré à boire et à faire la noce, et avaient tellement mal à la tête le lendemain qu'ils n'étaient bons à rien. Et voilà que Charles, le mari de Celeste, avait insisté pour inviter à déjeuner une importante délégation anglaise qui venait de Washington, où ils avaient rencontré le président. La journée avait mal commencé : la cuisinière avait déclaré que ses rhumatismes lui faisaient trop mal, et que par conséquent elle restait au lit. Celeste avait ravalé son orgueil et téléphoné à sa belle-mère, qui vivait à la campagne, pour lui demander si elle pouvait lui emprunter Inez. Cette dernière était à présent aux fourneaux, et Celeste l'entendait pester et mener les pauvres servantes à la baguette, tout en entrechoquant bruyamment les marmites. Tout à coup, une odeur de brûlé monta, quelqu'un se fit gifler et un plat tomba, se cassant en mille morceaux. Dans l'office, une jeune bonne se mit à sangloter bruyamment.

Refermant les portes vitrées derrière elle, Celeste pria pour que l'agitation retombe en cuisine et que sa décision d'installer un Anglais à côté de sa nièce ne cause pas d'esclandre. Le lieutenant Fairfax, dont le séjour à La Nouvelle-Orléans touchait à sa fin, était un jeune homme tout à fait charmant. Si Maurice s'en émouvait, Celeste lui expliquerait qu'elle ne pouvait décemment pas laisser la place à côté d'Evangeline vide. On aurait jasé.

La jeune Evangeline, dix-huit ans, était la débutante de l'année, et le bal donné en son honneur ce soir viendrait clore la saison du carnaval. Tout le monde s'attendait à ce que le père d'Evangeline annonce les fiançailles de sa fille avec Maurice ce soir-là, et l'absence de ce dernier au déjeuner tombait mal. Il n'en fallait pas beaucoup pour faire courir une rumeur à La Nouvelle-Orléans, et Celeste ne voulait surtout pas alimenter les soupçons au sujet d'Evangeline. Jamais une fille bien élevée ne devrait voir son nom mêlé à des ragots, seulement certains échos, vagues mais inquiétants, étaient parvenus aux oreilles de Celeste. Elle espérait de tout cœur que Maurice n'en avait pas eu vent. Cela ne l'amuserait pas du tout.

À près de quarante ans, Maurice était un ami de longue date du père d'Evangeline. Il était le dernier de la lignée des Fitzroy, seul héritier de la fortune familiale et d'une superbe plantation, Belle Triste, qui figurait parmi les plus anciennes de Louisiane. Les Fitzroy se vantaient d'avoir du sang royal dans les veines, mais désormais tout reposait sur les épaules de Maurice qui devait mettre au monde au moins un fils s'il ne voulait pas voir son nom de famille s'éteindre avec lui. On racontait que cet homme hautain n'avait pas trouvé chaussure à son pied parmi les demoiselles de la bonne société, et qu'il avait passé beaucoup de temps en Europe dans sa jeunesse, à la recherche d'une épouse digne de lui. Si c'était vrai, il était rentré bredouille. Et puis un jour, la fille des Fontaine, une famille en vue à La Nouvelle-Orléans, avait attiré son attention.

Maurice avait daigné informer Celeste qu'Evangeline avait ravi son cœur le jour où celle-ci était rentrée du couvent pour les vacances d'été. L'homme était un vrai romantique, en avait-elle conclu, gênée. De toute évidence il la vénérait, la couvant des yeux, buvant ses paroles, lui allumant ses cigarettes, lui tenant la porte et réclamant toutes les danses avec elle, tout cela malgré le fait qu'Evangeline ne semblait pas s'intéresser à lui pour un sou. La jeune écervelée se laissait courtiser, dansait avec d'autres soupirants de son âge et fréquentait des établissements à la réputation sulfureuse dans le quartier de Tremé, sans songer une seconde à son avenir.

Celeste soupira. Cela ne présageait rien de bon. Le mariage était une bénédiction mais aussi, d'après son expérience, une couronne d'épines. Evangeline ne se rendait pas compte que son destin était déjà tout tracé. Dans les bonnes familles de La Nouvelle-Orléans les filles se mariaient jeunes, à moins de prendre le voile, et ensuite leur bonheur dépendait de leur capacité à gérer ménage et mari. Sinon…

Ils en étaient à la moitié du déjeuner lorsque Celeste fronça les sourcils en direction d'Evangeline, assise à l'autre bout de la longue table. La jeune femme avait boudé le gombo de crevettes qu'Inez avait préparé pour l'occasion, et reposait discrètement sa fourchette. Elle était pâle et sans énergie, et semblait à moitié endormie. Décidément, les jeunes de maintenant sortaient bien trop tard le soir. Celeste n'avait pas eu d'enfants, mais n'en avait pas moins des opinions arrêtées sur la meilleure façon d'élever une fille – et clairement, sa nièce aurait pu bénéficier de ses conseils avisés.

Elle était d'avis que les filles devraient être préparées dès le plus jeune âge à remplir leurs futures obligations de femme, ce qui éviterait ensuite de se retrouver avec des têtes de linotte ne songeant qu'à folâtrer. Malheureusement, Evangeline était la benjamine de la famille et la seule fille d'une fratrie de cinq. Elle avait été gâtée par ses parents et choyée par ses grands frères qui l'avaient autorisée à les suivre partout et lui avaient appris à chasser, pêcher, nager, grimper dans les arbres et que savait-elle encore. Ce n'était vraiment pas distingué, mais ses parents s'étaient contentés d'en rire. Jusqu'au jour où son père s'était rendu compte qu'Evangeline était en train de devenir un garçon manqué, et où il avait eu la présence d'esprit de confier à son épouse la mission de prendre la jeune fille en main. Il n'était jamais trop tôt pour commencer à penser à sa position dans la société.

Les religieuses au couvent avaient fait de leur mieux pour la remettre dans la bonne voie, mais depuis qu'elle avait terminé son instruction l'été précédent et fait son entrée dans le monde, elle semblait avoir tout oublié. Cette petite étourdie était la frivolité incarnée. Elle ne songeait qu'à dépenser son argent, faire des essayages, aller danser et sortir dans des clubs de jazz où les jeunes filles de bonne famille n'avaient pas leur place. Au bal de ce soir, elle porterait une robe importée de Paris et, d'après les informations de Celeste, une bague à l'index de sa main droite – un cadeau que ses parents approuvaient et que sa mère insistait pour qu'elle porte, de peur que Maurice en prenne ombrage. Malgré tout cela, le visage d'Evangeline respirait la lassitude.

Celeste était contre cette mode des débutantes. Elle et sa sœur, la mère d'Evangeline, avaient reçu une éducation à l'ancienne. Entre l'école et leurs noces elles étaient restées chez leurs parents, où elles avaient appris à tenir une maison et à rendre heureux un mari. On leur avait expliqué comment parler aux domestiques, composer bouquets de fleurs et menus, cuisiner, même. Mais certainement pas à prendre du bon temps.

Celeste en frémissait d'avance lorsqu'elle pensait à sa nièce une fois mariée. Du jour au lendemain, elle se retrouverait maîtresse de deux majestueuses demeures, la résidence de la famille Fitzroy à Belle Triste et son manoir à La Nouvelle-Orléans. Maurice compterait sur son épouse pour faire tourner cela avec la précision d'une horloge, sans compter que chaque année la famille s'agrandirait. Celeste soupira en songeant qu'elle avait fait de son mieux pour parfaire l'éducation de sa nièce ces derniers mois, mais en vain.

Pour le moment, Evangeline se contentait de fumer cigarette sur cigarette entre deux gorgées de vin, sans faire le moindre effort pour parler à l'Anglais à côté d'elle, ni à personne d'autre d'ailleurs. Discrètement, Celeste fit signe au majordome de ne plus verser à boire à Mlle Evangeline et d'apporter le plat suivant. Puis, en hôtesse parfaite qu'elle était, elle reporta son attention sur la discussion des hommes en prenant un air captivé. Lorsqu'elle comprit qu'ils en étaient *encore* à parler politique, affaires et ce qui se disait en ce moment à Washington, elle ne sourcilla pas mais en son for intérieur se lamenta. La filiale européenne de l'entreprise familiale était en danger de faillite, elle le savait. Et pourtant, les Fontaine avaient dépensé sans compter pour le bal de ce soir. Celeste préférait ne pas trop s'appesantir sur le sujet. Mieux valait laisser les hommes tenir les cordons de la bourse. Ils n'étaient bons qu'à cela, de toute façon.

À l'autre bout de la table, Charles avait le visage rougeaud à force de boire des cocktails, et il s'était engagé dans une discussion très animée sur le gouvernement américain, la situation en Allemagne et l'incidence que tout cela avait sur la succursale de Marseille. Au grand dam de Celeste, son mari n'arrivait déjà plus à articuler…

Evangeline scrutait avec attention le dépôt au fond de son verre, prenant soin de ne pas lever la tête. Elle sentait le regard perçant de

Tante Celeste sur elle. Avait-elle des soupçons? Les menaces sous forme de mots anonymes duraient depuis plusieurs jours à présent, laissant une trace empoisonnée dans la pochette d'Evangeline, sur sa coiffeuse – elle en avait même trouvé un sur son plateau de petit-déjeuner ce matin-là, glissé entre les plis de la serviette, là où sa femme de chambre, Delphy, ne pouvait le voir. Toujours ces phrases lapidaires rédigées d'une écriture grossière.

« ON SAIS CE QUE TU FAIT AVEC TON NEGRE, PUTIN »

Ou encore : « TON HEUR EST VENU »

Quelqu'un dans son entourage l'avait espionnée. Mais qui? Cela n'avait guère d'importance. À La Nouvelle-Orléans, les conséquences seraient dans tous les cas rapides et terribles. Le dernier mot disait :

« TOI ET LE NEGRE VOUS ALLEZ PAS VOUS EN SORTIR COME SA LE JOUR DU JUJEMENT ARIVE »

Que faire! Evangeline lança un regard en coin à l'Anglais qu'on avait placé à sa gauche. Si elle n'avait pas été aussi soucieuse, elle aurait bien fait sa coquette avec lui. Il était séduisant avec son teint clair, et sa grande taille lui donnait un air autoritaire. Elle avait valsé avec lui à quelques reprises pendant la semaine. Bien vite, il lui avait demandé davantage de danses qu'elle ne pouvait lui en promettre, mais Evangeline le trouvait trop sérieux, et surtout très peu doué lorsqu'il s'agissait de badiner et de faire le genre de compliments ineptes que les filles de La Nouvelle-Orléans attendaient de leurs prétendants. En d'autres termes, il l'ennuyait. Mais au moins, il avait l'avantage de ne pas être Maurice. Celui-ci l'avait gardée à l'œil toute la semaine. Maurice. Un frisson lui parcourut l'échine en pensant à lui.

Ils s'étaient à peine attablés que son oncle accaparait l'attention du lieutenant Fairfax. Entre deux sombres pensées, Evangeline avait écouté leur conversation. Ainsi, elle apprit que la délégation de Richard n'avait pas réussi à convaincre le président de l'importance des derniers développements en Allemagne, et que les Anglais rentraient chez eux désappointés. À vrai dire, Evangeline comprenait la position de Roosevelt. L'Allemagne était si loin de l'Amérique, pourquoi s'en soucier ? Richard reprenait la mer tôt le lendemain matin. Si seulement elle pouvait fuir en Angleterre. Ils avaient été la prudence même… mais quelqu'un était au courant.

Le gombo auquel elle n'avait pas touché fut enlevé et aussitôt remplacé par une salade luisant de mayonnaise. Pouah ! Sentant la nausée revenir, Evangeline entreprit de couper une feuille de laitue en menus morceaux, tout en se demandant ce qu'elle allait bien pouvoir faire. Pour la centième fois, elle calcula combien de jours, de semaines s'étaient écoulées depuis la dernière fois qu'elle avait été indisposée.

Le matin même, Delphy l'avait surprise en train de vomir quand elle était venue faire couler le bain d'Evangeline.

« J'ai dû abuser du champagne hier soir », avait-elle fait observer avant d'enfouir le visage dans une serviette mouillée. Delphy s'était contentée de hausser les sourcils d'un air sceptique. Sa femme de chambre était en cuisine, à présent : qu'était-elle en train de raconter aux autres ? C'était à cause des domestiques si tout finissait par se savoir à La Nouvelle-Orléans.

Evangeline avait les paupières lourdes. En proie aux insomnies, elle restait éveillée dans son lit, imaginant qu'elle entendait des pas derrière la porte, et quand enfin elle s'endormait, elle faisait toujours le même cauchemar. Dans son rêve, elle chassait à la nuit tombée avec ses frères sur la plantation de Grand-mère, en amont du fleuve.

Quand elle était petite, les garçons lui avaient montré comment aveugler les lapins en allumant brusquement une lampe électrique : les pauvres bêtes restaient clouées sur place, seules leurs oreilles bougeaient. Si elles ne sautaient pas vivement pour disparaître dans l'obscurité, les chasseurs tiraient. La plupart ne s'en sortaient pas car ils n'étaient pas assez rapides. Le sort réservé aux petits lapins avait bouleversé Evangeline, mais les garçons lui avaient expliqué que c'était ça, la chasse : s'ils ne les tuaient pas, les lapins feraient des ravages dans le potager, et puis Inez s'en servait dans son fameux *jambalaya*, alors elle s'y était habituée, et en avait même abattu un certain nombre depuis. Sauf que dans son rêve c'était Laurent et elle qui étaient aux abois, et qui sentaient les chasseurs approcher dans le noir. Tout à coup, ils étaient pris au piège dans un rai de lumière aveuglante. Elle savait ce qui allait se passer mais elle était paralysée, incapable de courir tandis que les chasseurs visaient, et elle se réveillait en sursaut au moment où elle entendait le cliquetis de la gâchette…

Evangeline avait les mains froides et moites. Son verre était vide – zut de zut ! Seul l'alcool parvenait à lui calmer les nerfs et à rester dans son estomac. Elle avait eu trop peur de révéler à Laurent cet odieux chantage dont ils étaient l'objet. Et elle avait trop peur de lui annoncer l'autre nouvelle, cette nouvelle qu'elle n'arrivait même pas à nommer. Laurent était un homme intelligent, il connaissait un tas de choses, des choses insoupçonnées pour une innocente jeune fille comme elle. C'était lui qui avait trouvé tous ces endroits secrets pour se voir, lui qui avait montré à Evangeline quoi faire la première fois. Ils avaient joué à des jeux merveilleusement dangereux ensemble, et elle avait beau savoir qu'ils commettaient un péché mortel, Evangeline ne vivait que pour leur prochaine rencontre.

Laurent allait s'occuper de tout… d'une manière ou d'une autre. Evangeline ne voyait pas d'issue – à moins de s'enfuir avec lui. Mais pour aller où ? Et comment réussiraient-ils leur compte ?

Avec tout ce qu'elle avait à faire ce jour-là, elle se demandait même comment elle allait réussir à le voir. Sitôt le déjeuner terminé, elle allait devoir rentrer pour se préparer, sous l'œil attentif de sa mère et de Delphy. Ce soir avait lieu la grande parade de Mardi gras, et en compagnie des autres débutantes, Evangeline allait devoir jouer le rôle de la demoiselle de bonne famille et rester gracieusement perchée en haut du char le temps du défilé. Il allait falloir saluer sans relâche de la main, sourire jusqu'à s'en faire mal aux mâchoires et jeter des doublons et des colliers de perles à la foule venue les admirer. Pire, au bal elle n'aurait pas une minute à elle étant donné qu'elle était l'invitée d'honneur. Non, elle devait agir. Avant que ses parents apprennent la vérité, mais surtout, surtout, avant que *Maurice* apprenne la vérité. Avant qu'il soit trop tard.

Soudain, une phrase entendue au détour de la conversation la fit sursauter.

« Que vient de dire mon oncle ? », demanda-t-elle à Richard dans un murmure.

Richard lui sourit.

« Je crois comprendre qu'un employé de l'entreprise va être envoyé au bureau de Marseille sous peu.

— Malin comme un singe ce garçon-là, la meilleure instruction possible, mais pas vraiment d'avenir à La Nouvelle-Orléans », poursuivit Oncle Charles d'une voix un peu trop forte. Tout le monde gardait les yeux baissés sur son assiette.

Richard Fairfax demanda pourquoi un homme aussi intelligent n'aurait pas d'avenir à La Nouvelle-Orléans.

« Ah ! Il est créole, voilà pourquoi, lieutenant Fairfax. Il fait partie des *gens de couleur* ! Par contre, il est malin comme son père. »

Charles Fontaine eut un sourire narquois qui laissa Tante Celeste bouche bée. De son côté, Evangeline avait l'impression qu'on venait de lui verser un pichet d'eau glacée sur la tête. La France ! Non ! Laurent n'était pas censé y aller avant d'avoir vingt et un ans, dans deux longues années. Il ne pouvait pas la laisser seule, pas s'il savait ce qui se passait. Dieu du ciel ! elle devait lui parler tout de suite.

« Vous autres en Angleterre, vous avez aussi le problème des gens de couleur ? » s'enquit Oncle Charles.

Impassibles, les domestiques noirs enlevèrent les assiettes.

Le verre de Tante Celeste tremblait dans sa main.

Evangeline se sentit défaillir. Si Laurent partait, jamais plus elle ne le reverrait. Et si Laurent ne l'arrachait pas aux griffes de Maurice… qui le ferait ? Elle prit conscience avec une lucidité terrible que pour la première fois de sa vie, elle pouvait toujours exiger d'obtenir ce qu'elle voulait, cela ne suffirait pas. Laurent et elle étaient condamnés. Peu importe qu'Oncle Charles l'ait envoyé chez les jésuites, que Grand-mère l'adore et que la famille se préoccupe de son sort. Sa mère était une mulâtresse, donc il avait du sang noir, et aucun Noir n'osait même *regarder* une Blanche, à moins de vouloir mourir prématurément, pendu à un arbre. Il ne pourrait pas la sauver. Il ne pourrait même pas se sauver lui-même, si quelqu'un était vraiment au courant pour eux. Elle devait l'avertir pour les mots… car dans ce cas, le plus sûr pour lui était encore de partir immédiatement pour la France. Peut-être pourrait-elle le suivre ? Mais comment ? Ce n'était pas comme si elle avait le pouvoir de se faire pousser des ailes. Une petite minute… Richard était anglais. L'Angleterre était bien à côté de la France, n'est-ce pas ? Mais où, exactement ? Evangeline se mit à jouer avec la bague que Maurice lui avait offerte. Elle détestait ce bijou, mais sa mère l'avait obligée à le porter. Affolée, elle repensa aux leçons de géographie de Sœur Bernadette et tenta de reconstituer une carte de l'Europe en esprit.

Il y eut une interruption bienvenue lorsque les portes de la salle à manger s'ouvrirent en fanfare, car les domestiques apportaient la traditionnelle galette des rois. N'y avait-il donc personne à La Nouvelle-Orléans vers qui se tourner ?

Evangeline avait entendu dire que les filles de couleur allaient voir une vieille femme du nom de Mama La Bas qui s'y connaissait en amulettes et en incantations, en magie noire, mais qu'il fallait faire très attention avec ce qu'elle vous donnait. À ce qu'on racontait, si le charme n'était pas bien utilisé, il se retournait contre vous. C'était un péché terrible que d'aller voir une femme comme elle. Pour l'Église, le vaudou était l'instrument du diable, et la catholique en Evangeline était terrifiée, mais sa situation était tellement inextricable, et elle avait de toute façon déjà tellement péché en pensées et en actes qu'elle ne pouvait plus reculer. Pour se donner du courage, elle prit le verre de son voisin et le vida. Autour d'elle, tout le monde s'était remis à parler en même temps – mais personne n'adressait la parole à Richard.

« Pour sûr, ça ne fait pas assez longtemps qu'il est dans le Sud, commenta quelqu'un.

— C'est certain, il ne peut pas comprendre comment ça marche, ici. C'est qu'il y a encore deux ou trois générations, les gens de couleur étaient esclaves. Ils sont comme des animaux, pardi. On ne peut pas faire autrement, il faut être ferme avec eux », répliqua un autre.

À l'immense soulagement de Richard qui était suprêmement gêné, Evangeline vint à sa rescousse. Sur son poignet pâle, elle posa une main arborant une bague française d'une valeur inestimable, un diamant rose certainement très ancien et portant les armoiries familiales. Puis elle se pencha tout près et lui chuchota d'un air conspirateur :

« Je veux vous dire un secret. »

Mais avant, elle devait savoir : ses frères lui avaient-ils fait passer du bon temps à La Nouvelle-Orléans ?

En extase, Richard sentit un sein se presser contre son avant-bras et vit la belle battre des cils en le regardant.

« Tout à fait, j'ai même passé une soirée inoubliable, répondit-il, enthousiaste.

— Je parie qu'André et Philippe vous ont emmené à Tremé. C'est le quartier des bars clandestins et des maisons de plaisir, murmura Evangeline en souriant chastement. Au couvent, les sœurs n'arrêtaient pas de nous répéter que c'était un péché mortel d'*imaginer* ce qui se passait là-bas. Vous avez remarqué les belles Créoles qu'on y trouve, je suis sûre. Mais donc, poursuivit-elle, la tête pratiquement posée sur l'épaule de l'Anglais à présent, voilà mon secret. Oncle Charles y avait une maîtresse. Il lui avait acheté une petite maison, mais elle est morte. Je parie que mes frères vous ont emmené voir le fils qu'ils ont eu ensemble, Laurent Baptiste. Et oui, Oncle Charles est son père. Laurent était doué pour les études, comme il l'a dit, mais ce qu'il aime vraiment c'est la musique. Il est extraordinaire. Il n'y a pas meilleur que lui au piano, au saxophone et pour un tas d'autres instruments – et dans tous les styles, ragtime, swing, jazz. Mais le seul endroit où il peut jouer, c'est à Tremé. »

Richard était comme hypnotisé. Elle était si près, il sentait le souffle d'Evangeline sur sa joue et son parfum ensorcelant, qui lui rappelait celui des gardénias au crépuscule.

« Enfin bref, c'est de lui dont parlait Oncle Charles tout à l'heure. En temps normal, il aurait été trop poli pour évoquer le sujet en ces termes, mais il a tendance à s'oublier quand, euh…, il parle affaires. »

Elle se redressa en voyant sa tante lui lancer un regard pénétrant, mais fit glisser ses doigts sous la table pour frôler la cuisse de Richard comme par accident.

« Bigre, mademoiselle Fontaine ! Je… euh… ce que disait votre oncle plus tôt – jamais je n'aurais deviné que ce jeune homme était de la famille. Il a l'air, eh bien disons qu'il a l'air d'un Blanc. »

Troublé, Richard se souvint du beau jeune homme aux cheveux cuivrés qui avait salué les frères d'Evangeline depuis la scène et leur avait fait un clin d'œil en s'exclamant :

« Surtout, n'allez pas raconter à Grand-mère que vous m'avez vu là. Je suis censé être au bureau. »

Les manches de sa chemise blanche impeccable étaient retroussées, et la veste de son costume soigneusement pliée sous un feutre élégant qu'il avait pris le temps de poser sur la chaise à côté de lui.

Evangeline haussa les épaules.

« Jamais vous ne verrez un Blanc jouer du piano dans un bar de Tremé. Pas à La Nouvelle-Orléans. Tout le monde sait que Laurent est un proche ; c'est une situation très banale en fin de compte, même dans les vieilles familles, et personne n'en parle vraiment. Les gens font comme s'ils ne savaient pas. Officiellement, Blancs et gens de couleur ne se mélangent pas, mais en réalité Laurent et mes frères ont quasiment grandi ensemble. Quand la mère de Laurent est morte, notre grand-mère s'est prise d'affection pour lui et l'a fait venir à la plantation pour l'élever. Ensuite Oncle Charles l'a envoyé chez les jésuites, dans une école pour garçons créoles. On a toujours passé nos vacances d'été ensemble. Grand-mère ne jure que par lui, mais en tant que mulâtre, Laurent a vite appris où était sa place, et c'est comme ça qu'il a réussi à se faire accepter par tout le monde ou presque. Maman et Tante Celeste font comme s'il n'existait pas, naturellement. Mais pour peu qu'ils sachent tenir leur langue, les garçons comme lui se font une situation, bien souvent en étant employés dans la famille. J'ai pensé que vous aimeriez savoir, afin de ne pas commettre d'impair avec Tante Celeste. Mon oncle et elle n'ont jamais pu avoir d'enfants, alors Laurent est un sujet délicat, vous comprenez. Et maintenant, goûtez-moi cette galette des rois. »

Un serviteur pencha un plateau en argent au plus près d'Evangeline, et elle servit Richard.

« Prenez garde au bébé en or, lui dit Celeste depuis l'autre bout de la table.

— Je vous demande pardon ? » répliqua Richard d'un air interdit, fourchette en l'air.

Celeste n'eut pas le temps de répondre qu'Evangeline lui expliquait :

« La galette des rois est l'une des traditions du carnaval. Il y a toujours une fève à l'intérieur, et en Louisiane il s'agit d'un bébé en or. Elle représente le petit Jésus et porte chance à celui qui tombe dessus. Si vous la trouvez dans votre part c'est à vous de donner la réception suivante, mais étant donné que le carnaval est presque fini, poursuivit Evangeline en prenant un air déçu, et que mon bal est le dernier de la saison, j'imagine que la règle ne peut s'appliquer à vous. Par contre, vous devrez vous acquitter de votre dette avant de repartir pour l'Angleterre ! »

Soudain elle se tut, pensant à quelque chose. Je sais ce que tu peux faire. Tu peux m'emmener loin d'ici. Je vais demander à Mama La Bas de me concocter un charme pour t'obliger à le faire. Pour qu'un grigri opère, il faut récupérer quelques cheveux de la personne, ou bien un objet avec lequel elle s'est trouvée en contact direct.

« Cela ne va pas être aisé, mademoiselle Fontaine. Je prends la mer demain matin avant l'aube. C'est la poisse. »

Cette jeune Evangeline, avec son petit air mutin, sa voix douce, sa belle robe, ses fleurs dans les cheveux et ses perles au cou, lui faisait penser à un papillon. Richard devait bien admettre qu'elle était ravissante. Il eut une pensée pour Alice et se sentit vaguement coupable, mais cela ne l'empêcha pas de saisir l'occasion.

« Votre oncle insiste pour que je vienne au bal ce soir. Dites, vous accepterez de danser avec moi, n'est-ce pas ? Avant que je parte ? Quand les douze coups de minuit auront sonné, j'aurai disparu. »

Si la guerre en Europe était réellement imminente, jamais il ne la reverrait ; par conséquent, il ne trahissait pas vraiment Alice en invitant une jeune femme remarquablement belle à danser. Si seulement – il mordit dans quelque chose de dur, recracha discrètement et le posa sur le bord de son assiette. Au même moment, Celeste annonça que le café était servi sur la terrasse.

Evangeline se leva brusquement.

« Oh, regardez, vous avez eu la fève ! J'espère que cela vous portera chance. »

Richard se leva à son tour.

« Mademoiselle Fontaine, ce ne sera le cas que si vous m'accordez la première danse de ce soir », s'enhardit-il, se souvenant du frisson que lui avaient procuré la main d'Evangeline sur son bras et le souffle d'Evangeline dans son oreille. Soudain, plus rien n'avait d'importance hormis le fait que leurs corps soient de nouveau en contact.

« J'accepte avec joie, lieutenant, répondit-elle en lui effleurant la main, mais à condition que vous me donniez la fève. Vous allez trouver ça bête mais depuis tout ce temps que je mange des galettes, je ne l'ai jamais eue. »

Elle lui décocha un regard adorable, et tendit la main. L'objet avait été dans sa bouche, il y avait forcément de la salive dessus. Mama La Bas saurait s'en accommoder.

« Ça me paraît équitable, rétorqua Richard en déposant le petit objet dans sa paume.

— Oh ! Voilà Maurice », s'exclama Evangeline, tout à coup nerveuse en voyant arriver vers eux un homme aux sourcils broussailleux et à la mine sévère. Maurice ignora les salutations des invités, occupé comme il était à toiser froidement Richard. Ce dernier fut frappé par sa ressemblance avec un portrait du Grand Inquisiteur qu'il avait vu un jour dans un musée espagnol. Il avait ouï dire qu'il était quasiment fiancé à Evangeline, et espérait sincèrement pour elle que ce n'était pas vrai. Cet homme avait tout l'air d'être une brute épaisse.

Evangeline mit promptement la fève dans sa pochette et s'excusa. Dans l'entrée elle tomba sur le majordome qui était en chemin pour la terrasse, un lourd plateau de liqueurs dans les mains. À son retour en cuisine, pouvait-il dire à Delphy qu'elle avait besoin d'elle un instant ?

Seize heures venaient de sonner. Dans une pièce aux volets clos à quelques pas de Congo Square, Mama était assise sur le sol en terre, une pipe calée au coin de sa bouche édentée, et attendait de voir ce que la mulâtresse lui voulait. Ses pieds étaient nus, repliés sous un jupon de calicot taché, et gauche comme droit, arboraient une large cicatrice blanche à l'endroit où le gros orteil aurait dû se trouver. La pièce empestait le tabac, le poulet égorgé, les herbes et la pourriture. À côté d'elle, les flammes vacillantes d'innombrables bouts de chandelle éclairaient un autel de fortune recouvert de petites poupées faites de tissu, de cheveux humains, d'os d'animaux, de perles, de plumes et de peaux de serpent séchées. Elle était née esclave et avait un autre nom avant, mais c'était il y a si longtemps que personne ne s'en rappelait. Elle était Mama La Bas, « l'épouse du diable » en patois.

Elle plissa ses petits yeux chassieux. Cette Delphy, une simple femme de chambre au service des Fontaine, ne se décidait toujours pas à lui dire ce qui l'amenait. Mama devinait qu'il y avait un homme là-dessous, et les hommes étaient synonymes d'ennui.

« Qu'est-ce que t'as pour m'payer ? » demanda-t-elle finalement. Delphy s'agenouilla devant elle et se mit à tripoter nerveusement un mouchoir qu'on avait noué serré. Elle finit par extraire des replis une bague qu'elle posa dans la paume pâle de la vieille femme.

La cataracte brouillait tout ce que Mama regardait, mais les esprits lui avaient accordé le don de double vue. Ses doigts lui disaient que le bijou était ancien, l'or souple et les pierres précieuses. Elle en suivit le contour et comprit soudain qu'elle connaissait cette bague. Une décharge électrique lui remonta dans le bras, comme si un mocassin d'eau venait d'y planter ses crochets.

« C'te bague, l'est à un Fitz'oy. C'est mauvais ça, très mauvais. Les pierres font comme un dessin, c'est les armoiries. C'est qu'j'suis née sur la plantation des Fitz'oy, moi. Quand j'étais p'tiote, moi et ma sœur on astiquait la foutue argent'rie tous les matins. L'avait les mêmes foutues armoiries d'sus. La vieille Mme Fitz'oy, elle nous fouettait avec l'tisonnier quand ça brillait pas assez. »

Mama cracha un bon coup.

« Elle nous fouette même quand ça brille. Fort. Aussi fort qu'elle peut. Des fois elle fait même chauffer l'tisonnier avant. Oh, j'connais ces armoiries aussi bien qu'j'connais l'diable. Ça alors. Jamais j'aurais pensé avoir c'te bague ent' les mains. Qu'est-ce tu fais avec ? Tu l'as volée ?

— Non, madame Mama. Miss Evangeline, ma maîtresse, demande si on peut l'échanger contre un grigri.

— Tu joues avec l'feu ma fille, en venant troquer un objet qui porte malheu'. Même si j'savais pas qu'il est aux Fitz'oy, j'le sens, c'bijou a le mal en lui. J'ai tenté d'm'enfui' une fois, tu sais. La vieille Mme Fitz'oy, l'a demandé aux aut' de m'tenir, l'a pris un couteau et l'a coupé mes orteils pour qu'j'r'commence jamais, j'pouvais plus marcher. Huit ans, j'avais.

J'vais pleurer du côté d'la grange, j'ai les orteils qui saignent saignent, ça fait tellement mal, encore aujourd'hui et ça fait belle lurette qui sont plus là. Un vieil oncle à moi, l'était né en Afrique, y vient m'voir en douce la nuit, y m'donne un cataplasme pour mes orteils et y m'dit qu'si j'vais lui voler un poulet y m'montre comment j'ter un mauvais sort, un sort qui dure longtemps, si jamais j'avais quelqu'un à maudire. J'me souviens c'était dix coups d'fouet quand on volait un poulet, mais j'y vais, à quat' pattes même, j'lui chope un poulet et mon oncle me montre quoi faire. Oh, j'leur ai jeté un sacré mauvais sort, c'te fois-là. Des fois j'en r'mets un coup avec le grigri. Plus qu'un Fitz'oy maint' nant, l'plus jeune, Maurice. L'est mauvais lui aussi, pourri comme les aut', l'a déjà fait la peau à deux nègres qui trimaient pour lui, battus à mort les pauv'. À c'qu'on dit l'était tout excité en les tapant, comme s'il s'amusait drôlement bien. Sa grand-maman aimait bien ça aussi, nous battre, m'couper les orteils. Mais Maurice… »

Pendant un instant, Mama La Bas se balança d'avant en arrière en silence, puis elle reprit.

« … l'aura pas d'enfant, l'Maurice. Y va mourir fou, comme son père. La famille va disparaître, j'le sais d'puis des lustres. Ça veut pas dire qu'j'peux pas faire aut' chose. Mais d'abord… hé, hé, hé. »

Mama tendit le bras vers l'autel pour prendre une étrange petite poupée avec des croix cousues à la place des yeux, de vrais cheveux sur le crâne et un pénis tricoté grossièrement. Elle était criblée d'épingles. Elle en ajouta une, qu'elle enfonça sans ménagement dans le torse.

« Madame Mama, Miss Evangeline peut pas attendre. M. Fitzroy s'est mis en tête de l'épouser. Mais elle a peur de lui, elle a déjà dit à sa maman et son papa qu'elle veut pas aller vivre là-bas toute seule à Belle Triste, avec les alligators. Sa maman et son papa ils se sont fâchés tout rouge, ils ont dit qu'est-ce qu'elle en sait une jeune fille comme elle qui sort tout juste de l'école, les Fitzroy c'est une vieille famille, la plus riche de La Nouvelle-Orléans, et elle va l'épouser sinon ils la mettent au couvent irlandais jusqu'à ce qu'elle retrouve la raison. À ce qu'on raconte M. Fontaine a des dettes de jeu, il doit des sous aux Fitzroy. Et M. Fitzroy, il lui a donné cette bague en disant qu'elle était à sa grand-mère, qu'il y a pas plus précieux comme bijou, et il y en a qui disent que c'est pour montrer à tout le monde qu'elle lui appartient. Il y en a d'autres qui disent qu'il aime bien Miss Evangeline parce que sa maman a eu quatre garçons, alors il est sûr que Miss Evangeline lui donnera des fils. Elle a peur, elle supplie qu'on l'aide vite, avant qu'il la tue. Parce qu'il y a un autre problème.

— Tu crois qu'j'ai pas entendu? Dans l'Tremé tout l'monde cause d'elle et du garçon à l'Oncle Charles, Laurent Baptiste, celui qu'la vieille Mme Fontaine aime comme son fils. Partout où y va, Miss Evangeline l'suit. Des cousins, mon œil. Dès qu'il va dans l'Tremé pour faire sa musique, Miss Evangeline débarque avec ses amis pour l'entend' jouer. J'sais même qu'la vieille Mme Fontaine lui a installé une *garçonnière* près du fleuve, comme ça y peut faire c'qu'font les garçons, en privé et avec une Créole, mais pas avec une Blanche! Il y va, et comme par hasard Miss Evangeline va dire bonjour à sa grand-mère. En vrai, elle va en douce dans cette *garçonnière*, la nuit. Miss Evangeline, répéta Mama en crachant de nouveau, c'est rien d'aut' qu'une imbécile. Et le Laurent pareil. Bon sang, ils ont du coton dans l'cerveau ou quoi? Déjà dans l'Tremé, on commence à parler des cousins qui s'bécotent. Quand ça va v'nir aux oreilles des Blancs, y vont avoir des drôles d'ennuis. T'as déjà vu des nègres pendus aux arbres, ma fille? Moi, oui. J'ai même vu pire que ça. Et tu m'dis qu'Maurice Fitz'oy a des vues sur elle? Si c'est ça, le Laurent en a plus pour longtemps à vivre. On va trouver des morceaux d'lui dans tout l'bayou, si les alligators l'bouffent pas avant. Elle aussi si ça se trouve. Mais le Maurice, l'est trop méchant pour la tuer tout d'suite. D'abord, y va trouver l'moyen d's'venger pour l'avoir déshonoré. »

La jeune servante baissa les yeux et dit d'une toute petite voix :

« Elle sait. Mais ça va vraiment mal. Elle est *enceinte*. Et elle est morte de peur.

— J'm'en fiche si elle a peur, j'tue pas un bébé. C'est fini, ça! Y viennent me hanter, après. Y pleurent la nuit à côté d'mon lit. Jamais y m'laissent en paix. Jamais.

— Elle veut pas forcément s'en débarrasser. Elle vient d'apprendre que Laurent Baptiste doit partir pour la France. Et juste en ce moment, il y a un Anglais en visite dans la famille, et il trouve Miss Evangeline drôlement mignonne, mais il repart pour l'Europe demain. L'Angleterre est bien loin d'ici. Miss Evangeline doit agir vite. Elle veut un grigri pour l'obliger à l'emmener, et l'épouser sur le bateau. Elle dit que le capitaine peut le faire.

— Tss-tss. Quelle pagaille ! Où est Miss Evangeline ?

— Chez sa tante. Sa maman est très occupée à cause du bal.

— Et c't'Anglais, l'est là aussi ?

— Oui, madame Mama.

— Son nom ?

— Richard Fairfax. »

Mama secoua la tête en grommelant quelque chose, puis soupira. Elle resta sans bouger pendant un instant, mâchonnant l'extrémité de la pipe entre ses gencives, puis se leva et se dirigea d'un pas traînant vers un recoin sombre, derrière l'autel. Dans l'obscurité, elle fouilla dans son bazar, parmi les bocaux remplis de bouts de tissus et de plumes de poulet. Elle prit un peu de ceci, versa un peu de cela, et mélangea le tout dans un pot de confiture sale. Puis elle cracha dedans et transvasa la décoction dans un flacon marron.

« T'as queque chose qu'a été touché par l'Anglais ? Sinon ça sert à rien. »

Delphi lui tendit le mouchoir dans lequel reposait la fève que Richard avait donnée à Evangeline.

« Il l'a mise dans sa bouche », expliqua-t-elle.

Mama La Bas porta l'objet à son visage, fit des incantations pendant une minute, se lécha un doigt et toucha la petite tête du bébé.

« Richard Fai'fax », déclama-t-elle avant de le jeter dans la mixture et de bien reboucher.

Elle tint le flacon à la lumière. La fève dorée brillait dans le liquide trouble.

« V'là c'qui lui faut. L'Anglais doit boire ça. C'est fort, mais tu l'mélanges à aut' chose – un bon coup d'whisky et il y voit qu'du feu. Pendant douze heures après, y fait tout c'qu'elle veut. Ce gri-gri est puissant mais dis-lui bien d's'dépêcher, y marchera qu'douze heures. »

Mama mit la bague dans sa poche. Elle ne la vendrait pas ; elle ferait plutôt une offrande à l'esprit de sa mère.

Lorsque Delphy revint de chez Mama La Bas, la terrasse de Tante Celeste était remplie de convives faisant leurs adieux. Parmi les automobiles alignées le long du trottoir, le chauffeur des Fontaine faisait les cent pas.

« Miss Evangeline, soyez raisonnable maintenant. Votre maman a déjà assez de soucis comme ça avec le bal, et Delphy n'avait qu'à pas être en retard. Il est grand temps de rentrer se préparer.

— Rien qu'une minute, répondit Evangeline qui venait de voir sa femme de chambre se faufiler par l'entrée de service. Tante Celeste, puis-je vous demander du papier à lettres ? »

Evangeline griffonna un mot pour Laurent et alla le donner à Delphy en même temps que ses instructions : tant pis, elle se passerait de son aide pour s'habiller. La servante ressortit aussitôt avec le billet en main, et une expression inquiète sur le visage.

Il y avait eu un orage, mais le ciel s'était dégagé au crépuscule. Un par un les flambeaux furent allumés, et un feu d'artifice vint éclairer la nuit naissante comme en plein jour. Les chars multicolores se positionnèrent les uns derrière les autres, et les jeunes filles des familles les plus renommées de La Nouvelle-Orléans empoignèrent leurs traînes pour monter à bord et accéder à leurs « trônes » fleuris, trébuchant contre les marches en bois avec leurs mules en satin. Lorsqu'un feu d'artifice vint s'égarer de leur côté, elles hurlèrent toutes en même temps. Ensuite elles se passèrent une main dans les cheveux pour les lisser, firent bouffer leurs robes, et les plus audacieuses sortirent des poudriers défendus de leurs minaudières – le maquillage était une activité strictement interdite par les parents à la maison et les religieuses à l'école – et commencèrent à se farder. Lorsque tout fut parfait, on leur tendit un bouquet, des bonbons, des colliers de perles et des doublons dorés qu'elles auraient pour mission de lancer à la foule.

Le bal donné en l'honneur d'Evangeline Fontaine était le dernier avant carême, et il promettait d'être splendide. Les filles étaient au comble de l'excitation, et s'échangèrent quelques informations à voix basse : à ce qu'on disait, le père d'Evangeline avait loué un train pour faire venir un célèbre orchestre de New York, des centaines de homards vivants conservés dans la glace, des montagnes de caviar, le chef cuisinier du grand restaurant Delmonico's et une serre entière d'orchidées. En attendant que le char se mette en branle, chacune sortit son carnet de bal pour comparer, tenter de savoir qui avait demandé à l'avance de danser avec qui. Entre deux gloussements et des exclamations telles que « Il a dit *quoi* ? », « Je savais bien qu'il avait le béguin pour toi ! » ou « Oh non, il me marche toujours sur les pieds celui-là ! », les demoiselles regardaient en coin Evangeline qui ne disait rien et n'avait pas du tout l'air de s'amuser.

Le joyeux brouhaha cessa et les débutantes se mirent à chuchoter, se demandant quel était encore le problème avec Mlle Je-me-donne-des-grands-airs. Elle avait une robe de dame, commandée spécialement chez un couturier parisien, en drap d'or et ornée de petits cristaux verts et violets qui brillaient de mille feux sous les lumières. Et quel décolleté ! C'était un miracle qu'on l'ait laissée sortir de chez elle dans une tenue aussi osée. « Attention, chaud devant ! », marmonna l'une d'elles. « Et derrière », ajouta une autre méchamment.

Evangeline n'avait pas besoin de fard à joues, ni de rouge à lèvres : ses pommettes étaient juste assez roses pour mettre en valeur sa peau laiteuse, et ses yeux noirs étincelaient à la lueur des flambeaux. Devant une telle beauté, les autres ne pouvaient que s'incliner, et pour se venger de se sentir quelconques, elles se mirent à raconter que toute la ville était au courant pour les revers de fortune de la famille Fontaine : non seulement l'entreprise avait perdu de l'argent en France mais le père aussi, en jouant au poker – alors comment se faisait-il qu'Evangeline arrivait quand même à avoir la plus jolie robe et le plus grand bal de toutes ? Par-dessus le marché, une rumeur prétendait qu'elle était pratiquement fiancée à Maurice Fitzroy, et serait la première de la bande à se marier. Il fallait toujours qu'elle soit la première, Evangeline.

« Peut-être qu'elle aura la chance d'aller à Paris pour sa lune de miel ! commenta une fille en soupirant.

— Si c'est le cas, elle devrait y rester ! rétorqua une autre. Ce n'est pas moi qui irais m'enterrer à Belle Triste, avec Maurice Fitzroy et les alligators pour seule compagnie. »

Belle Triste avait été nommée ainsi voilà plus de deux siècles à cause de l'immense chêne recouvert de lianes qui montait la garde à l'entrée, et ressemblait à s'y méprendre à une femme en deuil drapée de noir. Il y avait fort longtemps, un membre du clan Fitzroy était mort en duel et sa jeune veuve ne s'était plus jamais montrée en public, portant le deuil jusqu'au jour de sa mort sous la forme d'un voile noir. Cet endroit respirait la mélancolie.

« Arrête !

— Ben quoi, c'est vrai. Ils sont peut-être riches, mais tout le monde sait qu'il y a un problème avec les Fitzroy. Soit ils tombent malades, soit ils perdent la tête. Il y en a même qui penchent pour une malédiction. Vous ne vous souvenez pas des crises que son père faisait ? Plus personne ne le voyait parce qu'ils étaient obligés de l'enfermer à la cave avec une infirmière. Et sa tante qui allait toujours se balader dans le bayou et un beau jour n'est pas revenue ? À ce qu'il paraît, une de leurs esclaves l'avait fait tomber sur le crâne quand elle était bébé – c'était pour se venger, parce qu'on lui avait coupé les orteils.

— Maman aussi dit qu'ils sont bizarres, mais d'après elle, c'est à force de se marier entre cousins, vu que personne d'autre n'était jamais assez bien pour eux.

— Chut ! Elle va entendre. »

La conversation se poursuivit à voix encore plus basse.

« Et on raconte aussi que Maurice s'emporte parfois, qu'il devient fou, il a le regard fixe et peut se montrer très méchant, il aurait même tué deux ouvriers agricoles dans un accès de rage.

— Bah, ils l'avaient sans doute mérité. Mon père dit toujours que si les employés de couleur s'emballent un peu trop, il faut leur montrer qui est le chef. »

Evangeline agrippa son siège en entendant les premières notes de *When the Saints Go Marching In*. Brusquement le char se mit à avancer, arrachant un cri perçant aux demoiselles. L'engin tanguait dangereusement près des spectateurs, et Evangeline dut se retenir de ne pas vomir. La robe que son père avait absolument tenu à lui acheter était trop serrée au niveau du corset. L'essayeuse venue de Paris n'avait pas arrêté d'y faire des retouches. Elle avait fini par décréter que c'était parfait, et tant pis si Evangeline n'arrivait pas à respirer. Mon Dieu, toutes ces odeurs écœurantes ce soir ! Entre les corps transpirants, le jasmin qui exhalait après la pluie, la poudre des feux d'artifice, la bière et le crottin de cheval, sans parler des égouts et de la digue, le tout se mélangeant aux vapeurs graisseuses qui s'élevaient des fûts de pétrole où l'on faisait revenir des huîtres pour les sandwichs *po' boy*…

« Sandwich *po' boy*, ach'tez vot' sandwich tant qu'il est chaud ! Avant l'début d'la parade ! »

Autour d'eux c'était une marée humaine, une partie masquée, l'autre non, et tous s'agitaient de façon sinistre. Il y avait vraiment beaucoup de masques de loup-garou cette année, songea Evangeline, en proie au vertige. À chaque fois qu'elle levait la tête, la figure mi-humaine mi- lupine lui lançait un regard mauvais, les flambeaux faisant briller de petits yeux à travers les fentes.

Quelqu'un sait…

Derrière elle les messes basses repartirent de plus belle, s'orientant vers un autre scandale à propos de la jeune cousine de l'une des débutantes qui s'était fait « engrosser » par un inconnu. Entre deux battements de tambour, Evangeline saisit les mots, « famille… un papier… le juge a signé, elle est officiellement folle », « enlevé le bébé », « reniée » et « ne reviendra plus jamais ». Elle avait eu beau pleurer, supplier, implorer ses parents de la garder à la maison, on l'avait fourrée sans ménagement dans une auto avec sa valise et emmenée. Sans doute au couvent dont elles avaient toutes entendu parler, dans une lointaine paroisse menée d'une main de fer par des religieuses irlandaises. D'après la légende, elles conservaient une lanière de cuir à côté de leur rosaire.

« Et ce n'est pas tout. Devine ce que notre cuisinière a appris par quelqu'un au marché », puis « Laurent Baptiste », et « Il aurait couché avec une Blanche ! Dans sa *garçonnière* ! », « Non ! Pas possible ! C'était qui, on le sait ? »

Quelques ricanements se firent entendre. « Alors là, c'est le pompon ! Avec un mulâtre… quel genre de traînée aurait… » Tout en cancanant, les filles lançaient leurs bonbons et leurs colliers de perles, saluant gaiement la foule.

Quelqu'un savait.

Ce fut un jeu d'enfant de repérer Richard Fairfax dans la foule. Il paraissait enivré – par la douce soirée, le joyeux défilé, la fanfare endiablée, l'ambiance électrique… ou peut-être par le whisky bien tassé que Delphy lui avait servi avant de partir.

« Richard ! » s'écria Evangeline. Elle le gratifia d'un sourire radieux lorsqu'il se tourna vers elle, lui fit de grands gestes et lança une poignée de doublons dans sa direction. Richard en attrapa un au vol, y déposa un baiser et fit la révérence.

« N'oubliez pas la danse que vous m'avez promise, cria-t-il.

— À ce que je vois, commenta une voisine aigrie, tu as un autre admirateur. Et pas des moindres, cet officier anglais est très beau. Maurice n'est pas jaloux ?

— Oh, tu sais! répondit Evangeline en troquant son sourire pour l'air las qu'elle arborait habituellement, je suis bien obligée d'être aimable. Il loge chez mon oncle, on l'a invité à mon bal. Il repart demain. ». *Mon Dieu, faites que le défilé se termine.*

« Evangeline a l'air bizarre, on dirait qu'elle est malade. »

Au manoir des Fontaine, l'orchestre avait reçu l'ordre de jouer sans interruption jusqu'à ce que le dîner soit servi. En comparaison des danseurs joyeux et des couples en train de se courtiser, Maurice Fitzroy paraissait bien maussade – il avait le visage fermé et buvait plus que de raison, remarqua-t-on. Plusieurs invités demandèrent à leurs hôtes où Evangeline était passée. Elle avait dansé un peu trop longtemps avec ce gentleman anglais, puis s'était éclipsée. On n'allait pas tarder à jaser. Sa mère tentait depuis plusieurs minutes de fuir un cercle de vieilles dames déterminées à lui exposer leurs griefs au sujet des « jeunes filles d'aujourd'hui » qui prenaient l'institution du mariage bien à la légère.

« C'est la nervosité, expliqua Solange Fontaine à Maurice pour le rassurer, tout en regardant furtivement par-dessus son épaule et en projetant de donner son futur gendre en pâture aux vieilles dames. Après tout, on ne se fiance qu'une fois dans la vie. »

Mais en son for intérieur, elle trouvait qu'Evangeline mettait beaucoup de temps à se refaire une beauté.

Maurice plissa les yeux.

« Excusez-moi, annonça-t-il, je vois mon contremaître qui me fait signe depuis l'entrée. J'espère que vous pardonnerez cette intrusion, mais à l'évidence il s'agit d'un problème urgent s'il ose venir me déranger en votre demeure. Mes hommages, Madame. »

Il s'éloigna, et Solange se retrouva une fois de plus coincée avec les dames.

Enfermée dans sa salle de bains, Evangeline remit de l'ordre dans sa tenue et se tamponna le front avec un linge mouillé. Elle venait de laisser Richard dans une chambre d'amis, un sourire béat aux lèvres et à moitié endormi, après lui avoir fait promettre de ne pas retourner au bal mais d'aller l'attendre au portail – le grigri avait marché et elle se sentait accablée. Le cours de sa vie venait d'être changé à jamais. Elle allait mettre au monde un bébé noir et venait de séduire un autre homme. À l'évidence elle irait en enfer – et avant au couvent irlandais –, à moins de mener à bien le reste de ce plan totalement inconsidéré. Pour l'heure, elle devait se rendre en catimini au jardin où normalement Laurent l'attendait, afin de lui dire qu'elle était au courant pour son départ imminent et qu'elle avait trouvé le moyen de le rejoindre. Ensuite, elle devait retourner au bal pour l'annonce de ses fiançailles, afin de jouer la comédie devant tout le monde. La musique allait s'arrêter d'une minute à l'autre et ses parents devaient la chercher partout.

Evangeline entrouvrit la porte de sa chambre et jeta un coup d'œil sur le palier. Personne. Elle releva le bas de sa robe pour aller plus vite et se faufila jusqu'à l'escalier de service qui menait au sous-sol. Se dirigeant à l'aveuglette jusqu'à la porte du jardin, elle l'ouvrit et chuchota le nom de Laurent. Pas de réponse. Tout en rasant les murs elle scruta l'obscurité, car il lui semblait entendre quelque chose un peu plus loin. Là-bas, près du vieux chêne, des silhouettes bougeaient. Une chemise blanche brillait dans le noir. L'orchestre marqua une pause, et par-dessus le tumulte elle entendit le claquement du fouet et un hurlement de douleur. Puis, aussitôt, des bruits de pas précipités venant du sous-sol et la porte qui s'ouvrit à la volée.

Tout essoufflé, André s'exclama :

« Dépêche-toi, Philippe ! Va savoir pourquoi Maurice a encore une de ses crises, et il s'est mis en tête de cravacher quelqu'un.

— Il choisit bien son moment, bon sang… », grommela Philippe. Evangeline vit ses frères retrousser leur queue-de-pie pour courir en direction du vieux chêne, et d'instinct elle sut ce qui s'était passé. Elle devait agir avant qu'il soit trop tard.

Elle retourna au sous-sol et tâtonna jusqu'à trouver le vieux fusil de chasse que le jardinier conservait pour les cas où un serpent s'aventurait là. Elle prit des munitions dans la boîte posée à côté, priant pour que ses mains ne tremblent pas trop et qu'elle puisse le charger. Dehors quelqu'un s'indigna, un autre supplia, mais le fouet claqua de plus belle et un cri déchira la nuit. Elle courut aussi vite qu'elle put avec cette robe qui entravait ses mouvements. Les hommes, qui étaient dans tous leurs états, ne la virent pas écarter le rideau de lianes qui pendaient aux branches du chêne. Il y avait quelque chose par terre, recouvert de sang – non, *quelqu'un*. Son corps était dans une curieuse position, et de toute évidence il était mal en point. Laurent ! Maurice était devenu fou, et il n'hésita pas à donner des coups de cravache à Philippe lorsque celui-ci se pencha pour aider son cousin. En un instant sa veste se retrouva en lambeaux. Il s'écroula de douleur.

De son côté, André se tortillait pour se dégager des deux brutes qui lui maintenaient les bras dans le dos. Il cria :

« Tu as perdu la tête ou quoi ? Pourquoi diable t'en prends-tu à Laurent ? C'est avec l'Anglais qu'Evangeline a dansé toute la soirée !

— Lis donc le mot doux qu'elle lui a fait passer, lança Maurice d'un ton hargneux, le visage déformé par la rage. Mon contremaître les surveille depuis des semaines, il l'a trouvé sur le bureau de Laurent tout à l'heure, négligent comme il est. Chez les Fitzroy, la tradition était de donner une raclée aux esclaves quand ils s'écartaient du droit chemin, et après de leur couper un membre. Mais celui-ci, je vais lui donner une bonne leçon. D'abord je vais le tailader pour qu'il se vide de son sang et ensuite je vais le pendre à cet arbre, dans votre jardin, pour que votre traînée de sœur puisse regarder ! »

Soudain, l'éclair argenté d'une lame brilla dans le noir.

Personne ne vit Evangeline caler fermement le fusil contre son épaule, comme André le lui avait appris, orienter le lourd canon vers la chemise blanche de Maurice et appuyer sur la gâchette.

Sous la violence du coup de feu elle recula et la crosse vint lui frapper l'épaule, puis le menton. Elle eut la sensation que son nez avait explosé, et un liquide chaud se mit à lui couler dans la bouche. La douleur fulgurante ne l'empêcha pas de tirer une seconde fois, sans prendre le temps de viser. Maurice était à terre et gémissait horriblement. Elle sentit quelqu'un lui arracher l'arme des mains.

C'était Solomon, le majordome, qui avait surgi de nulle part. Evangeline regarda autour d'elle. Les hommes de Maurice s'étaient volatilisés, André était penché au-dessus de Laurent et Philippe était en train d'enrouler sa main ensanglantée dans un mouchoir. À l'intérieur, les invités s'étaient approchés des fenêtres ouvertes et scrutaient le jardin obscur.

« Qu'est-ce qui s'est passé ? Tout va bien ?

— Les gens ne doivent pas s'approcher d'ici. Que quelqu'un aille voir ce fichu orchestre pour lui demander de jouer, ordonna Philippe d'une voix pâteuse. Solomon, tu vas devoir m'aider avec M. Fitzroy. Il est gravement blessé. »

Discrètement, Evangeline se baissa pour ramasser un bout de papier froissé sur la pelouse.

Solomon s'épongea le front, puis avança d'un pas décidé vers le manoir et s'écria :

« Tout va bien, mesdames et messieurs, vous pouvez rentrer. Ah ! je l'ai pourtant dit mille fois à ces garnements, c'est interdit les feux d'artifice dans le jardin de M. Fontaine. Il va finir par y avoir un accident, s'ils allument tout en même temps. Allez, on se détend, c'est juste une bande de garnements qui s'énervent, comme ils font quand c'est Mardi gras. On est en train de nettoyer, comme ça, personne ne se fait mal. »

L'orchestre se remit à jouer, et la plupart des convives retournèrent à leur danse. Mais quelques curieux rôdaient encore sur la terrasse, essayant d'apercevoir quelque chose.

« Maurice s'est comporté en vrai héros, s'exclama André d'un air dégagé. Il a fait une barrière de son corps pour protéger les négrillons quand les pétards ont explosé !

— Ces négrillons et leurs pétards ! Vraiment, les Noirs n'ont pas plus de bon sens que des singes.

— André, ce n'est pas Evangeline que je vois là-bas ? Il me semble reconnaître sa jolie robe. La petite cachottière, qu'est-ce qu'elle fabrique dehors ? Dis-lui que sa maman la cherche partout.

— Je n'y manquerai pas. »

De son côté Philippe donnait des ordres succincts, le souffle court.

« Fais de ton mieux pour panser les plaies de Laurent, et ensuite amène-le au quai. Nous avons un navire qui part pour Marseille cette nuit. Arrange-toi pour qu'il soit à bord. Il n'a pas encore repris connaissance, mais Dieu merci on est arrivés avant que Maurice se serve de son couteau. C'est quoi cette histoire de billet doux qu'Evangeline aurait écrit ?

— J'en sais rien, mais j'ai toujours pensé que la démence qui court chez les Fitzroy le rattraperait un jour, répliqua André. Regarde-le, il pisse le sang. »

Soudain il remarqua sa sœur qui était triste à voir : robe déchirée, yeux hagards, nez sanguinolent.

« Mais qu'est-ce que tu fiches ici, Evangeline ? Qu'as-tu fait ! Oh, mon Dieu ! » Il se tourna vers Solomon. « Ramène-la dans sa chambre avant qu'on la voie et que ça fasse encore scandale. Maman va avoir une syncope. »

Quelqu'un ramena Evangeline jusqu'à l'escalier de service et lui fit monter les marches. Ensuite la voix de Delphy dit :

« Miss Evangeline ? J'ai un cataplasme pour votre figure. Vite, il faut le mettre pour que votre maman vous voie pas dans cet état. Elle va arriver, c'est vrai. André est en train de lui parler, il lui raconte un tas de boniments, des salades par-ci, des salades par-là, pour nous laisser le temps de vous débarbouiller. »

Delphy fut efficace, dégrafant les bijoux, ôtant les bas troués et les mules sales, enveloppant la robe tachée de sang dans un drap et courant dans la pièce d'à côté pour cacher le tout. Evangeline en profita pour fermer à clef derrière elle. Ensuite elle ouvrit son armoire, écarta tout un tas de robes et de chaussures plus ou moins habillées et extirpa ses bottes d'équitation, un vieux pantalon et un chandail noir troué aux coudes qu'elle mettait lorsqu'elle allait pêcher chez sa grand-mère. Delphy était de retour, elle se mit à tambouriner à la porte.

« Vite, laissez-moi entrer !

— Est-ce qu'il va bien ?

— Qui ça ?

— Laurent.

— L'est déjà sur le bateau. C'est sûr, il part pour la France ce soir. L'est pas beau à voir, par contre. Il a des côtes cassées, le nez aussi, il saigne beaucoup mais on dirait bien qu'il va vivre. Le docteur est avec M. Maurice maintenant. L'est en plein délire, il arrive pas à bouger ses bras ni ses jambes. M. André l'a drogué dans son bureau, il a vidé les carafes partout par terre pour que ça empeste le whisky, faire comme s'ils avaient beaucoup bu avant cette histoire de pétards. Votre papa il s'est écroulé dans la salle à manger, votre maman elle arrête pas de courir partout. Seigneur, Miss Evangeline ! Le plan, il va pas marcher ! C'est le diable qui vous l'a soufflé.

— Peu importe que ce soit le diable ! Je dois y arriver. Dis à mes frères de retenir maman un peu plus, le temps que je m'en aille.

— Miss Evangeline, l'Anglais, il a les yeux bleus et les cheveux blonds. Quand le bébé sera né, il va comprendre qu'il est pas de lui. Et puis en bas, ils courent tous comme des poulets sans tête, et la famille qui est en train de monter vous voir. C'est impossible de sortir de la maison ! Ça va pas marcher !

— Tais-toi, bon sang ! Laisse-moi réfléchir. Va me chercher plus de glace. Et interdiction à quiconque d'entrer ! »

Evangeline enfila ses bottes, noua un foulard en soie noire sur ses cheveux, éteignit les lumières et ouvrit la fenêtre en grand. Quand ils étaient petits, André et elle passaient tout le temps par le toit de la terrasse pour sortir de sa chambre, mais tout à coup, cela lui parut bien haut, et elle fut prise de vertige. Son nez avait doublé de volume, elle avait du mal à respirer et elle était à peu près certaine de s'être cassé la clavicule. Comment allait-elle faire ? Elle serra les dents.

En bas, l'orchestre arrêta de jouer et Oncle Charles fit une annonce : il priait les invités de quitter les lieux sans tarder. Après quelques murmures de protestation, les gens commencèrent à partir et les autos à défiler dans l'allée, jusqu'à ce qu'il n'y ait plus personne hormis le grand blond qui attendait dans l'obscurité près du portail, les yeux rivés vers le manoir. Evangeline aperçut un tout petit point de lumière orange lorsqu'il alluma une cigarette et la fuma, puis en alluma une autre.

Richard se souvint de ce qu'elle lui avait dit : mieux valait attendre que la maison soit fermée pour la nuit. Il observa Solomon verrouiller portes et fenêtres, mais à chaque issue bloquée son cœur se serrait un peu plus. Et si elle ne réussissait pas à sortir ? Si elle ne venait pas, il en mourrait. Il se consumait littéralement de désir pour elle. Elle avait promis de s'enfuir avec lui à condition qu'il l'épouse, et il lui avait répondu que le capitaine pouvait les marier dès qu'ils seraient en mer. Où était-elle donc ? Il pensa à la marée et son anxiété redoubla.

« Il ne faut pas leur donner le temps de nous suivre, avait-elle expliqué. Je te retrouverai au portail. »

Evangeline réprima un haut-le-cœur, consciente de manquer de temps. Delphy ne pourrait pas retenir sa mère beaucoup plus. Pour la troisième fois elle aperçut une lumière orange, une autre cigarette. C'était maintenant ou jamais. Rassemblant ses dernières forces, elle enjamba le rebord de la fenêtre et se retrouva sur le toit en pente. Surtout, ne pas regarder en bas. Souviens-toi, se dit-elle, tu l'as fait quantité de fois. Il n'y a rien de plus facile. Lentement, elle avança jusqu'au bout du toit où elle trouva le figuier que son père avait planté le long de la maison. Dieu merci, il avait poussé depuis son enfance. Manquant de s'évanouir tant la douleur à son épaule était intense, elle se servit de son bras gauche pour s'agripper aux branches et descendre de l'arbre. Sautant dans l'allée, elle le contourna au pas de course, silhouette voûtée aux habits miteux et au visage boursouflé. Juste avant d'atteindre le portail elle se retourna pour regarder une dernière fois sa maison, ses balcons en fer forgé et son jardin majestueux. Seuls quelques rais de lumière filtraient encore à travers les volets fermés. Sur ce, Richard la prit par la main et ils coururent jusqu'au fleuve où le navire les attendait.

Trois heures plus tard, au lever du soleil, le capitaine les mariait à la hâte sur le pont, tout en se demandant comment diable la fille s'était débrouillée pour se faire cet œil au beurre noir. Il n'avait jamais vu promise plus déguenillée, ni fiancé plus heureux. Peu après, le bateau commença à tanguer. Le visage de la jeune mariée changea de couleur, et elle se rua sur le bastingage pour vomir.

3

Crowmarsh Priors, East Sussex, octobre 1938

En ouvrant le portail de l'église un samedi après-midi, Alice Osbourne vit un guidon de bicyclette dépasser des mauvaises herbes. Nell Hawthorne l'avait appuyé contre le monument aux morts, dont la liste des hommes et des femmes tombés pour la patrie était tristement longue, et la devise en latin rappelait que bienheureux étaient ceux qui rejoignaient le royaume des cieux en défendant leur pays. Alice fut choquée de voir le cimetière aussi mal entretenu. C'était le fils du boucher, Jimmy, qui était censé s'en occuper ; mais il ne se donnait visiblement plus cette peine depuis la mort du père d'Alice.

Alice se sentait fragile et vulnérable, comme si elle était en convalescence d'une longue maladie. Six mois plus tôt, Richard était rentré d'Amérique, et une Penelope Fairfax abasourdie et consternée avait téléphoné de Londres pour lui annoncer la nouvelle.

« Ma chère Alice, c'est horrible, je sais à peine comment vous le dire.

— Oh, Seigneur ! je vous en prie, pas Richard. Faites qu'il ne soit rien arrivé à Richard ! Son navire ? »

La voix de Penelope s'était fait murmure.

« Non, Alice. Il est… rentré. Il est, c'est-à-dire, il a… Oh, je suis tellement désolée !

— Vous m'avez fait une peur bleue. Dieu merci, il va bien.

— Il est marié.

— Mais… c'est impossible.

— À une Américaine. »

Penelope avait annoncé cela sur un tel ton, on aurait dit qu'on était en train de l'étrangler.

« Il… il a décidé de l'amener à Crowmarsh Priors pour y vivre. Apparemment, elle… attendrait un enfant. Oh, Alice, quel grand malheur !

— Mais… Richard et moi sommes fiancés. »

Fiancés, s'était-elle répétée en raccrochant au nez de Penelope, lorsque celle-ci lui avait affirmé dire la vérité. Il y avait forcément une erreur. Alice trouvait que c'était une bien mauvaise blague, cruelle, même. Et impossible.

Elle n'y avait pas cru jusqu'à ce qu'une semaine plus tard, un après-midi, elle voie le petit bolide de Richard s'arrêter devant la maison des Fairfax. Il s'était précipité pour ouvrir la portière côté passager. Le cœur d'Alice s'était mis à battre à tout rompre lorsqu'elle l'avait vu prendre la main d'une grande brune mince pour l'aider à sortir, puis la guider jusqu'en haut du perron, comme si elle était en verre et risquait de se casser. Sur le pas de la porte il l'avait prise dans ses bras et fait entrer solennellement.

Bien vite, Alice avait su qu'ils s'étaient rencontrés à La Nouvelle-Orléans, enfuis comme de jeunes tourtereaux et mariés en mer. Jimmy l'avait raconté à Mme Osbourne qui s'était empressée de le répéter à Alice à l'heure du thé, avec force lamentations :

« "Mme Richard" allait donc vivre à Crowmarsh Priors pour l'instant. Quel scandale ! Penelope Fairfax n'osera plus jamais regarder personne en face ! Je me demande ce que ton père aurait dit de tout ça, tiens ! » avait-elle conclu son monologue, comme toujours.

Alice avait dû faire appel à tout son sang-froid pour ne pas mordre dans sa tasse, avaler les fragments de porcelaine et mourir en s'étouffant dans son propre sang.

Le lendemain, Richard était venu leur rendre visite au cottage. En lui ouvrant, Alice était devenue blême. Incapable d'écouter ce qu'il avait à dire, elle avait tourné les talons, laissant le problème à sa mère, et pris la fuite par la porte de derrière. Elle avait marché sans but jusqu'à la nuit. Le lendemain à l'aube Richard avait quitté le village, mais son épouse était restée. Alice s'était retrouvée nez à nez avec elle chez le boucher. Elle avait les cheveux bruns et la peau pâle, et sans ce nez légèrement bouffi, elle aurait été très belle. Elle donnait l'impression d'être meurtrie. Comme un fruit talé, avait songé Alice avec amertume.

Depuis, Alice avait survécu sans trop savoir comment, s'accrochant à son train-train quotidien et à son travail à l'école, mais lorsqu'elle rentrait le soir, sa mère reprenait sa diatribe sur l'attitude déplorable de Richard exactement là où elle l'avait laissée la veille. Alice allait alors s'enfermer dans sa chambre, en pleurs. Le plus dur à présent était de garder sa dignité en public car – elle ne le savait que trop bien – le village entier était au courant que son fiancé l'avait abandonnée pour une coquine doublée d'une intrigante, qui s'habillait comme un valet d'écurie et parlait avec un drôle d'accent. L'avenir était bien sombre pour la fille de feu révérend Osbourne.

Alice entra dans la sacristie, humant les odeurs familières et réconfortantes de la cire, des vieilles chasubles, du vin de messe, de l'encaustique, des souris et de l'encens. C'était un splendide après-midi d'automne, une douce brise soufflait et les collines l'appelaient, mais Alice aimait bien avoir la sacristie pour elle toute seule lorsque Nell avait fini de nettoyer. Elle défit le foulard qu'elle avait attaché bien serré autour du cou et qui lui faisait une petite tête, puis passa les mains dans ses cheveux raides et ternes. Elle ne réussit pas à leur donner une once de volume, mais son apparence physique était devenue le cadet de ses soucis.

Elle posa une nappe d'autel fraîchement lavée et repassée sur un banc, puis alla prendre son vieux tablier à fleurs accroché à la patère. Elle le noua par-dessus sa jupe en tweed d'un marron triste et un twin-set dont sa mère ne voulait plus, étala quelques feuilles de journal devant elle et prit l'encaustique sur l'étagère. Nell avait disposé les candélabres et le plateau pour la quête sur l'autel, tandis que le calice en argent et la patène se trouvaient dans leur sac en feutre vert à côté d'une boîte de cierges toute neuve.

Elle ferma les yeux, imaginant son père en train de mettre la dernière main à son sermon du lendemain, puis allant le lire à voix haute à la chaire pour s'assurer qu'il durait vingt minutes et pas une de plus. Depuis sa mort, Alice avait continué à préparer l'autel pour l'office dominical, car personne d'autre au village ne s'était proposé. De toute façon, elle n'avait rien de mieux à faire de ses samedis après-midi. Le nouveau révérend était enfin arrivé, mais il n'était pas marié. Alice soupira. Oliver Hammet avait beau être plein de bonne volonté, il était jeune et c'était sa première paroisse. Il aurait mieux valu nommer un homme plus âgé. On racontait dans le village que Lady Marchmont, qui considérait Crowmarsh Priors comme son fief personnel, avait eu une discussion « en privé » avec l'évêque à son sujet. Après avoir eu confirmation que M. Hammet, un de ses cousins éloignés, était du point de vue du dogme, « orthodoxe, tout à fait orthodoxe », elle avait simplement exigé qu'on lui donne cette cure. Comme d'habitude, elle était parvenue à ses fins.

Alice déplia les chiffons qu'elle avait fait bouillir à la maison et se mit à astiquer le cuivre avec entrain. Le problème du cimetière n'était que la partie visible de l'iceberg. Le nouveau révérend était diplômé de Cambridge, comme le père d'Alice, mais n'était pas efficace pour deux sous. Il lui faisait penser à un hibou avec ses petites lunettes rondes, un hibou grand et gentil mais qui se serait fait prendre dans les phares d'une auto. Il se débattait vainement avec son emploi du temps chargé – ses obligations pastorales, le conseil paroissial, les bedeaux, les bonnes œuvres, l'école du dimanche. En proie au trac, il prononçait ses sermons à la hâte, ce qui faisait qu'ils étaient souvent trop courts, mais pouvaient aussi être très longs, semant la confusion chez ses ouailles.

Alice avait fait de son mieux pour l'aider sans trop s'immiscer. Elle lui avait fait comprendre le plus diplomatiquement possible comment gérer au mieux sa lourde charge, allant même jusqu'à mentionner la règle d'or des vingt minutes que son père s'imposait pour les sermons. Il l'avait remerciée avec effusion et lui avait paru sincèrement reconnaissant, mais au final les conseils d'Alice n'avaient qu'un impact très limité sur ses tendances brouillonnes. Au presbytère, il avait le chic pour ranger les choses aux endroits les plus incongrus – comme les notes qu'il griffonnait au dos d'enveloppes ou sa liste des réunions qu'il perdait tout le temps – et le désordre dans lequel il vivait était impressionnant. Un jour, Nell avait montré à Alice le carton de missels qu'ils avaient cherché partout : le révérend s'en était servi pour caler la citerne qui fuyait au sous-sol de la sacristie. Inutile de dire qu'ils étaient bons à jeter.

Après cet incident, Nell était allée frapper à son bureau et lui avait annoncé sur un ton ferme qu'il avait besoin d'aide, et qu'elle voulait bien s'en charger. De sa voix douce, Oliver Hammet lui avait répondu :

« Mais bien sûr, naturellement, je vous en prie, ce serait très gentil madame Hawthorne, c'est parfait, vraiment, votre prix sera le mien », tout en lui montrant l'ampleur des dégâts avec des gestes désespérés.

Nell avait raconté à Alice qu'elle n'avait jamais vu quelqu'un travailler dans un tel capharnaüm d'ouvrages, papiers volants, brochures, calendriers, livres des cantiques, on aurait dit qu'un raz-de-marée était passé par là. Tout ce fouillis débordait du bureau, allait se déverser dans le salon et commençait même à envahir la salle à manger, avec la cuisine en ligne de mire. Quotidiennement, elle découvrait des boîtes à biscuits, des tasses de thé à moitié pleines, des cols d'ecclésiastique, des trognons de pommes, des chaussettes esseulées. Une famille de souris avait établi son camp de base dans le garde-manger.

« Mon Dieu, c'est dans un état ! s'exclama-t-elle en entrant avec fracas dans la sacristie, un seau à la main et les yeux levés au ciel. La semaine dernière, j'ai nettoyé du sol au plafond, j'ai fait la poussière, passé la cire et tout rangé, et c'est de nouveau un bazar sans nom. Ta mère en aurait des vapeurs si elle voyait ce qu'est devenue votre ancienne maison. C'est une bénédiction qu'elle ne sache rien de tout ça. Décidément, cet homme a besoin d'une femme, et le plus tôt sera le mieux. »

Elle rinça le seau en secouant la tête, agacée.

C'était en train de devenir *le* sujet qu'il valait mieux éviter avec Alice. Les villageois n'arrêtaient pas de faire des allusions plus ou moins voilées à propos du célibat d'Oliver, et que peut-être Alice serait bientôt de retour au presbytère. Cela la rendait folle d'entendre cela. Elle ne pouvait tout de même pas faire comme Nell, frapper à son bureau pour lui dire qu'il avait besoin d'une épouse et qu'elle était la candidate parfaite. Heureusement, le révérend était distrait la plupart du temps, et rien dans son attitude ne laissait à penser qu'il avait remarqué la tendance de ses paroissiens à jouer les entremetteurs.

Nell rangea le seau et le balai à franges dans un placard, ôta son tablier et l'accrocha à la patère.

« Quant à ce cimetière, il aurait bien besoin d'être désherbé. Il était si joli quand c'était toi qui t'en occupais. »

Elle marqua une pause pour laisser à Alice l'occasion de répondre qu'elle trouverait le temps d'y consacrer une heure ou deux.

« Juste sous sa fenêtre de bureau en plus, il le voit forcément quand il lève le nez. »

Alice garda résolument le silence.

Remarque, songea Nell, ce n'était peut-être pas une bonne idée d'attirer l'attention du révérend sur Alice en ce moment. Elle se demanda si elle allait oser lui suggérer que ses cheveux auraient bien besoin d'être lavés. Ou coupés. Ils étaient particulièrement plats ce jour-là. Mais Alice paraissait tellement triste qu'un conseil d'amie n'était certainement pas de mise. Nell se dit que cela allait la déprimer encore plus.

« Tiens, poursuivit-elle en lui tendant un panier. J'ai ramassé quelques fruits que le vent a fait tomber. Ton père disait toujours que si on les laissait pourrir ça attirait les guêpes, et qu'il ne fallait pas hésiter à se servir si ça nous faisait plaisir, d'autant que ta pauvre mère n'a jamais eu le cœur d'en faire quoi que ce soit, même pas un peu de confiture. À mon avis, le révérend Hammet n'avait jamais remarqué le pommier avant que je lui en parle, mais il m'a dit, «Oh, bien sûr ! C'est très gentil à vous madame Hawthorne, je vous en prie servez-vous ». Alors c'est ce que j'ai fait.

— Merci », répondit Alice d'un ton méfiant, en priant pour que Nell rentre chez elle.

Prenant un air un peu trop dégagé, Nell continua :

« Il y en avait beaucoup cette année, je n'en ai jamais vu autant même, et ce matin Albert me dit, il me dit, “Pourquoi t'en amènerais pas à la famille Osbourne, Mlle Alice est forte en pâtisserie, les tartes qu'elle fait pour la Fête de la Moisson sont toujours si bonnes, et puis elle a le sens des réalités cette jeune dame. Peut-être qu'elle pourrait en préparer une de plus pour le révérend, vu qu'il n'a personne pour lui faire ce plaisir.”

— Merci Nell, c'est très gentil, mais…

— Tu sais, ma fille, c'est comme ça qu'on gagne le cœur d'un homme. Mon Albert se damnerait pour un bon gâteau. Ce qui vaut pour lui vaut pour les autres. »

Alice serra les dents. Elle aurait bien aimé que Nell et Albert et tous les autres au village se mêlent de leurs affaires. Elle n'avait pas davantage l'intention d'apporter des tartes aux pommes au révérend que de se laisser pousser des ailes pour voler au-dessus des collines.

« Allez, au revoir », dit Nell en s'éclipsant.

Alice se demandait comment convaincre Nell qu'elle n'était pas venue à la sacristie pour se faire remarquer du nouveau révérend. En vérité, c'était tellement agréable de se retrouver seule après avoir été au contact d'enfants agités toute la semaine, et avoir dû s'occuper de Maman et l'écouter se plaindre tout en essayant d'égayer ses soirées. Et aussi d'accomplir des tâches apaisantes qui lui rappelaient des temps plus heureux.

Il faisait si chaud qu'elle finit par ouvrir la fenêtre. Le soleil de la fin octobre dardait ses rayons sur les champs et, au-delà, sur les collines dénudées. Une guêpe se mit à bourdonner quelque part. Aucun enfant ne cria « Miss! Miss! » pour qu'elle vienne la chasser, aucune voix boudeuse ne réclama un mouchoir, une dragée, des lunettes égarées, un peu d'eau de lavande, un coussin. Oublié le petit cottage mal fichu où s'entassaient les cartons remplis de papiers, en attendant de leur trouver une place. Alice ferma les yeux et imagina que son père et elle se préparaient à faire leur promenade du samedi.

Ils venaient de refermer le portail lorsque la lourde porte en chêne de l'église s'ouvrit dans un grincement, puis se referma dans un claquement, ramenant brutalement Alice à la réalité. Peut-être que le visiteur, ne voyant pas le révérend, finirait par s'en aller. Puis son cœur se serra. Elle venait d'entendre le son mat d'une canne sur le sol en pierre, puis le pas ferme, caractéristique de la personne investie d'une certaine autorité. L'instant d'après, Lady Marchmont faisait irruption dans la sacristie, un bouquet flétri à la main.

« Alice, ma chère ! Je savais que je vous trouverais ici. J'ai apporté les derniers asters d'automne pour l'autel. Posez donc ce cierge et allez me trouver un vase ou deux. J'ai demandé à Mme Gifford de les envelopper dans du papier mouillé, mais elle n'y connaît rien en fleurs.

— Comme c'est gentil. Elles vont être très belles », répliqua Alice tout en s'exécutant. Elle remplit d'eau les deux grands vases trouvés dans le placard, puis y fourra les fleurs fanées.

« Vous les apporterez demain à votre mère, après l'office du soir, afin de l'égayer un peu. Ça ne sert à rien de les laisser au révérend, je parie qu'il ne fait pas la différence entre une tige et un pistil. »

Lady Marchmont prit la liberté de s'asseoir sur une chaise. Oh, Seigneur !

« Et comment va votre pauvre mère aujourd'hui, justement ? »

Alice eut un faible sourire.

« Aussi bien que possible, merci.

— Hum ! Vous m'avez l'air bien fatiguée, ma chère. Toutes ces heures passées à l'école – les enfants sont épuisants quand ils s'y mettent. Et pour quel résultat, me direz-vous ? Si vous voulez mon avis, ils devraient avoir une institutrice à domicile, comme moi, ou bien, s'ils sont d'en bas, être envoyés en apprentissage dès qu'ils ont l'âge, afin d'apprendre un métier utile. Car vraiment, je me demande ce qu'ils sont censés faire de ces mathématiques, de cette géographie et que sais-je encore, alors qu'il devient quasiment impossible d'engager une bonne digne de ce nom, de nos jours. Mais peu importe. Alice, j'ai quelque chose de très sérieux à vous dire. »

Lady Marchmont se pencha en s'appuyant des deux mains sur sa canne. Alice se demanda ce qui se passerait si elle prenait ses jambes à son cou en sautant par la fenêtre – si elle partait loin de sa mère et de Lady Marchmont, de Nell Hawthorne, de l'école, des villageois inquisiteurs, des tartes aux pommes, de tous et de tout. Mais elle resta prise au piège, et s'éclaircit la gorge en attendant l'assaut. Seigneur ! Lady Marchmont, je vous en prie ne dites rien. Allez-vous-en et laissez-moi tranquille dans le seul lieu où je suis heureuse de faire ce que je fais. Si je me concentre sur Père et combien il me manque, j'en oublie le bonheur que j'ai ressenti le jour où Richard m'a embrassée, m'a enlacée pour regarder la mer avec moi et m'a demandé si nos noces pouvaient être célébrées dès son retour.

Elle avait envie de hurler :

« Je n'ai pas envie de me rappeler que Richard en a épousé une autre ! »

Au lieu de cela, elle se remit à astiquer vigoureusement la patène qui brillait déjà comme un sou neuf. De plus en plus vite. De plus en plus fort.

Lady Marchmont n'eut pas l'air de le remarquer.

« Bien. Je ne vais pas tourner autour du pot. Je suis venue vous parler de cette affaire déplorable. Et vous tirer mon chapeau. Vous vous êtes comportée de façon admirable. Ad-mi-rable ! Qui aurait cru cela de Richard Fairfax ! Épouser cette dévergondée ! Mais pouvait-on vraiment s'attendre à autre chose de la part d'une Américaine ? Et catholique, par-dessus le marché, d'après Penelope – ce qui est bien pire. Mais ce qui est fait est fait. Tout ça, c'est du passé ! Alice, vous allez vous marier avec quelqu'un d'autre et vous serez très heureuse. Vous ferez même une excellente épouse – mais seulement si vous vous secouez un peu et arrêtez de vous morfondre comme une petite sotte. Votre pauvre mère, naturellement, a déjà assez de soucis comme cela avec sa santé, et peut-être ne comprend-elle pas totalement ce qui se passe. Mais de mon côté je me suis toujours sentie concernée par le sort des jeunes femmes méritantes. Je suis donc venue vous annoncer une nouvelle qui, j'en suis sûre, ne manquera pas de vous intéresser. Le jeune Hugo de Balfort est enfin de retour de ses voyages – pour de bon, d'après Mme Gifford – et elle le sait de source sûre car c'est le fils du boucher qui… enfin bref. Comme vous le savez, la santé de Leander de Balfort décline depuis un certain temps. Le pauvre homme doit se réjouir de voir son fils reprendre les rênes avant que tout s'en aille à vau-l'eau. Quoi qu'il en soit, ce garçon va hériter d'un bien beau château, certes pratiquement en ruine pour l'instant, mais rien qui ne puisse s'arranger s'il trouve une fille riche à épouser. En supposant, comme il est le dernier de sa lignée, qu'il se marie vite et engendre un héritier.

— Tout à fait », murmura Alice, soulagée de voir qu'il n'était pas question d'elle, pauvre créature sans le sou, dans le complot que Lady Marchmont avait ourdi contre Hugo de Balfort. Cela tombait bien, car elle le connaissait à peine.

« Le coquin aurait dû se relever les manches tout de suite après ses études, car je ne vous cache pas qu'il y a du boulot, mais Leander garde une idée romantique du Grand Tour, et il reste persuadé qu'un gentleman ne saurait se passer de ce long périple à travers l'Europe pour parfaire son éducation. Une tradition chez les De Balfort, d'après lui. Hum ! Si vous voulez mon avis, ce sont les étrangers rencontrés lors de son propre Grand Tour qui lui ont fourré ces idées saugrenues dans la tête, et c'est à cause de cela qu'il se retrouve avec toutes ces chinoiseries dans le parc de Gracecourt Hall – je veux parler de la pagode et des autres fantaisies. Pauvre Venetia, les extravagances de son mari ont fait fondre sa fortune comme neige au soleil. Les continentaux croient dur comme fer qu'il faut constamment embellir son environnement. Ils ne comprennent rien aux Anglais. »

Alice bredouilla quelque chose qui pouvait passer pour une approbation, puis arrêta d'écouter. Voilà Lady Marchmont repartie dans sa croisade anti-étrangers. Alice décida que lorsqu'elle en aurait terminé, elle se rendrait à la ferme De Balfort pour acheter un petit pot de crème : cela accompagnerait divinement les scones qu'elle avait prévu de servir à sa mère à l'heure du thé.

Lady Marchmont s'était à peine arrêtée pour reprendre son souffle.

« Il va de soi que je l'avais prévenu… Mais pour en revenir à nos moutons, Hugo reçoit quelques amis en ce moment, venus de Londres pour la chasse, même s'il ne doit plus guère rester de gibier – rendez-vous compte, le garde-chasse doit approcher des quatre-vingts ans. Quelques faisans plus résistants que les autres, peut-être. Dans tous les cas, un grand déjeuner est organisé samedi pour célébrer la fin de la chasse. Naturellement, j'y suis invitée. Leander étant un très bon ami, je me suis permis de lui demander si je pouvais amener une jeune compagne – à mon âge, n'est-ce pas, il s'agit de ne pas se compliquer la vie – et il s'est souvenu de votre père, bien entendu. Ils seront donc ravis de vous avoir… »

Alice était horrifiée. Quoi de plus humiliant pour elle qui était étiquetée comme la fiancée délaissée que d'être jetée en pâture aux fréquentations londoniennes d'Hugo de Balfort ?

« C'est vraiment trop aimable, Lady Marchmont, mais je ne crois vraiment pas…

— Ne dites pas n'importe quoi ! Ils manquent de femmes pour le plan de table.

— Mais Maman va…

— Mme Gifford tiendra compagnie à votre mère et s'assurera qu'elle ne manque de rien. Bien, c'est entendu.

— Mais je connais à peine Hugo de Balfort, et ils ne reçoivent que du beau monde à Gracecourt Hall, des amateurs de cocktails, de tennis et de belles autos. Lord ceci, comte cela, sans compter cet artiste italien et la chanteuse allemande. Je serais pétrifiée de peur si je devais leur parler ! »

Lady Marchmont balaya cette remarque d'un geste dédaigneux.

« Il n'y a vraiment pas lieu de porter les étrangers aux nues, ma chère. Et puis le clergé est considéré comme l'égal de l'aristocratie à peu de chose près, et votre défunt père était en bons termes avec

Leander : il aurait difficilement pu en être autrement étant donné que l'église se situe sur leurs terres, et je suis sûre qu'il aurait été heureux de vous savoir invitée là-bas. Comment voulez-vous qu'une fille trouve un mari si elle ne rencontre pas des garçons convenables ?

— Certes, mais je préfère décliner.

— Balivernes ! s'exclama Lady Marchmont en se levant brusquement, comme pour mettre un terme à la conversation. Je suis certaine que votre père aurait insisté pour que vous veniez. Eh bien moi aussi. Cessez donc de rester enfermée, de broyer du noir, d'être à la disposition de votre mère. J'ai la ferme intention de venir vous chercher en auto à une heure moins le quart samedi prochain.

— Mais je n'ai rien à me mettre, gémit Alice qui était au bord des larmes tant sa frustration et sa colère étaient grandes.

— Et, poursuivit Lady Marchmont en ignorant le commentaire d'Alice pour poser un œil critique sur sa tenue, pour l'amour du ciel mettez-moi quelque chose de bleu. Cela fait ressortir vos yeux. Et peut-être serait-ce une bonne idée de rincer vos cheveux au vinaigre. Cela fait des miracles quand on est châtain clair – une couleur bien terne, sinon. Au pire, contentez-vous de les laver. Ils me paraissent vraiment… plats. Et un dernier conseil, Alice. N'oubliez pas de vous tenir droite. Les filles grandes oublient toujours combien la posture est importante. La posture, Alice ! La *posture* ! »

Elle lui donna une tape ferme dans le dos pour souligner son propos.

« Au revoir, ma chère. Pas la peine de me raccompagner. »

La porte de la sacristie se referma avec un claquement. Les fleurs piquaient tristement du nez dans les vases. Dans le silence revenu, Alice prit le candélabre en cuivre qu'elle n'avait pas terminé d'astiquer. Une pellicule grasse s'était formée.

« Flûte de flûte ! s'exclama-t-elle en tapant du pied. Mince ! »

Elle se mit à frotter furieusement. Son coude vint taper dans le panier de pommes et le fit tomber. Une ribambelle de fruits trop mûrs tombèrent, venant rouler à ses pieds.

Alors là, c'était le comble.

Alice se baissa pour en ramasser un et le jeta par la fenêtre ouverte, aussi loin et fort qu'elle put.

« Au diable Lady Marchmont ! » cria-t-elle. Elle en prit un autre et recommença. « Au diable Hugo de Balfort ! » Le reste suivit. « Au diable ses fichus amis ! Au diable Nell Hawthorne et ses tartes aux pommes ! Merde ! merde ! et merde ! »

Lorsqu'elle eut lancé le dernier fruit, Alice éclata en sanglots.

« Maudits soient Richard et sa nouvelle épouse ! Qu'ils aillent tous se faire voir ! »

4

Autriche, novembre 1938

Croisant ses longues jambes sous sa jupe, Antoinette Joseph, seize ans, s'adossa aux coussins de la banquette sous la fenêtre de sa chambre, ouvrit un exemplaire fatigué, mais superbement illustré, des *Contes de Grimm* et commença à lire à voix haute aux jumelles qui s'étaient blotties tout contre elle. Le livre avait été offert à leur mère lorsqu'elle était enfant. Tanni, c'est ainsi que ses proches l'appelaient, passa un bras autour de Klara et un autre autour de Lili, ses petites sœurs de quatre ans. Elle leur avait lu *La Belle au bois dormant* tant de fois qu'elle connaissait l'histoire par cœur. Elle laissa Klara tourner les pages pour regarder les dessins.

Le soleil d'automne qui filtrait par la fenêtre leur réchauffait le dos, et lorsque la princesse « tomba dans un sommeil profond », Lili s'assoupit en suçant son pouce. Tanni mit un doigt sur ses lèvres, fit un clin d'œil à Klara et se décala pour que la tête de Lili repose sur ses cuisses. Au même moment la petite main de Klara serra plus fort la taille de sa grande sœur et ses paupières se fermèrent. Elles somnolaient souvent pendant la journée, car aucune des trois ne dormait bien la nuit.

Bien souvent Tanni restait éveillée, son édredon en plume d'oie remonté jusqu'au menton, et écoutait son père faire les cent pas dans la bibliothèque au rez-de-chaussée. Si elle entendait sa mère sangloter dans la chambre au fond du couloir, c'était plus fort qu'elle, elle se bouchait les oreilles avec son oreiller. Mais elle finissait toujours par l'enlever car dans la pièce d'à côté, Klara faisait des cauchemars et Lili avait recommencé à faire pipi au lit. Dès qu'elles se mettaient à pleurer, vite Tanni se levait pour réveiller Klara ou changer les draps de Lili avant que leur mère les entende. Ensuite elle leur proposait de dormir avec elle, les rassurait en disant qu'ils étaient tous en sécurité à la maison, et leur chantait des berceuses jusqu'à ce qu'elles soient dans les bras de Morphée. Alors Tanni se remettait à fixer le plafond. Elle réfléchissait.

Son père avait l'air tellement préoccupé ces derniers temps. Jamais il ne jouait avec les jumelles, alors qu'il avait tant aimé le faire avec Tanni. Elles ne savaient pas ce que c'était que s'amuser. Tanni songea avec nostalgie à toutes les sorties au cinéma et au zoo qu'elle avait pu faire, aux promenades avec ses parents le long des berges du fleuve où un orchestre venait jouer à la belle saison, aux goûters pris dans le *Konditorei*, ce lieu magique regorgeant de miroirs aux cadres dorés, de tables en marbre, de pâtisseries colorées et brillantes et de glaces servies dans de grands verres avec de la crème fouettée et une cerise bien rouge au sommet. Les jumelles n'y étaient jamais entrées. En ville, le *Konditorei* avait été la première boutique à mettre un panneau « Interdit aux Juifs » dans sa vitrine. Depuis, ces écriteaux avaient fleuri dans tous les magasins et restaurants, sans compter le cinéma et le zoo. *Judenrein.*

Lili et Klara ne voyaient pas ce que leur religion avait à voir avec des gâteaux au chocolat et une balade au parc. « Mais *pourquoi* on ne peut pas y aller ? » pleurnichaient-elles souvent. Tanni non plus ne comprenait pas les raisons derrière tout cela, mais l'hostilité en ville était palpable. Non seulement cela les empêchait de se divertir comme les autres enfants mais désormais cela s'infiltrait, telle une odeur infecte, par les fenêtres et sous la porte d'entrée d'une maison autrefois joyeuse.

Les riches patients de son père avaient déserté le cabinet, et les rares qui osaient encore se faire soigner venaient en catimini et n'avaient pas les moyens de le payer. Le bureau du Dr Joseph était sens dessus dessous, les lourds rideaux décrochés, les étagères vides, sa précieuse collection d'instruments et d'ouvrages médicaux éparpillée ici et là. Dans toute la maison des caisses gisaient, ouvertes, attendant d'être remplies de porcelaine, de livres et des divers tableaux qui avaient été posés face contre le mur. Les tapis persans avaient été roulés et attachés avec de la grosse ficelle. Il manquait des pièces au jeu d'échecs. L'argenterie posée sur le buffet de la salle à manger était ternie à force de ne pas être nettoyée, et la poussière s'était accumulée dans les coins. Les deux bonnes étaient parties un beau matin en emportant le collier de perles de Frau Joseph, son parfum et un bracelet en or. Le père de Tanni avait refusé d'appeler la police, même si les bijoux faisaient partie du trousseau de sa mère.

Cette dernière ne chantait plus et ne jouait plus du piano. Elle ne « recevait » plus ses amies le jeudi après-midi. Elle n'allait plus une fois par semaine se faire coiffer au salon. Désormais elle était tendue et s'emportait pour un rien, ses cheveux étaient ternes et hirsutes et ses jolies robes de soirée restaient accrochées sur leurs cintres en velours. Les peignoirs en dentelle qu'elle aimait tant avaient été fourrés sans précaution dans des tiroirs, et ses beaux souliers, si bien rangés d'habitude, étaient tout mélangés. Tous les matins, Frau Joseph s'habillait à la hâte avec une vieille jupe et un corsage élimé, et parfois Tanni n'en revenait pas de la voir sortir avec des bas filés.

« Mieux vaut ne pas se faire remarquer par une tenue inappropriée », murmurait sa mère d'un air contrit, tout en mettant son plus vilain chapeau et en prenant son panier en osier. Désormais, elle commençait toutes ses journées en allant au marché. Avec l'aide de la gouvernante, Frau Anna, qui s'était occupée de Frau Joseph lorsqu'elle était enfant, puis de Tanni et de ses sœurs, elle se chargeait du ménage, de la cuisine et du linge. Frau Anna avait un certain âge et ses articulations la faisaient souffrir, alors Frau Joseph lui épargnait autant que possible les tâches ingrates.

Sa mère n'ayant plus une minute à elle, Tanni s'était donné pour mission de veiller sur ses sœurs. Son père l'avait surnommée « la petite mère ». Il lui arrivait même de sourire comme avant quand il disait cela. Tanni avait remarqué que ses cheveux étaient devenus tout gris.

Klara, la plus maligne des deux, ouvrit les yeux.

« Qu'est-ce que ça veut dire *Kindertransport*, Tanni ? Mutti et Papa chuchotent tout le temps ce mot alors ça doit être important, mais quand je lui demande, Papa me dit de filer.

— *Kindertransport* », répéta Lili en regardant Tanni avec des yeux lourds de sommeil. Lili répétait tout ce que sa sœur disait. Elle adorait sa jumelle presque autant qu'elle adorait Tanni. À la naissance, Lili était arrivée en second. Le Dr Joseph avait expliqué à Tanni qu'à cause de cela ils devaient prendre davantage soin d'elle, car elle n'était pas aussi vive d'esprit que sa sœur. Et de fait, si les yeux de Klara étaient brillants et animés, ceux de Lili restaient perpétuellement paisibles et candides.

Tanni se demandait comment répondre à Klara, et elle aurait tout donné pour pouvoir dormir à son tour et, une fois réveillée, découvrir que tout était revenu à la normale. Soudain, les trois sœurs entendirent du remue-ménage au rez-de-chaussée, et leur mère poussa un cri alarmant.

« Oh, non ! Ma chère Frau Anna, ne nous quittez pas ! Qu'allons-nous devenir sans vous ? »

Les jumelles s'extirpèrent de la banquette et foncèrent jusqu'à l'escalier pour espionner les grands. Elles n'en crurent pas leurs oreilles : malgré les protestations de leurs parents, la gouvernante soutenait qu'elle devait partir séance tenante. Frau Anna, qui travaillait pour la famille depuis 1917, lorsque son mari était revenu infirme de la Grande Guerre, et s'occupait si bien d'elles. Qui leur faisait des *knödel* divinement bons, sans oublier une *Linzer torte* pour leur anniversaire, et qui, lorsqu'elle avait surpris le fils du rabbin à donner un recueil de poèmes en douce à Tanni, avait fait un clin d'œil malicieux à la jeune fille cramoisie.

Frau Anna les quittait ?

« Mon mari dit qu'une Autrichienne ne doit pas travailler pour des Juifs, sanglota-t-elle.

— Au moins ne partez pas sans prendre six mois de salaire. C'est tout ce que nous pouvons vous donner et croyez-moi, j'en suis désolé, insista le père de Tanni. Ces billets ont de moins en moins de valeur : achetez ce que vous pouvez sans tarder. »

Tanni savait que Frau Anna et son mari étaient devenus très pauvres. Il y en avait tant d'autres comme eux.

Essuyant ses larmes, Frau Anna prit l'argent, les embrassa et partit.

« Cela finira par passer, commenta le père de Tanni tout en tapotant l'épaule de sa femme inconsolable. La situation est forcément provisoire, ma chérie. Nous sommes des Autrichiens comme les autres, et notre petite ville est trop éloignée de la capitale pour qu'on se soucie vraiment de nous. C'est l'affaire de quelques agitateurs, et que peuvent-ils nous faire, concrètement ? Il ne faut pas oublier qu'il y a pire loti que nous. Après tout, quelques babioles et une gouvernante, ce n'est pas grand-chose. Non, nous allons nous accrocher, et sous peu le chancelier Hitler les rappellera à l'ordre. Tu verras, nous reprendrons bientôt notre vie d'avant. »

Ses paroles furent loin d'apaiser Frau Joseph. Tous deux se mirent à chuchoter comme souvent, d'un ton insistant mais sans se disputer. Tanni écouta attentivement et entendit « *Kindertransport* ! Tu dois le faire ! Tout de suite ! »

Le départ précipité de Frau Anna était la plus horrible de toutes les horribles choses qui leur étaient arrivées. Tanni descendit par l'escalier de service et alla se réfugier dans le figuier pour pleurer tout son soûl.

Quelques minutes après, elle entendit les jumelles l'appeler.

« Tanni ? Tanni, où tu es ? »

Perchée sur la plus haute branche de l'arbre, le menton posé sur ses genoux, Tanni serra fort les jambes contre elle et remâcha ses sombres pensées, tout en se rongeant les ongles pour s'empêcher de pleurer encore. En cet instant précis, elle n'avait pas envie qu'on la retrouve. À travers les dernières feuilles du figuier, elle regarda Lili et Klara courir de-ci de-là en espérant débusquer leur grande sœur. Les petites nattes de Lili, tressées par Tanni le matin même, étaient en train de se défaire à force de passer la tête à travers les haies que Papa avait cessé de tailler depuis quelque temps.

« Allez, Tanni, arrête de te cacher. Viens jouer avec nous. On veut faire de la balançoire, tu nous pousses ? S'il te plaît, Tanni, s'écria Klara.

— La balançoire, répéta Lili. On veut la balançoire. »

Mais Tanni était trop décontenancée pour jouer à la « petite mère ». Elle avait besoin de parler à quelqu'un, un ami. Sa mère avait son père, Klara avait Lili et réciproquement. Elle, elle n'avait personne. Pendant quelques instants elle s'apitoya sur son sort en versant quelques larmes amères, puis les sécha en s'intimant d'arrêter de faire la sotte comme ça.

Par-dessus le haut mur du jardin et sa solide porte fermée à double tour, elle voyait le fleuve qui passait en dessous et sur l'autre berge les maisons en pierre de la vieille ville, la belle église et le dôme doré qui brillait dans le soleil de cette fin d'automne. De là où elle était, le monde semblait n'avoir jamais changé. Elle se sentait déjà plus calme. Elle était une princesse, comme celle des contes de fées, et contemplait son royaume depuis la tour du château. Attendait-elle son prince charmant ? Était-ce Anton, le fils du rabbin ? Elle sourit.

Elle entendit une fenêtre s'ouvrir dans la maison.

« Tanni, viens à l'atelier de couture un instant, je te prie », cria sa mère en direction du figuier.

Tanni avait envie de rester dans sa cachette mais elle obéit, descendant lentement de l'arbre et retournant à l'intérieur en traînant des pieds.

Frau Joseph et Frau Zayman, la couturière, s'enfermaient depuis des jours dans l'atelier et travaillaient d'arrache-pied. De temps à autre les trois sœurs étaient appelées pour prendre des mesures, puis les vêtements étaient bâtis ou les ourlets repris. Dans la pièce, Tanni se tortilla pour enlever sa robe et se retrouva en simple combinaison, une vieillerie trop petite pour elle et de plus en plus serrée au niveau de la poitrine. Mais quelque chose lui disait que ce n'était pas le moment d'en demander une nouvelle.

« Seize ans seulement et déjà si grande, soupira Frau Zayman. Je me souviens encore du premier tablier que je t'ai cousu pour l'école. J'ai l'impression que c'était hier.

— Mais je suis assez grande pour aller au lycée, Frau Zayman. Ce sont Klara et Lili qui ont besoin de tabliers, sauf qu'elles ne vont pas plus en classe que moi. Je suis presque une femme. Tu ne pourrais pas faire l'ourlet un peu plus long ? Je n'ai plus l'âge de porter des robes d'écolière. »

À sa grande surprise, Frau Zayman acquiesça sans mot dire et déroula son mètre. Tanni remarqua alors que la couturière avait les yeux rouges, comme si elle aussi avait pleuré le départ de Frau Anna. L'adolescente se déhancha pour voir si l'ourlet allait lui couvrir le mollet comme elle voulait.

« Tiens-toi tranquille, Tanni ! », ordonna sa mère en lui piquant le dos de la main avec une aiguille.

Elle venait d'évoquer un sujet délicat. Les enfants juifs n'étaient plus admis dans les établissements autrichiens, et la plupart restaient à la maison avec leurs parents inquiets. N'ayant personne avec qui jouer hormis Lili et Klara, Tanni passait son temps à se morfondre et à se languir de ses amies, de ses leçons de musique et même des cours de géographie qu'elle détestait. Ses manuels scolaires et sa raquette de tennis prenaient la poussière sur son bureau, et son cartable gisait dans un coin. Son père l'avait sommée d'étudier seule sur un ton sévère, mais il se faisait trop de souci par ailleurs pour remarquer qu'elle ne lui avait pas obéi. À la place, lorsqu'elle ne s'occupait pas des jumelles, Tanni se plongeait dans le recueil de poèmes que le fils du rabbin lui avait offert, et rêvait d'amour… et du beau visage d'Anton.

Voyant Frau Zayman s'affairer avec son mètre à ruban, Tanni se sentit encore plus abattue. À quoi bon confectionner une nouvelle robe ? Ils n'allaient jamais nulle part et Anton ne sortait plus de chez lui depuis qu'il avait dû cesser ses études. Il ne la verrait jamais dedans. Pire encore, Tanni n'avait pas le droit de se rendre au *Kinderball* qui avait lieu tous les ans à la mi-décembre. Elle soupira. Encore un sujet délicat dans la famille Joseph. Les cours de danse de salon étaient l'une des rares activités qui n'étaient pas interdites aux jeunes Juifs, sans doute car c'était la sœur du maire qui les donnait en complément des leçons de maintien. La mère de Tanni savait que sa fille mourait d'envie d'y aller, mais à cause de la multiplication des incidents ces derniers mois, elle l'empêchait de sortir.

Frau Zayman prenait toujours ses mesures.

« Tu as la taille bien fine, Tanni. Tu devrais manger plus. »

Frau Joseph se défendit en expliquant qu'il était devenu horriblement compliqué d'acheter à manger, et la couturière piqua un fard. Pour la première fois, Tanni remarqua combien Frau Zayman avait maigri. Elle était si robuste avant, presque empâtée, comme son fils Bruno.

« Oh ! je vois que tu as fait des vêtements d'hiver pour Lili et Klara. Comme ces manteaux sont mignons, avec les boutons dorés ! Mais tu ne veux pas me dire ce que tu confectionnes pour moi ? »

Tanni tentait de s'intéresser, pour mieux refouler les larmes qui semblaient toujours sur le point de couler.

« Et que font ces sacs en tapisserie par terre ? Je croyais qu'on les avait remisés au grenier.

— La curiosité est un vilain défaut, répliqua sa mère.

— Dans ce cas, quelle couleur ? N'ai-je pas le droit de voir le tissu avant si la robe est pour moi, Mutti ? S'il te plaît, ne la fais pas rose comme la dernière fois. Rose avec des petits nœuds, c'est pour les bébés. Klara et Lili sont adorables en rose, on dirait des bonbons. Mais moi, ce que j'aimerais, c'est…

— Quoi ? » demanda Frau Zayman en lui passant le mètre autour de la poitrine.

Tanni songea au genre d'habits qu'une jeune fille devrait porter pour ravir le cœur d'un garçon plus âgé tel qu'Anton qui avait été à l'université à Vienne. Il avait dû côtoyer bien des dames élégantes, là-bas. Avant que la salle de cinéma soit interdite aux Juifs, Tanni y avait vu un film où une vedette américaine dansait et dansait encore avec un jeune homme fringant en smoking noir et écharpe blanche. Comme ils avaient l'air heureux. Tanni savait exactement ce qu'elle voulait !

Soudain enthousiaste, elle dit à Frau Zayman :

« Quelque chose de somptueux et surtout de long, qui fasse vraiment femme, en velours bleu nuit et argent, avec des plumes au niveau des épaules peut-être, et une petite traîne. Oh ! et des mules à talons. Un petit sac en soie pour y mettre mon rouge à lèvres et des cigarettes. Bien entendu il me faudrait un fume-cigarette orné de pierreries, que je tiendrais comme cela. »

Elle rejeta la tête en arrière pour mettre en valeur ses beaux cheveux ondulés, puis prit une pause qu'elle avait vue dans le film :

le regard expressif, un fume-cigarette imaginaire au bout des doigts, elle se mit à marcher d'un pas léger dans l'atelier de couture, faisant mine de tirer dessus et de souffler des bouffées de fumée autour d'elle.

« La mystérieuse mais charmante Mlle Joseph, nouvelle coqueluche de Vienne. Tous les jeunes gens se pâment d'amour et se battent en duel pour obtenir ses faveurs. »

Tanni ramena la traîne imaginaire à ses pieds comme l'actrice dans le film, jeta un coup d'œil par-dessus son épaule et battit des cils innocemment. Sa mère éclata de rire et faillit bien en avaler son aiguille.

Les pensées de Tanni se reportèrent sur le *Kinderball*, et elle arrêta ses pitreries. Elle adorait danser, et Anton l'avait quasiment toujours prise comme partenaire car ils faisaient la même taille. C'était un merveilleux danseur. D'après lui il en allait ainsi de tous les hommes de sa famille, mais les plus orthodoxes dansaient uniquement avec d'autres hommes lors des mariages et des fêtes religieuses : pour eux, c'était un péché de danser avec une femme. Heureusement, on avait renoncé à ce genre de tradition vieux jeu du côté paternel. À l'instar des Joseph, c'étaient des Autrichiens modernes.

Combien de fois Tanni s'était imaginé aller au *Kinderball* – les cheveux relevés, une fleur fraîche au poignet, resplendissante dans sa première robe de bal. Elle aurait valsé jusqu'au bout de la nuit dans les bras d'Anton. Il lui avait promis de venir même s'il était vraiment trop vieux pour ça. Dans son rêve ils tourbillonnaient et jamais ne faisaient un faux pas, jusqu'à ce que tous les gens présents au bal s'écartent pour les admirer et les applaudir. Ensuite Anton l'entraînait dehors, sous les étoiles, et la demandait en mariage.

Cela faisait une éternité qu'elle ne l'avait pas vu, car hormis son père, la famille Joseph ne quittait plus la maison et son jardin clôturé par le haut mur. Lors des fêtes importantes, comme le Grand pardon, c'était quasiment en courant qu'ils se rendaient à la synagogue située au bout de la rue. Leurs voisins les montraient du doigt en grognant « *Juden* », et leur crachaient dessus en passant.

Dans l'atelier de couture, l'ambiance qui s'était brièvement détendue redevint plus lourde encore. C'était impossible de savoir quel sujet aborder avec les adultes. Tout le monde était à cran et d'humeur exécrable.

« As-tu reçu une lettre de Bruno, dernièrement ? demanda Tanni à Frau Zayman. Que fait-il d'intéressant à Londres ? A-t-il vu le roi, la reine et les princesses parader dans la rue ? Est-il allé à ce musée où l'on peut admirer des gens en cire ? Dis-nous tout. »

En général, c'était une ruse qui fonctionnait. Frau Zayman était capable de parler de son Bruno adoré pendant des heures. Ce jeune homme enrobé à l'air grave était de dix ans l'aîné de Tanni, mais bien plus petit qu'elle. Il était extrêmement intelligent et Frau Zayman, qui avait dû l'élever seule après la mort de son mari, avait rogné sur tout pour l'envoyer étudier en Angleterre. Tanni savait que sa mère commandait de nouvelles robes dont elle n'avait pas réellement besoin pour aider la couturière à faire face aux dépenses de Bruno, et son père faisait exprès de déchirer la doublure de ses manteaux et le fond de ses poches de pantalon pour les donner à raccommoder.

Frau Zayman expliqua d'un air fier qu'on avait proposé à son fils un poste d'enseignant à la prestigieuse université d'Oxford, un privilège que l'on n'accordait qu'aux boursiers étrangers les plus brillants. Puis elle se tut, ce qui ne lui ressemblait pas. Tanni surprit un regard lourd de sous-entendus entre la couturière et sa mère. Qu'avait-elle dit de mal, cette fois ?

Tanni essaya de ranimer la conversation.

« Un jour, je voudrais aller à Londres comme Bruno, annonça-t-elle gaiement. J'irai voir le zoo et les bijoux de la couronne, et aussi les militaires à cheval devant Buckingham Palace. Bruno dit qu'il y a des musées superbes, remplis de choses intéressantes, et qu'après on peut aller prendre le thé dans ce grand magasin, Fortnum & Mason… »

Pourquoi donc la nappe en dentelle préférée de sa mère était découpée en menus morceaux sur la table ?

« Dis, je peux vous aider, Mutti ? Frau Zayman m'a appris à faire des points si petits qu'ils paraissent invisibles, et je ferai très attention, promis…

— Je crois, l'interrompit sa mère tout en cousant un bout de nappe sur une pièce de tissu blanc, que nous allons voir Bruno aujourd'hui. Prépare-toi à aller vite à la porte du jardin pour lui ouvrir quand il arrivera, Tanni. »

Voilà qui était curieux. En temps normal, les filles n'avaient pas le droit de faire entrer les visiteurs. De cette porte, un escalier menait au fleuve et à un petit ponton où les pêcheurs venaient amarrer leur barque. Avant, ils venaient là vendre leur marchandise à la cuisinière, mais plus personne ne voulait commercer avec des Juifs, désormais. Bruno arrivait-il par bateau ? Pourquoi pas par le train, comme d'habitude ?

Soudain, son père frappa à la porte.

« Le rabbin est là avec le contrat, annonça-t-il en l'entrouvrant. Vraiment, c'est absurde ! s'exclama-t-il, exaspéré, lorsqu'il vit ce que sa femme faisait.

— Juste une minute, Herr Doktor ! »

À la hâte, Frau Zayman aida Tanni à se rhabiller et à reboutonner sa robe.

« Laisse-nous un instant, Tanni », commanda son père.

Penchée sur son volumineux tissu blanc, sa mère se mit à coudre plus vite que jamais.

« C'est important. Les hommes ne peuvent pas comprendre », marmonna-t-elle.

Tanni intervint – ce n'était pas le moment que ses parents se disputent.

« Je sais, je suis censée ouvrir la porte du jardin à Bruno, mais pourquoi est-ce qu'il vient, Papa, s'il vient de trouver du travail en Angleterre ? Alors que la situation ici est tellement…

— Justement, il est revenu pour nous en parler. Maintenant, j'ai à discuter avec ta mère et Frau Zayman, Tanni. Alors, file et…

— Tu sais déjà ce qu'il en est ! Pourquoi faire tout ce chemin, si c'est pour te dire des choses que tu sais déjà ?

— Sors, ordonna sa mère sèchement, tout en continuant à coudre comme une forcenée. Tes sœurs t'appellent.

— Mais je veux rester vous aider, ça a l'air si pressé et…

— Sors ! » crièrent ses parents en chœur.

Furieuse, Tanni tapa du pied et partit en trombe. Elle se dépêcha de retourner dans le figuier avant que les jumelles la voient. Cela n'avait aucun sens. Elle sentit des larmes rouler sur ses joues. Au bout d'un moment elle se rendit compte qu'elle avait faim. Elle cueillit une des rares figues qui restaient encore sur l'arbre et la mangea, même si elle était un peu flétrie. Elle en trouva une plus belle pour Bruno, car elle savait que c'était son péché mignon. Elle entendait les guêpes bourdonner en dessous, autour des fruits qui pourrissaient au sol. Personne n'avait fait de confiture cette année.

Le soleil se couchait, et les hautes branches où Tanni s'était réfugiée recevaient ses derniers rayons. Une brise fraîche se mit à souffler dans les feuilles jaunies, apportant une bonne odeur de feu de bois. Avant, les bonnes auraient ravivé les braises dans l'âtre à la tombée de la nuit, et un délicieux fumet aurait envahi la maison. Sa mère aurait fait sa toilette, revêtu une robe en velours et attendu le retour du Dr Joseph devant la cheminée. Après les avoir embrassées toutes les deux, il aurait accompagné sa mère pour un apéritif et Frau Anna leur aurait servi la soupe, puis le plat principal, des escalopes à la viennoise peut-être. Ensuite Tanni et son père se seraient plongés dans une partie d'échecs, pendant que sa mère travaillait un nouveau morceau au piano ou lisait un roman commandé à Vienne.

Brusquement, on frappa à la porte du jardin, puis on la martela. Tanni sortit de sa rêverie en sursaut et descendit à la hâte de l'arbre. Les belles-de-jour et les ronces avaient envahi ce coin-là, et elle eut bien du mal à l'ouvrir. Les coups se faisaient de plus en plus violents et désespérés.

Elle tira d'un coup sec.

« Du calme, Bruno ! Ne sois pas si impatient. La porte était coincée. Voilà ! »

S'attendant à voir le fils de la couturière, elle eut un choc en tombant sur un vieil homme tout pantelant. Il arborait une barbe de plusieurs jours, mais elle le reconnaissait comme étant un patient de son père.

« Vite, souffla-t-il, hors d'haleine. Les soldats arrivent ! On raconte qu'ils mettent le feu aux synagogues et aux boutiques juives, qu'ils cassent les fenêtres et se livrent à des pillages – qu'ils tirent, même ! Tu dois aller chercher ton père ! On parle de chasser les diables juifs de la ville… Certains ont été battus à mort. »

Un Bruno haletant apparut soudain derrière le vieil homme, lunettes de travers et visage tendu.

« Tanni, ça ne devait pas être avant la semaine prochaine, mais on manque de temps. Tu sais que nous allons nous… »

Mais Tanni était tellement choquée qu'elle n'entendit rien des paroles de Bruno. Qui donc parlaient d'eux comme de « diables » ? Ce vieil homme avait-il perdu la raison ? Le monde entier avait-il perdu la raison, en plus de la famille Joseph ? Tanni resta plantée là, bouche bée, la figue de Bruno à la main.

« Vas-y, cria l'homme en la poussant sans ménagement. Dépêche-toi ! Va le dire à ton père ! »

Ses traits étaient crispés par la peur. Le bruit caractéristique de coups de feu leur parvint de l'autre côté du fleuve.

« Ils arrivent ! Les soldats ! » hurla-t-il.

Terrifiée, Tanni laissa tomber la figue et se mit à courir.

Elle fit irruption dans l'atelier de couture, où le rabbin était en train de rouler un document sous les yeux de ses parents et de Frau Zayman. Elle se demandait bien ce que le rabbin venait faire là.

« Papa, il y a un fou à la porte du jardin, un vieux patient à toi, il est arrivé avec Bruno et il nage en plein délire, il parle de diables juifs ou je ne sais quoi, expliqua-t-elle, tout essoufflée. Tu ferais mieux de venir. Et Bruno est là aussi, mais même lui a l'air de divaguer. »

Le Dr Joseph et le rabbin se précipitèrent dehors. Pendant ce temps, la mère de Tanni et Frau Zayman lui déboutonnèrent de nouveau la robe, l'obligèrent à l'enlever et lui en firent enfiler une autre. Tanni en avait la tête qui tournait. Était-ce vraiment le moment de penser aux essayages ? Les deux femmes s'affairaient sur sa tenue, tirant par-ci, nouant par-là, et ignoraient superbement les protestations de la jeune fille. Désorientée et apeurée, Tanni tapa du pied une fois de plus et tira sur le tissu en s'écriant :

« Mais enfin, pourquoi vous m'embêtez avec cette robe comme ça ? Qu'est-ce qui se passe ?

— Tiens-toi tranquille. C'est ta robe de mariée, répondit sa mère.

— *Quoi* ? »

Quelque chose fut drapé autour de sa tête et attaché avec des épingles, comme un voile. De la dentelle. La nappe.

« Vite ! » la pressa Frau Zayman en la tournant et la retournant dans tous les sens. La confusion la plus totale régnait dans l'esprit de Tanni.

« Vite, répéta sa mère.

— Maintenant ! tonna son père de l'autre côté de la porte.

— Mutti ? »

Tout n'était qu'une masse confuse autour d'elle. Elle sentit qu'on la tirait pour la faire avancer.

« Bruno pourra emmener son épouse en Angleterre, murmura Frau Joseph à l'oreille de Tanni. Écoute-moi, tu seras en sécurité comme ça. Tu es trop grande pour le *Kindertransport.* »

Tanni entendit Lili demander d'une voix forte pourquoi sa grande sœur était habillée comme ça, est-ce qu'elle était une princesse ?

« On dirait un fantôme, avec cette nappe sur elle ! intervint Klara.

— Une mariée, mes chéries, répondit quelqu'un. Tanni est une mariée. »

Elle reçut la consigne de ne plus bouger, de rester là, parmi les cartons qui s'empilaient dans le bureau de son père. Tanni commençait à mieux voir à travers le voile, et elle leva la tête. Elle se tenait sous une sorte de dais nuptial confectionné à partir d'un rideau en velours. D'où sortait-il ?

Frau Zayman demanda où étaient les témoins. « Ici », répondit le rabbin en indiquant le vieil homme et Anton, qu'il avait manifestement amené pour cela. Le bel Anton semblait être au supplice. Il la dévorait des yeux. Tanni mourait d'envie de se sauver à toutes jambes pour grimper dans son figuier et arrêter cette mascarade, mais elle était cernée, d'un côté par Bruno et Frau Zayman, de l'autre par ses parents.

Lili et Klara lui tenaient chacune une main et la regardaient avec de grands yeux.

« C'est quoi, une mariée ? demanda Klara. Je veux être une mariée ! Est-ce que je peux être une mariée aussi, Tanni ?

— Quand tu seras grande, répondit cette dernière machinalement.

— Une mariée, répéta Lili en souriant à sa sœur avec adoration. Tanni est belle.

— Tourne autour de Bruno sept fois, *maintenant* ! » ordonna Frau Joseph. Tanni obéit d'un air hébété, tout en lançant un regard désespéré en direction d'Anton. Ils entendirent des cris venant de la rue. Ils se rapprochaient. Dans le bureau du Dr Joseph les bougies se mirent à vaciller, et le rabbin murmura quelques paroles à toute allure. Le voile qui dissimulait le visage de Tanni fut soulevé. Un objet enveloppé dans une serviette fut placé sous le pied de Bruno et Tanni entendit du verre se briser. Anton eut l'air de suffoquer. Les jumelles poussèrent un cri strident.

« Chut, leur fit Tanni, par habitude.

— *Mazel tov* ! » s'exclamèrent sa mère et Frau Zayman d'une voix hésitante. Dans la rue on entendit des fenêtres voler en éclats, puis l'inquiétant bruit de bottes marchant au pas.

Le rabbin s'écria :

« Nous devons partir, vite ! La synagogue, il faut la protéger ! »

Malgré les protestations du Dr Joseph, il sortit précipitamment, Anton sur ses talons. Le père de Tanni referma la porte à double tour derrière eux – mais elle eut le temps d'apercevoir des soldats en uniforme dans la rue, accompagnés d'une foule en colère qui hurlait, « Les Juifs, *dehors* ! »

« Dépêchez-vous », implora le Dr Joseph en escortant sa famille vers l'arrière de la maison.

Mais Tanni s'écarta brusquement et retourna à la fenêtre en courant.

« Anton ! hurla-t-elle. Oh, papa, les soldats ont attrapé le rabbin et Anton ! Je t'en prie… que se passe-t-il ? »

Son père l'empoigna par le bras et la traîna jusqu'à la porte du jardin. Une fois là, ce fut au tour de sa mère de l'empoigner, par les épaules cette fois.

« Ma fille bien-aimée », dit-elle en étreignant fort Tanni. Ensuite elle l'embrassa, puis obligea Klara et Lili à lâcher leur grande sœur. « Mes petites chéries, il va falloir être courageuses et faire ce que je vous dis.

— Sois une bonne épouse. Sois prudente. »

Frau Zayman avait les yeux écarquillés et le visage blême. Dehors la foule hurlait de plus belle, toujours plus de fenêtres étaient cassées, toujours plus de coups de feu tirés.

La mère de Tanni lui fourra dans les mains le sac en tapisserie qu'elle avait remarqué dans l'atelier.

« Ton trousseau. Nous avons fait ce que nous avons pu – une jeune mariée devrait toujours posséder certaines choses, mais nous pensions avoir plus de temps. Va en Angleterre, et attends tes sœurs. Tu vas devoir veiller sur elles.

— Tanni et Bruno doivent partir tant qu'il est temps ! Allez ! » dit le Dr Joseph en poussant sa fille. Derrière lui, sa femme cria :

« Nous te verrons là-bas dès que…

— Papa, laisse les jumelles venir avec moi !

— Pas assez de place dans la barque, lança le vieil homme. Venez ! »

Son père ouvrit à grand-peine la porte du jardin.

« Mon enfant, si Dieu le veut, elles seront bientôt à tes côtés. Nous avons réussi à obtenir des papiers pour elles, pour qu'elles montent dans un train réservé aux enfants, le *Kindertransport*. Tu dois partir en premier, pour pouvoir les accueillir. Promets-moi de t'occuper d'elles quoi qu'il arrive. Donne-moi ta parole, Tanni ! »

Elle hocha la tête en silence.

« Et maintenant, allez-vous-en ! » commanda le Dr Joseph en poussant Tanni et Bruno vers les marches descendant au fleuve. Quelque part à proximité, un angoissant crépitement se fit entendre. Des nuages de fumée noire s'élevèrent en volutes au-dessus d'eux. D'autres coups de feu, d'autres fenêtres cassées. Des hurlements féroces : « *Juden raus ! Alle Juden raus !* » Le cri perçant d'une femme couvrit tout le reste. C'est alors qu'on entendit des coups martelés à la porte d'entrée de la maison.

Au moment où Bruno allait lui faire descendre l'escalier, Tanni se retourna une dernière fois. Sa mère serrait fort les jumelles, le regard fixé vers la porte d'entrée. Frau Zayman agitait son mouchoir d'un air impuissant.

« Tanni, Tanni, reste avec nous. J'ai peur », pleurait Klara.

Lili envoyait un baiser des deux mains à sa grande sœur. Tanni était désespérée.

« Je ne peux pas les laisser comme ça !

— Va-t'en ! cria son père par-dessus le vacarme, en s'avançant une dernière fois pour la pousser sans ménagement. Le maire a dit qu'il nous protégerait. Va-t'en !

— Je te promets, Papa », cria Tanni, mais la porte du jardin avait déjà été refermée et la targette poussée.

Aussitôt après, la lourde clé fut lancée par-dessus le mur et tomba dans le fleuve en faisant floc ! Bruno la guida gentiment le long des marches qui menaient à la berge. Une fumée âcre leur piquait la gorge.

Une petite barque les attendait, et le vieil homme la détachait déjà du ponton avec des gestes nerveux. L'embarcation tangua violemment lorsque Tanni trébucha et tomba sur le siège, se cognant le tibia. Elle avait les pieds dans l'eau et le bas de sa robe était trempé. Elle se mit à frissonner et serra fort son sac en tapisserie contre elle. Au loin, de gigantesques flammes orangées éclairaient le ciel noir comme en plein jour. Il y eut un grand bruit lorsque le toit de la synagogue s'effondra.

Le souffle court, Bruno et le vieil homme ramèrent tant qu'ils purent, et la barque s'éloigna lentement du bord. Lorsqu'elle fut prise dans le courant, ils allèrent plus vite. Derrière eux les flammes, les menaces scandées et les coups de feu diminuèrent. Bientôt il n'y eut plus que la nuit, le fleuve sombre et le ciel rougeâtre, le bruit des rames qui fendaient l'eau et le froid. Tanni ne sentait plus ses pieds. Sa famille était-elle saine et sauve ? Elle avait envie de sauter par-dessus bord et d'y retourner à la nage.

Lorsque Bruno vit qu'elle claquait des dents, il lâcha sa rame et alla s'accroupir auprès d'elle. Il ôta son manteau, le mit sur les épaules de Tanni et déposa un baiser sur son front. Elle le fixa d'un regard vide. Bruno était son mari.

5

Crowmarsh Priors, mars 1939

En attendant l'arrivée du Londres-Brighton de l'après-midi, Albert Hawthorne, le chef de la gare de Crowmarsh Priors, s'installa dans son minuscule bureau pour feuilleter le journal de la veille. Il passa l'article sur le séparatisme slovaque en Tchécoslovaquie, celui intitulé « Le gouvernement britannique a bon espoir de voir ses relations avec Berlin s'améliorer », et celui sur un dénommé Göring qui passait ses vacances sur la Côte d'Azur. Quelque chose ou quelqu'un appelé Baldwin Fund espérait « les faire sortir au plus vite ». Il voulait parler des Juifs, sûrement. Des étrangers, en tout cas. Albert ne s'attarda pas non plus là-dessus.

En loyal sujet de Leurs Majestés, il s'arrêta pour lire la légende sous la photo du roi et de la reine à l'opéra où ils avaient passé la soirée en compagnie du président français et de son épouse. Albert n'aimait guère les Français. Le roi paraissait tendu et malheureux – il faut dire qu'il avait de sacrées responsabilités – mais à ses côtés la petite princesse Elizabeth était radieuse, toute mignonne avec sa tiare, et faisait signe à la foule d'un air joyeux. Il siffla en découvrant le dernier modèle de Daimler, et décida d'attendre que le train soit passé pour étudier de plus près les scores du match de cricket contre l'Afrique du Sud.

Il tourna la page. Son attention fut attirée par un gros titre (« Quand les copains du duc et de la duchesse de Windsor se font embarquer ») et le cliché de jeunes gens faisant la chenille en tenue de soirée dans une fontaine de Trafalgar Square. Le chapeau des hommes était de travers et ils brandissaient ce qui avait tout l'air d'être du champagne, tandis que les femmes étaient trempées jusqu'aux os et semblaient ne rien porter du tout tant leurs vêtements étaient transparents. Au centre de la photo, un joli brin de fille riait à gorge déployée. D'une main elle se cramponnait à un grand blond, de l'autre elle tenait sa robe mouillée outrageusement haut sur les cuisses. À l'arrière-plan on distinguait les agents en uniforme qui arrivaient au pas de course pour les arrêter. La légende disait : « La fille de l'amiral se retrouve encore au poste ! »

Albert poursuivit sa lecture. Il y avait eu une réception au Savoy, et une bande de joyeux drilles avaient prolongé la soirée au Café de Paris. Selon la police ils avaient quitté les lieux à l'aube, mais à contrecœur – certains avaient fait du tapage, frappant aux portes et aux vitres de l'établissement en exigeant qu'on leur rouvre. Ils avaient ensuite arrêté des taxis, fait fuir leurs occupants et obligé les chauffeurs à les amener à Trafalgar Square, où un certain nombre d'entre eux avait été interpellés. « Voir l'éditorial p.10 : Le scandale d'une débutante des temps modernes ».

C'était le genre d'anecdote dont Albert raffolait. Cela venait confirmer son opinion que les classes aisées n'étaient pas mieux que les autres et que le pays tout entier allait à la dérive. Il secoua la tête d'un air désapprobateur en lisant l'article en page dix :

En trois occasions seulement le nom d'une jeune fille de bonne famille devrait être mentionné dans les journaux : le jour de sa naissance, de son mariage et de sa mort. Au vu des événements choquants qui se sont déroulés à Trafalgar Square samedi soir, les frasques de Mlle Falconleigh ont de quoi inquiéter. Il est même pertinent de se demander si son père est réellement compétent pour commander la Marine britannique, puisque de toute évidence il est incapable de se faire obéir dans son cercle familial.

La réputation d'une femme avant son mariage n'a pas de prix, et elle est trop facilement compromise par des actes inconsidérés et des entorses plus ou moins graves à la décence. En temps normal, une fille de l'âge et de la condition de Mlle Falconleigh serait rigoureusement chaperonnée pour la tenir à l'écart du scandale. Par exemple, on ne l'autoriserait pas à prendre un taxi seule avec des jeunes gens et les dancings lui seraient interdits, même à notre époque insouciante. Mlle Falconleigh, toutefois, prend ouvertement du bon temps en ville et, nous sommes au regret de le dire, a été photographiée maintes fois dans des lieux interlopes de Londres et au sortir de soirées mondaines. Parmi ses cavaliers, nous pouvons citer un certain nombre de playboys célèbres, des joueurs de polo argentins et même des amis personnels de Son Altesse Royale, l'ancien prince de Galles.

Sa seule chaperonne, si l'on peut l'appeler ainsi, est Lady « Baby » Penrose, une ancienne camarade de l'institution pour jeunes filles qui, bien que mariée, n'est peut-être pas le choix le plus judicieux pour ce rôle, étant donné qu'elle n'est son aînée que d'une petite année. Par ailleurs, et c'est loin d'être à son honneur, elle partage le goût de Mlle Falconleigh pour les établissements à la réputation sulfureuse. La triste vérité, c'est que Mlle Falconleigh s'est attiré ennuis sur ennuis depuis qu'elle a été présentée à la Cour. Certes, il ne faut pas oublier qu'elle a perdu sa mère très jeune, mais il y a néanmoins de quoi s'interroger : pourquoi son père a-t-il négligé à ce point les débuts en société de sa fille, alors qu'il aurait aisément pu la confier à une amie respectable et plus âgée de la famille ?

Albert était tellement accaparé par sa lecture que le train entrait déjà en gare quand il s'en rendit compte. Seule une poignée de voyageurs descendaient et montaient à Crowmarsh Priors, mais il lui incombait d'être sur le quai, casquette vissée sur le crâne et sifflet à la bouche à leur arrivée. En se ruant dehors il songea que Nell voudrait jeter un coup d'œil aux publicités pour la collection printemps été de chapeaux, et qu'il ferait mieux de penser à ramener le journal à sa femme.

Lorsqu'il vit l'unique passagère sur le quai venteux, il se demanda qui cela pouvait bien être : aucune dame du village n'était allée à Londres aujourd'hui. Albert l'aurait forcément su. Par conséquent, ce ne pouvait être Mme Fairfax qui se rendait parfois à la capitale, même si elle était jeune, mince et bien habillée – comme Mme Richard. Rudement plus élégante que Mme Richard, par contre. Elle était probablement attendue par les De Balfort à Gracecourt Hall, même si d'habitude leurs visiteurs débarquaient sur les chapeaux de roue en auto le week-end, et certainement pas par le train un mardi.

La jeune femme tenait comme elle pouvait son minuscule chapeau d'une main gantée. Ses cheveux flottaient en tous sens au vent et elle se démenait pour maintenir sa jupe de l'autre main, tout en cherchant à s'abriter des gouttes qui commençaient à tomber. Albert ne put s'empêcher de remarquer combien ses jambes étaient galbées et ses chevilles fines. Puis il se sermonna, car un homme ayant la chance d'avoir une femme et un enfant n'avait pas à reluquer les chevilles des inconnues.

En y regardant de plus près il vit que malgré ses beaux atours, c'était davantage une jeune fille qu'autre chose. Elle s'était retournée pour superviser le transfert de ses bagages, qui n'en finissait plus. Pendant que la locomotive envoyait des nuages de vapeur impatients, Albert eut le temps de compter quatre grosses malles, un assortiment de valises en diverses tailles, un sac à main très chic et un vanity-case en crocodile du meilleur goût.

Le chef de train lui fit signe qu'ils avaient enfin terminé, et leva les yeux au ciel en voyant la montagne qui trônait sur le quai de la petite gare. Puis il retourna à sa cabine et lança à Albert ce qu'il attendait : un paquet de journaux laissés par les passagers sur leur siège et noués par une ficelle. Le chef de train les aurait jetés si cela n'avait tenu qu'à lui, mais Albert trouvait cela dommage de ne pas en profiter.

« Allez, salut! » s'exclama-t-il. Puis il cria « En voiture! » de sa plus belle voix de chef de gare et donna un bon coup de sifflet, même si, comme souvent, personne n'était monté.

Lorsque le train commença à s'éloigner, Albert alla chercher le vieux chariot pour aider la nouvelle venue avec ses bagages. Elle lui tournait toujours le dos, regardant à présent en direction du village où de la fumée montait vers un ciel lourd de pluie au-dessus de quelques bâtisses en brique. Une rangée de maisons de style géorgien, avec baies vitrées et poignées en laiton aux portes, donnait sur la place du village. Mme Fairfax habitait dans l'une d'elles. Il y avait aussi la vieille église au toit en ardoise, dotée d'une tour de style roman, un cimetière tout autour et derrière le presbytère. En face de l'église, une imposante demeure datant du début du XVIIIe siècle était visible derrière un portail en fer forgé. Ils apercevaient même ses hautes fenêtres de là où ils étaient. À proximité se trouvaient le pub, la petite épicerie, la boucherie et l'unique boîte aux lettres du village. Le crachin avait poussé tout le monde à rentrer sauf Jimmy, le fils du boucher, qui passa à toute allure devant la gare sur sa bicyclette, et les placides vaches du champ d'à côté, qui ruminaient sans se soucier de la météo.

Un parfum délicat vint chatouiller le nez d'Albert. Il se redressa sans même s'en rendre compte.

« Laissez-moi vous aider avec ces valises, madame… mademoiselle », se corrigea-t-il. De près, c'était vraiment une gamine. Sa lèvre inférieure (qu'elle avait charnue) tremblait, et elle était un peu trop écarlate pour être honnête, se dit Albert en haussant un sourcil désapprobateur. Du rouge à lèvres ! Et là où il y avait rouge à lèvres, il y avait poudre, réprouva-t-il. Une fille de bonne famille ne devrait pas s'apprêter comme une gourgandine. Et puis il remarqua les pommettes lisses, le petit nez et le menton volontaire. Des yeux bleu foncé croisèrent ceux d'Albert. La demoiselle refoula quelques larmes – et le fit fondre.

« Suis-je à Crowmarsh Priors ? Le village de Crowmarsh Priors ?

— En effet, mademoiselle. »

Albert hocha la tête avec tendresse en direction de la petite bourgade. Pour un homme du Sussex tel qu'Albert Hawthorne, il n'y avait pas plus bel endroit en Angleterre.

La fille s'éclaircit la voix. Tiens, son visage lui disait quelque chose. Albert était certain de l'avoir vue quelque part… Le journal ! C'était elle qui batifolait dans la fontaine de Trafalgar Square ! Mais là, sur le quai, elle avait l'air très distinguée, et ses bagages étaient fort élégants…

Elle serra fort le boa en fourrure qu'elle avait sur les épaules et le regarda d'un air de défi.

« Auriez-vous l'obligeance de m'indiquer la direction de Glebe House ? »

Albert n'en revenait pas. Elle logeait avec la vieille Marchmont ! Mais pourquoi diable ? se demanda-t-il. Lady Marchmont était veuve, sans enfant et ne recevait jamais de visites.

Peut-être était-ce une parente à elle. La fille n'avait certainement pas l'air d'être une dame de compagnie. Albert se souvenait encore de la femme pâlotte aux lunettes en culs de bouteille et aux collants en fil d'Écosse qui avait débarqué un beau jour pour rester auprès de la pauvre Lady de Balfort, alitée durant les dernières années de sa vie. Il secoua la tête. Une dame de compagnie se ferait manger tout cru par Lady Marchmont.

Albert se demandait bien comment une jolie fille comme elle, à l'air si déterminé – sans parler de son maquillage – allait se faire au lieu, pour le moins inhospitalier, qu'était Glebe House. Il était en train de se demander s'il devrait la prévenir lorsqu'il entendit des pas précipités. Un jeune homme ébouriffé avec un col d'ecclésiastique arriva en courant sur le quai. Il évita de justesse la collision avec la fille et Albert, salua ce dernier en haletant et ôta d'un geste vif son chapeau, dont on pouvait dire que c'était un choix plutôt malheureux. Il s'excusait platement d'être en retard et espérait avoir l'honneur de rencontrer… Mademoiselle… euh… la filleule de Lady Marchmont.

Les yeux couleur saphir de la fille s'agrandirent, et le désarroi fit place à l'amusement sur son joli minois. Elle se contenta d'observer le curieux jeune homme en battant timidement des cils lorsque ce dernier se lança dans des explications exhaustives mais très peu claires, évoquant une affaire urgente à régler, des cuivres à astiquer, le défunt révérend et les bonnes œuvres dont il s'occupait.

Albert songea qu'il aurait continué à débiter des inepties jusqu'au soir si la fille n'avait pas pris les devants. Elle fit passer l'anse de son vanity-case à la main gauche et tendit la droite.

« Frances Falconleigh, enchantée, dit-elle d'une voix agréable. Comme c'est gentil à vous de venir me chercher. Vous devez être Oliver Hammet, le nouveau révérend. Ma marraine m'a parlé de vous dans ses lettres.

— Mais je vous en prie, commença le révérend en s'empourprant et en tenant plus longtemps que nécessaire la main gantée. Je vous en prie ! Bienvenue à Crowmarsh Priors ! Je suis si content… Je vous en prie… Vraiment, c'est un plaisir… C'est merveilleux, même ! »

Frances s'étrangla de rire.

« Vous êtes un ange de venir ici alors que vous êtes si occupé. Je ne sais pas ce que j'aurais fait sans vous !

— À votre service, bafouilla Oliver Hammet. Hum ! Permettez-moi de porter cela, mademoiselle Falconleigh. Ce doit être bien trop lourd pour vous, dit-il en lâchant enfin la main de Frances pour prendre le vanity-case.

— Oh, merci ! », roucoula-t-elle.

Albert les regardait faire en passant de l'un à l'autre, sa moustache frétillant d'indignation. La coquine !

M. Hammet rougit de nouveau.

« Euh, mais je vous en prie. Tout le plaisir est pour moi, vraiment. Prenez mon bras. En fait je suis un cousin de Lady Marchmont, mais éloigné, bien entendu, tout à fait éloigné. Albert, vous pourriez vous occuper du reste des, euh..., affaires de Mlle Falconleigh ? »

Il montra d'un geste le tas de bagages, tout en se demandant ce qu'une jeune fille avait besoin d'emporter lorsqu'elle voyageait. Il n'en avait aucune idée, à vrai dire. Il avait connu très peu de femmes dans sa vie. Étant le fils unique d'un révérend âgé dont l'épouse était morte en couches, Oliver avait été envoyé très tôt au pensionnat pour garçons, et lorsque ensuite il était parti à Cambridge toutes ses affaires tenaient dans deux valises en cuir, comme son père quarante ans plus tôt.

« Entendu Révérend, je demanderai à Jimmy de les amener à Glebe House sur le chariot », répliqua Albert. Oliver Hammet était trop occupé à contempler Mlle Falconleigh pour lui répondre – il avait littéralement perdu sa langue.

Frances se balança d'un pied sur l'autre pendant un instant.

« Cela aurait été la catastrophe, sans vous », finit-elle par dire dans un soupir, tout en lançant un regard irrésistible à son sauveur. Elle lui serra le bras pour le ramener à la réalité.

« Nous devrions y aller, Tante Muriel doit se demander si je suis arrivée. ». Elle l'orienta fermement vers la sortie.

« Je ne voudrais pas l'inquiéter, vous comprenez.

— Mais naturellement. Prenez garde surtout, ce gravier est bien embêtant quand on a des souliers à talons », commenta le révérend lorsqu'elle glissa sans faire exprès et se cramponna plus fort à lui. Les plumes de son chapeau lui cachaient le visage, et il ne vit pas Frances marmonner entre ses dents « *Mince*! » quand elle se tordit la cheville. Mais Albert, si.

Le chef de gare les regarda s'éloigner, partagé entre réprobation et amusement. La fille s'accrochait au pasteur comme une moule à son rocher.

Il retourna voir les photos du journal. Pas de doute, c'était la fille de l'amiral Tudor Falconleigh. Haut placé à Whitehall, ce gars-là.

Albert relut l'éditorial, puis se demanda pour la énième fois où allait le pays à ce train-là.

Une visite qui avait de quoi pimenter la vie de Lady Marchmont, en tout cas.

6

Londres, août 1939

Lorsque Tanni et Bruno avaient débarqué à Southampton par un matin gris de janvier, ils avaient cherché à effacer les traces du long voyage sur eux, mais une fois au contrôle de l'immigration, ils avaient vite compris qu'ils étaient loin de faire bonne impression. L'employée qui les avait reçus s'était montrée froide et sévère, examinant leurs passeports sous toutes les coutures, comme s'ils étaient forcément faux. Finalement, après les avoir gratifiés d'une moue qui en disait long sur son opinion, elle leur avait tendu des brochures en anglais, imprimées en gros caractères. De son index elle les avait tapotées puis avait annoncé d'une voix plus forte que nécessaire :

« Vous êtes en Angleterre maintenant. Vous étiez peut-être habitués à vous comporter autrement là d'où vous venez, mais il vous est fortement conseillé de vous adapter tout de suite aux us et coutumes de votre pays d'accueil. Nous avons dressé une liste des choses à faire et à ne pas faire pour vous intégrer ici. Les Anglais, avait-elle commencé à lire, sont des gens naturellement réservés qui ne se mêlent pas facilement aux autres. »

Ils n'aimaient pas, avait-elle poursuivi, lorsque les étrangers, en particulier les réfugiés, portaient des costumes aux couleurs criardes ou des vêtements extravagants. Les étrangers ne devaient en aucun cas attirer l'attention sur eux. Ils devaient s'habiller discrètement, rester en toutes circonstances décents, polis et modestes, ne jamais se plaindre ou critiquer le pays qui les avait si généreusement accueillis. Par-dessus tout, ils ne devaient pas se porter candidats à des postes convoités par les Anglais de souche. Tanni et Bruno ne devaient surtout pas faire de vagues, et ne pas se montrer ingrats.

« J'espère, Professeur, avait conclu la dame avec un sourire pincé, que vous êtes conscient de la chance que vous avez d'être ici. »

Tanni était épuisée après ce périple qui avait duré des semaines dans des trains bondés, entrecoupés de jours d'attente et de prières quand ils n'avaient plus eu les permis nécessaires, pour remonter ensuite dans des trains bondés, attendre que d'autres papiers soient tamponnés, marcher sur de longues distances et enfin traverser la Manche par une mer démontée. Elle ne comprenait pas tout ce qu'on lui disait, mais l'hostilité de ses interlocuteurs était on ne peut plus claire. Elle avait regardé Bruno en coin puis hoché la tête docilement. Elle voyait bien qu'il était furieux d'être traité ainsi, mais qu'il prenait sur lui.

Il avait mis un bras rassurant autour des épaules de Tanni.

« Mon épouse est très fatiguée », avait-il dit avant de murmurer, toujours en anglais et juste assez fort pour que l'autre entende.

« Tout ira bien. »

« Madame Zayman, visite médicale », avait aboyé la femme. Ils n'examinaient pas tous les nouveaux venus, seulement ceux qui avaient l'air mal en point. Heureusement un médecin était sur place ce jour-là. Si cette fille, cette soi-disant épouse de professeur, avait la tuberculose ou une autre maladie étrangère, elle serait aussitôt mise en quarantaine.

« Par là ! », avait ordonné l'employée en pointant du doigt un espace séparé du reste par un rideau, où plusieurs femmes au teint blafard attendaient.

Deux heures après, Tanni était ressortie, une lueur d'affolement dans le regard et les joues toutes rouges.

« Bruno, avait-elle chuchoté en allemand, le docteur dit que je vais avoir un bébé. »

Il l'avait fixée d'un air interdit. Elle avait passé une main tremblante dans ses cheveux.

« Bruno, tu ne te rends pas compte, un bébé ! Je veux voir ma mère ! Je ne sais pas quoi faire ! »

Tanni le dévisageait avec des yeux écarquillés d'angoisse. Bruno avait cherché la femme de l'immigration du regard, mais elle était en train de faire la leçon à d'autres arrivants et Dieu merci, elle n'avait pas entendu Tanni parler en allemand.

« Ne t'inquiète pas. Nos mères seront là très bientôt, avait-il répondu à voix basse. Nous allons nous occuper de toi, *Liebling*. Ça va bien se passer. »

Il ne savait pas davantage que Tanni ce qu'était une grossesse, mais il devait à tout prix lui éviter de se faire du souci.

« Elles seront là très bientôt, avait-il répété fermement, en l'étreignant plus fort. Elles sont probablement à bord d'un de ces horribles trains, ou bien elles attendent qu'un agent plus pointilleux que les autres daigne tamponner leur passeport, mais sous peu nous serons tous réunis à Oxford. Les jumelles retourneront à l'école et ton père pourra reprendre ses consultations. Nous aurons une maison avec un jardin où nos mères pourront faire leur couture, et toi et le bébé vous pourrez vous asseoir sur la pelouse et écouter les cloches sonner. Nous apprendrons tous à faire de la bicyclette, même Mutti. Tout le monde en fait à Oxford. Tu verras. Ça va bien se passer. »

Se sentant déjà mieux, Tanni lui avait souri.

« Nos mères à bicyclette ! Tu te rends compte ! J'espère qu'il y aura un figuier dans le jardin de la nouvelle maison. »

Bruno n'était pas certain que cette espèce pousse en Angleterre, mais en revanche il avait vu des cerisiers et des pruniers. Alors Tanni s'était imaginée en train de s'affairer dans sa cuisine d'Oxford, devant un tas de pots de confiture de prunes, tandis que le bébé allait à quatre pattes et que Bruno venait la féliciter et l'embrasser dans la nuque, ce qui lui donnait toujours un frisson délicieux.

Seulement les choses ne s'étaient pas déroulées ainsi. Bruno l'avait amenée à Whitechapel, dans la pension où il logeait lorsqu'il venait à Londres, et où ils étaient censés attendre les autres. Mais les journées étaient devenues des semaines, les semaines des mois, et en mars les Allemands avaient envahi la Tchécoslovaquie. Bruno s'était porté volontaire pour être traducteur auprès des services de renseignements britanniques. Un coup de fil avait été passé et la faculté lui avait accordé un congé exceptionnel. Il avait décidé qu'il valait mieux rester à la pension, car c'était la seule adresse qu'avaient sa mère et les parents de Tanni.

Cette dernière se sentait de plus en plus mal. Son corps lui donnait l'impression d'appartenir à quelqu'un autre. Au début elle avait sans arrêt la nausée, et terriblement sommeil. Elle passait son temps à vomir dans les toilettes au bout du couloir, jusqu'à être prise de vertiges et de tremblements. Ensuite, elle avait commencé à changer de forme et tellement gonflé qu'elle se comparait à un de ces ballons aux couleurs vives que les jumelles affectionnaient. Elle avait fini par sortir le nécessaire à couture que sa mère avait glissé dans le sac en tapisserie et élargi deux robes.

Pendant ce temps, Bruno courait les marchés de Whitechapel pour lui acheter des citrons, la seule chose qu'elle acceptait de manger. Stupéfait, il la regardait couper les fruits en rondelles et les avaler tout entiers, même la peau. Il était heureux à l'idée de devenir père, mais n'était pas tranquille quand il devait laisser Tanni seule.

Elle ne comprenait pas bien l'anglais – lorsque les gens lui parlaient, elle se contentait de sourire poliment. Bruno était tiraillé entre son nouveau travail qui lui prenait le plus clair de son temps, et son désir de rester auprès de sa femme. Mais il était très occupé, et rentrait souvent tard le soir. Tanni se blottissait contre lui dans le lit en plaisantant sur les proportions affolantes que son corps prenait, et il sentait le bébé donner des coups. Il avait de plus en plus hâte de voir leurs parents arriver. Mais lorsque Tanni avait commencé à avoir des contractions un mois avant la date prévue, ils n'étaient toujours pas là. Elle avait appelé sa mère en hurlant, sans se soucier un instant des sages-femmes bourrues qui lui disaient de ne pas faire autant d'histoires.

De retour à la pension avec le bébé, les jours et les nuits s'étaient succédé jusqu'à finir par se confondre et que Tanni ait la sensation d'avoir toujours été emprisonnée dans cette chambre miteuse par un été chaud et humide. Le temps s'était comme ralenti, et une immense lassitude s'était emparée d'elle. Bruno était de plus en plus absent, mais ne voulant pas l'inquiéter, elle lui disait que tout allait bien. Vraiment. Lorsqu'il n'était pas là, elle retournait se coucher après un triste petit-déjeuner composé d'un toast froid tartiné de marmelade d'oranges, et elle restait au lit toute la journée, les draps remontés jusqu'en haut, n'en bougeant que pour nourrir et changer le bébé. Bien souvent elle ne prenait pas la peine de se lever pour le « thé ». C'était ainsi que la logeuse appelait le repas du soir. Si elle avait vraiment faim, elle grignotait quelques biscuits pris dans la boîte en fer que Bruno lui avait ramenée.

Le moindre mouvement était devenu un effort insurmontable, même ce jour-là, lorsque la logeuse frappa brusquement à la porte et s'écria, « Madame Zayman ! Une lettre pour vous. » Tanni retint son souffle et resta immobile. Elle espérait que la femme la croit sortie. C'était bien trop compliqué de lui parler en anglais. La logeuse avait un accent irlandais à couper au couteau, et si Tanni osait lui demander de répéter, elle l'exagérait sciemment. Tanni avait beau tout essayer, elle avait toujours l'impression de mal faire en Angleterre.

Même la perspective d'une lettre ne parvenait pas à susciter son intérêt. Cela faisait longtemps qu'elle n'en attendait plus. Voyant qu'on ne répondait pas, la logeuse glissa l'objet sous la porte. Tanni entendit le froissement du papier, puis un grognement lorsque la femme rebroussa chemin dans le couloir où une odeur de chou bouilli et d'égouts régnait en permanence. L'enveloppe resta là un certain temps puis, enfin, Tanni posa les yeux dessus. Elle était bleue, et arborait des timbres allemands et des tampons officiels. Son cœur s'arrêta de battre lorsqu'elle reconnut l'écriture de sa mère. Elle posa le bébé endormi et se leva lentement. Dès qu'elle faisait des gestes un peu trop brusques, elle avait des vertiges. Elle avait mal partout et se sentait épuisée, même si l'accouchement remontait à près de quatre semaines.

Elle se pencha pour ramasser l'enveloppe. Elle datait d'avril, soit plusieurs mois auparavant, et paraissait avoir été décachetée puis maladroitement refermée. Tanni prit ses ciseaux de couture et l'ouvrit fébrilement. Elle en sortit une fine feuille recouverte de pattes de mouche des deux côtés.

Ma fille chérie,

J'espère que cette missive vous trouvera en bonne santé, Bruno et toi. Et que tu as reçu mes autres lettres, mais comme je n'en ai pas la certitude, je t'écris une fois de plus pour t'expliquer qu'après cette affreuse nuit où tu nous as quittés, nous allons bien et sommes hors de danger. Juste avant que cette bande de forcenés enfonce la porte, nous avons été sauvés par le maire et le préfet de police qui ont réussi à faire diversion – tu te souviens que Papa soignait le petit garçon du maire et avait réussi à guérir la femme du préfet de police de la pneumonie ? Mais le prix à payer pour nous sauver a été terrible. La seule chose qu'ils ont pu faire a été d'orienter la foule déchaînée vers une autre maison juive. Mon unique réconfort après cette nuit atroce était de savoir que tu serais bientôt en sécurité, et que Lili et Klara te rejoindraient au plus vite.

Nous avons reçu la lettre de Bruno où il nous annonce que tu vas devenir mère à ton tour. Quelle heureuse nouvelle. J'aimerais être à tes côtés, mais jeune comme tu l'es, tout ira bien, j'en suis certaine. Si tu souffres de nausées, suce lentement un morceau de gingembre confit, cela te soulagera. Frau Zayman te conseille de faire sécher dans le four un peu de pain de la veille saupoudré de sel, et de le garder dans une boîte en fer-blanc à côté de ton lit. Manges-en un bout le matin avant de te lever. Quant à Papa, il dit d'avaler quelques cuillerées de cognac coupé à l'eau si tu te sens vraiment mal, et autant que possible de boire du lait frais et de manger des fruits.

Nous avons bon espoir de te rejoindre en Angleterre bien avant la naissance du bébé ! Mais un certain nombre de choses nous ont retardés.

Peu après ton départ, notre maison a été confisquée. C'est à peine si nous avons eu le temps de prendre des vêtements et quelques objets personnels. Nous n'avions pas pu vendre le piano, ni emballer l'argenterie, les tableaux ou les livres de Papa, alors je crains fort que nous ne les revoyions jamais. Mais ce sont des choses matérielles, et nous ne devons pas nous laisser aller au regret pour cela. L'important est que nous soyons en bonne santé et en lieu sûr, bien qu'un peu à l'étroit puisque nous logeons à présent dans le petit appartement de Frau Zayman. Hormis son arthrose nous allons tous bien, D--u merci, et je suis devenue très forte pour accommoder les pommes de terre. Il faut s'estimer chanceux car nous entendons dire qu'ailleurs les Allemands ont commencé à déplacer les gens qui n'avaient pas de visa de sortie à la frontière polonaise. De notre côté nous l'avons, et dès que les jumelles seront parties ce sera notre tour. En attendant nous sommes obligés de porter une étoile jaune sur les vêtements, même Lili et Klara, et un couvre-feu nous interdit de sortir à la nuit tombée. De temps en temps on entend dire qu'untel ou unetelle s'est fait arrêter.

Nous sommes impatients de partir, comme tu l'imagines. Les gens font la queue nuit et jour pour obtenir leur visa de sortie maintenant. Nous pouvons remercier le maire pour le nôtre ; si seulement les petites pouvaient s'en aller, à présent… Elles auraient dû monter à bord du train en janvier mais au dernier moment elles ont attrapé la scarlatine, et la poussée de fièvre a été si forte que nous avons eu peur de les laisser seules. Il a même fallu leur couper les cheveux, elles les perdaient trop. Lili a été très longue à se rétablir et nous nous sommes posé la question d'envoyer Klara seule, mais au final nous avons pensé que ce n'était pas prudent. Le maire a promis à Papa qu'elles auraient une place sur un autre train.

On nous dit que c'est plus prudent d'envoyer les enfants séparément des parents, car les Kindertransport *sont certains de passer les frontières. Je dois bien avouer que cela ne me plaît guère. J'ai déjà eu le plus grand mal à te laisser partir, même avec Bruno pour veiller sur toi, alors l'idée de savoir Lili et Klara à la merci d'étrangers, ne serait-ce que pour quelques semaines, c'est insoutenable. Seule la pensée qu'elles seront bientôt près de toi m'aide à rester calme. Tous les jours nous prions pour qu'on nous annonce qu'elles seront sur le prochain train. Leurs petites valises sont prêtes depuis longtemps, et dans chacune nous y avons mis leur poupée préférée que nous avons réussi à sauver dans la précipitation. Frau Zayman a découpé un vieux manteau à elle afin de leur confectionner des robes chaudes pour l'Angleterre. Chaque matin, je fais la leçon à Klara en lui disant que le moment venu elle devra être courageuse et se comporter en bonne petite fille comme sa grande sœur Tanni, et aussi être une petite mère pour Lili pendant le voyage en train. Les jumelles sont si excitées et heureuses à l'idée de te retrouver enfin. Tu leur manques affreusement. Elles me demandent souvent si tu as assez à manger en Angleterre, et je leur réponds que oui, sans aucun doute possible. La nourriture se fait de plus en plus rare ici, et elles vont bien souvent dormir le ventre vide. Nos achats se résument à du pain de la veille et des patates ratatinées, parfois quelques feuilles de chou. La plupart des commerçants refusent de vendre aux Juifs. J'ai vu Frau Anna l'autre jour. Elle avait maigri comme tant d'autres, et nous a regardés avec une expression qui ne m'a pas beaucoup plu. Je serai bien contente de partir d'ici. Papa, Frau Zayman et moi sommes fin prêts, nos valises attendent dans le couloir avec quelques affaires, un peu d'argent et les bijoux que j'ai pu emporter. Dès que les jumelles sont dans le train, nous quittons la ville.*

J'arrive au bout de ma feuille, il me reste juste assez de place pour te dire que nous t'aimons et que tu es dans nos prières. Porte-toi bien et ne t'en fais pas, nous serons tous réunis en Angleterre très bientôt. En attendant, tâche d'être courageuse. Nous t'envoyons une photo de nous, prise par le gentil voisin de Frau Zayman. C'est le dernier cliché qu'il a fait avant de vendre son équipement pour s'acheter à manger. Les jumelles t'envoient aussi un dessin pour que tu ne les oublies pas. Klara t'a écrit un message, avec très peu d'aide de Papa. Je t'aime, ma chérie.

Mutti

Une photo floue – représentant un couple, deux enfants tondus assis sur leurs genoux et une femme sans âge aux traits tirés – tomba, protégée par une seconde feuille de papier fin. Au début Tanni crut qu'ils s'étaient trompés de cliché, mais après l'avoir étudié de près, elle reconnut les traits de ses parents dans le couple à l'air émacié, de ses sœurs dans les petites filles chauves et de Frau Zayman dans la vieille femme. Elle fut choquée de voir à quel point ils avaient changé. Puis elle remarqua par terre un petit mot qui avait été écrit sur un bout de ce même papier fin. Elle le ramassa. On y avait dessiné deux petits bonshommes en bâton vêtus de robes, avec des têtes rondes auréolées de cheveux courts et un énorme nœud rose par-dessus. « *Chère Tanni est-ce qu'on te manque nos cheveux vont repousser en Angleterre gros bisous de Klara et Lili on t'aime.* »

Tanni vérifia la date sur la lettre. Le 3 avril. Et nous approchions déjà de la fin août ! Cela faisait plus de quatre mois. Soudain, un immense soulagement l'envahit. À ce stade, ils étaient tous en Angleterre. Elle comprit aussitôt pourquoi ils ne l'avaient pas trouvée. Les jumelles étaient probablement arrivées les premières et, ne parlant pas anglais, n'avaient pas su expliquer qu'elles avaient perdu l'adresse de Tanni et Bruno. Ses parents et Frau Zayman devaient aussi être là mais elle les avait ratés, ayant été malade et Bruno si souvent absent. Ils avaient dû venir à la pension et demander le Professeur et Frau Professeur Zayman, et la logeuse acariâtre avait fait semblant de ne pas comprendre pour les congédier au plus vite. Tanni se sentait investie d'une responsabilité nouvelle. C'était à elle de retrouver sa famille et de la réunir. Tout ce qu'elle avait à faire, c'était découvrir où ils étaient maintenant et se débrouiller pour les rejoindre.

Mais par où commencer ? L'accablement s'empara d'elle. Elle ne savait absolument pas comment s'y prendre pour retrouver des personnes qui pouvaient être n'importe où en Angleterre. Elle aurait voulu que Bruno soit à ses côtés pour la guider, mais cela faisait trois jours qu'il n'était pas rentré. Elle ne savait jamais quand il revenait à leur petite chambre, ni pour combien de temps, et lorsque enfin il était là, il avait l'air tellement soucieux qu'elle n'osait pas l'embêter. Tout à coup, le bébé se réveilla et se mit à pleurer. Elle avait voulu l'appeler Johan en hommage au père de Bruno, mais ce dernier avait insisté pour lui donner un prénom anglais, John, et même pour l'appeler Johnny. Elle s'entraînait encore sur la prononciation.

Tanni soupira, défit les premiers boutons de sa robe, sortit Johnny du berceau et s'installa dans le vieux fauteuil pour l'allaiter. Elle avait tant de questions à poser à sa mère, par exemple comment faire pour que Johnny tète correctement. Elle avait les mamelons irrités et souffrait le martyre à chaque fois. Dès qu'elle essayait de lui faire prendre l'autre sein, il arrêtait de boire et se mettait à hurler. La logeuse s'était déjà plainte du bruit, alors Tanni se mordait la langue et endurait en silence.

Tanni se mit à observer autour d'elle, voyant pour la première fois la chambre à travers le regard tatillon de sa mère. Il y avait des couches sales un peu partout, et l'odeur qui allait avec. Les quelques robes qu'elle possédait et le costume de rechange de Bruno étaient accrochés dans la petite penderie sans porte. Le jour avait du mal à passer à travers la couche de crasse sur la fenêtre. Les livres de Bruno étaient entassés en dessous, et sur le haut de la pile elle avait posé son peigne, sa brosse et une brochure expliquant comment laver un nourrisson. Bien souvent l'envie la prenait de s'allonger sur le lit défait et d'attendre que la saleté la recouvre tout entière, mais la pensée que ses parents étaient tout près d'elle la galvanisa. Elle remarqua des moutons de poussière sous le lit. Sa mère serait choquée de voir cela, et Tanni décida de nettoyer la chambre du sol au plafond.

Mais avant toute chose elle irait rendre visite à sa tante, mariée à un rabbin de Bethnal Green. Berthe Cohen saurait la conseiller sur la marche à suivre. C'était une petite femme bien en chair et très douce, pas vraiment une tante mais une lointaine cousine du côté maternel, et la seule amie de Tanni à Londres. Elle était bien plus âgée que la mère de Tanni, très dynamique, et vivait depuis vingt ans en Angleterre. C'était le rabbin Cohen qui avait circoncis Johnny – Bruno, qui n'était pas religieux pour un sou, avait accepté par amitié pour eux. Cette cérémonie était toujours une épreuve pour une jeune mère, mais Tante Berthe avait été là pour soutenir Tanni, et lui avait même offert du vin et le traditionnel gâteau au miel après.

À présent qu'elle avait un but, Tanni se sentait revigorée. Lorsque Johnny eut fini de boire elle le remit dans son berceau, fit sa toilette comme elle put dans le lavabo de la chambre, puis se lava les cheveux et les peigna soigneusement pour qu'ils sèchent plus vite. À l'aide d'une éponge elle débarbouilla Johnny, le changea et ensuite elle enfila sa robe la moins crottée. Elle avait perdu tellement de poids qu'elle nageait dedans. Elle allait devoir ressortir son nécessaire à couture et les reprendre toutes. Elle s'en occuperait après avoir rangé la chambre et aéré le lit, mais avant toute chose elle devait parler à Tante Berthe.

Elle mit son chapeau, prit son sac, enveloppa Johnny dans le drap de son berceau et referma la porte doucement derrière elle. La T.S.F était allumée dans le salon, et elle marcha sur la pointe des pieds pour ne pas se faire remarquer de la logeuse. Une fois dehors, elle se demanda s'il faisait trop chaud pour le bébé, ou si au contraire elle aurait dû lui mettre une couche de plus. Les nourrissons pouvaient-ils attraper froid en été ? C'était tellement difficile de savoir. Si seulement sa mère était là. Mais ce serait le cas très bientôt, songea Tanni, et aussitôt elle se sentit plus légère. Quel bel après-midi d'été. Elle fredonna une petite chanson à Johnny tout en marchant.

Les Cohen vivaient à bien des rues de là, dans une petite communauté de Bethnal Green où les femmes portaient toutes un foulard et les hommes un chapeau à larges bords, des papillotes, un costume noir et une chemise blanche ouverte sur le cou. Des enfants couraient partout et les gens parlaient dans une langue que Tanni ne comprenait pas. Son cœur se serra lorsqu'elle pensa à Anton qui avait toujours une façon si amusante de décrire la branche orthodoxe de sa famille. Non, il ne fallait plus penser à lui : elle était mariée, désormais.

En arrivant dans la rue de Tante Berthe Tanni vit deux dames élégamment vêtues avec chapeaux à plumes, gants de chevreau et souliers vernis, et qui curieusement avaient une écritoire à la main. Elles détonnaient parmi les autres femmes dans la rue, habillées tout en noir, avec de longues jupes, des collants épais et leur foulard sur la tête. Les dames distinguées lui rappelaient sa mère, et elle trouva cela rassurant. En approchant elle les entendit parler dans le même anglais clair et précis qu'on lui avait enseigné à l'école. Elle leur fit un timide sourire au moment où un groupe d'enfants vêtus de noir la croisait avec leur père qui détourna promptement le regard.

L'une des dames soupira :

« Mon Dieu, tous ces enfants! Mais comment leurs parents font-ils pour ne pas les confondre? Et dire qu'ils ne veulent pas entendre parler d'évacuation. Ils sont incapables d'aligner deux mots d'anglais. Et têtus comme pas un, en plus! Les enfants devraient être emmenés de force, si vous voulez mon avis.

— Franchement, Penelope, on finit par comprendre pourquoi les Allemands…

— Certes! Venez, nous perdons notre temps. »

Et sur ce, elles remontèrent dans une auto noire avec chauffeur.

Tanni pressa le pas pour arriver à la petite maison des Cohen. Elle remarqua les pois de senteur qui égayaient le carré de jardin, et les rideaux blancs amidonnés qui ornaient les fenêtres de devant.

Le rabbin était occupé dans son bureau, mais son épouse accueillit Tanni en l'embrassant chaleureusement et en étant aux petits soins pour Johnny. Elle précéda Tanni dans le couloir qui menait à la cuisine, où montait une bonne odeur de gâteau tout juste sorti du four. Plusieurs femmes se serraient autour de la petite table, où un tas de papiers étaient éparpillés. Elles levèrent la tête à l'arrivée de Tanni, et Tante Berthe la présenta. Les femmes, qui avaient toutes un fichu noué sous le cou, scrutèrent le chapeau de Tanni d'un air sévère. Il était ravissant et Frau Zayman, avec ses doigts de fée, l'avait confectionné à partir du vieux feutre gris du Dr Joseph, puis garni de rubans et d'un morceau de voilage qui s'accordaient merveilleusement bien avec les bouclettes brunes de Tanni. Elles finirent par sourire en voyant Johnny, tendant la main pour mieux lui caresser la joue, et elles s'écartèrent pour que Tanni puisse s'asseoir avec elles. Johnny s'endormit aussitôt dans ses bras.

Tante Berthe apporta du thé au citron dans des verres, un gâteau aux amandes et un bol de cerises noires. Tanni garda le silence pendant que les autres parlaient, buvant poliment son thé et goûtant le gâteau qui était délicieux. Elle avait hâte de montrer la lettre de sa mère à Tante Berthe, mais les femmes discutaient à bâtons rompus dans cette langue que Tanni ne comprenait pas. Au bout d'un moment elle arrêta d'écouter et attendit simplement son tour. Elle en profita pour reprendre une seconde part de gâteau, puis une troisième, et se lécha les doigts avec un plaisir visible. Tante Berthe lui fit un grand sourire, et poussa le bol de cerises dans sa direction.

Lorsqu'il y eut une pause dans la conversation, Tanni s'essuya la bouche et sortit la précieuse enveloppe de son sac.

« Tante Berthe, j'ai besoin de tes conseils. J'ai reçu une lettre de ma mère », commença-t-elle en allemand.

Mme Cohen traduisit pour celles qui ne comprenaient pas, et la lettre fit le tour de la table afin que les femmes y jettent un coup d'œil, ainsi qu'à la photo et au dessin de Klara.

« Ma petite sœur, commenta Tanni, toute fière. Elle est très intelligente. Mais ma mère a écrit en avril et la lettre est arrivée seulement aujourd'hui. Les jumelles ont à peine cinq ans et elles ne parlent pas anglais. Lili a toujours été un peu lente, et Klara doit la surveiller. Elles ont dû perdre mon adresse pendant le voyage. Je ne sais pas si mes parents et Frau Zayman sont à Londres ou ailleurs. J'aurais bien demandé à Bruno de m'aider, mais il n'est pas là. J'ai pensé que toi, Tante Berthe, et le rabbin, vous sauriez comment je peux les retrouver. »

Le bébé se mit à pleurnicher et Tanni le mit sur son épaule pour le bercer.

« Il me tarde tellement de leur montrer Johnny ! »

Le visage bienveillant de Tante Berthe se fit grave.

« Ma chérie… »

Elle hésita, se tournant vers les autres comme pour leur demander la permission de parler. Les femmes échangèrent un regard. L'une après l'autre, elles hochèrent la tête avec raideur.

« Il se peut qu'ils ne soient pas encore ici. Ainsi que ta mère te l'écrit, la situation est très difficile pour les Juifs. Ils sont nombreux, comme tes parents, à vouloir quitter l'Allemagne et l'Autriche, mais partout les portes se ferment. Nous faisons partie d'une cellule qui essaie d'aider les Juifs en Europe. Si tu savais les difficultés…

— D'accord, mais depuis le temps, ma famille est forcément arrivée. »

N'y tenant plus, une jeune femme prénommée Rachel l'interrompit en anglais.

« Des difficultés ? Tu parles ! C'est impossible ! Ça va mal en Pologne, très mal en Autriche, et en Allemagne c'est pire encore. C'est de plus en plus dur d'obtenir un visa de sortie, même avec un énorme pot-de-vin. Et qui a les moyens de payer un pot-de-vin aujourd'hui ? Avec les biens confisqués par les nazis, ceux qui n'étaient pas pauvres avant, le sont devenus. Et tous ces pays qui leur tournent le dos. La situation n'est pas aussi catastrophique pour les enfants, mais même pour eux on doit se battre. Mon mari travaille pour le *Kindertransport*, il est chargé de trouver des familles d'accueil aux enfants qui débarquent en Angleterre. Ils sont très efficaces, tu sais. Si tes sœurs étaient arrivées tu en aurais été informée, je t'assure. À mon avis, elles ne sont pas là. Nous savons de source sûre que les nazis ont procédé à beaucoup, beaucoup d'arrestations en Autriche. Tout ça pour déplacer les Juifs…

— Ils parlent de déplacement, la coupa une autre, alors qu'ils forcent les gens à quitter leur maison pour les faire trimer dans un camp de travail. Les Allemands les parquent comme des animaux, même les enfants et les vieux… »

Tanni avait du mal à suivre la conversation en anglais. Personne n'oserait envoyer Papa en camp, tout de même, songea-t-elle nerveusement. C'était un médecin respecté. Quant à Mutti et Frau Zayman, elles avaient bien des talents mais le travail de la terre n'en faisait pas partie.

« Mutti ne parle pas de camps, juste que les gens ont été déplacés. Mais si la lettre date d'il y a plusieurs mois, ils sont forcément en Angleterre maintenant. Mes parents avaient pris toutes les dispositions pour que les petites soient dans le *Kindertransport* d'avril, et ils avaient leurs visas de sortie pour pouvoir les suivre aussitôt. »

Autour de la table, l'inquiétude était palpable. Johnny se mit à pleurer pour de bon et Tanni lui tapota dans le dos. Son sourire avait disparu. Elle observa les femmes les unes après les autres, et quand elle reprit la parole ce fut d'une voix pleine d'anxiété.

« Vous ne comprenez pas, j'ai donné ma parole à Papa – c'est la dernière chose que j'ai faite ! Nous prenions la fuite avec Bruno et il n'y avait pas de place pour les jumelles dans le bateau. Il m'a fait promettre de veiller sur elles ici. Je dois les retrouver. J'étais tellement mal après la naissance du bébé que j'ai… j'ai oublié beaucoup de choses, avoua-t-elle, l'air coupable. C'est ma faute si personne ne m'a prévenue qu'elles étaient là. Il a dû y avoir une lettre ou un coup de téléphone, mais j'étais trop épuisée pour me lever. Elles ont dû penser que j'étais partie. Mais maintenant que je suis guérie, je *dois* les retrouver. Nous étions censés aller vivre à Oxford une fois réunis – peut-être… peut-être que mes parents sont allés directement là-bas. Tout ça c'est ma faute… »

Elle éclata en sanglots. Les femmes l'observèrent en silence. La malheureuse avait une mine épouvantable – des cernes sombres sous les yeux, et elle était si maigre qu'elle flottait dans sa robe. Tante Berthe se leva et lui passa un bras autour des épaules.

« Allons, ne dis pas ça, Tanni, murmura-t-elle d'une voix apaisante. Ce n'est pas ta faute. La naissance d'un enfant peut être très dure pour une jeune mère. »

Les autres acquiescèrent en chœur.

« Ramène Johnny à la pension, ma chérie. Nous allons tâcher de nous renseigner sur ta famille. Si tes sœurs sont bien montées à bord de ce train, nous devrions pouvoir retrouver leur trace.

— Et si elles n'y étaient pas ? Il y a tellement d'enfants, tellement… objecta la jeune femme, nommée Rachel, en se prenant la tête dans les mains.

— Tais-toi, marmonna une autre. La pauvre est déjà assez bouleversée comme ça.

— Et Mutti, Papa et Frau Zayman ? »

Le silence se fit.

« Nous allons commencer par le *Kindertransport*, ce sera plus facile, finit par dire Tante Berthe en lui tapotant la main. Mais nous ferons notre possible pour en savoir un peu plus sur tes parents et la mère de Bruno. En attendant, Tanni, mon mari dit qu'il est très important de ne parler à personne de ce qui se dit dans cette maison. À personne. Si nous voulons aider les Juifs qui sont en danger, nous devons être extrêmement prudents. Les Anglais…

— Les Anglais sont aussi pourris que les Allemands ! protesta Rachel avec véhémence. Tu n'as pas idée du mal qu'on se donne pour ne pas attirer l'attention des autorités. Chacune a des infos différentes et doit les apprendre par cœur. Personne ne sait tout, comme ça, si l'une d'entre nous se fait arrêter ou interroger, elle ne peut pas mettre la cellule en péril.

— Tais-toi, Rachel ! Tu en as assez dit. Ma petite Tanni, surtout veille à ne pas parler allemand, même avec Bruno. Ils ont des oreilles partout, et si la guerre est déclarée avec l'Allemagne ils interneront tous ceux qu'ils pensent être des ressortissants du pays ennemi.

— Interner ? demanda Tanni. Qu'est-ce que ça veut dire ?

— Ça veut dire être détenu dans un camp, mais comme une prison. »

Le soulagement à l'idée d'avoir trouvé de l'aide et l'espoir de revoir bientôt sa famille furent aussitôt enfouis sous une nouvelle couche d'angoisse. Fatiguée et impatiente de ramener Johnny pour lui donner le sein, Tanni se leva, remercia Tante Berthe et prit congé. Elle rentra aussi vite qu'elle put mais le bébé hurla une bonne partie du chemin, et il finit par lui paraître bien lourd dans ses bras endoloris. Et si elle se faisait interner dans un de ces camps ? Lui enlèverait-on son Johnny ? Elle le serra fort contre elle, tant cette idée était insupportable.

Lorsqu'elle poussa la porte de la pension, l'odeur d'un plat en train de frire dans du beurre rance lui donna envie de vomir. Au moment où elle se faufilait dans le couloir exigu, la logeuse la coinça.

« Il y a une dame pour vous. Elle vous attend au salon. »

Tanni se précipita dans la pièce sombre. Lorsque la silhouette familière et élégante se leva, elle en eut un coup au cœur. Enfin, le cauchemar était terminé.

« Mutti ! s'exclama-t-elle gaiement. Oh ! Mutti, je savais que tu viendr… »

Elle n'eut pas le temps de finir sa phrase que l'excitation faisait place au désarroi. Ce n'était pas sa mère. Elle reconnaissait l'une des dames bien mises qu'elle avait croisée dans la rue de Tante Berthe.

« Madame Zayman ? » fit-elle d'un air hésitant, tout en jetant un coup d'œil à son écritoire. Cette fille paraissait ridiculement jeune pour être mariée, sans parler d'être mère. Mais après ce qu'elles avaient vu à Bethnal Green, il ne fallait jurer de rien.

Tanni hocha la tête, trop accablée de déception pour parler.

« Enchantée. Je m'appelle Penelope Fairfax, et je fais partie du WVS, le Service Volontaire Féminin. L'Angleterre s'attend à entrer en guerre avec l'Allemagne très bientôt, et pour des raisons de sécurité nous procédons à l'évacuation des mères et des enfants en bas âge à la campagne. Il y a fort à craindre que les Allemands bombardent ou gazent Londres, et peut-être d'autres grandes villes. »

Tanni la regarda d'un air interdit. Mais qu'est-ce qu'elle lui racontait ?

« La guerre ? » répéta-t-elle dans un anglais mal assuré.

« J'en ai bien peur. Je vous prierais donc de signer ce formulaire, madame Zayman, afin que nous puissions vous envoyer avec votre bébé en sécurité loin de Londres.

Tanni s'efforçait toujours de comprendre. « Loin de Londres ? » Mais comment pouvait-elle partir maintenant ? Qu'allait-elle devenir sans Tante Berthe ? Et Bruno, et sa famille ? La tête lui tournait. Elle s'efforça de ne pas paniquer, et s'appliqua pour se faire comprendre.

« Excusez-moi, s'il vous plaît, je ne peux pas partir, mes sœurs, mes parents, ils arrivent, je dois attendre ici, à Londres, je dois les attendre. Nous allons à Oxford quand ils viennent. Je ne peux pas…

— Balivernes, madame Zayman. »

Non mais quel toupet ! Ces gens avaient l'air de croire qu'il y avait de la place pour tout le monde en Angleterre, songea Penelope avec humeur. Alors que les familles d'accueil sur ses listes étaient déjà surchargées, et que les bonnes volontés commençaient à cruellement manquer. Et puis il se faisait tard, et elle devait encore obtenir les signatures de huit familles. Elle observa la fille et son bébé de près. Étrangers, mais au moins ils paraissaient propres. Pas de plaies visibles, pas de quintes de toux, et le mari travaillait pour le ministère de la Guerre. Le bébé, au contraire de la plupart des rejetons qu'elle avait sur sa liste, était bien nourri et en bonne santé. Elle songea que ses collègues n'allaient pas tarder à suggérer que, puisqu'elle restait la plupart du temps dans son appartement de Knightsbridge, il y avait plein de place dans sa grande maison de Crowmarsh Priors pour des évacués.

C'est ainsi qu'elle décida d'expédier cette fille chez Evangeline, avant de devoir accepter bien pire. Cela ne ferait pas de mal à son empotée de belle-fille de se rendre utile. Avec Richard parti en mer, elle avait bien trop de temps pour broyer du noir. Il était grand temps que l'Américaine se retrousse les manches, maintenant qu'elle s'était remise de sa fausse couche. Mais quelle mouche avait pu piquer Richard pour qu'il prenne la fuite avec cette poule et brise le cœur de la pauvre Alice ? Penelope réprima un soupir de mécontentement. Elle avait eu beau se poser la question des centaines de fois, elle n'avait pas la réponse.

Elle avait essayé, vraiment, par égard pour Richard, mais cette petite indolente était nulle comme épouse d'officier de la marine alors que cette chère Alice, une femme à la fois raisonnable et active, aurait été un véritable atout pour sa carrière.

« Evangeline est trop exotique à mon goût, elle me fait penser à une odalisque ! s'était-elle épanchée un jour auprès d'une amie. Ou bien à un chat, avait-elle ajouté après coup. Elle est secrète comme un chat. ». Pire, Evangeline se montrait étonnamment négligente dans sa toilette, ne faisant pas le moindre effort, enfilant la première vieillerie venue, même des chemises et des vieux chandails de Richard. Cela devait être parce qu'elle était américaine, supposait Penelope. Ces gens-là n'étaient pas civilisés.

« C'est trop affreux, ma chérie ! avait compati son amie. Mais dans ton malheur tu as de la chance qu'elle soit restée à la campagne, car s'ils étaient allés habiter à Plymouth il est certain que les supérieurs de Richard l'auraient remarquée.

— Et leurs épouses, alors ! »

Penelope décida d'écrire à Evangeline le soir même. Elle lui expliquerait sur un ton ferme qu'il était temps de se reprendre, par égard pour Richard. Elle allait être obligée de faire son devoir comme les autres, et accepter de prendre une mère et son bébé évacués.

Un vagissement indigné ramena Penelope à la réalité, et elle jeta un dernier coup d'œil à sa liste.

« Vraiment, madame Zayman, c'est très pénible lorsque les mères font des difficultés pour signer. » Le ton se fit cassant. « Et je préfère vous prévenir, les autorités parlent d'interner les ressortissants allemands et autrichiens, alors si j'étais vous, je signerais tout de suite. Sauf, bien sûr, si vous préférez l'internement.

— L'internement ? répéta la fille en berçant le nourrisson.

— Il s'agit d'un camp où les gens devront rester le temps de la guerre.

— Si je signe ce papier, je ne vais pas au camp ?

— Absolument ! » s'écria Penelope en dégainant son stylo-plume. Elle commençait à avoir la migraine.

« Pour tout dire, vous allez loger dans une ravissante maison du Sussex. Vous verrez, vous serez agréablement surprise. Estimez-vous chanceuse ! »

Deux jours après, le rabbin Cohen venait chercher Tanni pour l'emmener à la gare Victoria. Il lui promit que Tante Berthe et Rachel l'avertiraient dès qu'elles apprenaient quelque chose sur les jumelles. « Ne t'inquiète pas, elles s'en occupent. » Il lui annonça également que Bruno savait où elle partait, et qu'il approuvait totalement. Ils en avaient discuté tous les trois, et étaient d'accord pour dire qu'ainsi elle serait à l'abri de tout risque d'internement. D'une voix douce mais ferme, le rabbin rappela ensuite à Tanni qu'elle était une adulte désormais, qu'elle devait se faire une raison pour Bruno, car son travail à Londres était très important et qu'un jour elle comprendrait. Tout ce qu'on lui demandait, c'était de rester à la campagne, de s'occuper de Johnny et de garder le moral. Tanni hocha la tête et répondit qu'elle ferait de son mieux, en espérant que sa détresse n'était pas trop visible.

« Brave fille ! » la félicita le rabbin.

7

East End, Londres, fin août 1939

L'homme chargé de récupérer les loyers des bicoques de North Street faisait sa tournée le lundi, jour de lessive, car il pouvait compter sur les mères au foyer pour être là. Celles qui avaient de quoi payer le scrutaient de près pendant qu'il recomptait et notait la somme dans son carnet, et quand elles refermaient derrière lui, il les entendait soupirer de soulagement. Celles qui n'avaient pas assez cherchaient désespérément quelle excuse lui donner pour obtenir un sursis jusqu'à la semaine suivante.

Lorsque Mme Pigeon alla ouvrir au visiteur, l'appréhension se lisait sur son visage. Les enfants dans la pièce derrière elle retinrent leur souffle. Leur père avait dû trouver la cachette une fois de plus. Quand il mettait la main sur l'argent du loyer, il filait au pub ou aux courses de lévriers, et les enfants n'avaient plus qu'à manger leur poing s'ils avaient faim au dîner. Tard dans la soirée il rentrait la queue entre les jambes, et s'ensuivait une violente dispute parfois ponctuée d'une gifle sonore. Le lendemain, leur mère retournait la maison pour trouver autre chose à mettre en gage chez l'Oncle. Elle commençait à être à court d'idées.

Lorsqu'ils virent qui se tenait sur le pas de la porte, ils en restèrent bouche bée.

« Hé, c'est pas l'gars du loyer ! » s'exclama un garçonnet. C'était une dame habillée comme la reine sur les photos des journaux : tenue raffinée, chapeau à plumes avec voilette, coiffure élégante. Elle avait des gants, un sac, des souliers vernis et les mollets brillants. Dans North Street, les femmes portaient des bas marron épais qu'elles nouaient au-dessus du genou, et des pantoufles même dans la rue.

« Bonjour, madame Pigeon. »

La dame parlait comme la voix dans la T.S.F.

Les enfants tendirent le cou autant qu'ils purent mais leur mère (qui était solidement bâtie) s'était plantée dans l'entrée, un tablier de cuisine sur sa robe d'intérieur décolorée, la petite Violet calée sur sa hanche gauche. La dame était déjà venue mais à chaque fois elles avaient eu l'air de se chicaner, et Maman lui avait toujours claqué la porte au nez avant que les enfants aient le temps de bien voir. Cette fois, la dame s'empressa de glisser un soulier vernis à l'intérieur et se mit à parler d'une voix forte et décidée.

« Madame Pigeon, vous allez m'écouter ! Il n'est plus question de savoir si la guerre va être déclarée mais quand elle va l'être, et c'est peut-être une question de jours. Il est absolument vital d'inscrire tous les enfants sur les listes pour qu'on puisse les envoyer loin de Londres. Mais comme vous avez refusé d'inscrire les vôtres, vos voisins ont suivi l'exemple. Il y a près de quarante mineurs rien que dans cette rue. Une fois la guerre déclarée, il sera dangereux, pour ne pas dire impossible, de les faire voyager. Le ministère de la Guerre est d'avis que les docks de l'East End seront l'une des premières cibles de l'ennemi. C'est tout près de chez vous, madame Pigeon. Si une bombe est larguée dans cette zone, il y a des chances pour que les usines à gaz soient touchées, et si elles explosent tout sera rasé instantanément. On s'attend aussi à ce que les Allemands utilisent du gaz toxique. Il est vital de mettre les enfants en sécurité tant qu'il est encore temps, madame Pigeon, avant qu'ils meurent dans d'atroces souffrances…

« Hé, ho, *M'man* ! », se mit à hurler en chœur sa progéniture derrière elle. Mme Pigeon se retourna pour calmer tout le monde d'un froncement de sourcils.

La dame en profita pour donner à Violet un berlingot que la petite fourra aussitôt dans sa bouche. Les gens lui donnaient souvent des bonbons, et Violet savait que le meilleur moyen d'en avoir un autre était de leur faire un sourire angélique.

« Quelle adorable petite fille ! Une petite fille qui a de si jolis yeux bleus doit être très sage. Comment t'appelles-tu, ma chérie ? Tu sais comment tu t'appelles ? »

La gentille dame lui tendit un autre berlingot. Violet le prit, l'enfourna à la suite du premier et sourit comme prévu.

« Vi'let. »

La dame se dépêcha de le noter sur son écritoire.

« Tu sais quel âge tu as, Violet ? »

La petite enfonça un doigt sale dans sa bouche pour aller toucher les bonbons et secoua la tête. *Dans les trois ans*, écrivit la dame.

« Et tu as des frères et sœurs, Violet ? ».

La fillette acquiesça.

« Tu peux me donner leurs noms, ma chérie ? Comme ça, je vais les écrire tout de suite. »

Soudain Mme Pigeon lui fit face, le regard noir. Un des gamins donna un coup de coude à son voisin. Ils étaient tous impatients de voir ce qui allait se passer.

Violet ôta son doigt de la bouche et confia à la belle dame :

« Ma grande sœur Elsie, elle fait cuire les habits. Ce s'ra notre dîner. M'man elle dit qu'elle a plus rien à vendre pour ach'ter à manger. »

Mme Pigeon poussa un soupir, vaincue. Sans bouger de son avant-poste à l'entrée, elle se mit à nommer ses enfants par âge décroissant. « D'abord y'a mon plus grand, c'est Bert, l'a dix-sept ans, et pis son frère Terence l'en a seize. On les a pris comme dockers, comme leur père. On a eu drôl'ment d'la chance avec tous ces gens sur l'carreau en c'moment. Y'a mon mari qui s'est fait écraser la jambe sous une cargaison et l'est jamais rev'nue comme avant, alors avec c't'éclopé ç'a pas été d'la tarte de joindre les deux bouts, jusqu'à c'que mes grands trouvent ce boulot. Mais c'est des bons gars, y sont réglos, y ramènent les sous à la maison. Sans leur paye on s'en sortirait pas, m'dame. Ensuite y'a mon Elsie qu'a quinze ans, l'a fini l'école et tout, mais oui. Elle aussi elle va travailler. Mon mari lui a trouvé une place à l'usine de colle. La s'maine prochaine, qu'elle commence. Ça nous f'ra pas d'mal une paye en plus, c'est sûr, y nous faut bien un toit sur la tête, et toutes ces bouches à nourrir. Après c'est Agnes, l'a dix ans. Tout l'temps malade, c'te gosse. On a déjà fait v'nir le docteur deux fois pour elle c't'année, et j'vois pas comment elle irait nulle part. Elle a déjà du mal à quitter son fauteuil. Ensuite y'a les jumeaux, Dick et Willie. Ils ont huit ans et c'est deux polissons. Ah, ça c'est Jem, précisa Mme Pigeon quand un bébé se mit à pleurer. Mon p'tit dernier.

— *Ma-man*!

— Nom de nom, vous allez la boucler, oui ? » gronda-t-elle.

Les enfants remarquèrent que leur mère avait l'air maussade, comme quand on la forçait à faire une chose à laquelle elle préférait ne pas penser. Comme la fois où elle avait dû mettre son alliance au clou chez l'Oncle, parce qu'elle n'avait pas de quoi payer le loyer. Elle se retourna une fois de plus vers la dame, et même si elles avaient baissé la voix, on aurait dit qu'elles avaient des mots.

Elsie fronça les sourcils en observant la scène. Elle compatissait pour sa mère. Tout le monde savait que ce n'était pas une bonne idée de venir les voir un jour de lessive, alors qu'ils étaient tous fagotés n'importe comment dans les vieilleries de M'man, car elle tenait à ce qu'ils restent présentables pendant que leurs habits séchaient. Elsie, dont la combinaison tombait en lambeaux, remuait la lessive avec un manche à balai, et elle se dépêcha de plonger les guenilles qu'elle avait tachées lors de ses dernières règles sous l'eau grisâtre, avant que ses grands frères les repèrent et lui demandent ce que c'était. Dick et Willie, portant chacun une vieille culotte de M'man, qu'ils étaient obligés de tenir d'une main pour ne pas qu'elle tombe, se disputaient une vieille toupie cassée de l'autre. C'était leur boucan qui avait réveillé Jem, alors qu'il dormait tranquillement dans un tiroir de la commode. Enveloppée d'une couverture, Agnes était recroquevillée sur le seul fauteuil de la maison et se plaignait que la vapeur et l'odeur du savon en train de bouillir la faisaient tousser, mais c'était à se demander ce qui ne faisait *pas* tousser Agnes, et la plupart du temps ils ne faisaient pas attention à elle.

N'ayant pas eu droit à un autre bonbon, Violet poussa un cri sonore pour attirer l'attention de sa mère. Juste après la belle dame dit :

« Dans ce cas, au revoir » d'un air plutôt vexé, et M'man lui claqua encore la porte au nez. Quand elle se retourna, elle avait une curieuse expression sur la figure. « *"Foutus Allemands ! Foutu couvre-feu ! Vous savez madame Pigeon, y vous faudrait des rideaux pour l'couvre-feu, et gnagnagna !"* Des rideaux, excusez du peu ! Alors qu'y a rien à manger dans c't'baraque à part des patates, et pas des tas encore, et vot' père et les grands qu'auront l'estomac dans les talons quand y rentreront. Willie, arrête de faire l'andouille et amène-moi Jem, tu s'ras un bon fiston. »

Mince alors ! V'là M'man qui dit des gros mots ! Les jumeaux en arrêtèrent de se chamailler. Leur mère était très tatillonne là-dessus, et même un « foutu » n'aurait pas dû passer.

En faisant la grimace, Willie prit le bébé en train de s'époumoner et l'amena à sa mère en le tenant à bout de bras.

« L'a fait pipi partout, M'man. »

Mme Pigeon posa Violet, ôta d'une main experte la couche pleine et enveloppa les fesses humides du bébé dans son tablier.

« C'était qui la dame, M'man ? Qu'est-ce qu'y a d'écrit sur c'papier, alors ? »

Elle tint ce dernier à la lumière. Ses lèvres bougèrent lentement quand elle tenta de déchiffrer les mots.

« C'est une év-a-machin chose. Mais qu'est-ce que ça veut dire c't'histoire ? » Violet se mit à couiner, demandant à être portée. M'man alla mettre Jem sur la table qui prenait la majeure partie de la pièce, et reprit Violet dans ses bras. Le bébé se remit à brailler.

« Oh, pour l'amour du ciel, Agnes, arrête de tousser, tu veux ! Tiens, Elsie, t'es la plus maline, lis-nous c'que ça dit. »

Elle tendit le papier à sa fille et se mit en quête d'une couche propre. Les yeux bleus de Violet regardaient fixement sa grande sœur par-dessus l'épaule de sa mère.

Mme Pigeon reposa Violet, puis déboutonna son corsage pour donner le sein au bébé.

« Vas-y, lis, ordonna-t-elle. Agnes, tu vas m'peler ces patates et tout d'suite ! »

Violet tira la langue au bébé.

« Pourquoi c'est jamais Elsie qui l'fait ? » demanda Agnes d'une voix sifflante, tout en se traînant jusqu'au minuscule garde-manger sous les escaliers, pour revenir avec une bassine en fer et des pommes de terre dans un saladier.

« Parce que moins elle s'occupe du dîner, mieux ça vaut pour nous, comme tu l'sais très bien ma fille. Si tu lui mets ces patates dans les mains, on peut dire adieu à not' festin. En plus, c'est la seule capable dans c't'maison d'y piger queque chose, vu qu't'es tout l'temps trop mal en point pour aller à l'école, et qu'les jumeaux savent autant lire que Jem. »

D'une main, elle tapota le papier que la dame lui avait laissé avant de partir.

« Allez, raconte-nous c'que ça dit, Elsie. »

Elsie prit place à la table branlante recouverte d'une nappe, et se mit à lire lentement :

« Plan d'éva… évacu-a-tion officiel. »

« Afin d'assurer la sécurité des enfants de Londres, les autorités ordonnent leur évacuation vers des zones situées en dehors de la ville, où ils seront à l'abri de la menace constituée par les bombes allemandes. Les élèves jusqu'à l'âge de quinze ans doivent s'inscrire à leur école qui s'occupera de les reloger à la campagne. Si vos enfants ne sont pas inscrits et que vous souhaitez les voir évacués, les enseignants ou le gardien de l'école peuvent vous aider. Si vous ne souhaitez pas que vos enfants soient évacués, vous ne devez plus les envoyer à l'école jusqu'à nouvel ordre. »

Comme Mme Pigeon ne disait rien, Elsie relut l'avis deux ou trois fois de plus, en imitant la voix de présentatrice de la dame de la T.S.F. « Évacuation », répéta-t-elle en crânant. Le mot avait l'air important, il faisait officiel.

« Hé, M'man, qu'est-ce qu'elle a dit qu'c'était la dame au chapeau ? » demanda Willie qui n'avait pas tout suivi.

Mme Pigeon avait beau être costaude, elle parut plus petite tout d'un coup, et son corps tout entier s'affaissa. De fins cheveux dépassaient du fichu sous lequel elle les cachait quand c'était jour de lessive. Lorsque enfin elle parla, on aurait dit que sa voix venait de très loin.

« Ça veut dire – ça veut dire partir, en gros. D'après eux va y avoir la guerre, et les Boches vont nous bombarder comme ils ont fait en 14-18. J'm'en souviens encore, c'était terrible. »

Elle se mit à bercer Jem énergiquement.

« Terrible. Y avait des tas d'incendies à Londres, et ça brûlait, et ça brûlait. J'me rappelle les maisons, les magasins et tout, y s'écroulaient avec les gens encore dedans, des familles entières qu'étaient piégées. Et l'odeur, l'odeur des gens en train d'brûler… et les cris. C'était terrible. Personne pouvait les sauver, vous comprenez. Elle est déjà v'nue sonner deux fois pour d'mander combien vous êtes et quel âge vous avez. “Eh ben si ça doit r'commencer, j'préfère pas y penser”, que j'lui dis. “C'est juste pas possible”, que j'lui dis. “Mais ça va arriver”, qu'elle me répond, comme si elle en était sûre et certaine. “Vous pouvez compter d'sus, madame Pigeon.”

« Et voilà qu'elle m'dit que j'partirais avec Jem et Violet, vu comme y sont p'tiots, mais qu'on pourrait p't'êt' pas tous être placés au même endroit. Ça voudrait aussi dire laisser vot' père et les grands ici. Et Elsie, j'l'ai embobinée en disant qu't'avais quinze ans, parce que c'est tout comme, mais du coup t'es trop vieille pour être éva-machin chose. Bref, j'sais pas quoi faire. »

Elsie découvrit quelque chose d'inscrit au verso de la feuille.

« M'man, y'a même une liste. Y disent : *Les enfants doivent apporter leur masque à gaz, au cas où.* Beurk ! Quelle horreur ! J'déteste porter c'machin ! Et y devront am'ner *des sous-vêtements de rechange, une chemise de nuit ou un pyjama…* c'est quoi un pyjama, M'man ?… *un savon, une brosse à dents, un dentifrice, une serviette, une brosse et un peigne, des mouchoirs, un chandail et un manteau chauds, des chaussettes ou des bas de rechange, une deuxième paire de souliers.*

— Pour chaque gosse, elle a dit la dame », compléta sa mère, le regard vide.

Elsie calcula dans sa tête combien de savons, de peignes et de chandails il faudrait avoir, et reposa la liste en soupirant de soulagement.

« Bah, comme ça, c'est réglé, M'man. Personne va à la campagne. On aura jamais tous les trucs qu'y nous d'mandent. »

Il y eut un instant de silence. Mme Pigeon observa ses enfants qui la regardaient d'un air anxieux. Comment aurait-elle pu se séparer d'un seul d'entre eux ne serait-ce qu'une seconde ?

« Et si y'a l'feu, alors ? demanda Willie. On peut met' un seau d'eau près d'la porte, en cas.

— Moi, j'ai pas peur du feu, renchérit Dick, l'air résolu. Ni des Boches.

— Les Boches », répéta Violet en fourrant son pouce dans la bouche.

Une cloche retentit dans la rue et un chariot passa avec fracas.

« Par cont', j'dirais pas non à des saucisses », fit Dick, qui avait tout le temps faim. Les autres hochèrent la tête avidement.

Leur mère se secoua un bon coup.

« Allez ouste, mettez-moi ces patates à cuire ! Agnes, tu vas m'couper les feuilles de chou qui nous reste d'hier. C't'cloche, j'suis sûre qu'c'est l'marchand d'viande pour chat. J'vais nous prendre deux trois morceaux avant qu'on donne tout à ces bestioles. On a besoin de s'r'monter un peu le moral, hein. J'vais faire revenir tout ça dans des oignons. Et y me reste d'la moutarde en poudre – la moutarde, c'est bon pour le moral. Elsie, j'te laisse t'en charger.

— Oh non ! Y'a toujours des grumeaux quand c'est Elsie qui l'fait, M'man. »

Se sentant soudain très lasse, Mme Pigeon soupira.

« Elsie, enroule-toi dans la serviette et va m'chercher le linge dehors. On a plus d'couches propres pour Jem. »

Puis elle défit son fichu afin d'en extraire un précieux shilling qu'elle conservait pour le loyer, et le renoua soigneusement sur son front.

Dehors, dans la rue, Penelope Fairfax rajusta son épingle à chapeau et se mordit la lèvre de frustration. Elle avait personnellement rendu visite à Mme Pigeon à trois reprises car ses voisines lui avaient demandé :

« Qu'est-ce qu'elle en dit la mère Pigeon d'vot' truc, m'dame? »

Elles avaient refusé d'évacuer leurs enfants tant qu'elles ne seraient pas fixées sur ce point.

En repensant à la scène à laquelle elle avait assistée, Penelope fronça le nez. Quelle puanteur dans ce taudis, entre l'odeur de renfermé et celle du savon en train de bouillir. Elle aurait parié que les deux gringalets avaient la gale. La fille qui toussait tout le temps n'avait pas l'air d'aller bien du tout, et Penelope s'était sentie soulagée lorsque Mme Pigeon avait refusé de la laisser entrer. La petite qu'ils appelaient Violet était toute mignonne, en revanche. Et quels yeux! Adorables. Ce n'était pas commun de voir une enfant aussi jolie dans North Street. Elle était probablement infestée de poux, comme les autres. Ou de vers. Peut-être même des deux.

Et il y avait tellement d'enfants comme eux à envoyer à la campagne, alors que le service qui s'occupait de leur placement recherchait désespérément des familles pour les accueillir. Penelope songea avec une pointe de culpabilité à sa grande maison de Crowmarsh Priors. Elle aurait été ravie d'en laisser la charge à Richard et cette chère Alice pour s'installer définitivement à Londres, mais elle s'était sentie obligée de continuer à faire des allers-retours pour aider Evangeline – quel prénom, tout de même! – à s'installer, d'autant plus que sa bru attendait un bébé. Penelope avait dû se rendre assez rapidement à l'évidence : c'était impossible de cohabiter avec l'Américaine dont la léthargie lui portait sur les nerfs, et cela ne lui disait guère non plus de cohabiter avec des jeunes gens comme les rejetons de Mme Pigeon, merci bien. En repensant à ses rideaux de chintz et ses meubles anciens, elle en frémit. Elle se félicita d'avoir eu l'idée d'envoyer la jeune étrangère et son nourrisson par le train la semaine précédente. Si ses supérieurs apprenaient qu'elle avait une maison à la campagne, elle pouvait désormais leur répondre qu'Evangeline y accueillait déjà des évacués.

Penelope ne prêta pas attention au frottement des pantoufles derrière elle sur le trottoir, jusqu'à ce qu'on lui agrippe fermement le bras. Hors d'haleine, les traits déformés par l'angoisse, Mme Pigeon lui souffla :

« M'dame, ah, j'voulais pas d'mander d'vant les gosses, mais qu'est-ce qu'y vont d'venir si on les éva-machin chose ? J'sais pas quoi faire, avec leur père qui bricole par-ci par-là à cause de sa patte folle, et les deux grands qui peuvent pas quitter leur place comme ça. J'vois pas comment j'pourrais les laisser s'débrouiller tout seuls, c'est encore des p'tits gars, vous voyez, et y'a ma plus grande, l'a tout juste quinze ans, et rester sans sa mère à son âge, c'est pas bien. »

Penelope soupira.

« Madame Pigeon, comme je vous l'ai déjà dit, les autorités sont catégoriques : les enfants seront davantage en sécurité hors de Londres. Pour ce faire, il a été convenu de les rassembler dans leurs écoles, afin que les enseignants puissent leur donner les consignes et accompagner chaque classe au train. Vous devez penser à vos enfants et faire ce qui est le mieux pour eux, vous comprenez ? Je suis sûre que vous comprenez. Alors signez ce formulaire et je m'occupe du reste. »

Avec des gestes las, Penelope reprit son écritoire pour vérifier ses listes. Dans la plupart des cas il n'y avait plus une seule place disponible, et il ne fallait pas se voiler la face : parmi ceux qui avaient signé pour loger « une gentille petite fille de cinq ou six ans, propre et bien élevée », combien allaient devoir être convaincus au final d'accepter « six garçons plutôt vifs, âgés de deux à quatorze ans », ou bien « deux filles et quatre garçons d'âge inconnu » ? Mais le devoir était le devoir.

« Vous en avez une partie qui pourrait aller dans le Nord – disons Agnes et les jumeaux. Il me reste trois places dans le… le Yorkshire. À la ferme – un environnement sain, ce serait parfait pour les enfants. De votre côté, vous pourriez accompagner les deux plus jeunes, mais ne comptez pas être logée à proximité des plus grands, c'est déjà assez compliqué comme cela. Toutefois, je vois quelque chose qui pourrait convenir près de Scarborough. »

Penelope savait parfaitement bien que le couple de personnes âgées habitant là-bas avait spécifiquement demandé « une petite fille de neuf ou dix ans, calme et obéissante ». À la place, ils allaient se retrouver avec Mme Pigeon, Violet et Jem. Peut-être finiraient-ils par se prendre d'affection pour Violet, du moment qu'elle ne hurlait pas.

Son interlocutrice la regardait d'un air interdit.

« Je suis sûre que votre mari et les deux grands sauront se débrouiller de leur côté – ils n'auront pas le choix. S'agissant de votre fille aînée – Elsie, c'est bien cela ? Elle a terminé l'école, non ? Pour elle c'est plus embêtant car elle n'entre pas dans les cases, si je puis m'exprimer ainsi. Hum. Nous avons l'ordre de ne reloger que les mineurs de moins de quinze ans, mais il se trouve que votre Elsie pourrait convenir à une amie à moi, à la campagne, qui est à la recherche d'une bonne. Une certaine Lady Marchmont. Elle est veuve. Le pilier du village, assurément. »

Mme Pigeon n'avait rien compris à ces histoires de Yorkshire et de Scar-queque chose, mais en entendant qu'on proposait une place de bonne à Elsie, son visage s'éclaira. C'était bien plus respectable qu'ouvrière à l'usine de colle, comme situation.

« Mon Elsie au service d'une dame ? Ça alors, s'exclama-t-elle en réfléchissant à toute vitesse, avant qu'mon mari lui trouve une place à l'usine, on parlait justement d'ça pour elle ! »

Mme Pigeon croisa les doigts dans son dos.

« Bon, bien sûr, Elsie a pas été formée pour ça. Mais si j'peux me permettre, m'dame, elle s'ra rud'ment bien comme bonne. »

Elle croisa les doigts plus fort. Une fois qu'Elsie serait à la campagne ils seraient bien obligés de la garder, non ? S'il y avait la guerre.

Une pensée similaire était en train de germer dans l'esprit de Penelope. Elle connaissait bien Muriel Marchmont – si bien, à vrai dire, que la vieille dame avait pris l'initiative d'informer Penelope de tout ce qu'Evangeline faisait et ne faisait pas. Toutefois, dans sa dernière lettre, elle mentionnait que Mme Gifford et elle étaient bien embêtées depuis que la bonne les avait quittées pour se marier. Penelope en concluait que le poste était à pourvoir, par une fille du genre d'Elsie. Ceci dit, si cette fille aux cheveux ternes savait par quel bout prendre un plumeau, Penelope était la reine Mary.

Sentant une hésitation, Mme Pigeon saisit sa chance – car s'il y avait bien une chose que l'expérience lui avait apprise, c'était que les Pigeon en avaient rarement.

« Mon Elsie s'rait à l'abri, là-bas. C'est une bonne fille, j'vous assure, mon Elsie. Mais dans l'coin on aime pas trop les laisser seules à son âge, avec les gars qui commencent à leur donner des idées, y leur font tourner la tête. Vraiment, ça m'soulagerait de l'savoir là-bas, insista-t-elle, j'aurais l'esprit tranquille pour m'occuper des aut'. Mais… »

Elle n'alla pas plus loin, car dans sa tête elle n'arrivait tout simplement pas à imaginer Elsie en domestique.

« P't'êt' qu'elle conviendra pas à la dame.

— Il va y avoir une guerre, madame Pigeon. Nous allons tous devoir faire des sacrifices », rétorqua Penelope sèchement, en regardant l'heure à sa montre. Elle aurait déjà dû être de retour au Q.G. avec ses listes.

« Si j'explique la situation en personne à Lady Marchmont, je suis sûr qu'elle acceptera. Je vais inscrire Agnes et les jumeaux de ce pas, et je vous ferai savoir demain où vous serez envoyée avec vos petits derniers. »

Sans plus attendre, elle fourra un stylo-plume dans la main de Mme Pigeon.

« Veuillez signer ici. Et maintenant excusez-moi, je suis en retard. »

Elle lui reprit brusquement le formulaire signé et se rua vers l'auto qui l'attendait.

« Quand est-ce qu'y partent ? s'écria Mme Pigeon.

— Vendredi de cette semaine, répondit Penelope en se retournant brièvement. Souvenez-vous, rendez-vous à l'école, tôt le matin, avec leurs bagages. Et n'ayez crainte madame Pigeon, si chacun y met du sien, tout se passera bien. Au revoir. »

L'accablement s'empara de la femme. Ça y est, elle l'avait fait. Il n'y avait plus qu'à prier pour que tout se passe bien. Mais au moins, son Elsie allait se retrouver dans une maison respectable, loin du danger, et surtout loin de ce petit malin de Bernie qui suivait l'Oncle comme son ombre. C'est qu'elle avait remarqué son manège, au Bernie. Souvent elle le voyait traîner dans la rue, près de leur maison. Elle se doutait bien qu'il guettait Elsie. Mme Pigeon s'y connaissait en hommes, et celui-là avait tout l'air d'un vaurien.

En plus, si Elsie devenait bonne, ils seraient obligés de la nourrir. C'était quelque chose, quand même. Ce qui lui rappela que des mouflets affamés l'attendaient. Vite, elle se dépêcha de rattraper le marchand de viande pour chat.

8

Crowmarsh Priors, novembre 1939

Après deux mois passés à végéter au beau milieu de nulle part, dans ce foutu bled de Crowmarsh Priors, logé chez le gendarme du village et sa femme, Bernie Carpenter n'avait plus de doute : la campagne, c'était pire que d'être au trou. Il n'aurait jamais imaginé qu'un endroit aussi rasoir existait sur terre. Tout lui manquait. Son quartier animé de l'East End, entre Bow et Shoreditch. Les courses de lévriers, avec la montée d'adrénaline et les bookmakers qui se prosternaient devant l'Oncle. Les dancings où il l'accompagnait et se plantait à côté de lui, l'air important, pour tenir la sacoche que ses larbins venaient remplir de biffetons en échange de sa protection, en n'oubliant pas de saluer le « p'tit gars de l'Oncle » d'un hochement de tête. Les entraîneuses qui portaient du maquillage et des bas en soie, se pressaient autour de l'Oncle et sentaient bon; elles apportaient une limonade à Bernie et lui ébouriffaient les cheveux en lui disant de devenir vite un homme. Les marchés dans les petites rues où les vendeurs de fruits et légumes s'égosillaient pour attirer le chaland, lui lançant une pomme au passage pendant que l'Oncle vérifiait les marchandises volées qu'ils avaient cachées sous les charrettes. Même les cambriolages lui manquaient, avec l'excitation qu'il ressentait toujours au moment de s'introduire dans une boutique ou chez quelqu'un, pour se carapater avec un sac rempli d'objets de valeur, en tendant l'oreille au cas où le guetteur hurlerait « Au feu ! », si jamais les poulets se radinaient. Mais ce qui lui manquait plus que tout c'était la petite pièce sombre dissimulée sous le mont-de-piété, avec l'odeur de l'encre, le bruit des rotatives et les billets de banque qu'il fallait faire et refaire jusqu'à ce qu'ils soient parfaits, surtout le filigrane, en s'exerçant pour les teintes sur des monnaies étrangères avec leurs drôles d'écritures et ces vieux barbus dessinés dessus, tandis que l'Oncle inspectait son travail d'un œil critique et lui montrait comment le plus minuscule détail pouvait faire la différence.

« Ça ira » était un beau compliment venant de l'Oncle – qui en était plutôt avare – et Bernie ne vivait que pour avoir la bénédiction, quand bien même fugace, de son mentor. Et puis un jour, l'Oncle avait respiré un grand coup et grommelé :

« Il y a pas à dire, t'as autant l'œil que l'doigté, fiston. Il y a des choses qui s'apprennent pas – on l'a dans le sang, ou alors on l'a pas. J'aurais pas mieux fait moi-même. »

Bernie n'avait jamais été aussi fier de sa vie.

Depuis qu'il avait atterri à Crowmarsh Priors – il ne savait pas exactement où c'était, sinon ça faisait belle lurette qu'il aurait décampé – on était venu le chercher à plusieurs reprises pour le conduire dans un bled encore plus paumé de la campagne anglaise. Une fois là, par contre, il devait bien l'avouer, c'était un peu comme au bon vieux temps. Et ça, c'était chouette. Les gus pour qui il bossait étaient des petits rigolos qui manquaient sérieusement d'humour et ne savaient pas dire merci, mais Bernie n'était pas né de la dernière pluie. S'ils comptaient sur un garçon de seize ans pour leur fabriquer des faux billets, des faux passeports et j'en passe, et qu'ils le payaient pour faire ça – sans oublier le loyer qu'ils versaient au gendarme Barrows pour son gîte et son couvert – à leur façon, ils reconnaissaient que Bernie Carpenter avait un don. Ils avaient une curieuse façon de parler, comme si c'était des gars de la haute, et une fâcheuse tendance à dire un truc et en penser un autre, mais ce n'était pas des mauvais bougres. Bernie avait quasiment arrêté de faucher leurs cigarettes, leurs briquets et l'argent qu'ils laissaient traîner par là.

De toute façon, où il serait allé le dépenser dans ce trou ? Quand on n'avait pas besoin de lui, il s'achetait une barre de chocolat et errait dans le village sans savoir quoi faire de ses dix doigts.

Le jour où il avait vu la maigrichonne de North Street en train d'astiquer la porte en laiton de la grande maison au bout de la place, il n'en avait pas cru ses yeux. Mince alors, qu'est-ce que la fille Pigeon pouvait bien faire là ? Il était allé se planquer derrière l'immense laurier près du portail pour mieux l'observer. Elle se frottait les yeux et s'essuyait le nez du revers de la main, comme si elle venait de pleurer. Elle devait être domestique dans la grande maison. Quelle chance, quand même, de tomber sur un visage connu dans ce patelin. Surtout ce visage-là. Et cette fois, sa dragonne de mère ne serait pas dans les parages pour l'empêcher de lui parler.

Pendant des jours, Bernie avait poireauté devant le portail en espérant qu'elle sorte. Ils devaient vraiment la faire trimer dans cette baraque, parce qu'il ne l'avait jamais vue. Par contre, il avait régulièrement aperçu une grosse dame aux cheveux blancs qui marchait avec une canne d'un air hautain, le nez en l'air tout le temps, comme si elle reniflait une mauvaise odeur. Il y avait aussi un beau brin de fille qui n'arrêtait pas d'aller et de venir. Elle avait les cheveux auburn – tout à fait le genre de l'Oncle – et s'habillait comme une vedette de cinéma, avec des manteaux de fourrure, des petits chapeaux et des souliers à talons. Le gentleman qui habitait au château passait la prendre quasiment tous les jours dans son petit bolide déjà bourré à craquer, et tout ce beau monde repartait sur les chapeaux de roue en éclatant de rire. Pile le genre de fille que l'Oncle installerait aux petits oignons dans le quartier chic de St John's Wood, ou peut-être même de Kensington.

Penser à l'Oncle le rendait triste. Le gendarme Barrows l'avait informé, de façon plutôt aimable d'ailleurs, que l'Oncle était tombé malade en prison, trop malade pour qu'on vienne le voir, encore moins un jeune gars comme lui. Par contre, quand Bernie lui avait demandé à qui appartenait la grande maison au bout de la place, son sourire avait disparu et il l'avait chopé par le col pour lui dire :

« Je t'avertis, espèce de petite fouine. T'as pas intérêt à tenter un truc à Glebe House. Pas d'entourloupe là-bas. Lady Marchmont te tordrait le cou. Et moi je te passerais direct les menottes, alors fais gaffe. »

Résultat, il avait dû encore patienter. Et puis enfin, ce jour-là, il la revit. Elle arrachait les mauvaises herbes à genoux dans le cimetière, et seul le haut de son crâne était visible derrière la vieille pierre tombale où il y avait la statue d'un type en armure, jambes croisées, épée et bouclier posés sur le ventre. En l'entendant chialer comme une madeleine, Bernie se figea. Elle portait une robe noire trop grande pour elle, un énorme tablier blanc et une coiffe en dentelle toute de traviole. Quand il s'agissait de parler aux entraîneuses du dancing, c'était facile parce que c'étaient elles qui l'aguichaient, en se penchant tout près de lui et en lui caressant la jambe. Mais comment on entamait la conversation avec une fille dans la vraie vie ? Par où on était censé commencer ? Il donna un coup de pied dans une pierre.

« Aïe ! », s'exclama-t-il d'une voix forte, en espérant qu'elle lève les yeux. Raté.

N'ayant pas d'autre idée, il donna un coup de pied dans une autre pierre qui alla ricocher sur la tombe. Cette fois elle l'avait entendu, parce qu'elle se mit à hoqueter et tourna vivement la tête.

Elle avait le nez qui coulait et les yeux rouges. Elle avait aussi une marque de coup sur la joue, comme si on l'avait giflée.

« Fait plutôt frisquet pour pleurer, nan ? fit-il remarquer.

— Fous-moi la paix », grogna-t-elle en s'essuyant le nez sur son tablier, qu'elle avait dû entortiller autour de sa taille tant elle l'avait fine.

Il sourit. Les gros mots étaient strictement interdits chez le gendarme Barrows.

Il eut une inspiration subite. L'épouse du gendarme, qui débordait d'énergie comme ils venaient de se marier, avait été horrifiée de voir l'état des habits de Bernie en entrant dans la chambre d'amis. En moins de deux elle lui avait fourni une pile de vieilles chemises de son mari et les mouchoirs qui allaient avec, le tout fraîchement lavé, amidonné et repassé. Il fourra la main dans sa poche, à la recherche du mouchoir qu'il avait mis là le matin même.

« Tiens, prends ça. » Il s'approcha pour le lui tendre. « Vas-y, il est propre.

— C'est toi qui l'as lavé ? » demanda-t-elle de mauvaise grâce, tout en le prenant. Elle avait les mains rouges et pleines de crevasses. Elle fut prise de frissons, poussa un lourd soupir mais s'essuya la figure.

« Tu peux t'moucher d'dans, tu sais », l'encouragea-t-il, et c'est ce qu'elle fit, bruyamment. On aurait dit un coup de klaxon.

« J't'ai déjà vue, poursuivit-il avant de s'agenouiller à côté d'elle.

— Je sais, dit-elle sans enthousiasme. Moi aussi j't'ai vu. T'es celui qui loge chez le gendarme Barrows.

— Avant ça. J'te parle de North Street. T'es bien la fille Pigeon, nan ? ». Elle hocha la tête.

« Viens, on va s'asseoir là-d'sus. » Il se hissa sur la tombe du chevalier. Elle était un peu bancale, mais au moins ils seraient au sec. Il lui tendit la main. Elle se leva, épousseta sa robe, puis rajusta sa coiffe de soubrette.

« Allez, viens. Fais gaffe à c't'espèce de crâne qui dépasse, par contre. ». Il se poussa pour lui faire de la place. Ensuite il sortit un paquet de Woodbine et lui en proposa une.

« Tu fumes ?

— Nan merci. »

Enfin il voyait son beau visage en forme de cœur de plus près. Il était bien pâlichon – à part la marque sur sa joue droite.

Elsie le regarda gratter une allumette d'une main experte sur la pierre. De près il avait un beau profil, des traits fins et dessinés, et il tirait sur sa cigarette comme un petit vieux, en la tenant entre son pouce et son index. Une tignasse de cheveux bruns lui retombait en bataille sur le front, quasiment jusqu'au nez. Il avait l'air agité – même assis tranquillement, il lançait des regards furtifs de tous côtés. Il lui faisait penser au furet que son père avait ramené à la maison une fois, après l'avoir acheté à un type au pub. La bestiole s'était carapatée à l'instant même où P'pa l'avait sortie de sa poche pour la montrer aux gosses. M'man avait hurlé en la voyant détaler dans la pièce, et l'avait fait fuir dans la rue à coups de balai.

« T'es le p'tit gars de l'Oncle », fit-elle en se souvenant du jour où M'man avait appelé le prêteur sur gages parce qu'elle était obligée de vendre son alliance. Beaucoup dans North Street faisaient un saut discret à la boutique de l'Oncle, mais sa mère avait refusé d'y aller car elle ne voulait pas qu'on la voie mettre au mont-de-piété les derniers vestiges de sa respectabilité. Elle avait donc fait savoir à l'Oncle qu'elle devait le voir au plus vite. À son arrivée, les mouflets avaient été envoyés à l'étage mais Elsie était redescendue en douce, et elle avait vu l'Oncle et le jeune gars qui portait sa sacoche. Ce dernier avait réussi à lui faire un clin d'œil avant que M'man la repère et lui ordonne de filer. Après ça elle l'avait vu traîner dans la rue à quelques reprises, mais sa mère s'était toujours arrangée pour qu'il ne lui adresse pas la parole.

« Ouais, on peut dire ça », répliqua-t-il en baissant les yeux modestement. On aurait dit qu'il lui avouait être le prince de Galles. D'une certaine manière, c'était vrai. Dans North Street les habitants étaient fiers de l'Oncle : c'était leur célébrité à eux, avec ses costumes chics, sa grosse auto, sa voix douce et ses bonnes manières. Il levait son chapeau quand il croisait une dame, payait sa tournée au pub le samedi soir, donnait un shilling aux gosses en passant, portait une eau de Cologne qu'on sentait à des kilomètres à la ronde et avait une poule. Il ne serait jamais venu à l'idée de quiconque de donner l'Oncle aux flics quand ils débarquaient dans le quartier à la recherche de marchandises volées ou de tuyaux sur un bookmaker véreux. Et puis la facette de son métier qu'il aimait par-dessus tout, c'était la contrefaçon. L'Oncle était un artiste, comme on dit, pas un banal criminel. Les gars du quartier enviaient Bernie d'avoir été choisi pour être l'apprenti de ce grand homme. Même les Italiens de Clerkenwell, le pire gang de Londres, respectaient l'Oncle.

« Y s'occupe d'moi depuis qu'j'suis tout p'tit, poursuivit-il. Mon père était dans la marine, et pis ma mère a cassé sa pipe. Ils allaient m'envoyer à l'orphelinat, mais comme j'faisais déjà des commissions pour l'Oncle, un penny à chaque coup, et qu'j'avais l'air prometteur, comme il a dit, y m'a pris sous son aile. Il est allé leur raconter qu'mon père était son frangin.

— C'est la vérité ?

— Pas vraiment, mais y s'en fichent tant qu'y a pas de problème. L'Oncle m'a toujours traité comme y faut, jamais levé la main sur moi. Par contre, y m'faisait bosser tout'la nuit pour apprendre les ficelles du métier. J'ai copié des tas d'trucs, des billets d'une livre, des billets d'cinq, jusqu'à c'qu'on voit plus la différence entre l'faux et l'vrai. Le truc à savoir, c'est d'jamais les faire parfaits. C'est aux imperfections qu'on r'marque les vrais. Il a dit qu'j'apprenais vite et bien. »

Bernie s'éclaircit la voix.

« Qu'je faisais l'honneur d'la profession, il a dit ça, c'est vrai. L'a même dit qu'je… »

Il ne finit pas sa phrase. Elsie l'observait, les yeux grands ouverts. Elle avait l'air d'une petite chose fragile, mais c'était quand même chouette d'impressionner autant une fille.

« Si c'est ça, pourquoi qu't'es pas avec lui en c'moment ? »

Une ombre passa sur le visage de Bernie.

« Parce que l'Oncle est en cabane encore une fois, tu sais pas ? Malade, en plus, les poumons j'crois bien. D'la fièvre, aussi. Y tousse du sang. Alors j'fais le boulot à sa place. »

Sa maigre poitrine se gonfla d'orgueil.

« Les gars disent qu'ils ont jamais vu aussi bon qu'moi – à part l'Oncle, bien sûr – et j'peux te dire qu'y m'font trimer, c'est vrai. »

Il n'était pas censé en parler – on l'avait pourtant averti de ne le dire à personne, sinon… – mais tout ce qu'il voulait, c'était qu'elle continue à le regarder avec admiration.

« Quel boulot ? C'est qui, ces gars ?

— Y viennent de là-haut. L'État. J'crois. » Il y avait de l'hésitation dans sa voix, tout à coup.

« *Quoi* ?

— La vérité, c'est qu'j'sais pas vraiment. Y peuvent pas faire partie d'un gang s'ils entrent comme ça au commissariat, nan ? J'étais là, j'les ai vus… j'les ai entendus d'mander où y pouvaient trouver l'Oncle. Le flic leur répond qu'il est à l'article d'la mort au trou, où c'petit rat d'égout – qu'y dit en m'regardant – va bientôt l'rejoindre, parce que l'Oncle lui a appris toutes ses combines. On sait qu'il a piqué dans des magasins, livré des colis suspects pour les Italiens, cambriolé chez des gens même. Jamais on a réussi à prouver sa culpabilité, le flic continue, mais c'est l'gars à l'Oncle, pas d'doute. La prochaine fois qu'on l'chope, l'est bon pour la maison de correction. Les aut' gars, en entendant que l'Oncle est malade, y font une drôle de tête et y se r'gardent en disant qu'est-ce qu'on est censés faire maint'nant. Y en a un qui d'mande aux poulets, tout innocent, s'ils pensaient que l'Oncle m'avait vraiment *tout* appris ? Les poulets se fendent la poire et y répondent que pour tout c'qu'est illégal, j'en connais un rayon, autant qu'l'Oncle. Celui qu'avait demandé dit dans c'cas ils ont pas le choix, y vont devoir tenter l'coup avec moi. Ils ont fourré un papier qui f'sait officiel sous l'nez des flics, et au début les flics avaient l'air de pas y croire du tout. Et pis y en a un qu'a fini par venir m'chercher sur le banc, il était furax. Y m'dit de bien m'tenir, sinon y m'fout la rouste de ma vie. Et c'est là qu'les gus m'font monter dans leur auto, et y m'conduisent à Londres, dans les quartiers chics, à un grand bureau avec des secrétaires et tout. Y commencent par s'chicaner avec un aut' qui leur dit, *mais qu'est-ce que vous avez fait, faut jamais croire les poulets, et quel âge j'ai toute façon, et qu'ils ont pas d'temps à perdre avec moi.* Au final, pour voir qui a raison, y m'emmènent dans une pièce. J'aurais voulu qu'l'Oncle voie ça, y se s'rait cru au paradis – outils, encre, papier, rotatives, y avait tout, et en quantité industrielle. Y m'filent deux trois passeports, des billets d'banque étrangers et des papiers à en-tête, et y m'disent, *est-ce que je s'rais capable d'imiter ça ?* J'y ai passé toute la nuit mais j'leur ai fait ça les doigts dans l'nez. Le lendemain matin, y reviennent et ils embarquent tout. Après ça y reviennent encore et v'là qu'y m'disent, *Ça alors ! Même la banque d'Angleterre a pas su faire la différence !* »

Elsie le dévisageait, les yeux ronds comme des soucoupes. Bernie bomba la poitrine un peu plus.

« Y sortent de la pièce pour s'faire un thé alors vite, moi j'leur fauche le billet d'cinq livres qu'y m'avaient donné à faire, en m'disant que j'leur ai assez rendu service comme ça, et j'file en douce. Et ben figure-toi qu'ils ont envoyé les flics à mes trousses. Ces pignoufs m'ont cueilli au marché de Berwick Street. J'comprends rien à c't'affaire, qu'y disent, y veulent que tu r'viennes ! Au bout du compte y m'ont envoyé vivre chez l'gendarme Barrows et sa femme, soi-disant pour que j'reste tranquille. Et maint'nant y viennent m'chercher, j'fais le boulot, y m'payent et y m'ramènent au village. Y s'fichent de savoir c'que j'fabrique ici, du moment que j'continue à bosser pour eux. T'aurais vu la tête des poulets! Mais y peuvent rien faire, ces crétins. Sacrée histoire, nan? L'Oncle s'rait fier, y dirait qu'j'suis r'tombé sur mes pieds comme un chef! »

Elsie le regarda s'esclaffer, puis se redresser bien droit. Quelque chose lui disait qu'il fanfaronnait quand il marchait. Quelque chose lui disait aussi que si M'man apprenait qu'ils s'étaient parlé, elle sortirait illico son balai et le taperait avec pour qu'il parte, comme elle avait fait avec le furet. Elsie se sentit revigorée. Pour la première fois depuis son arrivée au village, elle n'avait pas le bourdon.

« C'est quoi ton nom?

— Bernard Carpenter. Bernie, quoi. J'connais l'tien déjà. C'est Elsie.

— Et t'as quel âge?

— Presque dix-sept ans. J'suis plus vieux qu'toi. Mais pas aussi mignon. »

Elsie mit les poings sur les hanches.

« Quel toupet, c'lui-là! Moi, j'en ai quinze. Et c'est comment d'vivre chez les Barrows? »

Il s'alluma une autre cigarette.

« C'est correct. Enfin tu vois. Ça fait pas longtemps qu'y sont mariés, alors y sont tout l'temps en train de s'faire des mamours. Et Mme Barrows, elle te fait à manger pour quatre! On a droit à un vrai p'tit-déjeuner anglais, avec des œufs et tout, et tu verrais à l'heure du thé, y'a du vrai pain et du beurre, des fois des scones et d'la confiture, et sam'di dernier, même des sardines en boîte! Et pis, ajouta Bernie en prenant l'air le plus décontracté possible, l'dimanche elle nous fait un festin, avec rôti d'bœuf, patates au four et Yorkshire pudding, sans oublier la tartine à la graisse. »

De son talon il se mit à taper en rythme contre la pierre tombale, et son regard se fit vague.

« Ah! la tartine à la graisse. C'est vraiment c'que j'préfère. Et toi, t'es une bonne, alors?

— La dame qui m'a évacuée m'a fait entrer au service d'Lady Marchmont. »

Elsie poussa un soupir et se frotta la joue droite.

« J'ai vu la baraque. La vieille bique en uniforme fait une tête de six pieds d'long.

— C'est la gouvernante, Mme Gifford. Une vraie chipie.

— Et la patronne qui s'prend pour la reine mère. La jeune donzelle, c'est sa fille?

— Oh, ça, c'est Miss Frances. La filleule de Lady Marchmont, mais me demande pas c'que c'est. Elle a eu des ennuis à Londres, à c'qui paraît sa photo était dans tous les journaux, la famille était déshonorée, alors y l'ont obligée à v'nir ici pour s'calmer, sauf que maint'nant elle fait partie d'la bande qui loge au beau château, Grace-queque chose Hall. Elle sort la nuit, quand Lady Marchmont est partie s'coucher. Y vont jusqu'à Brighton en auto pour danser. À l'aube, j'lui ouvre une des fenêtres du bas pour qu'elle rentre en douce. Si tu voyais, elle a des tas d'jolies choses à porter.

» Mais Miss Frances est une brave fille, c'est vrai, la seule qu'est gentille avec moi, qui m'a d'mandé pour ma famille, s'ils étaient encore à Londres. Quand mes grands frères ont écrit l'mois dernier pour dire qu'y s'étaient engagés dans l'armée, j'étais dans tous mes états pa'ce que j'voulais leur envoyer une lettre pour dire au r'voir et bonne chance, mais j'savais pas où. Qu'est-ce que j'm'en voulais, pa'ce que M'man aurait pas aimé qu'y partent sans qu'on leur dise tous au r'voir. Quand j'lui ai dit ça, Miss Frances est allée directement au téléphone et elle a appelé untel et unetelle, même si Lady Marchmont elle avait l'air furax, et elle a fini par trouver leur adresse dans la marine. Des fois, des hommes lui envoient des fleurs et des chocolats – elle me les donne. »

Elsie resta silencieuse un moment. Puis elle reprit :

« Si tu savais l'nombre de trucs dans c't'baraque qui doivent être astiqués, épous'tés, rangés ou sortis, tout l'temps c'est frotte-moi ci, et brique-moi ça, et balaye là-bas, et allume le feu, et nettoie-moi l'âtre… tout doit être impeccable. J'fais jamais comme y faut, et la gouvernante arrête pas d'me gifler. ». Machinalement, elle reporta la main à sa joue.

L'Oncle n'aimait guère qu'on frappe les femmes, et Bernie sentit la colère monter.

« Tu peux vraiment pas rentrer chez toi ? »

Elsie faillit bien se remettre à pleurer.

« Sauf qu'y a plus personne chez moi maint'nant, tu sais pas ? Tous évacués autant qu'y sont. Loin d'ici, dans un endroit qui s'appelle le Yorkshire. Les gens chez qui y logent étaient fâchés pa'ce qu'Agnes et les jumeaux avaient rien am'né des choses qu'étaient sur la liste, à part le masque à gaz. Le premier jour, ils ont coupé tous les ch'veux d'Agnes et ils ont rasé la tête des garçons. Des lentes, qu'ils ont dit. Y paraît qu'Agnes s'est r'gardée dans la glace et qu'elle a failli s'étouffer tellement elle pleurait. C'est M'man qui m'a raconté ça dans une lettre, et elle était pas contente, ils auraient pu lui d'mander avant, vu qu'elle est logée dans la ville d'à côté avec Vi'let et le p'tit Jem. Agnes déteste là où elle est, mais tout l'monde dit qu'elle doit prendre son mal en patience. Les gens chez qui M'man est logée aiment pas trop qu'elle se serve d'leur cuisine et d'leurs cass'roles, et la femme et elle, elles se chamaillent tout l'temps pour savoir qui doit faire l'ménage, jusqu'à c'que Vi'let hurle. Le monsieur a d'mandé à c'que M'man soit logée ailleurs. »

Bernie se sentait un peu perdu dans cet océan de querelles domestiques, mais il avait envie de la réconforter.

« Toi et moi, on doit s'serrer les coudes et être amis. Tiens, t'aimes le chocolat, nan ? Y m'reste un Cadbury. »

Le visage d'Elsie s'éclaira. Bernie sortit une petite barre de sa poche, la cassa en deux et lui donna la moitié la plus grande.

« Oh, merci, merci beaucoup ! » dit-elle. Quand la friandise se mit à fondre sur sa langue, elle ferma les yeux et sourit sans même s'en apercevoir.

Elle était très jolie quand elle souriait comme ça, se dit Bernie.

« Voilà, c'est mieux », dit-il en la regardant lécher un peu de chocolat venu s'égarer sur sa lèvre supérieure. Il se demanda comment ce serait de le lécher pour elle, et même de l'embrasser, comme il avait vu faire certains hommes au dancing. Cela lui fit un tel choc de penser ça qu'il prit une grande et brusque inspiration et Elsie sursauta.

Elle rouvrit les yeux.

« Le chocolat fait partie d'mes choses préférées, commenta-t-elle. C'est sur ma liste.

— Ta quoi ?

— J'me suis fait une liste dans la tête et j'y pense l'soir, quand j'vais m'coucher. Des jolies choses, que j'aime bien. Comme des mouchoirs en dentelle. Des p'tits pains tout chauds. Des bas en soie.

— Oh ! »

Il y réfléchit un instant.

« Et y'a des gens, sur ta liste ?

— Bien sûr ! M'man et Vi'let y sont depuis l'début, mais ces temps-ci j'ai rajouté les garçons, et d'puis hier j'ai même décidé qu'Agnes y était.

— Tu s'rais sur ma liste si j'en avais une, tu sais. »

Il se pencha vers elle, incapable de résister à la tentation, et lui essuya la lèvre chocolatée d'un doigt.

Elsie trouvait qu'il avait une drôle de respiration, tout d'un coup. Il avait aussi une drôle d'expression sur la figure, et cette figure était maintenant très près. Elle se releva d'un bond.

« Zut ! C'est presque l'heure du thé. Faut qu'je file – j'dois aller tout préparer avant qu'Mme Gifford m'en mette encore une pa'ce que j'suis en retard. J'te lave ton mouchoir et j'te le rends plus tard. »

Il avait envie de lui dire de le garder, mais au dernier moment il se ravisa : c'était l'excuse parfaite pour la revoir.

« C'est gentil, ça. On se voit ici alors ? Demain ?

— Si tu veux. » Elle se mit à courir en direction de la grande maison, petite silhouette vêtue de noir disparaissant au crépuscule. Bernie aperçut bientôt un bout de tablier blanc s'engouffrer à l'intérieur par la porte du jardin.

« Eh ben, si j'm'attendais à ça ! » s'exclama-t-il.

9

Crowmarsh Priors, fin novembre 1939

En ce matin de novembre le ciel était gris, la pluie battait de façon lugubre contre les fenêtres du petit salon, et il y faisait froid. Comme d'habitude, Elsie avait oublié de préparer et d'allumer le feu. Assise à son bureau, Muriel Marchmont regardait dehors, l'air sombre, et s'étonnait une fois de plus de la tournure des événements. Elle qui n'avait jamais eu d'enfants se retrouvait avec trois filles sur les bras – trois filles qui s'avéraient être plus horripilantes les unes que les autres. De nos jours les jeunes n'en faisaient qu'à leur tête, et elle était lasse d'avoir ces petites ingrates sous sa responsabilité.

D'abord il y avait cette pauvre Alice, dont la mère refusait de bouger de son fauteuil, préférant donner des ordres à sa fille toute la journée. Elle ne se rendait pas compte qu'elle était en train de faire d'Alice une chiffe molle. Aucun des excellents conseils que Muriel lui avait donnés pour s'épanouir n'avait été suivi – rien d'étonnant à ce que le jeune révérend ne l'ait toujours pas remarquée. Mme Osbourne, en égoïste qu'elle était, était trop occupée à se plaindre de sa santé pour penser à sa propre fille. Comme tant d'hommes – et même beaucoup trop au goût de Muriel – le défunt révérend Osbourne s'était entiché d'un joli minois et n'avait pas vu qu'il fonçait tête baissée dans une mésalliance.

Sa filleule était encore plus contrariante. Frances avait été envoyée à Glebe House car elle avait besoin d'une présence féminine, et d'une main ferme pour la canaliser : d'après son père, elle avait fait les quatre cents coups à Londres avec une bande de noceurs. Toutefois, Tudor Falconleigh n'avait pas jugé bon d'expliquer à Muriel comment elle était censée chaperonner Frances qui passait désormais le plus clair de son temps avec Hugo de Balfort et ses joyeux compères à Gracecourt Hall ou bien, ainsi que Lady Marchmont le soupçonnait, en vadrouille dans les dancings de Brighton. Elle avait bien tenté d'y mettre le holà, mais cette petite insolente de Frances n'en faisait qu'à sa tête.

Quant aux ennuis que lui causait Elsie, alors là, c'était le comble !

Stylo-plume en main, papier à lettres couleur crème orné de son monogramme devant elle, Muriel respira calmement pour ne pas se laisser aller à l'agacement en écrivant à Penelope Fairfax.

Ma chère Penelope,

Je suis au regret de t'informer que malgré mes efforts et ma patience depuis trois mois, Elsie Pigeon ne répond absolument pas aux attentes que j'ai pour une bonne. À tel point que j'ai bien peur de devoir mettre un terme à l'arrangement convenu entre nous immédiatement. Sache qu'il a d'abord fallu la décrasser, car elle était pleine de vers et de poux – naturellement, Mme Gifford s'est acquittée de cette tâche avec son efficacité habituelle. Mais malgré tous ses efforts pour former Elsie, les choses sont allées de mal en pis.

Cette fille est tout bonnement incapable d'apprendre à astiquer, faire reluire le heurtoir, épousseter, nettoyer les grilles de foyer ou balayer dans les coins. Même faire un lit comme il faut semble au-dessus de ses forces, et quand je lui demande de laver une tasse à thé elle trouve le moyen de la casser. Elle refuse de manger autre chose que du pain et de la confiture (jusqu'à s'en rendre malade parfois) et la nuit, dans son sommeil, elle appelle « M'man » et « Vi'let », qui d'après ce que je comprends est sa petite sœur. Néanmoins, comme nous sommes en guerre, Mme Gifford et moi avons pensé qu'il était de notre devoir de s'en accommoder.

Nous étions loin de nous douter que le pire était encore à venir. Il s'avère que depuis peu, Elsie a un admirateur. Ces temps-ci elle fréquente un jeune homme très peu recommandable, qui a été évacué comme elle et se retrouve logé au village, chez le gendarme Barrows – alors qu'il aurait dû, d'après ce que je comprends, être envoyé en prison. Elsie me soutient que c'est un ami et qu'elle l'a connu dans les bas-fonds de Londres où elle habitait avant, mais après s'être renseignée à son sujet Mme Gifford n'a rien découvert si ce n'est que c'est un orphelin et qu'il a été élevé parmi les criminels. Ce jeune galopin va et vient comme bon lui semble, disparaissant parfois pendant plusieurs jours, et si nous sommes tous assassinés dans nos lits nous pourrons dire merci aux autorités je suppose, et non aux Allemands.

J'en suis donc navrée mais, à moins que tu puisses prendre d'autres dispositions, je mettrai Elsie au train de Londres dès demain.

Amical souvenir,

Muriel Marchmont

Au moment de fermer l'enveloppe elle entendit quelqu'un monter les escaliers quatre à quatre, et soudain Frances débarqua au petit salon dans un nuage de parfum (en ce moment c'était *Vol de nuit*, de Guerlain), toute pimpante dans son tailleur en tweed bordé de velours, son boa en fourrure autour des épaules. À la main elle tenait un chapeau orné de fleurs bleues, assorties à ses yeux. *Plutôt soignée comme tenue pour un jeudi pluvieux à Crowmarsh Priors*, songea sa marraine, irritée.

« Dis, Tante Muriel, j'étais à la cuisine à l'instant parce que j'avais un petit creux, et j'ai trouvé Elsie en train de pleurer toutes les larmes de son corps dans l'office. Elle dit qu'on la renvoie chez elle. Mais pourquoi donc, pauvre petite ? »

Frances se regarda dans le miroir au-dessus de la cheminée et ajusta son chapeau à un angle parfait.

« Si tu te levais à temps pour le petit-déjeuner, tu n'aurais pas faim dans la matinée, ma chère. “Pauvre petite”, vraiment ! Elsie, je suis au regret de te l'annoncer, n'est pas loin de devenir une fille perdue à cause d'un garçon qui devrait être en maison de correction, si la police avait deux sous de jugeote. La gouvernante a fait une découverte scandaleuse dans sa chambre.

— Juste ciel ! Quoi donc ?

— Des bas en soie, si tu veux le savoir. Des chocolats. Et même du parfum ! »

Frances était en train de s'observer sous tous les angles, pour voir si le chapeau faisait un bel effet. Il n'était pas question qu'Elsie s'en aille. C'était sa complice attitrée. La petite soubrette avait quand même bravé les ronflements de Mme Gifford pour venir lui ouvrir à chaque fois que Frances avait passé la nuit à danser à Brighton. Frances lui avait rendu la pareille en donnant à Elsie des courses à faire au village dès qu'elles apercevaient son prétendant rôder près du grand laurier. Elle lui avait fait cadeau d'un gilet qui lui allait très bien, de mouchoirs en dentelle, d'un flacon d'eau de lavande (bien trop banal pour Frances) et même de poudre de riz. Frances s'était rendu compte un jour qu'Elsie était rayonnante, et elle s'était sentie responsable, chose très inhabituelle pour elle. Elle n'avait pu s'empêcher de lui prodiguer des conseils, l'exhortant à ne pas laisser son soupirant prendre trop de libertés avec elle. Elsie lui avait fait un clin d'œil et répliqué :

« Bien sûr que nan ! Jamais j'ferais ça ! Mais j'lui laisse penser que *p'têt'* y pourra, la prochaine fois !

— C'est très malin de ta part, ma belle, mais quand même, sois prudente… »

« Oh ! Euh, c'est moi qui ai donné les bas et toutes ces choses à Elsie, s'empressa de répondre Frances. Elle, euh… elle fait parfois des commissions pour moi, un peu de couture et de lessive, des petites choses, quoi.

— Je n'aurais jamais cru qu'Elsie était capable de se rendre aussi utile », rétorqua Muriel sèchement.

Frances tira légèrement sur la voilette et remit son épingle à chapeau.

« Tu sais, elle est très soigneuse avec mes affaires. Et je lui ai donné les bas parce qu'elle les admirait tellement. J'en ai des tas, pour tout dire, et un ami d'Hugo m'a offert une boîte de chocolats absolument gigantesque. Bien entendu je ne peux pas les manger, si je veux garder la ligne ; je t'en aurais bien donné mais je sais que ce n'est pas recommandé pour ta tension, Tante Muriel. Et puis tu sais, je ne pense pas que ce garçon soit une si mauvaise fréquentation. Elsie le connaît de Londres, le pauvre a été élevé par son oncle.

— Si j'en crois Mme Gifford, c'est loin d'être tout, répliqua sa marraine en prenant un air renfrogné. »

Frances ouvrit son sac à main et se mit à fouiller dedans, à la recherche d'un rouge à lèvres.

« En fait, je crois même que c'est un brave garçon, vraiment. Je sais qu'il participe à l'effort de guerre par exemple. Même si ça doit rester top secret à mon avis, parce que…

— L'effort de guerre ? Ridicule ! Où es-tu allée chercher une idée pareille ?

— Je le sais par Elsie qui m'a raconté qu'on venait régulièrement le chercher au village, des "aristos" comme elle dit. Je ne l'ai pas crue au début mais dimanche dernier, j'étais sortie me promener, et quand je suis passée devant le cottage des Barrows, j'ai eu la surprise de voir une belle auto noire s'arrêter devant, exactement comme celle qui vient chercher Père quand on a besoin de lui à l'amirauté. J'ai même reconnu le chauffeur, mais je t'avoue que ça m'a paru curieux car il n'était pas en uniforme et il a fait semblant de ne pas me voir quand je l'ai salué. J'ai pensé qu'ils avaient besoin de M. Barrows, même si j'ai du mal à imaginer pour quelle raison une voiture officielle viendrait chercher un gendarme de campagne – à part, peut-être, si les Allemands devaient débarquer dans l'heure ? Enfin bref, c'est le garçon qui est sorti de la maison, qui a grimpé dans l'auto et qui a été emmené. J'ai eu le temps de voir un homme à côté de lui, sur le siège arrière. C'est curieux, tu ne trouves pas ?

— Et moi, j'ai entendu dire que c'était une canaille, la lie de la société, et Elsie n'est qu'une godiche qui ne connaît rien à sa charge. Plus vite elle fera ses bagages, mieux je me porterai.

— Oh, je t'en prie, Tante Muriel ! Elsie est adorable, et ce serait vraiment trop affreux de la renvoyer dans le taudis d'où elle vient. Tu ne peux pas faire ça ! Sa mère et une partie de la fratrie ont été évacuées dans le nord, ses grands frères se sont engagés dans la marine, alors imagine, elle serait obligée de rester seule avec son père. D'après Elsie, il boit beaucoup et disparaît parfois pendant des jours. Tout de même, c'est ton devoir envers… envers Penelope Fairfax de la garder ici encore un peu. »

Muriel Marchmont fronça les sourcils. Il est vrai que la pauvre Penelope se retrouvait coincée avec cette lamentable belle-fille américaine, et Muriel compatissait sincèrement.

Frances enfonça le clou :

« Et puis tu sais, quand on est allées boire l'apéritif chez les Fairfax la dernière fois que Richard était en permission, sa femme m'a dit qu'Elsie s'était liée d'amitié avec la jeune étrangère qui loge là-bas. » Frances se remit à fouiller dans son sac à main. « Elsie dit également qu'elle a fait une demande pour intégrer les *Land Girls*.

Tu vois, elle aussi veut contribuer à l'effort de guerre. Ils vont avoir besoin de bras à la ferme De Balfort, maintenant que la plupart des employés de Leander ont été enrôlés. Ils lui ont dit non au début, à cause de son âge, mais Elsie les a suppliés de poser la question à Penelope, et c'est ce qu'ils ont fait. Penelope a promis de regarder ça dès qu'elle aurait un moment. Alors en renvoyant cette pauvre Elsie à Londres tu priverais le Service Volontaire Féminin d'une recrue, tu comprends. Penelope m'a raconté qu'elle avait mis un temps fou à convaincre des gens comme Mme Pigeon d'évacuer leurs enfants, et maintenant elle s'arrache les cheveux car beaucoup reviennent. Les gens ne croient pas que Londres sera bombardée. »

Muriel leva les bras au ciel. La guerre était toujours une chose épouvantable, et en plus cela perturbait tout le monde. La vie normale s'en trouvait bouleversée. Tout de même, des filles qui faisaient un travail d'homme, conduisaient le tracteur et mettaient le foin en balles ! Et voilà qu'au village ils se retrouvaient avec une étrangère incapable d'aligner trois mots en anglais, mariée alors qu'elle était encore quasiment enfant, et mère en plus. Tant de gens avaient afflué en Angleterre, et personne ne se donnait la peine de vérifier si c'étaient des Bolcheviks, des Juifs, ou autre chose d'aussi dangereux. À l'époque où Sir Humphrey Marchmont était encore en vie, ils avaient beaucoup côtoyé Archibald Ramsay, le député, et adhéraient sans réserve à la position soutenue par son mouvement, la Ligue nordique, sur la nécessité de résister à la mainmise des Juifs sur l'Europe du Nord. Quelle absurdité d'avoir cherché à museler cet homme, quand on y songeait.

À présent que la guerre était déclarée, naturellement elle éprouvait une certaine pitié pour ces femmes et leurs enfants déguenillés qu'elle voyait aux actualités filmées, ces Juifs chassés de chez eux par les nazis avec pour seul bagage les habits qu'ils avaient sur le dos, mais il ne faisait aucun doute qu'ils s'étaient infligé cela à eux-mêmes. Et Muriel ne voyait pas pourquoi des étrangers devraient être autorisés à venir perturber la vie de gens convenables qui vivaient paisiblement à la campagne. Surtout elle qui avait endossé la lourde responsabilité de s'occuper de jeunes filles dont les mères avaient manifestement démissionné.

Elle pensa à Alice avec satisfaction. Au moins, une de ces filles avait encore le sens du devoir. Si seulement Frances voulait bien arrêter de musarder et suivre son exemple. Elle pourrait apprendre tellement d'Alice.

« Je pars pour Gracecourt dans quelques minutes, Tante Muriel, l'informa Frances en bâillant, avant de vérifier l'heure à sa fine montre. Il y a un déjeuner, suivi d'une partie de bridge. La plupart des amis d'Hugo sont partis, mais on arrive encore à faire deux tables pour jouer aux cartes. Leander dit que ça lui fait du bien d'avoir des jeunes autour de lui. »

Elle s'approcha du miroir et se mit du rouge à lèvres d'une main experte. La journée qui l'attendait n'était guère excitante. En fait, elle ressemblait à s'y méprendre à ses autres journées, mais Frances ne savait tout simplement pas comment passer le temps autrement.

L'air désapprobateur, Muriel Marchmont regarda sa filleule caler son joli sac en cuir sous un bras pour mettre ses gants de chevreau beiges, comme si elle n'avait pas le moindre souci dans la vie. Cela venait certainement de son éducation à l'étranger. La jeune impertinente s'était fait expulser de toute une série de pensionnats pourtant très bien, dans le Devon et le Wiltshire, que sa marraine avait choisis personnellement. Pour finir, et contre l'avis de Muriel, Tudor Falconleigh avait envoyé sa fille en France pendant trois ans, dans une institution pour jeunes filles. Il avait tout de même dû lui promettre d'aller faire les magasins avec elle à Paris si elle tenait jusqu'au bout. Elle était revenue en Angleterre juste à temps pour faire son entrée dans le monde, parlant un français quasiment parfait et possédant une quantité astronomique de robes de jour, de robes de soirée, de souliers et de chapeaux ravissants, le tout ayant coûté une fortune à son père.

Malheureusement, il avait bien vite fallu se rendre à l'évidence : elle avait hérité de sa mère française ce pouvoir dangereux qui faisait tourner la tête des hommes, celui-là même qui avait ensorcelé Tudor Falconleigh et entraîné dans cette union trop brève un homme qui, en temps normal, était le flegme incarné. Frances n'avait eu que des ennuis à cause de cela à Londres, et voilà qu'à présent elle faisait un effet similaire aux hommes du village, du révérend Hammet à Leander de Balfort. Muriel avait la ferme intention d'écrire à Tudor, pour lui dire sans détour que leur seul espoir était de trouver un mari convenable à Frances, avant qu'elle se couvre de honte et que plus personne ne veuille d'elle.

Elle ne pouvait s'empêcher de remarquer, toutefois, que comparée aux tenues seyantes de Frances, Alice faisait plus démodée que jamais avec ses vieux chandails, ses tabliers fleuris et ses foulards qui lui boudinaient le visage. Elle soupira, repensant à ce fameux déjeuner à Gracecourt Hall où elle l'avait amenée. On ne pouvait pas vraiment dire que l'affaire avait été un succès. Alice était placée entre Hugo et un aristocrate qui portait le monocle et parlait d'une voix traînante. Elle avait les joues bien trop fardées et une robe d'un terne, mais d'un terne ! L'habit était si laid qu'il avait certainement appartenu jadis à Mme Osbourne. Après avoir vidé trois verres de sherry pour se calmer les nerfs, Alice était devenue toute rouge et avait évoqué d'une voix un peu trop forte l'intérêt de son défunt père pour l'histoire du Sussex, avant de raconter une histoire sans queue ni tête sur des contrebandiers et un réseau de tunnels qui existerait soi-disant sous leurs pieds.

Le noble, rapidement lassé par cette leçon d'histoire impromptue, s'était tourné vers la jeune femme autrement plus vive qu'on avait placée à sa gauche, laissant Hugo se débattre avec Alice qui n'en avait pas terminé. Le brave homme avait fait semblant d'être intéressé, ce qui avait encouragé Alice à jacasser jusqu'à ce qu'il soit temps de rentrer. Désespérée, Muriel ne lui avait pas dit un mot sur le chemin du retour.

Il fallait bien l'avouer, Alice manquait d'éclat. De son côté, Frances en avait un peu trop au goût de Lady Marchmont. Comme la vie était injuste. Soudain, il lui vint à l'esprit que Frances était la personne idéale pour prendre Alice en main. Elle parviendrait certainement à changer son allure. Rien d'extravagant, bien sûr – juste assez pour ouvrir les yeux d'Oliver Hammet.

« Tu es tout le temps partie à droite et à gauche, Frances. Il serait grand temps que tu contribues à l'effort de guerre, toi aussi. Tu pourrais donner un coup de main à cette chère Alice Osbourne. La pauvre a à peine le temps de respirer avec toutes les responsabilités qu'on lui impose. Rends-toi compte, elle fait la classe aux petits, elle s'occupe du cercle de tricot et de la collecte de vêtements, elle prend des cours de secourisme, sans parler de sa pénible mère dont elle doit s'occuper au quotidien. Elle devrait être mariée à son âge. C'est aussi le cas du gentil révérend Hammet. Ce serait idéal, vraiment, la fille d'un révérend devenant l'épouse d'un révérend. Mais il… si seulement Alice avait l'air un peu plus… Disons qu'elle est parfaite mais ne le sait pas encore. Peut-être pourrais-tu l'arranger un peu, ma chère? Cela ramènerait sans aucun doute Oliver à la raison. »

À son grand soulagement, Frances entendit le petit bolide d'Hugo freiner dans l'allée de Glebe House.

« Tante Muriel, je sais que tu voulais que je devienne amie avec Alice et j'ai essayé, je t'assure, mais elle est vraiment trop, trop assommante! Je ne peux pas la piffer. Allez, je me sauve. »

Frances la salua à la va-vite et s'éclipsa. L'instant d'après, l'auto repartait en faisant crisser le gravier.

Le fait qu'Hugo fasse « la cour » à Frances, comme on disait à l'époque de Lady Marchmont, l'égaya un peu et lui fit oublier

Alice. Un intérêt si manifeste indiquait que la demande en mariage n'était pas loin, d'après son expérience. Il n'y aurait rien de mieux qu'une union pour les assagir tous les deux. Hugo prendrait enfin la relève de son père souffrant et Frances serait vite accaparée par les enfants qu'ils ne manqueraient pas d'avoir. Elle ferait mieux d'écrire à son père pour lui faire savoir qu'il y avait du changement dans l'air. Autant éviter tout retard inutile une fois qu'Hugo aurait fait sa demande, non? Tudor pourrait sommer ses avocats de se pencher sur la question du contrat de mariage. Jamais Leander ne prendrait l'initiative, songea Muriel, il manquait bien trop d'esprit pratique; mais quelle aubaine pour Hugo, qui avait tant besoin d'argent, de savoir que Frances allait devenir riche. Leander ne s'était clairement pas montré à la hauteur des responsabilités qui étaient les siennes en tant que châtelain, et la propriété avait lentement périclité depuis qu'il en avait hérité, aidé en cela par les dettes de jeu de son grand-père et sa passion de toute une vie pour les actrices.

Leander avait fait un beau mariage pourtant, mais au lieu de réinvestir l'immense fortune de sa défunte épouse dans Gracecourt Hall, comme tout homme sensé l'aurait fait, il avait cru bon de jouer aux esthètes. C'est ainsi qu'il avait dilapidé des sommes inouïes pour mener à bien des projets tous plus extravagants les uns que les autres – la pagode chinoise, le parc rempli de cerfs Sika qui ne s'étaient jamais adaptés et étaient tombés comme des mouches, les courts de tennis, et le dernier en date, une transformation spectaculaire d'un lac paysager en une série de bassins modernes, rectangulaires et peu profonds, imaginés par un soi-disant « artiste horticole », un homme pour le moins fantasque qui portait un gilet en velours et parlait avec un accent étranger. Avant ce fameux déjeuner où elle s'était rendue avec Alice, Leander avait fait admirer la nouveauté à ses invités. « Comme c'est excitant, si exotique! Si moderne! » s'étaient-ils tous extasiés, allant jusqu'à applaudir « l'artiste ». Un journaliste avait même pris des photographies pour en faire un article de fond dans un illustré.

Muriel Marchmont trouvait ces bassins imposants, plats et saugrenus. « Si inutile ! » avait-elle singé les invités à voix basse. Pendant ce temps, le château était dans un état déplorable. Oh ! elle avait vu les carreaux cassés aux fenêtres, les boiseries vermoulues et les taches d'humidité au plafond de la galerie. Les rideaux de la salle de réception étaient mités, et aux murs on distinguait des rectangles pâles, là où des tableaux s'étaient trouvés jadis – vendus, supposait-elle, pour parer aux dépenses inconsidérées de Leander et financer les études d'Hugo à Eton et Oxford, puis son Grand Tour.

Des décisions pour le moins malavisées, selon Lady Marchmont. La famille De Balfort était à Crowmarsh Priors depuis des siècles, et le devoir de Leander – celui d'Hugo, à présent – était de s'assurer qu'elle y restait. Pour ce faire, il lui suffisait d'arrêter de perdre son temps en fadaises, de se marier avec une Anglaise ayant de l'argent et une bonne éducation, de donner naissance à un héritier au plus vite et de remettre de l'ordre dans les affaires familiales avant que tout soit pris par les impôts.

De son côté, Frances était censée hériter de sa mère le jour de son mariage, et de la fortune des Falconleigh à la mort de son père. S'agissant de son éducation, certes elle avait une mère française, mais le reste de la lignée était parfaitement digne d'estime. Son grand-oncle était duc, tout de même. Lady Marchmont s'en voudrait terriblement si ce pauvre Hugo se trouvait obligé de partir en quête d'une héritière américaine, comme la mère de Winston Churchill. Ou cette parvenue de Nancy Astor. Une Américaine à Crowmarsh Priors, c'était bien suffisant !

Elle réfléchit à la meilleure façon d'orienter Frances et Hugo sur la voie qu'elle avait choisie pour eux. Comme souvent, elle en vint à penser à son testament. Elle n'avait pas d'enfant, et hormis Oliver Hammet, pas de parents. Elle avait toujours eu l'intention de laisser son argent, la maison et ses actions à Oliver. Ensuite, il pourrait épouser Alice. Naturellement, il avait déjà un toit à lui offrir, et si cela leur chantait ils vivraient au presbytère, mais Glebe House était autrement plus somptueux. Et puis Muriel aimait bien l'idée d'Alice passant ses matinées ici même, au petit salon, sous un portrait d'elle en habit de cour, le jour de ses noces, évoquant le souvenir de sa bienfaitrice avec tendresse. Avec le temps, Alice et Oliver auraient sans doute l'occasion de baptiser une de leurs filles Muriel...

Quant à Frances, Muriel décida qu'il lui incombait de laisser ses bijoux à la future Lady de Balfort, ainsi que le mobilier de Glebe House, hormis celui du petit salon et son portrait, bien entendu. Dieu savait que cela leur serait d'utilité au château – même les meubles tombaient en ruine là-bas, et les jeunes couples aiment recevoir, c'est bien connu. Il était impératif qu'ils fassent bonne figure. Les révérends, au contraire, ne s'intéressaient pas à ce genre de choses, et cela ne servait à rien de laisser des bijoux à Alice qui aurait l'air d'une bécasse avec ses perles.

Elle mit de côté le courrier qu'elle comptait envoyer à Penelope et retourna à son papier à lettres couleur crème. Elle allait écrire à Tudor de ce pas. Et aussi à son notaire, pour lui demander de lui rendre visite dès que possible, car elle souhaitait faire de nouvelles modifications à son testament.

Elle avait établi un inventaire de ses bijoux, comme il le lui avait demandé la dernière fois qu'il était venu la voir. Allons donc, où l'avait-elle mis ? Elle fouilla dans les papiers qui encombraient son bureau, en vain. Et d'ailleurs où était son coffre à bijoux, dans lequel elle conservait pratiquement tout hormis les boucles d'oreilles et le collier qu'elle portait tous les jours ? La clé n'était pas là non plus. Vaguement, elle se rappela l'avoir caché quelque part par précaution, au cas où le soupirant d'Elsie ait dans l'idée de la cambrioler. Décidément, sa mémoire n'était plus aussi bonne qu'avant. Mais comme tout le reste, non ?

10

Crowmarsh Priors, mai 1940

Evangeline en était venue à redouter les longues nuits. Elle se tournait et se retournait dans son lit, incapable de fermer l'œil jusqu'au petit matin, et se retrouvait ensuite happée par des cauchemars atroces. Lorsque la lumière du jour la réveillait enfin, elle était tendue et épuisée. Dans ses rêves, elle était toujours de retour en Louisiane. Parfois, c'était sa vieille maison de La Nouvelle-Orléans. Les lieux étaient silencieux et sombres, il n'y avait plus aucun meuble, et chaque porte qu'elle ouvrait menait à une pièce vide ; dans le même temps elle sentait quelque chose rôder dans la maison, quelque chose de terrible qui se rapprochait quand elle se mettait à courir – juste avant de se rendre compte qu'elle était clouée sur place. D'autres fois elle était au couvent, regardant le monde extérieur par les fenêtres à barreaux de son école. Mais le plus souvent elle était à la campagne, chez sa grand-mère, et quittait Laurent dans la pénombre grise qui précède l'aube. Une brume épaisse flottait sur les champs de canne à sucre, et l'air embaumait les nénuphars. Elle était en retard, devait se dépêcher d'aller se changer, car Grand-mère et les vieilles dames qui logeaient quasiment à demeure chez elle, se lèveraient bientôt pour réciter leur chapelet au salon, puis ce serait au tour des domestiques – vite, vite, avant qu'on la voie.

La maison se trouvait toujours derrière le prochain chêne, puis le prochain, et encore le prochain. Elle courait, de plus en plus vite, mais n'arrivait pas à retrouver son chemin dans la brume, tout en sachant qu'elle était tout près car elle entendait Inez s'affairer en cuisine et sentait une bonne odeur de café. Un âne se mettait à braire et une cloche à sonner, mais elle n'y voyait rien.

« Trop tard ! Quelqu'un sait », chuchotait Laurent derrière elle. Evangeline se retournait pour voir qui était là. Ils se rapprochaient d'elle dans la brume, jusqu'à ce qu'elle devine des silhouettes humaines avec une tête de loup-garou. Elle se retournait pour fuir de nouveau, mais le corps de Laurent pendait à une branche du chêne, lui bloquant le passage…

Lorsque Evangeline se réveilla ce matin-là, son cœur battait à tout rompre, et elle dut se répéter comme toujours qu'elle n'était plus à La Nouvelle-Orléans. Dans la chambre de Tanni, Johnny avait faim et le faisait savoir. Les oiseaux faisaient un concert dans le poirier du jardin. Elle frappa ses oreillers pour leur redonner un peu de forme, s'assit dans le lit à baldaquin avec sa courtepointe en soie rose et s'arma de courage pour aller faire une toilette sommaire dans la salle de bains glaciale, un peu plus loin dans le couloir.

Vingt minutes après, elle remettait les habits de la veille sans avoir pris la peine de se sécher, ramassant le vieux chandail gris qui avait appartenu au père de Richard à l'endroit où elle l'avait laissé choir la veille, à côté de ses bottes et de son pantalon. Dans son ancienne vie, Evangeline était exigeante sur son apparence, se donnant beaucoup de mal pour assortir robes, souliers et bijoux, mais désormais elle se fichait pas mal de ce qu'elle portait ; en fait, plus elle était mal fagotée, mieux c'était.

À la cuisine, elle mit l'eau à chauffer pour le thé. Elle détestait le thé mais en buvait pour se réchauffer, et patienta pour les toasts le temps que Tanni descende. Elle eut le temps de se demander ce qu'elle allait bien pouvoir faire de son lundi en attendant que Laurent l'appelle et lui dise que ça y était, le grand jour était arrivé. Dans sa petite valise elle avait mis les quelques jolies choses qu'elle possédait, et elle se tenait prête à partir sur-le-champ. Elle n'avait jamais été aussi impatiente de toute sa vie.

Au début, Evangeline avait bien cru devenir folle en Angleterre. Son intention était de contacter Laurent sitôt arrivée et de lui parler du bébé. Mais cela s'était avéré plus compliqué que prévu. Richard l'avait ramenée à Crowmarsh Priors, chez sa mère, et l'unique téléphone de la maison se trouvait dans l'entrée, un lieu de passage où les voix résonnaient. Penelope les avait accueillis du bout des lèvres et avait annoncé qu'elle restait quelque temps pour aider Evangeline « à s'installer », soi-disant, alors qu'en réalité c'était pour mieux l'avoir à l'œil. Dans ces conditions, c'était impossible de joindre Laurent, encore moins d'orchestrer sa fuite.

Au bout de quelques semaines, Richard étant de plus en plus absent et le comité lui ayant fait comprendre qu'ils avaient besoin d'elle à Londres, Penelope était retournée vivre dans son appartement près du grand magasin Harrods. Evangeline avait pu souffler un peu. Elle avait téléphoné à Laurent au bureau de Marseille et lui avait expliqué où elle était. Ils avaient convenu qu'elle irait le rejoindre en France dès qu'il leur aurait trouvé un endroit pour vivre.

« Tu verras, lui avait-il dit, la Provence sent merveilleusement bon quand il fait chaud, et de là-haut dans les collines, on voit la mer. J'ai une jolie maison en vue pour nous, elle est blanche et les volets sont bleus, mais il faut d'abord que j'économise un peu.

— Pour nous ? Mais comment pourrait-on vivre sous le même toit ? » avait demandé Evangeline, se sentant triste tout à coup. Elle avait un peu oublié ce détail.

Facile, avait répondu Laurent. Il y avait beaucoup de Maghrébins en France, et ils avaient la peau foncée comme les *gens de couleur* en Louisiane. Ils se mêlaient à la population blanche, se mariaient avec les Blanches, avaient même des enfants avec elles.

« Du moment qu'on se tient à l'écart des employés de l'entreprise Fontaine, tout ira bien. »

Cela paraissait inconcevable mais Evangeline avait essayé d'imaginer leur nouvelle vie, les enfants courant en tous sens dans la maison, Laurent rentrant le soir après le travail. Elle avait posé une main sur son ventre. Il faudrait lui annoncer la nouvelle au plus vite.

Et puis elle avait fait une fausse couche à cinq mois de grossesse, et était restée alitée pendant des semaines. Enfin, elle s'était remise ; elle était pâle et sans énergie, mais au moins elle avait une excuse pour aller à Londres – elle devait y voir un médecin, avait-elle annoncé à sa belle-mère. Une fois là, elle avait pu téléphoner à Laurent. Son petit doigt lui disait que ce n'était pas le moment d'évoquer la fausse couche. Quelque chose dans sa voix curieusement ensommeillée. Elle s'était demandé s'il était simplement fatigué, ou bien – se faisait-elle des idées ? – sur ses gardes. Alors elle avait décidé de lui en parler lorsqu'elle le verrait en personne.

Evangeline n'aurait pas cru avoir autant de chagrin pour ce bébé qui, s'il était né, aurait fait d'eux une famille. Elle ne pouvait imaginer leur avenir sans enfants. Et du moment que personne n'apprenait que Laurent avait du sang noir, tout paraissait possible, désormais.

« Tu crois que ce sera encore long, Laurent ? Tu me manques tellement.

— Plus très long, non. Tu me manques aussi. »

Semaine après semaine, Laurent lui avait promis que bientôt, ils seraient ensemble. Et puis un télégramme lapidaire était arrivé à la fin de l'été, signé de la main de Penelope : elle avait ordre de préparer une des chambres d'amis pour une jeune mère évacuée. Deux jours plus tard, une grande brune était descendue du train à Crowmarsh Priors. Le chef de train lui avait tendu un énorme sac en tapisserie. Elle avait regardé autour d'elle d'un air apeuré, comme si elle ne savait pas quoi faire, et son bébé s'était mis à pleurer. Albert Hawthorne était allé l'aider. Lorsqu'il avait compris qui elle était et où elle se rendait, il avait fait une caresse au nourrisson pour le calmer et avait porté lui-même le sac de Tanni jusqu'à destination.

« Il va falloir prendre bien soin d'elle », avait-il prévenu Evangeline d'un ton ferme, en posant son bagage dans l'entrée.

« Bonjour », lui avait dit Tanni dans un anglais hésitant, tout en observant autour d'elle l'entrée baignée de soleil, le bel escalier incurvé et le tapis oriental recouvrant le parquet. Puis elle avait reniflé discrètement. Dieu merci, ça ne sentait pas le chou bouilli et les égouts. En entrant, machinalement, elle avait vérifié s'il n'y avait pas d'affichette disant que la maison était interdite aux Juifs. Mais voilà qu'elle découvrait le petit médaillon de la Vierge à l'Enfant qu'Evangeline avait accroché près de la porte à son arrivée, au grand dam de Penelope. Mieux valait s'en assurer.

« Les Juifs sont autorisés ici ? » avait-elle demandé en faisant passer Johnny sur l'autre bras.

« Comment ? s'était exclamée la jeune femme qui lui avait ouvert. Pourquoi diable ne le seraient-ils pas ? »

Elle avait l'air surprise par la question – et laissait Tanni pour le moins perplexe. La femme portait un vieux pantalon et une sorte de chandail gris avec des trous aux coudes. Tanni s'était demandé si c'était une domestique, puis s'était ravisée en pensant qu'on ne l'aurait jamais autorisée à servir dans cette tenue, elle aurait eu un uniforme. C'était très étrange.

« Allez viens, je vais te montrer ta chambre. Tiens, passe-moi le bébé. Qui c'est qui va venir voir Tata Evangeline un instant ? avait-elle roucoulé. Comment s'appelle ce bout de chou ? Au fait, j'ai trouvé au grenier des vieux meubles de la chambre de Richard quand il était enfant. Je les ai descendus. »

La présence de Tanni et Johnny avait été une distraction bienvenue pour Evangeline. Dans l'attente perpétuelle d'un coup de téléphone de Laurent, elle faisait les cent pas dans la maison et le jardin, trouvant à s'occuper mais s'arrangeant toujours pour ne pas trop s'éloigner, afin de pouvoir entendre la sonnerie stridente du téléphone dans l'entrée. Elle passait les longues journées à arracher les mauvaises herbes au jardin, à jouer avec Johnny, à préparer des plats qu'elle goûtait à peine, à écrire à Richard. Elle refusait systématiquement les invitations à venir prendre le thé chez Lady Marchmont, ou bien à aller faire une partie de tennis à Gracecourt, et avait des conversations pour le moins guindées avec Alice Osbourne qui ne l'appréciait visiblement pas mais se faisait un devoir de leur rendre visite pour voir comment Tanni et le bébé allaient. Evangeline voyait bien qu'Alice était choquée par l'image de la Madone elle aussi, mais ça lui était bien égal. Cette fille n'était rien d'autre qu'une énième source d'irritation dans le purgatoire où elle était tombée par une cruelle ironie du sort.

Dès que Laurent lui donnerait le feu vert, Evangeline avait l'intention d'enlever son alliance et le solitaire qui avait appartenu à Penelope, et que Richard lui avait donné comme bague de fiançailles – même s'ils n'avaient pas eu le temps d'être fiancés –, et de glisser les deux dans une enveloppe où se trouvait une lettre rédigée depuis longtemps, dans laquelle elle disait qu'elle était désolée et qu'il valait mieux demander le divorce. Pauvre Richard. Il l'avait sauvée et paraissait sincèrement l'aimer, mais pas un instant Evangeline n'avait envisagé de rester avec lui. Laurent était dans toutes ses pensées. Elle ne pouvait rien faire d'autre que de continuer à chercher la fève dorée dans leurs affaires – peut-être existait-il un moyen d'annuler les effets du grigri, se disait-elle. Malheureusement, elle était perdue.

Et puis la guerre avait été déclarée, et l'automne s'était installé. Les rares fois où Laurent l'avait appelée, il était en général très tard,

Tanni était déjà couchée. Evangeline entendait de la musique et des éclats de rire dans le combiné. Il s'était lié d'amitié avec des musiciens algériens qui jouaient dans un bar en front de mer. Il les rejoignait souvent le soir après le travail, et remplaçait de temps en temps le saxophoniste ou le pianiste. Cela lui rappelait le bon vieux temps à La Nouvelle-Orléans, disait-il. C'est incroyable comme les Maghrébins vivent parmi les Blancs sans que cela choque personne, disait-il encore.

« Il n'y en a plus pour longtemps, ma chérie, c'est juste que c'est moins facile de voyager, maintenant. Tu ne dois pas venir seule. Je viendrai te chercher.

— Mais quand, Laurent ? Tu me manques trop !

— Bientôt, ma chérie, bientôt. Tu me manques aussi. »

Juste avant Noël Laurent avait appelé pour dire qu'il vivait à présent à Paris, et précisé en passant qu'un ami musicien l'hébergeait. Il était à la recherche d'un appartement pour Evangeline et lui.

« Il va falloir encore patienter, ma chérie. Ce n'est pas évident de trouver à loger dans cette ville… » Au même moment, la ligne avait été coupée.

Evangeline avait fait de son mieux pour ne pas s'inquiéter alors que la guerre grondait en Europe, que les sombres journées d'hiver se succédaient et qu'elle attendait toujours.

Un matin de mai, elle fut arrachée de son sommeil tourmenté par des cloches qui sonnaient. Elle se sentait désorientée. Elle devait encore rêver, songea-t-elle, et se pinça pour en avoir le cœur net.

Non, elle était bien réveillée, mais se trouvait dans une chambre qu'elle ne connaissait pas, une chambre plutôt sale et mal éclairée, hormis un rayon de soleil qui tombait sur un tapis défraîchi. Les cloches n'en finissaient pas de sonner – il devait s'agir de la vieille église qu'elle se souvenait d'avoir vue au coin de la rue. Les vitraux avaient été recouverts de papier de riz pour les empêcher de se casser si une bombe explosait à proximité. Un couple visiblement ivre commença à se disputer en bas dans la rue. Le laitier passa dans sa fourgonnette en faisant grand bruit. Il y eut des bruits de pas dans le couloir et quelqu'un se mit à chuchoter derrière la cloison fine comme du papier à cigarettes. Elle n'était pas à La Nouvelle-Orléans, ni dans le Sussex, mais à Londres – et à présent qu'elle se rappelait, elle souriait d'un air béat. Laurent était allongé en chair et en os à côté d'elle, sa cuisse chaude contre la sienne, un peu plus grand et musclé que dans son souvenir, mais dormant à poings fermés comme il l'avait toujours fait.

La joie l'envahit de nouveau lorsqu'elle se souvint – la sonnerie de téléphone qui avait retenti la veille, dans l'entrée caverneuse – c'était le début de l'après-midi, et Tanni avait bien failli décrocher. Laurent était à Londres ! Evangeline avait attrapé sa valise au vol et foncé à la gare, oubliant dans sa hâte de laisser la lettre pour Richard.

La nuit qu'ils venaient de passer ensemble était la première depuis plus d'un an, mais cette fois elle n'avait pas besoin de retourner chez elle à la faveur de la nuit. Comme Laurent le lui avait dit, ici personne ne savait qui ils étaient, qu'ils n'étaient pas mariés ou bien que lui avait du sang noir. Ils n'avaient pas à se cacher. Oh ! merci mon Dieu, et je t'en prie, fais que ces cloches sonnent comme de simples cloches d'église et non parce qu'elles donnent l'alerte d'un bombardement ou d'une invasion imminente.

Dans la pénombre, Laurent et elle s'étaient jetés l'un sur l'autre, sans prendre le temps de tirer les rideaux pourtant obligatoires avec le couvre-feu. Leurs habits, qu'ils avaient manqué de s'arracher, étaient en tas par terre, et les masques à gaz posés sur la commode avec le chapeau de Laurent. L'étui du saxophone était calé dans un coin, à côté de la valise d'Evangeline. Elle n'y avait pas touché. Elle tendit la main pour reboucher la bouteille de cognac que Laurent lui avait rapportée de Paris. Puis elle se blottit entre ses bras et posa la tête contre son torse.

Enfin ils allaient pouvoir se parler, reprendre tout depuis le début, depuis cette terrible nuit à La Nouvelle-Orléans. Elle allait pouvoir lui expliquer pour le bébé, combien elle s'était sentie mal après la fausse couche, et Laurent lui raconter ce qui s'était passé en arrivant à Marseille. Ils allaient décider comment et où vivre à leur retour en France. Mais son instinct lui disait que d'abord, ils devaient se réhabituer l'un à l'autre. Cela faisait longtemps. Laurent l'aimait toujours autant qu'elle, leurs ébats le lui prouvaient amplement ; maintenant ils allaient faire des projets, et le passé ne serait plus qu'un mauvais souvenir. Elle se rendit compte qu'elle portait toujours ses bagues. Elle les enverrait à Richard ce jour même, avec la lettre.

Mais pour l'instant… Elle se redressa en sentant l'odeur familière. Du café !

Laurent la serra fort contre lui et se mit à lui caresser les cheveux.

« Laurent ! Tu sens ?

— Hum… ton parfum ?

— Encore mieux, du café ! Oh, Laurent, je te parie que c'est chez l'Italien au bout de la rue. Tu te souviens qu'à la maison, la première chose que tu sentais en te levant c'était une bonne odeur de café en train de torréfier ? Le thé qu'ils boivent ici est fadasse au possible. J'ai tellement envie d'un café créole parfois, avec un bon beignet pour tremper dedans, c'est atroce. J'étais justement en train de rêver…

— D'un petit-déjeuner ? répliqua-t-il en bâillant.

— Presque. Dans mon rêve, c'était Inez qui le faisait. »

Il s'écarta en s'esclaffant, et vint poser une main sur le ventre plat d'Evangeline.

« Tu n'es qu'une gourmande, depuis toute petite ! »

Elle s'étira voluptueusement.

« Tu peux parler. Tu te souviens qu'on mangeait des beignets jusqu'à se rendre malade ? Une fois, tu en as avalé dix-neuf. Tu es bien pire gourmand que moi. »

Laurent croisa les mains sous sa tête et son regard se fit songeur.

« C'est vrai qu'Inez était une sacrée cuisinière. Les gaufres. Le pain perdu. Le boudin. Le gruau de maïs.

— Les *talmouses* au fromage. »

Il l'enlaça de nouveau.

« Et ces petits sandwichs au jambon fumé qu'on mangeait les soirs de fête. Qu'est-ce que c'était bon.

— Tu te souviens de ces petits pains pleins de bosses qu'on appelait des grenouilles ?

— Ça me dit quelque chose.

— Philippe nous avait raconté qu'il fallait faire un trou sur le côté avant d'en manger, parce qu'il y avait de vraies grenouilles à l'intérieur et qu'elles allaient sauter dans notre ventre si on ne les faisait pas sortir. On y croyait dur comme fer. Inez était furieuse. *Qu'est-ce que vous avez donc à fair' des trous com' ça dans mes beaux p'tits pains ?* »

Le sourire d'Evangeline s'estompa.

« La nourriture est horrible en Angleterre. Les bons petits plats d'Inez me manquent. Pas toi ?

— Je mange plutôt bien en France. »

Laurent entrelaça ses doigts dans ceux, pâles, d'Evangeline. De près la ressemblance entre eux était frappante, dans les traits du visage, la carrure et même dans leurs mains, avec cet index qu'ils avaient tous deux long et fin. Les cheveux d'Evangeline étaient épais et bruns, tandis que ceux de Laurent étaient crépus, avec des reflets cuivrés. Il avait des mains à la fois puissantes et délicates, des mains de musicien. D'amant.

Il se mit à jouer avec le solitaire d'Evangeline, le faisant tourner d'un côté et de l'autre.

« Tu n'es pas simplement affamée, tu as l'air d'avoir le mal du pays. Mais peut-être que ça revient au même. Moi aussi ça m'arrive, quand il pleut et qu'à Paris tout est gris et que je ne croise que des visages inconnus. Je me souviens comment les gens étaient chaleureux en Louisiane, se disaient bonjour – mais ce n'est pas pareil pour toi. Tu es mariée maintenant, tu as autre chose à penser. On dirait que ton époux s'occupe bien de toi, conclut-il en faisant tourner la bague une dernière fois.

— Je ne le suis pas vraiment. Une union célébrée par un capitaine sur un bateau, ça ne compte pas aux yeux de l'Église. Je suis sûre que je peux la faire annuler, et ensuite on pourra se marier quand on…

— Se marier, *nous* ? s'exclama-t-il en la regardant d'un air surpris.

— C'est-à-dire… on ne peut pas se contenter de vivre ensemble. »

Evangeline repensa à la maison en Provence – non, à Paris – pleine d'enfants, et à Laurent rentrant le soir. Comment pourraient-ils avoir cela s'ils n'étaient pas mari et femme ? Elle se mit à bafouiller.

« Mais enfin… On doit pourtant bien… J'ai failli avoir un bébé, tu sais – je voulais te le dire plus tôt… Et puis j'ai fait une fausse couche…

— Quand ?

— L'été dernier, quand tu étais à Marseille. Je suppose que c'est mieux comme ça. Richard aurait pu faire des histoires, et… »

Laurent se libéra de son étreinte et se leva pour prendre ses cigarettes.

Evangeline l'observa du coin de l'œil. Quelque chose dans son attitude la mettait mal à l'aise. Était-il vexé parce qu'il croyait qu'elle était enceinte de Richard ? Ça devait être ça.

« C'était bien ton bébé », dit-elle simplement, histoire de prendre la température.

Laurent gratta une allumette, un sourire amer aux lèvres.

« J'ai entendu dire que les Allemands ont une théorie sur les mulâtres qui seraient comme les mules – incapables de se reproduire.

— Alors, c'est qu'ils ne sont jamais venus à La Nouvelle-Orléans. Dans mon village du Sussex, ils croient que je suis à Londres pour consulter à cause de ma fausse couche.

— Dieu merci, tu n'es pas en Louisiane. Là-bas, les filles allaient voir une vieille sorcière appelée Mama La Bas quand elles ne voulaient pas avoir d'enfants. »

Evangeline prit une profonde inspiration.

« Allez, ne parlons plus de ça. Raconte-moi comment c'est de vivre à Paris en ce moment. Les Français doivent être soulagés de savoir que l'armée britannique est là pour protéger leurs frontières. »

Laurent revint au lit, tapota son oreiller pour s'y adosser et attira Evangeline tout contre lui. Il posa le menton sur ses beaux cheveux, et elle ne vit pas l'ombre fugace qui passait sur son visage.

« Paris ? Tu n'imagines pas le nombre de gens désespérés, qui n'ont nulle part où aller. Les Allemands sont aux portes du pays – la seule chose qui va plus vite qu'eux, ce sont les rumeurs sur les atrocités qu'ils auraient commises en Pologne et ailleurs. La ligne Maginot n'est qu'une vaste supercherie. L'invasion n'est plus qu'une question de jours, et les gens s'attendent à ce que Pétain négocie un armistice avec Hitler. Partout on sent l'odeur de la peur. Les hommes qui ne se sont pas fait enrôler ont fui à la campagne. Mais pour l'instant, ajouta-t-il en haussant les épaules, il y a du café à boire, les femmes sont toujours aussi coquettes et sentent toujours aussi bon. Les dancings, les casinos, les Folies Bergère, tous ces endroits sont bondés chaque soir. Les gens boivent du champagne et font comme si ce qui va arriver n'allait pas arriver.

— Pourquoi ne viens-tu pas en Angleterre ?

— Parce que tout va bien pour moi. L'Amérique n'est pas en guerre avec l'Allemagne. Et comme je n'ai pas peur de rester à Paris, j'ai quasiment tout le temps du travail. Joséphine Baker a fait un malheur avec sa Revue nègre dans les années 1920. Depuis les Français adorent le jazz, le blues, le swing, et se trémousser sur les "danses exotiques" comme ils disent, ce qu'on faisait tout le temps dans les clubs de Tremé. J'ai joué sur quelques disques et ils se vendent comme des petits pains, alors j'ai de quoi vivre. Comme je te l'ai dit au téléphone, la succursale de Marseille a fait faillite, et j'ai entendu dire qu'à La Nouvelle-Orléans, André et Philippe ont bien du mal à redresser la barre depuis la mort de ton père. Ils m'écrivent de temps en temps pour me demander comment je vais. Ils te reparlent de cette fameuse nuit, des fois ?

— Ils ne comprennent toujours pas pourquoi je me suis enfuie avec Richard. André est le seul qui continue à m'écrire. D'après lui, personne n'oubliera jamais le scandale que j'ai causé. Plus aucune fille de la bonne société ne lui accorde de danse maintenant. Il m'a raconté que Papa voulait faire annuler l'union aussitôt, mais que Maman l'a convaincu du contraire, car la famille aurait été encore plus déshonorée, surtout si j'avais eu un enfant. Si je retourne un jour en Louisiane, je serai arrêtée pour avoir tiré sur Maurice. Mais ce n'est pas grave. Je ne veux pas y retourner, jamais. »

D'un doigt, Evangeline traça les cicatrices qu'elle sentait dans le dos de Laurent. Celui-ci fit la grimace, et s'allongea pour la mettre à califourchon sur lui.

« Tu es dangereuse avec une arme entre les mains, ma belle, mais tu me plais quand même. Et maintenant, arrêtons de parler… »

Après, ils partagèrent une cigarette dans un silence complice. Rassurée, elle essaya une autre tactique.

« Ne retourne pas à Paris. C'est dangereux. Pourquoi tu ne resterais pas ici ? Ou alors on pourrait s'enfuir ailleurs. Au moins, on serait ensemble. »

Laurent tira longuement sur la cigarette avant de la passer à Evangeline.

« C'est dangereux partout – à La Nouvelle-Orléans, en France, ici avec les Allemands qui débarquent, à moins que les Anglais parviennent à les repousser. Sauf qu'ils n'y arriveront pas. Je ne peux pas me permettre de quitter Paris maintenant. Entre les disques et les clubs où je joue, je gagne bien ma vie. Il faut juste que je sois prudent, que je fasse profil bas. Les Allemands n'aiment pas les gens de couleur. À vrai dire, ils n'aiment personne à part les Allemands. À Paris, la plupart du temps je dis que je suis maghrébin, mais je me suis quand même fait faire un second passeport, au cas où.

— Comment arrives-tu à voyager par les temps qui courent ?

— Je suis devenu copain avec des Français qui viennent tout le temps dans un des clubs où je joue. Ils ont établi une sorte de quartier général à Londres, au premier étage d'un pub – ils se font appeler les Français libres. Comme je suis américain et musicien, c'est facile pour moi de faire des allers-retours, alors ils m'ont donné du travail en tant que messager. Ça paie bien.

— Oh, tu crois qu'ils m'engageraient moi aussi ? Je pourrais…

— Il n'en est pas question ! »

Le visage d'Evangeline se décomposa.

« Mais je te verrai en Angleterre chaque fois que j'en aurai l'occasion. Tu sais que je dis vrai, reprit Laurent.

— Je sais. Mais tout ça me paraît tellement injuste. On a fait tout ce chemin pour être ensemble, et on est quand même séparés à cause de ces fichus nazis. »

Au bout d'un moment, Laurent l'enlaça.

« Je sais, ma chérie, je sais, chuchota-t-il en la serrant fort. Ne parlons plus de ça. »

Le carré de soleil avança sur le tapis, puis finit par disparaître, tandis qu'ils faisaient l'amour et évitaient de parler de leur vie passée et à venir.

Lorsqu'ils se rhabillèrent en fin d'après-midi, Evangeline remarqua que Laurent avait des chaussettes trouées et que sa chemise était élimée au col et aux poignets. Ils sortirent se balader à la tombée de la nuit. Chez l'Italien ils burent un café côte à côte, se sentant nerveux et empruntés d'être si proches en public, mais personne ne leur prêta attention. Ils marchèrent dans les rues de Soho après le couvre-feu et tombèrent sur une affiche pour un nouveau film américain, *Autant en emporte le vent*. Ils décidèrent d'aller le voir. Ensuite, ils rentrèrent à l'hôtel main dans la main mais sans se presser, car la nuit était douce.

« Je suis content qu'on ne soit pas à Atlanta, commenta Laurent en serrant la main d'Evangeline à lui en faire mal.

— Moi aussi », répondit-elle, et elle éclata en sanglots.

Après avoir refait l'amour, leurs corps épuisés s'affalèrent sur le lit. Jambes emmêlées, ils se partagèrent le reste du cognac dans un verre à dents, avec une barre de chocolat. Ensuite Laurent roula des cigarettes un peu spéciales – tous les musiciens en fumaient à Paris, apparemment – à base de chanvre indien. Se sentant détendus, ils s'assoupirent dans les bras l'un de l'autre, et pour une fois Evangeline ne rêva pas.

Dehors, le bruit des derniers fêtards et d'un commis faisant la plonge les réveilla aux aurores.

« C'est l'heure d'aller au pub, annonça Laurent en bâillant. Les Français m'attendent, ils ont du travail pour moi. Mais d'abord, j'ai des cadeaux à t'offrir. »

Sans prendre la peine de tirer les rideaux il se leva, son corps nu se découpant contre la fenêtre sombre. Il tendit un paquet plat et deux sacs à Evangeline.

Elle ouvrit d'abord les sacs.

« Qu'est-ce que c'est ? » Elle tâtonna à l'intérieur, d'une main. Elle renifla. Elle goûta. Quelque chose lui piqua la langue.

« Oh, des piments séchés ! Quel délice ! La nourriture anglaise est tellement insipide, si tu savais. Je dois me forcer à l'avaler. »

Elle plongea la main dans l'autre sac et s'exclama :

« Du riz ! » Cela faisait une éternité qu'elle n'en avait pas mangé. « Où as-tu déniché tout ça ?

— Une amie algérienne que j'ai rencontrée à Paris. Elle est, euh… mariée à un des musiciens, elle fait la cuisine pour l'orchestre, et ils utilisent des piments dans son pays exactement comme nous, ils en font une sauce qu'ils mettent dans tous les plats. Et maintenant, avant d'ouvrir le paquet, il y a un morceau que je voudrais te jouer.

— Chouette alors ! »

Evangeline se redressa et ramena le drap contre elle.

Il lui fit un clin d'œil.

« Je l'ai appelé *Le blues d'Evangeline.* »

Assis au bord du lit, Laurent joua quelques notes de saxophone pour s'échauffer puis s'installa dans un rythme lent, doux, effleurant à peine les touches de l'instrument, se délectant de chacune avant de passer à la suivante, avant de s'enhardir à mesure que le pouvoir de la musique, sa douceur et sa tristesse, s'infiltraient en eux, jusqu'à ce que la mélodie sature la pièce et que les habits éparpillés, les rideaux, les fenêtres sales, le fauteuil décoloré, le papier peint taché et leur journée passée à faire l'amour ne fassent plus qu'un avec elle. Evangeline eut un sourire triste lorsque les dernières notes allèrent se perdre dans la pénombre, comme si c'était le baiser d'adieu de son amant. Elle aurait tout donné pour rester à jamais dans cette chambre avec Laurent, là où personne ne les connaissait et ne se souciait d'eux.

Laurent tira les rideaux et alluma la vilaine lampe de chevet.

« Ouvre l'autre cadeau. »

Elle déchira l'emballage en papier marron.

« Oh ! s'écria-t-elle. Tes disques ! Heureusement Penelope n'a pas emmené le gramophone avec elle en déménageant. Je vais pouvoir t'écouter tous les soirs et imaginer que tu es là, à côté de moi ! Je trouve que tu joues encore mieux que Glenn Miller !

— Si seulement il pouvait être de ton avis, répliqua-t-il, ravi. Je donnerais cher pour faire partie de son orchestre. En Louisiane, les gens achètent ses disques, ils verraient mon nom sur la pochette. Ils sauraient que je suis là, quelque part. »

Faisant fi de toute prudence, Evangeline s'écria :

« Oh Laurent, s'il te plaît, emmène-moi avec toi ! En France, ou dans un autre pays – la Suède, ou… ou… peu importe, on trouvera. Quand tu n'es pas là j'ai l'impression d'être morte, et je ne fais qu'attendre, et attendre encore. Si tu savais comme j'en ai assez ! »

Il soupira.

« Je te l'ai déjà dit, ma chérie, tu es plus en sécurité ici. Il ne s'agit pas simplement de nous, mais de la guerre. Quand elle sera terminée, on en reparlera. Mais pour l'instant, il va falloir patienter. Retourne dans ton village. Reste avec ton mari. »

11

Crowmarsh Priors, octobre 1940

La France étant désormais sous occupation nazie et le corps expéditionnaire britannique ayant été évacué de Dunkerque dans le sang et la confusion, les Allemands avaient pris position face à l'Angleterre, et déclenché le Blitz en vue d'une invasion prochaine.

Un mois plus tard, les bombardements n'en finissaient plus. Tous les jours, arrivant par vagues, les avions allemands et leurs escortes traversaient la Manche dans un bruit de tonnerre, assombrissaient le ciel au-dessus du Sussex, puis se dirigeaient vers le nord. Sur les queues des engins, des croix gammées noires ressortaient avec insolence dans les derniers rayons du soleil d'automne.

Ce jour-là, pris de panique, les moutons en train de paître sur les collines se mirent à courir en tous sens, leur bêlement noyé dans le vrombissement des moteurs. L'instant d'après, les Spitfire de la Royal Air Force firent leur apparition, mais l'interminable colonne allemande fit un virage sur l'aile et continua inexorablement vers ses cibles. Des tirs de D.C.A éclatèrent au loin. Au-dessus de Croydon, un Spitfire tomba en vrille, une épaisse fumée noire s'élevant à l'arrière.

Occupé à sarcler des choux dans son potager, Albert Hawthorne leva les yeux, brandit le poing et laissa échapper un juron.

Nell se pressa d'emmener leur fille de huit ans, Margaret Rose, à l'abri en tôle ondulée qu'ils avaient au fond du jardin, puis lui cria de venir. Au lieu de cela, Albert jeta son outil et sortit sa bicyclette : c'est qu'il faisait partie de la *Home Guard* maintenant, l'unité des volontaires pour la défense du territoire britannique. Tablier au vent, Nell se mit à lui courir après avec le masque à gaz qu'il avait omis de prendre, tout en râlant. Les autorités étaient bien gentilles avec leurs affiches pour la *Home Guard*, mais comment les volontaires étaient-ils censés se débarrasser des Allemands parachutés, s'ils n'étaient pas armés ? À coups de sarcloir ? Et gare à lui s'il oubliait que sa famille était dans l'abri antiaérien, et que sa femme avait fait la queue pendant des heures au marché de Hurst Green pour lui acheter les saucisses qu'il mangerait au dîner : il avait intérêt à rentrer en un seul morceau. Albert se remit à pédaler en s'émerveillant devant les priorités féminines, même en temps de guerre.

Il faillit bien entrer en collision avec Alice Osbourne, nommée depuis peu préposée à la défense passive, lorsque cette dernière ouvrit le portail de l'église à la volée. Dans sa précipitation, elle n'avait pas enlevé son tablier à fleurs. Remontant le bas de sa robe, elle sauta sur sa bicyclette et se mit à souffler aussi fort qu'elle put dans son sifflet. Elle commença à faire sa tournée en criant « *Raid aérien* ! » de son ton le plus sévère à cinq garçonnets en train de jouer au football sur la place. Ils rentrèrent chez eux aussi sec.

Alice pédala le plus vite possible à travers le village, son masque à gaz se balançant en rythme sur le guidon, pour s'assurer qu'aucun autre enfant n'était dehors. Il y avait eu tellement d'alertes depuis le début du Blitz qu'ils avaient tendance à ne plus les prendre au sérieux : c'était comme un jeu, pour eux. Quand les bombardements avaient commencé, Oliver et elle avaient mis au point un signal avec la cloche de Saint-Gabriel, « trois coups, pause, trois coups, pause », car ils n'avaient pas de sirène. Et voilà que le ministère de la Guerre avait fait passer un avis, précisant que les cloches d'église devaient sonner uniquement pour indiquer que l'invasion avait commencé. D'après Oliver, ça en disait long sur la tournure des événements. Depuis, les autorités avaient fait installer une sirène dans la salle paroissiale, mais elle était capricieuse et ne se déclenchait pas à chaque fois.

L'idée que les Allemands se trouvent à moins de quarante kilomètres de là terrifiait Alice. Une rumeur courait, selon laquelle des cadavres en uniforme nazi avaient été rejetés sur le rivage, et que les agents provocateurs ayant réussi à s'infiltrer en Angleterre étaient partout. Il fallait résister coûte que coûte à l'invasion, mais pour beaucoup ce n'était qu'une question de temps. En attendant, les civils devaient rester vigilants et signaler tout comportement suspect aux autorités. Alice avait pris l'habitude d'aller à Glebe House tous les soirs, pour écouter les informations de la BBC sur la T.S.F de Lady Marchmont, qui marchait bien mieux que le petit poste de sa mère au cottage. En tant que préposée à la défense passive, elle devait se tenir au courant de ce qui se passait. C'était également une excuse pour repousser le moment de rentrer chez elle. Frances Falconleigh qui avait surpris tout le monde en se portant volontaire chez les *Land Girls* avec la bonne Elsie, rentrait en général au crépuscule. Frances ou Mme Gifford tirait les rideaux de couvre-feu, puis les cinq femmes s'agglutinaient autour de la T.S.F dans le petit salon.

C'est ainsi qu'elles avaient entendu le discours vibrant de Winston Churchill sur l'Angleterre, et le fait « que le pays se battrait sur les plages s'il le fallait, mais jamais, *jamais* ne se rendrait. » Bizarrement, cela avait suffi à les rasséréner. Et puis, des semaines après, Frances leur avait rapporté ce que son père lui avait dit :

« Apparemment Churchill a terminé son discours sur une tout autre note, disant en aparté qu'ils se battraient sur les plages avec des bouteilles vides, car c'était tout ce qu'ils avaient. J'ai bien peur, avait-elle ajouté, que la Grande-Bretagne ne tienne pas beaucoup plus longtemps : les effectifs de l'armée française étaient bien supérieurs aux nôtres, et cela n'a pas empêché les Allemands d'occuper Paris et d'obliger le gouvernement à capituler. »

En entendant cela, Alice avait fermé les yeux et commencé à dire une prière.

Frances l'avait regardée d'un air dégoûté.

« Moi, ce que j'aimerais, ce sont des armes ! avait-elle lancé sur un ton féroce. Si les Allemands nous envahissent, je me ferai un plaisir d'en emporter un ou deux avec moi. »

Alice était déconcertée. Jamais elle n'avait entendu une fille parler avec un tel cran. Mais comment une personne seule était-elle censée combattre les Allemands, exactement ? Alice se demandait si elle aurait peur de mourir le moment venu, ou bien si elle serait assez courageuse pour « en emporter un ou deux avec elle ». Visiblement, c'était devenu le mot d'ordre dans tout le pays. Peut-être que Frances avait raison et qu'il leur faudrait vraiment des armes. Des armes !

« À chaque jour suffit sa peine », avait-elle murmuré, ce qui l'avait aidée à s'ôter de l'esprit cette idée saugrenue et à se concentrer sur les gens dont elle avait la charge.

En ce moment, les nouvelles recrues des *Land Girls* arrachaient des pommes de terre et cueillaient les dernières poires à la ferme De Balfort. Elles travaillaient jusqu'au coucher du soleil, puis prenaient le bus pour retourner au foyer. Alice pouvait compter sur Elsie Pigeon pour les rassembler toutes dans l'abri antiaérien de la ferme avec leur masque à gaz. Elle avait beau être la plus jeune, elle menait l'équipe à la baguette. Quant à Frances, elle était absente : elle avait pris sa journée pour aller voir son père à Londres.

La sirène n'en finissait plus de hurler. Elle battait également le rappel de la *Home Guard*, mais c'était un bien piètre réconfort. Au village celle-ci se composait d'Oliver Hammett, Albert Hawthorne,

Hugo de Balfort, les vieux Ted et George Smith (le père du patron du pub et son oncle), ainsi que de plusieurs fils de fermiers qui n'avaient pas vingt ans et allaient se faire enrôler d'un jour à l'autre. Tout ce beau monde s'était entraîné avec des manches à balai, jusqu'à ce qu'Hugo les prenne en pitié et fasse don du stock de vieux fusils de chasse qu'il avait au château. Alice ne donnait pas cher de leur peau lorsque les Allemands débarqueraient. L'ennemi avait réussi à faire savoir un peu partout que ceux qui résisteraient seraient considérés comme des traîtres et exécutés sur-le-champ.

Toute pantelante, Alice s'arrêta un instant devant le jardin de Lady Marchmont. Hormis la petite allée et la lavande qu'elle avait réussi à conserver, il avait été entièrement retourné pour créer un « Jardin de la victoire », comme préconisé par les autorités. Elle vit Mme Gifford, tablier blanc et coiffe impeccables, suivre la vieille dame pour se rendre à l'abri antiaérien, avec le nécessaire en main : les masques à gaz, des couvertures et un thermos de thé. Lady Marchmont ne se déplaçait pas très vite avec sa canne, mais elle y était presque. Alice leur fit signe de la main et reprit sa tournée, passant devant la maison de Penelope Fairfax sans s'arrêter.

Elle savait qu'Evangeline aurait fait descendre Tanni, Johnny, et les trois enfants évacués depuis les récents bombardements dans la vaste cave à vins du père de Richard. Combien de fois Alice y avait joué avec lui quand ils étaient petits ? Hormis l'odeur de renfermé, c'était un abri parfait – sauf si une bombe tombait directement sur la maison et enterrait Evangeline vivante, auquel cas, ce serait bien fait pour elle. Alice s'excusa aussitôt en esprit auprès de Tanni et des enfants, mais elle n'y pouvait rien. Richard était dans ses pensées.

Richard et son convoi étaient en danger quelque part dans l'Atlantique. Dans la salle paroissiale elle avait accroché une affiche aux couleurs vives, dont la légende disait « TOUT DÉPEND DE VOUS », pour que chacun se mette en tête qu'il fallait faire pousser ses fruits et légumes, savoir se contenter de peu, repriser tout ce qu'on pouvait, et plus généralement, aider à l'effort de guerre en subvenant autant que possible à ses besoins afin que le pays ne soit pas dépendant des cargaisons protégées par les convois. L'affiche montrait un de ces navires, le *Glowworm*, sombrant après une bataille avec un destroyer allemand au mois d'avril précédent. Tous les jours, Alice priait pour les navires britanniques qui étaient en mer et pour tous les équipages – elle tâchait de ne pas être égoïste en songeant uniquement à Richard.

Et maintenant elle grimpait la colline en haletant pour aller voir sa mère qui se mettait dans des états épouvantables dès qu'elle entendait un avion ennemi, même si jusque-là, ils avaient gardé leurs bombes pour les grandes villes.

La nuit tombait lorsqu'elle atteignit enfin le petit cottage. Le temps clair ne présageait rien de bon, car les pilotes allemands allaient pouvoir s'orienter d'autant plus aisément. La lune se levait à l'horizon. Au nord, le ciel au-dessus de Londres était constellé de ballons de barrage argentés qui s'illuminaient et rougeoyaient à intervalles réguliers, tantôt à cause des projecteurs, tantôt à cause des explosions. Alice posa sa bicyclette et se mit à scruter la campagne environnante à travers ses jumelles, à la recherche d'une source de lumière de nature à faciliter la tâche des pilotes – un rideau mal fermé, un feu automnal oublié, un distrait qui utiliserait une torche électrique ou un imbécile qui aurait allumé les phares de son auto. Même Sœur Tucker, l'infirmière, n'avait droit qu'à une toute petite lumière sur sa bicyclette, et elle préférait s'en passer, prétextant qu'elle y voyait mieux dans le noir.

Alice regarda vers les fenêtres du cottage, derrière l'hortensia à l'abandon, et constata avec agacement que sa mère n'avait pas tiré les rideaux comme elle aurait dû. Elle l'avait pourtant avertie, et à plusieurs reprises, que si elle oubliait de le faire et qu'elle allumait une lumière, elles pouvaient être arrêtées pour avoir aidé l'ennemi.

Elle se pressa d'entrer, espérant que sa mère était déjà à l'abri dans l'ancienne cave à charbon.

À l'intérieur, le couloir sombre sentait le navet bouilli.

« Maman ?

— Alice ? Où étais-tu donc passée ? Tu sais combien je suis inquiète quand tu es dehors à te balader. J'ai entendu les avions, ensuite la sirène. Je ne savais plus quoi penser ! À la T.S.F, ils n'arrêtent pas de parler de gaz toxique. »

Il y eut un bruissement lorsque Mme Osbourne se redressa sur le canapé, l'air grincheux, en cramponnant le plaid dont elle se couvrait quand elle faisait la sieste. Elle n'avait que cinquante-cinq ans mais ses problèmes de santé, réels et imaginaires, la faisaient paraître bien plus âgée.

« Quand ton père était en vie…

— Pas de gaz toxique ce soir, Maman. Sinon je ne serais plus là pour te le dire », l'interrompit Alice d'une voix forte, afin de couper court à la litanie de plaintes qui allait suivre. Elle savait qu'elle devrait porter son masque à gaz quand elle était dehors, mais elle aurait bien du mal à pédaler dans le village et jusqu'en haut de la côte avec. Quant à sa mère, elle refusait catégoriquement de mettre le sien. D'après elle, c'est ce qui provoquait ses crises.

Alice aida sa mère à se lever.

« Tout le village est en sécurité, bien au chaud dans les abris, et maintenant c'est à notre tour. Allez.

— Mais c'est si humide, en bas ! Je me demande ce que ton père aurait dit de tout ça. »

La mère d'Alice trouva ses pantoufles, les enfila et prit le bras de sa fille. De sa main libre, celle-ci attrapa le châle brodé qui était accroché dans le couloir où les cartons s'entassaient.

« Je serai bien contente quand cette guerre sera terminée, poursuivit Mme Osbourne de sa voix tremblotante, pour que tu puisses remettre les livres de ton père dans la cave. Ça dégagera le passage.

Cette maison est trop petite par rapport au presbytère, et vraiment, tous ces papiers dans le couloir… »

Allemands ou pas, sa mère ne se laisserait pas bousculer. Pour tout dire, elle donnait l'impression d'aller le plus lentement possible. Alice grinça des dents.

Elles finirent par atteindre l'escalier, et commencèrent à descendre les marches une à une. Dans la cave, Alice alluma la lanterne et installa sa mère dans le vieux fauteuil de son père. Puis elle alla s'asseoir sur une ottomane dont le tissu s'effilochait, et trouva un peu de couture à faire dans la corbeille à ouvrage qu'elle laissait là. L'endroit était exigu, leurs genoux se touchaient quasiment.

« Et comment le nouveau révérend se débrouille-t-il en cas d'alerte ? » demanda Mme Osbourne en arrangeant le châle sur ses épaules. Elle mettait un point d'honneur à ne pas l'appeler par son nom : il n'avait qu'à pas prendre la place de son mari.

— Le révérend Hammet a un de ces nouveaux abris en tôle. Un volontaire est venu du diocèse pour le monter au fond du jardin. Ils sont rigolos – ils ont une drôle de forme, comme une barrique avec le toit et les côtés en tôle, et il y a de la place pour deux lits superposés à l'intérieur, peut-être quatre en se serrant un peu. Ils sont plusieurs à en avoir dans le village, Albert Hawthorne et même Lady Marchmont. Les autres se servent de leur cave, comme nous. »

Alice se garda de préciser qu'il était devenu quasiment impossible d'accéder à l'abri du révérend à cause des ronces qui avaient envahi sa tentative de « Jardin de la victoire ». Il avait pourtant mis du cœur à l'ouvrage, mais c'était sans espoir : Oliver n'avait tout simplement pas la main verte. Voyant ce beau gâchis, il avait suggéré à Alice qu'il ferait peut-être mieux d'avoir des poules ou des lapins au lieu d'un potager. Quand elle lui avait répondu qu'une chèvre serait sans doute une meilleure idée, ils avaient éclaté de rire.

Depuis cet épisode, Oliver Hammet avait cessé d'être une source de gêne pour Alice. Les nombreuses procédures de défense passive les contraignaient à se croiser fréquemment, et elle s'était rendu compte qu'il avait beau être le plus gentil des hommes, jamais elle n'aurait de sentiments pour lui. Elle devinait que c'était réciproque. Elle savait que Nell Hawthorne caressait toujours l'espoir de les marier, mais Alice s'en moquait : quand elle allait à l'église désormais, elle se sentait à l'aise. Et mine de rien, c'était un soulagement. En revanche, cela ne servait à rien d'expliquer tout cela à sa mère.

« Et à part ça, quoi de neuf?

— Hum, voyons voir… Le gendarme Barrows m'a raconté qu'un commerçant de Lewes s'est fait prendre à vendre des œufs sans tickets de rationnement, et qu'il a bien failli aller en prison. Sinon, des bénévoles ont commencé à coudre une nouvelle bannière pour l'école du dimanche, et nous avons reçu un don de pelotes de laine, ce qui fait que nous allons pouvoir organiser des séances de tricot trois matins par semaine dans le salon du presbytère. On a décidé de commencer par des chaussettes pour les troupes. C'est dommage que tu ne puisses pas marcher jusque là, Maman, car Dieu sait si on a besoin de toutes les bonnes volontés. Tu te débrouilles bien, en plus. Tu aurais la fierté d'accomplir quelque chose d'utile pour nos soldats, et ça te ferait de la compagnie. »

Mme Osbourne s'était pincé les lèvres à la mention du presbytère. Elle garda un silence éloquent. Levant les yeux de sa couture, Alice changea vite de sujet.

« Les trois enfants évacués de Londres se sont bien adaptés pour leur premier jour d'école, vu les épreuves qu'ils ont traversées. Ils s'appellent Maude, Tommy et Kipper Johnson. Leur maison a été détruite et il était urgent de leur trouver un toit, alors Penelope Fairfax s'est sentie obligée de…

— Les loger dans sa propre maison, je sais, compléta Mme Osbourne. Avec seulement cette catin d'Américaine pour s'occuper d'eux. C'est à se demander ce que Penelope a dans la tête!

— Maman, je t'en prie ! rétorqua Alice en coupant son fil d'un coup de ciseaux furieux. Penelope a bien trop à faire à Londres pour s'inquiéter de ce qui se passe au village. Le Service Volontaire Féminin dont elle fait partie est sur le pont nuit et jour en ce moment, avec ces malheureux qui perdent tout dans les bombardements, sans compter ceux qu'il faut orienter vers les stations de métro en cas d'alerte. Ça doit être un cauchemar de maintenir l'ordre dans ces endroits confinés. Tous ces pauvres gens ! Effrayés, affamés, inquiets de savoir ce qu'ils vont retrouver quand ils ressortiront à l'air libre. Les mères sont séparées de leurs enfants et paniquent, les hommes en viennent aux poings dès qu'ils ont un peu bu, et d'après Penelope les toilettes se résument à un seau derrière un drap – les jours fastes. Une nuit, une femme a même accouché pendant l'alerte. Mais cette brave Penelope se contente de continuer sa mission sans se plaindre ! » Alice se mordit la lèvre, craignant d'être allée trop loin. Lorsqu'elle reprit la parole elle essaya de paraître enjouée, mais ce ne fut pas aisé.

« Alors tu vois nous avons de la chance d'être ici, Maman. En sécurité, pas d'incendies, pas de gaz toxiques, et jusque-là pas de bombardements. Il n'y a pas de quoi ronchonner. »

Sa mère se tut pendant quelques minutes bénies et Alice continua à coudre. Elle se sentait épuisée.

Enfin, sa mère s'éclaircit la voix et poussa un soupir sonore.

« L'heure du dîner est passée depuis longtemps. On aurait dû prendre un thermos de thé. Pourquoi faut-il toujours que tu oublies, Alice ? Je ne suis pas du genre à faire des jérémiades, mais…

— Tiens, prends un berlingot, Maman. ». Alice les gardait en réserve pour ce type d'urgence.

Le sol sous leurs pieds se mit à trembler. La côte aussi est attaquée ce soir, songea Alice. Mais qu'en était-il de ceux qui couraient tous les dangers en mer ? Aucun moyen de se réfugier dans une cave ou une station de métro. Seules les eaux glacées se dressaient devant eux. Lui arrivait-il de craindre pour sa vie ?

« Je ne comprendrai décidément jamais pourquoi Richard t'a abandonnée, Alice. Je ne sais tout simplement pas ce que ton père dirait s'il était encore en vie. Si ce goujat t'avait épousée comme il aurait dû, c'est dans la maison des Fairfax qu'on vivrait aujourd'hui, à la place de cette horrible femme et de cette bohémienne avec son sale gosse, commenta sa mère.

— Je te l'ai déjà dit cent fois Maman, Tanni n'est pas tzigane, elle est juive. Ce n'est pas du tout pareil ! Son mari est un professeur qui travaille pour le ministère de la Guerre en tant que traducteur, et elle n'avait pas d'endroit où vivre. Tu parles comme Lady Marchmont, parfois. C'est notre devoir de chrétiennes d'accueillir cette mère et son enfant, dont au passage elle s'occupe très bien. » Alice planta l'aiguille dans la bobine de fil avec une telle force qu'elle se cassa.

« Et voilà. J'ai raccommodé ta chemise de nuit, elle est comme neuve, annonça-t-elle en serrant les dents. Il faut savoir se contenter de peu, comme on dit !

— Je n'ai pas d'autre choix que de me contenter de cet affreux cottage, n'est-ce pas, vu que ton père nous a quittées trop tôt et que Richard nous a tellement déçues ? »

Alice ferma les yeux et pria en silence.

S'il vous plaît mon Dieu, faites que le signal de fin d'alerte sonne vite ou bien qu'une bombe tombe sur cette maison maintenant, pour abréger notre supplice. Amen.

12

Londres, février 1941

L'amiral Tudor Falconleigh posa le dernier rapport des renseignements sur son bureau jonché de dossiers et tourna son fauteuil vers la fenêtre. Il se frotta les yeux. Derrière les vitres crasseuses, Londres était en ruine. Il arrivait souvent que les rapports se contredisent entre eux mais la pile qu'il avait sur son bureau ne contenait aucune bonne nouvelle, seulement divers scénarios de l'invasion que tous au ministère redoutaient. Les gars de la Royal Air Force se battaient comme des lions contre la Luftwaffe, mais la note qu'il venait de lire était formelle : les Allemands étaient en train de développer un avion sans pilote.

Si c'était vrai, la fin n'était pas loin. L'amiral et la plupart de ses collègues étaient d'avis qu'une invasion par la mer était imminente, et ils auraient bien aimé que le Premier ministre se concentre sur la remobilisation et le rééquipement de l'armée régulière avant qu'il soit trop tard. Mais Churchill faisait une fixation sur la guérilla et les mouvements de résistance, sur le continent et à présent sur le sol britannique.

Il avait déjà ponctionné d'autres budgets pour permettre à Colin Gubbins de créer une nouvelle branche des services secrets, le S.O.E, ou *Special Operations Executive*, en vue de parachuter des agents britanniques derrière les lignes ennemies. C'est ainsi qu'il pensait apporter son soutien aux pays occupés. Seulement, c'était une perte de temps. La Résistance française était plongée dans le chaos : les communistes étaient en désaccord avec les maquisards, qui étaient en porte-à-faux avec les cellules locales, qui elles-mêmes n'arrivaient pas à s'entendre. Idem en Pologne et aux Pays-Bas. Et voilà que Churchill ordonnait à Gubbins d'ajouter encore à la confusion en mettant sur pied une résistance anglaise qui s'appuierait sur des commandos d'élite dénommés « Unités auxiliaires », lesquels seraient lâchés dans la nature afin de saboter l'avancée des Allemands *après* l'invasion.

L'amiral et Churchill s'étaient violemment opposés la veille à propos de ces commandos – les « Auxis », ainsi que le Premier ministre les surnommait. Ils suivraient l'entraînement du S.O.E et auraient les mêmes compétences : maîtriser la radiotélégraphie, poser des mines, se servir d'explosifs et tuer un ennemi en combat au corps à corps. Pour commencer, ils devraient faire appel à ceux qui n'étaient pas encore mobilisés pour une raison ou une autre : les conscrits réfractaires, les lycéens, les criminels et autres individus de cet acabit. Il y avait bien les exemptés de service militaire de par leur métier, comme les mineurs, les agriculteurs, etc., mais ils jouaient un rôle essentiel en nourrissant les citoyens et en faisant fonctionner le pays, et il s'agissait de ne puiser dans ce vivier qu'en dernier recours. Une fois entraînés, les Auxis devraient être armés pour, au final, hériter de ce qui ressemblait fort à une mission suicide. Dans sa tête l'amiral énuméra tous les arguments contre ce projet insensé, et décida qu'il tenterait une dernière fois de tempérer l'ardeur de Churchill.

Comme si cela ne suffisait pas, Frances faisait encore des siennes.

L'amiral aimait sa fille, mais il n'avait pas la prétention de comprendre les femmes. Encore moins Frances. Les filles étaient le domaine d'une mère. Malheureusement sa belle épouse française, qu'il n'avait jamais comprise non plus, était morte trois ans après leur mariage, lui laissant la charge de leur fille unique qui commençait tout juste à marcher.

Il n'y connaissait rien en enfants et jusqu'au décès de sa femme, Frances avait essentiellement vécu dans la nursery au dernier étage de leur maison, loin de sa vue. De temps à autre elle se rappelait à lui, lorsque par exemple il la croisait dans l'entrée, en partance pour le parc dans son landau. Après la mort de son épouse, toutefois, il avait senti qu'il était de son devoir de s'intéresser à elle. En visite à la nursery pour la première fois, il avait été décontenancé par ce petit ange en robe à smocks et souliers à boutons de perles, qui lui avait fait une colère de tous les diables car il ne lui avait pas apporté de bonbons. Il avait vite compris que cette créature était aussi délicate que têtue, aussi mignonne qu'intrépide. À la maison, Frances enjambait le pare-feu et grimpait à l'assaut de la bibliothèque, se faufilait dans les conduits de chauffage et jetait tout ce qui lui tombait sous la main dans les toilettes. Au parc, elle manquait de se faire mordre par les chiens dont elle venait de tirer la queue, et échappait fréquemment à la vigilance de sa nurse. Une fois, elle était même entrée dans la *Serpentine*, attirée par des canards – et un policier l'avait sauvée juste à temps d'une mort certaine par noyade.

Qu'elle soit trempée jusqu'aux os, transie de froid, griffée par le chat de la cuisinière ou couverte de bleus après une chute, Frances ne pleurait jamais. Mais si on osait la contrarier, elle se mettait dans une rage folle, jusqu'à ce que l'amiral lui impose le calme de sa voix de stentor. Pas intimidée pour un sou, Frances lui répondait en criant encore plus fort. Les nurses s'étaient succédé jusqu'à ce que, de désespoir, l'amiral se tourne vers sa vieille amie, Muriel Marchmont, qui était aussi la marraine de Frances. Elle lui conseilla de prendre une institutrice à domicile. Ce fut un fiasco comme le reste, et Frances fut ensuite envoyée dans plusieurs pensionnats choisis avec soin par Muriel. Mais l'amiral finissait toujours par trouver un courrier de la directrice en arrivant le matin au bureau. Chacune était au regret de lui annoncer que son établissement ne convenait pas à Frances, et le priait de bien vouloir la retirer. Toutes étaient d'accord sur deux choses : Frances avait de remarquables facilités lorsqu'elle daignait travailler, mais elle se lassait très facilement. C'était une enfant dissipée, un élément perturbateur qui enfreignait les règles ouvertement et encourageait ses camarades à en faire autant.

Tudor Falconleigh l'avait envoyée à l'institution pour jeunes filles en souvenir de sa défunte mère mais aussi, il fallait bien l'avouer, car personne d'autre ne voulait d'elle.

La dernière lettre de Muriel gisait depuis plusieurs semaines sur son bureau, et il avait presque l'impression que Lady Marchmont l'observait d'un air réprobateur. Il lui arrivait fréquemment de remettre à plus tard la lecture de ces missives car il ne se sentait pas de taille à affronter les méfaits de sa fille, et aussi parce que Muriel avait tendance à exagérer. Toutefois, il avait bien compris que Frances la submergeait complètement, et pris acte de sa suggestion de la marier. Une fois cela fait, elle serait la responsabilité de son époux.

L'amiral poussa un soupir et décacheta l'enveloppe. Il fut soulagé de découvrir que sa vieille amie pensait voir « une lumière au bout du tunnel ». Elle tenait même à faire savoir à son cher Tudor que sa fille était quasiment fiancée à Hugo de Balfort. Dans ces circonstances, écrivait-elle, il était impératif de faire venir Frances à Londres : « *Il est de ton devoir de père d'avoir une discussion sérieuse avec ta fille.* »

Le cœur de l'amiral se serra. Une « discussion sérieuse » avec Frances se terminait inéluctablement en dispute et en bouderies, et il devait la menacer de réduire sa rente ou pire, de lui couper les vivres. Mais si Muriel pensait qu'une conversation avec elle pouvait accélérer les choses, il était prêt à prendre ce risque. Il allait simplement devoir prendre garde de ne pas réveiller la rebelle qui sommeillait en elle, car alors elle ferait exactement le contraire de ce qu'il lui dirait. Il se contenterait d'évoquer l'aspect financier et laisserait l'organisation des noces à Muriel qui saurait quoi faire.

S'il avait bien compris, l'héritage de Frances avait de quoi intéresser les De Balfort qui, comme nombre d'aristocrates, étaient riches d'un patrimoine mais pauvres en liquidités. En échange, sa fille s'allierait à l'une des plus anciennes familles d'Angleterre et gagnerait un titre de noblesse.

Au moment où il allait appeler Frances, elle lui téléphona pour lui dire qu'elle comptait venir à Londres cette semaine et aimerait le voir. Cela tombait très bien.

« Déjeunons ensemble, ma chérie », répondit-il. En raccrochant il se dit que ce problème-là, au moins, était réglé.

Le jour J, il était tout à coup moins sûr de lui. Dans son bureau au ministère de la Guerre il observait Frances, assise face à lui sur une chaise peu confortable, jambes sagement croisées aux chevilles. Elle avait tellement l'air frivole et décalée par rapport à ses secrétaires en uniforme, occupées à taper des documents importants à quelques mètres de là. Elle portait un de ses chapeaux hors de prix avec voilette, un tailleur très chic, un boa en fourrure et des gants en cuir souple. Voyant son expression, elle s'exclama :

« Enfin, Père, je ne pouvais tout de même pas mettre ces pantalons informes qu'on nous fait porter à la ferme, pour venir en ville. De toute façon, ils sont couverts de boue. Et puis je voulais te faire bonne impression car j'ai quelque chose à te demander. »

L'amiral haussa les sourcils et la gratifia d'un sourire indulgent.

« Père, j'ai reçu une lettre officielle d'un dénommé Gubbins, qui dit te connaître et a entendu parler de moi. Je serais curieuse de savoir à quel propos, mais passons. Il me demande si cela m'intéresserait de travailler pour une cellule qu'il est en train de créer – pour effectuer des opérations de sabotage, soit ici le jour où les Allemands débarquent, soit derrière les lignes ennemies… »

La phrase de Frances mourut sur ses lèvres. Le silence s'installa dans le bureau, le genre de silence qui précède la tempête. *Père a l'air d'un volcan sur le point d'entrer en éruption*, songea Frances. Elle lissa sa jupe de ses mains gantées de cuir. Elle se doutait que ce serait une erreur de lui demander, mais lors de son entretien à Baker Street on lui avait rappelé qu'elle n'était pas majeure, et qu'elle devrait obtenir la permission de son père avant de s'engager. Cela allait lui demander un effort conséquent, mais elle était résolue à garder son calme.

L'amiral Falconleigh dévisageait sa fille, incrédule. Qui avait bien pu suggérer son nom ? Et pourquoi diable Gubbins voudrait recruter Frances ? Il n'y avait pas candidate plus improbable en Angleterre pour l'idée saugrenue de Churchill.

Peut-être s'était-elle portée volontaire – non : il ne voyait pas comment elle aurait pu entendre parler du S.O.E qui était une organisation secrète, ni des Unités auxiliaires qui étaient censées l'être deux fois plus encore. Il n'était pas sûr de comprendre dans laquelle des deux branches on voulait l'engager mais dans un cas comme dans l'autre, ce n'était pas comme si une petite annonce avait été passée dans le *Times*. L'amiral savait que le recrutement se faisait uniquement par le bouche-à-oreille. Qui, parmi ses connaissances, avait bien pu proposer le nom de Frances ? Ce qui était certain, c'est qu'on tentait de faire pression sur lui pour qu'il cesse de s'opposer au plan de Churchill.

« Frances, je te l'interdis ! Je leur parlerai personnellement si nécessaire. Ma fille n'ira pas…

— Oh oui, va leur parler, Père ! Peut-être arriveront-ils à te convaincre, si je n'y arrive pas, de l'utilité de ces agents secrets pour soutenir les Forces françaises libres et la Résistance.

— Ma chérie, tu ne sais absolument pas de quoi tu parles, mais sache que la Résistance et la cellule de Gubbins sont parfaitement inutiles. Quand De Gaulle se terre dans un pub de Soho pour faire des beaux discours à la radio, tu peux me dire à quoi cela sert, d'un point de vue militaire ? » L'amiral n'en dit pas plus. Frances ne saurait pas de quoi il parlait.

Il se trompait. Frances était sur le point de lui rétorquer :

« Je sais tout des Forces françaises libres et du pub parce qu'Evangeline Fairfax me l'a dit », mais pour une fois dans sa vie, elle se tut. Tant qu'elle n'aurait pas vingt et un ans, elle ne pouvait se passer de sa permission. Ce n'était pas le moment de le contrarier.

« On ne te propose pas une façon amusante de contribuer à l'effort de guerre. Sache que l'idée de Gubbins est une fumisterie qui ne fera que mettre des bâtons dans les roues des combattants en Angleterre.

— Au contraire Père, plus on avance dans le conflit, plus les gens vont trouver d'autres moyens de lutter, et ça m'a l'air bien plus efficace que de traire des vaches. Ils ont besoin de radios, de messagers, de...

— En mettant de côté le fait que ce projet est mal conçu, c'est dangereux et réservé aux hommes. Je suis contre les saboteurs et tous ces groupes de résistance. Ce ne sont rien d'autres que des mercenaires ! Des voyous ! Des assassins ! Ça ne se fait pas. C'est sournois. Comme je l'ai dit à Winston plusieurs fois, un gentleman ne se compromettrait jamais là-dedans. Mais bien sûr il ne m'a pas écouté. Il n'écoute personne. C'est déjà risqué pour les hommes, alors tu imagines bien que les femmes n'y ont pas leur place. C'est pour le moins inconvenant. De toute façon les filles sont bien trop émotives, elles seraient capables de craquer et de compromettre la mission. »

Frances prit une profonde inspiration et recommença.

« Certes. Mais Père, admets aussi que les filles savent très bien *seconder* les hommes pour ce qui est d'organiser les passeports et les cartes de rationnement, décoder les messages et ce genre de chose. Et moi je peux traduire pour eux. Ils ont dit qu'ils cherchaient des gens qui parlent français sans accent, et c'est mon cas, et…

— Comment savent-ils que ton français est parfait ? As-tu déjà parlé à ces gens derrière mon dos ? Je le dis et le répète, ma fille n'intégrera pas le S.O.E, ni ces fichus Auxis ou je ne sais quoi !

— Mais Père, il n'y a que là où je pourrai vraiment être utile – sois raisonnable ! Je t'en prie, écoute-moi ! Ils savent que mon français est parfait parce qu'effectivement, je suis allée les voir aujourd'hui et cet homme charmant m'a posé des questions dans cette langue toute la matinée. Il m'a dit qu'il était terriblement impressionné.

— Pour la dernière fois, c'est hors de question ! Tu n'es pas majeure et c'est moi qui décide.

— Oh, la barbe ! » Frances avait une furieuse envie de trépigner, mais elle resta assise.

« J'ai vingt ans ! Si j'avais été un garçon ça fait longtemps que j'aurais fait ma part en pilotant des Spitfire ou des Hawker Hurricane. Les *Land Girls* c'est bien joli, mais je croyais qu'on s'amuserait quand je me suis engagée avec Elsie, la petite bonne de Tante Muriel. Alors que c'est tellement assommant de donner à manger aux cochons et d'arracher des patates toute la sainte journée. Je n'en peux plus d'être crottée tout le temps. Et je déteste traire les vaches. Elles ne m'aiment pas et n'arrêtent pas de me mettre des coups de sabot. J'ai l'impression de perdre mon temps là-bas. Je sais que je peux faire plus – je le sais. »

L'amiral commençait à perdre patience. Il avait un million de choses à faire et Frances se braquait, comme d'habitude lorsqu'elle s'était mis en tête de faire quelque chose. Mais il n'en était pas question. Elle allait rester à Crowmarsh Priors, et il ferait tout pour s'en assurer. Muriel avait raison. Plus vite sa fille se marierait, mieux ça vaudrait.

« Je ne t'ai pas demandé de venir à Londres pour discuter de ces sornettes, mais pour une tout autre raison », commença-t-il. Frances ouvrit la bouche et ses yeux prirent une lueur menaçante, annonciatrice de dispute, mais elle ne dit rien. L'amiral continua :

« En tant que membre du cabinet de guerre, j'insiste pour que tu rendes service à ton pays en poursuivant ton œuvre au sein des *Land Girls*. En tant que père, je te dis la même chose. Et maintenant, le sujet est clos. Bien. Ta marraine me dit que tu fréquentes beaucoup un certain jeune homme qui s'appelle Hugo de Balfort si je ne m'abuse. Il fait partie de la génération montante d'après Muriel, et…

— Oh, Père, c'est vraiment trop démodé de dire ça ! Mais j'ai du mal à saisir pourquoi Tante Muriel t'a parlé de lui. C'est juste un copain.

— Vraiment ? À l'en croire, il t'a quasiment demandée en mariage.

— Cette vieille fouine, il faut toujours qu'elle se mêle de ce qui ne la regarde pas !

— Ceci étant, l'interrompit-il en levant la main, nous parlons là d'une très bonne famille. Leander a quand même épousé la petite-fille d'un comte, n'est-ce pas ? L'aristocratie terrienne est l'espoir de la nation, surtout en ce moment. Ta marraine a tout à fait raison sur ce point. Je crois comprendre que c'est à cause de sa santé si Hugo n'est pas dans l'armée, mais que rien ne l'empêche, euh… de se marier et d'avoir des enfants.

— *Quoi* ? »

L'amiral comprit qu'il était en mauvaise posture.

« Muriel a dû penser qu'il valait mieux, euh… jouer cartes sur table avec Leander. Elle lui a demandé de but en blanc quel était l'état de santé d'Hugo, concrètement. Enfin, et bien, au sujet des bébés, tu comprends, des enfants, bref, euh… ce genre de chose… Muriel, à n'en pas douter… Visiblement, Leander lui a assuré… et naturellement elle lui a également dit que tu n'avais pas de problème… que tu pouvais… hum… des fils, bien entendu… afin que la lignée des De Balfort ne disparaisse pas. »

Frances était trop atterrée pour répliquer. Son père, rouge comme une tomate, se mit à fixer un point derrière elle.

« Le titre, le château – primordial – ça doit rester dans la famille. Tes noces, une étape importante… Grande responsabilité. Et, et, bafouilla-t-il, les enfants évidemment, mais nous l'avons déjà évoqué, et puis il y a la question de l'argent. »

L'amiral, soulagé, sentit qu'il avait évité de peu le naufrage.

« Ton argent. Pour être plus précis, celui de ta mère. Il y en a beaucoup. Nous n'avons pas encore parlé du contrat de mariage mais il va falloir y penser, et je vais demander de ce pas à mes avocats d'y réfléchir, car quand on est amoureux, on est trop occupé pour se soucier de cet aspect-là… »

L'amiral se tut. Frances ne lui donnait pas exactement l'impression d'être amoureuse. L'expression sur son visage le dissuadait même de terminer son discours. *Que Dieu vienne en aide à son futur mari*, songea-t-il. Sur ce, on frappa et la porte s'ouvrit brusquement. Un bruit de machines à écrire s'élevait de la pièce d'à côté.

« Pardonnez-moi, amiral. ». La secrétaire lui tendait une liasse de télégrammes. « C'est urgent. »

Elle fronça les sourcils en voyant Frances qui semblait dire : « Qu'est-ce qu'elle fait ici celle-là, pomponnée comme pour aller au bal ? On a d'autres chats à fouetter, nous. »

Soulagé, l'amiral reporta son attention sur la guerre.

Pendant que son père s'affairait à dicter des dépêches et à aboyer des ordres au téléphone, Frances tapait du pied nerveusement tout en regardant par la fenêtre le ciel gris et la ville en ruine. Mince alors ! Pourquoi cette fichue Tante Muriel devait toujours se mêler de la vie des autres ? Sa façon d'agiter Alice Osbourne sous le nez d'Oliver Hammet était déjà suffisamment maladroite comme ça. Mais se permettre d'écrire à Père au sujet d'Hugo et de leurs… facultés de reproduction respectives ? Comment osait-elle !

Par-dessus tout, Frances était irritée de voir que son attitude avait prédisposé sa marraine à croire qu'Hugo et elle flirtaient. Le père d'Hugo, ce cher Leander, avait toujours été d'une extrême gentillesse avec elle, et c'était un vieil ami de Tante Muriel, alors peut-être s'étaient-ils monté la tête. Frances comprenait que dans sa situation, Hugo se sente obligé d'épouser une fille au plus vite et de donner un héritier à sa famille, seulement elle trouvait ses amis bien plus intéressants. Hugo avait beau être bel homme, il était ennuyeux à mourir.

Et puis la vie à Glebe House était tellement monotone, aussi. Il est certain que Frances avait trouvé la solution de facilité, pour échapper à la surveillance de sa marraine, en se faisant accepter dans cette bande d'amis qui passaient leur temps à s'amuser, chasser, jouer au tennis et au bridge, dîner, boire des cocktails et foncer à Brighton sur un coup de tête pour aller danser. Mais cette bande de joyeux lurons, essentiellement de petits aristocrates et des artistes qu'Hugo avait rencontrés lors de son Grand Tour, s'était dispersée avec la guerre. Les journées d'Hugo étaient désormais consacrées aux récoltes et au bétail, et en gros, Frances était devenue un de ses ouvrières agricoles. Il n'y avait jamais eu entre eux « ce genre de chose », comme disait Elsie.

Pour autant, à bien y réfléchir, elle croisait Hugo plutôt souvent à la ferme – quasiment tous les jours, en fait. Et il s'arrêtait à chaque fois pour lui parler. Elle avait toujours cru que c'était par pure amitié – ce serait-elle trompée ?

Frances ne pensait pas qu'Hugo était amoureux d'elle, ni qu'il avait envie de l'épouser, seulement si son père s'était mis le contraire en tête, elle ne voulait surtout pas l'encourager. De toute façon, depuis la lettre de Colin Gubbins et l'entretien qu'elle avait eu, elle ne pensait plus qu'à intégrer les Unités auxiliaires. Ça avait l'air tellement passionnant. Les deux hommes et la femme qui l'avaient reçue lui avaient même demandé comment, à son avis, les femmes pourraient être employées au mieux au sein de l'organisation.

Frances avait répondu en toute sincérité que de bien des façons, elles pouvaient leur être plus utiles que des hommes, car les femmes sont des caméléons : il était si facile de changer leur allure en modifiant la coupe de cheveux ou le style d'habits. En s'y prenant bien, une fille pouvait avoir l'air d'avoir quinze ans et le lendemain cinquante, d'être enceinte, grosse, mince, laide, jolie ou même malade, alors que les hommes étaient plus difficiles à grimer. Et puis, d'après son expérience, les hommes ne croyaient pas les femmes capables de faire des choses vraiment importantes, donc elles se feraient moins remarquer et seraient moins susceptibles de se faire pincer. Sans compter, bien entendu, qu'elles savaient mener les hommes par le bout du nez. Même les Allemands.

En fait, avait-elle ajouté en prenant un air rusé, c'était un jeu d'enfant pour elle, sauf quand il s'agissait de son père. Le petit homme en face d'elle avait éclaté de rire en entendant cela, et répliqué qu'elle était en effet très douée. Sa collègue lui avait rappelé que pour l'instant, les femmes recrutées dans les Unités auxiliaires n'étaient pas envoyées derrière les lignes ennemies. Le petit homme avait repris son sérieux et rétorqué que cela pouvait fort bien évoluer…

Ils avaient fait une remarque sur sa tenue – venait-elle de Paris ? Pouvait-elle leur exposer les principales différences entre vêtements français et anglais ? Par exemple, qu'est-ce qu'une paysanne porterait ? Ou bien une mère au foyer allant faire ses courses en ville ? Frances leur avait donné un cours magistral sur les subtilités de la mode française, puis leur avait expliqué comment les femmes marchaient là-bas, portaient le chapeau, parlaient à leur mari et leurs enfants, ce qu'elles avaient dans l'assiette et même dans la tête.

« Très observatrice », avait commenté le petit homme d'un air approbateur, tout en prenant des notes. Et *quid* de sa santé, avait-elle des problèmes graves à signaler ? Savait-elle faire du vélo ? Pensait-elle pouvoir apprendre à survivre seule en rase campagne ?

Bien sûr qu'elle savait faire du vélo ! Elle n'était jamais malade. Quant au reste... Après y avoir réfléchi, Frances avait fait un grand sourire et répondu qu'en toute probabilité, elle y arriverait. Elle avait une bonne amie dans son village qui braconnait souvent quand elles étaient à court de provisions, et il n'y avait pas meilleur qu'elle pour prendre au piège des lapins, des pigeons et même des faisans.

— Vous braconnez, Miss Falconleigh ? »

Frances s'était penchée au-dessus du bureau et l'avait regardé droit dans les yeux.

« Pas encore, mais je peux apprendre. Si j'attrape une paire de faisans pour vous, vous m'engagez ? »

Le petit homme avait ri à gorge déployée.

« Eh bien, vous êtes *vraiment* déterminée ! Si l'amiral ne donne pas son consentement, nous vous trouverons autre chose à faire. »

Frances avait hoché la tête.

« Marché conclu », avait-elle dit en lui tendant la main.

Il l'avait prise de bon cœur.

« Marché conclu, mais seulement si vous m'amenez ces faisans. »

Frances lui avait précisé qu'elle aurait vingt et un ans en novembre. Peut-être que d'ici là, ils autoriseraient les femmes à aller derrière les lignes ennemies. Comme c'était excitant.

L'amiral était toujours occupé. Frances jeta un coup d'œil à sa montre. Elle pensa à Evangeline, et combien il était utile d'avoir une amie comme elle qui avait toutes sortes de talents surprenants. Si quelqu'un était capable de survivre seule à la campagne, c'était bien elle. Au début Evangeline lui avait paru bizarre avec sa voix traînante et ses manières indolentes, mais en même temps Frances n'avait jamais connu d'Américaine, et puis lorsqu'elle avait vu que Tante Muriel la détestait si cordialement, Frances avait eu encore plus envie de se lier d'amitié avec elle. Régulièrement, Evangeline mettait la veste en coton huilé de Richard, empruntait un des fusils de la *Home Guard* et allait chasser. Elle ramenait des pigeons – elle appelait ça des colombes – et même des faisans pour tout le village. Quand Frances lui avait dit que ce n'était pas bien de braconner, Evangeline avait haussé les épaules, l'air serein. Le gibier n'était pas rationné, et les villageois étaient bien contents d'avoir de la viande dans l'estomac.

Frances avait été épatée de découvrir que son amie n'était pas seulement bonne à la chasse : elle savait aussi préparer un festin à partir de trois fois rien. Elle prenait des petites branches de pommier humides quand elle faisait griller les pigeons et les lapins à la broche, pour les parfumer. Elle savait aussi faire pousser les légumes et élever des poules, et comme les œufs n'étaient pas rationnés – du moment que c'était une production personnelle – il y avait toujours de la mayonnaise pour accompagner les artichauts qui venaient du jardin. Elle faisait des pommes et des poires au four avec du miel… Là d'où elle venait, Evangeline disait que tous les hommes ramenaient du gibier, et que les filles apprenaient à faire la cuisine avant de se marier, pour pouvoir ensuite vérifier que les domestiques s'y prenaient correctement. L'estomac de Frances se mit à gargouiller. Elle n'avait pas eu le temps de prendre de petit-déjeuner, et cela faisait bien longtemps que la boîte à biscuits était vide. Elle espérait bien que Père n'avait pas oublié le déjeuner qu'il lui avait promis.

Enfin l'amiral en termina avec les télégrammes, et la secrétaire les remporta. Frances recommençait à s'agiter. Il l'emmènerait déjeuner, puis la ramènerait à la gare. Avant la guerre ils seraient allés au Savoy, ou même au Ritz. Ils auraient pris un verre de sherry.

Des huîtres. Du poulet rôti. Un diplomate en dessert. Un bon bourgogne. Mais à cause du rationnement la nourriture était épouvantable partout désormais, alors autant faire un saut dans un de ces nouveaux restaurants anglais. Il savait qu'ils devraient se contenter d'une soupe, d'une purée aux choux et à la viande hachée, et d'un dessert imbibé de crème qui aurait goût d'œuf en poudre, mais comme ça, ils seraient ressortis en moins de deux et il pourrait retourner à son travail. Ah, les filles ! Quelle perte de temps pour un père. Plus vite elles se mariaient, mieux c'était.

13

Crowmarsh Priors, mars 1941

En général, c'étaient les pleurs de Johnny qui réveillaient Tanni, mais ce matin-là, ce fut un couple de geais occupés à jaser dans le poirier devant sa fenêtre. Encore tout endormie, elle se leva et enfila la robe de chambre qu'elle avait confectionnée à partir de vieilles serviettes dont Evangeline voulait faire des chiffons. Elles s'effilochaient un peu sur les bords mais étaient d'un joli bleu pâle, et en prenant son manteau comme patron, Tanni s'était fabriqué un vêtement fonctionnel et agréable à porter, avec de larges revers aux poignets, des poches profondes et une ceinture qui venait souligner sa taille. Elle avait dû se contenter de fil blanc pour les coutures mais grâce à Frau Zayman, qui lui avait appris à faire les points les plus fins possible, cela ne se voyait quasiment pas.

« C'est ravissant ! s'était exclamée Evangeline. Moi, je n'ai jamais eu la patience de coudre. À l'école où j'étais, les sœurs n'arrêtaient pas de déchirer mes ourlets pour m'obliger à tout recommencer. »

Toute fière, Tanni avait proposé de lui en faire une aussi. Elle était heureuse de pouvoir enfin la remercier pour son hospitalité. Quelques jours plus tard, Evangeline portait une élégante robe de chambre rose qui avait jadis été le couvre-lit de Penelope Fairfax. Elle était tellement aux anges que Tanni en avait profité pour lui demander la permission de piocher dans les cartons de vêtements et de linge de maison entassés au grenier.

« Prends tout ce que tu veux. Autant que ça serve à quelque chose », avait répondu Evangeline.

Le gouvernement insistait sur l'importance d'éviter le gaspillage, et tout ce qui avait un rapport avec la confection était devenu une denrée rare – des aiguilles aux boutons – en passant par les patrons et les fermetures Éclair. Le bruit courait que les vêtements allaient bientôt être rationnés, au même titre que la nourriture. Récupérant tous les bouts de tissus qu'elle put trouver, Tanni fit des dessous pour elle et des habits pour Johnny qui grandissait trop vite pour les porter bien longtemps. Bientôt, tout le monde au village sut que Tanni pouvait faire des prodiges avec la première guenille venue, et elle se retrouva avec une liste sans cesse renouvelée de commandes. Elle dénicha un panier en osier pour y mettre son matériel, le tissu et un petit carnet dans lequel elle notait les mesures des gens. Pour ses patrons, elle se servait des journaux qu'Albert Hawthorne lui apportait lorsqu'il avait fini de les lire. Les femmes venaient la voir avec de vieilles robes qu'elles souhaitaient mettre au goût du jour, élargir ou égayer un peu avec de nouveaux cols et poignets ; avec les pantalons de leurs maris, dont les poches ou le fond avaient besoin d'être raccommodés ; avec les vêtements de leurs enfants, qu'il s'agissait de reprendre pour les faire durer un peu. Tanni confectionna même deux jolies robes à smocks pour un baptême. En paiement ses clientes lui donnaient de l'argent si elles en avaient, sinon des pots de confiture, des tourtes, des fruits, des légumes. À l'automne précédent, la femme du gendarme Barrows lui avait commandé trois robes de grossesse, quelques grenouillères et des langes, et elle l'avait dédommagée avec deux précieuses poules pondeuses données par sa mère, qui vinrent doubler les effectifs de la basse-cour d'Evangeline.

Cette dernière était reconnaissante à Tanni de contribuer ainsi à la bonne marche de la maison. Quelques années plus tôt, lorsque Tante Celeste avait tenté de lui inculquer des préceptes à ce sujet, elle avait cru mourir d'ennui. Mais à présent elle la bénissait, et s'évertuait à appliquer ce qu'elle avait appris – de toute façon, tant que Laurent ne lui donnait pas le feu vert, elle était coincée à Crowmarsh Priors, et il fallait bien manger. Maude, Tommy et Kipper avaient un appétit d'ogre, et Evangeline avait beau être pleine de ressources pour faire durer les rations, c'était un casse-tête quotidien de nourrir quatre enfants et deux adultes – parfois quatre, lorsque Frances et Elsie se joignaient à elles. Et puis, braconner ou ramasser les légumes au potager avait l'avantage de lui faire oublier Laurent.

Tanni voyait bien qu'elles faisaient toutes de leur mieux pour aider : Evangeline pour mettre de quoi manger sur la table, Elsie et Frances à la ferme De Balfort, Alice avec sa collecte de vêtements pour les réfugiés, son cercle de tricot et les cours de secourisme qu'elle donnait en plus de ses heures à l'école. Elle était contente de pouvoir se rendre utile, elle aussi. Son visage avait retrouvé des couleurs et quand elle se réveillait, elle se sentait prête à affronter la journée, car elle était une adulte et non plus une adolescente effrayée ; elle avait un enfant à élever et des tâches qui l'attendaient.

Elle raviva la braise dans la cheminée avec le tisonnier, remit une bûche, changea Johnny et alla à la fenêtre pour observer le long jardin à l'arrière de la maison. Juste avant de se faire enrôler à l'automne précédent, le fils du boucher avait aidé Evangeline à arracher les fleurs et les arbustes afin de planter des choux verts, des choux de Bruxelles et des poireaux en rangées bien droites. Seulement ils avaient dû rater quelques bulbes ici et là, car des crocus et des jonquilles aux couleurs éclatantes avaient poussé entre les légumes. Elle le remarquait seulement maintenant. Elle les montra du doigt à Johnny puis retourna au lit avec lui, rabattit les couvertures et chanta une berceuse dans la douce chevelure de son fils. Johnny se mit à faire des bulles et à gigoter en tous sens.

Oh, elle était si heureuse ! La veille, elle avait eu la surprise de recevoir un télégramme de Bruno. On lui avait donné deux jours de congé pour Pessah, la pâque juive, et il venait le matin même les chercher pour les emmener à Bethnal Green, car la famille Cohen les invitait tous trois à la passer avec eux. Elle n'avait vu son mari qu'à deux reprises depuis son départ de Londres, se rendant en train jusqu'à Cambridge avec Johnny, et au bout de quelques heures Bruno avait dû s'excuser – le devoir l'appelait. À chaque fois, elle s'était sentie plus seule que jamais en rentrant au village. S'il vous plaît, songea-t-elle, faites que Bruno puisse profiter de son congé cette fois-ci. Il lui téléphonait dès qu'il pouvait, mais cela faisait si longtemps qu'ils ne s'étaient pas vraiment retrouvés.

Elle avait aussi hâte de voir les Cohen. On les avait internés dans un camp sur l'île de Wight, mais ils avaient fini par être autorisés à repartir chez eux le jour où un tribunal avait décidé qu'un vieux rabbin et son épouse n'étaient sans doute pas de dangereux espions à la solde des Allemands. Les Cohen étaient soulagés d'être rentrés, mais cette expérience les avait traumatisés. Tante Berthe n'arrivait pas à comprendre le raisonnement des autorités : comment des Juifs auraient-ils pu être des agents nazis ? La lettre que Tanni leur avait envoyée pour dire que tout le monde était très gentil avec Johnny et elle dans le Sussex, leur avait un peu remonté le moral.

Le bébé avait tout de suite plu à Evangeline, et sous ses airs autoritaires, Alice s'était montrée accueillante, venant voir si elle n'avait besoin de rien, lui apportant une fois des brochures sur les vertus du jus d'orange et de l'huile de foie de morue, une autre fois un manuel de grammaire anglaise. Tanni avait eu amplement l'occasion de remarquer l'antipathie de la seconde pour la première. C'était à peine si les deux se parlaient. Dans les semaines qui avaient suivi son arrivée, Tanni s'était donné beaucoup de mal pour ne froisser personne, et la mélancolie qui s'était si fréquemment emparée d'elle après la naissance de Johnny n'était jamais bien loin. Le manuel de grammaire et les brochures avaient commencé à prendre la poussière sur la table de nuit, et elle devait se forcer pour donner à Johnny son jus d'orange quotidien. Sœur Tucker, qui venait lui rendre visite aussi souvent que son emploi du temps le lui permettait, avait bien tenté de la rassurer en expliquant qu'il était courant pour une jeune mère de ressentir cela, mais Tanni était convaincue que ce devait être sa faute si elle avait le cafard.

Et puis elle avait fini par s'adapter, et était allée de mieux en mieux, à tel point qu'elle se sentait presque comme avant. Johnny était en bonne santé. Elle avait trouvé des amies en Evangeline et Alice, même si elles n'avaient pas d'atomes crochus. Et elle avait de quoi s'occuper. Elle déposa un baiser sur la photo de ses proches qu'elle avait calée contre le miroir. Puisqu'elle allait à Londres, elle allait pouvoir demander à Rachel où ses parents et les jumelles se trouvaient en Angleterre. Ils seraient bientôt réunis, ce n'était qu'une question de temps. Elle était si excitée à l'idée de revoir Bruno qu'elle ne put quasiment rien avaler. Après le petit-déjeuner, Evangeline emmena Johnny à l'école avec les autres enfants afin de lui laisser le temps de se préparer. Mais à peine étaient-ils partis qu'on sonna. C'était Alice, elle-même en chemin pour l'école. Elle lui tendit un paquet enveloppé dans du papier kraft. En l'ouvrant, Tanni découvrit un chandail et un bonnet qu'Alice avait faits pour Johnny, en puisant discrètement dans le stock de laine de son cercle de tricot. Tanni la prit dans ses bras et la remercia avec effusion.

Dès qu'elle fut seule, elle se fit couler un bain, en prenant garde de remplir la baignoire de dix centimètres seulement, jusqu'à la marque faite par Evangeline. Puis, enveloppée dans sa robe de chambre bleue, elle se lava les cheveux et les rinça avec du vinaigre pour les faire briller.

Au retour d'Evangeline, elle était en train de les faire sécher devant la cuisinière. La sonnette retentit de nouveau. Cette fois c'était Frances, dans son uniforme des *Land Girls*. Elle lui tendit une jolie boîte qui venait d'un couturier français, vu le nom imprimé en lettres dorées dessus.

« Pour moi ? » demanda Tanni, incrédule. Frances était pour elle une femme si distinguée qu'au-delà des politesses habituelles, Tanni s'était toujours sentie trop timide pour lui adresser la parole. Mais Frances acquiesça en souriant, alors Tanni la remercia, ouvrit la boîte et poussa un cri de joie. À l'intérieur, enveloppés dans du papier fin, se trouvaient un peignoir en soie couleur crème et le négligé qui allait avec, orné de dentelle et de larges rubans en satin.

« Histoire de remonter le, hum, moral de Bruno, ma belle, commenta Frances en prenant un air malicieux. Tiens, essaie le peignoir – c'est parfait, je le savais ! Cette couleur te va à ravir, avec tes cheveux bruns. En plus, veinarde, poursuivit-elle en lui faisant un clin d'œil, tu as plus de poitrine que moi. »

Tanni piqua un fard : le décolleté du négligé était effectivement plongeant.

« J'ai pile ce qu'il faut pour aller avec », s'exclama Evangeline avant de monter dans sa chambre au pas de course. Elle revint avec un flacon de parfum français.

« Schiaparelli », précisa-t-elle.

Lorsque Tanni se souvint qu'un flacon similaire trônait autrefois sur la coiffeuse de sa mère, le nuage noir se remit à planer au-dessus d'elle, mais elle refusa catégoriquement de voir la journée gâchée par ses sombres pensées. Elle en mit quelques gouttes sur le poignet.

« Mais Bruno ne va pas me reconnaître ! » s'exclama-t-elle en pouffant.

Ayant revêtu sa plus belle robe, se sentant propre et comme une nouvelle femme, Tanni se rendit dans le petit salon baigné de soleil pour mettre ses cadeaux dans le sac en tapisserie, avec quelques habits de rechange pour Johnny, des couches, des jouets.

« Une bien belle maison, ma foi ! » dit soudain une voix masculine derrière elle.

Johnny, qui s'apprêtait à ramper sous le canapé à la recherche du chat, marqua une pause pour regarder l'inconnu. Puis il alla vite se réfugier dans les jupons de sa mère.

Tanni observa la silhouette trapue et vaguement familière de l'homme à lunettes, qui avait enlevé son manteau et était en train de faire des grimaces à leur fils. Brusquement intimidée, elle aurait bien aimé pouvoir se cacher, elle aussi. Et puis Bruno se pencha pour caler un Johnny interloqué sur son bras droit, et serrer fort Tanni de son bras gauche. Il lui planta un baiser sur la joue.

« Enfin vous voilà, dit-il. Ma famille !

— Bruno ! »

Ils avaient passé si peu de temps ensemble en tant que mari et femme qu'elle se considérait davantage comme une mère. Elle allait devoir réapprendre à être une épouse. Oh ! comme elle aima cette musculature ferme sous la veste en tweed rêche.

Johnny se tortilla, le chat décampa, et Bruno fit passer son fils par-dessus son épaule. Cela fit rire le petit garçon qui commença à se débattre comme un beau diable. Tanni protesta en disant qu'il allait le faire vomir, alors Bruno sortit un berlingot de sa poche et le fourra dans la bouche ouverte du bambin. Le silence se fit et Tanni, ne sachant quoi dire, entreprit de refaire les bagages. Plusieurs fois.

« Toutes ces choses, constata Bruno en voyant la pile posée sur le canapé.

— Si tu savais comme tout le monde est gentil, ici. Mon amie Alice, la maîtresse d'école, a tricoté ça. »

Elle déplia le chandail dont Alice venait de lui faire cadeau, révélant un bras plus long que l'autre. Bruno haussa un sourcil interrogateur et elle s'esclaffa.

« Et puis le gendarme, comme il va bientôt être papa, il a sculpté des animaux en bois et il en a fait quelques-uns en plus pour Johnny. Evangeline lui a offert une courtepointe avec l'alphabet brodé dessus, et elle est même allée chercher au grenier le lit d'enfant qui était autrefois à son mari, rien que pour Johnny. Il y a des petits lapins rouges dessus, et…

— Oh, Tanni ! » l'interrompit Bruno en la prenant dans ses bras. Il se mit à lui parler à voix basse et la jeune femme oublia tout, jusqu'à ce que du coin de l'œil elle repère Johnny juché sur un guéridon. De ses mains poisseuses il avait attrapé une figurine en porcelaine de Limoges qu'il lorgnait depuis des semaines. Il avait la bouche grande ouverte et était sur le point de mettre à l'épreuve ses deux quenottes sur le jupon de la bergère – mais Tanni intervint à temps.

Au même moment, l'auto noire qui avait déposé Bruno une demi-heure plus tôt se gara le long du trottoir. Le chauffeur avait dû en profiter pour prendre quelqu'un au village, car ils étaient deux à l'avant. Tanni se rendit à la cuisine pour prendre le panier contenant une douzaine d'œufs et un pot de miel, ainsi qu'un bouquet de jacinthes pour Tante Berthe. Elle embrassa Evangeline, puis coiffa son chapeau. Pendant que le chauffeur mettait les bagages dans le coffre, Bruno et elle prirent place à l'arrière, calant Johnny entre eux et les précieux œufs sur ses genoux. Enfin, ils se mirent en route.

C'était le jeune homme logé chez le gendarme Barrows qui était sur le siège passager, mais la vitre entre eux étant remontée, Tanni n'entendit pas ce qu'ils disaient. De profil, il lui faisait penser à ce petit animal, le furet, mot qu'Alice lui avait appris à prononcer en anglais. À plusieurs reprises il se retourna pour faire un clin d'œil à Johnny, alors Tanni lui sourit. Elle savait qu'il s'appelait Bernie. Elsie parlait souvent de lui quand elle leur apportait des pommes de terre et de temps en temps des denrées illicites, comme du bœuf ou du poisson en boîte, qu'elle échangeait contre une des fameuses tourtes à la viande d'Evangeline.

Tanni avait tant de choses à raconter à Bruno sur sa vie à Crowmarsh Priors dès qu'ils seraient seuls. Seuls ! Un frisson la parcourut. La campagne verdoyante défilait sous leurs yeux, et il la relaya pour distraire Johnny en lui montrant les vaches en train de paître dans les prés. Elle regarda son mari à la dérobée, se demandant s'il était aussi excité qu'elle à mesure qu'ils approchaient de Londres.

Lorsque l'auto entra dans Bethnal Green, avançant au pas entre les trous béants où jadis se dressaient des immeubles, le ciel s'était couvert et le cœur de Tanni se serra en voyant l'ampleur des destructions causées par les Allemands depuis son départ. Le rabbin les accueillit. Il avait vieilli. Tante Berthe étreignit longuement Tanni, avant de s'extasier sur Johnny et de pousser un cri de joie en voyant les œufs, le miel et les fleurs.

À l'intérieur flottait une délicieuse odeur de soupe, de gâteau… et d'épices. Tanni renifla. De la cannelle. Elle ferma les yeux et revit la table dressée la veille de Pessah chez ses parents, avec la plus belle nappe et la plus belle vaisselle de la maison ; pendant des jours entiers la cuisine était en effervescence, et sa mère orchestrait le tout d'une main de maître. À ce stade, Frau Anna et les autres domestiques auraient été renvoyées chez elles, épuisées après le grand nettoyage de printemps qu'elle leur aurait fait faire, et Frau Joseph, enveloppée dans un tablier blanc, serait en train de couper, hacher et mettre au four, tout en offrant aux jumelles un bol de fruits secs et en montrant à Tanni quel ingrédient ajouter dans quel plat pour le relever à la perfection, comment obtenir de fins quartiers de pommes ou encore râper le raifort.

Tanni ouvrit les yeux. Tante Berthe lui tendait un plat de *matsa* sucrée, le pain azyme qu'on mange ce jour-là, et de biscuits aux amandes. Elle en prit un et le cassa pour en donner un morceau à Johnny.

« Ça sent si bon, lui dit-elle. Merci beaucoup de nous avoir invités. »

La table avait été mise au salon et la rallonge sortie, de façon à recevoir le plus d'invités possible, et pour l'occasion, Tante Berthe avait sorti une nappe brodée, son service en porcelaine et des verres en cristal. Derrière les bonnes odeurs de cuisine, Tanni décela celles de l'eau de Javel et du linge fraîchement repassé. Le rabbin venait de s'enfermer dans son bureau avec Bruno. Tanni sentit qu'elle se détendait. Elle se mit à penser à ce qui arriverait lorsqu'elle se retrouverait seule avec son mari et qu'elle enfilerait le négligé en soie. Et bientôt, elle eut le plus grand mal à penser à autre chose.

Tante Berthe trouva Tanni resplendissante. La dame du Service Volontaire Féminin avait bien fait de l'envoyer vivre à la campagne. La dernière fois qu'elles s'étaient vues, dix-huit mois plus tôt, Tanni n'était plus que l'ombre d'elle-même, affolée à l'idée de quitter Londres alors que sa famille pensait la trouver là.

« Viens, mon ange, je vais te montrer où tu dors ce soir. »

Elle la guida dans un escalier qui menait à une toute petite chambre sous les combles. Dans sa gentillesse, elle avait eu l'idée de mettre ses plus beaux draps en lin brodé (qui traditionnellement servaient pour la nuit de noces) sur deux lits étroits, qu'elle avait rapprochés afin d'en faire un grand, et de placer le berceau de Johnny sur le palier devant la porte. Tanni caressa les draps.

« Quel bel ouvrage, ça me fait penser à… Oh ! Tante Berthe, ne me fais pas languir plus longtemps. Quelles nouvelles as-tu de Lili et Klara ?

— Tu vas devoir patienter. Rachel est la seule à pouvoir te répondre. Elle vient avec sa famille, tu pourras lui parler tout à l'heure. »

Lorsque Tanni ouvrit le sac en tapisserie pour donner les tickets de rationnement à Mme Cohen, le négligé en tomba. En son for intérieur, Tante Berthe sourit. Cela la réjouissait d'avoir un jeune couple sous son toit – qui sait, peut-être un second bébé serait-il mis en route ici. Elle pinça la joue de Tanni affectueusement. Il allait falloir la faire grossir un peu, au cas où…

Peu à peu, les amis des Cohen arrivèrent pour le Seder, et le salon se retrouva bondé. Rachel arriva en dernier avec sa mère, son mari et leur fils de quatre ans. Elle était enceinte et si énorme que les autres convives durent se serrer encore plus pour lui faire de la place. Les cierges furent allumés, et après le Kiddouch, tout le monde goûta à la première coupe de vin. Les verres furent aussitôt remplis, et le rabbin poursuivit avec la Haggada et les aliments rituels : l'os grillé d'agneau, les trois *matsa*, les brins de persil, les lamelles de raifort. Ils mangèrent ces dernières avec de l'*haroset*, un mets fait pour l'occasion par Tante Berthe et composé de pommes, de dattes, de raisins secs, d'épices et de vin. Dans sa famille, la recette se transmettait de femme en femme depuis des générations. La voix du rabbin Cohen se fit chevrotante lorsqu'il répondit aux questions rituelles posées par le petit garçon de Rachel, Johnny étant trop jeune pour s'acquitter de cette mission. Arrivés à l'œuf dur plongé dans l'eau salée, tous autour de la table pleuraient en pensant aux êtres chers qui se trouvaient au même moment à la merci des nazis en Europe.

Tante Berthe essuya ses larmes et se leva pour servir le reste du dîner, qu'elle avait mis des jours à préparer. Les invités lui avaient pour la plupart prêté leurs carnets de rationnement, et elle avait sillonné le quartier de Whitechapel de long en large, suppliant, cajolant, brusquant si nécessaire les marchands de fruits et légumes et les bouchers casher pour obtenir ce qu'elle voulait.

Bientôt la table croula sous les plats de toutes tailles, et Tanni n'en revenait pas de voir les prodiges que Tante Berthe avait accomplis en dépit du rationnement. Il y avait du potage de betterave aux œufs, de la carpe farcie au raifort, du foie haché, des boulettes de viande à la sauce aigre-douce, un *tzimmes* de carottes servi avec des plats de côtes, une salade d'aubergines, un *kugel* de pommes de terre et un autre de légumes. En dessert, ce furent des pommes aux fruits secs cuites au four, ainsi qu'une génoise au miel faite avec de la farine de *matsa*. Enfin, Tante Berthe apporta plusieurs assiettes de macarons. Une fois repus, tous se joignirent au rabbin pour dire les grâces et boire le troisième verre de vin.

Peu habituée à boire de l'alcool, même en petite quantité, Tanni sentit que la tête lui tournait lorsqu'ils récitèrent les dernières bénédictions. Les joues roses, elle but le quatrième verre quasiment d'un trait puis se leva en chancelant pour aider à débarrasser.

« Je vais parler à Rachel après, murmura-t-elle à l'oreille de Bruno.

— Non, répliqua-t-il fermement, c'est moi qui vais lui parler. Toi, tu vas mettre Johnny au lit. Je monte dans un moment. »

Tanni lui obéit, l'air rêveur, et Rachel suivit Bruno dans le bureau du rabbin. Le moment qu'elle redoutait était arrivé.

« Peu importe ce que tu as découvert, sache que Tanni a été très malade, commença Bruno. Et je ne veux pas la voir rechuter. Elle s'inquiète pour ses sœurs – elle espère qu'elles sont en Angleterre, et croit dur comme fer que grâce à toi elle va savoir où elles ont atterri. Si tu sais quelque chose, dis-le maintenant. Si ce sont des mauvaises nouvelles, je lui annoncerai en douceur. Par ailleurs, tu as peut-être des informations officieuses dont je ne suis pas censé être au courant. Tu comprendras que je ne peux pas risquer de perdre mon poste au ministère, mais d'un autre côté, je me dois de soutenir mon épouse et nos familles. En échange de ton aide, je promets de collaborer avec ta cellule autant que possible – si tu as certaines vérifications à faire par exemple, je peux m'en charger. Mais je ne te dirai pas comment. »

Rachel frotta son dos douloureux et réfléchit à ce qu'elle venait d'entendre. Bruno n'avait pas besoin de lui dire qu'ils devaient faire preuve de prudence. Les indiscrétions coûtaient des vies, comme on le leur avait dit et répété. Elle ne savait pas en quoi consistait le travail de cet homme, mais avec son aisance pour les langues et sa vivacité d'esprit, cela ne l'aurait pas étonnée qu'il soit haut placé aux renseignements. La cellule de Rachel, au contraire, fonctionnait avec très peu de ressources au-delà d'un groupe de femmes déterminées, voire désespérées – bien loin, en tout cas, des sphères officielles. Elles obtenaient leurs informations avec les moyens du bord, en s'appuyant sur un réseau fragile composé de proches, d'amis, de voisins et de Juifs ayant fui l'Europe occupée. Le ministère de la Guerre fermait les yeux sur leurs activités. Les civils juifs en danger sur le continent ne les concernaient pas, mais ils avaient aussi découvert que la cellule était à même de les aider à localiser les pilotes de la RAF portés disparus en territoire ennemi.

« En ce qui concerne les jumelles Joseph, les nouvelles ne sont pas bonnes. Nous avons la certitude qu'elles ne sont pas en Angleterre – si c'était le cas, nous le saurions à ce stade. Ça n'a pas été facile, mais nous avons réussi à retrouver leur trace dans le dernier *Kindertransport* qui n'a pas quitté l'Autriche avant le mois de juin. Il y a eu des problèmes quand les gardes-frontières ont exigé de plus grosses sommes que celles convenues pour laisser passer le train. Le temps de trouver un terrain d'entente, le train avait été dérouté vers la France, où on a obligé les enfants à descendre. Ils ont été emmenés dans un camp de transit où ils sont restés la majeure partie de l'été, puis on les a remis dans un train en direction du Havre, d'où ils devaient prendre le ferry pour l'Angleterre. Le jour où ils étaient censés faire la traversée, l'Angleterre a déclaré la guerre. Les enfants sont devenus de facto des sujets ennemis, ils n'avaient plus le droit de venir ici. On pense qu'ils ont été remis dans un train pour Le Havre, et que ce même train a poursuivi sa route vers le sud. Les jumelles pourraient se trouver n'importe où en zone libre, en toute probabilité dans un camp de réfugiés. »

Bruno fit la grimace. Il savait que ces camps étaient terribles, un amas de baraquements bourrés à craquer de républicains espagnols n'osant pas rentrer chez eux à présent que les franquistes avaient pris le pouvoir. Les gens manquaient de tout là-bas, de nourriture, de médicaments ; les maladies y étaient rampantes, les crimes monnaie courante. Ce n'était certainement pas un endroit pour deux petites filles sans défense.

« Je sais que les quakers et les témoins de Jéhovah sont autorisés à entrer dans ces camps pour raisons humanitaires, et que le consul américain à Marseille est bien disposé envers les réfugiés. Il vous arrive de recevoir des infos par ce biais-là ? » demanda Bruno.

Rachel acquiesça d'un signe de tête.

« Les quakers font tout leur possible pour suivre les mineurs non accompagnés. Jusque-là nous n'avons trouvé aucune trace de Lili et Klara Joseph dans les camps français – mais bien sûr, certains enfants ont pu mourir ou descendre du train en route.

— Vous continuerez à chercher ? insista Bruno, tout en se demandant ce qu'ils pourraient bien faire s'ils apprenaient que les jumelles étaient en vie, mais dans un camp.

— Évidemment. Si tu savais, nous essayons d'aider tant de gens. Parfois j'ai l'impression d'avoir entrepris de vider l'océan à la petite cuillère.

— Et le Dr Joseph et sa femme – ma mère ? J'ai frappé à toutes les portes. À part le fait qu'ils n'habitent plus dans l'appartement où ils étaient, ça n'a rien donné. »

Rachel se détourna pour qu'il ne la voie pas pleurer. Les larmes venaient si facilement quand elle avait ce genre de nouvelles à donner, des nouvelles qui ne laissaient guère de place à l'espoir.

« Nos contacts ont quelque chose. Un homme d'un certain âge, parent d'une de mes collègues, a été autrefois le patient du Dr Joseph, et il a pu confirmer qu'ils logeaient chez ta mère, mais la nuit où Lili et Klara sont parties par le *Kindertransport*, les nazis ont arrêté tous les Juifs de leur quartier. Si vos parents étaient là, ils ont sans doute été déportés dans un camp de travail, pour y fabriquer des munitions. D'après ce qu'on sait, des voisins de ta mère ont été vus à Oswiecim, que les Allemands appellent Auschwitz. Mais tant que nous n'avons pas de certitude à ce sujet, ne dis rien à Tanni.

— Nos contacts américains à Marseille font passer de l'argent aux quakers pour les camps de réfugiés. Je leur demanderai d'ouvrir l'œil. Quant à Auschwitz… » Bruno en frissonna.

« Je sais. Nous ferons le maximum », promit Rachel d'un air las. Elle devait répéter cette phrase plusieurs fois par jour. La cellule était submergée de demandes émanant de gens comme Bruno et Tanni, qui les suppliaient de retrouver des êtres chers.

Lorsque Bruno monta, il trouva Tanni en peignoir en train de se brosser les cheveux. Le bébé dormait à poings fermés. Elle lui sourit et mit un doigt sur ses lèvres.

« Johnny était exténué. Son premier Seder, rends-toi compte ! Et maintenant Bruno, raconte-moi ce que Rachel t'a dit. Ne me laisse pas dans l'incertitude – je suis sûre que tu as des bonnes nouvelles. »

Un jour, la mère de Bruno lui avait affirmé que jamais la famille Joseph ne considérerait le fils d'une couturière comme un mari digne de leur fille adorée, peu importe qu'il ait été amoureux d'elle depuis l'enfance. Et pourtant elle était là, son épouse, la mère de leur fils, un sourire avenant aux lèvres, sa belle chevelure lui tombant en cascade sur les épaules, son visage rayonnant de plaisir en pensant à la soirée qu'elle venait de passer, et à la certitude qu'il allait la rassurer. Le cœur de Bruno se serra. Il lui épargnerait le chagrin aussi longtemps qu'il le pourrait, en lui disant que Rachel n'avait rien trouvé de probant. Mais même cela pouvait attendre : ils avaient mieux à faire.

Il lui prit la brosse des mains, la fit asseoir sur le lit et se mit à la peigner, lentement. Comme ses cheveux étaient doux et brillants.

« Bruno ! Dis-moi ! »

Mais Tanni ferma les yeux et se détendit contre lui. Il posa la brosse sur la table de nuit et enfouit le visage dans sa nuque. Elle se retourna et ils s'enlacèrent tendrement.

« Qu'a dit Rachel ? » murmura-t-elle, mais Bruno la fit s'allonger.

« Chut ! pas maintenant, ma douce. Nous en parlerons demain. »

14

Collines du Sussex, août 1941

Il n'y avait pas eu de sirène, seul le bruit d'un avion en approche pour donner l'alerte. Les enfants du village étaient sortis jouer dehors un samedi après-midi lorsqu'un bombardier allemand Heinkel 111 passa au-dessus de Crowmarsh Priors dans un fracas assourdissant. Le temps que des mères angoissées laissent tomber la lessive qu'elles faisaient pour courir vers eux et les emmener en sécurité, l'avion était déjà au-dessus des collines, en train de faire des loopings dans le ciel pour échapper aux Hurricane de la RAF qui l'avaient pris en chasse.

Albert Hawthorne songea qu'ils devaient chercher à le repousser en direction de la Manche pour l'abattre, mais à sa grande surprise, le Heinkel vira et s'abrita dans un amoncellement de nuages noirs venus de la mer. Trop tard.

« Allez ! Chopez-le, les gars ! » cria Albert en voyant les artilleurs de la RAF ouvrir le feu. Les villageois, comme hypnotisés, regardèrent l'avion ennemi dévier de sa course en rejetant une épaisse fumée noire. L'instant d'après, il faisait demi-tour en direction des terres et piquait du nez en direction du village. À la dernière minute, il disparut du ciel et une explosion retentit quelque part dans les collines voisines.

Surexcités, les enfants acclamèrent les Hurricane, qui repartaient déjà. « Pour la RAF, hip, hip, hip, hourra ! ». Les mères essuyèrent des mains tremblantes et encore mouillées à leurs tabliers, se sentant toutes retournées d'être passées si près de la catastrophe.

Dans son bureau à la fenêtre ouverte, Oliver Hammet n'avait rien raté du vrombissement des moteurs, mais ce fut lorsqu'il entendit l'avion s'écraser qu'il réagit vraiment. Délaissant le sermon du lendemain il se précipita dans le couloir, vers le meuble vitré où la *Home Guard* conservait les fusils donnés par Hugo.

Dans son jardin, Albert tendit à Nell sa binette et rejoignit Harry Smith, le patron du pub, qui passait devant chez eux clopin-clopant. Il ne restait plus qu'eux trois au village à ne pas s'être engagés, et ils se rendirent comme convenu à la salle paroissiale pour attendre Hugo de Balfort. Dix minutes plus tard, il se garait devant dans un crissement de pneus et sortait d'une vieille auto cabossée. La *Home Guard* était au grand complet.

Les plus âgés parmi les enfants supplièrent leurs mères de pouvoir les aider à retrouver le bombardier, mais celles-ci refusèrent, préférant les garder sous les yeux.

Dans la chaleur accablante du mois d'août, les membres de la *Home Guard* se mirent en route en bras de chemise. Le ministère de la Guerre leur avait promis de nouvelles armes, mais elles n'étaient jamais arrivées. Hugo et Oliver avaient les fusils des De Balfort et une poignée de munitions. Albert Hawthorne portait une faux qu'il avait aiguisée comme un rasoir et Harry Smith brandissait sa canne en bois, pommeau vers l'avant – son « arme fatale contre les idiots », comme il disait.

Lorsqu'un avion allemand se faisait descendre, c'était à la *Home Guard* qu'il incombait de retrouver l'épave et de vérifier que ses occupants étaient bien morts, et dans le cas où il y avait des survivants, de les arrêter et d'attendre qu'une ambulance ou un camion de l'armée arrive pour les emmener. Les instructions qu'ils avaient reçues insistaient sur le danger qu'il y avait à laisser des pilotes ennemis fuir en rase campagne, car les sympathisants nazis seraient prêts à les aider et à les cacher en attendant l'invasion. Les ordres étaient clairs : pas de fugitifs. Si un Allemand refusait de se rendre ou tentait de s'échapper, il devait être abattu.

Ratisser les collines était une perspective épuisante, d'autant qu'ils devaient le faire à pied, car la vieille auto d'Hugo n'était pas de taille à affronter le terrain accidenté. Et puis, la zone était plus vaste qu'elle n'y paraissait. De près, ce qui semblait être d'inoffensives pentes douces se transformait en une série de montées plus raides les unes que les autres, et renfermant des dangers inattendus. Mais on leur avait confié une mission et ils n'avaient pas l'intention de se défiler. Ils grimpèrent aussi vite qu'ils purent, marquant une pause de temps en temps pour reprendre leur souffle. Chaque fois, Hugo en profitait pour scruter les environs à travers ses jumelles.

« C'est bien la première fois qu'un avion se fait abattre aussi près du village, commenta Albert, le visage tout rouge. Une sacrée chance, on va peut-être même attraper ces salopards nous-mêmes. Et ce sera bien fait pour eux. »

Handicapé avec sa patte folle, Harry Smith finit par jeter l'éponge.

« Désolé, les gars, dit-il en s'écroulant sur une pierre. Si vous en trouvez un, arrangez-vous pour le faire passer par ici. Je laisserai à cet assassin un petit souvenir d'Angleterre ! »

Hugo passa devant les autres en pressant le pas. Oliver savait qu'il s'entraînait sans compter pour la *Home Guard*, car il n'irait jamais au front : il s'était fait réformer. Albert, de son côté, était obligé de composer avec les horaires des trains, et il finit par s'en retourner pour être à son poste lorsque le 15 h 47 en provenance de Londres entrerait en gare. Il marmonna qu'il aurait donné cher pour tomber sur un Fritz tentant de s'échapper. Le gredin aurait vu comme sa faux coupait bien, et ça lui aurait fait bien plaisir de voir la peur dans ses yeux.

Avec tout l'exercice qu'ils faisaient dehors, Oliver était bronzé et de loin le plus en forme, mais étant le cadet des quatre, il calait son allure sur celle de ses camarades. Ses fonctions de pasteur le dispensaient d'intégrer la *Home Guard*, mais il restait tellement peu de valides au village qu'il s'était senti obligé d'y aller. Une fois Albert parti, il courut rejoindre Hugo et le trouva éreinté, le visage blême et la respiration saccadée.

« Ce n'est rien, vraiment, un collapsus du poumon quand j'étais enfant, expliqua ce dernier en faisant de grands gestes pour chasser les moucherons autour de lui. Je m'en sors très bien avec un seul – je ne comprends pas pourquoi ils n'ont pas voulu de moi à l'armée. »

Il se plia en deux, cherchant son souffle.

« Reposez-vous un instant, dit Oliver en mettant une main sur l'épaule d'Hugo. Je pars devant, et vous me rejoindrez dès que ça ira mieux. »

Oliver repartit d'un bon pas sur le sentier escarpé. Il appréciait vraiment la balade, jusqu'au moment où il se souvint qu'il était là pour chercher des Allemands.

Au sommet, il constata que les collines étaient désertes hormis quelques mitrailleuses antiaériennes dissimulées sous des filets de camouflage. Personne ne montait la garde auprès des armes, et lorsqu'il repéra le Heinkel grâce à une colonne de fumée à peine visible dans le ciel gris, il comprit qu'il allait devoir se débrouiller seul. Il reprit sa marche dans cette direction.

Un quart d'heure plus tard, il se trouvait à quelques mètres d'une carcasse fumante encastrée dans un pli du terrain. Il serra un peu plus fort son fusil et scruta les alentours, en quête d'un rescapé tentant de fuir les lieux. Serait-il capable de tuer un homme – même s'il s'agissait d'un Allemand ? Dans l'intimité de sa foi, Oliver avait décidé que Dieu et le Premier ministre étaient du même côté le temps de la guerre, et qu'il était de son devoir d'obéir aux ordres des autorités. Il était aussi d'avis que prier pour une victoire de l'armée britannique serait hypocrite si, dans le même temps, il était trop peureux pour affronter l'ennemi.

Une odeur de brûlé lui emplit les narines et il remarqua au sol quelque chose qui ressemblait à deux poupées en uniforme gris. Il avait déjà vu des avions abattus, mais seulement dans les actualités filmées. S'armant de courage, et priant pour ne pas avoir à achever d'éventuels survivants, il avança vers l'épave.

Sous les bouffées d'air brûlant et la fumée qui l'empêchait de respirer, il décela une odeur atroce. Il mit un mouchoir sur le nez, mais la puanteur s'accentua à mesure qu'il approchait : un mélange abominable de carburant, de caoutchouc et, ainsi qu'il le sut d'instinct, de chair calcinée. Il songea que des hommes devaient être piégés à l'intérieur – sans doute les artilleurs à l'arrière. Impossible de vérifier, la chaleur était trop intense, alors il essaya de trouver les deux corps qu'il avait aperçus plus tôt. Il finit par buter contre le premier, et vit l'autre étendu à côté. Il en déduisit qu'ils avaient été éjectés du cockpit – il était complètement éventré – ou bien qu'ils avaient réussi à s'extraire des flammes en rampant. Oliver se pencha au-dessus d'eux en se protégeant le visage d'un bras.

Le premier homme était de toute évidence mort. Il gisait sur le ventre, ses bottes roussies tournées à un angle curieux ; quant à l'angle de sa tête, il était carrément impossible. Son calot était fendu en deux et un liquide sombre en suintait, venant goutter au sol. Oliver avait l'habitude de côtoyer la mort, mais c'était la première fois qu'il y était confronté de façon aussi violente et délibérée. Il n'osait imaginer la terreur que ces hommes avaient dû ressentir avant de s'écraser. Dans la chaleur insoutenable, il se tourna vers le second corps.

Celui-là bougeait. Le pilote était sur le dos, les membres tordus par la douleur. Il avait ôté son casque mais ses cheveux avaient disparu, brûlés à même le crâne. Sa poitrine se soulevait et retombait de façon saccadée. Quand l'homme tourna son visage en sang, Oliver découvrit un trou là où aurait dû se trouver le nez. Cela faisait plus de deux heures que l'avion avait été descendu. Se pouvait-il qu'il soit resté conscient tout ce temps ?

Lorsqu'il vit l'état désespéré dans lequel l'Allemand se trouvait, tout désir de vengeance qu'Oliver avait pu nourrir s'envola, remplacé par l'accablement et la colère face aux souffrances que les êtres humains étaient capables de s'infliger. Il regretta amèrement de ne pas avoir pensé à apporter de l'eau. Lâchant son fusil, il tomba à genoux à côté du moribond.

Au loin, le train de 15 h 47 siffla en quittant la gare. Le son lui parut irréel.

L'homme remua. Il ouvrit un œil bleu. Ses cils et ses sourcils avaient eux aussi brûlé.

« *Wasser* », gémit-il d'une voix rauque.

Oliver chercha en vain à se rappeler ses cours d'allemand à l'université – il avait lu Goethe, mais cela ne lui était guère utile dans le cas présent. Le pilote murmura autre chose. Oliver comprit « *Frau* ». L'homme tapota faiblement sa poche de poitrine et ajouta « *Bitte* ». Avec mille précautions, Oliver lui prit la main. Elle était toute molle, comme si les os à l'intérieur étaient cassés. À défaut d'autre chose, il se mit à réciter la prière des mourants.

« *Bitte* », répéta le pilote en regardant fixement Oliver de son unique œil bleu. « *Fotograf* ». Il toucha sa poche de leurs deux mains réunies. Oliver comprit enfin. *Frau.* Épouse. Il arrêta sa prière, tendit la main vers la poche et y trouva le cliché d'une jolie femme aux tresses blondes remontées sur sa tête, assise sur une couverture, une petite fille dans les bras. Elles pique-niquaient, dans un jardin ou un parc. La fillette s'esclaffait et sa mère la regardait en souriant. Oliver tenta de donner la photo à l'homme mais voyant qu'il n'arrivait pas à la tenir, il la lui glissa entre deux doigts et la leva à hauteur de regard.

« *Kristina*, fit l'homme d'une voix entrecoupée, *liebe Frau.* »

Un filet de sang lui coula à la commissure des lèvres. Il fut pris de frissons, et rendit son dernier soupir.

Oliver se sentait incroyablement las. Il avait célébré bien trop d'obsèques ces temps-ci, les dernières étant pour deux frères mécaniciens qui avaient péri dans l'attaque de l'aérodrome où ils travaillaient. La douleur de leurs proches était immense, et au fond de l'église, la fille d'un fermier du coin avait pleuré toutes les larmes de son corps contre l'épaule de sa mère. Elle était fiancée à l'un des frères, et enceinte. Les gens blâmaient la pauvresse, disant qu'elle n'avait que ce qu'elle méritait, et battaient froid à toute la famille.

Il avait envie de se révolter contre Dieu. Qu'attends-Tu de moi, comment suis-je censé réagir devant tant de morts et de vies brisées ? J'ai enterré des jeunes gens d'ici, qui s'étaient fait tuer par d'autres jeunes gens comme ces pilotes, et qui reposent désormais à côté de leurs aînés tombés pendant la Grande Guerre, et dont le nom figure sur le monument aux morts dans le jardin de l'église. Et voilà que nous allons devoir enterrer à leur tour ces pauvres diables, et quelque part en Allemagne leurs familles les pleureront, et d'autres noms encore seront inscrits sur d'autres monuments aux morts. Dans toute l'Europe on s'entre-tue, des filles pleurent la disparition du père de leur futur enfant et des croyants rejettent sans réfléchir une vie à naître alors qu'ils devraient y voir une bénédiction. Un jour, tout ce qu'il restera de notre civilisation, ce seront des noms gravés sur des pierres tombales. Et tout cela, pour quoi ?

Lorsqu'il songea que la scène sous ses yeux se répétait jour après jour, lorsqu'il pensa aux atrocités commises à Dunkerque, en Pologne, en Belgique, en France et partout ailleurs, Oliver eut l'envie irrésistible de s'allonger à côté du cadavre et de dormir.

Le grondement du tonnerre le sortit de sa torpeur. Levant la tête, il vit Albert et Hugo qui arrivaient au pas de course. Un éclair zébra le ciel au-dessus de la mer, et le vent se mit à souffler en rafales. Il était temps de rentrer.

« Enfin un orage. Pour une fois ils vont dormir sur leurs deux oreilles, à Londres », commenta Albert.

Tout le monde suivait la météo avec angoisse, et maudissait le temps lorsqu'il était dégagé. Ces soirs-là, les bombardements faisaient rage, et c'était encore pire à la pleine lune.

« Prions pour que la tempête reste sur les côtes », renchérit Oliver en s'obligeant à se relever tandis que les premières gouttes de pluie tombaient sur le métal chauffé à blanc. Il repéra d'autres éclairs au loin, et le tonnerre se remit à gronder.

« Venez. Ce serait quand même bête de rester ici et de se faire frapper par la foudre, leur dit Hugo. Je vais téléphoner à la police depuis le presbytère, si vous me le permettez. Je leur demanderai de s'occuper des corps rapidement, pour éviter que les enfants tombent dessus. J'imagine qu'on va devoir les enterrer, par contre.

— C'est fou comme les Boches savent toujours quand le temps est clair au-dessus de l'Angleterre », grommela Albert.

Hugo semblait avoir la nausée.

« Eh bien, ils se sont trompés aujourd'hui. Vous avez déjà pensé à ce qu'on ferait si on en capturait un pour de bon et qu'il tentait de s'échapper ? Vous seriez capables de tirer, vous ?

— S'il essayait de fuir, oui », répliqua Albert d'une voix ferme, tout en pensant à Nell et Margaret Rose.

Brusquement, Oliver eut la certitude absolue que lui en serait incapable. Après avoir vu l'Allemand mourir, et quand bien même cela devait lui coûter la vie, il sut qu'il ne pourrait pas tuer un être humain. Il redressa les épaules. Tout était clair, désormais. Il continuerait à prier pour la victoire des armées alliées mais quant à ses obligations à lui, elles étaient avant tout envers Dieu et la vie. Avoir cette certitude était étrangement réconfortant, même dans ces circonstances terribles. Comme s'il était dans des sables mouvants, songea-t-il, et que tout à coup il sentait une pierre sous ses pieds. En silence, il remercia le ciel.

15

Crowmarsh Priors, septembre 1941

La guerre, songea Muriel Marchmont avec humeur, était une affaire pénible et bruyante au possible. Les avions qui venaient gâcher le calme de l'après-midi en se pourchassant au-dessus de leurs têtes, l'affreuse sirène pour laquelle ils devaient tout lâcher, peu importe l'heure à laquelle elle hurlait. Et le rationnement : cette histoire de tickets et de points était si compliquée qu'on s'y perdait. Au début cela concernait le sucre, le beurre et la viande, mais à peine avait-on eu le temps de s'y faire qu'il avait fallu donner aussi des tickets pour le fromage, les œufs, le bacon et même les vêtements, désormais.

La cuisinière, Mme Barkins, avait donné sa démission à Noël pour aller travailler dans un chantier naval, le dernier endroit où Muriel aurait cru la voir un jour. Mme Gifford avait été obligée de la remplacer mais décidément, la cuisine n'était pas son fort. C'était l'indigestion qui tenait Lady Marchmont éveillée la nuit, à présent. Et pendant que Mme Gifford se débattait aux fourneaux, la maison devenait un vrai capharnaüm. Quant à trouver une nouvelle bonne, ce n'était pas la peine d'y songer : elles s'étaient toutes fait embaucher dans les usines de munitions ou comme conductrices de car.

Lady Marchmont partageait totalement l'opinion des amis de son défunt mari, qui rejetaient la responsabilité de cette guerre mal faite sur les « étrangers » – en premier lieu les Français et les Polonais qui avaient poussé Churchill à agir. Assurément les choses en étaient arrivées à un point où, dans l'intérêt de l'Angleterre, il allait falloir faire la paix avec l'Allemagne. Elle regrettait de ne pouvoir secouer elle-même les hommes politiques de son pays pour leur faire entendre raison. Et ces jeunes femmes qui n'en faisaient qu'à leur tête, alors que Lady Marchmont avait pour elles des projets on ne peut plus convenables – n'y en avait-il donc aucune prête à se laisser guider par son aînée ? Allaient-elles un jour montrer la moindre gratitude ? Muriel se vexait facilement, à son âge. Elle n'aurait su dire si elle était davantage agacée par Frances qui avait refusé d'aider Alice à conquérir Oliver, ou bien par Alice qui n'était pas fichue d'arranger son teint pâlichon et cet air de chien battu. Elle savait par Leander qu'Hugo n'avait pas encore fait sa demande, et cette coquine de Frances s'était rendue par deux fois à Londres en catimini. Quant à Oliver, c'était le comble.

Il avait eu le toupet d'enterrer des Allemands à Crowmarsh Priors. Elle avait téléphoné à l'évêque pour protester, car si ces hommes étaient luthériens comme elle le soupçonnait, ils n'avaient rien à faire dans un cimetière anglican, quand bien même on les mettait tout au fond. L'évêque, qui connaissait bien Muriel Marchmont, avait tergiversé, cherché à gagner du temps, expliqué que c'était la guerre et que le mal était fait. L'Église n'encourageait pas les exhumations. Pour finir, il l'avait mise dans tous ces états en lui suggérant de réciter une prière pour l'ennemi. En entendant cela, elle lui avait raccroché au nez, et avait ensuite dû s'allonger pour faire passer sa migraine.

Elle s'était trompée lourdement en tendant la main à Oliver. Il avait oublié ce qu'il lui devait et s'émancipait un peu trop à son goût. En quelques mois, cet homme timide et doux comme un agneau était devenu une figure d'autorité au village. La guerre l'avait fait mûrir. Ses airs de gamin avaient disparu, et il parvenait désormais à concilier toutes ses fonctions, même la *Home Guard.* Muriel se souvenait encore de ses premiers sermons, qu'il prononçait d'une voix si mal assurée. À présent qu'il avait moins de temps pour les préparer ils étaient bien plus touchants, car le révérend parlait enfin avec le cœur – encore une source d'irritation pour Muriel qui ne supportait pas cette tendance à l'éloquence de bas étage. Oliver avait le chic pour faire le lien entre la Bible et les événements du quotidien, ce qui par ces temps difficiles réconfortait apparemment tout le monde sauf elle.

Evangeline Fairfax, qui était elle-même de confession catholique, avait amené ses petits réfugiés à une messe dite spécialement pour les enfants, et par la suite confié à Frances qu'Oliver lui rappelait les pasteurs noirs de La Nouvelle-Orléans :

« J'avais l'impression qu'il allait se mettre à crier, *Amen, mes frères et mes sœurs!* ».

Pire encore, Oliver avait fait preuve d'un laxisme scandaleux concernant la moralité du village. Plusieurs enfants étaient nés en dehors des liens du mariage, leurs pères étant morts ou portés disparus au front. Oliver avait rendu visite à ces filles-mères et les avait persuadées, non sans difficulté – car elles avaient tout de même la décence d'avoir honte – de baptiser leur enfant. Lady Marchmont avait été choquée d'apprendre qu'il avait l'intention de faire cela lors de l'office du matin, aux fonts baptismaux et devant toute l'assemblée, comme il le faisait pour les nouveau-nés de parents dûment mariés. Elle s'était fendue d'un courrier furieux pour lui dire qu'il n'en était pas question, et avait pensé que l'affaire était close.

Le dimanche suivant, elle avait été stupéfaite de voir au fond de l'église plusieurs filles tenant nerveusement leur nourrisson dans les bras. Oliver s'était lancé dans un sermon des plus convaincants, arguant du fait qu'une nouvelle vie était un don de Dieu et devait être accueillie avec d'autant plus de bienveillance en ces temps de mort. Entendant cela, les paroissiens s'étaient regardés, penauds. Les femmes qui avaient perdu leur fils à la guerre ne désiraient rien tant que de reconnaître leurs petits-enfants, et les sanglots avaient fusé. L'aura d'Oliver était telle qu'à la fin du service, la plupart des fidèles étaient allés admirer les bébés. Le gendarme Barrows avait promis de sculpter des cubes en bois à chacun, et les jeunes mamans avaient reçu des offres de landaus et de lits inutilisés. Elles avaient répondu par un sourire timide, et l'une d'elles avait même osé déclarer que le nourrisson était le portrait craché de son papa.

Muriel était si indignée qu'elle avait bien failli en rester sans voix. À la porte de l'église, elle avait marqué une pause afin de s'exprimer devant tous ceux qui faisaient la queue pour saluer Oliver.

« Des bâtards baptisés à l'église, non mais où va-t-on ! Qu'on les emmène – qu'on les enferme, même ! Je ne tolérerai pas ces sottises, jeune homme ! »

Elle lui avait ordonné de ne plus jamais recommencer, et de lui en faire la promesse devant tout le monde.

Oliver l'avait patiemment écoutée. Puis il avait pris les mains gantées de Lady Marchmont dans les siennes et avait répliqué d'une voix forte que tant qu'il était révérend, son devoir serait de baptiser chaque enfant de sa paroisse, avant d'ajouter :

« Allez en paix, et bon dimanche ! »

Muriel en était restée muette de stupeur. Il venait de lui dire qu'elle avait tort, et en public ! Personne n'avait jamais osé lui parler ainsi. Derrière elle, les gens pouffaient en regardant leurs pieds. Les tirades de Lady Marchmont étaient lassantes, et en leur for intérieur, ils étaient contents de voir quelqu'un lui tenir tête. Il n'y avait pas que cette histoire de filles-mères : elle s'était montrée particulièrement méchante envers Tanni Zayman, tout cela parce qu'elle était « étrangère », alors que tout le monde au village adorait la jeune femme et son bambin.

Il a un sacré courage, avait pensé Frances. Elle lui avait fait un sourire radieux et un clin d'œil en sortant à la suite de sa marraine qui avait annoncé à qui voulait l'entendre qu'elle ferait venir son notaire au plus tôt pour apporter des modifications à son testament.

Le lendemain après-midi, dans la sacristie, Alice et Oliver étaient occupés à discuter de l'organisation de la Fête de la Moisson. Les distractions étaient devenues si rares, avec la guerre, que les habitants s'en réjouissaient à l'avance.

« Quasiment tout le monde a un "jardin de la Victoire", maintenant, et le concours des plus gros légumes va être un temps fort de la fête, c'est certain, commenta Alice. Nell Hawthorne est devenue experte en tartes aux pommes séchées. Elle a promis d'en faire pour notre stand de produits locaux, et nous avons déjà des tas de lots pour la tombola. Tanni a confectionné un joli bonnet pour enfant, le pub nous fait don d'une bouteille de whisky, le gendarme a sculpté toute une arche de Noé en bois, sa femme Edith a cousu cinquante sachets de lavande – même Maman a accepté de faire un chemin de table au crochet. Et il ne faut pas oublier Shirley Temple, bien sûr. »

Au printemps précédent, les villageois s'étaient cotisés pour acheter un porcelet. Ils l'engraissaient avec des restes et des épluchures de légumes, dans l'idée de le faire abattre à Noël et d'organiser un grand banquet. Entre-temps les enfants l'avaient baptisé du nom de l'enfant star, et il était un peu devenu la mascotte de Crowmarsh Priors.

« Ils m'ont demandé s'il pouvait avoir un enclos à la Fête de la Moisson. Margaret Rose a même cousu un ruban à mettre autour de son cou énorme, poursuivit Alice. Oh! et Nell me dit de vous dire que si ça ne vous embête pas, elle viendra cueillir les mûres dans le cimetière pour en faire de la confiture. Les ronces ont drôlement poussé depuis que Jimmy n'est plus là pour les tailler, mais d'un autre côté, cela va donner une récolte fameuse, et Nell pourra vendre ses pots de confiture en même temps que les tartes. Juste ciel, est-ce bien Mme Gifford en train de courir? »

La gouvernante de Lady Marchmont ouvrit la porte à la volée et haleta :

« Révérend, vite! C'est madame. Le docteur est là mais elle veut vous voir. Vous comprenez, elle a fait du jardinage toute la matinée au soleil, et après le déjeuner elle s'est sentie mal. J'étais en train de débarrasser et je l'ai entendue tomber. Je l'ai fait s'allonger, et j'ai envoyé quelqu'un chercher Miss Frances à la ferme et le docteur, mais sa figure est toute bizarre, elle a un air… »

Oliver attrapa de quoi administrer les derniers sacrements et se précipita à Glebe House.

Une heure plus tard, le médecin prononçait le décès de Lady Marchmont. Le cœur avait lâché.

Trois jours après, deux hommes à l'air grave arborant un costume noir, un chapeau melon et un porte-documents en cuir descendirent du train du matin en provenance de Londres. Albert reconnut le notaire de Lady Marchmont et son clerc. Elle les avait fait venir à plusieurs reprises ces dernières années.

« On dirait bien que c'est la dernière fois qu'on vous voit ici », marmonna-t-il. Ils le regardèrent en fronçant les sourcils et se mirent en route pour Glebe House.

Sur place, Mme Gifford servit un café léger aux deux hommes, à Frances et à Oliver, dont la présence était requise. La gouvernante allait se retirer lorsque le notaire lui demanda de rester pour la lecture du testament. Depuis des années qu'il conseillait la famille, il en était venu à redouter ces allers-retours que Lady Marchmont lui faisait faire dès qu'elle avait décidé de changer ses dernières volontés. Elle avait ignoré tous les conseils qu'il avait pu lui donner sur ce qui était possible (et impossible) de faire d'un point de vue juridique, et il se retrouvait avec un document rempli de clauses alambiquées et de conditions plus obscures les unes que les autres. Il chaussa ses lunettes, s'éclaircit la voix et pria pour arriver à répondre aux questions qui n'allaient pas manquer de venir.

Il commença par la partie facile, un petit héritage laissé à Mme Gifford et le droit de rester à vie dans les deux pièces qu'elle occupait derrière la cuisine. Le notaire marqua une pause. Après s'être bruyamment mouchée, la gouvernante dit que c'était bien pour l'argent, mais qu'après trente années passées à servir quelqu'un, elle ne serait pas mécontente de changer d'air, merci bien. Elle avait l'intention de se faire embaucher dans une usine de munitions près de Reading.

Le notaire poursuivit sa lecture. Lady Marchmont n'ayant pas eu le temps de faire d'autres changements avant sa mort, Glebe House revenait toujours à son seul parent vivant, à savoir Oliver. Toutefois, le ministère de la Guerre venait de les informer que la demeure était réquisitionnée jusqu'à nouvel ordre pour servir de maison de repos aux soldats en convalescence. Son clerc l'interrompit pour préciser que Frances et Elsie étaient autorisées à rester, étant donné que le foyer réservé aux *Land Girls* près de Brighton était plein et qu'il n'y avait pas d'autre possibilité de logement à proximité. Ils passèrent aux actions et à l'argent qui revenaient à Oliver, puis à ce qui était légué à Frances : la majorité du mobilier de Lady Marchmont, ainsi que ses bijoux.

« Mais pour autant que nous le sachions, soupira le notaire en regardant Frances, aucun n'a vraiment de valeur. J'en suis le premier surpris, d'ailleurs. Lady Marchmont en avait beaucoup, autrefois – des bijoux inestimables. Malheureusement il ne reste plus en notre possession qu'une montre, deux bagues à porter tous les jours et des broches anciennes. Quelques paires de boucles en strass. Il devrait y avoir un inventaire quelque part, mais la dernière fois que nous lui avons demandé où il était, Lady Marchmont est restée curieusement vague. »

Depuis un moment, Frances regardait Oliver assis sur le canapé. Savoir qu'elle héritait de quelques meubles et colliers ne l'intéressait pas plus que cela. Il avait les yeux fermés, et elle se demandait s'il avait entendu le notaire. Si c'était le cas, il n'avait pas l'air spécialement heureux d'apprendre qu'il était désormais riche et propriétaire d'une superbe maison, quand bien même il ne pourrait y emménager tout de suite. Oliver ouvrit les yeux et les frotta doucement. Il semblait avoir l'esprit ailleurs. Frances fut frappée de constater à quel point la guerre l'avait vieilli. Il était si jeune à son arrivée à Crowmarsh Priors. Il avait souvent l'air triste ou soucieux. Cela ne l'avait sûrement pas aidé que Tante Muriel s'acharne sur lui, et par ailleurs, il venait d'apprendre la mort d'une fille du village qui s'était portée volontaire pour conduire une ambulance à Londres et avait été tuée dans un bombardement. Frances savait que la veille, il avait passé sa soirée aux côtés de la famille endeuillée.

Elle songea tout à coup qu'Oliver n'avait pas tant l'air triste que seul. Pour ses fidèles il était un roc dans l'adversité, mais qui était là pour s'occuper de lui ? Certes, on pouvait toujours répondre « Dieu » à cette question, car la foi d'Oliver paraissait solide. Mais d'un point de vue, disons, humain… Elle ressentit comme un élan de compassion, et l'envie irrésistible de passer un bras autour de ses épaules pour le réconforter. Le notaire continuait à pérorer, et il lui vint à l'esprit qu'Oliver était plus grand qu'elle, et que si elle se mettait sur la pointe des pieds et que, de son côté, il se penchait un peu vers l'avant… La bouche de Frances s'ouvrit toute seule lorsque son fantasme se transforma en baiser, et…

Le clerc l'observait, l'air interrogateur. Frances se mit à fixer ses genoux, et demeura ainsi jusqu'à ce qu'ils en terminent enfin avec ce testament. Le notaire demanda d'un ton compassé s'il y avait des questions, puis accepta le verre de sherry et les biscuits que la gouvernante lui proposait. Ensuite, les deux hommes rangèrent les papiers dans leurs porte-documents et prirent congé.

Lorsqu'ils furent seuls, Frances vint s'asseoir à côté d'Oliver et lui dit :

« Puisque la maison est à vous maintenant, Elsie et moi pouvons essayer de trouver une place au foyer. Si ça ne vous dérange pas, je peux entreposer mes affaires à la cave en attendant ?

— Naturellement, mais de toute façon vous avez le droit de rester, et le notaire en a dit autant. S'agissant des meubles, Cousine Muriel avait lourdement insinué que vous en auriez très bientôt besoin pour, euh… »

Oliver ôta ses lunettes pour les nettoyer. Frances remarqua combien le col d'ecclésiastique faisait ressortir son bronzage et que ses yeux, dont le pourtour était légèrement ridé à présent, étaient d'un marron profond. Il la regardait avec insistance, et d'un air plutôt malheureux.

« Oui. Vous voulez parler de l'idée saugrenue qu'elle s'était mise en tête, comme quoi j'allais épouser Hugo ? »

Il hocha la tête.

« C'est-à-dire, enfin, les gens ont l'air de croire… de penser… que cela ferait un beau mariage. »

Il astiqua son verre de lunette énergiquement, même s'il était déjà propre. Frances haussa les épaules.

« Dans ce cas, j'ai bien peur qu'ils soient déçus. Hugo ne m'a jamais fait sa demande, en réalité. Mais si je ne m'abuse, Tante Muriel avait une autre union à l'esprit…, ajouta-t-elle avec un sourire.

— Je sais – oh, ne m'en parlez pas ! grogna Oliver en repoussant la mèche qu'il avait sur le front pour remettre ses lunettes. Elle me l'a fait comprendre on ne peut plus clairement, et c'était terriblement gênant au début. Et puis un jour, Alice m'a avoué qu'elle avait balancé un panier entier de pommes par la fenêtre de la sacristie en jurant comme un charretier parce que Nell Hawthorne lui avait conseillé de faire des gâteaux pour m'amadouer. On en a bien ri, et c'est resté une plaisanterie entre nous. Mais seulement une plaisanterie, précisa Oliver de sa nouvelle voix ferme. Alice est une chic fille, mais j'aurais l'impression d'épouser ma sœur. Ce n'est pas du tout ce que je…

— Ça ne m'étonnerait pas de Tante Muriel qu'elle revienne d'entre les morts pour continuer à nous harceler. Elle a toujours voulu avoir le dernier mot en tout. Pourtant, les choses auraient été bien plus simples si elle avait eu l'idée de nous marier tous les deux – de cette façon la maison, les meubles et les bijoux, tout serait resté dans la famille. »

Oliver parut tellement pris de court que Frances se maudit intérieurement d'avoir choisi le mauvais moment pour faire son petit discours. Elle avait la sensation d'être allée beaucoup trop loin.

« Non, c'est sûr, c'est bête », marmonna-t-elle en piquant un fard.

Et puis il lui sourit, et les petites rides autour de ses yeux se creusèrent.

« On met toujours les jeunes révérends en garde contre certains de leurs futurs paroissiens, comme les vieilles dames. À vrai dire, je commençais tout juste à savoir m'y prendre avec elle quand elle est morte. Si elle revient sous la forme d'un fantôme, je n'hésiterai pas à demander à l'évêque la permission de pratiquer un exorcisme. Il a eu quelques ennuis avec elle, lui aussi. »

Oliver tapota la main de Frances comme le ferait un homme d'Église, mais la laissa plus longtemps que nécessaire, lui sembla-t-il. Frances était justement en train de penser combien elle était agréable, chaude et robuste, lorsqu'il se leva.

« Je vous en prie, ôtez-vous de la tête l'idée de quitter la maison. Cela me fait plaisir de vous savoir ici. Il en va de même pour Elsie, naturellement. »

Il regarda sa montre.

« Ah ! ma réunion pour les bonnes œuvres est dans quelques minutes. Je dois filer. »

Frances resta assise au petit salon, ridiculement heureuse de savoir qu'Oliver n'épouserait pas Alice. Elle ressentit une compassion nouvelle pour cette fille. Elle n'imaginait pas ce que cela avait dû être de passer sa scolarité en pension, pour retrouver une mère acariâtre et une ambiance sinistre à la maison. Pas étonnant qu'Alice ait l'air si accablée tout le temps. Frances tâcherait d'être plus gentille avec elle à l'avenir.

16

Crowmarsh Priors, novembre 1941

La perspective d'avoir bientôt vingt et un ans et de pouvoir enfin quitter les *Land Girls* avait fait tenir Frances depuis la fameuse entrevue avec son père, et si elle avait encore quelques hésitations, ce qui se passa le mercredi précédant son anniversaire acheva de la convaincre. La journée commença particulièrement mal. À la ferme, la chef l'assigna au poste qu'elle détestait par-dessus tout : la traite des vaches. Tout en pestant, Frances posa violemment le seau par terre et s'assit sur le tabouret. Elle tâtonna jusqu'à trouver le pis, et la vache exprima aussitôt son mécontentement en meuglant.

« Reste tranquille, Queenie », grommela-t-elle. Mais la bête continua à s'agiter, tant et si bien qu'elle fit tomber Frances dans la paille. Elle se releva et donna une grande tape à Queenie sur la croupe. Ce à quoi Queenie répliqua en lui mettant un bon coup dans les tibias et en urinant sur son pantalon.

Ensuite, puisqu'elle devait ramener les lourds seaux à la laiterie et que le taureau n'était nulle part en vue, Frances décida de couper à travers son enclos. Tout à coup le taureau se mit à charger vers elle, tête baissée, depuis le bout du champ. Dans sa précipitation,

Frances ne referma pas le portail correctement et l'animal continua sa course jusqu'à la route, en donnant des coups de corne et en beuglant tout ce qu'il savait. Heureusement, deux fermiers qui passaient par là le ramenèrent à l'aide d'une pique et d'une fourche. « Ah, bon sang! » s'énerva-t-elle en renversant du lait sur ses bottes.

À l'heure du déjeuner, la chef lui passa un savon devant tout le monde. Frances bâilla avec ostentation. Son interlocutrice, qui suivait aveuglément les conseils prodigués par le ministère pour entretenir le moral des troupes, enchaîna en disant :

« Bien! Et maintenant, on va chanter une petite chanson en mangeant nos sandwichs. »

C'en était trop.

« Oh non, pas encore! protesta Frances. Et puis les paroles sont gnangnan, on dirait une comptine pour enfants. Sans rire, ils n'auraient pas pu trouver mieux que *Vite, ayons hâte/On doit tous mettre la main à la pâte*? Je m'en fiche, je ne chanterai pas. »

N'ayant pas été formée pour gérer une mutinerie dans ses rangs, la chef préféra se raccrocher à son autorité en s'exclamant :

« Frances, ça suffit. Je te signale pour insubordination!

— Mais je t'en prie. Si on me cherche, je suis au pub. »

Elsie planta sa pelle dans la terre froide.

« Et pis moi j'aime pas chanter, toute façon.

— Elsie Pigeon, tu es bonne pour un rapport aussi! »

Elsie répliqua par un geste obscène et un « Va te faire voir » murmuré. Et sur ce, Frances et elle enfourchèrent leur bicyclette pour aller boire une pinte de cidre, laissant derrière elles des *Land Girls* ravies et une chef d'équipe furibonde.

Une heure plus tard, légèrement éméchées, elles revenaient en zigzaguant sur la route quand Elsie s'arrêta brusquement.

« J'crois qu'j'ai pas envie d'y retourner. J'en ai ma claque d'la ferme.

— Moi aussi, tiens. C'est tellement barbant ! Ouuups ! s'écria-t-elle en dégringolant du vélo.

— J'ai faim, poursuivit Elsie. Pas toi ?

— J'ai toujours faim, ma belle », soupira Frances en frottant son genou éraflé.

Elle n'aurait peut-être pas dû boire le ventre vide, elle se sentait toute étourdie. La veille, Evangeline leur avait servi de la viande de baleine au dîner. « C'est tout ce qu'il y avait, même contre des tickets ! » s'était-elle lamentée en amenant le plat. L'odeur était forte, comme un poisson qui ne serait plus très frais. À contrecœur, ils avaient tendu leur assiette, puis mastiqué lentement. Tommy, Maude et Kipper avaient recraché la chair caoutchouteuse, en même temps.

« Beurk ! J'mange pas ça, c'est pas bon, avait déclaré Tommy d'une voix ferme.

— J'vais vomir si on m'force », avait renchéri Maude. Kipper avait regardé sa grande sœur et hoché la tête vigoureusement.

« Moi aussi. »

En fin de compte personne n'avait continué de peur de ne pas digérer. Même un cordon-bleu comme Evangeline ne pouvait pas faire de miracles avec de la viande de baleine.

« Tiens. J'gardais ça pile pour c'genre d'situation. »

Avec un grand sourire, Elsie souleva le linge qui recouvrait le panier de sa bicyclette et en sortit deux sandwichs au jambon généreusement beurrés, du chocolat et des cigarettes américaines. Les deux jeunes femmes se jetèrent sur la nourriture.

« Du jambon ! Oh, délicieux, *délicieux* jambon ! Mais où diable as-tu… ? demanda Frances en s'allumant une cigarette.

— Bernie.

— Bien sûr », dit Frances, se sentant bête. Malgré le rationnement Elsie avait accès aux denrées les plus inouïes, des choses pourtant introuvables depuis le début de la guerre : poudriers, savons parfumés, rouge à lèvres, bas, talc, lingerie en soie, saumon en boîte…

« Bernie fait du marché noir, c'est ça ? Oh, Elsie, il va se faire prendre ! Les journaux sont remplis d'histoires horribles sur les gens qui enfreignent la loi sur le rationnement. Des commerçants finissent en prison pour avoir vendu la plus petite motte de beurre sans ticket. On les envoie aux travaux forcés, tu te rends compte !

— Bernie ? Nan, pas lui, répliqua Elsie en faisant un rond de cigarette. Il est trop bon pour ça, trop prudent. Du beurre. Du suc'. D'l'essence. Du whisky, même. Tout peut s'ach'ter quand t'as d'quoi payer. Y sait où trouver la marchandise, alors y fait un peu d'commerce par-ci par-là. Mais si tu savais c'qui circule, Frances. La police peut pas mettre la main sur tout, c'est pas possible. Et pis toute façon, y ferment les yeux pour Bernie. D'après lui, c'est une façon d'l'payer pour l'travail qu'y fait pour eux.

— Mais qu'est-ce qu'il peut bien faire comme travail pour s'en tirer aussi bien, ma belle ? J'imagine que c'est ultrasecret.

— Oh ! comme c'qu'y f'sait avant, répondit Elsie d'un air dégagé. Il est pas censé m'en parler mais y peut pas s'en empêcher. Contr'façon, surtout. Et pis y fouille les décombres quand y'a eu un bombardement.

— Comment ça ?

— Avant la guerre, les flics l'embarquaient tout l'temps. Maint'nant, y'a une auto qui vient l'chercher et l'ramener, il est logé et nourri chez l'gendarme Barrows, et y le payent, même. Tu te d'mandes, mais qu'est-ce que les autorités peuvent bien vouloir à Bernie Carpenter ? C'est pas comme s'ils avaient besoin d'lui pour truquer une course de lévriers ou fourguer un chargement d'cigarettes. D'abord, y'a la contr'façon. C'est lui qui m'l'a dit. L'a une sorte de don pour ça, apparemment. Et pis, si j'ai bien compris, y va fouiller les immeubles effondrés, là où y avait un bijoutier, une banque, une grande maison où les gens avaient des objets d'valeur.

Il a même l'droit d'percer un coffre-fort si nécessaire. Bernie entre là-d'dans vite fait. Un flic reste devant pour empêcher qu'on l'dérange pendant qu'y bosse. Tout ça en douce, bien sûr. Il est censé chercher des diamants, j'crois bien que Churchill en a b'soin. J'sais pas pour quoi faire, mais Bernie dit qu'on en croirait pas nos oreilles si on savait tout c'qu'y vont inventer au ministère. Bernie dit qu'c'est pas un problème pour les gens qui s'font voler, parce qu'ils ont un tas d'assurances pour ça.

— Elsie, sois prudente. Il s'en sort là, mais il va forcément finir en prison. Et toi, tu te retrouveras le bec dans l'eau. »

Elsie tira sur sa cigarette tout en réfléchissant. Si M'man avait été là, elle aurait été d'accord avec Frances. Mais Elsie devait se débrouiller à présent, et elle avait décidé d'écouter son cœur, pour l'instant. Ce qui ne voulait pas dire qu'elle ne ferait pas attention.

« Tu comprends, Frances, tu sais pas comment on vit, Bernie et moi. T'as toujours vécu chez les rupins, toi. Lady Marchmont, Sir de Balfort, Hugo – même Alice et sa mère, qui pensent pas avoir grand-chose, elles auront toujours plus qu'la plupart des gens. » T'imagine pas c'que c'est d'habiter dans une rue comme North Street, avec tous ces chômeurs qu'arrivent pas à trouver d'place, les odeurs d'l'usine de colle qui t'donnent mal à la tête, ma mère qui d'vait économiser sur tout pour nous donner à manger et garder un toit sur not' tête. Si tu savais, on avait tout l'temps faim, et pourtant M'man faisait vraiment d'son mieux. Elle a vendu presque tout c'qu'on avait pour payer l'loyer. L'pire, c'est l'jour où elle a dû vendre son alliance, parce qu'elle disait toujours que même si ça allait mal, au moins les gens voyaient qu'elle était mariée, une femme respectable.

« Alors tu sais quoi, si d'un coup t'as la chance d'changer d'vie, comme on a eu avec Bernie, ben t'hésites pas. Parce qu'la chance, pour les gens comme nous, ça arrive pas souvent. C'est pour ça qu'Bernie met d'côté, pour quand les grosses légumes en auront fini avec lui et qu'y voudront l'renvoyer à North Street. Toute façon, avec tout c'qu'y sait et c'qu'y lui font faire, les faux pass'ports, les coffres-forts et j'en passe, s'y veulent lui faire des ennuis, il leur en f'ra aussi.

— Ah! un bon vieux chantage. J'espère que ça ira pour vous, dans ce cas. Et merci pour les sandwichs, ils étaient succulents », conclut Frances après avoir décidé qu'elle se fichait bien de savoir si son repas venait du marché noir, tant qu'elle l'avait dans le ventre.

Elles arrivèrent terriblement en retard à la ferme, et la chef leur fit bien comprendre qu'elle n'était pas contente. Elle envoya Frances arracher des patates dans un champ qui lui donna l'impression de marcher dans du ciment frais, et Elsie eut pour mission de remettre de l'huile dans le tracteur. Leurs camarades avaient reçu l'ordre de ne plus leur adresser la parole de la journée. Elsie, qui ressentait les effets du cidre, voulut essayer le tracteur et le fit caler, puis pétarader à qui mieux mieux. Elle finit par le garer sur un côté et sortit de la cabine en pestant. Les autres les boudèrent, et Frances songea qu'elle était bien contente de ne pas devoir rentrer au foyer avec elles. Pour l'instant, Elsie et elle pouvaient encore jouir du relatif confort de Glebe House, et c'était tant mieux. Comme toujours quand Bernie était là, Elsie se volatilisa dès que la journée fut terminée.

Sur le chemin du retour il se mit à bruiner, et le temps d'arriver Frances était transie de froid. Elle avait des courbatures aux épaules et de la crasse sous les ongles. Tout en se lavant les mains à l'ignoble savon jaune dans l'arrière-cuisine, elle repensa avec nostalgie aux sels de bain à la rose, aux serviettes moelleuses, aux manucures, aux après-midi passés chez le coiffeur, aux jolies robes pour danser… aux restaurants, à la musique, aux éclats de rire… Désormais, tout n'était plus que gadoue, habits informes, mauvaises nouvelles, nuages bas, préoccupations et tourtes aux légumes à tous les repas.

Elle observa son chandail trempé de sueur, le pantalon en velours taché, et se demanda quel imbécile au ministère avait pu penser que décrire les *Land Girls* comme des filles « robustes et hâlées », tout en leur fourguant des tenues pareilles, allait leur remonter le moral. Et voilà qu'ils avaient décidé d'introduire le rationnement pour les vêtements, même si Frances ne voyait pas ce que cela allait changer pour elle, vu qu'à la campagne tout le monde se fichait de la façon dont vous étiez habillée, puisqu'il n'y avait nulle part où aller hormis la salle paroissiale pour regarder un film de temps en temps, ou bien au foyer des *Land Girls* pour un bal sinistre. Bientôt toutes les filles du coin auraient la même touche qu'Alice, avec ces jupes affreuses dont sa mère ne voulait plus, et le foulard qu'elle s'entêtait à nouer si serré qu'il lui faisait une toute petite tête. Ou alors elles laisseraient carrément tomber, comme Evangeline qui était pourtant mince et aurait été belle si elle faisait ne serait-ce qu'un petit effort. Mais avec Richard parti en mer, elle ne semblait pas se soucier de son apparence.

Nettoyant ses ongles avec la pointe d'un couteau, Frances se répéta une fois de plus que le jour de ses vingt et un ans, c'en serait terminé des vaches et des champs de patates. Evangeline lui avait montré comment poser des pièges, et Frances avait pu amener au petit homme les deux faisans qu'il lui avait demandés. Il les avait pris, et lui avait dit qu'ils se reverraient après son anniversaire.

Distraitement elle se sécha les mains à la serviette qui sentait très mauvais, mais que ni Elsie ni elle n'avait eu l'idée de laver depuis le départ de la gouvernante. En temps de guerre, qui se souciait de faire le ménage chez soi ?

En revanche, ce qui dérangeait Frances, mais qu'elle n'aurait pas osé avouer, c'était de passer à l'âge adulte le samedi suivant sans le fêter. Elle se trouvait pour le moins frivole de penser à s'amuser dans ces circonstances, mais l'idée de devenir majeure sans marquer le coup était vraiment trop déprimante. Frances n'était pas du genre à s'apitoyer sur son sort, mais les larmes montèrent sans crier gare. Elle les refoula. Mince alors, un peu qu'elle allait fêter ça.

Pourquoi ne pas inviter les filles à dîner ce soir-là ? Pour une fois, elles prendraient du bon temps et pourraient être élégantes.

Mais par où commencer ? Frances n'avait jamais donné de soirée. Elle n'avait pas de cuisinière, pas de domestiques pour servir, elle n'avait rien de rien et n'était pas fichue de faire cuire un œuf au plat. En revanche, elle était pleine de ressources. Si Evangeline acceptait de leur mijoter un repas à partir de trois fois rien, Frances lui proposerait de garder Tommy, Maude et Kipper la prochaine fois qu'elle irait voir son médecin à Londres – quand Tanni restait seule avec les réfugiés, elle n'arrivait pas à se faire écouter. Elle inviterait Elsie bien entendu, Evangeline et Tanni – sans oublier Alice. Pour ce qui était des hommes, Hugo, Oliver et Bernie, quand bien même il était plus jeune et sacrément insolent. Frances avait appris qu'il la trouvait « plutôt pas mal » et ne s'en cachait pas. Elle avait bien ri en l'apprenant, et à vrai dire elle l'aimait bien – même si pour Alice, « ça ne se faisait pas de dire ça ». Mais Johnny, et par conséquent Tanni, l'adoraient, et Elsie semblait vraiment amoureuse. Peut-être qu'ils pourraient danser si Evangeline acceptait d'amener ses disques et le gramophone de Penelope.

Et puis il y avait une chose dont, pour le coup, elle ne manquait pas : à boire.

Quelques jours plus tôt, en remisant l'argenterie de sa marraine à la cave en prévision des ouvriers qui allaient bientôt envahir les lieux pour transformer Glebe House en maison de repos, Frances avait fait deux découvertes. La première était un stock de bouteilles couvertes de poussière qui s'étaient avérées être du bordeaux, une demi-douzaine de cognacs et un « *Genièvre* », comme le précisait l'étiquette sur la bouteille en grès. Elle avait remonté le tout pour les nettoyer. Du vin français ! Elle ne savait pas trop ce qu'était le genièvre, mais peu importait. L'alcool était une denrée plus que rare par les temps qui couraient, et elle comptait bien en profiter.

La seconde découverte de Frances l'avait encore plus étonnée. Au moment de transvaser son trésor, elle s'était cogné l'orteil sur quelque chose de dur glissé sous le cognac. En braquant sa torche dessus, elle avait révélé un petit coffre laqué aux motifs chinois et aux fermoirs en laiton terni par le temps. Elle avait extirpé l'objet de sa cachette, enlevé la poussière en soufflant dessus. La clé était dans la serrure, et elle l'avait ouvert sans problème. Elle était alors tombée sur plusieurs boîtes en velours de différentes tailles et formes. Quand elle avait découvert le contenu de la plus grande, elle en avait eu le souffle coupé : il s'agissait d'un collier de perles à trois rangs avec fermoir en émeraudes. Le même collier que Tante Muriel arborait sur le tableau trônant au petit salon. Elle avait ensuite trouvé les deux bracelets qui composaient la parure, une paire de boucles d'oreilles en diamant, très anciennes, des bagues, des broches, et une montre d'homme en or dans un étui ouvragé sur lequel étaient gravées les armoiries des Marchmont. Les bijoux qu'ils cherchaient partout ! Sa marraine avait dû cacher le coffre là et tout oublier.

Si Frances adorait les vêtements, elle n'avait jamais eu de faible pour les bijoux. Mais elle voyait bien que ceux-ci étaient d'une valeur inestimable. Surtout les perles. Hum… Pour sa fête, Frances décida de ressortir une de ses tenues préférées, qu'elle n'avait pas mise depuis une éternité, une robe en velours couleur ambre qui lui allait bien au teint et qu'elle pourrait assortir avec des mules en soie. Comme cela allait être amusant de se mettre sur son trente et un, pour changer. Oliver n'avait jamais eu l'occasion de la voir bien habillée. Elle porterait même les perles, juste cette fois. Peut-être que Bernie saurait lui dire où les vendre discrètement.

Aussitôt, elle eut mauvaise conscience. Elle devrait plutôt prévenir le notaire. Son petit doigt lui disait qu'elle aurait sûrement quelque chose à payer sur ces colifichets. Elle pouvait toujours demander à Oliver ce qu'il en pensait. Et puis elle décida que non. Oliver était un homme si bon, il lui conseillerait de téléphoner séance tenante. Cela pouvait bien attendre quelques jours, après la soirée.

Le lendemain, en chemin pour la ferme avec une demi-heure de retard, Frances passa inviter Evangeline et Tanni qui était enceinte de son second et ne bougeait plus du canapé, où elle était occupée à raccommoder les chandails des enfants. Evangeline accepta de s'occuper du repas et précisa qu'elle demanderait à Margaret Rose de venir garder Johnny et les petits réfugiés à la maison, pour que Tanni et elle puissent profiter de leur soirée. Ensuite, Frances fit un détour par l'école primaire où elle trouva Alice en train de coller de nouvelles affiches dans sa classe. « *Tousser, éternuer, c'est contagieux/Le réflexe à avoir, c'est les mouchoirs !* » disait la première, et « *Ce voyage que vous comptez faire, est-il bien nécessaire ?* » interpellait la seconde.

« Celle-ci, je voulais la mettre à la gare, expliqua Alice, pour qu'Evangeline la voie la prochaine fois qu'elle partira en vadrouille. Mais Albert Hawthorne n'a pas voulu, sous prétexte qu'il n'a plus de place sur les murs. Vraiment, Evangeline ne pense qu'à elle », ajouta-t-elle en reniflant d'un air maussade.

Pourtant, lorsque Frances lui annonça qu'elle l'invitait, Alice s'anima et proposa même d'apporter en dessert un *Woolton fudge*, la dernière invention en date du ministère de l'Alimentation.

« C'est délicieux ! Jamais on ne croirait que c'est fait avec des carottes !

— Ah oui ? Tiens donc ! » répliqua Frances qui détestait ce légume. Ces temps-ci, toutes les recettes concoctées par Lord Woolton, le ministre, semblaient être à base de carottes. Elle préférait ne pas savoir ce qu'ils mettaient dedans pour obtenir un dessert. Réprimant un frisson, elle remonta à bicyclette et s'en alla.

Ce jour-là et le lendemain, en revenant de la ferme, Frances et Elsie parcoururent les champs détrempés à la recherche des dernières noix et châtaignes. Toutes les cinq avaient mis leurs tickets en commun pour qu'Evangeline leur fasse son gâteau au fromage blanc.

Elle avait même prévu d'utiliser de vrais œufs au lieu de la version en poudre qui laissait un arrière-goût en bouche. Le bonheur !

La production personnelle d'œufs n'était toujours pas rationnée et grâce aux talents de Tanni en couture, Evangeline et elle possédaient désormais un vieux coq en plus des poules pondeuses, et plusieurs poussins picoraient dans le jardin, à proximité des oignons, des choux et des artichauts. Ces œufs étaient une bénédiction, notamment pour Tanni qui refusait catégoriquement de manger cette chose bizarre qu'était le *corned-beef*, ne daignait même pas goûter au jambon ou au bacon alors que c'était si rare d'en trouver chez le boucher, et encore moins à l'espèce de hachis de viande qui était souvent la seule source de protéines disponible contre un ticket de rationnement. Pire, elle avait décidé que ces mesures s'appliquaient aussi au petit Johnny. Sœur Tucker avait eu beau protester, Tanni était restée ferme, alors l'infirmière vérifiait toujours qu'ils recevaient bien leurs parts et même plus d'huile de foie de morue, de jus d'orange, de sirop d'églantine et de lait.

La veille de la soirée, Frances se lança dans les préparatifs. Elle alla chercher à la cave une partie de l'argenterie et de la vaisselle de sa marraine.

« À l'institution pour jeunes filles, on nous avait appris à placer les verres et les couverts, dit-elle d'un air affolé, papillonnant autour de la table avec des serviettes ornées d'un monogramme. Mais impossible de me rappeler ce qu'il faut faire. C'est-à-dire que je n'étais pas très attentive, à l'époque.

— Ça t'servait à quoi d'apprend', dans c'cas ? C'était juste pour pouvoir montrer aux domestiques ? demanda Elsie sur un ton moqueur qui échappa totalement à Frances.

— Tu as tout compris, ma belle. Les professeurs disaient toujours que c'était terriblement important de bien former son personnel, une fois mariée. Imaginons que je sois partie vivre à l'étranger, et que les bonnes là-bas ne savent pas faire les choses correctement.

Elles pourraient placer les fourchettes du mauvais côté, ou bien servir les plats dans le mauvais ordre, sans parler de la catastrophe si un invité important était mal placé…

— Et blablabla », la coupa Elsie en levant la tête au ciel devant des propos aussi niais. Jamais elle n'aurait cru cela de Frances. Grâce à sa brève carrière de soubrette, Elsie se considérait comme une experte sur le sujet et elle prit grand plaisir, depuis le canapé où elle s'était installée, à donner des instructions sur la meilleure façon de faire un feu au petit salon, de passer un coup dans les verres et de repasser la nappe en soie damassée. Ensuite, elle se leva pour aider son amie à ranger au mieux la pagaille qui s'était accumulée depuis la mort de la vieille dame, fourrant toutes sortes d'objets incongrus dans les placards et derrière les meubles, jusqu'à ce que la maison soit quasiment présentable.

« Mon Dieu, je suis épuisée, déclara Frances quand elles eurent terminé. Mais c'est ravissant, tu ne trouves pas ? On n'a pas vraiment besoin de faire la poussière, si ? Avec une lumière tamisée, ça ne se verra pas… »

17

Crowmarsh Priors, anniversaire de Frances

Lorsque Frances eut terminé son travail le samedi, elle rentra aussi vite qu'elle put à la maison. Elle était seule, Elsie ayant dû rester à la ferme. Au moment de partir, la chef d'équipe, les traits crispés, avait demandé à lui parler « en privé ». Elsie avait encore fait des siennes avec le tracteur, qu'elle maîtrisait toujours aussi mal – elle avait failli renverser la chef, d'ailleurs. Dans la salle de bains glaciale, Frances s'arma de courage pour prendre un bain sommaire dans les dix centimètres d'eau autorisés par le ministère. Lorsqu'elle enleva la bonde et vit à quel point l'eau était sale, elle batailla quelques secondes avec sa conscience puis décida d'en prendre un second. Cette fois, l'eau qui s'écoula était plus ou moins propre. Tremblant comme une feuille, elle se lava les cheveux puis les rinça avec un peu de bière éventée qu'Elsie et elle gardaient dans un flacon à cet effet.

Le temps qu'Elsie arrive et s'affaire bruyamment en cuisine pour préparer des sandwichs – son seul et unique exploit culinaire –, Frances était enveloppée dans une robe de chambre, une serviette autour de la tête pour masquer l'odeur de houblon. Elle tira les lourds rideaux en prévision du couvre-feu, alluma un feu au petit salon, versa la dernière bouteille de sherry de sa marraine dans un décanteur puis ouvrit quelques bordeaux pour les aérer, les alignant sur le manteau de cheminée. *Au diable l'avarice*, songea Frances en ouvrant aussi un cognac et le genièvre. Elle goûta ce dernier à même le goulot tout en se séchant les cheveux près du feu. L'odeur âcre de plante et le goût amer lui arrachèrent un frisson, mais cela eut l'intérêt de la réchauffer rapidement.

Confortablement installée devant la belle flambée, elle en prit une autre gorgée. Puis une autre. Ensuite elle s'en versa un doigt dans un verre à liqueur, qu'elle but aussi. Elle avait les joues toutes rouges et se sentait revigorée, joyeuse même. Oliver allait-il la trouver jolie ? se demanda-t-elle en trébuchant dans l'escalier qui menait à sa chambre. Elle enfila la robe qui épousait parfaitement ses hanches tout en accentuant encore sa fine taille, puis chaussa les mules qui allaient avec. Elle s'observa d'un œil critique dans le vieux miroir piqué, releva ses cheveux à l'aide d'épingles et mit les perles autour de son cou. Elle finit par quelques gouttes de parfum et du rouge à lèvres, songeant que c'était merveilleux de pouvoir porter une belle tenue le temps d'une soirée. Son reflet dans le miroir la rassura : elle avait l'air de la Frances qu'elle avait toujours connue. Du moins, dans cette lumière. Elle tournoya un peu, trop heureuse d'entendre le frou-frou du tissu autour de ses chevilles.

En bas, on frappa.

Oliver !

Elle descendit à la hâte et sentit que la tête lui tournait. Ouvrant la porte dans un grand geste, elle dut prendre appui sur la poignée. Ce n'était pas Oliver mais Hugo, en smoking et écharpe de soie blanche, avec dans les mains un bouquet de roses et du champagne.

« Joyeux anniversaire, Frances ! Tu es ravissante. On a trop tendance à oublier qu'à la base, les *Land Girls* sont, eh bien, ce sont des filles. »

Gênée, Frances s'extasia sur le bouquet et enfouit le visage dedans pour le humer.

« Oh, Hugo, des roses ! Ce sont mes fleurs préférées. Où as-tu bien pu en trouver en novembre ? »

Elle déposa un baiser un peu trop fougueux sur sa joue, puis l'emmena au petit salon, tout en expliquant gaiement qu'elles avaient prévu au départ de faire la soirée dans la salle de réception, mais avaient eu peur de faire mourir de froid les invités.

« Et puis, Alice n'aurait pas arrêté de rouspéter si on avait voulu chauffer cette pièce immense. Tu sais comment elle est, question gaspillage. »

Hugo lui fit un sourire complice, et Frances s'excusa un instant.

Lorsqu'elle revint avec le plus grand vase en cristal qu'elle avait pu trouver, il se tenait dos à la cheminée, les mains dans les poches. Elle était en train d'arranger les roses parfumées lorsqu'il s'éclaircit la voix et annonça :

« Frances, si je suis venu plus tôt, c'est parce que j'ai quelque chose de spécial à te demander. »

Frances leva le nez de son bouquet. Dans la lumière dorée et son état de légère ébriété, le profil d'Hugo lui paraissait tout à coup merveilleusement beau. Et puis c'était si agréable de voir un homme en smoking, comme au bon vieux temps. Un homme du genre de ceux qu'elle fréquentait, avant.

« Frances… veux-tu m'épouser ? Je suis sûr que tu connais mes sentiments pour toi – je n'en ai pas vraiment fait un secret. Même les filles à la ferme ont remarqué que je traînais souvent dans le coin où tu travaillais. Je voulais faire ma demande plus tôt, et puis ta marraine est décédée, et j'ai pensé que ce n'était pas le bon moment. Mais maintenant que tu es majeure…

— Oh, Hugo !

— Ma chère Frances, tu ferais de moi l'homme le plus heureux au monde si tu acceptais. Nous allons si bien ensemble – j'ose croire que tu l'as constaté, toi aussi ? Je crois que nous serons très heureux. Père me dit de te dire que lui aussi serait ravi, si tu me faisais cet honneur. Il est grand temps que Gracecourt ait une nouvelle Lady de Balfort, ainsi que des héritiers pour perpétuer la tradition. Et puis avec la guerre, je me dis, à quoi bon attendre ? Enfin, si tu veux de moi.

— Oh, Hugo ! » répéta Frances, qui se sentait surprise et flattée. Lady de Balfort ! Elle s'imagina défilant à ses côtés dans l'abbaye de Westminster pour le prochain couronnement. En robe bordée d'hermine, un diadème sur la tête.

« Tu me prends de court.

— Tu n'as pas besoin de me donner ta réponse tout de suite », fit Hugo en s'approchant dangereusement d'elle. Il n'avait jamais tenté de l'embrasser, jusque-là.

D'instinct, Frances s'écarta.

« Je ne sais pas quoi dire, bredouilla-t-elle en allant près du feu, comme pour se réchauffer. Je suis désolée, je ne m'attendais pas à… Je dois y réfléchir. »

La vision d'elle à Westminster commença à s'effacer.

« L'apanage d'une dame », répliqua Hugo. Il n'avait pas l'air vraiment alarmé par sa réaction. D'ailleurs, il lui fit son habituel sourire suffisant et regarda sa montre.

« Bien. J'ai trouvé un autre fusil pour la *Home Guard*, et j'ai promis à Harry Smith de le lui apporter. Je reviens tout à l'heure, en compagnie d'Oliver. J'espère que tu auras eu le temps de te décider, pour qu'on puisse porter un toast avec les autres à nos fiançailles. Père m'a demandé de t'embrasser, et de t'inviter à déjeuner au château lors de ton prochain dimanche de libre.

— Avec plaisir », murmura Frances. Ses fiançailles !

La porte d'entrée se referma derrière lui. Épouser Hugo ? Faire exactement ce que Tante Muriel souhaitait ? Le père de Frances serait enchanté.

Elle emporta le vase dans la salle à manger et le posa au centre de la table, où il était du plus bel effet. Tout à coup, une pensée traversa son esprit embrouillé. Et si Hugo décidait de se confier à Oliver ? « *Tu peux me féliciter, mon vieux. J'ai enfin demandé Frances en mariage. J'attends sa réponse – tu sais comment sont les filles – mais je suis optimiste. J'espère bien que tu célébreras notre union le moment venu – très vite, je dirais. Et que tu baptiseras l'héritier qui viendra à la suite, bien sûr.* »

« Oliver ! Mais qu'est-ce qu'il va penser ? Oh, la barbe ! » marmonna Frances qui avait dessoûlé d'un coup.

De nouveau, on frappa à la porte. Cette fois, c'était Evangeline avec des plats plein les bras et Tanni avec Johnny, car la jeune mère avait refusé de laisser le petit en garde à Margaret Rose. *Tanni a une sale mine*, songea Frances, surprise. Pâle comme un linge, les traits tirés. Elle tendit à Frances un gâteau aux pommes qui embaumait la cannelle et la complimenta sur sa robe. Puis elle alla s'asseoir sur le canapé et releva ses pieds sur des coussins, pendant qu'Evangeline déposait un Johnny à moitié endormi à côté d'elle et le recouvrait de sa courtepointe brodée.

Comme d'habitude, Frances mourait de faim. Emboîtant le pas d'Evangeline, elle s'extasia sur les différents plats que son amie déballa dans la cuisine, avant de les disposer sur la cuisinière pour les garder au chaud.

« En l'honneur de ton anniversaire j'ai sacrifié une volaille », annonça Evangeline de son accent traînant, tout en ouvrant un torchon propre pour révéler une généreuse tourte. Elle dégageait une bonne odeur de poulet, de fines herbes et de champignons, et sur la croûte trônait une rose joliment façonnée à l'aide de lambeaux de pâte.

« Hummm », fit Frances en humant d'un air approbateur. À côté se trouvait le fameux gâteau au fromage blanc, tout doré sur le dessus. Tanni avait fait sa spécialité, une salade de chou rouge aux oignons et aux pommes relevée au vinaigre, au clou de girofle et à l'ail, avec une pointe de miel pour finir. Rien à voir avec son horrible cousin, le chou bouilli. En dessert, en plus des gâteaux, Evangeline leur réservait une surprise : deux bocaux de framboises au sirop découverts dans les profondeurs du garde-manger de Penelope Fairfax. Toute contente de pouvoir contribuer à la préparation du dîner, Frances les transvasa dans un saladier en verre.

« Et ça, c'est quoi ? » demanda-t-elle en soulevant le couvercle du dernier plat qui fumait encore.

Evangeline lui fit un grand sourire.

« Du riz Cajun.

— Oh, ma belle, comme c'est… excitant, et euh… exotique ! » Frances reconnut les oignons et le céleri, mais pas le reste.

« Qu'est-ce que c'est, ces trucs noirs, là ?

— Des gésiers de poulet. C'est un plat typique de La Nouvelle-Orléans.

— Des gésiers ? répéta Frances faiblement, tout en se demandant quelle partie inavouable du volatile cela pouvait être.

— On en mangeait tous les samedis soir quand j'étais petite. C'est Inez, la cuisinière de ma grand-mère, qui m'a appris à le faire. Mon cousin Laurent et moi, on était souvent fourrés à la cuisine, alors elle nous laissait l'aider, finit-elle d'une voix entrecoupée.

— Oh, Evangeline, comme ton pays doit te manquer ! Te voilà coincée en Angleterre au beau milieu d'une guerre, et qui sait ce qui arrivera si les Allemands nous envahissent. Alors que tu pourrais être en sécurité chez toi, avec un gentil mari américain, une auto rutilante et du chocolat à n'en plus finir. Là-bas, tu n'aurais pas à te soucier du rationnement ou de tes petits réfugiés qui font pipi au lit…

— Oui, mais je n'aurais pas épousé Richard. Et tu sais, je n'aimerais pas être de retour en Louisiane. Jamais, même. »

Elle avait dit cela d'un ton catégorique. En voyant cette femme supporter une guerre et tous les désagréments qui vont avec par amour pour son mari, Frances se demanda si elle saurait être autant dévouée à Hugo. Elle y réfléchit un instant. Peut-être qu'Evangeline était une femme comblée… au lit ?

« Quel dommage que Richard ne soit pas en permission plus souvent. Tu l'as seulement vu trois ou quatre fois depuis ton arrivée.

— Trois, et encore, c'est parce que son navire a dû rentrer pour des réparations.

— Et puis, je sais à quel point tu aimerais avoir un bébé… Tu n'arrêtes pas d'aller voir ce médecin à Londres… »

La phrase de Frances mourut sur ses lèvres. Elle venait de prendre conscience que si elle épousait Hugo, il allait vouloir un enfant tout de suite, puis un autre, et un autre. Les nobles préféraient avoir trop d'héritiers que pas assez, c'était bien connu. Frances avait beau adorer Johnny, elle ne s'imaginait pas être maman dans l'année à venir. Elle ne s'imaginait même pas *avoir envie* de l'être. Vivre pendant neuf mois avec un gros ventre, pour ensuite accoucher dans des douleurs atroces ! Et puis, il y avait l'aspect sexuel à considérer. Quelque part, elle ne se voyait pas du tout faire l'amour avec Hugo.

« Frances, je voulais te prévenir, reprit Evangeline. Tanni a reçu une autre lettre aujourd'hui des gens qu'elle connaît à Londres. Ça la contrarie beaucoup, mais elle ne veut pas en parler pour ne pas gâcher ta fête. Elle dit toujours que tu as été très gentille avec elle. »

Frances fut prise de remords. Tout ce qu'elle avait fait pour son amie, c'était lui donner un négligé qu'elle ne mettait pas car elle en avait un autre.

Au petit salon, Tanni s'était levée pour marcher un peu, les mains sur le creux des reins.

« Oh, du genièvre ! s'exclama-t-elle en lisant l'étiquette de la bouteille posée sur le buffet. Où tu l'as trouvé ? Mon père forçait ses patients à en prendre après le repas. Ça a un goût horrible.

— Je sais, j'ai testé pendant que je me préparais, répondit Frances en faisant la grimace. Par contre, ça m'a bien réchauffée. Ça te dirait d'en boire un peu ? »

Tanni hocha la tête vivement.

« C'est presque un médicament, alors ça ne peut pas être mauvais pour le bébé. » Tant pis si c'était dégoûtant, cela lui rappellerait son pays natal. Elle se détourna pour que Frances ne voie pas son sourire s'évanouir.

Après le dîner de Pessah, Tante Berthe avait un peu évoqué son passage en camp avec Tanni, et lui avait conseillé de ne surtout pas parler allemand, même en privé, car on ne savait jamais : quelqu'un pourrait l'entendre et la dénoncer à la police. Tanni devait faire très attention à ne pas offenser les gens dans le village où elle logeait.

À en croire Tante Berthe, les Juifs n'étaient plus en sécurité nulle part, désormais. Partout en Europe continentale ils se faisaient « interner ». Mais qui pouvait dire ce qui se cachait derrière ce mot, dans l'Allemagne nazie ? Et puis les Britanniques pouvaient très bien décider de suivre l'exemple d'Hitler – d'après Rachel, à cause de l'hécatombe dans les rangs de l'armée, la conscription allait bientôt être autorisée pour les femmes – et les gens, surtout dans les classes aisées, commençaient à dire qu'il serait plus sage de faire la paix avec les Allemands. Tanni savait que c'était vrai, elle avait entendu Lady Marchmont en dire autant. C'était tout aussi bien que Tante Berthe n'ait jamais rencontré la vieille dame.

Bruno ne cessait de lui répéter que grâce à son poste de traducteur pour le ministère, ni lui, ni elle, ni Johnny ne seraient envoyés en camp. Mais après ce que les Cohen lui avaient raconté, Tanni n'était plus sûre de rien, quand bien même Evangeline, Alice, Frances et Elsie se montraient gentilles envers elle.

Malgré tout, Tante Berthe avait conclu en disant que Tanni devait tâcher de ne pas se tracasser, que dans son état ce n'était pas bien. Mais plus Tanni essayait, moins elle y arrivait. Elle gardait tout pour elle et avait la tête pleine d'interrogations sur ce qu'elle devait faire et ne pas faire, dire et ne pas dire. C'en devenait épuisant.

Frances prit le décanteur et servit du sherry à tout le monde sauf à Tanni, à qui elle versa une généreuse quantité de genièvre. Tanni ferma les yeux. L'odeur était encore pire que dans son souvenir, mais elle avala son verre d'un trait. En un rien de temps, elle se sentit plus légère.

Peu après, Alice arriva, arborant une tentative plus ou moins réussie de « chignon de la victoire », le dernier style à la mode. Elle tenait dans les mains une assiette remplie d'espèces de blocs gris et pleins de bosses laissées par les grumeaux.

« Je vous avais bien promis un *Woolton fudge*, non ? annonça-t-elle fièrement.

— Ça a l'air trop délicieux ! » s'exclama Frances d'un air faussement ravi, tout en planquant discrètement l'assiette derrière le gâteau aux pommes de Tanni.

Alice avait déniché un rouge à lèvres hors d'âge dans la chambre de sa mère et s'employa à en mettre en s'aidant du miroir au-dessus de la cheminée. À la lueur des bougies, elle tendit le cou pour voir si cela rendait bien avec sa nouvelle coiffure. Non, il valait mieux reculer de quelques pas.

Evangeline avait amené le gramophone et ses disques, une musique entraînante qui d'après elle s'appelait « swing », ainsi que des airs plus lents, mélancoliques, qu'elle dénomma « jazz ». Elle leur expliqua qu'ils avaient été enregistrés par un ami à elle à Paris. Elle qui s'habillait n'importe comment d'habitude avait eu l'idée d'aller fouiner dans les cantines remisées au grenier, et elle avait trouvé une robe ornée de perles datant de la jeunesse de Penelope. Elle avait également sorti des boucles en améthyste – cadeau de Richard – qui avaient appartenu à la grand-mère Fairfax, sans se douter que son mari les avait un jour promises à Alice. L'effet était saisissant, et sa beauté on ne peut plus évidente.

En voyant les bijoux d'Evangeline, Alice respira un grand coup et vida son verre pour ne plus y penser.

Enfin Elsie fit son entrée, avec sur les épaules une étole en soie rouge drapée de façon théâtrale – et repartit aussitôt en lançant un juron. Elle revint avec un fume-cigarette en ébène dans une main, et dans l'autre un grand plateau de sandwichs maladroitement coupés en triangle qu'elle avait recouverts d'un torchon mouillé.

« C'est moi qui les ai faits. Surprise, y sont au saumon en boîte ! s'exclama-t-elle d'un air triomphant. Et… aux œufs d'poisson ! » ajouta-t-elle, plus incertaine.

Bernie lui avait juré ses grands dieux que Frances allait aimer. Apparemment, ses patrons n'en étaient pas revenus quand toute une caisse avait été livrée à leurs bureaux. Ils lui avaient assuré que ça se faisait « beaucoup, de nos jours ». Bernie avait raconté à Elsie que ça coûtait les yeux de la tête, qu'il avait goûté et que c'était infect. Vraiment, ces aristos avaient des goûts bizarres. Dans la cuisine, Elsie s'était léché les doigts et avait bien failli avoir la nausée en sentant ces saletés de machins noirs éclater dans sa bouche et répandre leur odeur puissante. Bernie avait raison. Ça empestait comme le poisson que M'man achetait moins cher le lundi parce qu'il n'était plus très frais. Dans un grand geste, elle ôta le torchon mouillé.

« Du hareng saur ? demanda Alice en fronçant le nez malgré elle. Tu ne crois pas qu'il a un peu tourné ?

— Elsie chérie ! Du caviar ! » s'écria Frances qui n'en revenait pas.

Elsie lui dit que c'était un cadeau de Bernie qui s'excusait de ne pas venir. Elle murmura à Frances :

« On est v'nu l'chercher, affaire urgente. »

Bien habillées, parfumées et se réjouissant à l'avance du festin qu'elles allaient faire, les cinq jeunes femmes commencèrent à se détendre. Elles se sentaient très mondaines à siroter leur verre ainsi, en écoutant du jazz dans une ambiance feutrée. Oubliés les corvées et le rationnement, les pénuries et le mal de dos. Elles espéraient prolonger le moment le plus longtemps possible. Lorsque le sherry fut terminé, Frances décréta qu'elles feraient aussi bien d'entamer le vin.

Tanni resta sur le genièvre. À présent qu'elle s'était habituée, elle ne trouvait plus le goût si dégoûtant.

Elles étaient bien, là. « Qu'est-ce qui peut bien retarder Oliver et Hugo comme ça ? » demandaient-elles de temps en temps, mais elles étaient un peu pompettes et ne s'en souciaient pas réellement.

Soudain elles eurent leur réponse. La sirène retentit et un grondement de moteur se fit entendre au loin. Alice, les joues inhabituellement rosies par l'alcool, grommela :

« Oh, zut de zut! Voilà pourquoi ils n'arrivent pas, on a dû ordonner à la *Home Guard* de se tenir prête. Aux abris, tout le monde! Je file. » Elle attrapa son manteau et claqua la porte derrière elle.

« Ah, fichus raids aériens! fit Frances. Allez, venez. Sinon Alice va…

— Qu'elle aille s'faire voir, Alice! On y rent' pas dans l'abri, toute façon, pas avec Tanni et son gros vent'. Moi, j'reste ici, affirma Elsie d'un air de défi, en s'allumant une autre cigarette. Qu'elle aille s'faire voir, et pis les Boches aussi, tiens!

— Oui, buvons un autre verre », renchérit Evangeline qui n'était pas pressée de se lever non plus. En prenant place sur le canapé, elle s'était rendu compte à quel point toute cette cuisine l'avait épuisée, sans compter qu'elle avait dû se battre avec Maude, Tommy et Kipper pour leur faire prendre un bain avant d'aller se coucher, chose qu'ils détestaient par-dessus tout. Tous les soirs, c'était la même comédie. Leurs parents avaient eu la bonne idée de leur inculquer que se laver en hiver était mauvais pour la santé. Margaret Rose avait la tête sur les épaules, et Evangeline savait qu'elle les mettrait en sécurité dans la cave à vins.

Si seulement Laurent l'avait emmenée en France juste après leur arrivée en Europe. Elle essaya de ne pas penser au Français avec qui ils avaient trinqué au pub de Soho la dernière fois, ni à ce qu'elle l'avait entendu dire. Ignorant qu'elle comprenait tout, il avait donné un coup de coude à son ami et mentionné d'un air entendu l'Algérienne que Laurent entretenait avec ses deux enfants, et qui expliquait pourquoi il ne restait jamais bien longtemps à Londres.

« Il plaisantait, ma chérie, lui avait murmuré Laurent à l'oreille, plus tard. Tu sais bien que je t'aime… »

Evangeline ferma les yeux, attendant que l'alcool chasse les mauvaises pensées. Son cœur lui disait que l'Algérienne n'était pas une simple boutade de Français aviné. Laurent était un homme « passionné » comme on disait en Louisiane, et cela faisait des mois qu'il ne l'avait pas appelée. Elle avait bien tenté de se raisonner, de ne pas se laisser emporter par son imagination, mais en vain.

« Dans ce cas, c'est réglé ! » s'exclama Frances en allant chercher une bouteille. Pendant l'heure suivante, elles restèrent toutes les quatre ainsi, à boire, à mettre les Allemands au défi de les faire bouger du canapé, à ignorer les gargouillis de leurs ventres.

Au retour d'Alice, elles gloussaient et fanfaronnaient comme des ivrognes. La pauvre était transie de froid dans son fin manteau, et elle se blottit près de la cheminée avec un sandwich au caviar et un cognac bien tassé. C'était la pleine lune et visiblement, les bombardements avaient été particulièrement nourris à Londres, Birmingham et Exeter. Le signal de fin d'alerte avait sonné pour le village mais la *Home Guard* devait rester à pied d'œuvre, au cas où.

Evangeline finit par dire qu'elles feraient mieux de manger si elles ne voulaient pas jeter la moitié des plats à la poubelle. Elles allèrent dans la salle à manger et se servirent, tout en admirant la belle table de Frances et les roses d'Hugo, qui s'étaient légèrement ouvertes dans la pièce agréablement chauffée. Frances remplit les verres et elles trinquèrent à sa santé.

Une fois le repas terminé, elles retournèrent au petit salon pour prendre le café qui était plus du jus de chaussette qu'autre chose, mais peu importait. Il faisait bon et elles avaient l'estomac plein, pour une fois. Elles avaient quasiment tout mangé, bu tout le vin, fumé les cigarettes d'Elsie et vidé une bouteille entière de cognac. Lorsque Frances ouvrit la deuxième et que le bouchon sauta sans crier gare, cela les fit rire aux éclats. Des châtaignes grillaient dans l'âtre. Le feu crépitait, et à tour de rôle elles allaient remonter le gramophone. Ce jazz était un peu triste, mais en fond sonore c'était merveilleux.

« Che ch'rait quand même bête de gâcher che bon cognac », bafouilla Frances en les resservant. Elles étaient passablement ivres à présent, surtout Tanni qui avait éclusé le genièvre quasiment toute seule.

« Et les pauvres Oliver et Hugo qui chont toujours de garde », commenta Alice d'un air rêveur depuis les profondeurs de son fauteuil. Inutile de le nier, elle était un peu pompette. Et c'était bien agréable.

Vingt-trois heures sonnèrent à l'horloge de l'entrée, puis minuit. Personne ne bougea. Frances était contente qu'Hugo n'ait pas pu revenir, et c'était tout aussi bien qu'Oliver non plus. Elle était affalée sur sa chaise, et l'idée de se relever lui paraissait insurmontable. Elle passa le cognac à sa voisine par le goulot, pour qu'elle se serve elle-même.

« Ça alors Tanni, tu t'l'es carrément sifflée ! » s'exclama Elsie en remarquant la bouteille vide qui roulait par terre. Tanni avait le bout du nez tout rouge et le regard perdu dans le vague. Elle resta silencieuse.

« Hou, que ch'est pas bien ! fit Evangeline en hoquetant.

— M'en fiche », marmonna Tanni qui se noyait dans une mer de coussins. Elle était en train de finir le dessert d'Alice.

— Moi aussi », répondit Evangeline.

Alice eut aussi le hoquet et leva son verre.

« À… la fin d'la guerre. Et vive le roi. Le Premier minichtre… et… les amis qui chont pas là… cheux qui chont en mer. » Elles burent.

« À ton tour, Frances… ton anniverchaire.

— À… Evangeline pour le délichieux dîner… au bébé d'Tanni… à Johnny, Elchie, Bernie, Oliver… À la fin d'la guerre bien chûr… À la fin du couvre-feu et du rachionnement pour les habits, et puis auchi qu'on mange plus *jamais* d'viande de baleine… Ah, au Shavoy… aux danchings… à Mme Vionnet… à Paris !

— Ouais, bravo !

— Amen, ronchonna Evangeline qui ne cessait de ressasser à propos de l'Algérienne.

— Elsie ? »

La jeune femme se releva brusquement.

« À ma promotion ! C'est la chef d'équipe qui l'a dit.

— Elle t'a donné une promotion ? » répéta Frances, incrédule. On parlait bien de la femme qui avait récemment accusé Elsie d'être une saboteuse à la solde des Allemands tant elle montrait peu d'aptitudes pour les travaux de ferme ?

« Qu'est-ce tu crois ? J'suis dératiseuse en chef maint'nant », dit Elsie fièrement.

Cette annonce fut accueillie par des gloussements.

« Dératiseuse en chef ?

— C'est-à-dire… Y en a qu'une pour l'instant, moi, mais quand y en aura d'aut' je s'rai la chef d'l'équipe des dératiseuses. Qui l'aurait cru ! J'aurai mes propres réserves d'poison et tout. D'l'arsenic ! Du cyanure ! J'suis douée pour détruire, qu'elle a dit, alors autant s'en servir sur les rats vu qu'j'ai déjà détruit tout l'reste. Attendez qu'j'raconte ça à M'man, Agnes et les jumeaux.

— Félicitations !

— Bravo, Elsie ! »

Soudain Tanni éclata en sanglots, et l'ambiance changea du tout au tout. Les autres se regardèrent, perplexes, puis se levèrent une par une, et d'un pas chancelant approchèrent pour entourer Tanni.

« C'est le bébé ? demanda Alice. Oh, Tanni, tu n'es pas censée accoucher avant des semaines !

— Peut-être qu'on devrait, euh, appeler Sœur Tucker ? » suggéra Frances à contrecœur, car l'infirmière serait scandalisée de les voir soûles comme des grives, en particulier la future mère.

Le genièvre avait entamé la retenue habituelle de Tanni.

« Non, c'est pas l'bébé. C'est… les… les jumelles ! » dit-elle en s'effondrant pour de bon.

18

Crowmarsh Priors, anniversaire de Frances : jusqu'au petit jour

« Mais de quoi… parle-t-elle ? demanda Frances, qui essayait tant bien que mal de reprendre ses esprits.

— Ça doit être à cause de ce qu'a dit Elsie. Toujours autant de tact, à ce que je vois ! déclara Alice sur un ton accusateur.

— Oh, la ferme, Alice ! » rétorqua Frances pour couper court à la conversation.

Juchée sur l'accoudoir du canapé, Elsie tapotait l'épaule de Tanni tout en lançant un regard noir à son accusatrice. *Cette Alice, elle connaît rien aux gens*, songea-t-elle. Dans l'entourage d'Elsie, il n'y avait guère que Tanni pour comprendre ce que c'était de se languir des siens. Bernie et Frances étaient pleins de bonnes intentions, mais ni l'un ni l'autre n'avait vraiment de famille à qui penser. Evangeline se fermait comme une huître dès qu'on mentionnait la sienne, et s'agissant d'Alice – moins on lui parlait de Mme Osbourne, mieux elle se portait. Pour la première fois, Elsie se dit qu'à part Bruno à Londres, Tanni avait peut-être une famille quelque part, elle aussi. Elle n'avait pas parlé de jumelles ?

« Alice, t'es bien du genre à avoir toujours un m'choir sur toi. Donne, Tanni en a b'soin. »

De mauvaise grâce, Alice extirpa un carré de tissu de sa poche qu'elle tendit à Elsie.

« Là, là, susurra-t-elle en se penchant vers Tanni. Mouche-toi un bon coup et dis-nous c'qui s'passe. »

Assise au pied du canapé, Evangeline faisait tournoyer son verre de cognac.

« Les filles, vous n'étiez pas censées savoir mais Tanni a épinglé une photo au-dessus de son lit. Deux femmes, un homme et deux petites filles qui se ressemblent comme deux gouttes d'eau. J'en ai déduit que c'était ses parents et ses sœurs. Et d'après ce que j'ai compris, ils ont tous disparu. Sa tante Bertha… Elle lui a défendu de parler d'eux… Elle a dit qu'elle se ferait arrêter.

— Mais qui va arrêter Tanni ? s'écria Elsie, indignée. Et sa famille, d'où elle a disparu ?

— Tanni, essaie de te calmer… c'est mauvais pour le bébé, tu sais. Allez, dis-nous tout. On laissera personne t'arrêter », baragouina Frances.

L'inquiétude qui se lisait sur leurs visages était telle que Tanni capitula. Elle bafouilla :

« Evangeline a raison. Je ne dois pas… si, je vais vous le dire. »

Sortant une enveloppe écornée de sa poche, elle déplia la lettre de Rachel.

« Ça vient de Londres. Des amies là-bas essaient de découvrir ce qui leur est arrivé. »

Elle marqua une pause pour s'essuyer les yeux.

« Elles n'arrivent pas à trouver mes parents ni la mère de Bruno en Angleterre. Ils étaient censés venir, mais elles pensent qu'ils n'ont jamais quitté l'Autriche. Qu'ils ont été arrêtés et envoyés en Pologne dans un camp de travail, avec les autres Juifs de leur quartier. »

Tanni se remit à sangloter.

« Lili et Klara, mes petites sœurs, elles étaient dans un train spécial pour les enfants qui devait aller en Angleterre. Et maintenant elles sont sûrement en France, dans un camp de réfugiés… si… si elles ne sont pas mortes ! »

Les larmes repartirent de plus belle.

« Qui ça ?

— Où, en Angleterre ?

— J'comprends rien à c't'affaire, moi.

— Elsie, tais-toi et laisse-la expliquer ! ordonna Evangeline.

— Tanni, arrête de pleurer, l'intima Frances. Où ça, en France ? »

Tanni retrouva le nom du camp en parcourant la lettre de son doigt.

« Ça s'appelle Gurs.

— Attends que je regarde si Tante Muriel n'avait pas un atlas. Mes cours de géographie sont loin. »

Frances tituba en direction de la pièce qui avait été le bureau de Sir Humphrey Marchmont – son épouse avait tenu à le laisser en l'état – et revint avec un vieux guide Baedeker de l'Europe continentale. Elle tourna les pages maladroitement, en quête d'une carte de France, et se dit qu'elles avaient une sacrée veine de ne pas avoir la *Home Guard* dans les pattes. La pauvre Tanni n'aurait jamais osé leur parler si les hommes avaient été là. Enfin elle trouva la bonne page, et posa le guide sur les genoux de Tanni.

Les jeunes femmes tendirent le cou pour mieux voir pendant que Tanni cherchait sur la carte.

« Ici, dit-elle en pointant du doigt un endroit tout près de la frontière espagnole. D'après mes amies de Londres, quand le convoi de Lili et Klara n'a pas été autorisé à traverser la Manche, il est reparti vers le sud et elles sont arrivées là, à Gurs, dans cet immense camp. Au début, c'était pour les réfugiés de la guerre civile espagnole. Beaucoup sont restés, mais maintenant le camp est rempli de gens qui ont fui les nazis en pensant qu'ils y seraient en sécurité.

Quand les petites sont arrivées à Gurs, les Allemands n'occupaient pas encore la France.

— Ça alors, mais comment as-tu fait pour les retrouver ? demanda Evangeline.

— Par des Américains, des quakers je crois. Ils notent les noms et les âges de tous les enfants qui arrivent sans leurs parents. Mes amies leur ont envoyé de l'argent en disant que la famille Joseph en Angleterre recherchait des jumelles qui auraient dû se trouver dans ce train. Les quakers ont fini par répondre qu'ils n'avaient pas de trace d'une Klara et d'une Lili Joseph à Gurs, ni vivantes, ni mortes d'ailleurs. Ils se souviennent toujours des jumeaux parce que, curieusement, les Allemands ont envoyé la police française plusieurs fois au camp pour demander s'il y en avait, et à chaque fois, on les a emmenés.

» Plus tard, les quakers ont entendu dire qu'un prêtre avait réussi à sauver plusieurs enfants à la descente du train, et qu'il les avait relogés chez des gens du coin. Ils ont cherché à se renseigner pour mes sœurs, mais il a fallu être prudent et ça a pris du temps. Il y a quelques semaines, ils ont appris que des jumelles vivaient dans un village à quelques kilomètres du camp. Le prêtre a fini par admettre que l'une des fillettes était un peu lente et les badges qu'elles portaient à leur arrivée disaient « Klara » et « Lili ». Les quakers sont prêts à nous aider, parce que les nazis ont ordonné qu'on leur livre tous les Juifs qui ne sont pas français, même les enfants. Les délateurs sont partout et les braves gens qui cachent des Juifs risquent leur vie.

— Je ne savais pas que les Allemands contrôlaient déjà cette zone… commenta Frances.

— La police de Vichy aide les S.S. Ils font tout ce que les Allemands leur demandent. Ils prennent les gens à Gurs pour les envoyer dans un autre camp à Drancy, près de Paris. De là, les pauvres sont expédiés dans une prison en Pologne. Ça s'appelle Auschwitz. »

Sa voix se brisa. Rachel n'avait pas mâché ses mots dans la lettre. La cellule continuerait à chercher sa famille, mais Tanni devait se préparer à une mauvaise nouvelle.

« Mes amies de Londres disent que mes parents et la mère de Bruno sont peut-être là-bas, qu'Auschwitz est un endroit terrible, où il se passe des choses épouvantables, et qu'on ne sait pas tout... Les Allemands disent qu'ils finiront par supprimer tous les Juifs d'Europe, de la surface de la Terre, même. Si mes parents sont bien là-bas, que Dieu les protège. Mais on dirait bien que Klara et Lili n'y sont pas. Du moins pas encore. »

Evangeline tortilla une mèche de cheveux tout en réfléchissant. Les membres des Forces françaises libres qu'elle connaissait à Londres étaient horrifiés quand ils parlaient des camps instaurés par Hitler. Certains étaient tombés aux mains des nazis et deux d'entre eux en avaient réchappé. Les histoires qu'ils avaient racontées à leur retour étaient si effroyables qu'on avait peine à le croire. Evangeline avait été effarée en tout cas, et n'avait pu s'empêcher de demander si Churchill était au courant pour Auschwitz. Les Français avaient rétorqué d'un air narquois que la priorité des Britanniques c'était de sauver leur peau, pas celles des autres.

Evangeline confirma les dires de Tanni d'un hochement de tête.

« Je pense que les informations sur ces camps sont censurées pour éviter de faire peur aux gens. Tout le monde baisserait les bras, sinon.

— Alors comme ça, les enfants étrangers ne peuvent plus trouver asile en Angleterre ? » demanda Alice.

Tanni acquiesça.

« C'est un scandale. Comment peut-on le tolérer ? »

Cela ne ressemblait pas du tout à Alice de se rebeller contre l'autorité.

« Merde alors, je ne le tolérerai pas ! »

Les autres étaient encore plus étonnées de l'entendre parler ainsi.

« Peut-être que Père saurait s'il y a un moyen de contourner la loi, dit Frances d'un air songeur, en essayant de se concentrer. Mais le connaissant…

— À tous les coups y dira qu'la loi, c'est la loi. Et alors qu'est-ce qu'on f'ra ? » Elsie savait que l'amiral était issu de la classe dirigeante, et que ces gens-là faisaient les règles qui les arrangeaient. S'il y en avait une qui leur déplaisait, ils la changeaient. Les pauvres bougres comme Bernie et elle, ils les transgressaient et se retrouvaient en prison. Et de toute façon, quel bien ça faisait, ces foutues règles? Bernie lui avait montré un article sur un navire qui s'était fait torpiller en route vers le Canada parce que d'après la loi, il ne pouvait pas accoster en Angleterre. Il était rempli de petits réfugiés.

Pour la réconforter, Bernie avait cru bon de dire :

« Une bonne chose qu'ton Agnes et pis ta Vi'let et les aut' sont dans l'Yorkshire et pas sur c'rafiot, hein ? »

Le navire s'appelait *City of Benares*, Elsie s'en souvenait. Le bateau avait brûlé et coulé, et un tas d'enfants s'étaient noyés. Ce jour-là, elle avait ressenti une telle haine envers les nazis qu'elle avait failli avoir la nausée. Mais elle haïssait aussi les Britanniques qui avaient envoyé ces enfants à la mort. Dans le même panier, tous autant qu'ils étaient.

Pour la première fois, Elsie se sentit reconnaissante envers la belle-mère revêche d'Evangeline, qui avait insisté pour que M'man évacue sa famille de Londres. Bernie avait raison : même s'ils étaient tous séparés, les petits étaient en sécurité dans le Yorkshire près de M'man, loin des bombes et des monstres allemands qui prenaient des enfants pour cibles. D'accord, Agnes avait dû se couper les cheveux comme un garçon, mais c'était quand même moins grave que de se faire embarquer par des S.S. ou de mourir noyé. Elle fut parcourue d'un frisson – si M'man avait été là, elle aurait dit que quelqu'un venait de marcher sur sa tombe.

Pendant ce temps, Evangeline s'était mis en tête de remonter le moral à Tanni.

« Si ça se trouve, tout ira bien pour les jumelles. Beaucoup de Français détestent les collabos, tu sais. Les Forces françaises libres basées à Londres envoient des tas de choses à la Résistance, des armes, des vivres, et sur place, les maquisards sauvent autant de pilotes alliés qu'ils peuvent. »

Soudain, Evangeline se souvint d'une autre chose qu'elle avait entendue.

« Peut-être que les quakers les ont fait sortir de France. Il y a cette association qui s'appelle Secours des Enfants, ou quelque chose comme ça, ils font passer des enfants juifs clandestinement en Suisse. Et puis il y a aussi le Chemin de la Liberté qui leur fait traverser les Pyrénées pour aller en Espagne. Ça doit sûrement être long et pénible comme marche, mais c'est faisable. Peut-être qu'elles… »

Les précisions d'Evangeline étaient pour le moins surprenantes.

« Comment en sais-tu autant sur la France occupée? lui demanda Alice.

— Eh bien, euh…, à la clinique, la dernière fois où j'étais à Londres, une des… une des infirmières était mariée à un officier des Forces françaises libres et, euh… on a discuté.

— Tu ne sais donc pas que les indiscrétions coûtent des vies? rétorqua Alice sèchement, citant un slogan du ministère. Et puis, je ne vois pas pourquoi cette infirmière se serait autant confiée à toi. »

Elle l'imagina se faire arrêter pour espionnage, et cela la fit sourire.

« En admettant que les quakers aient cherché à les faire sortir du pays, l'interrompit Tanni en traçant l'itinéraire du doigt, Klara aurait peut-être été capable de marcher dans la montagne pour rejoindre la Suisse ou l'Espagne, mais Lili n'a pas autant de force, et elle comprend moins bien ce qui se passe. Elle se repose sur Klara pour tout. Et jamais sa sœur n'aurait accepté de se séparer d'elle. »

Mes amies doivent croire que je les ai abandonnées, songea-t-elle avec tristesse.

Dans l'entrée, l'horloge sonna une heure du matin. Alice avait pris son tricot, mais elle n'arrivait pas à se concentrer sur ce qu'elle faisait et n'arrêtait pas de sauter des mailles. Il y eut un long silence, durant lequel tout le monde réfléchit. Le feu continuait à crépiter dans l'âtre, projetant des ombres dansantes sur les murs.

« On ne pourrait pas tenter quelque chose? demanda Evangeline en prenant Johnny pour le bercer. Je veux dire, pour sortir les jumelles de là ? »

Elle repensa à sa propre fuite, in extremis, de La Nouvelle-Orléans.

« Le problème c'est qu'en ce moment, quitter la France n'est pas une mince affaire. Et ensuite, il faut encore trouver le moyen d'entrer en Angleterre, alors que c'est illégal.

— Et en douce, c'serait pas possible? demanda Elsie. Elles pourraient pas s'faufiler sans qu'personne se doute de rien? »

Brusquement, Alice planta ses aiguilles dans la pelote emmêlée. À quoi bon continuer, puisqu'elle devrait tout défaire le lendemain. Le cognac lui avait donné mal à la tête. Et puis aussi, elle en avait plus que marre de cette guerre. Ce n'était pas le ministère qui devait se coltiner sa mère tous les soirs dans la cave à charbon minuscule. La barbe, le ministère! Et la barbe, songea-t-elle, cette mère acariâtre.

« Je me demande ce que ton pauvre père aurait dit » l'entendait-elle d'ici se lamenter.

Toujours le même refrain qui revenait sans cesse dans sa tête. Elle en avait assez de se le demander tout le temps, y compris ce soir-là... elle avait sommeil, et cette petite phrase n'arrêtait pas de la narguer. « Qu'est-ce que ton père aurait dit? »

Soudain, elle eut envie de rétorquer qu'elle savait *exactement* ce que son père aurait dit!

« Le gang de Black Dickon s'en est servi pendant quarante ans, aurait-il dit en indiquant l'endroit où se trouvait l'ancienne grotte des contrebandiers, à flanc de falaise. L'entrée est visible uniquement à marée basse, et elle est assez grande pour qu'une petite barque y pénètre sans être vue. Au nez et à la barbe des douaniers. »

Alice! Son père s'était matérialisé devant elle. *Tu ne peux pas avoir oublié tout de même, au nez et à la barbe des douaniers.*

« Mais… Zone de défense, maintenant », marmonna Alice.

Enfin, et les cartes qu'on a dessinées? l'interpella le défunt d'une voix ferme, avant de se volatiliser.

« Bien sûr, Père, les cartes », répéta Alice à voix haute.

Cette Alice est aussi toquée que sa mère, songea Frances.

Evangeline haussa un sourcil interrogateur.

« Quelqu'un veut du thé ? » demanda-t-elle à la cantonade avant de disparaître, puis de revenir l'instant d'après avec un plateau et des tasses.

« Les contrebandiers l'ont fait, eux, lança Alice tout à coup.

— Je crois qu'on a toutes bu plus que de raison. Tiens Alice, prends du thé, ça te fera du bien. De quoi parles-tu ?

— Sois attentive, un peu, répliqua Alice. Vous voulez une autre façon d'entrer en Angleterre, eh bien il en existe une. Les tunnels de contrebandiers. Il y en avait des tas dans la région, à l'époque. Pour ne pas payer les droits de douane, ils faisaient passer clandestinement des marchandises venues de France – de la dentelle, du cognac, du tabac. Ceux qui se faisaient prendre finissaient la corde au cou. On ne rigolait pas avec ça. Toujours est-il que mon père avait ce vieux livre sur l'histoire de la paroisse, et l'auteur affirmait qu'un célèbre contrebandier du nom de Black Dickon avait une grotte dans les parages… Les douaniers n'ont jamais su où. D'après le livre, seule une petite barque pouvait y entrer à marée basse, le reste du temps elle était inaccessible. Les contrebandiers déchargeaient leurs marchandises là, et se servaient d'un tunnel pour les transporter à l'intérieur des terres.

— Alice, tout ça c'était il y a bien longtemps…

— Non, écoutez-moi ! On l'a trouvée ! Tous les samedis après-midi, avec mon père, on allait se promener du côté des falaises, et un jour on l'a trouvée à marée basse. Cette histoire le fascinait, et il s'est mis à dessiner des cartes pour essayer de découvrir où ce tunnel pouvait bien mener, car dans le livre ils disaient qu'une entrée se situait dans le cimetière de Crowmarsh Priors. Père trouvait cela plausible, et d'après lui, la famille De Balfort avait sûrement trempé dedans, vu la splendeur du château. »

Elsie plissa les yeux.

« Et on peut fai' sortir des choses de France encore aujourd'hui ? Des gens ?

— C'est dangereux. Ceci dit… ça l'était aussi il y a un siècle. N'oubliez pas qu'ils risquaient la pendaison s'ils se faisaient prendre. Et puis les autorités doivent penser que c'est possible, vu qu'on nous inonde d'affiches disant de rester sur nos gardes car l'ennemi pourrait traverser les lignes de défense côtière ».

Evangeline était en train de penser, *C'est fou ce qu'on apprend quand les gens croient qu'on ne comprend pas le français.*

« Passe-moi la carte, dit-elle. Je sais que la Résistance organise le rapatriement des pilotes alliés depuis la Bretagne. Ils les récupèrent sous le nez des Allemands et leur font traverser la Manche. L'endroit a un nom rigolo, ajouta-t-elle en traçant du doigt la côte bretonne. Ici ! Ça s'appelle Plouha. C'est plein de falaises escarpées, apparemment. Vous croyez qu'on pourrait les convaincre de nous envoyer deux enfants par ce biais, en même temps que des pilotes anglais ?

— Evangeline, tu oublies que les jumelles sont à des centaines de kilomètres de là, s'impatienta Frances.

— D'accord, mais la Résistance manque de tout – munitions, armes, médicaments, radios, répondit Evangeline, l'air songeur. Si on leur proposait assez d'argent, je pense qu'ils accepteraient.

— De l'argent ! Mais combien ? Et où va-t-on le trouver ? s'exclama Alice.

— C'est un peu le problème…

— Pas forcément, intervint Frances. Il y a toujours les bijoux de Tante Muriel. Le notaire les croyait perdus, mais en fait, la coquine les avait cachés. Je les ai trouvés à la cave, et ils sont à moi maintenant. Elle me les a légués sur son testament. Regardez ça – il y en a pour une fortune. »

Elle ôta son collier et le tendit à ses amies.

« Et il y en a d'autres – des bracelets, des boucles en diamant, et tout. Il y a même un diadème. On pourrait en tirer des milliers de livres si on les vendait. Ça devrait suffire.

— Mais même si les quakers acceptaient de sortir les jumelles de Gurs, comment iraient-elles jusqu'en Bretagne ? Vous croyez que la Résistance les emmènerait aussi loin ? Et puis, en supposant qu'elles arrivent ici saines et sauves, comment les cacher aux autorités ?

— C'est certain que des jumelles autrichiennes à Crowmarsh Priors, ça se verrait. Tout le monde sait tout dans ce patelin, répliqua Frances, qui pensait déjà à la suite. Où pourraient-elles aller, sinon ?

— Je sais ! Un endroit où personne ne les remarquera – et où on les dénoncera encore moins ! » s'exclama Tanni. Elle venait de se rappeler du jour où elle s'était rendue à Bethnal Green pour voir Tante Berthe, avant la guerre. Dans la rue, elle avait croisé deux dames élégantes qui regardaient des enfants suivre leur père à la queue leu leu. L'une des deux avait fait un commentaire inoubliable : elle avait dit que les enfants des Juifs orthodoxes se ressemblaient tous, habillés en noir comme ça, et elle se demandait bien comment leurs parents parvenaient à les distinguer.

Mais c'était la réponse désinvolte de son amie qui avait glacé le sang de Tanni :

« On comprend pourquoi les Allemands… »

À présent toutefois, cela lui donnait une idée.

« À Londres, là où sont mes amies, il y a des rues entières où vivent uniquement des grandes familles juives. La plupart sont très traditionnelles, et tous portent des vêtements longs et sombres. Les Anglais voient ces habits et ils se disent que les enfants des orthodoxes se ressemblent tous. Alors les autorités n'y verraient que du feu s'il y avait deux petites filles de plus dans le quartier – du moment qu'elles ont des papiers et un carnet de rationnement.

« Y'a rien d'plus simple que d'mettre la main sur un carnet d'rationnement, d'après Bernie. Y s'embête même plus à en faire des faux parce qu'y en a des tas qui disparaissent à la poste. Tu peux les ach'ter partout, et pour pas cher encore.

— Mais est-ce que les gens du quartier seraient prêts à prendre un tel risque ? Tu sais qu'ils pourraient se faire arrêter, Tanni, la prévint Frances.

— Et que fais-tu des gens qui cachent les jumelles en France en ce moment ? Ils risquent leur peau aussi, répondit Tanni. Un rabbin que je connais dit toujours que quand il s'agit de sauver une vie, beaucoup de choses sont permises, et dans ce cas on en sauverait deux. Je suis certaine que quelqu'un serait disposé à nous aider. Je vais me renseigner, mais par précaution je ne dirai rien à Bruno pour l'instant », ajouta-t-elle.

Il y avait une fermeté nouvelle dans sa voix.

« En fait, c'est mieux qu'il ne sache pas du tout. ». *Au cas où il m'interdirait de le faire*, songea-t-elle. Elle n'avait jamais eu de secret pour son mari, mais là, elle n'avait pas le choix.

« Et comment ferait-on pour les emmener de Crowmarsh Priors à Londres ? Le train est trop risqué. Et puis, il y a Albert Hawthorne. C'est un fouineur celui-là, il sait tout ce qui se passe.

— Là-d'sus, pas d'inquiétude. Y'a pas plus fort qu'Bernie pour faire qu'les choses arrivent à bon port. Y peut nous avoir une auto et d'l'essence, et si c'est moi qui d'mande, y le f'ra, c'est sûr. Oh, fais pas ta dégoûtée, Alice ! Du moment qu'les jumelles arrivent où elles doivent arriver, c'est c'qui compte. Bernie le f'ra, parce qu'y sait où est son intérêt. Pis y s'occup'ra aussi des carnets d'rationnement, c'est moi qui vous l'dis.

— Si on pouvait faire venir les petites sans que personne les voie… », dit Frances lentement, comme si elle pensait à voix haute.

Les jeunes femmes se regardèrent, puis se tournèrent vers Alice. « Tu crois que les tunnels existent encore ?

— Sans doute.

— Et si c'est le cas, on pourrait y entrer ?

— S'ils ne se sont pas effondrés entre-temps. Ils datent quand même du siècle dernier.

— Ne nous emballons pas, fit observer Frances. On ne sait pas où ils sont, ni si quelqu'un accepterait d'escorter les jumelles jusqu'en Bretagne, ni…

— À situation désespérée, mesures désespérées », la coupa Evangeline, avant de lui murmurer à l'oreille, pour qu'Alice n'entende pas :

« On pourrait demander aux Français que je connais à Londres s'ils prendraient les bijoux en échange du passage de Lili et Klara. »

Frances hocha vivement la tête. Puis, tout haut :

« Alice, tu as toujours les cartes de ton père ?

— Je pense, oui. J'en suis même quasiment sûre. On a un tas de cartons qui s'entassent dans le couloir du cottage, remplis de papiers à lui. Maman n'arrête pas de me tanner pour que je fasse le tri dedans. Mais chaque chose en son temps, dit-elle de son ton guindé de maîtresse d'école. Je vais tâcher de mettre la main sur les cartes et de retrouver la fameuse grotte. Il va falloir aussi déterminer s'il y a vraiment une entrée du tunnel dans le cimetière. Une fois cela fait, il faudra que quelqu'un se dévoue pour vérifier s'il est encore praticable, et je ne sais pas…

— Quand j'étais en Louisiane, j'adorais explorer les grottes avec mes frères et Lau… Bref, si tu trouves ce tunnel, j'y descendrai avec une corde et on sera fixées. Ça ne me dérange pas. Je l'ai fait plein de fois.

— Est-ce qu'on met quelqu'un d'autre dans la confidence ?

— Nan ! Si Tanni a décidé de pas l'dire à Bruno, j'vois pas pourquoi on l'f'rait nous. Même pas Bernie. Chaque chose en son temps, comme dit Alice.

— Et Oliver, on ne devrait pas lui en toucher un mot, quand même ? S'il nous voit rôder sous ses fenêtres, il va se demander ce qu'on fabrique.

— Non, objecta Frances. Il ne vaut mieux pas. Il serait d'accord pour sauver les petites, bien entendu, mais c'est un homme terriblement consciencieux. Il pourrait désapprouver si ce qu'on fait est illégal. Et ça le sera forcément à un moment donné ou un autre. Je propose de ne rien lui dire tant qu'on peut éviter. Si on n'est pas très, très prudentes, on finira toutes en prison, et alors il n'y aura plus personne pour aider Lili et Klara. »

En entendant cela, Tanni eut mauvaise conscience. Tante Berthe serait consternée si elle savait ce qu'elles tramaient. Mais elle devait tenter quelque chose, elle *devait.* Le bébé donna un coup de pied et elle se tortilla sur le canapé. Tout à coup, elle sentit qu'il se passait quelque chose…

« Ma belle, qu'est-ce qui t'arrive… Oh là là ! » s'écria Frances.

Le visage de Tanni était tordu de douleur et elle s'agrippa à l'accoudoir en sentant une violente contraction arriver. Elle poussa un grognement déchirant, et soudain une tache sombre s'étala sur le canapé. Elle avait perdu les eaux.

« Cette fois, on ne va pas couper à Sœur Tucker, dit Frances.

— Alors ça, si c'est pas l'bébé qu'arrive plus tôt qu'prévu ! s'écria Elsie. Ça a fait pareil pour M'man – y avait d'l'eau partout, et l'instant d'après Vi'let était là, et elle hurlait comme un veau ! Alice, téléphone à Sœur Tucker, vite ! »

19

Londres, novembre 1941

La nuit où Tanni accoucha, les avions qui avaient perturbé une fête d'anniversaire dans un village du Sussex bombardèrent Londres comme jamais encore. Les sirènes se mirent à hurler dans toute la ville. Guetteurs et préposés à la défense passive coururent rejoindre leurs postes. Les habitants sortirent précipitamment de chez eux ou du pub pour s'engouffrer dans la station de métro la plus proche, en étreignant enfants, couvertures et masques à gaz. Les premiers tirs de D.C.A. se firent entendre, puis les premières détonations dans les faubourgs de la capitale. Les avions approchaient vraiment à présent, et les gens commencèrent à se pousser pour accéder aux abris. Les préposés sifflèrent tant qu'ils purent pour éviter un mouvement de panique.

Les bombardiers se faufilèrent entre les ballons de barrage argentés et les lampes à arc qui déchiraient le ciel nocturne, et l'un après l'autre, les immeubles s'effondrèrent dans un déluge de briques et de verre. Ensuite les flammes prirent le relais, dévorant tout ce qu'il restait à l'intérieur, et gare à ceux qui étaient dans les parages si elles tombaient sur une fuite de gaz ou un stock de paraffine.

À l'est, du côté des docks, il y eut une détonation si assourdissante qu'elle noya tout le reste. Londres trembla. Un entrepôt de rhum avait été touché de plein fouet, et une rivière d'alcool en feu se déversa dans les rues. Mais un gazomètre avait été endommagé à proximité et un technicien était déjà à pied d'œuvre, silhouette solitaire qui tentait de l'empêcher d'exploser à la lumière des projecteurs.

Même sous terre, ils sentaient les vibrations. Postée derrière sa cuisine roulante sur le quai, Penelope Fairfax s'efforçait de garder le sourire et son calme, tout en distribuant au compte-gouttes du thé, des pains au lait ou du tabac. Elle pensait aux deux jeunes qui étaient arrivés fin soûls et remontés comme des coucous, et elle priait pour qu'ils ne renversent pas une fois de plus la cabine des latrines. L'odeur était déjà atroce dans la station, un remugle de corps sales et d'urine, sans compter la fumée de cigarette et la poussière libérée par les explosions successives. On en avait partout sur les cheveux et dans les narines, et tout devenait grisâtre. Lasse, Penelope s'essuya les mains sur un torchon poisseux. Elle avait chaud, elle transpirait, et elle aurait payé cher pour pouvoir prendre un bain.

Quelque part sur le quai, une lampe tempête s'éteignit. Aussitôt, des gamins se mirent à pleurnicher.

« Madame, madame, la lampe ! » cria une femme, visiblement paniquée. Personne n'aimait l'obscurité, car tout pouvait arriver : les gens se faisaient voler, les filles violer, et dans le noir les rats sortaient, courant sur les corps endormis à la recherche de quelque chose à manger.

« J'arrive ! On ne panique pas », dit Penelope en avançant avec précaution entre les lits de camp que les chanceux avaient réussi à s'arroger pour la nuit, et les familles entières qui campaient à même le sol crasseux, jouant aux cartes, bavardant ou se reposant comme ils pouvaient. Elle parvint à la rallumer et les gamins se calmèrent. *Comment se fait-il qu'il y ait encore tant d'enfants à Londres ?* se demanda-t-elle en revenant à son poste. Ils s'étaient donné tellement de mal pour que tout le monde soit en sécurité. Certaines mères qui la reconnaissaient n'osaient pas la regarder en face : elles en avaient eu assez de la campagne et étaient rentrées avec leur progéniture sous le bras.

Penelope donna un coup de coude à sa collègue et hocha la tête en direction d'un jeune boutonneux qui se tenait à l'entrée, tracts en main.

« Regarde, c'est encore Ted et sa propagande communiste. »

Il était en train de se disputer avec un homme qui finit par lui dire de la boucler, parce qu'il n'était pas tout seul et que d'autres aimeraient bien dormir. Ted l'ignora et se remit à scander de sa voix geignarde :

« *Montrez* qu'vous êtes solidaires avec la classe ouvrière, *sout'nez* nos frères d'armes russes sur l'deuxième front cont' l'impérialisme fasciste nazi. *Ach'tez* vot' exemplaire d'*L'Étoile du matin*, la voix d'la classe ouvrière, celle qui s'bat vraiment dans c'te guerre. Tous unis dans la lutte ! *Sout'nez* nos camarades russes… »

Soudain, ce fut un concert de protestations :

« Oh, tais-toi ! Mais il est pire qu'ce salaud d'Hitler, c'lui-là !

— Laisse la foutue classe ouvrière dormir, bon sang !

— *Montrez* vot' solidarité avec la classe ouvrière…

— J'vais lui en donner, moi, d'la solidarité ! »

Il y eut une échauffourée, on cria.

« Hé ! Ça va pas, non ? Merde alors ! », des papiers furent déchirés et, enfin, ce fut le silence.

La fin de l'alerte fut donnée bien après la fin du bombardement, pour faciliter la tâche des secours et des équipes chargées de déblayer. Le dimanche à l'aube, lorsque le signal retentit enfin, les gens demandèrent à leurs voisins s'ils allaient bien puis ils remontèrent à l'air libre, impatients de rentrer chez eux mais craignant en même temps de ne plus en avoir, de chez eux.

« C'que les Boches ratiboisent pas, ces foutus pillards t'l'prennent dès qu't'as le dos tourné, grommela une femme en traînant ses enfants tout barbouillés dans les escaliers. Ils ont osé piquer la machine à coud' d'ma sœur – toute neuve, qu'elle était. Ça f'sait trois ans qu'elle économisait pour s'met' à son compte, trois ans. »

Sa voisine secoua la tête pour lui exprimer toute sa compassion.

« Moi j'dis qu'les pillards, y sont aussi moches qu'les Allemands. L'pillard c'est même pire, pa'ce qu'y vole les siens. »

Se préparant au pire, les deux femmes tournèrent au coin et découvrirent leur rue. Elles en restèrent bouche bée. Rien. Il n'y avait plus rien.

La veille encore, ce quartier était un dédale de petites maisons mitoyennes où logeaient des centaines d'habitants. Ce qu'elles contemplaient à présent, c'était un paysage de désolation. Seuls quelques murs restaient encore debout parmi les ruines, mais tout le reste n'était que briques cassées, encadrements de fenêtres brisées, morceaux de toit et de cheminée emportés, poêles soufflés, lambeaux de moquette, coussins éventrés, pieds de table esseulés. On pouvait trouver un landau aux roues arrachées, une brosse à cheveux, des jouets, des pots de chambre, une botte d'homme sans lacets et le chat de quelqu'un, mort, les dents retroussées en un sourire. Le nuage de fumée qui s'élevait encore des décombres était si dense qu'on ne voyait pas le verre cassé, on l'entendait seulement craquer sous les pieds. Il y avait une vague odeur de gaz.

« Éteignez-moi cette cigarette ! aboya un guetteur à un homme en pyjama qui paraissait totalement hébété. Vous voulez tous nous faire sauter ou quoi ? »

Les courageux qui s'étaient attaqués aux débris à coups de pelle et de pioche travaillèrent d'arrache-pied toute la journée. Quelque part dans la zone un enfant criait par intermittence, mais on l'entendait déjà moins que le matin, ou même qu'une heure plus tôt. De temps à autre résonnaient de faibles « *Sortez-moi d'là ! J'vous en supplie!* » ou « *Par ici!* ». Dans l'épais brouillard qui s'était installé, les hommes avaient le plus grand mal à repérer d'où venaient les voix. Cela ne les empêcha pas de persévérer, dégageant les morts et les moribonds des gravats avec une volonté surhumaine. Mais au fil des heures, les cris joyeux tels que « *Une ambulance, vite!* » se firent de plus en plus rares.

La lumière baissant, des silhouettes commencèrent à rôder, furetant discrètement à l'écart des secours. De temps en temps, ils trouvaient quelque chose à voler, du plus petit ustensile de cuisine aux bijoux – c'était peu probable dans cette rue – en passant par des éclairages cassés et de précieux bouts de câbles électriques qui étaient devenus rares, donc chers. Lorsque le guetteur les vit, il les chassa.

« Des pillards, marmonna-t-il, non mais franchement! Ils seraient capables de voler un élastique de culotte sur un cadavre pour le revendre.

— À ton avis, y en a encore combien là-dessous? » demanda un secouriste qui fouillait les décombres depuis l'aube. Il ne sentait plus ses bras, mais beaucoup de gens restaient portés disparus.

Une bombe à retardement détona au loin.

« Dis-toi qu'on en aura sauvé quelques-uns », lui rétorqua un collègue en ôtant son casque pour s'éponger le front. L'après-midi était déjà bien avancé et ils n'y verraient bientôt plus grand-chose. Il se concentra sur les cris de l'enfant qu'il avait entendus à plusieurs reprises, priant pour le sortir de là. Il en avait quatre qui l'attendaient à la maison, et s'il devait leur arriver malheur…

Leur service était terminé, mais les sauveteurs s'obstinaient à continuer. La jeune fille préposée à la cantine roulante vint leur distribuer du chocolat chaud.

« Dites-moi quand vous aurez besoin d'eau ou de lait pour quelqu'un coincé en dessous », leur dit-elle calmement. Elle avait fait exprès de dire *quand* et pas *si*.

« J'vous l'amènerai en un clin d'œil. Ça les aide à tenir, quand ils peuvent boire.

— Dire que c'est elles qu'ont voulu revenir », s'emporta le guetteur, contre personne en particulier. De toutes ses forces, il planta sa pioche dans un mur en briques qui séparait autrefois deux maisons. « Évacuées à la campagne avec leurs gosses, toutes autant qu'elles étaient, mais comme pendant longtemps il s'est rien passé, elles en ont eu marre. Elles avaient un mari et une maison à s'occuper, les voisines leur manquaient. Elles étaient hors de danger là-bas mais non, il a fallu qu'elles rentrent ! Résultat, elles font leur valise et se radinent ici avec leurs mioches sous le bras. Et c'est là que les Boches se décident à nous canarder.

— Silence ! » lui répliqua sèchement un secouriste.

L'enfant gémit de nouveau, faiblement, et une femme dit quelque chose comme :

« Si vous plaît, aidez les p'tits, si vous plaît, sortez-nous d'là », tout près du mur en briques sur lequel le guetteur venait de passer ses nerfs.

« Tout va bien, ma p'tite dame, fit-il d'une voix cassée à force de hurler. On sait où vous êtes, maintenant. Vous serez sortie de là en un rien de temps. Vous allez voir, bientôt vous boirez une bonne tasse de thé. Il infuse en ce moment même, c'est vrai. Allez, les gars, cria-t-il plus fort pour qu'elle entende. Faudrait pas faire attendre la dame. On y est presque, ma jolie. Vous êtes combien là-dessous, vous savez ? »

Tout pour la faire parler.

« Mon bébé ! Où est mon bébé ! J'vous supplie, retrouvez mon bébé ! » cria une autre femme d'une voix stridente, plus loin. La rue tout entière se mit à résonner de cris :

« Mon bébé ! Mon bébé ! Mon bébé ! »

Les sauveteurs furent épaulés par la conductrice de l'ambulance, une robuste jeune femme du Yorkshire. Sans un mot, elle prit la pelle des mains de l'homme qui ne sentait plus ses bras et se mit à creuser.

« Reposez-vous un peu, ça va. Dans ma famille, y sont tous mineurs. J'ai ça dans l'sang », dit-elle vaillamment lorsque l'homme protesta. Elle poussa comme elle put une armoire éventrée et murmura au guetteur :

« Vous pouvez m'dire d'où v'naient les cris ?

— De par là », marmonna-t-il en lui montrant la zone d'un geste.

« Bébé ! Bébé ! Bébé ! » hurla la femme à l'autre bout de la rue, d'une voix toujours aussi stridente. Elle s'effondra pour de bon et éclata en sanglots. Une petite vieille surgit de nulle part et lui passa un bras autour des épaules. Une autre vint à sa rescousse, et en portant à moitié la jeune mère affolée, toutes trois se dirigèrent vers la cuisine roulante au bout de North Street. La jeune préposée l'enveloppa dans une couverture et lui tendit une tasse de thé bien fort avec deux cuillerées de sucre en plus.

C'était le mot « *thé* » qui avait ramené Mme Pigeon à la réalité. L'instant d'avant, elle parlait justement de ça à quelqu'un. Qu'est-ce qu'elle disait, déjà ? Tout ce dont elle se souvenait c'est qu'elle préparait le repas du soir, le « thé » comme on disait par chez elle… Il faisait horriblement sombre autour d'elle. Est-ce que c'était encore le couvre-feu ? Un bruit sourd s'élevait par intermittence, et parfois on aurait dit que des gens parlaient. Elle était sûre de les avoir entendus prononcer le mot « *thé* ». Elle essaya de tourner la tête, mais ça lui faisait trop mal… Il n'y avait plus que la douleur. Partout, à l'intérieur d'elle, au-dessus d'elle… partout. Elle entendit de nouveau le bruit sourd et voulut encore crier, mais elle avait trop froid, et trop sommeil aussi. Elle murmura : « Des saucisses. ». C'était ce qu'elle avait prévu de faire ce soir-là, des saucisses.

« Vous avez entendu ça ? Quelqu'un a gémi près d'mon pied. Si on s'y met tous ensemble on devrait arriver à pousser c'gros bloc, là. Ohé, vous m'entendez ? On va vous dégager. Tenez bon ! Et criez encore, si vous pouvez. »

Dans l'obscurité, Mme Pigeon écoutait les voix. Elle n'arrivait pas à savoir si elles venaient d'au-dessus ou d'en dessous. Elle fit de son mieux pour crier encore mais dès qu'elle ouvrait la bouche, quelque chose entrait dedans. Elle se mit à tousser.

« Ohé, recommença la voix. Dites-nous où vous êtes exactement. Et combien ? »

Son esprit se mit à vagabonder et elle repensa au boucher, celui du coin de la rue qui leur avait fait signe d'entrer en disant qu'il avait une surprise pour elle, vu que Mme Pigeon venait tout juste de rentrer avec les p'tiots… Il avait enveloppé les saucisses dans du papier journal avec un clin d'œil, et en avait rajouté une à la dernière minute :

« Pour la plus jolie des p'tites filles »… Quelle petite fille ?

Violet.

Jem et Violet – où étaient-ils ? Ils auraient dû être assis à table, là où elle les avait laissés, avec une assiette devant eux… en attendant que les saucisses soient cuites. Mais tout d'un coup, il avait fallu laisser le dîner en plan pour aller s'abriter, parce que cette fichue sirène s'était mise à hurler… Sauf que… la pièce autour d'elle s'était comme soulevée, et le plafond écroulé… Elle recracha comme elle put le plâtre qui lui obstruait la bouche et de toutes ses forces cria :

« Trois !

— Vous avez entendu comme moi ? Ça venait de là… Ça y est, on arrive, ma p'tite dame. On est là. Les enfants, oui. Vos enfants sont là, en sécurité. C'est Jem et Vi'let, c'est ça ? Oui, c'est bien ça. »

D'un regard le guetteur défia les secouristes de le contredire, pour voir. Personne ne dit rien. Ils devaient lui faire garder espoir coûte que coûte s'ils comptaient la sortir de là vivante.

Soudain, l'ambulancière aperçut des doigts d'enfant sous les gravats. Soulagée, elle tendit un bras pour les attraper.

« Tiens bon ! » s'exclama-t-elle. Elle serra fort, la petite main se détacha aisément des décombres. Elle était tranchée au niveau du poignet. Avec une détermination farouche, elle se rappela qu'il y avait des gens coincés dessous qui comptaient sur elle. Il fallait continuer à creuser ; elle aurait tout le temps d'avoir la nausée après. Dans un immense effort de volonté, elle ravala la bile qu'elle sentait monter et se concentra sur les débris à enlever, un par un. Elle finit par mettre au jour quelque chose avec un nœud dans les cheveux – une fillette. L'instant d'après, c'était au tour d'un garçon, plus petit visiblement. Le corps était encore chaud. Elle les déposa sur un côté, les recouvrit comme elle put et retourna aider les autres pour soulever une poutre effondrée. Ils voyaient la femme à présent, ses yeux brillaient dans la faible lueur. Elle avait l'air consciente. Il fallait absolument la garder éveillée, continuer à la faire parler.

« Allez, dit le guetteur, cette fois on y est. Restez tranquille, ma p'tite dame, l'ambulancière a une civière pour vous. Vous êtes en sécurité, maintenant. Vous pouvez parler, nous dire votre nom ? »

Les autres creusaient tant qu'ils pouvaient pour libérer ses jambes.

« Les p'tiots – Vi'let, Jem. Vous les avez trouvés ? Ils étaient avec moi… Dans l'train, toute la sainte journée, pour rentrer… Rien mangé depuis l'Yorkshire. On avait l'estomac dans les talons, vous comprenez… Alors j'me suis arrêtée chez l'boucher, en cas – des saucisses… Ça f'sait un bail qu'on en avait pas mangé… C'est là qu'la sirène a sonné, et j'suis restée juste un instant pour leur donner les saucisses. J'pensais avoir l'temps… C'est qu'on avait pas d'sirène, dans l'Yorkshire… Vi'let ! gémit-elle. Où elle est, Vi'let ? Où il est, Jem ? Ils ont fini leur dîner, vous croyez ?

— Là, doucement. Vous allez bientôt les revoir. »

Lentement, ils extirpèrent la femme de sous la poutre et la placèrent sur un brancard.

« Très bientôt, ma p'tite dame. »

Elle était trempée. Regardant vers le trou d'où ils l'avaient sortie, le guetteur vit une flaque d'eau.

« Une canalisation qu'a explosé », marmonna-t-il. Parfois, les gens survivaient aux bombardements pour mieux se noyer sous les décombres.

L'ambulancière enveloppa la femme dans une couverture.

« Les enfants sont morts », précisa-t-elle en remuant discrètement les lèvres.

« C'est qu'j'voudrais pas qu'y mangent froid, reprit Mme Pigeon. Ça fait des mois qu'ils ont pas eu d'saucisse. J'ai juste pris un instant pour…

— C'est ça, oui, ma p'tite dame. »

Le guetteur était en train de faire des grands gestes pour que quelqu'un amène l'ambulance là où ils étaient. Et où était passé le toubib avec la morphine, bon sang ?

« Là où on nous avait logés, quel pataquès quand j'voulais m'servir d'la cuisinière, la dame elle voulait pas, elle disait qu'on était sales. La plupart du temps, avec les p'tiots, on avait du pain et du beurre comme dîner… Oh… J'sens plus mes jambes, ni mes bras. Qu'est-ce qui s'passe… Oh ! Ça fait mal… Ça va aller, mais dites-moi qu'les p'tits vont bien… Attendez qu'j'leur dise… »

Tout à coup, Mme Pigeon eut une irrésistible envie de dormir. On n'y voyait rien dans ce brouillard, et la nuit tombait en plus. Ils auraient dû avoir leur dîner depuis belle lurette… Jem et Vi'let, ils avaient si faim après le voyage en train… La fille avec le casque était penchée au-dessus d'elle et lui disait quelque chose, elle criait même, mais comme si elle était très loin. Elle aimait bien jouer au petit chef, celle-là… Guère plus âgée qu'Elsie et vas-y que je t'ordonne de faire ci et de faire ça. On aurait dit qu'elle répétait « *Continuez à me parler* », mais Mme Pigeon en avait plus qu'assez de se faire crier dessus… Et la femme du Yorkshire, avec sa maison de chochotte, qu'arrêtait pas de crier tout le temps, « *Sale ! De vrais gitans, qu'vous êtes!* ». Les p'tiots étaient tellement contents quand elle avait dit ça suffit, maintenant, et qu'ils allaient rentrer le jour même… Des saucisses! Quelle chance! Leur plat préféré. Des saucisses…

D'une main experte, l'ambulancière chercha le pouls de la femme. « C'est fini. ». Avec la couverture elle recouvrit la figure grisâtre, et aida son collègue à hisser la civière dans l'ambulance, puis les cadavres des enfants. Plus besoin de se hâter, à présent. Elle s'affala sur un bout de trottoir et enfouit le visage dans ses mains. La préposée à la cantine roulante lui apporta du thé.

« Buvez ça, m'dame. J'ai mis plein d'sucre dedans.

— Bon sang, faut toujours que ça se termine comme ça », marmonna le guetteur en regardant au loin. Il serra les mâchoires et se tourna vers l'ambulancière. *Elle finira par s'habituer*, songea-t-il. Le soir était là. Il pria pour que l'ennemi les laisse tranquilles cette fois, mais surtout, il implora Dieu d'aider les artilleurs britanniques à abattre tous les avions allemands dans le ciel, jusqu'au dernier; les pilotes de la RAF à bombarder toutes les villes allemandes, jusqu'à la dernière; et les Allemands à tous mourir, jusqu'au dernier.

« Hé, qu'est-ce que c'est? » s'exclama un collègue à lui, qui venait de prendre son service. Il tendit la main dans le trou où était coincée la morte et en sortit un paquet enveloppé dans du papier journal, qu'il ouvrit avec précaution.

« Ça alors! Des saucisses. Elles sont un peu poussiéreuses, mais… ce serait dommage de les gâcher. »

Il les fourra dans sa poche.

La jeune ambulancière le vit faire. Elle remercia poliment la fille pour le thé et se força à sourire.

« Je vais bien. Allez, finie la pause. » Mais quand elle tenta de se lever, la nausée la reprit. Elle se plia en deux et vomit.

20

Crowmarsh Priors, décembre 1941

Les visages étaient graves parmi les paroissiens venus assister au service du matin à Crowmarsh Priors. Le dimanche précédent, le Japon avait bombardé la base américaine de Pearl Harbor, et quatre jours plus tard l'Allemagne déclarait la guerre aux États-Unis.

L'église était comble. Blême, les traits marqués, Oliver donnait l'impression de ne pas avoir dormi depuis une semaine. La nuit, toujours plus d'avions traversaient le ciel pour aller frapper les grandes villes et allonger la liste des victimes. Les rumeurs de pilotes allemands parachutés dans la campagne anglaise en attendant l'invasion se faisaient de plus en plus insistantes. Tout paraissait possible. Il y avait comme un parfum de fin du monde dans l'air.

Depuis qu'elle avait reçu le télégramme l'informant du décès de sa mère, de Jem et de Violet, Elsie s'était complètement renfermée, alternant entre colère et chagrin incontrôlables. Elle avait hurlé comme une bête sauvage, maudit les nazis et refusé d'être consolée, même par Bernie. Oliver s'était bien gardé de lui débiter les platitudes habituellement servies par les hommes de religion. Il repéra son visage impassible dans l'assistance : elle était encadrée d'un côté par Frances, de l'autre par Evangeline, et chacune lui tenait fermement la main. Les petits réfugiés étaient assis à côté d'Evangeline. Au départ, Maude et Tommy avaient refusé de venir, expliquant que leurs parents ne reconnaissaient pas l'Église anglicane, mais Evangeline avait insisté et, pour la première fois, menacé de lever la main sur eux s'ils continuaient leur comédie. Tanni était toujours alitée après son accouchement qui l'avait exténuée et lui avait provoqué une infection accompagnée de fièvre.

Maude et Tommy ne tenaient pas en place mais le petit Kipper, sentant l'ambiance pesante, avait posé la tête sur le bras d'Evangeline. Au dernier moment, une Alice affreusement pâle fit entrer de force sa mère qui n'était pas retournée à l'église depuis la mort de son mari. Pour une fois, Mme Osbourne avait eu beau invoquer toutes les excuses du monde, Alice avait fait la sourde oreille. L'équipe des *Land Girls* était également là, entassée sur un banc au fond. Les filles avaient des crevasses aux mains, la peau rougie par le froid et le visage rongé par l'inquiétude. Avec leurs robes et leurs jolis chapeaux, elles paraissaient si jeunes et vulnérables. Même la chef était venue.

Hugo de Balfort lut un passage de la Bible d'une voix solennelle.

Lorsque ce fut au tour d'Oliver d'entrer dans la chaire, il expliqua qu'exceptionnellement il n'y aurait pas de sermon, mais un moment de recueillement tous ensemble. Il commença par les prières habituelles pour le roi, la reine, le gouvernement britannique, les forces armées, l'archevêque et la nation, puis en dit une tout spécialement pour les villageois servant leur pays – Richard Fairfax qui sillonnait l'Atlantique avec son destroyer pour escorter les navires ravitailleurs, le personnel soignant qui avait rejoint le front d'Afrique du Nord, Penelope Fairfax qui ne ménageait pas sa peine à Londres au sein du Service Volontaire Féminin, et enfin tous les hommes et les femmes qui étaient partis loin de chez eux pour travailler en usine ou conduire une ambulance.

Quelques sanglots résonnèrent dans l'église, rapidement étouffés.

Enfin il demanda à ses ouailles de garder foi en leurs semblables, en la force de la prière et par-dessus tout en leur Créateur.

Dans l'assemblée pourtant, une fidèle se rebellait intérieurement. Frances observait les têtes penchées mais tout ce qu'elle ressentait, c'était de la rage envers les nazis qui se permettaient de terroriser ainsi le monde. *Ah, vous voulez la guerre ?* s'insurgea-t-elle. *Très bien. Puisque c'est comme ça, vous allez l'avoir.* À son tour elle se pencha en avant, mais au lieu de prier, elle fit le serment solennel à Dieu (s'Il écoutait, sinon au diable lui-même) de saisir l'occasion qu'on lui donnait de devenir agent secret pour le S.O.E ou les Auxis, celui des deux qui nuirait le plus à l'ennemi. Le petit homme l'avait convoquée pour un second entretien un peu avant Noël, et s'il l'acceptait, sa formation commencerait aussitôt : avec les *Land Girls* en congé pour les fêtes, son absence se remarquerait moins. Quant à Tanni… Frances avait enfin compris que pour les gens comme la famille Joseph, la guerre n'avait rien à voir avec des repas compliqués par le rationnement, des rideaux de couvre-feu moches ou des travaux de ferme fastidieux. Maintenant qu'elle était sobre, elle prenait conscience du plan complètement farfelu qu'elles avaient échafaudé le soir de son anniversaire. Le problème, c'était que Tanni comptait sur elles, désormais – et les mots d'Oliver sur la nécessité de garder foi en ses semblables avaient fait mouche. C'était décidé : même si le petit homme l'engageait à Noël, elle trouverait le moyen de tenir sa promesse. Le moment venu, elle serait là pour Tanni. L'aider serait une autre façon de combattre les nazis.

En se levant tout le monde était bien sombre, mais garda son sang-froid par égard pour les autres. Alice poussa fermement sa mère en direction d'Oliver et de la queue qui s'était formée pour lui serrer la main.

Frances sortit mais resta sur le parvis de l'église pour attendre Hugo. Elle était censée déjeuner avec lui et Leander à Gracecourt.

Elle avait accepté l'invitation le lendemain de son anniversaire, trop perturbée par la naissance du bébé et une atroce gueule de bois pour penser à se défiler. Mais depuis elle s'était rendu compte que pour les deux hommes, aller à ce déjeuner revenait sans nul doute à accepter la proposition d'Hugo.

Ce dernier discuta brièvement avec Oliver, puis vint vers elle et la prit par le bras de façon *très* possessive.

« Hugo, j'ai à te parler.

— Frances chérie, cela peut-il attendre ? Je viens d'apprendre que toutes les unités de la *Home Guard* étaient convoquées séance tenante, et je vais devoir te laisser seule avec Père. Mais à mon retour, bien sûr, nous lui annoncerons…

— Hugo ! s'écria Frances en le regardant droit dans les yeux. Non, ça ne peut pas attendre. Je veux te dire que je ne vais pas t'épouser. J'en suis sincèrement désolée. Je t'apprécie beaucoup, mais je ne suis pas sûre de ressentir – oh, je ne sais pas, assez d'amour pour être une bonne épouse. Et puis avec la guerre, je n'ai tout simplement pas… »

… *Besoin d'un mari qui surveille mes allées et venues*, finit-elle en pensée.

« Je vois. »

Frances n'aurait su dire s'il était agacé ou vexé.

« Bref, il me paraît plus sage d'annuler ce déjeuner. Je suis désolée de te décevoir, mais c'est mieux ainsi.

— Frances, s'il te plaît, va quand même à Gracecourt, répliqua-t-il avec raideur. Je ne serai pas là, et je sais que Père avait hâte de te voir. Je peux t'y emmener si tu veux – je dois passer prendre certains documents avant la réunion.

— Inutile, je vais y aller à bicyclette, dit Frances. Je dois me changer, de toute façon. Oh, Hugo, j'aimerais tant qu'on reste amis !

— C'est vrai ? fit-il en la regardant intensément. Eh bien dans ce cas, moi aussi. Et je ne perdrai pas espoir de te faire changer d'avis un jour. »

Sur ces entrefaites Oliver l'appela, Hugo cria :

« J'arrive! », et il tourna les talons avant que Frances puisse refroidir ses ardeurs. Cela allait être terriblement gênant de se retrouver seule avec le vieux Leander.

De retour à Glebe House, Frances troqua son chapeau contre un foulard, enfila le vieil imperméable de sa marraine et repartit sous le crachin. Le temps d'apercevoir les tours de Gracecourt Hall, puis l'immense parc, elle était d'une humeur massacrante.

Sir Leander l'attendait. En voyant Frances accrocher son imper mouillé sur le pare-feu, il dit :

« Chère Frances, trop aimable de venir jusqu'ici pour tenir compagnie à un vieillard », puis leur versa un peu de sherry.

Le salon qui donnait sur la grande galerie et dont Sir Leander se servait comme bureau était une pièce agréable. Deux belles bûches flambaient, posées sur des chenets datant de l'époque Tudor, et leur rougeoiement faisait ressortir les boiseries. Dehors, derrière les lourds rideaux, le parc était humide et gris. En regardant par la fenêtre, Frances constata que les courts de tennis étaient à l'abandon, envahis par les mauvaises herbes, et que les buis bordant l'allée auraient eu bien besoin d'être taillés. Les bassins modernes qui avaient fait la fierté de Sir Leander étaient remplis à moitié seulement. On avait peine à croire qu'avant la guerre les De Balfort menaient si grand train, et que le château avait été le théâtre d'innombrables déjeuners sur l'herbe, cocktails à la lueur des lampions et week-ends de chasse au faisan en l'honneur des amis cosmopolites d'Hugo.

Il y eut un silence gêné. Sir Leander, qui ne quittait plus son fauteuil roulant, avait très mauvaise mine. Il se tourna pour faire face à Frances qui s'était assise sur l'accoudoir du canapé.

« Ah, quelle joie ! Par les temps qui courent je n'ai guère l'occasion de déjeuner seul avec un beau brin de fille, déclara-t-il en levant le verre à son invitée. À la santé des *Land Girls* et des jeunes femmes énergiques. À mon époque, on ne vous aurait jamais fait travailler aussi dur. Je trouve que ce n'est pas bien de vous obliger à nettoyer les fossés et de vous confier toutes ces tâches d'hommes, guerre ou pas guerre.

— Le pire, c'est la traite des vaches », répondit Frances d'un ton dégagé, tout en se demandant comment elle allait s'y prendre pour lui annoncer avec tact qu'elle n'épouserait pas son fils.

Il lui fit gagner du temps.

« Ma chère, je n'irai pas par quatre chemins. Hugo était là tout à l'heure, et d'après ce que je comprends vous l'avez éconduit. »

Il haussa les sourcils, attendant confirmation.

Frances acquiesça sobrement.

« J'ai de l'affection pour Hugo bien sûr, mais avec la guerre, tout est si incertain… »

Sir Leander secoua la tête.

« Il m'a fait part de votre réponse, et je l'ai conforté dans l'idée – dans l'espoir – que vous changeriez d'avis rapidement. Il arrive trop souvent que les filles aient toutes sortes d'idées saugrenues sur l'amour et l'importance d'avoir le coup de foudre. Quelles fadaises ! Ce n'est pas sérieux. Naturellement Hugo est très attaché à vous, mais en ces temps troublés, je comprends que les jeunes gens prennent davantage le temps d'y penser. Lorsqu'il est question d'accéder à un certain rang dans la société, de perpétuer la lignée d'une famille aussi ancienne et éminente que la nôtre… »

Sir Leander s'était toujours montré gentil envers Frances, lui manifestant un intérêt quasi paternel et faisant preuve de courtoisie envers elle, même à l'époque où il fréquentait d'autres femmes bien plus distinguées. Elle avait beaucoup de tendresse pour lui et se retrouva à regarder bêtement ses genoux, se sentant gênée et regrettant de rendre un vieil homme malheureux. Lorsqu'elle releva la tête, elle vit que malgré sa fragilité, Sir Leander n'avait rien perdu de son air hautain. Ni de son air contrarié, d'ailleurs. Oh, oh! – elle était dans le pétrin.

« C'est pour votre bien que je dis cela, ma chère, et j'en aurais fait autant si vous aviez été ma fille. Je me rends compte que votre père a peut-être été… enfin bref. Laissez-moi vous rappeler qu'en épousant Hugo vous vous retrouveriez à la tête d'un bien beau domaine, et que vous n'auriez plus à vous soucier de rien hormis de remplir le rôle qui revient à toutes les femmes, à savoir être une bonne épouse et une bonne mère. Il va sans dire que votre père approuve totalement cette union. Son avocat et le mien se sont déjà mis en rapport pour discuter du contrat de mariage. Pardonnez mon franc-parler, mais si vous pensez que vous pourriez être heureuse avec Hugo, j'aimerais vous voir mariés avant ma mort. Et j'aimerais encore plus savoir qu'un héritier est en route. Ainsi, je saurai que l'avenir de Gracecourt Hall est assuré. »

Là, c'en était trop! Frances fixa son verre d'un œil froid et songea qu'elle aurait volontiers étranglé tous les notaires d'Angleterre.

Sir Leander poursuivit :

« Le temps de l'amiral est trop précieux pour tergiverser, et il craignait que vous vous soyez mis une idée folle en tête – celle de travailler pour les services de renseignements britanniques. »

Le vieil homme gloussa, comme si l'hypothèse était grotesque.

« Il se trompe, je présume? Nous sommes d'accord que ce n'est pas un travail convenable pour une femme. Il m'a assuré y avoir mis le holà. »

Frances était en train de bouillir.

« Pensez-y, ma chère. Bien, si vous avez terminé votre sherry, la cuisinière nous a laissé à manger sur le chauffe-plats. Je crains fort que ce ne soit pas de la grande cuisine, mais nous ferions mieux d'aller manger. Je peux me débrouiller seul, merci. »

Dans la salle à manger sombre, aux murs chargés de portraits de famille, la table avait été mise pour deux avec des assiettes en porcelaine de Limoges et des couverts en argent frappé des armoiries De Balfort. Frances s'avança vers le plat fumant posé sur le buffet. Il avait raison, ça n'avait pas l'air folichon ; cela sentait même très mauvais. Prenant les assiettes, elle servit ce qui ressemblait à un truc marron baignant dans une épaisse sauce grisâtre. À côté se trouvaient un saladier de chou bouilli et un autre de carottes. Encore des carottes.

« Ragoût de *corned-beef*, si je ne m'abuse, marmonna Sir Leander. Promettez-moi, si jamais vous devenez maîtresse de cette maison, que votre première décision sera d'engager une gouvernante un tant soit peu dégourdie en cuisine. »

Ne sachant que répondre, Frances attrapa la moutarde.

« Fort heureusement, continua son hôte avec un sourire, tout en lui montrant une bouteille poussiéreuse disposée entre eux, il me reste quelques bourgognes à la cave. Je pensais en ouvrir un aujourd'hui pour fêter vos fiançailles, mais puisque c'est ainsi, cela aidera au moins à faire passer ce curieux déjeuner. »

Le vin était excellent, et il réchauffa Frances rapidement. Elle parvint à couper la viande en tout petits morceaux qu'elle cacha sous le chou. Le reste passa à peu près. Ensuite, elle alla chercher le dessert sur le buffet (du pudding aux raisins avec de la crème anglaise) et prit son courage à deux mains pour manger sa part, en tâchant de faire abstraction des œufs en poudre, car peu importe ce qu'on y ajoutait, ils réussissaient l'exploit de donner un goût atroce aux plats. La bouteille de vin fut vidée.

Un feu crépitait dans l'âtre, et on entendait le tic-tac de l'horloge sur le manteau de cheminée. La salle à manger était l'une des plus vieilles pièces de la maison et avait des fenêtres charmantes, à petits carreaux. Frances ralluma la lampe à alcool et leur prépara un ersatz de café. Puis elle s'excusa.

« Vous vous souvenez où sont les toilettes, j'imagine ?

— Oui, merci. »

Elle se dirigea vers celles du rez-de-chaussée, à côté de la pièce où les fusils et les bottes de chasse étaient remisés, tout au bout du couloir lambrissé aux murs ornés d'autres portraits de famille. Au passage, elle jeta un coup d'œil dans le boudoir blanc et doré. C'était le salon privé de la mère d'Hugo autrefois, et Frances y avait passé quantité de charmantes soirées avant la guerre. Cela avait toujours été sa pièce favorite, à cause des miroirs vénitiens en pied, du plafond peint et de la belle vue sur le parc.

Mais comme le reste de la maison, elle avait grandement perdu de sa splendeur. Un carreau cassé de la porte-fenêtre avait été bouché avec du carton, et le parquet gondolait par endroits. Il y avait une tache de moisissure au plafond. Leander avait certainement des problèmes d'argent. Tante Muriel avait toujours critiqué son train de vie fastueux, et pour une fois Frances se disait que ce n'étaient peut-être pas des médisances. Pourquoi n'avait-il pas puisé dans sa fortune pour remettre le château en état ? Cela faisait peine à voir.

Elle poursuivit son chemin, ouvrit la porte des toilettes et poussa un cri perçant. Une énorme chose noire bouchait la cuvette. Elle s'avança prudemment pour mieux voir : une chauve-souris. Morte. Frances ressortit à la hâte et remonta le couloir en direction du grand escalier. Elle se souvenait qu'il y avait d'autres toilettes, dans la salle de bains de l'étage. Une odeur de cigarette lui indiqua que Sir Leander était en train de fumer, comme toujours après le déjeuner. Inutile de l'importuner avec cette histoire. Discrètement, elle passa devant la porte de la salle à manger et commença à monter les marches ornées d'un tapis persan usé. À mi-chemin, un bruit venu d'en haut l'arrêta net.

Les chambres de bonne se trouvaient au grenier, mais elles avaient toutes quitté Gracecourt pour aller travailler à l'usine. Ne restait plus que la vieille cuisinière qui allait voir sa sœur à Brighton tous les dimanches, son jour de congé. Hugo était à sa réunion et Leander ne quittait plus le rez-de-chaussée depuis qu'il était cloué dans son fauteuil. Il vivait dans les anciens quartiers de son majordome. Frances tendit l'oreille et repartit sur la pointe des pieds. Quelque chose allait et venait au second, là où Hugo lui avait dit que se trouvait la nursery.

« Il y a quelqu'un ? » appela-t-elle. Le bruit cessa aussitôt. Sans doute un rat. Ou peut-être des écureuils ? Frances resta immobile un instant, mais n'entendit plus rien. Elle se rendit à la salle de bains. Elle était pleine de toiles d'araignées, de vieux livres et de chaises cassées, mais au moins il n'y avait pas de chauve-souris et la plomberie victorienne fonctionnait. Elle se lava les mains avec un bout de savon antédiluvien et regardait autour d'elle, à la recherche d'une serviette pour les sécher, quand elle repéra un placard discret à côté de la baignoire. Elle dut déplacer un tableau au lourd cadre doré pour l'ouvrir mais n'y trouva pas ce qu'elle cherchait, juste un gramophone cassé, une boîte en fer rouillée et une grande torche électrique.

Frances s'essuya à un pan de sa robe. Elle prit la torche, se demandant s'ils avaient oublié qu'il y en avait une là et qu'elle pourrait leur être utile, mais finit par la reposer car elle n'avait pas envie de devoir expliquer comment elle l'avait trouvée.

Lorsqu'elle retrouva Sir Leander en bas, les effets du vin s'étaient dissipés et elle était frigorifiée. Le vieil homme s'était mis un plaid sur les genoux, il avait l'air fatigué. À la T.S.F., on jouait un morceau de Beethoven. Dehors, le jour commençait à baisser.

« Sublime musique, n'est-ce pas ? dit Sir Leander. Les Allemands, tout de même. Ils sont forts. Ah, cette guerre est une bien triste affaire ! Ça n'aurait jamais dû arriver, si vous voulez mon avis.

— Il se fait tard, je ferais mieux de rentrer, répliqua Frances. Je vais tirer les rideaux pour vous, d'accord ? Mais je n'aime pas trop vous savoir seul ici, Sir Leander. C'est le jour de congé de Mme Jones, n'est-ce pas ? Il n'y a personne d'autre au château ?

— Non. Si vous saviez, tous les jours nous prions pour qu'elle ne provoque pas d'incendie en oubliant d'éteindre le poêle. C'est qu'elle n'est plus toute jeune, et elle devient très distraite. Je me demande comment elle a la force d'aller à Brighton tous les dimanches. Les cars sont tellement peu fiables de nos jours, et comme ils ne peuvent pas allumer leurs phares la nuit, ils avancent au pas. Enfin bref. Dommage qu'Hugo ne soit pas rentré à temps. Vous allez penser à ce que j'ai dit, ma chère, d'accord ? Et peut-être revenir sur votre décision ?

— Entendu. Merci pour le déjeuner, répondit Frances en tirant les lourds rideaux noirs. Je suis sûre que vous comprenez… J'ai besoin de réfléchir… Le mariage est une décision importante, n'est-ce pas ?

— Très importante, renchérit le vieil homme en observant le feu. Votre avenir en dépend, ma chère. Tout votre avenir. »

21

Crowmarsh Priors et Suède, janvier 1942

Juste avant Noël, Bruno obtint une semaine de congé et il partit sans attendre pour le Sussex, car il était impatient de faire la connaissance de sa petite fille d'un mois. En apprenant que Tanni avait accouché dans une maison où elle passait la soirée, il s'était inquiété. Il avait aussitôt appelé Crowmarsh Priors, et Evangeline lui avait expliqué que l'accouchement n'avait pas été simple et que Tanni avait été malade après, mais que le bébé était en pleine forme.

Dès son arrivée, Bruno se précipita pour monter voir Tanni qui allait mieux mais était toujours alitée. Elle était pâle mais très jolie dans sa robe de chambre rose clair, avec ses beaux cheveux retombant en cascade sur ses épaules. Elle avait maigri du visage et perdu ses airs de jeune fille, mais ses yeux se mirent à briller quand il s'approcha d'elle pour l'embrasser et lui dire qu'il l'aimait. Elle insista pour s'asseoir et prendre son nécessaire à couture, afin de raccommoder quelques bricoles dont elle avait promis de s'occuper rapidement, mais elle dut s'interrompre quand ce fut l'heure de la tétée, puis celle de lire des histoires à Johnny. Ils avaient baptisé la petite Anna.

Les jours suivants, Bruno se rendit utile, portant les repas à Tanni sur un plateau et veillant à ce qu'elle mange tout, aidant Evangeline avec les tâches ménagères, jouant avec Johnny et les trois réfugiés et, dès qu'il avait une minute à lui, prenant Anna dans ses bras, qu'elle soit endormie ou pas, pour s'asseoir avec elle dans le fauteuil à bascule qu'Evangeline avait trouvé au grenier. Il était en extase devant sa fille qui l'observait de son air grave tout en se faisant bercer.

« Elle a tes yeux et mon nez, affirma-t-il à Tanni en caressant le fin duvet sur la tête du bébé. Est-ce que toutes les petites filles sont aussi belles ? »

Il n'en revint pas de voir les villageois leur rendre visite pour les féliciter, admirer le bébé, leur apporter des habits, des couches et même des jouets. Margaret Rose le supplia de la tenir un instant et il la laissa faire, même s'il n'était pas rassuré.

« Oh ! Elle est si petite », s'exclama la jeune fille.

Même le révérend se déplaça. Bruno fut étonné de voir l'ecclésiastique se pencher au-dessus du berceau, mais lorsque Oliver sourit et tendit le doigt, Anna referma sa minuscule main dessus. Le révérend Hammet semblait avoir un don avec les enfants ; même ceux qui hurlaient en arrivant aux fonts baptismaux se calmaient quand il les prenait.

« Elle est magnifique ! dit-il. Cette chère enfant redonne espoir à tout le village, en ces temps sombres. Mon imagination me joue des tours ou bien elle a les yeux de sa mère ? »

Il n'en fallait pas plus pour que Bruno se prenne de sympathie.

La parenthèse enchantée se termina trop vite. Dix jours après son arrivée, Bruno quittait Crowmarsh Priors aux aurores après avoir embrassé sa famille endormie. Il ne fumait pas mais en chemin le chauffeur s'arrêta pour acheter un paquet de Player dans un tabac qui ouvrait tôt, puis ils foncèrent jusqu'à Norfolk. L'auto se gara sur une piste d'atterrissage balayée par les vents, et ils patientèrent le temps qu'un camion militaire arrive. Un homme menotté et escorté d'un garde armé en descendit. Tous se dirigèrent vers un baraquement proche, où on leur servit le petit-déjeuner : des œufs en poudre brouillés (le résultat n'était pas beau à voir), une saucisse, un petit pain qui allait leur rester sur l'estomac et une tasse de thé plus tiède qu'autre chose. En général, Bruno faisait un sandwich avec la saucisse et le pain. À cette heure matinale il n'avait pas faim, mais il se forçait toujours à avaler ces horribles déjeuners car il savait qu'il ne remangerait pas de sitôt.

Un peu plus tard, les trois passagers embarquèrent dans l'avion qui les attendait, avec deux pilotes à bord. Personne ne parla lorsque les hélices vrombirent et que le petit Norseman se mit à rouler sur la piste dans un bruit impressionnant. Les lumières s'éteignirent, puis se rallumèrent en vol, et aussitôt les turbulences commencèrent. Bruno pria pour qu'ils ne traversent pas une tempête de neige – il savait que cet avion pouvait atterrir sur la glace ou l'eau si nécessaire, mais quand même. Il aurait tout donné pour être de retour dans son lit chaud auprès de Tanni, Johnny et Anna, mais il tâcha de se concentrer sur la mission qui l'attendait.

Dès qu'ils eurent mis cap au nord, les conditions météo empirèrent et Bruno s'accrocha à son siège. L'appareil n'était pas vraiment conçu pour le confort des passagers. Bruno, l'homme menotté à côté de lui et le garde étaient collés les uns contre les autres, bravant le froid pénétrant comme ils pouvaient.

Le prisonnier regardait droit devant lui, par le hublot. Il avait un profil anguleux, des sourcils sévères et des yeux qui ne cillaient pas. Il n'avait pas touché à son petit-déjeuner.

Quelques heures plus tard, il se tourna vers Bruno.

« La Suède. Nous allons en Suède, vu le temps de vol. »

C'était une affirmation, pas une question.

« À côté de la Suède, le corrigea Bruno.

— Ah, j'avais deviné ! La côte. L'île où votre gouvernement et le mien troquent les prisonniers de guerre. En secret, évidemment.

Un espion contre un autre. Échange de bons procédés comme vous dites, vous autres les Anglais. Même si vous n'êtes pas anglais bien sûr, mais Juif. »

L'homme hautain eut un sourire sans joie.

« Cela se voit, toujours. Quelque chose… d'inférieur dans les traits du visage. Ils envoient mon interrogateur juif pour m'accompagner jusqu'au lieu de l'échange. Encore une de leurs insultes subtiles. Les Anglais manient l'art de l'insulte mieux que toute autre race. »

Bruno l'observa, imperturbable. Le prisonnier était un Anglo-Allemand qui avait des relations dans la haute société. Jusqu'à récemment, il travaillait pour les services secrets britanniques, où il avait espionné pendant des années pour le compte des nazis, sans jamais être inquiété. Il avait même eu un accès direct à Churchill et avait pu transmettre des informations confidentielles à ses supérieurs, ce qui avait entraîné d'innombrables pertes humaines, avant qu'il soit enfin repéré et arrêté.

« L'espion contre lequel on va m'échanger – j'imagine que c'est quelqu'un d'important ? »

Bruno garda le silence. En homme vaniteux qu'il était, il lui tardait de savoir quelle valeur les Britanniques lui attribuaient.

« Vous refusez de me dire son nom. Soit. Peut-être est-ce une de vos petites espionnes ? Une de vos Auxis, hein ? Ça ne peut pas être un radio ou un décodeur. Ces hommes-là ne sont pas irremplaçables, et de toute façon, nous les exécutons généralement après leur avoir soutiré toutes les informations nécessaires. Il y en a bien qui sont d'une autre trempe, naturellement. Mais pour moi, ce sera forcément quelqu'un d'influent. Enfin, peu importe, du moment que je rentre à Berlin. Nous nous retrouverons, je suis sûr, quand le Führer aura décidé qu'il est temps d'envahir votre petite île. Il y en a beaucoup d'autres comme moi en Angleterre, et ils ne se sont pas fait prendre. Ils attendent simplement la victoire finale. Et nous serons victorieux. »

L'homme se tut et Bruno en fit de même. Enfin il sentit ses oreilles se déboucher, signe que l'atterrissage était imminent. L'avion fit un virage incliné au-dessus d'un îlot minuscule perdu dans la mer Baltique. Il avait neigé, le sol était blanc. Le prisonnier regarda par le hublot en souriant, tendant le cou pour essayer de repérer l'avion qui, sous peu, le ramènerait en Allemagne. Une piste d'atterrissage rudimentaire avait été tracée sur la longueur de l'îlot mais hormis cela il n'y avait rien, à part des rochers, quelques pins et une cabane en bois. Pas d'autre avion en vue.

« Alors comme ça, ils sont en retard, marmonna-t-il. Ce n'est pas très courtois, mais c'est dû au mauvais temps, sans doute. »

Bruno ne dit toujours rien.

Ils furent encore secoués en touchant le sol, puis le Norseman roula sur la piste jusqu'à l'arrêt. De nouveau le prisonnier regarda au-dehors, le lieu désert, le ciel bas. Le pilote et son copilote se levèrent pour s'étirer. Le premier ouvrit la porte et fut accueilli par une bourrasque glaciale. Malgré tout, il resta là avec son collègue, comme s'il attendait.

« Par ici. Allez. »

Le prisonnier regarda tour à tour Bruno, les pilotes, le garde.

« Mais l'autre avion n'est pas encore là. Pourquoi sortir par ce temps ? » demanda-t-il. Personne ne lui répondit. Il les observa encore. Lentement, il commença à entrevoir les vraies raisons de sa présence. Son visage se décomposa et il devint blanc comme un linge. Il était choqué, incrédule, et ses lèvres commencèrent à former « Non ! », mais le mot resta coincé dans sa gorge.

Il se tourna vers Bruno.

« Je peux avoir une cigarette ? »

Ce n'était pas tant une question qu'un ordre.

Bruno sortit le paquet de sa poche de poitrine et le tapota pour en faire sortir une. L'homme la prit de ses mains menottées. Elles tremblaient légèrement, et Bruno gratta une allumette pour lui.

Ils patientèrent en silence, le temps que l'homme fume. Lorsqu'il eut terminé, il jeta le mégot et l'écrasa avec son talon.

« Je suis prêt », dit-il en se redressant. Le garde armé le guida pour descendre, et une fois sur le tarmac, les pilotes l'encadrèrent pour marcher en direction des quelques pins formant un bosquet près du rivage.

Bruno descendit les marches à leur suite. Il s'étira, tapa du pied sur le sol gelé. Il était présent à l'interrogatoire du prisonnier, et il savait que celui-ci méritait le sort qu'on lui réservait. Il pensa à sa mère et aux parents de Tanni, à l'enfer qu'ils étaient en train de vivre. S'ils étaient encore de ce monde. Il pensa à Lili et Klara, où qu'elles soient, encore bien trop petites pour se débrouiller seules. Si la même chose devait arriver à Johnny et Anna… Cette idée lui était insupportable.

C'était comme ça qu'il arrivait à faire son travail. Il avait déjà escorté plus d'une dizaine d'agents ennemis jusqu'à cet îlot isolé de tout. La prochaine fois qu'il viendrait, il espérait ardemment que ce soit pour escorter celui ou celle qui prévenait les bombardiers allemands en cas de météo favorable au-dessus de l'Angleterre.

Des coups de feu résonnèrent dans le silence glacial. Quelques secondes après, le garde et les pilotes revenaient sans le prisonnier. Ils firent un signe de tête à Bruno.

« C'est fait. »

Rapidement, ils prirent le bidon de kérosène stocké dans la cabane et remplirent le réservoir. Les hélices étaient déjà en route, et ils firent demi-tour sur la piste étroite. Le petit appareil prit de la vitesse et au dernier moment se souleva, laissant derrière lui les rochers enneigés. Bruno repensa à sa mère et aux Joseph, et regretta de ne pas être assez naïf pour croire que la justice qu'ils avaient rendue pouvait, quelque part, les aider.

22

Un camp d'entraînement, janvier 1942

D'en bas, personne ne voyait les deux hommes postés sur les remparts du château. Sous une pluie battante ils observaient à travers leurs jumelles les nouvelles recrues, qui commençaient l'entraînement commando, après avoir passé la matinée à manipuler des explosifs. Chacune à leur tour, on les envoyait récupérer un lourd conteneur – comme celui qui serait parachuté derrière les lignes ennemies, avec tout le matériel nécessaire à leur mission – dans les eaux glacées du lac, où les habitants du château venaient jadis pêcher leur poisson.

Les deux hommes s'attardèrent sur la même recrue.

« Ah, Miss Falconleigh ! s'exclama le premier. Tudor va être furieux quand il apprendra. Où la croit-il en ce moment, déjà ? Et comment se passe sa formation, d'ailleurs ?

— Il pense qu'elle est à Reading, à une grande réunion des *Land Girls*. Jusque-là ses instructeurs lui ont mis d'excellentes notes, et elle s'en sort très bien », répondit l'autre, les yeux fixés sur une silhouette svelte qui venait de déraper sur un talus boueux. Il avait l'air satisfait.

« Elle montre des aptitudes surprenantes, à vrai dire. On ne croirait pas, à voir ce beau brin de fille, n'est-ce pas ? Si on décide de l'envoyer en territoire ennemi, il faudra s'arranger pour la rendre quelconque, lui mettre des habits informes, un fichu sur la tête et des sabots, comme les femmes à la campagne. Elle a réussi à nous convaincre que ce travestissement pourrait être un atout en mission.

— L'expérience nous a montré que les personnalités les plus inattendues avaient un talent pour ce travail. On aurait du mal à le croire en la croisant dans la rue, mais Miss Falconleigh n'a pas peur de manier des armes et elle court très bien. Très maligne, aussi. Observatrice, et désireuse de s'engager.

— Elle a mûri, c'est vrai, mais on se demande encore si elle n'est pas trop jeune. C'est-à-dire, elle paraît un peu… un peu… »

Son interlocuteur sourit. Il s'agissait du « petit homme » qui avait reçu Frances en entretien. Il avait tout de même fait des promesses à une jolie fille en échange d'une paire de faisans, et depuis il se faisait régulièrement railler par ses collègues.

« C'est vrai, quoi, Tudor en a vraiment bavé avec elle. Ses bulletins scolaires sont lamentables ! Ses professeurs disent qu'elle était chef de bande, élément perturbateur, sans compter qu'elle s'est fait renvoyer de partout. Et puis il y a les photos scandaleuses dans les journaux, les cavaliers peu respectables, les arrestations à répétition… »

Le petit homme hocha la tête d'un air suffisant.

« Cela montre juste qu'elle a soif d'aventure. Mais elle a aussi l'intelligence, la détermination, et elle parle français sans accent. Elle a simplement besoin d'apprendre l'autodiscipline et le respect des consignes, c'est tout. Et puis, elle ne sera pas postée en France tout de suite. C'est notre plus jeune recrue, encore un feu follet, et dans sa fougue, elle pourrait mettre en danger les agents sur le terrain. Le Patron a décidé de prolonger sa période d'essai en l'affectant dans le sud de l'Angleterre une fois sa formation terminée, histoire de voir comment elle se débrouille. Elle est déjà passée par le centre d'entraînement des Unités Auxiliaires, dans le Wiltshire. Elle a eu droit à toutes les formes de pièges et les techniques de sabotage. Mais elle a su garder son calme, cette petite a les nerfs solides.

— J'espère qu'elle a la main ferme, aussi. J'ai entendu dire que les Auxis se servent de ces grenades collantes, les "*sticky bombs*". Je leur souhaite bien de la chance avec ça. Il paraît qu'elles sont ultra-délicates à manier. Elles contiennent assez de nitroglycérine pour stopper un char, mais encore faut-il arriver à les faire exploser. Dans l'armée régulière, ils refusent d'y toucher. »

Il marqua une pause, puis ajouta :

« À bien y réfléchir, ça devrait aller comme un gant à Miss Falconleigh.

— Elle se rendra à Beaulieu pour la dernière phase de sa formation, en radiotélégraphie, puis elle rentrera dans le Sussex pour l'exercice en conditions réelles commun à toutes les recrues. Il n'y a plus aucun doute que les pilotes allemands se font aider de ce côté-ci de la Manche pour la navigation de nuit. On ne sait pas encore comment exactement, peut-être des signaux lumineux envoyés après le couvre-feu. Mais surtout, il y a ce salaud qui transmet des bulletins météo à la Luftwaffe sur les côtes françaises, et leur donne le feu vert pour bombarder. On ne sait pas encore qui c'est, ni même s'il s'agit d'un homme ou d'une femme, mais je l'étranglerais volontiers de mes mains, quand je pense à tous les morts qu'il a sur la conscience. Le Patron l'a surnommé Manfred. Les Auxis le recherchent, mais Manfred pourrait être toute une cellule, ou bien un seul agent allemand qui a réussi à s'infiltrer.

— Tu as vraiment l'intention de renvoyer Frances Falconleigh dans le Sussex pour qu'elle retrouve Manfred ?

— Je n'irais pas jusque-là. Ça m'étonnerait qu'il se passe quoi que ce soit de suspect dans le village de Crowmarsh Priors. C'est trop petit… Mais tout de même, il est situé dans une zone sensible, à proximité des lignes de défense côtière. Il est de notoriété publique que la Ligue nordique a toujours eu des sympathisants parmi les nobles de la région. Avant la guerre, ils étaient beaucoup dans ce milieu à avoir des amis allemands, et des liens plus ou moins directs avec les nazis. Jusqu'ici rien ne prouve qu'ils fassent partie de la cinquième colonne, mais les services secrets s'inquiètent des dégâts que leurs petits copains auraient pu causer *avant* la guerre en venant séjourner ici, car ils auraient très bien pu réunir des informations capitales, comme des pistes d'atterrissage possibles par exemple. Bref, Miss Falconleigh va faire son exercice là-bas, et plus précisément s'entraîner aux différentes techniques de surveillance au château de la famille De Balfort, Grace-quelque chose.

— Elle est au courant ?

— Pas encore. Elle veut absolument être envoyée sur le continent mais elle va devoir retourner à la vie normale pendant les mois à venir, rester vigilante et nous signaler tout ce qui lui paraît suspect. Il se passe des choses franchement louches dans le Sussex, et on ne sait jamais, elle pourrait flairer quelque chose. »

Le petit homme soupira.

« Si les Auxis trouvent Manfred, l'idéal serait qu'ils le capturent vivant pour l'interroger, bien entendu, mais ce ne sera peut-être pas possible. Il y a toutes les chances pour que ce soit un sale type, et il saura parfaitement ce qui est en jeu. Du coup, je l'ai inscrite au cours de combat rapproché, demain. Quelques petites astuces empruntées à la police de Shanghai.

— Parfait. À mon avis, ça devrait lui plaire autant que les grenades collantes. Et pour les sauts en parachute ?

— On la formera dans les mois à venir. On ne sait jamais, il faudra peut-être la larguer au-dessus de la France plus vite que prévu… »

Il ne finit pas sa phrase. Son collègue hocha la tête. Ni l'un ni l'autre ne mentionnèrent ce qu'ils savaient pourtant tous deux :

que lorsqu'un agent féminin était trahi, arrêté ou tué, ils devaient être prêts à envoyer sa remplaçante. Une recrue aussi prometteuse que Miss Falconleigh pouvait être gardée en réserve pour cette éventualité.

23

Auschwitz, mars 1942

Après le travail, les bons jours, les gardes ne lâchaient pas les chiens sur quelqu'un pour s'amuser, et n'obligeaient personne à courir jusqu'à ce que mort s'ensuive. Ils se contentaient de ramener les prisonniers à leurs baraquements et de leur lancer des bouts de pain rassis, histoire de les regarder se battre pour manger. Un vent glacial soufflait à travers les fentes des murs, et les malheureux restaient dans leurs lits superposés, affamés, tremblants, s'accrochant à la vie et à leurs derniers vestiges d'humanité. Certains y parvenaient en se repliant sur eux-mêmes. Penser à un souvenir heureux leur donnait un instant de répit dans cet enfer sur Terre, mais pour la plupart, cela ne faisait qu'accentuer l'horreur de leur existence.

Le Dr Joseph faisait partie de ceux qui s'évadaient en pensée et la seule chose qui le faisait tenir, c'était de savoir que ses trois enfants étaient hors de danger. Il racontait son histoire à qui voulait l'entendre. Sa fille aînée était mariée à un homme bon, un professeur, qui l'avait emmenée en Grande-Bretagne. Il avait réussi à trouver une place dans le *Kindertransport* à ses cadettes, des jumelles, et elle se trouvaient à présent aussi en Angleterre, avec leur grande sœur qui avait toujours été une seconde mère pour elles. Un premier départ en janvier 1939 avait dû être repoussé car elles étaient tombées malades, mais grâce à Dieu elles s'étaient remises, et par miracle il avait réussi l'impossible en leur trouvant une autre place dans un train qui avait quitté l'Autriche l'été suivant. Ses enfants étaient réunis et en sécurité.

Il ressassait cela pour s'empêcher de penser à son épouse, dans le baraquement des femmes. De temps en temps il l'apercevait dans la cour, la tête rasée et le visage émacié… et il se rappelait comme elle était belle le jour où il l'avait demandée en mariage, ou le soir de leur nuit de noces, ou lorsque, enceinte, elle rayonnait de bonheur dans son manteau avec col et manchon en fourrure confectionnés par Frau Zayman.

Pauvre Frau Zayman qui avait été malade avant même leur arrestation – la pleurésie – et n'arrêtait pas de tousser dans le wagon où on les avait parqués pour aller au camp. Il n'y avait rien à boire ni à manger, pas de place où s'allonger, et la fièvre s'était aggravée. Elle avait fini par rendre son dernier soupir, entassée dans un coin.

Un homme qui n'avait pas réussi à obtenir de place dans le *Kindertransport* pour ses enfants éclata en sanglots. Un autre, un nouveau, demanda poliment si sa fille aînée avait déjà des enfants, puisqu'elle s'était mariée.

« On a su que ma Tanni était enceinte juste avant d'être déportés, lui répondit le Dr Joseph d'un air rêveur. Son bébé aura trois ans cet été. On ne sait pas si c'est un garçon ou une fille.

— Félicitations, chuchotèrent plusieurs voix dans le noir, de part et d'autre des lits bondés. En espérant qu'ils se portent tous bien, et que l'enfant ait une longue et belle vie.

— Savoir que tes enfants sont ensemble, qu'ils ont assez à manger et qu'ils peuvent jouer, peut-être même aller à l'école. Qu'ils boivent du lait, qu'ils voient les rayons du soleil. Ça doit être un grand réconfort pour toi », murmura un autre. C'était inimaginable, là où ils étaient.

Malgré l'heure tardive, tous les prisonniers n'étaient pas couchés.

L'un d'eux était affecté dans un autre bâtiment, où le médecin du camp travaillait encore. Ce soir-là, le médecin était satisfait. Son grand rival, Ernst Schäfer, était rentré la queue entre les jambes d'une expédition au Tibet – n'ayant pas réussi à prouver l'existence d'une tribu perdue d'Aryens au sang pur – et il avait enfin reçu carte blanche pour son programme d'eugénisme. C'était une grande victoire pour lui. Il avait toujours pensé que la théorie de Schäfer était une vaste fumisterie; mais tant qu'Himmler s'y intéressait, au moins, il ne l'avait pas dans les pattes. Et lorsque enfin Himmler avait perdu patience avec l'autre imbécile, et qu'il s'était penché sur les expériences du médecin d'Auschwitz, il en avait conclu que c'était le meilleur moyen d'assurer la suprématie de la race aryenne.

Pour l'instant cependant, le programme ne donnait pas les résultats escomptés. Himmler montrait une certaine impatience, et le médecin des signes d'inquiétude à l'idée de ne pas satisfaire les demandes de Berlin. Il gagnait du temps en se cachant derrière des *procédures* et des évaluations complexes, notait chaque détail de ses expériences de son écriture à l'ancienne, puis dressait de longues listes de critères à prendre en compte pour les suivantes. Il insistait sur le fait que la rigueur finirait par payer, et qu'à présent tout reposait sur la sélection des spécimens. Mais jusque-là, la solution lui échappait.

En attendant, le médecin continuait à rassurer Himmler en lui expliquant que c'était grâce à une méthode rationnelle – et non à une expédition fantaisiste – qu'ils parviendraient au résultat désiré. Son but était admirablement simple : établir de manière scientifique les conditions nécessaires à la procréation de jumeaux, pour permettre aux Allemandes d'enfanter deux fois plus. Ainsi la population aryenne doublerait, alors qu'en parallèle les êtres inférieurs qu'étaient les Juifs étaient éliminés. Le médecin d'Auschwitz avait fait allusion aux immenses camps de reproduction qu'il envisageait, remplis de femmes nordiques choisies pour engendrer la race supérieure qui accomplirait la destinée de l'Allemagne. Imaginez, avait-il dit à Himmler, toutes ces mères mettant au monde deux bébés parfaits en même temps. Quelle efficacité !

Il avait ouï dire que le Führer lui-même s'intéressait de très près à son projet.

Mais encore fallait-il tenir ses promesses. La pression montait pour le médecin qui avait un temps caressé l'idée d'étendre ses recherches aux triplés et même aux quadruplés, avant de convenir à contrecœur qu'en dépit d'atouts certains, le risque était trop grand d'affaiblir les gènes aryens en les transmettant à plusieurs fœtus lors d'une même grossesse. Avec les jumeaux, il mettait toutes les chances de son côté. Et puis, il n'y avait pas assez de triplés dans le camp pour mener des expériences concluantes.

La journée avait été longue, mais elle était bientôt terminée. Les corps démembrés des adolescents gitans – d'excellents spécimens, au passage – gisaient sur la table d'opération ensanglantée. Dans sa tête, le médecin passa en revue les tests qu'il venait d'effectuer afin de comparer comment les organismes de vrais jumeaux réagissaient à différentes substances toxiques, par exemple si l'un avait une résistance supérieure à l'autre. En homme méticuleux qu'il était, il consignerait ses observations une fois les organes examinés, mais il s'inquiétait quand même de savoir s'il avait réussi à établir un résultat probant avant la mort des spécimens. Peut-être auraient-ils vécu un peu plus longtemps s'il leur avait injecté un anesthésique, ce qui lui aurait permis de faire davantage de tests.

Il allait devoir considérer la notion de jumeaux « identiques » sous un autre angle. Il réfléchit à tout cela en se frottant vigoureusement les mains, puis en ôtant sa blouse tachée de sang dont les détenus à son service auraient pour mission de se débarrasser. Quatre hommes, si maigres qu'ils flottaient dans leurs blouses blanches, commencèrent à s'affairer en traînant des pieds. Quand les trains de déportés arrivaient, les gardes ordonnaient aux docteurs de se faire connaître. Ils avançaient toujours de leur plein gré, car ils s'attendaient à ce qu'on leur demande de soigner les prisonniers. À la place, ils étaient mis à la disposition du médecin d'Auschwitz. Ils causaient moins d'ennuis et se montraient plus efficaces pour nettoyer son laboratoire ; mais plus d'un réagissait mal en voyant qu'il refusait d'anesthésier ses cobayes. Un téméraire était allé jusqu'à en tuer deux pour leur épargner des souffrances ultérieures. Les gardes l'avaient abattu aussitôt pour l'exemple. Le médecin soupira en pensant à ces spécimens bêtement gâchés.

Peut-être qu'en partant directement de la *grossesse* gémellaire… Jusque-là il avait eu sous la main un certain nombre de jumeaux, Juifs pour la plupart, et sélectionnés dans les camps, les ghettos, les écoles et les hôpitaux de tous les pays occupés par l'Allemagne. Les sujets étaient logés dans une aile réservée aux enfants. Toutefois, son stock avait fondu comme neige au soleil, et puis en majorité c'étaient des garçons. Ce qu'il lui fallait c'étaient des jumelles, pour pouvoir étudier le développement de leurs organes reproducteurs.

Soudain, il eut une idée. Cela pourrait être fort intéressant de mener des expériences sur les *parents* de jumeaux. Mais il y avait une difficulté pratique : les enfants qu'on avait mis de côté pour lui avaient été séparés de leur famille avant d'arriver au camp.

Il était légèrement dégoûté à l'idée de faire des tests pour le bien des Aryens en utilisant des spécimens de race inférieure, mais même les Juifs, sournois comme ils étaient, n'étaient pas assez malins pour fausser des conclusions, tant qu'elles étaient obtenues grâce à une méthode scientifique rigoureuse.

Il se tourna vers son assistant.

« Nous entamons une nouvelle phase de recherches, et pour celle-ci il va me falloir des jumelles *et* leurs parents. C'est la priorité absolue. Double ration de pain pour tous les détenus qui identifieront des parents de jumelles dans le camp. »

L'un de ceux qui nettoyaient la salle leva la tête.

« Du pain », répéta-t-il à voix basse. Il pensa au Dr Joseph qui dormait juste en dessous de lui dans le baraquement. Le Dr Joseph n'avait pas fait de pas en avant quand les médecins avaient reçu l'ordre de se faire connaître.

L'homme s'était fait arrêter en même temps et quasiment dans la même rue que le Dr Joseph et sa femme. Par charité, il ne lui avait pas dit que le train de juin 1939 – celui qui avait soi-disant emmené ses filles en sûreté – n'était jamais arrivé à destination car entre-temps, la guerre avait été déclarée. Il le savait sans l'ombre d'un doute car son propre fils était à bord et donc, croyait-il, en Angleterre – jusqu'à ce que, à sa grande horreur, il tombe sur lui à Auschwitz, dans le baraquement. Au camp de Gurs, ils avaient aussitôt mis les hommes et les garçons à part pour les déporter, et on l'avait envoyé à Drancy, puis dans un wagon à bétail direction Auschwitz, avait expliqué le fils à son père transi d'angoisse. Deux mois plus tard, la pneumonie l'emportait. Il n'avait que douze ans.

Dans le cas très peu probable où les jumelles Joseph avaient réussi à traverser la Manche, elles étaient hors d'atteinte des nazis jusqu'à l'invasion – mais ce jour-là, leur sort serait réglé. Si elles n'avaient pas gagné l'Angleterre et étaient toujours en vie, alors elles devaient se trouver à Gurs, à moins qu'elles soient déjà à Drancy. Il y aurait nécessairement une trace d'elles quelque part. Les Allemands étaient des gens très méticuleux.

Dans tous les cas, elles finiraient par tomber entre leurs mains. Ce n'était qu'une question de temps avant qu'elles meurent ou atterrissent en camp de concentration, comme son fils. Par conséquent, tenta-t-il de se justifier, cela revenait au même qu'il dise au médecin ce qu'il savait sur le Dr Joseph et ses filles. Tout ce qu'il avait en tête, c'était le pain.

Le prisonnier savait que la femme du Dr Joseph se trouvait dans la section des femmes. Il l'avait vue dans la cour, à travers les barbelés. Elle n'était plus que l'ombre d'elle-même, sans doute tuberculeuse, mais elle était en vie. Pour soulager sa conscience, il considéra les avantages pour les Joseph s'il les dénonçait. Les jumelles seraient vite retrouvées, puis transférées à Auschwitz, et la famille serait réunie dans l'une des cellules réservées à cet effet.

Il n'y avait aucun espoir, pour personne, dans ce lieu inhumain ; mais pendant un temps, la famille Joseph serait ensemble, et en tant que futurs sujets d'expériences médicales, on leur donnerait de la soupe et du porridge, peut-être même un oignon ou un peu de chou bouilli. Et lui-même aurait sa double ration de pain…

Donc, en fait, il n'augmenterait pas leurs souffrances en révélant les informations qu'il avait sur eux. Ce serait même le contraire. Leurs vies en seraient améliorées. Jusqu'à la fin. Il ne s'attardait jamais sur ce qui se passait à la fin.

Il allait le faire.

Lorsque les détenus sortirent pour vider leurs seaux d'eau sale, le dernier s'arrêta devant le médecin et demanda la permission de parler. Il savait que des parents de jumelles se trouvaient dans le camp, et que les petites pouvaient être facilement trouvées.

Le médecin écouta attentivement et prit quelques notes dans son carnet. Puis il sourit. Il veillerait à ce que l'homme ait son pain dès que les quatre sujets auraient été réunis au laboratoire. Ce ne serait pas long. Au vu de l'intérêt que le Führer manifestait pour son projet, ils mettraient rapidement la main sur les petites Joseph, à Drancy, à Gurs, ou dans les environs. En attendant, il donna l'ordre de faire venir les parents séance tenante, et de leur distribuer une couverture et de la soupe.

24

Crowmarsh Priors, janvier-mai 1942

Lorsque Frances partit pendant les vacances de Noël et ne rentra pas avant plusieurs semaines, Oliver se languit d'elle. En voyant qu'elle était revenue, il se sentit plus léger. À la fin de l'office, ce dimanche-là, il lui prit la main pour lui demander si ce qu'il avait entendu dire était vrai, à savoir qu'on l'affectait à Londres ?

« C'est vrai, oui. Je serai toujours chez les *Land Girls*, mais au siège. Une idée de mon père, précisa-t-elle en roulant exagérément des yeux. Je vais devoir m'occuper de leur bien-être – je vous laisse imaginer la chose. En fait-on assez pour leur moral ? Et sinon, comment encourager les filles à ne pas se dévoyer ? Surtout en ce moment, avec l'arrivée des Américains et leurs nouveautés, comme le chewing-gum et le Coca-Cola. Certaines se font distraire. Voire, euh… débaucher.

— En tout cas, si je peux aider en quoi que ce soit, insista Oliver en lui tenant toujours la main, surtout n'hésitez pas. »

Frances baissa le regard.

« Merci. C'est rassurant de savoir que je peux – qu'on peut – faire appel à vous. »

Ses fonctions au sein des *Land Girls* étaient devenues sa couverture, et Frances avait pour instruction de justifier ses absences de cette manière. Cela faisait partie des obligations d'un agent mais elle détestait raconter des mensonges à Oliver, encore plus après avoir plongé dans ses yeux noisette. Il était si profondément honnête qu'il ne lui viendrait jamais à l'idée de mentir. Quelle opinion aurait-il d'elle s'il l'apprenait ?

Les pensées de Frances se tournèrent vers l'exercice en conditions réelles. C'était l'examen final pour toutes les recrues, et elle aurait bien aimé qu'on lui confie une mission un peu audacieuse, comme faire sauter une cible à la barbe des autorités. À la place, on l'avait renvoyée à Crowmarsh Priors, avec pour instruction de reprendre une vie normale tout en surveillant de près la résidence des De Balfort, et en faisant des comptes rendus réguliers des amis qui pourraient venir les voir. C'était proprement assommant : plus personne ne venait à Gracecourt depuis longtemps. Et puis, c'était drôlement gênant de s'y rendre en prétextant des visites de courtoisie : elle allait être obligée de côtoyer Hugo alors qu'elle cherchait à tout prix à l'éviter. Pire, Oliver se mettrait peut-être des idées en tête – tout comme Leander, d'ailleurs, et encore plus Hugo. Frances, qui d'ordinaire se rebellait si on lui imposait quelque chose de déplaisant, s'était dit en son for intérieur : *Eh merde!* Mais elle s'était mordu la lèvre et avait obéi aux ordres.

Pendant ce temps, elle et les autres restaient déterminées à ne pas laisser tomber Tanni. Evangeline affirma que le plan qu'elles avaient concocté n'était pas plus tiré par les cheveux que d'autres qui avaient marché. Personne ne pensa à lui demander de quoi elle voulait parler. Elsie, qui ne s'était toujours pas remise de la mort de sa mère, de Jem et de Violet, avait fait de la lutte contre les nazis une affaire personnelle. En attendant, elle se défoulait sur les rats à la ferme mais sa colère paraissait inextinguible. Même Bernie avait pris peur en décelant dans son regard une nouvelle lueur, dure comme l'acier.

Seule la prudente Alice refroidit leurs ardeurs : ce plan avait été conçu dans un moment de folie passagère due à l'ivresse, et elle en était désolée mais tout de même, elles devaient bien admettre que c'était totalement irresponsable…

Les trois autres entreprirent de la travailler au corps, et au final ce fut grâce au considérable pouvoir de persuasion de Frances qu'elles réussirent à la convaincre :

« Alice, ma belle, bien sûr que tu as raison et que c'est risqué, mais a-t-on vraiment le choix ? En ne faisant rien on condamne peut-être ces fillettes à mourir ! Tu veux avoir ça sur la conscience ? Et puis, on est amies – une pour toutes et toutes pour une, comme on disait à l'école. »

Frances avait usé et abusé de cette maxime pour persuader ses camarades de l'accompagner dans de folles équipées qui, invariablement, leur attiraient des ennuis. Mais Alice ne devait pas connaître.

« On n'y arrivera pas sans toi, reprit Frances en changeant de tactique. Tu es in-dis-pen-sable, Alice ! Tu es la seule capable de trouver le tunnel.

— D'accord, d'accord », finit par répondre l'intéressée. Elle savait qu'elle commettait une erreur, mais comment rester de marbre devant tant de flatterie ? Jamais on ne lui avait dit « une pour toutes et toutes pour une », jamais elle n'avait eu d'amies, jamais on ne l'avait incluse dans quoi que ce soit. Il n'y avait plus qu'à prier pour qu'elles ne finissent pas toutes en prison.

« Et puis tu as la tête sur les épaules, Alice, et ça nous sera drôlement utile pour éviter de faire des bêtises ! »

Alice réprima un sourire. Sur ce point, elle était on ne peut plus d'accord. Elle se sentait importante, déjà.

Oliver fut très surpris lorsque Alice vint lui annoncer qu'Evangeline, Frances, Elsie et elle avaient décidé de nettoyer le cimetière qui était devenu une vraie jungle. Il se dit que la foi prenait parfois des formes insoupçonnées.

De la fenêtre de son bureau, il les regarda avec stupéfaction s'attaquer tout d'abord à la zone située autour du monument aux morts, où on apercevait un bout de terre nue près des huit tombes creusées récemment. Les proches avaient déposé sur les sépultures sommaires des bouquets de perce-neige dans des pots à confiture. Ailleurs, seules quelques pierres tombales érodées par le temps étaient visibles au-dessus des orties, des ronces et de la vigne vierge qui avaient pris possession des lieux avant de grimper sur les côtés de l'église, puis le clocher.

Alice dénicha des cisailles rouillées dans un tiroir de la sacristie, et à mesure que le ciel maussade de janvier fit place à un temps encore plus froid et humide en février, Oliver s'habitua à voir l'une ou l'autre des jeunes femmes tailler l'abondante végétation quand elles avaient une heure de libre et qu'il faisait assez clair pour y voir quelque chose. Alice venait après l'école si elle pouvait, sinon le samedi matin, après s'être occupée de sa mère. Evangeline passait en coup de vent dès qu'elle pouvait consacrer quelques instants à autre chose que faire tourner la maison. Même Elsie étonna le révérend le jour où elle débarqua à l'église avec ses bottes crottées et lui demanda d'un ton bourru :

« J'la trouve où c'te paire d'cisailles, sinon ? »

Frances venait le dimanche après-midi, car les *Land Girls* étaient de repos. Oliver lui proposa une ou deux fois de l'aider. Elle le remercia mais refusa fermement, disant qu'elle s'en chargeait.

Assis à son bureau où il tentait d'écrire un sermon pour le carême, l'attention d'Oliver se tourna malgré lui vers Frances qui était dans le cimetière en ce moment même. Il regarda longuement la jeune femme qui coupait et arrachait tout ce qu'elle pouvait. De temps à autre, elle s'arrêtait pour pester un bon coup parce qu'elle venait de se planter une épine dans le doigt. Elle avait la taille fine, songea-t-il, et même dans ce pantalon informe on voyait qu'elle était bien faite. Cela le fit sourire. D'habitude, il n'était pas homme à remarquer les femmes...

Bruno eut quelques jours de congé inopinés à la fin février. Tanni, bien qu'heureuse de le voir, eut peur de se trahir et fut presque soulagée lorsqu'il repartit pour Londres.

Début mars, d'abondantes chutes de neige stoppèrent leur progression. Lorsqu'elles purent enfin retourner au cimetière, Elsie fourra une boîte de cyanure sous le nez d'Oliver et annonça :

« J'pars à la chasse aux rats.

— Mais ne font-ils pas des dégâts là où il y a de la nourriture, dans les garde-manger et les granges, par exemple ? l'interrogea-t-il, perplexe. Vous en trouvez beaucoup dans les cimetières ?

— Y sont partout, les rats, vous imaginez même pas, lui confirma l'experte en la matière. Ça creuse d'partout, sous les tombes et tout. Faut les choper au printemps, euh, quand y font des p'tits, vous voyez. D'solée, j'dois y aller. Vous feriez p't'êt' bien d'dire aux gens d'éviter l'cim'tière pendant un temps, à cause du danger et tout ça.

— Oh ! personne ne s'est jamais fait attaquer par des rats ici, dit Oliver, tout sourire.

— Mais vous vous rendez pas compte ! Y'a du poison et des pièges et un tas d'trucs horribles cachés partout. Du cyanure ! C'est super dang'reux, ça, l'cyanure. Et s'il arrivait malheur à un p'tiot ? Si y s'faisait empois'ner, ou qu'y mourait dans d'atroces souffrances ? répliqua Elsie en prenant un ton sinistre.

— Oh là là ! Je vais mettre un avertissement à l'entrée de l'église. »

Lorsque mars toucha à sa fin, Tanni commença à craquer sous la pression. Rachel lui avait écrit avec les dernières nouvelles : d'après leurs informations, les nazis étaient en train d'envoyer d'innombrables enfants à Auschwitz. Maintenant que les États-Unis et l'Allemagne étaient en guerre, les quakers étaient menacés d'arrestation et le consul en poste à Marseille venait d'être rappelé à Washington. Rachel faisait de son mieux pour trouver un informateur sur place, afin de vérifier si c'étaient bien Lili et Klara qui vivaient dans cette ferme des environs de Gurs, mais les semaines passèrent et elles restèrent sans nouvelles.

Un jour, de retour de Londres, Evangeline alla voir Frances pour lui annoncer que le colonel des Forces françaises libres qu'elle connaissait était d'accord : contre une certaine somme, la Résistance pouvait organiser la fuite des fillettes via l'un des itinéraires réservés aux pilotes de la RAF. Toutefois, il allait sûrement falloir attendre d'être au cœur de l'été, car avec les tracteurs sur les routes et les camions chargés de paille, ce serait plus facile de leur faire traverser la France en cachette.

Et puis, sans crier gare, Richard écrivit pour annoncer qu'il avait une permission de deux semaines fin avril. Il promettait d'emmener Evangeline en vacances sur la côte.

« Fini de broyer du noir, ma belle ! » s'exclama Frances, ravie pour elle.

L'intéressée semblait curieusement sur la réserve, mais ses amies décidèrent de prendre les choses en main.

Frances la regarda d'un œil critique et déclara :

« Vraiment, Evangeline, tu t'es laissée aller. »

Elle eut la surprise d'entendre Tanni acquiescer. Décidément, plus Tanni progressait en anglais, plus elle prenait confiance en elle. Elle fit asseoir une Evangeline indignée sur une chaise de cuisine, prit ses ciseaux de couturière et coupa ici et là dans l'épaisse crinière brune.

« C'est beaucoup mieux ! Je sais que tu te fiches de ton apparence, mais pense au moral de Richard ! dit-elle en admirant son œuvre. Et maintenant, les ongles ! »

Elle lui tendit une brosse. Plus tard, elle sacrifia une vieille taie d'oreiller, confectionna avec un col et des poignets, et s'empressa de coudre le tout sur la robe la moins miteuse qu'elle trouva dans l'armoire de son amie.

Frances mit Glebe House sens dessus dessous pour trouver quelque chose de joli à lui donner, et finit par dénicher deux précieux ensembles composés d'une culotte et d'un caraco en soie et dentelle. Il était strictement interdit de porter des sous-vêtements aussi beaux, mais Frances ne voyait pas comment ils allaient vérifier. Evangeline protesta qu'elle n'en avait pas besoin, mais elle fit la sourde oreille.

« Ma belle, c'est pratiquement ta lune de miel. Vous n'avez pas eu l'occasion de passer du temps ensemble après votre mariage, alors profites-en. Et puis les sous-vêtements de maintenant sont tellement moches. Il y a des jours où je n'ai même pas le courage d'en porter.

— Frances !

— Qu'est-ce que tu veux, je n'y arrive pas. Ça gratte affreusement. Tiens, je t'ai trouvé un chapeau. Plutôt seyant, non ? Interdiction d'aller voir Richard avec sur la tête le vieux feutre informe qui appartenait à son père. »

Elle sortit autre chose de son sac.

« Et des gants. Ils étaient à Tante Muriel, elle devait les avoir depuis le déluge, mais au moins c'est du chevreau. Voilà une paire de bas et, ah ! un jupon. »

Tanni glissa discrètement le négligé et le peignoir, que Frances lui avait donnés, dans la valise, ainsi qu'une bouteille de whisky de la part de Bernie. Il était déjà prévu qu'Elsie emménage chez les Fairfax pendant l'absence d'Evangeline, afin d'aider Tanni avec les enfants.

Evangeline les remercia toutes, mais ne put s'empêcher de dire :

« Je ne devrais pas vous laisser seules, avec tout le travail qu'il nous reste à faire…

— C'est marrant, on dirait qu'elle a le trac, chuchota Frances à Alice. Une fois mariée ça devrait passer quand même, non ?

— Et comment je le saurais, exactement ? » rétorqua Alice sèchement.

Le lendemain matin, le train de Richard devant arriver à huit heures, Frances, Tanni et Elsie se retrouvèrent chez les Fairfax pour regarder Evangeline descendre le grand escalier et s'assurer qu'elle avait bien respecté leurs consignes d'habillage. C'était le cas, et elles furent même surprises de voir leur amie aussi coquette et élégante. Evangeline se regarda dans le grand miroir de l'entrée et y vit une belle inconnue aux yeux noirs, une femme qu'elle n'avait pas vue lors de ses escapades à Londres avec Laurent, une femme qu'elle croyait avoir laissé derrière elle pour toujours la nuit où elle s'était enfuie. Elle leur envoya un baiser aérien, prit sa valise et se mit en route pour la gare malgré les hurlements du petit Kipper qui ne voulait pas qu'elle parte. Elsie dut l'attraper par le cou pour l'empêcher de lui courir après.

Elle eut beau marcher lentement, elle était quand même en avance. Alors elle attendit sur le quai, nerveuse, guettant le bruit caractéristique d'une locomotive en approche tout en essayant de se remémorer le visage de Richard.

Lorsque enfin le train arriva, un homme en uniforme, grand et hâlé en descendit. Evangeline lui fit signe et s'avança timidement vers lui.

« Richard ? »

Il lui fit un grand sourire et la rejoignit à la hâte.

« Oh, ma chérie, tu es encore plus ravissante que dans mon souvenir ! »

Ôtant sa casquette, il l'embrassa fougueusement juste devant Albert Hawthorne, puis la souleva du sol et la fit tournoyer en la serrant fort, jusqu'à ce qu'elle en ait la tête qui tourne. Le chapeau de Frances alla rouler sur le quai.

« Richard, repose-moi vite ! » protesta-t-elle tout en gloussant comme une jeune fille. Lorsqu'il s'exécuta, elle alla ramasser le chapeau, le rajusta, et lui fit un sourire anxieux. Ils se mirent à attendre le train suivant, et Evangeline en profita pour l'observer : il avait vieilli depuis la dernière fois, et il respirait l'autorité.

« Je n'arrête pas de penser que tu vas disparaître comme tu le fais toujours dans mes rêves, lui confia-t-il en la dévorant du regard.

— Ne dis pas de bêtises ! »

Quelques instants plus tard, ils grimpaient dans un wagon et Richard glissait les bagages dans le filet au-dessus de leur tête avant de proposer à Evangeline la place côté fenêtre. Il vérifia les billets, puis les mit dans sa poche. Il s'était occupé de tout pour leur séjour. Evangeline s'installa avec un magazine qu'il lui avait acheté, ne sachant trop comment se comporter mais songeant que c'était bien agréable de se faire dorloter, pour une fois.

« Tous les jours je pense au courage dont tu fais preuve en restant en Angleterre, alors que tu pourrais être en sécurité parmi les tiens, en Amérique.

— Non, répondit-elle promptement, je ne veux pas être là-bas. Aujourd'hui, chez moi, c'est ici.

— Comme je suis chanceux. Et maintenant, dit-il en lui prenant fermement la main, je veux tout savoir de ta vie au village. Les lettres c'est bien beau, mais il y en a beaucoup qu'on ne reçoit pas, et puis il leur arrive d'être censurées. Tu n'imagines pas comme j'avais hâte que tu me racontes tout ça de vive voix. »

C'était la grande crainte d'Evangeline : se retrouver coincée pendant deux semaines avec un homme qu'elle ne connaissait pratiquement pas. Au début Richard l'observait si intensément qu'elle lui sourit avec raideur et ne parvint à lui donner que des réponses succinctes. Elle ne devait pas penser à Laurent – elle devait se l'ôter de la tête *tout de suite* ! Mais de toute évidence, il avait vraiment envie de l'entendre parler de Crowmarsh Priors, et au bout d'un moment, malgré elle, Evangeline commença à se laisser aller. Quand elle passait du temps avec Laurent, elle était toujours tendue, luttant pour ne pas céder à la jalousie et s'inquiétant de savoir ce qu'il fabriquait avec les Français. Après l'amour, leurs conversations tournaient autour de Paris et de la musique : Laurent semblait se préoccuper de plus en plus de son existence bohème et s'intéresser de moins en moins à celle d'Evangeline dans un petit village anglais.

Le temps d'arriver à la pension, elle était rassurée, et se dit qu'elle allait survivre à ces vacances, finalement. L'endroit était propre et confortable, et leur logeuse, une femme d'un certain âge, avait un fils dans la marine. Elle leur donna sa meilleure chambre, avec vue sur la mer, lit à baldaquin et papier peint en toile de Jouy passée. Faisant un clin d'œil à Evangeline, elle précisa que la plupart du temps elle pourrait leur préparer « un petit quelque chose » pour le dîner, si cela leur disait de passer une soirée tranquille à la pension.

Le « petit quelque chose » s'avéra être essentiellement de succulents homards et tourteaux, qu'elle leur servait au salon, sur une table dressée près de la cheminée. Tous les soirs Richard lui demandait si elle ne préférerait pas sortir, aller au restaurant ou au dancing, mais Evangeline lui répondait qu'elle était très bien là, blottie contre lui sur le canapé, à écouter la T.S.F. tout en bavardant. *C'est bien mieux qu'un bar bruyant et enfumé*, songea-t-elle. Lorsqu'elle était avec Laurent, elle passait le plus clair de son temps dans des lieux de ce genre.

Richard n'avait pas envie d'évoquer sa vie en mer. Il posa mille questions sur le quotidien du village et s'amusa beaucoup des innombrables anecdotes sur Tanni, le petit Johnny, la naissance d'Anna dans le salon de Lady Marchmont, les parties de chasse d'Evangeline sur les terres de la famille De Balfort, – car c'était si dur de faire manger tout le monde à sa faim avec le rationnement – et qu'il y avait encore des faisans et des lapins, et même quelques canards sauvages sur le lac. Heureusement pour elle le garde-chasse du château était décédé, alors elle n'avait jamais été inquiétée.

« Du braconnage, toi ? » Richard éclata d'un rire tonitruant. Elle lui parla de Kipper qui la suivait comme son ombre, d'Elsie qui était en train de décimer tous les rats de Crowmarsh Priors, et de Lady Marchmont qui, avant de mourir, avait tenté de marier Alice au révérend et Frances à Hugo.

Une ombre passa sur le visage de Richard, tout à coup.

« Ma chérie, j'ai un aveu à te faire. Je crains fort de m'être très mal comporté envers Alice. Il fut un temps où nous étions fiancés. Et puis je t'ai rencontrée, et je ne comprendrai jamais pourquoi mais brusquement c'était terminé. C'est comme si on m'avait ensorcelé. »

Evangeline porta un doigt aux lèvres de son mari.

« Chut. Je sais. J'étais à peine installée à Crowmarsh Priors que Lady Marchmont commençait déjà à faire des allusions à ce sujet, et j'ai vite compris pourquoi Alice me détestait. Mais... rien de ce qui nous est arrivé avant n'a d'importance, maintenant », conclut-elle en songeant soudain qu'elle donnerait cher pour que ce soit la vérité. Tout était si... si normal, si léger avec Richard.

Tous les jours, quand ils allaient se promener, il s'extasiait devant les parterres de crocus et de jonquilles. Après tant de temps passé en mer, il remarquait les moindres détails autour de lui. Et toutes les nuits, ils faisaient l'amour dans le grand lit à baldaquin. Evangeline se sentit intimidée au départ, mais à sa grande surprise, ce fut merveilleux. Richard était aussi attentif envers elle dans l'intimité qu'en dehors, et après, elle savourait ce moment où, allongée à ses côtés, elle se sentait heureuse et apaisée. Lorsque, par culpabilité, elle tentait de se rappeler le visage de Laurent et se rendait compte qu'elle n'y arrivait pas, elle se pelotonnait contre Richard et s'endormait aussitôt. Ses cauchemars disparurent.

Un matin, alors qu'ils se prélassaient au lit avant de devoir braver la salle de bains glaciale au bout du couloir, Richard lui murmura :

« Ma chérie, as-tu déjà pensé à avoir un autre bébé ? Je sais que ça a été une épreuve pour toi la première fois, mais d'après ma mère, une fausse couche ne veut pas forcément dire qu'on n'aura plus jamais d'enfants. Je comprendrais que tu préfères attendre, tu as déjà fort à faire en ce moment. Simplement, eh bien, tout est si incertain avec la guerre. Peut-être qu'on ne se reverra pas avant un moment.

— Tu voudrais un bébé, Richard ? Vraiment ?

— Si je pouvais, je remplirais toute une nursery, ma chérie.

— Dans ce cas essayons, et nous verrons bien », répondit Evangeline avec empressement.

Trois jours avant la fin de sa permission, Richard reçut un coup de téléphone à l'heure du thé. Quand il revint il avait la mine sombre, et il fit ses bagages à la hâte. Evangeline le regarda faire, incrédule, et se déroba derrière son air distrait habituel pour qu'il ne voie pas sa tristesse. Elle ne voulait pas l'inquiéter, mais surtout elle ne voulait pas qu'il parte. Ni ce jour-là, ni trois jours après.

Seulement, il était bien obligé. Ce soir-là, ils attendirent ensemble sur le quai de la gare. Evangeline, qui avait mal aux mâchoires à force de sourire, prendrait le train du matin. Pour s'occuper, elle fouilla dans son sac à main à la recherche d'un mouchoir dont elle s'était promis qu'il servirait uniquement après le départ de Richard. Elle sentit un petit objet au fond et l'extirpa. Ses yeux s'agrandirent.

« Oh, Richard, c'est le bébé en or ! Je l'avais gardé… pour te porter chance. Prends-le. »

Il glissa la fève dans sa poche, l'enlaça tendrement. Elle posa la tête contre son torse et ils restèrent silencieux en voyant le train approcher. Au moment de la quitter, Richard prit les joues d'Evangeline dans ses mains.

« Je veux me rappeler chaque trait de ton visage. Tu sais, quand je suis descendu à Crowmarsh Priors il y a deux semaines, j'avais oublié que tu étais si belle. Je ne comprends pas comment c'est possible. »

Il déposa un baiser sur son front et sauta dans le train au moment où celui-ci repartait. Evangeline retourna à la pension et monta directement dans la chambre où elle s'effondra sur le lit à baldaquin pour pleurer.

Pendant ce temps, au village, Alice s'était retroussé les manches pour ne pas penser à Richard. Avec les jours qui rallongeaient, elle pouvait profiter pleinement de son heure de libre entre la fin de la classe et le dîner de sa mère. Elle avait trouvé au cottage une paire de bottes en caoutchouc laissées par les locataires précédents, et dès que le temps le permettait, elle partait faire de longues promenades, arpentant les chemins boueux des environs et retrouvant uniquement les jérémiades maternelles à la nuit tombée. Elle restait debout bien après que sa mère était partie se coucher, et fouillait dans les papiers de son père en espérant trouver son vieux livre et la carte qu'il avait dessinée. Elle finit par trouver les deux, et se mit à les étudier jusque tard dans la nuit. Chose curieuse, l'auteur de l'ouvrage mentionnait l'entrée d'un tunnel de contrebandiers sous une tombe du cimetière de l'église Saint-Gabriel, mais rien de plus précis. Le lendemain, Alice alla fureter du côté des pierres tombales qui commençaient à se dévoiler maintenant que la végétation s'éclaircissait. Elle ne trouva rien qui aurait pu correspondre. C'était comme chercher une aiguille dans une botte de foin. Et comment diable sauraient-elles que c'était bien l'entrée ? Se situerait-elle sous un cercueil ? Même Oliver commencerait à se poser des questions si elles se mettaient à déterrer les morts.

Début mai, elles avaient déblayé un chemin permettant d'accéder à la partie la plus ancienne du cimetière, derrière le clocher, mais c'était tout. Alice avait envie de tout laisser tomber, mais ce n'était pas envisageable pour les autres. Alors elle passa et repassa en revue les éléments qu'elle avait – si le tunnel commençait à l'église et finissait sur la plage… mais elle n'avait qu'un souvenir très vague de l'accès praticable à marée basse. De toute façon, c'était une zone de défense côtière désormais, avec des mines et des barbelés, alors à moins de trouver l'entrée à Crowmarsh Priors… sans compter que l'armée pouvait très bien l'avoir déjà bouché… Alice regrettait amèrement d'avoir évoqué ce fichu tunnel à la soirée d'anniversaire, mais Tanni s'accrochait à l'espoir que Lili et Klara étaient en vie, Elsie était la détermination incarnée et Frances voulait à tout prix tenir sa promesse. Quant à Evangeline, depuis qu'elle était rentrée de son escapade avec Richard, elle paraissait aussi désireuse qu'Alice de s'occuper l'esprit.

« Je suis vraiment trop bête », marmonnait souvent Alice après avoir marché des kilomètres pour s'aventurer aussi près que possible des panneaux indiquant « DANGER – MINES » éparpillés le long de la côte. Il y avait d'abord cette colline plutôt raide à franchir, elle en était sûre, puis cette petite crique qui demeurait invisible jusqu'à ce qu'on ait quasiment le nez dessus. Son père lui avait montré du doigt un recoin sombre.

« Tu vois, ça ? On dirait un rocher submergé, mais observe ce qui se passe quand la mer se retire », et effectivement, Alice avait vu une étroite ouverture se dessiner dans la roche pendant un court instant. Elle désespérait de retrouver l'endroit, et en même temps, avait la sensation de ne plus être très loin. Le jour où son père et elle avaient fait cette découverte, ils étaient partis après le déjeuner et elle se souvenait qu'ils étaient de retour pour le thé. Elle se creusa les méninges : c'était l'été, ils avaient déjeuné tôt. Disons qu'il leur avait fallu deux heures pour y aller, donc deux heures pour rentrer… pile à l'heure pour le thé. Elle commença à se chronométrer.

Un samedi après-midi, Elsie vint la relever de son poste juste avant quatorze heures. Alice s'était fait une ampoule avec les cisailles, et elle savait que ça allait barder pour son matricule car elle avait laissé sa mère se débrouiller pour le déjeuner. Elle devait encore astiquer les cuivres à la sacristie, mais d'abord elle sortit le sandwich qu'elle s'était amené et s'assit à l'entrée du cimetière pour le manger. *Tout ça ne mène à rien*, songea-t-elle.

Elsie se mit aussitôt au travail, taillant à tout va dans la végétation. Tout à coup Alice l'entendit s'égosiller :

« Rah, v'là que j'me prends l'pied dans ces fichues ronces ! », suivi de « Eh merde ! » et d'une sorte de raclement.

« Hé, tu f'rais mieux d'v'nir voir ça, s'écria-t-elle.

— Qu'est-ce qu'il y a ? répondit Alice en se précipitant.

— Mince alors, quelle jungle. La tombe avec l'grand costaud d'sus, on la voit quasiment plus dans tout c'bazar. Avec Bernie, on aimait bien s'asseoir d'sus pour bavarder au début, quand j'étais encore chez Lady Marchmont. J'm'en souviens parce qu'y a un crâne qui dépasse au bout, comme d'un cou – un long cou, comme c'lui d'un serpent. Moi ça m'fiche les j'tons, mais ça d'vait être la mode, à l'époque… Enfin bref, j'étais en train d'farfouiller quand j'me suis pris l'pied dans une branche, et pour pas tomber j'me suis rattrapée au crâne. J'ai senti un truc bouger mais j'arrive pas à voir quoi. »

Alice prit les cisailles pour dégager l'espace autour de la tombe. Elsie lui montra le gisant et le bloc de pierre où avait été sculpté le crâne. Il y avait un espace entre le bloc et le coin supérieur de la tombe. Alice tenta de penser à ce que son père aurait fait. Elle empoigna le crâne et remarqua comme il s'adaptait bien à sa main. Ses doigts glissèrent facilement dans les orbites et son pouce passa à travers la bouche souriante. Curieux… Alice tira d'un coup sec. Rien.

« J'crois bien qu'j'l'ai poussé en trébuchant. Vas-y, essaye en poussant », dit Elsie.

Alice poussa. Toujours rien.

« Plus fort », insista Elsie.

Alice se pencha en avant et poussa de toutes ses forces, ce qui eut pour effet de faire tourner le crâne. Elle le fit pivoter encore et soudain le bloc de pierre s'ouvrit, libérant une bouffée d'air frais et une odeur d'œuf pourri.

« Pouah ! s'écria Alice en reculant d'un pas.

— Ça alors ! fit Elsie. Ce s'rait pas comme qui dirait l'foutu tunnel qu'on cherche depuis tout c'temps ?

— Il y a intérêt, bon sang », marmonna Alice en se retenant d'ajouter *On ne dit pas comme qui dirait, Elsie. Ce n'est pas correct !* Elle devait sans arrêt reprendre les petits évacués dans sa classe, mais question langage elle-même avait plutôt tendance à se relâcher, ces temps-ci.

« Revenons cette nuit avec une torche. On va empiler des branches autour, comme ça personne ne se doutera…

— Qui ça peut bien intéresser c'qu'on fabrique ? » ronchonna Elsie.

Depuis son bureau Oliver regardait par la fenêtre, dubitatif. Voilà qu'elles remettaient en place les ronces qu'elles venaient de couper. Pourquoi diable faisaient-elles ça ? Sur ces entrefaites, la porte s'ouvrit derrière lui. C'était Nell Hawthorne en blouse, un fichu noué autour du cou, prête à s'attaquer au ménage de la pièce.

« Elles y mettent du cœur, vous ne trouvez pas ? » fit-il observer en lui montrant Alice et Elsie, toujours occupées à défaire ce qu'elles venaient de faire.

Il remarqua alors que Nell avait l'air bouleversée.

« Nell, que se passe-t-il ? Entrez, je vous en prie.

— Je croyais que vous étiez au courant, Révérend ! dit-elle en s'essuyant les yeux. Albert vient de me raconter que Mme Richard avait dû prendre l'express de 11 h 30 en catastrophe. Il a même retenu le train deux minutes pour elle, alors que c'est contre le règlement. Il ne l'aurait pas fait si ça n'avait pas été une urgence, comme il a dit. Elle a eu le temps de lui dire ce qui se passait : elle venait d'apprendre au téléphone que le convoi de M. Richard s'est fait torpiller par un sous-marin ennemi la semaine dernière. M. Richard fait partie des survivants, mais il est en piteux état. Avec quelques autres, il a dérivé plusieurs jours sur un canot de sauvetage avant qu'un navire allié les repère au loin. On l'a transféré dans un hôpital spécial pour les brûlés, à Londres. »

Oliver, qui se souvenait du pilote allemand moribond, était trop horrifié pour répondre. Nell poursuivit :

« En voyant les filles dans le cimetière, j'ai pensé que Tanni devait être la seule à savoir avec Albert, et elle est débordée avec tous ces gosses à s'occuper. Je ferais mieux de l'annoncer à Elsie et Mlle Alice. Sauf si vous voulez vous en charger, Révérend.

— Bien sûr, dit Oliver en hochant la tête vigoureusement. J'y vais de ce pas. »

Il se leva.

« Quand on pense, reprit Nell en se mettant à pleurer, que le mois dernier M. Richard était en permission, et qu'avec sa femme ils étaient heureux comme tout de se retrouver. Pauvre Evangeline, pauvre Penelope ! Je vous assure Révérend, des fois cette guerre me met hors de moi. Je prie Dieu pour qu'Il tue Hitler et tous les Allemands, même si je ne devrais pas. Mais si c'était Sa volonté, Il l'aurait déjà fait. Et ça nous aurait évité bien des souffrances. »

25

Londres et Crowmarsh Priors, mai 1942

À l'hôpital, un médecin à la mine défaite fit entrer Evangeline et Penelope dans une pièce à part. Il se montra gentil, mais ne mâcha pas ses mots. Richard avait des brûlures très graves et il serait mort de froid si le destroyer américain ne les avait pas sauvés, lui et les quelques autres rescapés. Au début, ils se demandaient même s'il allait vivre. Pendant onze jours, Evangeline et Penelope le veillèrent dans la salle des grands brûlés, qui était séparée des autres par un rideau, et pleine à craquer de blessés gémissants.

L'état de Richard finit par se stabiliser, mais les médecins refusaient toujours de se prononcer sur une éventuelle guérison. En toute probabilité, il ne verrait plus jamais et il allait rester un certain temps en fauteuil roulant. Pour l'heure, il était couché sous une sorte de tente fabriquée avec des couvertures, recouvert de bandages et drogué à la morphine.

Un matin, l'infirmière découpa l'insigne sur l'uniforme de Richard, dans l'idée de le donner à son épouse, puis fouilla dans ses poches. Elle y trouva quelques menus objets, dont une pépite d'or. C'était curieux, elle avait presque la forme d'un bébé. Une amulette, peut-être. Les patients portaient souvent des talismans sur eux et l'infirmière se garda bien de jeter celui-ci, même s'il n'avait pas l'air d'avoir une grande valeur. Elle l'ajouta au petit tas avec un peigne, son livret militaire et un portefeuille humide où il avait glissé une photo de sa bien-aimée.

Evangeline et Penelope se forçaient à parler d'un ton enjoué, au cas où Richard les entendrait. De temps en temps Penelope se levait, allait s'enfermer aux toilettes et pleurait un bon coup. Ensuite elle se passait de l'eau sur le visage, et elle retournait auprès de son fils. Lorsque Evangeline était seule avec lui, elle se penchait tout près et murmurait toujours les mêmes choses à son mari : il fallait tenir, coûte que coûte, car elle ne pouvait s'empêcher de penser qu'il avait survécu pour elle, et maintenant qu'ils étaient réunis, elle refusait d'être de nouveau séparée de lui.

« Je t'en prie, Richard, guéris. Je t'aime. »

Dès que Penelope revenait, elle s'écartait. Parfois, elle récitait son rosaire en silence et à plusieurs reprises, elle dut courir aux toilettes pour vomir.

Quand Richard demandait à boire, Evangeline tenait une paille entre ses lèvres et, oubliant qu'il ne la voyait pas, s'obligeait à sourire. Elle lui caressait la joue là où il n'y avait pas de pansements.

L'angoisse que ressentait Penelope était telle qu'elle avait vieilli d'un coup. Elle avait les cheveux blancs et semblait avoir rapetissé dans son uniforme. Mais elle était aussi en colère, et il fallait bien qu'elle s'en prenne à quelqu'un. Ce fut Evangeline, qui se fichait plus que jamais de son apparence et débarquait à l'hôpital en tenue de campagnarde, débraillée et transpirante, sans même avoir pris la peine de se peigner.

« Tout de même, Evangeline, lui fit-elle remarquer sèchement un matin, l'épouse en visite ici fait un effort, normalement. Et ne me dites pas que c'est à cause du rationnement. Les autres se débrouillent bien pour être soignées, il n'y a pas de raison. »

Sa belle-fille la dévisagea, atterrée, et Penelope se rappela soudain que cela n'avait plus d'importance, que Richard ne la verrait pas, de toute façon – et peut-être plus jamais. Elle alla se réfugier aux toilettes.

Après des jours passés au chevet de Richard, à se relayer pour dormir quelques heures, la surveillante générale leur conseilla de reprendre une existence normale. Richard était hors de danger, et puis cela aidait souvent les blessés de savoir que la vie continuait, que leur sacrifice n'était pas vain, ajouta-elle en baissant la voix. Sans compter que le pays avait besoin d'elles.

« Et si vous veniez vous reposer à la campagne pendant quelques jours ? Je suis sûre que vos supérieurs vous accorderaient un congé », proposa Evangeline. Mais Penelope déclina l'invitation, car elle n'avait pas oublié le chaos qui l'avait accueillie lors de sa précédente visite à Crowmarsh Priors, avec cinq enfants vivant sous son toit. Elle préférait de loin rester à Londres, où elle avait de quoi s'occuper et rentrait le soir dans son appartement ordonné. Elle était si fatiguée qu'elle dormait d'un sommeil de plomb et n'entendait même pas les sirènes, parfois.

Evangeline se pencha au-dessus de Richard et lui dit d'une voix douce qu'elle devait rentrer car elle avait beaucoup à faire, mais qu'elle reviendrait le voir très vite. En attendant, il devait tout faire pour aller mieux. Elle le ramènerait à la maison dès que les médecins l'y autoriseraient. Voulait-il bien lui promettre de faire tout ce qu'on lui demandait ?

« Richard, je sais que tu m'entends et je ne m'en irai pas tant que tu n'auras pas promis », murmura-t-elle. Il finit par hocher la tête. Evangeline lança un regard impuissant aux infirmières, et l'une d'elles dit aussitôt d'une voix forte que Madame ne devait pas s'inquiéter, M. Fairfax se remettait bien, aussi bien que possible en tout cas. Elles la reverraient très bientôt.

Lorsque son train entra en gare de Crowmarsh Priors, Albert se précipita pour l'aider à descendre.

« Là, là », dit-il à défaut d'autre chose. Evangeline, qui avait réussi jusque-là à conserver son sang-froid, s'agrippa tout à coup à son bras et balbutia :

« Quand les infirmières… la salle des grands brûlés est tellement… tellement… ils font tout ce qu'ils peuvent pour Richard… si courageux… Oh, Albert ! »

Il la fit asseoir sur un banc et elle pleura tout son soûl. Quand elle en eut assez, elle rentra chez elle.

À la maison, Kipper se jeta dans ses bras et ne la quitta plus d'une semelle. Frances, Elsie et Alice arrivèrent toutes après leur travail.

« Oh, ma belle ! s'exclama Frances en l'étreignant longuement.

— Les salauds ! » pesta Elsie.

Tanni envoya les enfants au jardin avec pour mission de ramener tous les bonbons qu'elle y avait cachés, puis elle alla faire du thé.

« Je dois y retourner la semaine prochaine, expliqua Evangeline d'un air las, mais tout ce que je veux pour l'instant, c'est m'ôter de la tête tous ces estropiés. Parlons d'autre chose. Comment avance notre affaire ? »

Tanni, qui était enceinte de son troisième enfant, se leva lentement pour aller prendre quelque chose sur le canapé.

« Regarde ce que j'ai fait pendant ton absence », dit-elle. Il s'agissait d'une sorte de tente qu'elle avait fabriquée à partir de plusieurs rideaux de couvre-feu afin de masquer leurs activités autour de la tombe du chevalier, notamment le tas toujours plus haut de branches qu'elles y empilaient. Elles avaient besoin de torches pour y voir dans le tunnel, mais dans la nuit noire, la moindre lueur était susceptible de les trahir.

Elles devaient aussi se procurer une corde mais impossible d'en trouver, même à la ferme. Quelques mois plus tôt, Evangeline avait émis l'idée, en dernier recours, de déchirer des draps et de les tresser le plus serré possible. Mais où diable allaient-elles trouver des draps dans un pays où tout était rationné ?

Elsie avait trouvé la solution. Une quantité astronomique de linge de lit venait d'être livrée à Glebe House en prévision de sa reconversion. Elles seraient bien bêtes de ne pas piocher dedans.

Tanni était outrée à l'idée de dérober l'État, mais Elsie avait fait la sourde oreille et débarqué un soir chez les Fairfax avec une brouette pleine de marchandise volée. Résignée, Tanni s'était affairée sur les draps jusque tard dans la nuit pendant une semaine, tout en priant pour que Bruno ne l'apprenne jamais.

Alice observa leur corde et songea elle aussi que ce n'était pas bien de faire ça, puis elle décida qu'elle s'en fichait. Mince à la fin, elle n'était pas le toutou du gouvernement.

« Je crois que j'ai trouvé la grotte, annonça-t-elle soudain. Le problème, c'est que je ne peux pas enjamber les barbelés pour m'approcher du bord de la falaise et jeter un coup d'œil. Le terrain est miné, de toute façon.

— Bravo, Alice ! s'exclamèrent les autres, requinquées par cette nouvelle. Raconte ! »

Alice leur expliqua qu'elle faisait la même promenade tous les soirs, en modifiant légèrement son itinéraire à chaque fois, et qu'elle cherchait plus spécifiquement une colline un peu raide suivie d'une petite crique…

« Mais pour en être certaines, on n'a pas le choix : il va falloir descendre dans le tunnel », conclut-elle.

Elles passèrent à l'action un soir où une épaisse couche de nuages cachait la lune et une pluie battante leur garantissait la tranquillité. Après avoir enfilé un ciré, Evangeline et Frances prirent la corde confectionnée par Tanni et traversèrent la place du village en courant. De son côté, Alice laissa à sa mère une part de tourte froide, un thermos de chocolat, et lui faussa compagnie sans attendre les inéluctables reproches sur son attitude très peu distinguée.

Quand Alice vit qu'Evangeline portait un vieux chandail de Richard sous son ciré, elle fondit en larmes. Frances lui tapota l'épaule et lui dit :

« Ferme-la, ma belle, et concentre-toi. »

Elsie était la plus petite des quatre et, à sa grande horreur, on lui avait confié la tâche d'assister Evangeline. Elle était terrifiée à l'idée d'être sous terre. Elle regarda son amie nouer la corde autour de sa taille.

« J'espère bien qu'tu sais c'que tu fais, dit-elle d'une voix chevrotante.

— Ne t'inquiète pas, je l'ai fait des dizaines de fois, la rassura Evangeline. Tu vas voir, c'est rigolo.

— Mais y fait noir comme dans un four là-d'dans, et pis alors, qu'est-ce que ça pue ! Y pourrait y avoir n'import'quoi, j'sais pas moi, une bête.

— Elsie, arrête de faire ta poule mouillée. J'ai besoin de toi au cas où ça deviendrait trop étroit et que je n'arrive plus à passer.

— Sans toi ? Toute seule ? *Merde alors* !

— Qu'est-ce qu'on fait si quelqu'un vient fouiner ? demanda Alice. On se fera forcément arrêter. Presque tout est illégal de nos jours, alors j'imagine que ça aussi. Et si on nous épiait ?

— Il n'est pas loin de minuit et il pleut à verse. Tu penses vraiment qu'on nous espionne en ce moment ?

— Cette fois, Elsie, tu viens », ordonna Evangeline. Elle braqua sa torche sur les marches usées, et elles découvrirent le petit escalier sculpté dans le mur, ainsi qu'une série de niches occupées par de vieux cercueils. Détournant le regard, elles se concentrèrent sur la descente.

« Ces marches m'ont l'air bien petites. Les hommes devaient avoir les pieds moins grands à l'époque, commenta Alice derrière elles.

— Je passe en premier », annonça Evangeline.

Elsie la suivit prudemment, mais s'arrêta aussitôt pour dire :

« La vache, ça caille drôl'ment.

— Il est trop tard pour reculer maintenant, lui répondit Evangeline. Souviens-toi – fais attention où tu mets les pieds, c'est peut-être glissant, et si tu vois une flaque ne marche pas dedans. Ça pourrait être profond. Reste bien derrière moi. »

Alice et Frances regardèrent le filet de lumière disparaître dans le tunnel sombre. Il avait été convenu qu'Evangeline et Elsie iraient aussi loin qu'elles le pourraient avec la première torche, et qu'elles reviendraient si nécessaire avec la seconde. Si elles tombaient sur des embranchements, elles remonteraient pour prendre de quoi signaler leur passage. Car si elles se perdaient, peut-être ne retrouveraient-elles jamais la sortie…

Les deux jeunes femmes descendaient l'escalier étroit et sinueux aussi vite qu'elles pouvaient.

« À ton avis, comment y f'saient pour transporter tout leur bazar dans c'tunnel riquiqui ? demanda Elsie, avant de pousser un cri strident en entendant comme un battement d'ailes au-dessus de leurs têtes.

— C'est juste une chauve-souris, l'informa Evangeline en agitant sa torche en tous sens. Elles détestent la lumière.

— Tu m'as jamais parlé d'chauves-souris », bredouilla Elsie, apeurée. Elle n'arrêtait pas de regarder par-dessus son épaule, songeant que c'était horrible, tout ce noir entre elles et la sortie. Elle avait l'impression que les murs se refermaient sur elle, et voilà qu'elle sentait quelque chose lui frôler les cheveux dans l'obscurité.

« Oh, j'ai l'impression d'êt' dans un cauch'mar !

— Mais non, répliqua Evangeline. Tu es une grande fille, regarde, tu n'as pas peur des rats – pense à toutes les empotées qui pousseraient des hurlements si elles en voyaient un. Alors que toi, tu es dératiseuse en chef ! Et puis les chauves-souris, c'est bon signe.

Ça veut dire qu'il y a une issue à l'autre bout, parce qu'elles sortent la nuit pour chercher à manger.

— Mais elles mordent !

— Ce n'est pas vrai.

— Comment tu le sais ?

— Parce que quand j'étais petite, en Louisiane, je passais beaucoup de temps à la plantation de ma grand-mère. On trouvait de tout là-bas, chauves-souris, alligators, serpents. Je n'avais personne pour jouer à part mes grands frères, alors je leur demandais tout le temps de m'emmener. Jamais ils n'auraient voulu de moi si j'avais fait des histoires pour une simple chauve-souris.

— C'est quoi c'gros truc noir ? Là ! »

Evangeline dirigea le faisceau de la lampe vers un trou dans le mur. Cela fit fuir d'autres chauves-souris, mais elles purent regarder.

« On dirait l'entrée d'un autre tunnel, mais j'aperçois quelque chose par là-bas. »

Elle braqua la torche vers un objet rond et pâle. Les deux amies poussèrent un cri.

Des crânes. Il y en avait plusieurs, et des os étaient éparpillés au sol, à côté de ce qui ressemblait à des haillons. Des chaînes étaient fixées au mur, et elles avaient rouillé.

Evangeline se signa machinalement et dit :

« Alice m'a raconté une fois que les contrebandiers kidnappaient les douaniers qui refusaient leurs pots-de-vin. Ces tunnels étaient la cachette idéale pour ça. Personne ne pouvait les entendre, ici. »

Un frisson la parcourut de la tête aux pieds.

« Avec c'qu'j'sais des rats, tu peux êt' sûre qu'ils ont mangé les… Oh et puis zut ! On peut s'en aller ? S'te plaît, Evangeline !

— Tu peux le faire.

— Ah, quelle torture ! Et si les fantômes des douaniers attendaient qu'nous pour s'venger ?

— Les nazis font bien plus peur que les fantômes, parce qu'ils sont vrais. Allez, dépêche-toi ! On a promis à Tanni de l'aider, ce n'est pas maintenant qu'on va se défiler.

— Moi, c'qui m'f'rait *vraiment* plaisir, c'est d'choper des pilotes en'mis quand y s'écrasent, d'les traîner jusqu'ici et d'les enchaîner. Les rats s'f'raient un vrai festin, bredouilla Elsie tout en recommençant à descendre lentement. Ça fait combien d'temps qu'on est là, tu crois ?

— Une heure et demie à peu près.

— Et si on rentrait ?

— Non. »

Le sol était glissant à cause des fientes de chauve-souris, mais le plafond du tunnel était moins bas à présent, et elles sentaient que l'air circulait.

« Oh, la barbe ! »

Depuis peu, Elsie traversait une mauvaise passe avec Bernie, d'où son humeur encore plus renfrognée que d'habitude. Quelques jours plus tôt, ils avaient eu une dispute épouvantable et Bernie s'était vexé au point de claquer la porte. Pour distraire Elsie, Evangeline lui dit :

« J'ai vu que Bernie était revenu pour s'excuser. Il avait l'air d'un vrai gentleman – costume, manteau sur les épaules, feutre. J'ai même vu qu'il s'était coupé les cheveux. Vous vous êtes rabibochés, tous les deux ?

— Nan.

— Pourquoi donc ?

— Y veut qu'on s'marie. »

Evangeline se figea.

« Se marier ? Mais Elsie, tu es bien trop jeune – et Bernie n'est guère plus âgé que toi.

— Il a dix-neuf ans. C'est c'qu'y dit, sauf qu'il est pas sûr-sûr. Mais au ministère, y croient qu'il a plus. Comme y dit, faut leur montrer qu't'es assez âgé pour connaît' ton affaire.

— Mais vous avez bien le temps, Elsie.

— Et toi, t'avais quel âge quand t'as épousé Richard ?

— Eh bien, dix-huit, mais…

— Et tu m'as dit qu'tu l'connaissais pas beaucoup – depuis à peine quelques jours, j'me souviens. Moi, ça fait trois ans qu'j'connais Bernie. Ou c'est tout comme.

— Peut-être que tu, euh…, attends un bébé ?

— Nan, s'esclaffa Elsie. C'est un coup d'chance, par contre, parce que juste au moment où… enfin tu vois, j'ai M'man qui m'vient dans la tête et du coup j'dis non. Bernie, ça l'rend dingue. Et moi aussi. J'sais pas combien d'temps on peut t'nir à c'rythme-là. Nan, si j'étais en rogne après lui, c'est parce qu'y m'a d'mandé d'l'épouser pour la simple et bonne raison qu'une femme peut pas témoigner au tribunal cont' son mari, c'qui l'arrang'rait drôl'ment, comme il a dit. J'te jure, il l'a dit.

— Mais ce n'est pas une raison pour se marier ! Ses employeurs ferment les yeux aujourd'hui, mais tôt ou tard il se retrouvera en prison avec ces histoires de marché noir. Qu'est-ce qu'il fera quand la guerre sera terminée et qu'on le traitera comme un vulgaire criminel ?

— Ben voilà, c'est pile c'que j'ai pensé. Nan mais quel toupet ! "Et dans c'te proposition qu'tu m'fais, j'lui dis, quelle part de toi veut qu'on s'marie et quelle part veut pas aller en cabane ?" Bernie m'r'garde comme si j'lui ai parlé en chinois et y s'met à bafouiller, "Mais sinon, t'es d'accord ou pas ?" Alors j'lui dis, "Bernard Carpenter, même si j'te dis oui, y'a des conditions. Numéro un, j'veux plus entend' parler d'pillage après les bombardements – j'me fiche d'savoir qu'le ministère a besoin d'ces diamants. Fouiller les ruines, c'est manquer d'respect envers les morts. Numéro deux, après la guerre, interdiction d'perdre ton temps avec des coffres-forts ou des gangs, surtout les Italiens d'Clerkenwell.". M'man a toujours insisté sur l'importance d'êt' respectable. Elle disait que quand on l'était, les gens pouvaient pas vous r'garder de haut, même si vous êtes pauvre. "J'dois bien ça à M'man", que j'lui ai dit. Évidemment Bernie s'est mis en boule quand il a entendu ça, et y m'a dit : "Comment j'peux changer ma nature?", et pis, "Comment j'suis censé gagner ma croûte et prend' soin d'ma femme, hein?". C'est là qu'j'l'ai r'gardé droit dans les yeux et j'lui ai dit carrément : "Bernie Carpenter, c'est tout ou rien avec moi. Tu t'trouves un travail décent sinon j't'épouse pas, même si t'étais l'dernier homme sur Terre.". Résultat, il est encore parti fâché. J'pouvais pas lui montrer qu'j'avais la trouille d'pas l'voir r'venir, quand même.

— Tu es vraiment amoureuse de lui? demanda Evangeline, la gorge serrée. C'est juste que, parfois, on a l'impression d'aimer quelqu'un tellement fort qu'on a envie de mourir quand on est séparée de lui, et le jour où on est enfin réunis, on ne ressent plus rien. Il faut être très prudent avec l'amour, tu sais, il réserve bien des surprises.

— À qui l'dis-tu! M'man en pinçait drôl'ment pour P'pa, au début. Regarde où ça l'a m'née, direct dans la mouise, comme elle disait toujours. Alors pas question d'm'précipiter.

— Bien », répliqua Evangeline qui se trouvait elle-même dans une situation fâcheuse. Une fois de plus, elle calcula combien de temps s'était écoulé depuis ses dernières règles. Elle avait vu Laurent cinq – non, quatre – semaines avant que Richard rentre en permission. Laurent était pressé cette fois-là, encore plus que d'habitude, et ils avaient à peine eu quelques heures ensemble avant de devoir retourner au pub de Soho. Il avait cet air distant, presque fuyant, qui donnait toujours l'impression à Evangeline d'avoir fait quelque chose de mal. Il avait fumé quantité de ces cigarettes à l'odeur écœurante dont tous les musiciens parisiens raffolaient, d'après lui.

Evangeline avait refusé celle qu'il lui tendait, de peur d'attraper la migraine, et Laurent s'était fâché.

Le pub grouillait de Français, et Laurent avait été appelé dans la salle qui servait de bureau à De Gaulle. Le président du gouvernement français en exil rentrant tout juste d'Afrique du Nord, elle en avait déduit qu'il souhaitait informer ses lieutenants des dernières avancées allemandes. C'était à ce moment-là qu'Evangeline avait coincé le colonel pour lui parler de Lili et Klara. Ensuite, elle avait attendu Laurent, mais ne le voyant pas ressortir, elle était partie et avait repris le dernier train pour Crowmarsh Priors.

Et puis Richard était revenu… *S'il vous plaît, faites que ce ne soit pas le bébé de Laurent.*

Derrière elle, Elsie jacassait toujours au sujet de Bernie.

« Et pis un dernier truc. Y dit qu'y veut prende soin d'moi, mais moi j'dirais qu'c'est plutôt lui qu'aurait b'soin d'ça. Donc, c'est moi qui dois décider deux ou trois choses d'entrée. Si son idée du mariage c'est d'être tout l'temps fourré avec les gangs comme P'pa était fourré au pub, très peu pour moi. J'serai bien avancée si mon mari s'r'trouve derrière les barreaux… »

Soudain il y eut un bruit léger mais caractéristique, celui de vagues venant se casser en rythme.

« Oh, Elsie, la mer ! La grotte doit être… »

Juste à ce moment-là, la lumière baissa et commença à clignoter.

« Oh-oh… La torche est H.S., soupira Evangeline. Il ne faut pas prendre de risques, on rentre. Mais, – elle renifla – je sens l'air frais de la mer, pas de doute. D'après Alice, quand la marée monte, l'eau s'engouffre dans le tunnel. Il vaut mieux ne pas être là pour voir ça.

— Evangeline ! s'exclama Elsie qui avait tout oublié du froid, des chauves-souris, et de sa vie sentimentale compliquée. On l'a fait ! Bon sang, on l'a vraiment fait ! »

26

Auschwitz, juin 1942

Le médecin du camp était furieux. Les imbéciles ! Quatre mois qu'il avait fait transférer les époux Joseph dans son laboratoire, qu'il les nourrissait et les soignait, et les hommes chargés de localiser leurs filles n'avaient toujours rien. À la place, ils lui avaient ramené deux femmes de quarante ans, certes jumelles, autrichiennes, et venant du camp de Gurs, mais comment avaient-ils pu commettre pareille erreur ? Il leur avait pourtant donné un ordre clair, celui de retrouver deux fillettes de sept ans répondant au nom de Lili et Klara Joseph.

Ces incapables avaient eu le culot de se défendre en disant que les jumelles Joseph ne figuraient sur aucun registre. Le médecin s'était mis dans une rage folle et leur avait fourré sous le nez la liste des passagers du *Kindertransport*, où était écrit en toutes lettres « Lili Joseph & Klara Joseph ». Et voilà que le Führer demandait tous les jours quand le programme de reproduction allait débuter. Si le médecin n'avait pas de résultats probants à montrer rapidement…

Il avait menacé de faire fusiller un homme sur dix dans le baraquement si les petites Joseph n'étaient pas retrouvées sur-le-champ. De toute évidence, elles se cachaient quelque part dans le sud-ouest de la France. Il fallait agir vite : Frau Joseph n'en avait plus pour longtemps, et une fois morte, il devrait tout recommencer à zéro.

Les spécimens de quarante ans avaient rejoint un autre programme, que le médecin avait rendu le plus abscons possible pour gagner du temps. Le temps qu'ils meurent, il avait commencé ce qu'il appelait les « travaux préliminaires » sur les parents Joseph.

27

Bethnal Green, Londres, juin 1942

Il était déjà tard en ce dimanche matin, mais les rideaux étaient encore tirés devant les fenêtres de la petite maison. C'était bien l'adresse que Tanni avait donnée, pourtant. Deux jeunes femmes s'arrêtèrent devant et louchèrent sur le numéro. Elles étaient en salopette, comme celles que les Londoniens devaient revêtir en cas de raid aérien.

« C'est là. Oh, Evangeline, j'ai la tête qui va exploser ! » gémit Frances. Elles avaient passé la soirée au *Coach & Horses*, le pub de Soho qui servait de Q.G. aux Forces françaises libres, où Evangeline semblait connaître un tas d'hommes, qui lui avaient tous demandé des nouvelles d'un dénommé Laurent. Elles s'étaient dirigées vers un petit colonel français au regard expressif et à la superbe moustache noire. Evangeline s'était un peu arrangée pour l'occasion, et Frances était particulièrement ravissante : elle s'était fait les ongles, coiffée, et elle portait une de ses jolies robes de Paris, que Tanni avait raccourcie pour montrer ses jambes. Galant, le Français s'était levé d'un bond et les avait saluées. Il savait reconnaître la haute couture quand il en voyait, et Frances lui avait fait forte impression.

Il était resté pendant des heures avec elles, à une table à l'écart des autres, commandant cognac sur cognac et se montrant de plus en plus empressé, jusqu'à ce que Frances fasse preuve de fermeté en ôtant une main baladeuse de son genou et en annonçant qu'elles devaient partir.

« Une gueule de bois, certes, mais pour la bonne cause. Regarde toutes les infos qu'on a réussi à lui soutirer, Frances. Et puis, si je me souviens bien de ses paroles d'adieu, il n'a jamais rencontré une femme comme toi, il t'appartient corps et âme, il t'adore, et il mettra Paris à tes pieds quand la guerre sera terminée. Accessoirement, il t'attend cet après-midi au pub…

— Oh, ma tête, ma pauvre tête ! C'était la soirée la plus longue de ma vie ! Mais je vais devoir continuer à l'embobiner pour qu'il joue les intermédiaires avec la Résistance. Ça ne va pas être évident de lui faire tenir parole sans que, concrètement, je… Si Tanni savait tout ce qu'on doit encaisser pour elle ! Enfin. »

Evangeline frappa à la porte et les rideaux s'écartèrent aussitôt. Visiblement, on les attendait. Une femme d'un certain âge, avec un fichu sur la tête et un tablier, leur ouvrit.

« Entrez, vite.

— Enchantée, madame. Nous sommes les amies de Tanni. Je m'appelle Frances Falconleigh, voici Evangeline Fairfax, et vous devez être madame Cohen », dit Frances en avançant dans le couloir sombre. Après le soleil éclatant de dehors, ses yeux mirent un certain temps à s'adapter.

« Ach ! grogna la femme, qui avait le front soucieux. Venez. »

Elle les guida jusqu'à la cuisine, à l'arrière du logement.

« Asseyez-vous, je vous en prie. Rachel sera là dans un instant. C'est elle qui sait tout. »

La pièce, qui donnait sur un jardin exigu, était un peu plus lumineuse. Mme Cohen commença à s'affairer, mettant de l'eau à chauffer, débarrassant la table d'une pile de chandails troués et d'une brochure intitulée *Accommodez, raccommodez*, et parlant tout haut dans une langue qu'elles ne comprenaient pas. Enfin, elle leur tendit du thé dans des petits verres.

« Excusez-moi. Je suis tellement inquiète que j'en oublie mes manières. Soyez les bienvenues ici. »

Evangeline déplia les papiers qu'elle avait calés sous son bras, et Frances posa le sac en tapisserie de Tanni par terre.

« Un petit quelque chose à manger ? demanda leur hôtesse.

Les jeunes femmes secouèrent vivement la tête.

« Non merci.

— Le rabbin et moi avons su pour votre mari, dit Mme Cohen à Evangeline. Je suis sincèrement désolée. A-t-il une chance de guérir ? »

Evangeline plongea le regard dans son thé.

« Les médecins ne se prononcent pas pour l'instant. J'irai le voir tout à l'heure – c'est mon jour de visite à l'hôpital. Nous prions tous pour qu'il aille mieux, mais ce sera très long. Vous savez sans doute par Tanni que la maison où loge Frances a été réquisitionnée pour accueillir des soldats blessés. C'est tout près de là où je vis avec Tanni et ses enfants. Dès qu'il sera prêt, Richard pourra être transféré dans cette maison de repos, et ce sera bien pour lui, il y sera au calme. Il ne supporte pas le moindre bruit pour l'instant – ses nerfs ont été mis à rude épreuve. »

Mme Cohen secoua la tête, l'air compatissant. Soudain, entendant des bruits de pas dehors, elle se précipita à la porte d'entrée. Elle revint peu après avec une femme plus jeune, qui portait elle aussi un fichu sur la tête et s'appelait Rachel.

« Le rabbin est sorti, chuchota Mme Cohen. Je ne lui ai rien dit, comme tu me l'as demandé, mais c'est si dur de lui cacher des choses.

— C'est pour le mieux, Berthe. Tu ne crois pas qu'il a assez de soucis comme ça ? Et maintenant, parlons. Je devrais être au bureau, je ne peux pas rester longtemps. »

Rachel posa son masque à gaz sur la table, bâilla longuement et accepta un thé.

« Pardonnez-moi, je dors debout, presque. Bien, il y avait du nouveau pour Tanni, je crois… Attendez que je me souvienne… J'ai tant de choses à me rappeler », dit-elle avec un sourire contrit.

« Les parents de Tanni Zayman, le Dr Joseph et son épouse ? lui souffla Frances. Ses sœurs, Lili et Klara Joseph, qui auraient dû arriver en Angleterre il y a trois ans de ça ? Si vous saviez comme Tanni est désespérée…

— Les jumelles Joseph, oui. Nous les avons retrouvées avec l'aide des quakers implantés au camp de Gurs. La situation se complique pour eux, maintenant que l'Allemagne a déclaré la guerre aux États-Unis. En théorie ils sont impartiaux mais les nazis se méfient des pacifistes, et ils les tolèrent uniquement parce qu'ils se servent d'eux pour leur propagande. Un des nombreux mensonges que le gouvernement britannique a choisi de croire. »

À côté d'elle, Mme Cohen n'arrêtait pas d'enrouler du fil sur sa canette, tout en marmonnant des prières entre ses dents.

« Il y a plusieurs mois, nous avons dit à Bruno que soit les fillettes étaient mortes, soit elles n'étaient jamais arrivées à Gurs. Ensuite, nous avons appris qu'un prêtre avait réussi à cacher des enfants dans les fermes des environs. Pendant longtemps nous avons cherché où, jusqu'à ce qu'un de nos contacts se rende à bicyclette à une ferme isolée, où il avait entendu dire qu'un couple de personnes âgées vivait avec des jumelles de six ou sept ans. Il confirme les avoir vues ce jour-là, dans le jardin. Les gens lui ont soutenu qu'il s'agissait de leurs petites-filles. Notre contact a exprimé sa vive inquiétude, car si, lui, avait eu des renseignements sur la ferme, les S.S. en auraient aussi, et d'ici peu. Il les a suppliés de lui confier les jumelles pour les cacher ailleurs, mais au début les gens n'ont rien voulu savoir. Et puis le prêtre a intercédé pour nous, et ils ont fini par accepter. »

Rachel but une gorgée de thé.

« La zone est sous le contrôle de Vichy, mais on s'attend à tout moment à ce que les Allemands étendent la ligne de démarcation au sud. Les nazis ont commencé à passer les environs de Gurs au peigne fin, à la recherche de Juifs cachés, mais nous avons aussi eu vent de rumeurs plus inquiétantes. Il s'agit d'un médecin d'Auschwitz qui conduirait en toute impunité des expériences médicales sur les prisonniers. D'après nos informations, il a donné l'ordre qu'on lui ramène des jumelles, et il promet des récompenses à tous ceux qui lui en trouveront. Notre contact a raison – ce n'est qu'une question de temps avant que les petites soient livrées à l'ennemi.

— Dieu nous en garde ! s'exclama Mme Cohen en se prenant la tête dans les mains.

— Que Dieu nous en garde, répéta Rachel.

— Donc, nous devons agir avant que les nazis trouvent les jumelles ou ceux qui les aident, résuma Frances. Vous pensez que les quakers les cacheraient encore un peu, le temps qu'on s'organise ? »

Rachel prit le temps d'y réfléchir.

« Ils doivent se montrer prudents, car ils sont censés faire uniquement de l'humanitaire. Mais certains sont moins neutres qu'avant, et c'est par eux que nous envoyons de l'argent à la Résistance, en échange de renseignements et de quelques services. Un rapatriement est toujours envisageable si la personne est assez importante pour justifier les risques encourus. Mais n'oubliez pas qu'il ne s'agit pas juste d'argent. Les S.S. n'hésitent pas à exécuter des civils, en représailles. Bref, les quakers seraient sans doute d'accord pour vous aider. La Résistance, par contre… À moins de leur faire une offre impossible à refuser, peut-être. Et de toute façon, une fois les jumelles en Angleterre, qu'est-ce qu'on fait ? »

Frances se hâta de répondre :

« Nous avons un plan… »

Rachel l'arrêta tout de suite et se tourna vers Mme Cohen.

« Berthe, je suis désolée mais tu peux nous laisser seules, s'il te plaît ? Pour ta protection, il vaut mieux que tu ne saches pas ce qui va être dit. Comme ça, si on te pose des questions, tu pourras sincèrement répondre que tu ne sais rien.

— Mais, Rachel !

— Pour la protection du rabbin aussi, tu dois pouvoir répondre que tu ne sais rien. »

Mme Cohen poussa un grand soupir et quitta la pièce.

« D'abord, nous sommes en mesure de payer la Résistance pour qu'ils emmènent Lili et Klara en Bretagne et leur fassent traverser la Manche, déclara Frances d'une voix ferme.

— Les Anglais s'empresseraient de les renvoyer !

— Seulement s'ils l'apprenaient.

— Mais la zone de défense côtière est impénétrable. »

Evangeline prit la parole.

« Justement non, et c'est bien pour ça que le gouvernement a tellement peur de voir des espions passer à travers les mailles du filet. Nous avons trouvé un moyen d'entrer dans le pays, en passant par une grotte dont les contrebandiers se servaient autrefois, puis un tunnel qui débouche dans notre village. Nous avons de bonnes raisons de croire que personne ne connaît son existence – il n'existe pas de carte officielle. Juste ça. »

Elle feuilleta les papiers qu'elle avait apportés et sortit la reproduction qu'Alice avait faite au papier-calque. Elle la posa à plat sur la table, devant Rachel.

« Cette carte a été dessinée il y a vingt ans par le révérend de Crowmarsh Priors, qui était féru d'histoire locale. Il est mort il y a quelques années et nous savons que hormis sa fille, il ne l'a jamais montrée à personne.

— Et alors ? », dit Rachel en se penchant pour mieux voir.

Frances lui indiqua un point sur la côte du Sussex.

« C'est de là que les contrebandiers passaient les marchandises qu'ils ramenaient de France. »

Evangeline expliqua comment elles avaient découvert et exploré le tunnel, précisa qu'il se terminait dans le cimetière du village, et conclut que les jumelles pourraient l'emprunter sans problème.

« Ça m'a l'air un peu tiré par les cheveux…, marmonna Rachel. Remarquez, dans certaines villes, les Juifs s'échappent par les égouts. Fut un temps où ça aussi, ça m'aurait paru tiré par les cheveux. »

Elle observa la carte de plus près.

« Ça a vraiment marché par le passé ? demanda-t-elle d'un air dubitatif.

— Oh que oui ! et même très bien. Les autorités n'ont jamais réussi à éradiquer le phénomène. Simplement, avec la révolution industrielle, les contrebandiers ont arrêté de partir en mer pour aller gagner leur pain dans les usines. En toute probabilité, c'est la seule carte qui existe. C'était tout aussi dangereux d'utiliser ce tunnel, à l'époque : la côte grouillait de douaniers qui avaient pour ordre de pendre tous ceux qu'ils attrapaient. Mais ils leur passaient sous le nez sans problème.

— Donc, nous avons de quoi les réceptionner. Mais d'où partir sur les côtes françaises, avec les Allemands partout ? »

Frances et Evangeline n'avaient pas perdu leur temps en passant leur soirée à charmer un colonel français. Frances dit :

« Nous avons la certitude que le rapatriement des pilotes de la RAF se fait au départ de Plouha, car les falaises y sont à pic, comme à Douvres. Au nez et à la barbe de l'ennemi. »

Rachel avait envie de se laisser convaincre, elles le voyaient bien, mais elle répliqua :

« Traverser la Manche dans un petit bateau est dangereux, presque impossible avec les mines et les sous-marins ennemis. Seuls les pêcheurs français et espagnols acceptent de s'en charger. Dans tous les cas, le capitaine devra peser le pour et le contre et décider s'il y va ou pas. Il n'y a aucune garantie qu'il ne fera pas demi-tour, ou qu'il n'accostera pas ailleurs sur la côte. Et vous dites que les enfants arriveront de nuit par cette tombe, là ?

— Exact.

— Et ensuite, quoi ? Je suppose qu'une auto les attendra pour les emmener, le réservoir plein malgré le rationnement ?

— À vrai dire oui, mais on préfère ne pas en dire plus. »

Que Dieu bénisse Bernie et le marché noir, songea Frances.

Rachel leur fit un sourire narquois.

« Je vois. Et après ? »

Evangeline prit une profonde inspiration et expliqua comment Tanni avait pensé que les enfants pouvaient être cachés. Les carnets de rationnement seraient fournis, bien entendu.

Rachel la regarda avec des yeux ronds. La solution était si simple qu'elle n'en revenait pas. Elle hocha vivement la tête.

« Tanni a eu une bonne idée. Ma sœur… Attendez, laissez-moi réfléchir… Il suffit de ne pas révéler l'identité des jumelles, comme ça personne ne pourra les dénoncer… »

Elle y pensa un instant.

« Ma sœur Judith et son mari, Dovid, ont fondé une grande famille de dix enfants à Tottenham. Berthe ne la connaît pas, et puis elle quitte rarement Bethnal Green maintenant, alors il y a peu de chances qu'elle entende parler de la présence de jumelles dans une autre communauté juive que la sienne. Je vais demander à Judith si son mari et elle seraient prêts à accueillir deux petites filles en ne sachant rien d'elles, ni leurs noms, ni d'où elles viennent. Seules Tanni et nous saurons la vérité.

— C'est risqué – vous pensez qu'ils accepteront ?

— Pour des enfants juifs, je pense que oui. Dovid avait des cousins dans le ghetto de Lodz, ils ont tous été déportés… Et puis, c'est une bonne chose qu'ils ne connaissent pas Tanni. S'ils sont arrêtés, ils pourront dire qu'ils ont recueilli deux sœurs dont les parents ont péri dans les bombardements. Tanni a raison. Pour une fois, le désintérêt des autorités pour les Juifs va jouer en notre faveur. Vous dites que vous avez de l'argent. Combien ?

— On n'a pas d'argent, enfin pas encore, mais en revanche on a ça… »

Frances souleva le sac en tapisserie, le posa sur la table et en sortit un paquet enveloppé dans un torchon. À l'intérieur se trouvaient trois boîtes à bijoux en velours noir abîmé. Quand elle ouvrit la première, Rachel en resta bouche bée. Elle avait sous les yeux le splendide collier de perles à trois rangs de Lady Marchmont. Frances lui montra ensuite les boucles d'oreilles et le bracelet qui formaient la parure. Les perles ressortaient de façon éclatante sur le satin noir, et le fermoir en émeraudes brillait de mille feux.

Rachel, dont la famille possédait une bijouterie dans le fameux quartier de Hatton Garden, comprit aussitôt qu'il y en avait pour une fortune.

« Ils ne sont pas volés, n'est-ce pas ? Notre affaire est déjà assez compliquée comme ça.

— Ils sont à moi, j'en ai hérité. Et j'en ai d'autres encore. J'ai rendez-vous tout à l'heure avec un colonel des Forces françaises libres pour les lui montrer. Il pense pouvoir convaincre ses agents en France de nous aider… J'ai l'intention de lui en proposer la moitié aujourd'hui, et le reste quand les jumelles seront arrivées.

— C'est un plan dangereux, mais je suis d'accord qu'il n'y a pas d'autre solution pour sauver ces enfants. Maintenant qu'on a une chance d'y arriver, on ne peut pas rester les bras croisés. Ce serait impardonnable. Dites à Tanni de s'accrocher, conclut Rachel.

— Vous savez qu'elle est encore enceinte ? L'infirmière dit que c'est bien trop tôt. Anna est née en novembre, et elle est déjà censée accoucher au mois d'octobre prochain. Tout ça la fatigue beaucoup », dit Frances en remettant les boîtes à bijoux dans le sac.

Rachel se leva.

« Je me mettrai en contact avec vous dès que j'aurai des informations. Autre chose. Tanni pourra voir brièvement ses sœurs à leur arrivée, mais ensuite elles devront quitter votre village, et elle ne devra pas chercher à savoir où elles vivent à Londres, ni avec qui. C'est triste, je sais, mais il faut lui faire comprendre que c'est trop risqué sinon, et pour tout le monde. Elle devra se contenter de savoir qu'elles sont saines et sauves. »

Frances et Evangeline lui promirent de faire entendre raison à Tanni.

« Bonne chance, Rachel.

— Bonne chance à vous aussi. »

Au moment où la porte se refermait, elles entendirent :

« Deux vies ! Quand on pense qu'il y en a des centaines de milliers à sauver… »

Evangeline alla prendre le métro et Frances redescendit la rue qui était davantage animée à cette heure, tout en passant leur plan en revue. L'idée de cacher Lili et Klara ici, au vu et au su de tout le monde, la tracassait davantage qu'elle n'aurait bien voulu l'avouer. Elle s'efforça de voir le quartier à travers les yeux des autorités. Elle entendit des bouts de conversation – en yiddish, certainement. Il y avait un peu partout des femmes coiffées de fichus noués d'une façon particulière, comme celui de Rachel. Elles avaient des paniers pleins de courses et des enfants suspendus à leurs jupons. En fait, il y avait des enfants partout, habillés en noir, cartables sur le dos. Les garçons portaient une sorte de calot à l'arrière de la tête et des papillotes sur les côtés. Les filles avaient des collants épais, comme leurs mères, et des jupes arrivant aux chevilles. Frances se mit à sourire lorsqu'elle comprit que les analystes du S.O.E n'auraient pas pu imaginer meilleur plan que celui de Tanni. Dans la petite communauté juive de Tottenham, la présence de Lili et Klara intriguerait peut-être au départ, mais comme Rachel le leur avait dit, ils serreraient les rangs pour les protéger du monde extérieur. Et une fois en collants et robes noires comme les autres, elles se fondraient dans le décor.

Frances s'engouffra dans une bouche de métro et acheta un ticket. Elle allait devoir trouver un endroit où se changer, enlever cette salopette informe pour remettre sa robe et faire bouffer un peu ses cheveux.

Deux heures plus tard, ayant retrouvé son allure de femme fatale, elle serra fort l'anse du sac en tapisserie et entra dans la pénombre du pub enfumé. Elle marqua une pause pour l'effet, puis rejeta ses cheveux en arrière d'un geste étudié. Tous les hommes se retournèrent et le colonel se rua sur elle, avant qu'ils se mettent des idées en tête.

« Ah, ma chère Misse Falconlé ! » dit-il d'un air important. Il l'enlaça jalousement par la taille, puis la guida vers une table.

Frances prit place et le gratifia d'un sourire encourageant, tout en essayant de jauger son humeur. Le colonel commanda du vin et lui proposa une cigarette, avançant galamment un briquet pour qu'elle puisse l'allumer. Frances posa une main sur la sienne comme pour s'appuyer, puis l'ôta en faisant une caresse au passage. Lorsqu'elle enleva un peu de tabac qui s'était collé sur sa lèvre, la respiration du colonel s'accéléra. Elle était venue jouer au chat et à la souris, et sa mission consistait à savoir jusqu'où flirter, et à quel moment sortir les bijoux qui allaient lui servir de monnaie d'échange. Elle préférait ne pas penser à ce qui se passerait quand le colonel l'aurait enfin « persuadée » de monter, car de toute évidence cela faisait partie du marché pour lui. Elle ferait de son mieux pour l'enivrer, mais si le pire devait arriver, son cours de combat rapproché était encore frais dans sa mémoire. Elle espérait simplement ne pas avoir à en arriver là.

Au même moment, Evangeline sortait du métro cinq stations plus loin, à proximité de l'hôpital. Un manchot vendait des petits paniers de fraises à l'entrée, et elle en acheta un pour Richard : il ne pouvait peut-être pas voir les fleurs, mais il pouvait sentir les fruits. On l'avait transféré dans une salle où il avait davantage d'intimité, et lors de ses visites, Evangeline passait la journée à lui faire la lecture, lisser ses draps, lui donner à boire, raconter les nouvelles de Crowmarsh Priors. Mais quoi qu'elle fasse, Richard n'avait aucune réaction.

« Il est en état de choc », lui assuraient les infirmières.

À son arrivée ce jour-là, il dormait. Alors Evangeline resta assise près de lui, perdue dans ses pensées. Elle se demandait bien ce qu'elle allait faire. Un médecin venait de l'examiner et de confirmer que ses nausées et vertiges étaient dus à une grossesse. Lorsqu'elle avait demandé de combien de semaines elle était enceinte, l'homme l'avait regardée d'un air exaspéré.

« Eh bien, quand étaient vos dernières règles ? Il suffit de compter à partir de là, enfin. »

Evangeline s'était mordu la lèvre. Elle n'arrivait toujours pas à se souvenir si elle les avait eues avant ou après son dernier rendez-vous avec Laurent. Ignorant tout de son dilemme, le médecin lui avait conseillé de ne rien dire à son mari tant qu'il n'aurait pas repris des forces.

Elle avait réussi à convaincre Frances d'attendre le lendemain pour rentrer car Laurent venait à Londres ce soir-là, et même si cela allait être dur, Evangeline savait qu'elle devait lui faire face, peut-être pour la dernière fois. Il était son cousin, le seul lien qu'elle avait encore avec sa famille en Louisiane, et elle l'avait aimé pendant si longtemps – et si dangereusement – que prendre conscience de ne plus avoir de sentiments pour lui avait été libérateur. Malgré tout, elle s'inquiétait pour sa sécurité, avec ces allers-retours incessants. Et puis, elle se demandait si elle devrait lui parler du bébé. Il serait furieux, mais d'un autre côté, si l'enfant était de couleur…

Non, elle ne dirait rien. De toute façon, si le bébé était de Laurent, elle ne pourrait pas compter sur lui.

À dix-huit heures, elle sortit d'un pas lent de l'hôpital et se dirigea vers le métro, ne sachant toujours pas ce qu'elle allait dire.

Plus tard, dans un café de Soho, Evangeline et Laurent étaient en train de se débattre avec le plat du jour, savamment baptisé « *Vrai-faux canard et ses légumes* ».

« Ça a autant de goût qu'un vieux navet, commenta Laurent en faisant la grimace. Dégoûtant. Mais c'est toujours mieux que rien. À Paris, ça devient très compliqué de se nourrir. »

Il paraissait différent, plus mince et plus âgé – un homme, en somme. Il engloutit son « vrai-faux canard », sauça le jus avec du pain, puis termina l'assiette d'Evangeline. Pour dessert, ils prirent un roulé à la confiture pâteux.

« Ça aussi, c'est dégoûtant, marmonna-t-il en avalant un peu de bière pour faire passer. Quand est-ce que Richard va rentrer ?

— Dès qu'il quittera la maison de repos. Tu sais, il n'aurait pas pu rester chez Penelope, il y a trop d'escaliers et on est déjà à l'étroit avec Tanni et les enfants. Mais j'aimerais qu'on parle… »

Laurent l'interrompit d'un ton cassant.

« Je ne fais que mon travail, chérie, et mon travail c'est d'être tout le temps en transit entre Paris et Londres. Mais je ne peux pas t'en dire plus, je dois bien gagner ma croûte. Alors arrête de me demander d'en parler ! »

Sa jambe droite se mit à gigoter sous la table, un tic nerveux qu'il avait développé.

« Je vis au jour le jour, je ne peux pas faire autrement. Ils m'ont donné une carte d'identité française mais les nazis sont forts, on dirait qu'ils ont un sixième sens pour les contrefaçons, surtout à Paris. J'ai eu une de ces frousses la dernière fois, la Gestapo nous a arrêtés, ils cherchaient quelqu'un… Tout était en ordre pour moi mais ils ont embarqué deux types juste après, sous prétexte qu'ils avaient des faux papiers. Quand il a su ça, De Gaulle a appelé un ami à lui pour tout refaire. Il y a un jeune gars au ministère, on dit que c'est le meilleur, même les experts n'y voient que du feu… »

Il haussa les épaules.

« Laurent, il faut que je te dise… »

Soudain, un roulement de tambour couvrit sa voix.

Laurent s'égaya et changea de sujet :

« Tu t'inquiètes trop. Attends un peu d'entendre les musiciens sur scène. Il m'arrive de jouer pour eux quand un des leurs manque à l'appel. Dans le tas, il y en a un qui a un frère dans l'orchestre de Glenn Miller. Il dit qu'il peut me faire embaucher au saxo quand il viendra ici faire des concerts pour les troupes. Qu'est-ce que t'en dis ? »

Il sortit deux cigarettes et alluma celle d'Evangeline, puis la sienne. Evangeline fixait le fond de son verre vide, se demandant quand elle aurait le courage de se lever et de partir. Laurent donna une grande tape sur la table, qui la fit sursauter. Le tempo était plus rapide.

« Allez viens, chérie ! Dansons pour oublier cette foutue guerre. »

Soudain empressé, il l'obligea à se lever, l'attira sur la piste et la fit virevolter.

Trois G.I. regardaient les danseurs, assis dans un coin. Quand leur bière arriva, ils la goûtèrent et firent la grimace. C'était leur première soirée à Londres. Une fois habitué à la pénombre, l'un d'eux s'exclama de son accent traînant de la Géorgie :

« Putain d'merde, non mais regarde-moi ça ! » Et il donna un coup de coude à son copain. « C'est une *Blanche*, pas d'doute. Et elle danse avec un gars *d'couleur* !

— Où ça ? » s'enquit son ami du Nebraska qui avait repéré deux célibataires accoudées au comptoir. Il loucha en direction de Laurent. « Lui ? Il m'a air aussi blanc qu'toi et moi.

— Et moi j'te dis que c'est un mulâtre. Par chez nous, on sait toujours dire quand c'est des nègres ! D'ailleurs, si on était là-bas, c'est pas avec elle qu'il danserait, moi j'te l'dis. C'est au bout d'une corde. »

Evangeline se sentait étourdie. Laurent n'arrêtait pas de la faire tourner, et tourner, et de la serrer fort.

« Contente-toi de me suivre, chérie, lui dit-il à l'oreille avant de l'embrasser. C'est comme au bon vieux temps, et ton train ne part que demain. On a toute la nuit. »

Non, ce n'est pas comme au bon vieux temps, avait-elle envie de hurler. Ça ne l'avait plus jamais été depuis qu'elle avait suivi Laurent en Europe. Jamais elle ne regretterait de l'avoir sauvé d'une mort certaine aux mains de Maurice, mais son cœur n'était plus à lui. Elle avait envie d'être à l'hôpital, auprès de Richard. Elle avait envie d'être dans une pension en bord de mer, blottie contre lui sur le canapé. Elle avait envie de le voir courir vers elle sur le quai d'une gare, et ouvrir grand les bras pour la soulever de terre, sans se soucier d'Albert Hawthorne en train de les observer. Elle avait envie de lui parler de l'enfant qu'ils allaient avoir… Elle avait envie de fuir. De retourner à sa vie.

À la fin de la danse, Evangeline attrapa son sac et fit exactement cela, sans même se retourner. Laurent était occupé à applaudir et à crier « *Encore, encore* ». Puis, le musicien qui avait un frère dans l'orchestre de Glenn Miller le fit monter sur scène. Elle n'était déjà plus là, mais elle savait qu'il mettrait un certain temps à le remarquer.

28

Crowmarsh Priors, juillet 1942

Les noces qui devaient être célébrées cet après-midi-là représentaient une distraction pour le moins bienvenue. Avec la plupart des jeunes villageois mobilisés, le beau Richard Fairfax à l'agonie sur un lit d'hôpital, les Allemands aux portes de l'Angleterre et les témoins silencieux qu'étaient les nouvelles tombes du cimetière, les horreurs de la guerre commençaient à sérieusement miner Crowmarsh Priors.

Mais ce jour-là, tout le monde était à l'église, sur son trente et un, et un délicieux frisson parcourait l'assistance en attendant l'arrivée de la mariée. Cela ne dérangeait personne qu'elle soit en retard – au contraire, en cet instant béni ils retrouvaient un semblant de normalité. Les gens bavardaient avec leurs voisins, et faisaient les observations d'usage. Ce n'étaient pas nécessairement des choses importantes ou profondes, juste des banalités, des platitudes rassurantes et adaptées à l'occasion.

« Moi, ce que j'en dis, murmura Nell Hawthorne à la femme du boucher, c'est qu'un mariage reste un mariage, et que guerre ou pas guerre, les jeunes se mettront toujours des idées dans la tête. On ne les changera jamais, et on n'a plus qu'à leur souhaiter d'être heureux. Mais quand même, ce gars a beau avoir bon cœur, il va falloir lui expliquer deux ou trois choses sur la vie. Il serait perdu sans elle. »

La femme du boucher acquiesça.

« Ça te rappelle pas le tien, de mariage? Moi, oui », fit-elle à voix basse.

Dans toutes les rangées on entendait le bruit de conversations similaires, et on voyait les chapeaux des dames bouger quand elles regardaient autour d'elles pour admirer la décoration. Il faut dire que la vieille église avait fière allure. Alice, Frances et Evangeline étaient venues à l'aube avec des brassées de fleurs cueillies dans les champs à la sortie du village, mais aussi du feuillage et les derniers vestiges d'anciennes plates-bandes, bref : tout ce qu'elles avaient pu trouver. Deux superbes vases en porcelaine de Limoges appartenant à Lady Marchmont et débordant de jasmin, de roses et de lierre avaient été disposés sur l'autel, tandis que des pichets en cristal de chèvrefeuille et de cerfeuil sauvage ornaient la moindre niche en pierre, embaumant les lieux. Tanni avait confectionné de gros nœuds blancs à partir de vieux draps, planté dans chacun un brin de lierre et de gypsophile et fixé le tout au bout de chaque banc.

À force de cajoleries, Nell Hawthorne avait même réussi à convaincre Mme Osbourne de reprendre sa place à l'orgue, elle qui en jouait toujours aux unions célébrées par son défunt mari. Elle portait une capeline à plumes qui n'avait pas vu la lumière du jour depuis des années, et attendait le signal d'Oliver pour entamer la marche nuptiale. En attendant elle jouait en boucle « *Jésus que ma joie demeure* », son morceau préféré. Cela lui rappelait son mariage, elle aussi. Les plumes poussiéreuses tremblotèrent et, dans un regain d'énergie, elle décida de changer de ton.

Assise à côté de sa mère, Margaret Rose Hawthorne ne tenait pas en place. Un mariage, c'était tellement excitant! Un jour ce serait son tour, avait dit sa mère.

Derrière l'autel, Oliver tendit le cou vers l'entrée pour voir si Elsie et ses demoiselles d'honneur arrivaient enfin. Le pauvre Bernie était très nerveux. En son for intérieur, il priait pour ne pas avoir dit quelque chose qui aurait fait changer d'avis Elsie. Après leur dispute, deux mois plus tôt, il était parti pour Londres en se sentant malheureux comme les pierres sans elle. Il était déterminé à la demander en mariage correctement. Il voyait bien qu'il s'y était mal pris – il n'aurait pas dû lui parler de cette histoire de tribunal. Elsie était exigeante pour certaines choses – elle devait ça à sa mère, comme elle disait toujours. Tenant à faire les choses bien la fois suivante, il était allé voir ses collègues d'un air penaud et leur avait demandé conseil. Ils lui avaient répondu ce que les hommes répondent dans ce cas-là, à savoir qu'il devait être prêt à dégainer une bague dès que la fille commencerait à s'exciter en criant « *Oui !* ». Bernie ne savait absolument pas qu'il était censé faire ça, mais il était rentré à Crowmarsh Priors avec dans la poche une superbe bague de fiançailles en saphirs et diamants, et dans la tête une formule répétée mille fois : *Elsie, me feras-tu l'honneur de devenir madame Bernard Carpenter ?*

Il avait dit la phrase et tendu la bague. Elsie l'avait regardée fixement, bouche bée, puis l'avait dévisagé. Et là, à sa consternation, elle avait tapé du pied et dit :

« Pas question d'me marier avec toi, Bernie Carpenter, même si t'étais l'dernier homme sur Terre ! Tu t'rends pas compte, M'man s'retourn'rait dans sa tombe si elle savait ! »

Elle était sortie de la pièce comme un ouragan, en parlant tout haut de coffres-forts, de cabane, de « *M'man avait raison* » et, bizarrement, de furets. Elle ne voulait plus jamais le revoir, et bon débarras.

Cela avait été le pire moment de la vie de Bernie. Dérouté, apeuré, il était retourné la voir pour arranger les choses. Il voyait bien qu'elle voulait pas d'un mari qui passerait sa vie à l'ombre, mais tant qu'elle l'épousait pas, il pourrait pas se ranger, alors elle ferait bien de se dépêcher. De toute façon, il avait prévu de se fiancer une seule fois dans sa vie, et les grosses légumes pour qui il bossait lui avaient dit que pour faire ça comme il faut il devait offrir une bague, et… Soudain, il lui était venu à l'esprit que peut-être, Elsie pensait qu'il l'avait volée. Alors que parole d'honneur, il ne l'avait pas fauchée chez un mort, et ne l'avait pas obtenue non plus par un subterfuge : il l'avait échangée contre « un peu de paperasse » que des pilotes polonais lui demandaient. On ne peut plus légal et régulier. C'était le même boulot qu'il faisait pour le ministère de la Guerre, et vu que les Polonais et les Anglais étaient du même bord, tout allait bien, nan? Zéro cambriolage! avait insisté Bernie. Zéro coffre-fort, zéro pillage. Surtout le pillage, par respect pour sa mère et comment elle était morte avec Jem et Violet. En plus, avait-il ajouté, car il venait de penser à autre chose, il aimait Elsie et serait sûrement incapable de vivre sans elle. Alors, elle voulait bien l'épouser si c'était pas trop demander?

À présent calmée, Elsie avait pesé le pour et le contre. Bernie pouvait bien lui faire un tas de promesses, quelque chose lui disait qu'il ne ferait jamais la paix avec la loi. Elle regrettait que sa mère ne soit pas là pour la conseiller. Ce qui était sûr, c'est qu'elle n'avait aucune intention de vivre le même genre de vie que M'man, ou pire. Sauf que M'man était morte. Elle se rendait compte que si elle épousait Bernie, ce serait à elle de faire en sorte qu'il ne dévie pas du droit chemin. Pendant un instant, elle s'était demandé si elle se sentait le courage de jouer ce rôle pour le restant de ses jours. Et puis, tout en observant le visage rongé par l'angoisse de Bernie, elle avait décidé que oui, car tout de même sa mère lui avait appris une chose ou deux sur les hommes et comment les dresser. Alors elle avait fini par sourire et dire :

« Bon, d'accord. Ça m'dérange pas. »

Sans transition, elle avait planté un bécot sur la joue de Bernie, mis la bague et soupiré. « Ça alors! Me v'là fiancée! »

À compter de là, Elsie avait sauté sur toutes les occasions pour appeler Bernie « mon promis », et l'intéressé avait beau ne pas savoir exactement ce que ça voulait dire, il n'en était pas moins fier.

Pour l'heure, le malheureux promis se demandait si quelqu'un aurait la gentillesse d'aller dire à la vieille dame d'arrêter de jouer toujours le même air, car il n'en pouvait plus. Embarrassé, il écarta son col trop serré. Il avait chaud, et commençait à ne plus savoir où se mettre. Tous les yeux devaient être braqués sur lui. Probable qu'ils riaient derrière son dos aussi. Il ne comprenait pas pourquoi les gens se sentaient obligés de le rendre aussi nerveux. D'accord, il n'était pas tout seul, puisqu'il avait le gendarme Barrows comme témoin – encore un truc recommandé par ses patrons. Lui, il aurait préféré que l'Oncle soit là.

Bernie ne savait pas grand-chose du mariage, et avait vaguement supposé qu'il suffisait de s'enfuir en Écosse, où la loi était plus floue, et de le faire. Mais *que nenni* !

Le gendarme Barrows lui avait expliqué que le garçon était d'abord censé parler au père de la mariée, pour lui demander sa main. Ensuite il fallait parler au révérend, obtenir un permis, et il y avait aussi cette histoire de bans… Bernie s'était gratté la tête et avait répondu que s'agissant du père d'Elsie ça risquait d'être compliqué, étant donné que personne savait où il était. On ne l'avait plus vu depuis des années et il était sûrement mort dans un bombardement ou noyé dans l'alcool.

« Faut voir avec le révérend, dans ce cas », avait dit le gendarme Barrows après réflexion. Alors, avec Elsie, c'est ce qu'ils avaient fait. Et ça c'était plutôt bien passé, en fin de compte. Et puis sans crier gare, Elsie n'avait plus eu une minute à lui consacrer, ses amies couraient partout pour lui trouver une robe et Tanni cousait nuit et jour. Un truc qui s'appelle le trousseau, apparemment.

Bernie donna un coup de coude à son témoin.

« Hum ! C'est un peu gênant, hein, d'rester planté à s'tourner les pouces. Elle devrait pas déjà êt' là, Elsie ? marmonna-t-il d'une voix un brin vacillante.

— Elles font toutes ça, fiston », répondit le gendarme Barrows avec calme et autorité. Sa femme Edith lui avait assuré que les hommes n'avaient aucune idée, mais alors *aucune*, des crises que provoquaient à la dernière minute des épingles manquantes ou un voile mal mis, une jarretière égarée ou un bouquet tournant de l'œil. Il sourit à sa petite femme bien en chair, qui avait sorti son plus beau chapeau et avait l'air si insouciante, assise sur le banc. Elle bavardait gaiement avec Nell Hawthorne et la femme du boucher, tout en tenant leur bébé dans ses bras.

« Ouais ben moi, j'ai comme qui dirait l'impression d'êt' là depuis un bail. Et si elle v'nait pas ?

— Elle va venir, fiston, t'inquiète.

— Et pis c't'orgue, là, y m'tape sur l'système », pesta Bernie tandis que Mme Osbourne rajoutait des notes à n'en plus finir et commençait même à fredonner, des trémolos dans la voix.

Oliver baissa les yeux vers sa chasuble pour s'empêcher de sourire. Les deux tourtereaux avaient débarqué un soir au presbytère et demandé de but à blanc qu'il les marie. Bernie était si fébrile qu'il avait réussi à s'emmêler les pinceaux en racontant une plaisanterie, comme quoi Elsie ne pourrait pas témoigner contre lui au tribunal si elle était sa femme. Elsie lui avait jeté un regard noir, et à la grande surprise d'Oliver, cet effronté de Bernie n'avait plus bronché. Oliver leur avait posé les questions habituelles : avaient-ils fait le baptême, la confirmation, et d'autres choses encore dont ils n'avaient jamais entendu parler, mais il n'avait réussi qu'à doucher leur enthousiasme. Ils l'avaient dévisagé, l'œil vitreux. Et puis Bernie, qui voulait à tout prix prendre le dessus devant sa fiancée, avait fini par se pencher vers lui et grommeler :

« Tout ça c'est bien beau, mais un pasteur, c'est pas censé empêcher les actes immoraux dans sa paroisse? Pa'ce que moi j'vous l'dis, si vous nous mariez pas avec Elsie, va y avoir de l'immoralité à gogo. »

Elsie avait piqué un fard, mais confirmé ses dires d'un hochement de tête vigoureux.

Tout en essayant de garder son sérieux, Oliver avait réfléchi. Elsie était sans doute la seule capable d'empêcher ce garçon de devenir un criminel, et s'il ne les mariait pas, il pouvait s'attendre à ce qu'un autre enfant naturel naisse d'ici peu. Le vieux dicton « *Il faut battre le fer tant qu'il est chaud* » lui vint à l'esprit. Il faisait toutes sortes d'entorses au règlement ces temps-ci – il pouvait bien en faire une de plus pour eux. L'évêque finirait par en avoir vent et serait outré, mais il avait d'autres chats à fouetter en ce moment et Oliver commençait à penser que l'excès était mauvais en tout, même s'agissant du dogme.

Les filles s'y étaient toutes mises pour aider Elsie mais elles se trouvaient devant un défi de taille, car il ne fallait pas compter obtenir d'habiller la mariée contre un ticket de rationnement.

« Même le ministère de la Guerre n'a pas osé proposer une "robe de mariée fonctionnelle", ma belle! » avait commenté Frances.

Alice s'était alors souvenue d'une dame dont elle avait entendu parler, une certaine Barbara Cartland, qui pour participer à l'effort de guerre, avait eu l'idée d'organiser une collecte de robes de mariée auprès de ses amies de la haute société, afin de les mettre à la disposition des femmes soldats. Alice s'était débrouillée pour trouver l'adresse et avait envoyé les mesures d'Elsie par courrier. Elle avait reçu une réponse lapidaire : les robes ne pouvaient être empruntées que par des militaires, et jusqu'à preuve du contraire, les membres des *Land Girls* n'en faisaient pas partie. Furieuse, Frances avait téléphoné à son père et l'avait menacé d'encombrer sa ligne en appelant toutes les demi-heures jusqu'à ce qu'il trouve une solution. L'amiral avait répondu qu'il allait voir ce qu'il pouvait faire.

La veille du mariage, un grand carton (visiblement posté plusieurs fois) était arrivé en express. Tanni avait étalé un drap par terre et soigneusement coupé la ficelle autour du paquet, car elle pourrait resservir. Elles en avaient eu le souffle coupé en découvrant une superbe robe blanche en satin avec son voile assorti, le tout enveloppé dans du papier de soie.

« Ça en valait la peine », murmura Frances en lisant religieusement l'étiquette.

Prenant les choses en main, Tanni avait aussitôt commencé les essayages.

« Bon, elle te va parfaitement sauf que tu es trop petite, je vais devoir refaire l'ourlet, avait-elle déclaré. Tiens-toi tranquille le temps que je mette les épingles. »

Elle avait déjà fait la même chose avec le négligé et le peignoir que Frances lui avait donnés et qu'à son tour elle avait prêté à Evangeline lors de la permission de Richard. Les deux accessoires étaient à présent repassés et pliés, avec un brin de lavande glissé entre les deux, dans un petit nécessaire de voyage prêté par Frances. Elsie en aurait sûrement l'utilité pendant sa courte lune de miel à Eastbourne.

Le jour J Albert Hawthorne, qui avait pour mission de conduire Elsie à l'autel, attendait les filles à l'ombre des lauriers de Glebe House.

« Ça ne te fera pas de mal de t'entraîner, lui avait dit Nell de son ton bourru. Un jour, Margaret Rose te demandera de faire la même chose pour elle. »

Sa femme avait brossé son plus beau costume et ciré ses souliers jusqu'à ce qu'ils brillent comme un sou neuf. Albert avait sorti la montre à gousset en or que son grand-père avait reçu pour ses cinquante ans de service en tant que chef de gare de Crowmarsh Priors, et attaché la chaînette à son gilet avec force cérémonie. Autant faire les choses correctement, n'est-ce pas ?

Il arriva en avance, attendit, attendit encore, puis commença à danser d'un pied sur l'autre. Mais qu'est-ce qu'elles fabriquaient ? Si les trains étaient aussi peu à l'heure que les mariages, le pays tout entier serait paralysé.

À l'intérieur, Tanni, Alice et Frances s'affairaient autour d'Elsie, lui ôtant les bigoudis et protégeant ses épaules d'une serviette pour la poudrer. Elsie en tremblait presque tant elle était excitée, et ses yeux brillaient. Evangeline, qui était ravissante dans une robe des années 1920 qu'elle avait dénichée au grenier, faisait la chasse aux quatre grands pour leur donner un coup de peigne. Tanni, qui était enceinte de cinq mois et se trouvait déjà grosse dans ses robes de maternité, avait tenté de se défiler en disant à Elsie qu'elle ne pouvait pas être demoiselle d'honneur. Mais cette dernière n'avait rien voulu savoir : elle voulait toutes ses amies à ses côtés. Alors Tanni avait opté pour une robe en coton simple, agrémentée d'un col en dentelle qui avait jadis été une têtière. Quand elle avait prévenu qu'elle serait sans doute obligée de garder Anna dans ses bras, Elsie avait répondu : « *Plus on est de fous, plus on rit* ». Tanni avait eu l'idée d'habiller le bébé en demoiselle d'honneur miniature, avec une robe à smocks rose pâle, et d'emprisonner le peu de cheveux qu'elle avait dans un gros nœud sur son crâne. Elle arrivait tout juste à tenir assise seule, mais elle était magnifique dans le vieux landau de Richard, qu'Evangeline avait décoré avec du chèvrefeuille et des rubans. Pour l'instant, la petite Anna était occupée à mordiller son gros orteil en regardant ce qui se passait autour d'elle d'un air grave.

« Maintenant lève-toi, qu'on puisse passer la robe par la tête. »

Pendant un instant, on entendit plus que le frou-frou de la soie glissant sur la peau, et le bruit des petites mains mettant le tout en place.

« On ne bouge plus… parfait ! Les boutons c'est bon, on passe au voile. Non, il faut une épingle ici. Et ici. »

Elles firent tournoyer Elsie en tous sens pour admirer leur œuvre.

« Voilà, tu peux te regarder », annonça Alice en guidant la mariée jusqu'au miroir en pied de l'entrée.

En se voyant, Elsie retint son souffle. Ça alors… Agnes et les jumeaux en seraient restés comme deux ronds de flan, et M'man – qu'est-ce qu'elle aurait dit ! Née dans North Street, derrière l'usine de colle – et regardez-la aujourd'hui ! Quelle élégance, quel chic ! Toute vêtue de soie et de dentelle, une traîne comme si elle était une reine, quatre demoiselles d'honneur, et même le petit Johnny qui avait pour mission de présenter la bague d'Elsie sur un coussin lorsque l'heure serait venue pour Bernie de la lui passer au doigt. C'était Alice qui avait eu l'idée du garçon d'honneur. Toute cette affaire était grandiose et en plus, à la fin, elle serait une épouse légitime ! Elle était sur le point de se marier dans les règles de l'art, à l'église ! On allait la conduire à l'autel ! Elle ne comprenait pas tout ce qui allait se passer, même si les autres lui avaient expliqué en détail, comme si elles avaient assisté à des noces toute leur vie. Elle avait mal au ventre. Comme Bernie, elle n'avait jamais assisté à un vrai mariage, juste vu des images dans les journaux. Une chose était sûre, en tout cas : c'était respectable.

Il y avait même une pièce montée pour après. Elsie avait été étonnée d'apprendre qu'il fallait un gâteau en plus de la robe et de tout le reste. Les filles avaient mis en commun l'équivalent d'un mois de rationnement en sucre et en beurre, et le résultat se trouvait à présent dans le garde-manger. Evangeline avait fait des merveilles, à défaut d'une grosse pièce montée, et elle l'avait même décorée avec des vraies roses sur lesquelles elle avait passé du blanc d'œuf au pinceau, avant de les saupoudrer de sucre. Bernie avait quelques bouteilles de champagne que les aristos lui avaient données. Enfin, à ce qu'il disait. Pour une fois, Elsie n'avait pas l'intention de lui poser de questions.

Sa bague de fiançailles brillait à son doigt, comme pour lui donner du courage.

« On ferait mieux d'y aller avant que ces chenapans se salissent encore, fit remarquer Evangeline en tentant de rassembler les enfants surexcités. Bernie va finir par croire que tu as changé d'avis. »

Les demoiselles mirent des chapeaux de paille ornés de fleurs fraîches et de rubans. Leurs jambes bronzées étaient nues, mais elles avaient pris soin de dessiner une couture à l'arrière de leurs mollets, à l'aide d'un bouchon brûlé à l'extrémité. Elles s'inspectèrent une dernière fois pour s'assurer que leurs « coutures » étaient droites.

« Prêtes.

— Les bouquets ! » s'exclama Frances en fonçant récupérer les cinq petits bouquets de roses et de carottes sauvages qu'elle avait mis au frais dans l'arrière-cuisine.

« Attends, on va relever ta traîne le temps d'aller à l'église, conseilla Alice. Porte-la, comme ça. »

Elles sortirent de la maison, et Albert proposa son bras à la mariée. S'agrippant à lui de la main qui tenait les fleurs, l'autre étant occupée par la traîne, Elsie le regarda et son sourire se fit vacillant. Sans crier gare, les larmes montèrent.

« C'est pa'ce qu'j'pense à ma M'man, vous comprenez ? renifla-t-elle. C'est qu'j'aurais aimé qu'elle m'voie, elle aurait pas été peu fière. »

Albert sortit un mouchoir propre de sa poche et bénit sa femme qui avait deviné que cela lui serait utile. Il le tendit à Elsie. Elle se tamponna les yeux avec, se moucha bruyamment dedans et le lui redonna.

« Merci. Ce s'rait embêtant quand même qu'mon promis m'voie r'monter l'allée avec les yeux tout rouges, nan ? Allez, j'suis prête. »

Plus tard, tout le monde s'accorderait à dire que c'était fort dommage, cette interdiction de sonner les cloches de Saint-Gabriel à la sortie des mariés ; mais que cela avait été une bien belle cérémonie. Bernie dit « *Oui* » plus de fois que nécessaire, et au mauvais moment, mais toujours avec le plus grand sérieux. Dans son sermon Oliver parla de réjouissance, d'hymne à la vie et, pour apporter un peu de solennité à l'événement – surtout dans l'intérêt des tourtereaux qui étaient très occupés à s'échanger des paroles tendres – il insista sur le fait qu'aux yeux de l'église, le mariage était indissoluble. Lorsqu'il les déclara mari et femme et annonça à l'heureux élu qu'il pouvait embrasser la mariée, ce fut Elsie qui se jeta dans les bras de Bernie.

Les invités traversèrent la place du village en direction du pub où devait avoir lieu le repas de noces. Bernie ne cachait pas son soulagement, et il reçut les félicitations des hommes qui se pressèrent pour lui serrer la main. Le gendarme Barrows lui donna une grande tape dans le dos en disant : « Bravo, fiston ! » et Harry Smith, en sa qualité de patron du pub, lui offrit deux cognacs bien tassés. En plus du champagne, il y avait des pichets de bière et de panaché, de la citronnade pour les enfants, un plat de friands à la viande, des sandwichs frais au concombre, une grande salade à base de saumon en boîte et une tourte aux légumes dans laquelle Evangeline avait eu l'idée d'ajouter des œufs durs, de sorte qu'à chaque tranche coupée un ovale blanc et jaune apparaissait au milieu. Nell Hawthorne avait apporté sa contribution par des gâteaux individuels au glaçage de toutes les couleurs. Tout le monde applaudit lorsqu'une Elsie grisée de bonheur et un Bernie tout sourire coupèrent la mini-pièce montée, et qu'un tout petit bout fut proposé à chaque invité, avec une coupe.

Nell Hawthorne donna un coup de coude à Edith Barrows tout en lançant un regard lourd de sens vers la robe taille basse d'Evangeline. Les femmes sourirent.

« J'ai un sixième sens pour ça, commenta Nell. Ah ! un bébé, c'est la meilleure chose qui pouvait arriver. Ça changera les idées de Richard à son retour au village. Et puis, elle sait si bien s'y prendre avec tous ces enfants qui ne sont pas à elle ! »

Lorsqu'il fut temps de jeter son bouquet, Elsie refusa net mais Nell lui répondit fermement qu'elle était mariée à présent, et devait se montrer charitable envers celles qui n'avaient pas cette chance.

« Comme Alice Osbourne », chuchota-t-elle. Il devait bien y avoir quelqu'un pour cette pauvre Alice, tout de même. Nell tourna Elsie et sa traîne jusqu'à ce qu'elle soit dos aux invitées. Juste à temps, elle repéra sa fille qui se préparait à bondir pour attraper le bouquet. Elle secoua la tête et remua les lèvres en silence, comme pour dire « *T'as pas intérêt* ».

« Ohhh ? minauda Margaret Rose.

— Non », répondit Nell catégoriquement, et sa fille alla bouder dans son coin. Elle attendit un instant, puis s'exclama :

« À la une, à la deux, à la *trois* ! »

Elsie lança les fleurs par-dessus sa tête et se retourna pour voir qui était la chanceuse.

« Ça alors, Frances, tu l'as attrapé ! T'es la prochaine ! » jubila-t-elle. L'intéressée semblait interloquée, comme si elle n'avait jamais eu l'intention d'attraper quoi que ce soit.

« On sait tous qui c'est, hein ? » entendit-elle Albert Hawthorne commenter, tout en faisant un clin d'œil en direction d'Hugo.

Frances envisagea sérieusement de renvoyer les fleurs à la tête de son amie.

« Il vaudrait mieux aller te changer, ton train n'est plus dans très longtemps, dit-elle à Elsie alors que les derniers sandwichs étaient mangés et les derniers toasts portés.

— Mais j'veux pas enl'ver c'te robe, moi. C'est l'plus beau jour d'ma vie !

— Tanni a déposé ta tenue de voyage derrière le bar. Harry dit que tu peux te changer là, puisque tout le monde est dehors, au soleil. Allez, venez madame Carpenter. »

Elsie eut un sourire rayonnant. « *Madame…* » chuchota-t-elle, émerveillée.

Albert Hawthorne confia à sa femme qu'il lui tardait de rentrer pour pouvoir ôter ses souliers qui lui faisaient sacrément mal aux pieds.

Un petit cortège se forma pour accompagner Elsie et Bernie au train. Albert était en tête avec les mariés et les filles les suivaient en portant des paquets bien enveloppés. Leurs robes d'été ondulaient dans la brise, et les enfants gambadaient autour d'elles en jouant à chat. Lorsque le train entra en gare, il était bourré à craquer de militaires qui se penchèrent aux fenêtres et poussèrent des acclamations lorsque Albert annonça :

« Jeunes mariés ! Laissez une place aux jeunes mariés, les gars ! »

Tanni, Evangeline, Frances et Alice ouvrirent leurs paquets et jetèrent des pétales de fleurs sur Elsie et Bernie lorsqu'ils montèrent, et tout le monde leur fit de grands signes au moment du départ. Albert se pressa de rentrer pour retrouver son fauteuil, mais les autres se mirent en route plus lentement, profitant des derniers rayons de soleil et baignant dans la sensation de fête laissée par la journée.

Alice, qui était restée en arrière, retourna discrètement sur le quai pour ramasser une poignée de pétales. Elle les enveloppa dans un mouchoir qu'elle fourra dans sa poche.

« Pour me porter chance, murmura-t-elle. À moi. »

29

Crowmarsh Priors, août 1942

Après trois jours de lune de miel, le jeune couple revint s'installer à Glebe House. Avec de moins en moins de logements à disposition et de plus en plus de sinistrés, Elsie et Bernie ne pouvaient pas faire les difficiles. Ni l'un ni l'autre n'avait envie de se retrouver sur le dos de quelqu'un, et Bernie était enchanté de vivre dans une maison aussi belle. Sans compter qu'avec ses fréquentes absences, Elsie se réjouissait à l'idée d'avoir Frances pour lui tenir compagnie.

Mais peu après, les ouvriers débarquèrent pour transformer la résidence de Lady Marchmont en cette maison de repos tant attendue, et à partir de là, Frances, Elsie et Bernie durent cohabiter avec les coups de marteau incessants. Il fallut ensuite déménager. On leur proposa de prendre leurs nouveaux quartiers dans l'immense grenier qui, à cause de l'escalier étroit et raide, resterait inaccessible aux convalescents. Frances et Elsie commencèrent à déplacer les innombrables choses entreposées là au fil des ans, pour pouvoir mettre leurs meubles et leurs affaires personnelles.

Au milieu de tout ce remue-ménage, Frances dut brusquement partir.

« Oh, la barbe ! grogna-t-elle en raccrochant le téléphone, après avoir entendu le message codé qu'elle attendait. Eh ben, merci les G.I. ! Grâce à leurs bas en nylon et leurs barres de chocolat, la moralité des *Land Girls* est ruinée. Le siège est submergé de réclamations, les parents sont furieux et exigent qu'on surveille leurs filles de plus près. C'est vraiment la corvée, mais je suis obligée d'y aller. »

Evangeline et Elsie durent se débrouiller seules pour agencer ce grand espace qui allait devoir accueillir un couple marié et une femme célibataire. Elles eurent l'idée d'empiler les cantines de Muriel Marchmont au milieu, de façon à créer une séparation, et d'aménager deux chambres sommaires aux extrémités, sous les combles.

« C'est toujours mieux que le foyer des *Land Girls*, fit remarquer Evangeline en essayant de caser une armoire dans un coin. Bernie et toi vous pouvez prendre ce côté. Vous aurez quand même un peu d'intimité derrière la cloison, et une grande fenêtre avec vue sur les collines. Comme ça, il aura la surprise à son retour – et tant pis si Frances dort dans la même pièce. Je suis sûre qu'elle se bouchera les oreilles avec son oreiller.

— Tu veux bien arrêter d'soulever c't'armoire, oui ? Dans ton état, enfin ! » s'exclama Elsie en prenant son amie par le bras pour la faire asseoir.

Evangeline tapota son ventre au travers de la robe à smocks que Tanni lui avait faite.

« Il commence à donner des coups de pied. Richard l'a senti quand je suis allée le voir dimanche dernier, et j'ai bien vu qu'il esquissait un sourire. Je suis tellement contente de lui en avoir parlé. Les médecins avaient tort de dire qu'il ne fallait pas. Ça fait toute la différence, je trouve… Oh, on dirait que les nuages arrivent ! Il est censé pleuvoir ? »

Evangeline était toujours tiraillée entre bonheur et angoisse. Qui était le père de ce bébé ?

Elsie se pencha à la fenêtre et soupira.

« Si tu savais, j'déteste poireauter comme ça, pour les p'tiotes – des mois qu'ça dure, et on a déjà eu deux fausses alertes. À chaque fois, obligées d'redescendre dans c'fichu tunnel pour au final voir personne arriver au bout. Ça m'inquiète de pas savoir où elles sont, juste qu'elles ont réussi à décamper avant qu'les Boches exécutent les braves gens qui s'étaient occupés d'elles. Salauds d'assassins. J'aim'rais savoir, tu comprends, juste savoir qu'elles sont encore en vie…

— Et moi, j'aimerais qu'on trouve une meilleure idée que ce couloir froid et plein de fientes pour les faire patienter le temps que Bernie amène l'auto. » *J'aimerais aussi savoir qui est le père de mon bébé.*

« Mais Evangeline, c'est rien comparé au reste !

— Tu as sans doute raison. Ce serait mieux si Tanni pouvait les voir, mais voilà que Sœur Tucker insiste pour qu'elle garde le lit jusqu'à l'accouchement. Ça paraît tellement cruel – ces pauvres enfants ne vont pas comprendre ce qui se passe, elles seront sûrement mortes de peur. Et ensuite elles devront aller à Londres, cachées sous une couverture, et s'installer chez des inconnus. Mais on ne peut prendre aucun risque.

— Au moins, Tanni saura qu'elles sont saines et sauves et qu'elle les r'verra un jour. C'est l'plus important.

— Ohé, il y a quelqu'un ? » interpella Alice depuis l'étage du dessous. Elle paraissait essoufflée.

Les deux jeunes femmes passèrent la tête par la cage d'escalier.

« On est là. Du nouveau ? »

Alice monta prestement.

« Les ouvriers font leur pause, annonça-t-elle en baissant la voix quand même. Rachel vient d'appeler. Elle a reçu un message révélant que les jumelles sont en route.

— T'es sûre ? Elle nous a dit ça deux fois déjà, et ce n'était pas vrai.

— Cette fois, c'est certain. Le maquis les a cachées dans un lieu tenu secret tout l'été, et ils en sont partis.

— Mon Dieu, et les Allemands qui sont partout, s'inquiéta Evangeline. On les a confiées à des gens peu recommandables sans savoir si on pouvait compter sur eux. Je ne vous l'ai jamais dit mais au départ, le colonel français était furieux quand je lui ai expliqué qui il fallait sauver. Il m'a demandé si on les prenait pour des bonnes d'enfants. J'ai réussi à lui faire entendre raison, seulement il aura fallu que Frances apporte les bijoux pour qu'il se laisse vraiment amadouer. Ça ne l'a pas empêché de nous avertir que les hommes qu'il connaissait n'hésiteraient pas à abandonner Lili et Klara sur un bord de route si ça devenait trop risqué. Il n'arrêtait pas de remplir le verre de Frances dans l'espoir qu'elle monte avec lui, alors elle lui a fait comprendre que c'était envisageable mais une fois les jumelles arrivées à bon port, et ça a marché.

— Il lui a dit comment ils comptaient amener les filles à Plouha ?

— Non, il est resté très évasif là-dessus. Il a fait venir quelques amis à la table pour en parler, et on ne peut pas dire qu'ils étaient emballés par l'idée. Ils ont expliqué que ça allait être compliqué, qu'ils allaient devoir droguer les petites pour qu'elles se tiennent tranquilles. Ça n'a pas plu à Frances et elle leur a dit clairement, mais ils n'ont pas voulu en démordre : aucun résistant ne risquerait sa peau pour sauver deux gamines, peu importe la somme en jeu.

— Ce n'était peut-être pas une si bonne idée que ça, finalement, commenta Alice, qui était sur la réserve depuis le début.

— Tu préfères qu'elles meurent en camp ? » rétorqua Evangeline.

Là-dessus, Alice demeurait sceptique.

« Tu penses vraiment que ces camps existent ? On n'en entend jamais parler aux nouvelles. S'ils sont si horribles que Rachel le dit, ça se saurait, tout de même. Oh ! je sais, Evangeline, on ne nous dit pas tout. Mais en attendant, on ne peut rien faire à part patienter.

Encore ! Je me demande comment on a pu laisser Frances nous entraîner là-dedans.

— Justement, c'est bien l'moment qu'elle nous laisse tomber, grommela Elsie. Et pis qu'est-ce qu'elle fabrique dans c'comité, j'vous l'demande ! Le bien-êt' des *Land Girls*, tu parles !

— Elle pensait en avoir pour quelques jours. Mais j'espère qu'elle sera de retour à temps, parce que moi, je ne peux plus descendre dans ce tunnel. Et si Frances n'est pas là, Elsie va devoir se débrouiller toute seule.

— Oh, bon sang ! s'écria l'intéressée qui n'était pas rassurée.

— On est aussi prêtes qu'on peut l'être, vous ne pensez pas ? », reprit Evangeline en s'étirant pour se soulager le dos. Cela lui fit repenser au bébé. Si c'était vraiment celui de Laurent, il y avait une chance pour qu'il soit clair de peau, vu que le père serait mulâtre...

Alice énuméra une liste qu'elles connaissaient par cœur :

« Couvertures, vêtements chauds, mouchoirs, trousse à pharmacie, cognac pour les pêcheurs, sandwichs, thermos de chocolat.

— J'crois bien qu'on a tout à part les sandwichs et l'chocolat, vu qu'ça sert à rien d'les préparer à l'avance. Comment elle va, Tanni, sinon ? »

Tanni faisait comme si tout allait bien, mais de toute évidence ce n'était pas le cas.

« Ce n'est pas encore ça, aujourd'hui. Sœur Tucker la trouve trop pâle, et ça ne lui plaît guère de voir ses chevilles si gonflées. Dans son état il ne faudrait pas qu'elle s'inquiète, mais évidemment toute cette histoire la rend malade. C'est encore pire depuis qu'elle sait qu'elle ne pourra pas voir les jumelles. »

Evangeline se rongea un ongle. *Et si le bébé était blanc mais avait ces cheveux crépus révélateurs ?*

« Elle ira mieux quand ça sera terminé.

— Evangeline, tu t'sens bien ? demanda Elsie en voyant son amie passer d'une femme rayonnante à une étourdie perdue dans ses pensées, qui n'écoutait rien quand on lui parlait. Hé, oh, j'te parle !

— Hein ? Euh, oui, ça va. »

Elle essayait encore de calculer quand elle avait eu ses règles pour la dernière fois, jusqu'à l'obsession.

En bas, la porte d'entrée claqua et quelqu'un monta au pas de course. « Houhou, vous êtes là-haut ?

— Frances ? Mais tu es de retour plus tôt que prévu !

— C'est parfait ! Rachel a téléphoné, et tu sais quoi ?... »

Elles se mirent toutes à parler en même temps.

Frances savait qu'elle devait paraître étonnamment bronzée et en forme pour quelqu'un qui était resté coincé dans un bureau londonien avec les vieilles biques du comité. Lorsque Alice le lui fit observer elle répondit :

« Rien de tel que le travail à la ferme pour l'éclat de la peau », et croisa les doigts pour que cela paraisse plausible. En vérité, elle rentrait tout juste d'un aérodrome de Manchester, où on lui avait appris à faire du parachute. Elle s'était amusée comme une petite folle, et espérait bien être enfin expédiée en France. Mais à sa consternation et son grand mécontentement, ils l'avaient renvoyée à Crowmarsh Priors.

Il y avait une compensation, cependant : elle avait le feu vert pour passer à la vitesse supérieure dans sa mission. Ses supérieurs avaient fait le point avec elle. Les services secrets redoublaient d'efforts pour débusquer « Manfred » sur la côte sud de l'Angleterre, et les agents Auxis postés dans la région étaient en alerte maximale après la publication d'un rapport alarmiste sur deux pilotes allemands qui auraient réussi à s'échapper de leur avion abattu au-dessus du Kent. Il y avait lieu de penser que l'un d'eux était un haut gradé S.S. ayant pour ordre d'assassiner Churchill et le roi. Les alertes de ce genre se multipliaient depuis le début de la guerre, et s'étaient toutes révélées fausses jusque-là, mais ils étaient bien obligés d'en tenir compte tant qu'une invasion nazie demeurait une possibilité.

Les analystes avaient dressé une liste exhaustive de membres potentiels de la cinquième colonne, ayant ou ayant eu par le passé des liens suspectés ou avérés avec l'Allemagne – en bref, tous ceux chez qui un espion ennemi pourrait trouver refuge. Mais cette liste était sujette à caution, car elle ne faisait pas la distinction entre les gens connus pour avoir des sympathies pro-allemandes, voire pro-nazies (ceux qui s'étaient rendus aux meetings du fasciste Oswald Mosley, par exemple), et ceux qui, comme le père d'Alice Osbourne, étaient allés deux fois en Bavière pendant leurs études et avaient eu le malheur de boire une pinte à une fête de la bière où se trouvaient des membres importants du parti nazi.

Le petit homme avait la mine sombre lorsqu'il avait ordonné à Frances de renforcer sa surveillance, et sur une zone plus étendue qu'auparavant.

« Ce que nous savons c'est que dans les années 1930, les châtelains du coin invitaient beaucoup de gens à des parties de chasse et des fêtes, dont des amis venus du continent. Parmi ces convives, certains étaient des nazis notoires et ces séjours leur auront fourni l'occasion de faire une reconnaissance pour une invasion ultérieure, de photographier des lieux qui aujourd'hui font partie des défenses côtières, par exemple. On les imagine bien dire à leurs amis : "Je pars en promenade, vieux frère, je prends mon appareil. La photo c'est mon nouveau hobby, j'aime beaucoup, très amusant.". En bref, ouvrez l'œil Miss Falconleigh, car Manfred est là, quelque part. Il va falloir passer la campagne anglaise au peigne fin. Et si vous ne trouvez rien, cela nous fera toujours gagner du temps de pouvoir rayer quelques suspects de la liste. »

Frances avait laissé échapper au cours d'une conversation qu'Hugo de Balfort l'avait demandée en mariage et qu'elle l'avait rejeté. Ce qu'elle ne savait pas, c'est que ses supérieurs allaient tourner cela en plaisanterie :

« Oh ! elle finira sans doute par l'épouser – c'est un beau parti, même si elle n'arrête pas de se plaindre qu'il revient un peu trop à la charge. Ce n'est pas plus mal qu'elle soit affectée à proximité de Gracecourt Hall, comme ça, on pourra éliminer les De Balfort de la liste des suspects. Et puis une fois mariée, elle cessera de nous casser les pieds pour aller en France. »

Frances avait pris peur le jour où ils avaient arrêté de plaisanter à propos d'Hugo. Apparemment, le Patron était d'avis que devenir sa femme constituait la meilleure couverture qui soit. En entendant cela, Frances avait fusillé ses supérieurs du regard. Elle voulait bien rester dans le Sussex, mais il n'était *pas question* qu'elle épouse Hugo. Elle pouvait toujours divorcer plus tard, avaient-ils répliqué pour l'apaiser. Le Patron n'aimait guère être contrarié.

L'idée qu'on puisse lui imposer un mari lui avait paru ridicule, au départ. Mais cela l'avait obligée à reconnaître autre chose – à savoir, qu'elle était amoureuse d'Oliver Hammet.

De son côté, Oliver avait beau tenir énormément à Frances – c'était même flagrant – et enfreindre allègrement les commandements de l'Église, il restait un ecclésiastique. Elle se souvenait très bien de ce qu'il avait dit lors de son dernier sermon, sur les liens sacrés du mariage. Jamais il n'accepterait que des êtres unis par Dieu soient séparés par autre chose que la mort. Il se sentirait obligé de se conformer à la position de l'Église sur le divorce, quand bien même cela leur brisait le cœur à tous les deux. Si elle disait oui à Hugo, elle devrait renoncer à Oliver pour toujours.

Elle n'allait quand même pas laisser cette foutue guerre détruire sa vie !

Son dernier saut à peine terminé, elle avait pris ses affaires et quitté le terrain d'aviation, alors qu'un message venait d'arriver disant que le Patron voulait la voir…

Maintenant qu'elle était à l'abri dans le grenier de Glebe House, elle aurait dû écouter Alice, Elsie et Evangeline (qui avaient un tas de choses à lui dire, visiblement), mais elle redoutait d'entendre la sonnerie du téléphone. Elle savait que lorsque le Patron apprendrait pour son départ, il y avait neuf chances sur dix pour qu'il lui passe un savon personnellement. Comment pouvait-elle désobéir à un ordre direct ?

« Frances ! Tu m'écoutes ou pas ? s'exclama Alice. Oliver veut… »

Oliver !

Dans le hall d'entrée, le téléphone sonna. Qu'allait-elle faire si elle avait le Patron au bout du fil ?

Oh, Oliver !

Elle se sentait piégée quand tout à coup une idée folle lui vint, et elle sut que si elle hésitait, jamais elle ne le ferait. Elle devait agir maintenant, avant de se dégonfler.

Alice se dirigeait déjà vers les escaliers pour aller répondre.

« Je m'en charge, dit Frances en lui passant devant. Et tant que j'y suis, je vais faire une promenade. J'ai besoin de m'éclaircir les idées.

— Une *promenade*, maintenant ? Mais Frances, il faut qu'on… »

Elle n'écoutait déjà plus. Elle descendit en trombe, attrapa un gilet au vol, ignora la sonnerie stridente et fonça au presbytère. Elle avait les jambes en coton et ne savait pas ce qu'elle allait dire – un état tout à fait anormal pour Frances. À dire vrai, elle était tétanisée.

Si elle prenait le temps de frapper, elle allait peut-être changer d'avis, alors elle s'en passa.

« Oliver ! » appela-t-elle en abaissant la poignée. Oh, s'il te plaît, sois chez toi ! Il *faut* que je te parle.

« Je suis là-haut, répondit-il. J'arrive dans une seconde. »

Mais Frances grimpait déjà les escaliers quatre à quatre.

« J'ai un immense service à vous demander ! Il n'y a que vous qui pouvez m'aider. »

Quand elle se rua dans le bureau il était debout, derrière sa table de travail.

« Que puis-je faire pour vous, chère Frances ? »

Pendant un instant, tandis qu'elle plongeait dans ses yeux noisette, aussi calmes que les eaux d'un lac, elle ne put se résoudre à parler. Et puis, elle pensa à Hugo et à leur future nuit de noces.

« Voilà. Comment ça se passe si on a besoin de se marier très, très vite ? Tout de suite, même. Existe-t-il un permis spécial pour ça ?

— En effet, l'évêque peut donner son accord immédiat si nécessaire. »

Une lueur de tristesse passa sur le visage d'Oliver, et Frances s'empressa de continuer :

« Je voulais vous demander... Je sais, ça ne se fait pas, pour une fille... Mais si ça se trouve vous serez d'accord, et si c'est le cas, il faudrait que ce soit maintenant. Si on ne le fait pas rapidement, ce sera trop tard. Ça m'épargnerait bien des... Ce sera un vrai supplice pour moi, sinon... Je pourrais faire quelque chose d'important, tout en ne perdant pas... quelque chose qui est aussi important, et... et... Si vous ne voulez vraiment pas, vous serez trop honnête pour... »

Les larmes lui vinrent aux yeux.

« Le problème, c'est : est-ce que vous seriez prêt à me faire confiance, même si je ne pouvais pas tout vous dire ? »

Oliver se demandait bien ce qui pouvait la bouleverser à ce point. Elle qui était si insouciante d'habitude, elle avait un discours pour le moins incohérent. Elle était aussi à deux doigts de pleurer, ce qui ne lui ressemblait pas du tout.

« Frances, tant que ce n'est pas interdit par la loi, je ferai tout ce que vous me demanderez. »

Il fit le tour de son bureau et réprima une furieuse envie de l'enlacer. Un révérend ne devait pas faire ça avec une paroissienne, surtout quand elle était ébranlée. Et même si ce révérend aimait ladite paroissienne de toute son âme.

Frances avait comme une boule dans la gorge. Elle le regarda de ses grands yeux couleur saphir et bafouilla :

« Oh ! c'est tout à fait légal, seulement ça doit rester secret.

— Très bien. Vous savez que les hommes d'Église sont tenus de taire les secrets qu'on leur confie, alors je promets de ne pas révéler le vôtre, même si tout cela paraît bien mystérieux.

— Mais vous devrez me faire confiance… et ne pas poser de questions. »

Oliver se sentait désarmé.

« Je vous ferai confiance jusqu'à la mort et même au-delà, si nécessaire. Je ferai tout ce que vous voulez. Tout. Et jamais je ne poserai de questions.

— Attendez quand même de savoir pour faire ce genre de promesse. »

Elle prit son courage à deux mains et posa la question fatidique. Puis elle retint son souffle. Tout de suite, elle eut envie de retirer ce qu'elle avait dit car, de toute évidence, il n'y avait plus d'espoir. L'incrédulité se lisait sur le visage d'Oliver. Puis ce fut la joie.

« C'est ce que tu veux ? Vraiment ? »

Elle hocha la tête vivement.

« Oh oui, tellement ! Mais seulement si toi…

— Oh, Frances ! dit-il en lui ouvrant ses bras. C'est un vrai miracle. Si tu savais. Je te dis oui, et mille fois oui. »

Tard le lendemain, on frappa à la porte du Patron.

« Entrez, dit-il, et tant que vous êtes là, vous pouvez me dire où est passée Miss Falconleigh, bon sang ? J'exige de lui parler au téléphone. J'ai envoyé quelqu'un la chercher hier mais elle s'était volatilisée. »

Son interlocuteur ne tenait pas en place.

« Vous allez accoucher, oui ! aboya le Patron.

— Justement il s'agit de Miss Falconleigh, Monsieur.

— Eh bien, ce n'est pas trop tôt ! Et donc ? Elle est repartie dans son village, ou pas ?

— Oui, Monsieur, mais il y a autre…

— Quoi ? Nous sommes en guerre, au cas où vous ne l'auriez pas remarqué. Je n'ai pas toute la journée !

— Elle s'est mariée en secret, Monsieur.

— Ah ! Elle a épousé le fils De Balfort, excellente nouvelle ! Je savais qu'on pouvait compter sur elle.

— Euh, en fait, non. Il semblerait qu'elle ait épousé le pasteur du village. Hum ! Notre Miss Falconleigh se nomme à présent Mme Oliver Hammet. Elle nous met dans une position délicate, Monsieur. Elle ne pourra plus épouser le fils De Balfort, maintenant. »

Pendant les quinze minutes suivantes, le Patron laissa libre cours à sa colère en poussant un nombre considérable de jurons. D'après Frances, le révérend avait accepté de garder leur union secrète pour l'instant, mais cela ne le calma pas pour autant. Mariée ou pas, cette petite sotte ne pouvait pas poursuivre sa mission comme si de rien n'était en attendant d'être postée en France.

30

Crowmarsh Priors, septembre 1942 et après

« Ben ça alors, qu'est-ce tu fiches ici ? » s'exclama Elsie. En retournant à son nid d'amour dans le grenier, elle était tombée sur sa petite sœur en train de déballer ses affaires d'une valise miteuse.

« T'es censée être dans l'Yorkshire ! »

Agnes la regarda d'un air fâché. Elle avait grandi, et ses habits donnaient l'impression d'avoir rétréci sur elle.

« Quoi, t'es pas contente de m'voir ?

— Bien sûr que si, répondit Elsie. T'es ma sœurette. T'as drôl'ment poussé, dis donc !

— C'est qu'j'ai quinze ans maint'nant, alors plus b'soin d'être relogée à perpette, tu vois ? Pis les gens dans l'Yorkshire, y s'sont fait prendre. Y avait juste moi et les jumeaux, sauf que sur les papiers qu'ils renvoyaient tous les mois pour toucher des sous, y mettaient qu'y avait six évacués à la maison. Alors un juge les a mis en prison. Bien fait pour eux, tiens.

— Mais…

— Avec les jumeaux on nous a envoyés aut' part, mais la baraque était déjà pleine à craquer. Horrible, qu'c'était. On m'a dit où t'étais, et qu't'étais mariée et tout. Alors j'ai dit, "Bye bye l'Yorkshire". Les jumeaux sont malheureux comme les pierres là-bas. Dis, j'peux rester avec toi ? C'te bicoque a l'air plus grande qu'le palais d'Buckingham. Tu vas bien nous trouver une p'tite place, nan ?

— Ben, pour les garçons faut voir, mais… bien sûr tu peux.

— J'rest'rai pas longtemps, tu sais. J'ai l'intention d'me trouver une place à l'usine pour gagner ma croûte. J'ai rencontré un gars sur l'quai d'la gare à Londres, y distribuait des tracts sur les Russes et l'front d'l'Est. On a discuté et y m'a montré où prend' mon billet alors j'l'ai un peu aidé avec ses tracts en attendant l'train. Y dit qu'y a rien d'plus simple qu'd'trouver du boulot à Londres, surtout à l'usine, et qu'si j'ai habité dans l'Yorkshire ça m'f'ra du bien d'être avec les ouvriers et les camarades, entre prolos, comme il a dit.

— Agnes, m'enfin, faut faire gaffe ! Tu peux pas bavarder comme ça avec n'import' qui sur l'quai d'la gare !

— C'est pas n'import' qui, y s'appelle Ted, rétorqua Agnes d'un air de défi. Et pis j'parle à qui j'veux ! »

Tout à coup Elsie se sentit bien plus âgée, et plus proche de M'man que jamais. Elle soupira.

« Bon, tu vas dormir par terre dans not' chambre en attendant. Le reste est réquisitionné. Y transforment le palais, comme tu dis si bien, en maison d'repos pour blessés d'guerre. On s'entend plus penser avec tous ces coups d'marteau », dit-elle plus fort lorsque les ouvriers reprirent le travail à l'étage en dessous. Elle prit les affaires de sa sœur pour les ranger.

« J'suppose qu'tu vas vouloir prend' un bain ?

— Mais on est seul'ment mardi ! s'exclama Agnes qui ne se lavait que le samedi soir.

— C'est bon, tu peux l'prendre, répondit Elsie, magnanime.

— Eh ben, elle est dev'nue bien chochotte, marmonna sa sœur. Un bain l'mardi ! Ça m'dérange pas, moi. »

Le lendemain matin, Agnes avait meilleure mine après s'être lavée, reposée, et habillée avec des vêtements d'Elsie qui étaient bien plus jolis que les siens, même s'ils étaient encore trop petits. Elle insista pour suivre sa sœur dans son travail et ne la quitta pas d'une semelle, jusqu'à ce que, exaspérée, Elsie lui dise d'arrêter de la coller comme ça, si elle ne voulait pas se faire empoisonner avec les rats.

Le soir, Agnes était dans la chambre au retour de Bernie, ce qui n'eut pas l'air de l'enchanter.

« Tu pourrais pas la mett' ailleurs ? chuchota-t-il. Sinon, comment on est censés faire… enfin, tu vois… »

Le lendemain, Elsie fit le tour du village, frappant à toutes les portes pour voir si quelqu'un n'aurait pas un lit pour sa petite sœur. Le gendarme Barrows et sa femme proposèrent leur débarras mais de façon temporaire, car Edith était de nouveau enceinte. La mine renfrognée, Agnes refit sa valise et quitta Glebe House en grommelant :

« Chez un poulet ! Nan mais c'est une blague !

— Faudra faire avec pour l'instant, sœurette. C'est la guerre. »

Vers la fin septembre, les ouvriers installèrent un escalier de secours qui donnait sur la fenêtre de Frances dans le grenier. Elsie et Bernie étant eux-mêmes très occupés, jamais ils ne soupçonnèrent qu'elle sortait en douce la nuit pour aller voir Oliver, ou bien qu'un visiteur montait dans sa chambre par ce biais. Et la journée, on la trouvait bien souvent à proximité immédiate du révérend. Elle raconta aux autres que c'était pour détourner son attention de ce qu'elles trafiquaient dans le cimetière.

Entre-temps Hugo était devenu plus que pénible, tournant autour d'elle quand elle était à la ferme, l'invitant au pub, lui proposant de la ramener chez elle dès qu'il avait son auto. Un jour, Frances refusa net et il la coinça dans la grange pour l'implorer de l'épouser. Lorsqu'elle le rejeta, il le prit très mal. Quelques jours plus tard, il débarqua à l'improviste au presbytère et y trouva Frances, qui piqua un fard monumental, en compagnie d'Oliver qui paraissait encore plus distrait que d'habitude. À compter de là il trouva toutes sortes d'excuses pour venir le voir, soi-disant pour parler de la *Home Guard*.

Il se doute de quelque chose, songea Frances, alors quand il l'invita encore à boire un verre, elle accepta et flirta même un peu, histoire de brouiller les pistes. Cela se retourna contre elle. Hugo le prit comme un encouragement, et cette fois, il ne se donna pas la peine de cacher sa colère lorsqu'elle le repoussa. Il la regarda froidement et lui déclara qu'il savait pertinemment qui était son rival.

« Un rival ? Mais qu'est-ce que tu racontes ? répondit Frances en bluffant.

— Je veux parler d'Oliver Hammet, bien entendu.

— Vraiment, Hugo ? Tu me vois, moi, en épouse de révérend ? », rétorqua-t-elle d'un ton glacial, avant de le planter là.

Tanni était une vraie boule de nerfs, et les cernes qu'elle avait sous les yeux témoignaient de son épuisement. Elle était toujours clouée au lit mais n'avait même plus le droit de prendre Johnny ou Anna dans ses bras. Evangeline, qui commençait elle aussi à devenir imposante, avait le plus grand mal à gérer tous les enfants et à la fin de la journée, elle était exténuée. Lorsque Alice vint leur rendre visite un après-midi avec deux tourtes aux légumes et un pot de confiture de navet bien pâle, elle éclata en sanglots.

« Que ferait-on sans toi, Alice ? »

Cette dernière lui tapota le dos pour la réconforter. Elle n'avait jamais réussi à dépasser son antipathie pour Evangeline, mais la charité chrétienne voulait qu'elle lui pardonne.

Dans son état, Evangeline ne pouvait plus aller chasser ; seulement elles étaient affamées, et aucune n'était prête à avaler de la viande de baleine ou l'espèce de hachis empoisonné vendu chez le boucher. Frances les surprit un matin en allant battre la campagne, et en revenant avec des pigeons bien gras qu'elle avait pris au piège. Evangeline les fit rôtir avec des pommes, et elles se régalèrent.

En fait, Frances avait trouvé en ces expéditions une excellente couverture, et une excuse pour sillonner les environs en étant armée. Les services secrets avaient réussi à réduire la zone d'où, selon eux, Manfred envoyait ses messages à l'ennemi, et elle avait ordre de fouiller toutes les maisons isolées qui pourraient constituer une bonne cachette pour des espions allemands. On lui avait même fourni une arme officielle.

« Il est là, quelque part. Ouvrez l'œil », lui avait-on dit.

Elle trouvait que c'était une perte de temps d'inclure Gracecourt Hall dans la liste et en avait dit autant à ses supérieurs, mais ceux-ci étaient d'un autre avis. *Ça, c'est le Patron qui se venge*, songea-t-elle avec humeur. Toutefois, dès qu'Hugo partait faire un exercice pour la *Home Guard* avec Oliver, elle pénétrait discrètement dans le château et vérifiait méthodiquement chaque pièce. Elle passait ensuite aux dépendances, mais revenait toujours bredouille. Après, elle se pressait de rentrer à Glebe House, bâillait avec ostentation devant Elsie et sa sœur aux yeux de lynx, puis disparaissait dans son coin de grenier. Ensuite elle filait en douce au presbytère, ou bien elle attendait qu'Oliver vienne à elle par l'escalier de secours. Ils passaient si peu de temps ensemble qu'ils ne le perdaient jamais à dormir. Ils nageaient dans le bonheur, et tant pis s'ils manquaient de sommeil.

« Mon chéri, si tu savais comme il me tarde de pouvoir me comporter en véritable épouse avec toi, lui dit Frances une nuit. Être un couple marié comme les autres. Ce sera merveilleux de se lever et de prendre le petit-déjeuner tous les deux. Jamais je n'aurais cru qu'une chose aussi simple me ferait envie. Je te porterai un thé au lit, et en m'appliquant je pourrais même te faire des toasts.

— Il me tarde aussi. C'est plutôt inhabituel pour un révérend d'aller retrouver sa femme en catimini, comme un voleur. Je trouve ça rigolo, même si les nuits sont courtes. Par contre l'évêque serait épouvanté, s'il savait. Je ne suis pas sûr que le mariage soit censé être aussi… amusant !

— On s'en fiche de l'évêque ! »

Par deux fois elle faillit bien se retrouver dans une situation fâcheuse. Un soir, début octobre, Hugo rentra à Gracecourt plus tôt que prévu et manqua de tomber nez à nez avec elle sortant de la cave par un soupirail.

« Il y a quelqu'un ? » appela-t-il à plusieurs reprises. Elle se cacha dans les premiers arbustes qu'elle trouva et pria pour qu'il n'ait pas de torche à portée de main… Ce qui lui fit repenser à la salle de bains du premier, et au placard poussiéreux où elle en avait trouvé une. La prochaine fois, elle irait fouiner de ce côté-là.

Une semaine plus tard, elle revenait à la charge. Ayant vu Hugo partir à bicyclette, elle grimpa par une fenêtre qui donnait sur l'arrière et se glissa à l'étage. Dans la salle de bains, le tableau au cadre doré avait disparu et la porte du placard était ouverte en grand. À pas de loup, elle s'avança et tâtonna à l'intérieur pour voir si la torche s'y trouvait encore. Disparue, elle aussi. À la place, il y avait une radio. Frances fronça les sourcils, trouvant que c'était un bien curieux endroit pour un poste, mais elle sursauta en entendant la porte d'entrée claquer et Hugo crier à son père que sa réunion était reportée. Elle se faufila dans le couloir, prit l'escalier de service et ressortit par la fenêtre qu'elle avait laissée ouverte. Elle était en train d'avancer à quatre pattes sous les fenêtres de Sir Leander lorsqu'une dispute éclata.

« Et moi je te dis qu'elle le fera ! s'écria le père en tapant le sol de sa canne. Il y a trop de choses en jeu. À toi de la convaincre ! J'ai contacté… Ils vont se charger d'Hammet, afin de te laisser le champ libre… »

Frances oublia tout de la radio. Oliver et elle étaient dans le pétrin. Ce « ils » auquel Leander faisait référence, c'étaient nécessairement les autorités de l'Église. Quelqu'un avait dû remarquer qu'elle passait beaucoup de temps avec lui, et se plaindre auprès de l'évêque que le révérend avait une liaison avec une de ses paroissiennes.

Cela allait faire un vacarme de tous les diables, et on les sommerait d'expliquer pourquoi ils gardaient leur union secrète. Frances allait devoir trouver le moyen de cacher son statut d'agent secret à tout le monde mais surtout à Oliver qui ne savait toujours pas.

Mince alors, quelle tuile !

Frances tendit l'oreille, et il lui sembla entendre Hugo répondre quelque chose comme « Attends, j'ai… une autre info à marchander. » ; Frances se demanda pourquoi l'Église paierait Hugo en échange de renseignements – cela paraissait pour le moins incongru – mais elle s'inquiétait surtout de savoir comment elle allait avertir Oliver pour l'évêque sans lui expliquer d'où venaient ses sources.

Rachel téléphona car elle avait entendu dire que Tanni attendait des jumeaux. « *Je sens que c'est vrai. J'en suis certaine, même* », insista-t-elle.

C'était le signal qu'elles attendaient depuis tout ce temps : il voulait dire « ce soir ».

Alice prit le message. Elle expédia le dîner de sa mère et courut rejoindre les autres. Elle découvrit ainsi que Frances était partie faire une de ses promenades, qu'Agnes rôdait autour de sa sœur comme d'habitude, et qu'Evangeline avait dû s'allonger car son dos la faisait souffrir. Elle se leva et aida Alice à coucher les enfants. Ils pouvaient se passer de bain pour une fois, annonça-t-elle, du moment qu'ils éteignaient tôt.

« Si c'est ça, pas d'corvée d'linge pour c'soir ! exigèrent Tommy et Maude.

— D'accord pour le linge, répliqua Evangeline qui était trop fatiguée pour leur courir après avec une chemise à moitié savonnée.

— Et on s'brosse pas les dents non plus ! »

Pour ne rien arranger, la réunion que la *Home Guard* devait avoir avec deux autres unités avait été reportée de vingt-quatre heures. Il y aurait donc beaucoup d'allées et venues aux abords de la salle paroissiale qui se trouvait à proximité immédiate du cimetière. Les filles allaient devoir redoubler de prudence pour ne pas être vues.

« Zut, qu'est-ce qu'on va faire pour Agnes ? La bougresse r'tourne chez l'gendarme à pas d'heure tous les soirs », murmura Elsie à Bernie. Au moins, ce dernier était à la maison et pouvait aller chercher rapidement l'auto qu'il avait dissimulée dans une grange abandonnée. Cela signifiait que les jumelles pourraient partir pour Londres à la faveur de la nuit. Au petit matin, elles seraient déjà en sécurité.

Mais d'abord, ils devaient s'occuper d'Agnes. Elsie désespérait de lui fausser compagnie pour aller prendre les couvertures et préparer ses thermos de chocolat.

« Tiens, fais lui avaler ça, dit Bernie en lui tendant deux petits cachets.

— J'peux quand même pas empoisonner ma propre sœur !

— C'est pas du poison, c'est des somnifères, expliqua Bernie d'un air penaud. J'les ai eus par… un gars qu'j'connais, pour quand Agnes dormait dans not' chambre… »

Elsie l'embrassa, et quand sa sœur arriva dans la cuisine un peu après, elle lui donna à boire une grande tasse de chocolat avec les comprimés dissous dedans.

À vingt et une heures ? Agnes ronflait paisiblement, la tête posée sur la table de la cuisine.

« On f'rait mieux d'la monter là-haut, dit Elsie. Prends-la par les épaules, j'm'occupe des pieds.

— Oh nan, pas encore dans not' chambre !

— Gros bêta, si elle est à son aise elle dormira à poings fermés. C'est logique. Toute façon, y'a peu d'chances qu'on s'serve d'not' lit c'te nuit. On va quand même pas la ram'ner chez l'gendarme comme si elle était ivre morte ou quoi ! »

À vingt et une heures trente ? Agnes était au grenier, bordée. Bernie était allé dire au gendarme Barrows qu'elle ne se sentait pas bien et qu'Elsie préférait la garder auprès d'elle jusqu'au lendemain.

Ensuite ils rejoignirent Alice, Evangeline et Frances au cimetière. Bernie avait caché l'auto à un kilomètre de là, derrière des buissons. La réunion de la *Home Guard* était terminée et Hugo de Balfort fut le dernier à partir. Il regarda derrière lui une dernière fois, puis s'éloigna. Le village retrouva son calme, ses habitants restant à l'abri derrière les rideaux de couvre-feu. Il se mit à pleuvoir – une chance.

Ils étaient tous à cran. Alice n'arrêtait pas de vérifier l'heure à sa montre. Elle finit par dire :

« Marée basse dans deux heures trente. Frances, Elsie, vous allez pouvoir commencer à descendre.

— Entendu.

— Les couvertures, les sandwichs et l'reste sont dans l'baluchon.

— On ne sait pas combien de temps ça va nous prendre de les ramener. Si ça se trouve on devra les porter. »

Ils préféraient ne pas penser à la manière dont les enfants allaient traverser la Manche. Alice leur avait raconté qu'il arrivait aux contrebandiers de dissimuler la marchandise dans des barriques qu'ils arrimaient solidement et plongeaient sous l'eau le temps du trajet. L'idée que les jumelles gisent droguées dans une cale sombre était déjà traumatisante, mais s'ils étaient obligés de les remorquer derrière le bateau… Au moindre problème, elles pouvaient très bien suffoquer ou se noyer, tels des chatons indésirables.

Lorsqu'il s'arrêta de pleuvoir, une lune quasiment pleine apparut derrière les nuages, et ils en profitèrent pour tout vérifier : cordes, torches électriques, bougies, allumettes. « Oh, non ! ». Une des cordes était tout entortillée et ils perdirent un temps fou à la démêler.

« Je me demande si on pourrait nous voir avec cette lune, commenta Alice.

— Tu penses, tout le monde dort. »

Lorsque Elsie poussa le crâne, la tombe s'ouvrit aussitôt.

« J'suis pas mécontente qu'ce soit plus fastoche. La première fois, on a dû y aller comme des ânes.

— Allez, on se concentre, grommela Frances. Rah ! la barbe cette corde ! »

Elle avait dit à Oliver qu'ils ne pourraient pas se voir ce soir-là – c'était une de ces fois où il devait lui faire confiance. Dans ce cas, avait-il répondu en souriant, il allait en profiter pour dormir car il avait du sommeil à rattraper. Frances détestait le savoir seul dans son lit.

Cela faisait vingt minutes qu'ils s'escrimaient sur cette fichue corde dans le noir quand, aussi incroyable que cela puisse paraître, ils entendirent le vrombissement d'avions arrivant vers eux depuis la mer.

« C'est pas vrai ! s'écria Frances. Ils viennent droit sur nous ! »

Ils regardèrent machinalement vers le ciel.

« Baissez la tête pour qu'ils ne vous voient pas ! Couchez-vous, même ! » ordonna-t-elle, et ils plongèrent dans l'ombre de l'église en attendant que les bombardiers s'éloignent. Au loin, ils entendirent des tirs de D.C.A. venant de Brighton.

Les avions se rapprochaient toujours. Une bombe fut larguée dans les collines, puis une autre, et encore une autre. La terre trembla.

« Mais qu'est-ce qui leur prend ? Ils poursuivent toujours leur route vers le nord !

— Je dois m'en aller, annonça Evangeline. Il faut mettre les enfants à l'abri et Tanni n'y arrivera jamais toute seule. »

Elle partit au pas de course.

« Bernie, rentre avec Elsie, commanda Alice. Agnes sera terrifiée si elle se réveille. »

Elle n'eut pas besoin de le leur dire deux fois – ils foncèrent à Glebe House pour sortir Agnes du grenier qui était l'endroit le plus vulnérable de la maison.

Alice les regarda s'éloigner. Elle devait retourner au cottage pour sa mère, et mieux valait ne pas s'attarder sur le danger encouru. Alors que la terre vibrait sous ses pieds et les détonations se multipliaient, elle piqua un sprint jusqu'à sa bicyclette cachée derrière une haie et sauta en selle. En se débrouillant bien, elle pouvait être de retour en moins d'une heure.

Quand Frances se rua vers le presbytère, le bruit était devenu assourdissant.

« Oliver ! hurla-t-elle. L'abri ! Vite ! »

Mais le révérend était déjà à la porte, et au moment où il criait le nom de Frances, le premier avion vola en rase-mottes au-dessus de leurs têtes. Il la saisit par le poignet et l'attira à l'intérieur, puis sous l'escalier, juste avant qu'une détonation réduise les fenêtres en miettes et les secoue de la tête aux pieds.

« Mais enfin, pourquoi bombardent-ils l'église ? » fit-il, incrédule, en enlaçant sa femme.

Assise par terre, Frances s'agrippa à lui et enfouit le visage dans son cou. Il la serra plus fort pour la protéger de l'explosion à venir. Le sol trembla violemment lorsqu'une bombe atteignit le cimetière. Ils entendirent du verre se briser et, chose incongrue, une unique sonnerie lorsque le clocher s'effondra. Les pierres tombales furent projetées dans les airs, et retombèrent dans un bruit sourd.

Les bombardiers repartirent aussi vite qu'ils étaient venus. Frances et Oliver se mirent debout en se touchant délicatement, comme pour vérifier qu'ils étaient en un seul morceau.

« Ce n'est pas passé loin », dit-elle, soudain prise de convulsions. La porte du presbytère était sortie de ses gonds, et il y avait du plâtre partout.

Ils se cramponnèrent l'un à l'autre pour aller constater l'étendue des dégâts.

Dehors, l'église était en feu.

« Le clocher », fit Oliver, hébété. Il n'en croyait pas ses yeux. Le cimetière n'était plus qu'un vaste champ de ruines.

« Oh non, dit Frances en scrutant la zone où l'entrée du tunnel aurait dû se trouver. Mon Dieu, non ! »

Oliver la prit par les épaules.

« Je m'en veux de te laisser, ma chérie, je sais que tu es bouleversée. Mais je dois m'assurer que personne dans le village n'est blessé ou mourant. On a peut-être besoin de moi.

— Bien sûr, répondit Frances, qui se sentait défaillir à l'idée que le tunnel n'ait pas résisté. Vas-y, mon chéri. Je suis femme de révérend. Je comprends. »

Et en tant qu'agent Auxi formé aux explosifs, elle ne savait que trop bien ce qui était potentiellement arrivé. Elle devait en avoir le cœur net.

« Oh, Frances…

— Va-t'en ! »

Oliver l'étreignit une dernière fois et s'éloigna en courant.

Elle se dirigea vers les flammes, et dut enjamber une statue d'ange qui gisait face contre terre. Le clocher avait heurté en grande partie l'autre côté de l'église, mais la tombe du chevalier était quand même couverte de gravats. Frances serra les mâchoires et commença à dégager les éboulis. Les jumelles. Elle devait coûte que coûte atteindre les jumelles. Le désespoir lui donna une force surhumaine, et elle parvint à soulever les derniers blocs qui obstruaient la sépulture. Le crâne était intact, Dieu merci, mais la pierre avait été éventrée, mettant à nu l'entrée du tunnel.

Elle trouva une torche, puis la corde qu'ils s'évertuaient à démêler juste avant le bombardement. Elle noua une extrémité autour de sa taille, fixa l'autre à la tombe, prit soin de la tester et commença à descendre les marches étroites. Le tunnel n'avait plus de secrets pour Frances et elle avança rapidement, braquant sa torche au sol et sur les murs pour vérifier s'il avait été endommagé. De la terre lui tombait régulièrement en pluie sur les cheveux, ce qui signifiait qu'au mieux, il était instable. Elle poussa un juron à voix haute et pressa le pas.

Quand elle atteignit le renfoncement où les douaniers avaient été laissés pour morts, elle eut juste le temps de repérer la petite cantine provenant du grenier de Penelope Fairfax – leur stock de secours – avant que la torche s'éteigne.

Elle se dirigea à l'aveuglette vers l'alcôve, fouilla dans la cantine à tâtons et trouva une bougie et des allumettes. Quelque chose détala à ses pieds dans le noir, et elle crut bien entendre un bruit de respiration.

« Oh, bon sang », dit-elle d'une voix faible, et pour se donner la force de continuer, elle repensa aux jumelles qui étaient peut-être coincées plus bas.

Le tunnel commençait à descendre à présent, mais Frances comprit vite qu'il y avait un problème. À ce stade, elle aurait dû entendre la mer et sentir un léger courant d'air sur sa peau. Elle constata plus loin qu'un tas de pierres bloquait le passage. Il était plus grand qu'elle mais elle s'y attaqua quand même, en criant « Lili ! Klara ! ». Hélas, ses efforts restèrent vains. Pour toute réponse il y eut une chute de cailloux, suivie d'un bruit menaçant, puis d'une cascade de poussière. C'était terminé. Bientôt ce serait la marée haute et le tunnel serait inondé. Le bruit du ressac lui parvenait à présent, de l'autre côté de l'éboulement. Elle devait remonter sans tarder.

Lorsqu'elle revint à l'air libre, les forces lui manquèrent pour se hisser hors de la tombe. Qu'allaient-elles dire à Tanni ? Frances se raisonna et décida de contacter Rachel avant de lui annoncer quoi que ce soit. Il restait un espoir : que cette nuit ait été encore une fausse alerte. Se cramponnant à la corde elle commença à monter lentement, et au bout d'un moment, entendit Elsie appeler son nom.

Bernie lui donna la main pour grimper les dernières marches, et Frances s'écroula par terre. L'instant d'après, ils entendirent un grand fracas provenant de l'intérieur du tunnel, et tous trois surent qu'il s'était effondré.

« Oh, Elsie, il y a eu un éboulement et je n'ai pas pu… Elles n'étaient pas… Oh mon Dieu ! »

Frances éclata en sanglots. Au loin, ils entendirent le gendarme Barrows crier quelque chose. Elsie et Bernie la laissèrent pour aller l'aider, et surtout l'empêcher d'approcher. Frances se ressaisit, séchant ses larmes et se mouchant un bon coup. C'est alors qu'une idée lui vint à l'esprit, ou plutôt une intuition. Elle rentra chez elle et composa le numéro spécial qu'on lui avait donné.

« Il se passe quelque chose de louche ici, je ne sais pas quoi exactement mais ça a peut-être à voir avec Manfred. Je serai là à la première heure pour faire mon rapport », dit-elle avant de raccrocher. Le lendemain, Crowmarsh Priors dormait encore lorsque Frances laissa un mot pour prévenir qu'elle retournait à Londres, réunion du comité oblige.

31

Crowmarsh Priors, novembre-décembre 1942

Le vilain petit cottage où Alice et sa mère avaient vécu était quasiment vide. Par un après-midi maussade de novembre, Alice se trouvait seule dans une pièce nue où des rideaux pendaient tristement, et emballait le reste des affaires de sa mère. La nuit où le village avait été bombardé, elle était rentrée aussi vite qu'elle avait pu – mais il était déjà trop tard. Se ruant dans le couloir sombre, elle avait trouvé sa mère au lit, morte, les couvertures ramenées jusqu'au menton et le visage figé en un rictus de terreur. Qu'est-ce que son pauvre père aurait dit de cela ? Alice savait qu'elle ne se le pardonnerait jamais.

Sous le choc, elle était revenue en chancelant à l'entrée et avait vu l'église brûler au loin. La sacristie avait dû s'embraser comme un fétu de paille avec tous ces vêtements et ce bois, avait-elle songé distraitement. Les bombes avaient manqué de peu le presbytère, peut-être qu'Oliver était… C'est là que l'horreur de la chose l'avait frappée. Le tunnel ! Il s'était effondré.

Pendant longtemps, Alice était restée comme hébétée. Ils l'étaient tous. Elle avait continué à enseigner et à faire ses activités annexes, mais elle n'avait plus aucun but. Cet après-midi-là, les tiroirs de la commode de sa mère furent vidés machinalement. Elle n'allait pas vite. Toutes les cinq minutes, sa vue se troublait et elle s'arrêtait pour pleurer. Pauvre maman, pauvres Lili et Klara.

Elle finit par en voir le bout. Dans le dernier carton elle rangea trois chemises de nuit, deux robes de chambre usées, des coquillages que ses parents avaient ramassés pendant leur lune de miel, une boîte de talc à moitié vide, plusieurs livres de prières, un ensemble de napperons en dentelle. La capeline à plumes. En ficelant le carton, Alice songea qu'elle aussi était condamnée à mourir seule dans une chambre sinistre, avec pour seuls compagnons quelques souvenirs défraîchis d'une vie encore moins notable que celle de sa mère.

Elle se laissa tomber sur le matelas à ressorts. Elle avait détesté quitter le presbytère car c'était sa maison, mais avec ce cottage austère, elle ne ressentait rien. Elle partirait pour Londres sitôt après les fêtes de Noël. Chaque fois qu'elle passait devant Saint-Gabriel, elle se rappelait les heures merveilleuses qu'elle y avait passées. Mais désormais ce n'étaient plus que des ruines et Richard gisait, impotent, sur un lit d'hôpital. Il était temps de quitter Crowmarsh Priors.

Penelope avait été chic avec elle, lui trouvant grâce à ses contacts, une place au sein du Service Volontaire Féminin, mais aussi de quoi se loger, chez deux sœurs qui avaient une chambre d'amis vide au dernier étage de leur maison de Connaught Square. Elle avait même réussi à lui dénicher une remplaçante pour sa classe, une femme d'âge moyen qui avait été institutrice avant son mariage. La pauvre avait perdu son mari dans un raid aérien – la même nuit où la mère d'Alice était morte, et tant d'autres gens, comme ils l'avaient su après. Penelope, qui ne se plaignait jamais, avait été assez secouée pour lui confier qu'elle s'en était tirée de justesse. Un accident terrible était arrivé à la station de métro de l'East End, où elle était de service. Les sirènes avaient retenti, les policiers avaient poussé les habitants dans les escaliers pour les forcer à descendre, et il y avait eu un mouvement de panique. Un nombre effarant de gens étaient morts écrasés, mais Alice n'en entendrait pas parler dans les journaux : les autorités ne voulaient pas que la nouvelle s'ébruite, de crainte que la population refuse de descendre aux abris.

Alice se demandait comment le monde faisait pour ne pas s'effondrer, à force de crouler sous la tristesse.

Cette fameuse nuit, Tanni se morfondait dans son lit à l'idée de ce que Lili et Klara devaient vivre, et en entendant les premières détonations, elle s'était affolée. Et puis le bruit était devenu cauchemardesque, et elle avait tout oublié hormis l'urgence d'emmener les enfants à la cave. Dans sa panique elle avait porté Johnny et Anna, et ils étaient bien plus lourds que dans son souvenir. Le temps qu'Evangeline arrive, elle avait déjà des contractions. Sœur Tucker fit aussi vite qu'elle put, mais c'était trop tard. Tanni mit au monde une fille, qui cria une fois puis expira dans les bras de sa mère. L'infirmière prit délicatement le petit cadavre et lui dit qu'elle était navrée. Tanni ne semblait pas voir la tragédie. Elle ne pleurait pas, ne montrait aucune émotion. Sœur Tucker l'installa aussi confortablement que possible, et expliqua à Evangeline que parfois, les personnes en état de choc se protégeaient ainsi, en effaçant de leur mémoire le drame qu'ils avaient vécu.

Le lendemain Tanni ne réagissait toujours pas, et Evangeline chercha désespérément à contacter Rachel et les Cohen afin de les prévenir pour le bébé et le tunnel effondré. Lorsque enfin elle obtint la communication, la standardiste l'informa que l'East End avait été gravement touché par les bombardements et que la plupart des lignes étaient en dérangement. Elle aurait aussi voulu contacter Bruno mais seule Tanni savait où il était, et elle alternait entre torpeur et sommeil profond. Sœur Tucker était surchargée de travail, et avec Frances qui s'était absentée, Alice, Elsie et Evangeline se sentaient effrayées et impuissantes.

Le visage livide, elles se réunirent pour prendre une décision à propos du corps frêle qui était enveloppé dans un lange et reposait dans la salle à manger glaciale.

« Il faut faire quelque chose. »

Finalement, à la tombée de la nuit, elles se rendirent au chevet de Tanni et Evangeline se pencha tout près pour lui dire :

« Tanni, ma chérie, on est vraiment désolées mais on va devoir enterrer le pauvre bébé. Je sais que c'est dur pour toi, mais tu peux nous dire s'il y a quelque chose de spécial à faire pour un enfant juif? Est-ce qu'il a un nom? Le gendarme Barrows a proposé de lui fabriquer un petit cercueil en bois.

— Quel bébé? » murmura Tanni, avant de se mettre à regarder le plafond fixement tout en remuant les lèvres en silence. Elle refusa de se nourrir ou de répondre à d'autres questions, que ce soit à ses amies ou à Sœur Tucker qui passa la voir à une heure indue.

« Il n'est pas question qu'elle se lève pour l'enterrement », déclara-t-elle en buvant son thé à petites gorgées. Elles allaient devoir se débrouiller seules.

Le lendemain, il n'y avait toujours pas de nouvelles des Cohen. Evangeline finit par aller voir Oliver, et lui dire que ce bébé devait être inhumé même s'ils n'arrivaient pas à joindre Bruno. Connaissait-il les rites du judaïsme?

Oliver téléphona à l'évêque qui lui promit de contacter aussitôt un rabbin. Il en trouva un à Portsmouth, mais la ville avait aussi essuyé des bombardements et le rabbin était débordé. Il répondit qu'il essaierait de venir, mais entre la pénurie de carburant et les cars qui passaient quand ça leur chantait, il allait peut-être mettre un certain temps. La seule autre information qu'il pouvait leur donner, c'était que les obsèques juives sont censées avoir lieu dans les vingt-quatre heures suivant la mort. L'évêque était désolé, mais étant donné que les parents de l'enfant n'étaient pas chrétiens, il n'y avait pas grand-chose à faire. Pour la première fois de sa vie, Oliver raccrocha au nez de quelqu'un.

« Qu'est-ce qu'on fait ? » s'interrogèrent les jeunes femmes, la nuit venant. Elles retournèrent au chevet de Tanni.

« Ma chérie, on a pensé l'enterrer au fond du jardin, près des rosiers et du vieux cadran solaire que tu aimes tant. Tu peux juste nous dire si tu es d'accord ? »

Tanni garda le silence.

Et toujours pas de nouvelles, ni de Bruno, ni de Rachel, ni des Cohen.

« On attend encore ou pas ? se demandèrent-elles encore plus tard. Ça fait déjà plus de vingt-quatre heures.

— Il faut donner un prénom à cette pauvre enfant, intervint Alice. On ne peut quand même pas la porter en terre comme ça.

— Que dites-vous de Rebecca ? » proposa Evangeline.

Le lendemain matin à l'aube, un peu plus de quarante-huit heures après la naissance de Rebecca Zayman, Alice, Evangeline, Elsie, Bernie, Oliver, Agnes, le gendarme, Edith, Nell et Albert Hawthorne se recueillaient autour de la petite tombe fraîchement recouverte de terre. Le gendarme Barrows s'agenouilla pour y placer une pierre lisse sur laquelle il avait peint « Rebecca Zayman, 28 novembre 1942 ». Oliver récita le psaume 23 et demanda à l'assistance de prier pour Tanni et Bruno. Les femmes éclatèrent en sanglots. Le cœur gros, Oliver baissa la tête. Frances lui manquait.

Depuis la veille il remuait ciel et terre pour localiser Bruno, mais se heurtait à un mur. Invariablement on lui répondait :

« Monsieur Zayman est indisponible ».

Cinq jours après, lorsqu'il réussit enfin à lui parler, Bruno répliqua qu'il arrivait séance tenante. Quelques heures après, il se ruait auprès de sa femme pour l'étreindre, puis il passa plus d'une heure dans le jardin, près des rosiers. Lorsqu'il revint, les yeux rougis par les larmes, il leur annonça qu'au vu des circonstances, il n'avait pas le choix : il allait devoir faire admettre Tanni dans un sanatorium jusqu'à ce qu'elle aille mieux. Il en connaissait un qui n'était pas trop loin de là où il était basé, il pourrait aller la voir souvent.

Evangeline l'aida à habiller Tanni, puis glissa quelques affaires dans le vieux sac en tapisserie. Elle était sur le point de demander si Tante Berthe pourrait prendre Johnny et Anna quelques semaines au moment de la naissance de son bébé lorsque Bruno la fit sortir de la chambre pour lui annoncer une bien mauvaise nouvelle. Les Cohen, Rachel, son mari et leurs deux enfants avaient tous été tués dans un effroyable accident lors du dernier bombardement, un mouvement de foule au moment de descendre dans le métro qui avait entraîné une bousculade mortelle.

« Oh, Bruno, c'est affreux ! » répliqua Evangeline en comprenant qu'il devait s'agir de l'épisode dont Penelope avait parlé. Elle ne dit rien pour Johnny et Anna, même si elle se demandait bien comment elle allait réussir à gérer cinq enfants et un nouveau-né. Et de toute évidence, elle n'ajouta pas au chagrin de Bruno en lui révélant ce qui, selon elle, était arrivé à Lili et Klara.

Les trois amies étreignirent Tanni pour lui dire au revoir, mais elle n'eut aucune réaction.

« Remets-toi vite, ma chérie », lui murmura Evangeline. Lentement, Bruno guida sa femme vers l'auto. Elles firent de grands gestes jusqu'à ne plus les voir, puis versèrent une larme.

Enfin, les médecins annoncèrent à Evangeline que Richard pouvait emménager à Glebe House, maintenant que tout était prêt. Son état s'était un peu amélioré : on avait pu lui enlever la plupart des bandages et il avait surpris tout le monde en recouvrant la vue d'un œil. À son arrivée, Hugo vint le voir. Lorsque Evangeline amena le fauteuil roulant dans la salle réservée aux visites, il s'avança pour serrer la main de son ami, visiblement décontenancé.

« J'avoue, vieux frère… Je ne sais pas quoi dire, vraiment. »

S'ensuivit une conversation plus que gênée d'un quart d'heure, puis Hugo jeta un coup d'œil à sa montre, grommela quelque chose au sujet de la *Home Guard* et s'en alla. Le lendemain, il leur fit savoir que son père et lui étaient cloués au lit avec un bon rhume, et qu'il ne pourrait revenir le voir pour l'instant.

Richard avait fait un effort pour son invité, mais cela l'avait aussi fatigué. La seule personne avec qui il voulait bien communiquer était Evangeline, et il adorait sentir le bébé bouger dans son ventre. Les médecins lui dirent que c'était une chance inespérée d'avoir cette maison de repos à Crowmarsh Priors. Ses nerfs étaient encore fragiles, et il ne saurait supporter des enfants bruyants à longueur de journée, mais avec le temps… Tout dépendait de l'évolution de son état.

Elsie s'occupait des enfants lorsque Evangeline était avec Richard, mais la plupart du temps, celle-ci devait se débrouiller seule. Elle n'avait plus une seconde à elle maintenant qu'il fallait préparer l'arrivée du bébé, sans Tanni pour l'aider. La naissance était prévue en janvier et Evangeline espérait qu'après, Richard et elle pourraient prendre un nouveau départ, même si elle ne savait pas encore comment.

Le temps fila, et Noël était pratiquement là lorsqu'elle se rendit compte qu'elle avait oublié de planter les choux verts qui étaient pourtant indispensables s'ils voulaient manger à leur faim pendant l'hiver. Elle mit un vieux pantalon qu'en des temps plus gais Tanni avait retouché avec un lacet en dentelle sur les côtés, sortit dans le jardin et commença à donner des coups de bêche acharnés dans la terre gelée. Tout à coup elle sentit quelque chose de chaud entre ses cuisses : elle perdait les eaux.

Sœur Tucker arriva dès qu'elle put et fit prévenir Alice par Tommy et Maude. Quelqu'un devait mettre Richard au courant mais Alice, qui était venue sitôt sa classe terminée, répondit sèchement qu'Elsie pouvait s'en charger.

L'accouchement dura deux jours, pendant lesquels Evangeline endura bravement les contractions tant elle était terrifiée à l'idée de mettre au monde un bébé noir. Et puis, enfin, elle donna naissance à un garçon. Exténuée, pâle et toujours apeurée, elle resta sans bouger tandis que l'infirmière s'affairait autour d'elle et lui tendait le nourrisson emmailloté.

« En avance de quelques semaines, petite maman, mais on s'est débrouillée comme un chef », commenta-t-elle gaiement.

Evangeline osait à peine le regarder, mais lorsqu'elle le fit enfin, elle découvrit des yeux d'un bleu étincelant et des cheveux châtains étonnamment fournis. Sa minuscule bouche rose s'ouvrit comme pour bâiller – et se mit à hurler. Evangeline versa des larmes elle aussi, des larmes de joie et de soulagement. Elle était certaine de savoir qui était le père, à présent.

« Là, là, dit Sœur Tucker pour la tranquilliser. C'est fini, tout va bien et il est adorable. Vous savez déjà quel prénom vous allez lui donner ?

— S'il vous plaît… Vous pouvez annoncer la nouvelle à Richard ? Et j'aimerais l'appeler Andrew. J'avais un frère qui s'appelait André…

— Evangeline qu'a un frère, alors ça. Première nouvelle ! » fit observer Elsie.

Frances revint le lendemain, et elle s'arrangea avec Elsie et même Alice pour se relayer au chevet d'Evangeline qui, comme toutes les jeunes mères, devait rester alitée pendant au moins deux semaines. Nell Hawthorne lui apporta du bouillon de légumes, tapota les coussins et arrangea ses couvertures, tout en s'extasiant sur le nouveau-né. Edith Barrows fit un dessert spécialement pour elle avec la recette de sa mère, un *trifle*, pour lui « redonner des forces ».

« Mais c'est qu'on est en train de repeupler le village ! » dit-elle en tapotant son propre ventre qui était énorme.

Pendant la convalescence d'Evangeline, Elsie obligea Agnes à l'aider pour le ménage, la lessive et les enfants, et cette dernière râla à longueur de journée que ce n'était pas croyable comme sa grande sœur était devenue un vrai gendarme.

Il y avait bien un sujet dont les quatre jeunes femmes évitaient soigneusement de parler, mais la blessure béante que constituait l'église de Crowmarsh Priors leur rappelait sans cesse ce qui avait dû arriver à Lili et Klara Joseph : le clocher éventré, les vitraux brisés, les bancs fracassés, les ardoises du toit éparpillées. De nombreuses tombes avaient été détruites, et des morceaux de marbre et de pierre venaient se mêler aux gravats. La tombe du chevalier n'avait pas bougé, mais s'était tellement affaissée qu'on ne la voyait quasiment plus – autant dire que l'entrée du tunnel était devenue inaccessible. Le seul (et bien maigre) espoir qu'elles avaient, c'était que le bateau n'ait pas atteint la grotte comme prévu, même si entre les mines et les patrouilleurs grouillant dans la Manche, mieux valait ne pas s'attarder sur les raisons de ce possible échec. Mais si tel était le cas, et que les jumelles n'étaient pas mortes, où pouvaient-elles bien se trouver à présent ?

Frances était d'avis qu'elles devraient essayer d'entrer en contact avec les Forces françaises libres, pour voir si quelqu'un dans leur réseau était au courant de quelque chose. Mais pour l'instant, ni Evangeline ni elle n'était en mesure de se rendre à Londres.

Quelques jours avant Noël elles reçurent deux visites, la première étant Penelope qui venait passer un peu de temps avec Richard et faire la connaissance de son petit-fils. La seconde, en revanche, fut un grand échalas avec de l'acné, qui descendit du train mollement.

« Hé, c'est Ted ! s'exclama Agnes, tout heureuse. C'est pa'ce que j'y ai écrit, tu comprends ? J'y ai dit où j'étais, quoi. »

Elle avait dû retourner vivre avec Elsie et Bernie, car la grossesse d'Edith Barrows arrivait à son terme. Comme Frances était souvent absente, Agnes prenait la plupart du temps son coin de grenier.

Ted débarqua donc à Crowmarsh Priors, et prit ses quartiers dans la cabane à outils de Glebe House avant que tout le monde ou presque s'en aperçoive. En échange d'un lit de camp et d'une lampe à alcool, il devint une sorte d'homme à tout faire pour Evangeline. Le problème, c'est qu'il parlait tout le temps. Son ambition dans la vie était qu'ils deviennent tous socialistes. Plus son séjour se prolongea, et plus Elsie fut convaincue que Ted avait fait tourner sa famille en bourrique avec ses histoires de politique, et qu'ils avaient fini par le jeter dehors. Il harcelait tout le monde : Oliver en lui martelant que la religion était l'opium des masses, Albert en lui affirmant qu'il devait être solidaire avec la classe ouvrière, Frances et Evangeline en leur disant qu'il fallait combattre l'impérialisme et Alice en lui parlant de révolution et de l'Église comme moyen d'oppression des bourgeois.

Le jour où il sermonna Bernie sur le système capitaliste, celui-ci craqua.

« Y m'rend dingue, l'corniaud ! Où est passé l'calme et la tranquillité d'not' petit village, hein ? On s'croirait dans un foutu cirque. On s'marie pour pouvoir êt' ensemble, et v'là qu'l'Agnes crèche dans not' chambre et maint'nant faut aussi s'taper l'Ted ! Soit y s'en va, soit j'lui flanque mon poing dans la figure pour l'faire taire.

— Mais Bernie, faut bien qu'je garde un œil sur Agnes. Ted, l'est tout l'temps en train d'la baratiner sur ce qu'il appelle l'amour libre – j'l'ai entendu, tu sais. Si on fait pas gaffe, en moins d'deux elle aura des problèmes et il est pas du genre à l'épouser. Et où elle ira vivre, alors ? J'vais te l'dire, moi, avec nous. Et en prime on devra s'coltiner son marmot ! J'dois bien ça à M'man d'm'occuper d'elle encore un peu. Les liens du sang, tu comprends.

— Eh ben, j'suis bien content d'pas avoir d'famille !

— Bernard Carpenter! Dis donc pas d'bêtises! Et moi alors? répliqua Elsie en mettant les bras autour du cou de son mari. Pis j's'rai toujours ta famille, si t'as un peu d'jugeote. »

Il se radoucit et lui fit un bisou. Ce n'était sans doute pas le moment de lui annoncer que la famille était sur le point de s'agrandir considérablement. Elle avait reçu une lettre des gens chez qui ses frères étaient logés : leur maison avait été incendiée, et en attendant de trouver mieux, ils vivaient les uns sur les autres dans le minuscule cottage des voisins. Maintenant qu'Elsie était mariée, ils lui envoyaient les jumeaux.

Elle repoussa tant qu'elle put le moment de parler à Bernie, mais dut s'y résigner quand elle apprit que les garçons arrivaient par le train du week-end.

« L'important, c'est que vous soyez réunis », concluait la femme dans ce second courrier. Elsie lui tira la langue.

« C'qui nous faudrait, dit-elle à Bernie une fois qu'elle eut craché le morceau, c'est une maison à nous. Et pour une fois, j'me fiche d'savoir comment tu t'y prends, du moment qu'on peut tous y habiter ensemble.

— D'accord, mais à condition qu'le Ted vienne pas », répliqua Bernie avec fermeté.

Et effectivement il leur trouva une maison, ce qui en soi était un petit miracle, vu la pénurie de logements. Elle se trouvait tout au bout d'une rue composée de maisons mitoyennes, dans un quartier autrefois chic d'Eastbourne. C'était plus une ruine qu'autre chose, mais elle avait l'avantage de posséder plusieurs chambres, un double salon, et des clochettes dans chaque pièce pour appeler les fantômes des domestiques. Le mobilier laissé par les précédents occupants était pour le moins hétéroclite, avec une prédominance de rouge, de candélabres, de drapés, de miroirs et de tapis épais.

« Ça alors, mais c't'un vrai palace qu'tu nous as dégoté, avec rideaux en v'lours et tout ! s'exclama Elsie, époustouflée. Comment t'as fait ? Nan, me dis pas ! »

Puisqu'elle ne voulait pas savoir, Bernie ne dit pas à Elsie que les lieux avaient jadis été une maison close appartenant à l'Oncle. Sur les conseils d'un avocat véreux, celui-ci avait rédigé l'acte de propriété au nom de Bernard Carpenter. Personne ne s'était jamais douté qu'il s'agissait d'un enfant. Peu avant la guerre, l'Oncle avait fait part de ce petit détail à Bernie, en sachant bien que son « p'tit gars » l'admirait trop pour le déposséder. Mais depuis que l'Oncle était mort, les locataires de la maison avaient eu envie de changer d'air et elles étaient toutes parties à Londres. Bernie avait raisonné ainsi : puisque les autorités avaient choisi de ne pas réquisitionner les lieux à cause de leur passé, il avait parfaitement le droit d'y emménager.

Agnes rechignait à l'idée d'aller vivre ailleurs, et insista sur le fait qu'elle pouvait très bien rester dans le grenier de Glebe House. Mais il n'était pas question qu'Elsie la laisse seule avec Ted. Elle obtint un transfert dans l'équipe des dératiseuses d'Eastbourne, et fit d'Agnes son assistante.

« Tu vas me manquer, dit Evangeline avec tristesse, d'autant plus qu'Alice s'en va aussi et que Frances n'est plus jamais là.

— Je sais, ça m'embête aussi, mais qu'est-ce qu'on peut faire d'aut' ? Tant qui vol'ront pas d'leurs propres ailes, j'dois m'occuper des jumeaux et d'Agnes. »

À l'aube de la nouvelle année, Elsie, Bernie, Agnes, Dick et Willie quittèrent Crowmarsh Priors pour commencer une autre vie. Peu après, Ted fit son apparition à Eastbourne, et au grand mécontentement de Bernie, il y resta.

Le lendemain du bombardement de Crowmarsh Priors, se demandant si elle n'avait pas commis une erreur en gardant ce qu'elle savait pour elle, Frances s'était rendue au bureau du petit homme à Londres pour lui demander conseil. Elle n'y avait pas prêté plus attention que cela sur le coup, mais elle avait découvert un poste de radio dans le placard d'une salle de bains inutilisée de Gracecourt Hall, ce qui était potentiellement curieux. Un an plus tôt, en déjeunant avec Sir Leander, c'était une torche électrique qui était dissimulée dans ce même placard. Par ailleurs, elle était proprement harcelée par Hugo, et commençait à se demander s'il n'avait pas l'esprit dérangé. Toujours est-il qu'Hugo avait accusé Oliver d'être son rival, et quelques jours après seulement, Frances avait entendu son père lui dire de ne pas s'inquiéter, qu'ils allaient « se charger de Hammet ». Elle avait cru que Sir Leander voulait parler des autorités de l'Église et qu'il entendait se plaindre auprès d'elles du comportement du révérend, en vue de le punir peut-être, mais se pouvait-il que les De Balfort aient eu vent du mariage secret de Frances ? Elle n'y avait pas cru au départ – Hugo était simplement jaloux – mais ensuite l'église avait été bombardée, et tout de même, c'était une cible plutôt singulière, non ?... Frances ne voyait pas l'intérêt pour les Allemands de viser une église de village et quelques collines désertes.

« Hum. Peut-être que le fils De Balfort est juste follement amoureux de vous, avait commenté le petit homme.

— Non, justement, et c'est aussi en cela que c'est bizarre. J'en ai eu, des soupirants – oh ! inutile de hausser les sourcils, c'est le cas de la plupart des femmes de mon âge, vous savez. Mais un homme amoureux ne se comporte pas ainsi, de façon aussi sérieuse, comme si sa vie en dépendait. C'en devenait presque désagréable, et quand il me demandait en mariage, il arrivait à peine à contenir sa hargne. Non, décidément, il y a quelque chose qui cloche chez lui. »

Le petit homme avait répliqué qu'il ne fallait pas se précipiter, mais que Frances allait devoir renforcer sa vigilance. S'il s'avérait qu'elle avait raison, le fils et le père ne seraient pas les seuls impliqués dans cette affaire, et elle ne devait pas vendre la mèche tant que le S.O.E n'avait pas réussi à tendre ses filets pour arrêter tout le monde en même temps. Et Frances, l'avait-il mise en garde au moment de la quitter? Il ne fallait jamais oublier que les collabos étaient très dangereux. Ils ont tout à perdre s'ils se font prendre.

C'est ainsi que Frances passa Noël à Crowmarsh Priors, au lieu d'aller voir son père comme chaque année. Tous les jours, elle disparaissait pour faire de longues promenades, et revenait avec des faisans, des lapins et même un petit chevreuil, une fois. Le braconnage était son meilleur alibi. Lors de sa formation, on lui avait dit que si elle était obligée de mentir, elle devait s'éloigner le moins possible de la vérité.

Alice avait reçu l'ordre de se présenter à son poste début janvier, alors Evangeline et Frances lui organisèrent une petite fête d'adieu pour la Saint-Sylvestre. Alice arriva en uniforme, qu'elle étrennait ce soir-là. Elle avait perdu du poids, et la jupe coquette mettait en valeur ses longues jambes. Il lui allait drôlement bien. Pour la première fois depuis des mois, elle avait fait l'effort de se vernir les ongles et de se mettre du rouge à lèvres (un cadeau d'adieu de la part d'Elsie), et sous son calot on devinait un « chignon de la victoire » enfin maîtrisé. Elle semblait revivre : Frances et Evangeline avaient devant elles une femme qui avait l'air déterminée, capable et qui était étonnamment sexy, sorte de pin-up en uniforme de l'armée.

Les trois jeunes femmes bavardèrent en sirotant la dernière bouteille de vin de Lady Marchmont. En ce moment, Frances passait ses rares moments de libre à la chapelle de fortune qu'Oliver avait aménagée dans le salon du presbytère, car il tenait à ce que le village dispose d'un endroit où se recueillir.

« C'est très gentil à toi de l'aider », fit remarquer Alice.

Frances lui répondit par une moue, comme si ce n'était vraiment pas grand-chose.

« Tu as toujours été le pilier de Saint-Gabriel, Alice, il faut bien que quelqu'un épaule Oliver pendant ton absence. Dieu sait si la paroisse en a besoin. »

Evangeline la regarda fixement. Elle trouvait que Frances constituait une remplaçante très peu crédible pour Alice, mais Oliver et elle étaient tout le temps fourrés ensemble depuis quelque temps, et quand ce n'était pas le cas ils se cherchaient. Tiens donc.

« Enfin bref, comme tu nous quittes, ma belle, j'ai un petit cadeau pour toi, annonça Frances pour changer de sujet. Tu vas faire des tas de rencontres à Londres. Et si d'aventure tu trouves chaussure à ton pied, tu auras besoin de ça. »

Elle tendit à Alice le vanity-case en crocodile avec lequel elle avait débarqué à Crowmarsh Priors, il y avait si longtemps de cela.

« Oh ! *Frances…* », répondit Alice, le souffle coupé. Elle l'observa sous toutes les coutures, puis ouvrit le fermoir. Elle n'avait jamais vu – et encore moins possédé – quelque chose d'aussi raffiné. L'intérieur était encore plus beau que l'extérieur. Elle y découvrit une brosse et son peigne, une trousse de manucure, un nécessaire à couture, un poudrier en argent avec sa houppe, des supports pour pouvoir glisser trois rouges à lèvres, deux flacons en cristal à moitié remplis de *Vol de Nuit*. Il y avait également une brosse à dents au manche en nacre, une petite boîte pour le dentifrice en poudre, un tiroir capitonné où glisser ses bijoux, un mouchoir bordé de dentelle. Elle pouvait même s'admirer dans un miroir qui pivotait à l'arrière grâce à un ingénieux système.

« Mais je n'ai jamais rien eu d'aussi beau ! Quand je mourrai, on trouvera ton nécessaire et on dira que… que j'avais… une amie…

— Allez, ce n'est pas le moment d'avoir le bourdon. Interdit de pleurer, ma belle ! Je sens que tu vas rencontrer un homme merveilleux, et ce nécessaire te sera utile pour ton voyage de noces. Par contre, il faut nous promettre de tout raconter quand ça t'arrivera. »

Après le départ d'Alice, elles finirent le vin tout en contemplant le feu de cheminée.

« Oliver, fit Evangeline au bout d'un moment. Tu es amoureuse de lui, n'est-ce pas ? »

Si tu dois mentir, reste le plus près possible de la vérité.

« Oui. Je sais ce que tu penses, ça n'a pas de sens, mais... Personne ne doit savoir, Evangeline. C'est un secret, et ça doit le rester.

— Je sais garder un secret. Tu n'imagines pas à quel point.

— Alors si tu es mon amie, garde-le pour toi et s'il te plaît, ne me pose pas de questions. Mais si quelque chose devait m'arriver – si une bombe devait me tomber sur le coin du nez – j'aimerais que tu me promettes de t'occuper de lui. Il a, je veux dire, il a laissé entendre qu'il avait un problème cardiaque. On ne dirait pas, mais il faut me croire.

— Je te le promets, Frances.

— Cette fichue guerre n'en finit plus, pas vrai ? »

32

Londres, août 1944

Toute la journée Alice avait lutté pour se ressaisir, mais en son for intérieur elle savait que la bataille était perdue d'avance. Elle s'était levée du pied gauche ce matin-là, et pour ne rien arranger il faisait humide et anormalement froid pour la saison. Elle avait été incapable de se concentrer, comme si l'air autour d'elle l'oppressait et l'entravait dans ses mouvements. Elle se sentait énervée sans savoir pourquoi et rêvait d'être ailleurs, là où tout ne serait pas gris, sale et dangereux. Un endroit où le soleil brillerait et où elle pourrait prendre un bain digne de ce nom, au lieu de devoir se passer un gant à la hâte sur le corps, dans une salle de bains à la fenêtre cassée.

Dieu merci, cette fichue journée était bientôt terminée – mais immanquablement, elle serait suivie d'une autre, tout aussi monotone. Elle s'appliqua à disposer les gâteaux secs en cercles réguliers sur le plat ébréché. Puis elle remit de l'ordre dans les tasses et attendit que la fontaine à thé chauffe, tout en se demandant ce qui lui avait pris de se porter volontaire pour organiser la fête de la paroisse, alors qu'elle détestait ces soirées et aurait préféré aller se coucher. Plus jamais, se promit-elle.

Tout à coup, l'un des redoutables V2 allemands passa en hurlant au-dessus de leurs têtes. Le bruit sinistre couvrit celui du gramophone, les conversations s'arrêtèrent et dans la salle, les invités se figèrent. Il n'y avait pas eu de sirène, et il était bien trop tard pour courir aux abris. Mais tant qu'on l'entendait, tout allait bien. Le véritable danger c'était de ne pas l'entendre, car cela signifiait qu'on était directement dans la ligne de mire du missile.

« Sous les tables, vite! » cria Alice au moment de l'impact. Un autre suivit, explosant non loin de là. Sans doute visaient-ils la gare de Paddington. Le troisième arriva aussitôt mais brusquement le bruit cessa, et un bout de plafond s'effondra dans un son mat. Ils furent plongés dans le noir. Accroupie sous la desserte, Alice ferma les yeux et aussitôt lui revint en mémoire le garçonnet fauché dans la rue, la veille. Elle l'avait pris dans ses bras pour demander aux survivants hébétés si quelqu'un le connaissait, comment il s'appelait. Personne ne savait. Elle n'avait pas montré ses émotions : elle avait simplement déposé le petit cadavre à l'arrière de l'ambulance, puis était retournée voir des gens qui n'avaient plus de toit pour leur indiquer un endroit où trouver un temps refuge, et prendre un repas chaud.

Quand le raid se termina enfin, la salle était jonchée de morceaux de plâtre et de bris de verre et les gens demandaient à leurs voisins s'ils allaient bien. Quelqu'un alluma une torche électrique. La fontaine à thé gisait dans une flaque d'eau, au milieu de tasses en miettes. Les tringles des rideaux étaient de travers, et à travers les vitres cassées, ils repérèrent le faisceau des projecteurs dans le ciel.

« Éteignez cette torche! » ordonna une voix, et le petit rayon de lumière disparut.

Alice avait la gorge comme tapissée de poussière, et fut prise d'une violente quinte de toux. Elle n'aurait su dire comment, mais le grand G.I. qui discutait avec le révérend cinq minutes plus tôt venait de lui passer un bras autour des épaules et l'aidait à se relever.

Seulement, Alice n'était pas certaine de tenir debout. Elle se sentait si faible qu'elle avait envie de s'écrouler en un petit tas à ses pieds. Elle sentit des larmes lui piquer les yeux. *On ne pleure pas*, se secoua-t-elle. Ça ne se faisait pas quand on représentait le Service Volontaire Féminin. Alice devait montrer l'exemple – « *garder son calme et continuer* », comme disaient les affiches placardées partout. Elle était simplement fatiguée, marmonna-t-elle à l'aviateur. Ils l'étaient tous – Ellen, Judy, le révérend. Soudain, elle songea combien c'était agréable d'être soutenue par une main grande et ferme. Elle tremblait de tous ses membres.

« Vous êtes la première Anglaise que je rencontre capable de citer la Bible », lui dit-il à l'oreille.

Vu le nombre impressionnant de dents blanches qu'Alice devinait dans la pénombre, elle comprit qu'il souriait. Il avait une curieuse façon de parler, comme s'il n'était pas spécialement pressé de dire ce qu'il avait à dire.

« Je vous demande pardon ?

— Je vous ai entendue, vous avez dit "À chaque jour suffit sa peine."

— Ah oui ? »

Sa collègue Ellen avait déjà attiré son attention sur le fait qu'elle parlait toute seule. *Je deviens une excentrique comme maman*, songea-t-elle. Cette perspective l'accablait – elle avait déjà bien assez de fardeaux à porter, avec cette guerre.

« C'est-à-dire, on l'a échappé belle ! Mais estimons-nous chanceux. Il ne faut pas oublier qu'il y a toujours moins bien loti que nous. »

Elle avait voulu opter pour un ton dynamique – alors pourquoi sa voix était-elle chevrotante, dans ce cas ? *Respire, ma fille. Tu as tenu jusque-là, il n'y a pas de raison de craquer*, se raisonna-t-elle.

« Si ces bombes étaient tombées plus près, mamzelle, on aurait été les plus mal lotis de tous », répondit-il de cette voix lente. Le ton était respectueux, mais son bras restait sur les épaules d'Alice. Un bras puissant, réconfortant. Alice se sentait toujours faible et décida de demeurer ainsi un instant de plus, le temps de rassembler ses esprits. Seulement, les frissons refusaient de s'arrêter.

L'homme l'attira à lui pour de bon, et la serra fort.

« Tout va bien, lui dit-il. Vous êtes quelqu'un, vous, les Anglais. Ces V2 m'ont flanqué une trouille bleue, et je suis dans l'armée de l'air. Mais vous, vous êtes une fille, et les filles, elles ont bien le droit d'avoir peur. Je parie que vous avez subi ça un tas de fois depuis le début de la guerre, et encore aujourd'hui vous essayez de faire comme si tout était normal. Sauf que ça ne l'est pas. Mais plus d'inquiétude, tout va bien maintenant. »

Les tremblements cessèrent enfin, et Alice commença à apprécier pleinement la chaleur et la musculature de l'homme qui l'enlaçait. Elle se rappela que les Américains avaient une réputation déplorable, et qu'elle ne devrait pas encourager ses avances. Il était sans doute marié de toute façon. D'abord Richard, maintenant cet homme… Ils étaient tous mariés. Refusant de s'apitoyer sur son sort, Alice soupira et commença à ôter les bris de verre qu'elle avait dans les cheveux. Lorsqu'elle renifla, quelque chose éclaboussa sa veste.

« Vous saignez, attendez. »

Il sortit un mouchoir de sa poche et le plaqua sur le nez d'Alice.

Ce n'est rien, une égratignure – on ne peut pas exactement dire que je suis une blessée de guerre, avait-elle envie de rétorquer. À la place, elle fit d'une petite voix :

« Merci. Oh, non !… J'ai mis du sang sur votre uniforme. »

Elle ne savait plus où se mettre. Pourquoi fallait-il qu'elle gaffe toujours au pire moment ? Cela faisait si longtemps qu'elle n'avait pas bavardé avec un homme séduisant.

Le sourire de l'Américain s'agrandit.

« Ce n'est rien. Pleurez un bon coup, si ça vous dit. Allez-y, j'ai l'habitude. Les femmes se sentent toujours mieux, après. En tout cas, c'est ce que disent mes sœurs. Et j'en ai cinq. À la maison, il y en avait toujours une qui se trimballait un mouchoir à la main. Au fait, je m'appelle Joe Lightfoot. US Air Force. »

Il trempa un coin du tissu dans la flaque d'eau sous la fontaine à thé, et le redonna à Alice.

« Et vous ?

— Oui, euh…, merci, bredouilla-t-elle tout en se tamponnant le nez et les yeux discrètement. Alice Osbourne, enchantée. Je fais partie du WVS, le Service Volontaire Féminin. Vous êtes en Angleterre depuis longtemps ?

— Ça fait six mois. Je pilote un bombardier. On m'a envoyé plusieurs fois en mission au-dessus de l'Allemagne, et j'ai aussi été appelé en renfort pour le débarquement en Normandie. J'ai pas chômé, croyez-moi. On m'a donné une permission pour le week-end, alors je me suis dit que je ferais mieux de visiter Londres. Mais les trains, alors, ils sont carrément bondés. Et puis j'arrive ici, et tout est si noir et déprimant. Je me demandais bien ce que j'allais faire quand j'ai vu un petit panneau qui annonçait la fête de la paroisse, avec "militaires bienvenus" écrit en dessous. Ça faisait un moment que je vous observais, sans cesse à vous affairer, à arranger le buffet comme si c'était vous la chef. Votre paroisse, je suppose ?

— On peut dire ça, oui, maintenant que je vis à Londres. Je viens aider de temps en temps. »

Il l'avait *observée* ? Consternée, Alice brossa son uniforme comme elle put. Elle devait avoir une mine affreuse. Ce n'était peut-être pas plus mal qu'il y ait une coupure de courant. Pourquoi, oh, pourquoi avait-il fallu qu'elle oublie de mettre du rouge à lèvres ? Cela faisait des jours qu'elle n'avait pas pris de bain. Et puis, n'était-elle pas fichue de trouver quelque chose d'intéressant à dire, quand même ? Machinalement, elle embraya sur le sujet qu'elle connaissait le mieux.

« Mon père est venu ici après son ordination. Ensuite, on lui a donné une paroisse à la campagne, où j'ai…

— Votre papa, il était quoi ?

— Révérend.

— Alors comme ça, Alice, vous êtes fille de pasteur ! Figurez-vous que moi aussi je viens d'une famille croyante, où tous les fils aînés sont baptisés pareil. Mon nom complet c'est Joseph Lee Lightfoot, quatrième du nom. Je ne sais pas de quelle confession vous êtes, mais par chez nous on est baptistes. De la Convention baptiste du Sud, même. Vu que vous êtes pratiquante, je me dis qu'il vaut mieux le préciser tout de suite, comme ça, on peut passer à autre chose. »

Alice n'avait jamais entendu parler de la Convention baptiste.

« Ah oui ?

— Ça va mieux, on dirait ? Bon, alors je continue. Moi aussi je débarque de ma campagne, une bourgade qui s'appelle Goshen. C'est en Géorgie, à cent cinquante kilomètres d'Atlanta. Vous avez entendu parler d'Atlanta, n'est-ce pas ? »

Alice hocha la tête. Elle aurait été bien embêtée si on lui avait demandé de placer la ville sur une carte.

« Ma famille a une ferme là-bas, ça fait un bail, on l'avait déjà avant la guerre de Sécession. Papa a développé ses activités en ouvrant des magasins où il vend de la nourriture pour bétail et du matériel, une sorte de supermarché agricole, si vous préférez. Quand on m'a envoyé ici, on venait d'inaugurer le dixième, vous vous rendez compte ? À mon retour, il aimerait que je dirige l'entreprise avec lui, vu que je suis le seul garçon de la fratrie. En échange, il a promis de me donner une centaine d'hectares pour construire une maison. »

Qu'est-ce qu'un « supermarché » pouvait bien être, s'interrogea Alice ? Et quelle superficie fallait-il posséder pour donner cent hectares de terres à son fils ? Juste pour une maison ? Elle se demandait bien à quoi ressemblait l'Amérique.

« Excusez-moi, j'ai un peu faim. Je suppose que les gâteaux secs n'ont pas survécu ? Je n'ai pas déjeuné, et la tête me tourne. Je suis beaucoup plus calme, d'habitude.

— Ça, j'en aurais mis ma main à couper. Voyons voir, ils n'ont pas l'air trop sales dans ce plat. Prenez-en un. »

Il lui tendit des biscuits qui avaient connu des jours meilleurs, mais Alice se servit quand même, et tant pis s'ils avaient un goût de plâtre : elle était affamée.

« C'est dommage qu'il soit trop tard pour aller au club des officiers. Il est fermé à cette heure-ci, et la plupart des restaurants aussi. Vous habitez le quartier ? Je me disais qu'on pourrait dîner ensemble demain. Enfin, si vous êtes libre. »

Alice ne répondit pas, occupée comme elle l'était à mâchonner.

« Ils font des bons biftecks au club des officiers, je vous assure. Vous êtes dans le coin, sinon ? »

Des *biftecks* ? Alice crut bien défaillir. Cela faisait des années qu'elle n'avait pas mangé de bœuf, hormis le hachis suspect du boucher.

« J'habite tout près, effectivement. Enfin, si la maison est encore là. Je suis logée chez deux vieilles filles qui sont très à cheval sur les règles, quand il s'agit de visiteurs. »

Soudain, Alice songea qu'elle allait bientôt fêter ses vingt-huit ans et qu'elle avait vécu la majeure partie de sa vie avec des femmes plus âgées, en commençant par sa mère. Elle ne savait pas quoi répondre, au juste. Devrait-elle accepter son invitation à dîner ? Il avait l'air gentil, seulement les G.I. étaient connus pour s'attirer les grâces des filles à grand renfort de clins d'œil et de cigarettes. Elle ne voudrait surtout pas qu'il se méprenne sur elle… Mais elle ne voulait pas l'éconduire non plus.

« Ça oui, elles sont strictes pour les visiteurs », reprit-elle sans conviction.

Joe s'esclaffa.

« Pas de problème, je sais comment peuvent être les vieilles dames. Il y en a un tas, à Goshen. Ça ne m'empêchera pas de vous raccompagner. Elles ne vont quand même pas râler pour ça, et puis, dit-il en lui prenant la main, il faut bien que je sache où passer vous prendre demain, si je veux vous emmener dîner. J'aimerais bien vous voir à la lumière, histoire de vérifier que vous êtes aussi jolie que dans mon souvenir. Mon père dit toujours que tant qu'on trouve un beau brin de fille et qu'elle connaît la Bible, c'est le principal. »

Alice retint son souffle. Jolie ? *Mon Dieu, faites que je n'aie pas la figure trop crasseuse.*

« Mais je…, répondit-elle, troublée. En fait, il faudrait que j'aide à ranger… »

À l'autre bout de la salle, Judy et Ellen lui lançaient des regards mauvais tout en balayant.

« Oh, allez ! On s'éclipse. Je parie que vous débarrassez tout le temps. »

De sa poigne ferme, il l'entraîna dehors. Elle ne protesta pas : il avait raison, la plupart des soirs elle restait pour aider, et elle n'était pas mécontente d'y échapper pour une fois.

Dans la rue ils constatèrent que des bureaux et un magasin de vêtements avaient été détruits, et non loin de là un immeuble d'habitation était la proie des flammes. Ils commencèrent à avancer, naviguant entre les lances d'incendie et les décombres. Par endroits le sol était glissant, et Alice faillit bien tomber en trébuchant.

« Permettez », dit Joe. Elle n'eut pas le temps de comprendre ce qui lui arrivait : il la souleva du sol et en quelques enjambées l'emmena en sécurité sur le trottoir d'en face. Elle lui mit les bras autour du cou par précaution. Quelle soirée, mes aïeux ! Elle finit par dire :

« Vous pouvez me reposer, merci. Mes logeuses habitent juste au coin, à côté de la gargote qui vend des *fish and chips.* »

Il s'exécuta, mais Alice était curieusement réticente à l'idée de s'écarter.

« Le *fish and chips*, c'est du poisson frit avec des frites, c'est ça ? Vous croyez qu'ils sont ouverts ? Dans cette obscurité, c'est dur à dire.

— À l'odeur, je dirais que oui.

— Dans ce cas, allons-y. Vous n'avez rien dans le ventre, et ça m'embêterait que vous tombiez dans les pommes. »

Dix minutes plus tard, ils avaient les mains pleines de papier journal graisseux et Joe cherchait un endroit où s'asseoir.

« Vous êtes obligée de rentrer ? On pourrait s'installer sur ce banc pour manger, qu'en dites-vous ? Vous n'aurez pas froid ?

— Non, ça ira », répliqua-t-elle, sur ses gardes. Elle tendit l'oreille. Derrière eux, le square obscur n'était qu'une masse informe d'arbres et de buissons, mais elle n'était pas sans savoir que c'était le lieu de prédilection des jeunes amoureux et des prostituées. Et même si Joe avait décidément l'air *très* gentil, Alice ne tenait pas à ce qu'il se fasse « des idées ». C'était bien ça ? Elle n'était plus très sûre, tout à coup. Et puis que ferait-elle si, malgré tout, il s'en faisait ?

Ils se jetèrent sur la nourriture. Joe se plaignit qu'il aurait bien aimé mettre du « ketchup » dessus, mais Alice ne savait pas ce que c'était et puis de toute façon, leurs portions avaient déjà été arrosées de sel et de vinaigre.

« Désolée, pas de ketchup. »

Leur festin terminé, ils se sentaient tous deux beaucoup mieux. Joe lui remit un bras autour des épaules et ils restèrent comme ça, sans rien dire, pendant un moment. Aucun bruit ne provenait des buissons – *Je peux remercier les V2 allemands*, songea-t-elle – et elle se détendit. Elle se surprit même à sourire dans la pénombre.

« Et puis d'abord, c'est quoi le ketchup ? »

Joe éclata de rire.

« De la sauce tomate. »

Il avait une curieuse façon de prononcer ses « *o* ».

« Ah ! je ne pourrais pas vivre sans. Tout le monde en mange, en Amérique ! conclut-il avant de lever la tête. Tiens, les étoiles sont de sortie, ce soir – mais il y en a quand même beaucoup moins qu'à la maison. Si vous saviez comme ça me manque, les bruits de la nuit, aussi. Les cris des animaux, les chiens, les hiboux… les grillons. Et vous, ça ne vous manque pas de vivre à la campagne ?

— Je n'aurais pas cru, mais si. Quand ma mère est morte, il ne me tardait qu'une chose : partir loin de mon village pour travailler. J'étais institutrice, avant, et j'avais besoin de participer plus activement à l'effort de guerre. D'être… Oh, je ne sais pas.

— Vous êtes mariée ? lui demanda Joe de but en blanc. Ou bien fiancée, ou même juste amoureuse d'un gars dans l'armée ?

— Eh bien, je… ». *Oh et puis zut, à quoi bon tourner autour du pot !*

« Non, je ne suis pas mariée. J'aurais dû l'être mais l'homme que j'aimais est parti en Amérique, et à son retour il en avait épousé une autre. Autant dire que je suis tombée de haut, et que ça n'a pas été facile à digérer. D'ailleurs, c'est mon ex-belle-mère qui m'a trouvé ce poste au Service Volontaire Féminin. Voilà, vous savez tout.

— C'est un signe, commenta-t-il en accentuant son étreinte autour des épaules d'Alice. Ça veut dire qu'on était destinés à se rencontrer. J'ai bien vu que vous hésitiez pour le dîner de demain, et je me demandais s'il y avait un homme dans votre vie. Pour information, précisa-t-il en s'approchant toujours plus près, je ne suis pas marié non plus. Mais ça me plairait sacrément, et cette foutue guerre aura au moins eu l'intérêt de me le faire comprendre. Chaque fois que je grimpe en avion je me dis, “Cette fois, mon vieux, peut-être que tu ne rentreras pas”. Quand je pense à tous les copains qui sont tombés. Je ne veux pas mourir sans connaître le bonheur d'avoir une femme, et au moins un enfant. Oui, parce que là d'où je viens, les deux vont de pair. Alors vous comprenez, quand je suis tombé sur une belle plante comme vous, une fille croyante et qui en prime a des jambes immenses, j'ai pensé que c'était une façon pour le Seigneur de me dire, “Fonce, Joe, c'est la bonne…” »

À force d'approcher, il avait le visage tout contre celui d'Alice. Elle eut envie de répondre qu'il allait un peu vite en besogne, mais quelque chose lui dit de se taire, de fermer les yeux et *surtout* de ne pas bouger. Joe l'embrassa. C'était un baiser très convenable, qui l'autorisait à s'écarter si tel était son souhait – et en même temps, l'Américain ne plaisantait clairement pas. Alice fut bientôt à bout de souffle, et elle se demanda si elle allait passer pour une dévergondée car, bizarrement, elle n'arrivait pas à décoller les lèvres de celles de Joe.

Plusieurs heures après, un préposé à la défense passive passa devant le banc où Alice et Joe étaient toujours assis. Ils étaient visiblement très à l'aise, blottis l'un contre l'autre. Ils riaient, se tenaient la main – deux tourtereaux, visiblement. Il vit la fille bâiller et l'entendit dire :

« Bon, rendez-vous à vingt heures ici. Il faut vraiment que j'y aille. »

Sauf qu'elle ne bougea pas.

Le préposé fatigué releva son col et sourit pour la première fois ce jour-là. *Je vous souhaite bonne chance*, songea-t-il, *et à nous tous aussi, tiens.*

Trois jours après, un lundi, le téléphone sonna dans le hall d'entrée de la maison Fairfax.

« Evangeline ? C'est Alice. Je ne peux pas te parler longtemps, mais tu ne devineras jamais. Je me marie !… Oui, merci. Dans une semaine tout juste… Un pilote américain… C'est arrivé si vite… Oui, de Géorgie, et c'est là où je vais vivre après la guerre. Tu connais ? Il faut absolument que tu me montres où c'est sur une carte la prochaine fois qu'on se voit… Si tu savais, je suis sur un petit nuage… Quoi ? Que dis-tu ? Je ne t'entends pas bien, Evangeline… Gracecourt Hall réduit en cendres ? Dimanche dernier ? Mon Dieu, encore un bombardement ? Oh, c'est la faute de la cuisinière !… Je te parie qu'elle est allée voir sa sœur à Brighton et qu'elle a oublié une marmite sur le poêle… Sir Leander est mort ! Quelle horreur. Et Hugo ?… Je vois. Oui bien sûr, je lui écrirai à l'hôpital. J'ai du mal à le croire. Je compte sur toi pour prévenir Frances, d'accord ? Je n'arrête pas de l'appeler, mais ça ne répond pas… Ah, elle est encore à Londres ? Tu ne l'as pas revue depuis l'incendie ?… Bon, quand elle reviendra, s'il te plaît, dis-lui qu'elle avait raison pour le vanity-case. Je l'emmène en voyage de noces, et je penserai bien à elle. Au revoir, Evangeline. »

Alice raccrocha. Ras-le-bol des mauvaises nouvelles ! Elle redressa les épaules. Il ne lui tardait qu'une chose, épouser Joe et partir en Amérique. Elle allait recommencer à zéro dans un pays où on n'arrêtait pas le progrès, où on allait à la Convention baptiste au lieu de l'église, où les gens prononçaient les mots bizarrement et achetaient du Coca-Cola dans des supermarchés. Joe commençait déjà à lui demander le genre de maison qu'elle aimerait, et à parler d'un descendant. Au doigt, elle avait une magnifique bague de fiançailles. Elle songea à son futur mari et sourit de contentement. Elle était jolie quand elle souriait.

33

Crowmarsh Priors, 8 mai 1995

À la chaîne de télé, les commentaires étaient allés bon train lorsque Katie Hamilton-Jones avait été promue du jour au lendemain, passant de documentaliste à présentatrice d'« *Au cœur de l'Angleterre* », l'émission spéciale sur le cinquantième anniversaire de la victoire du 8 mai 1945. Les moins aimables concernaient son jeune âge, la longueur très peu appropriée de ses jupes, sa façon théâtrale de rejeter ses cheveux en arrière, les contacts que son père avait avec la direction de la chaîne, ou encore la rumeur selon laquelle elle coucherait avec le producteur de l'émission. L'ambitieuse Katie les avait superbement ignorés ; elle était aux anges.

Mais le jour J, sa confiance s'était volatilisée et elle faisait les cent pas, fébrile, sur la place d'un village nommé Crowmarsh Priors. Soudain, ses notes se brouillaient devant ses yeux et ne voulaient plus rien dire. Elle sentait ses genoux se dérober sous elle. Elle avait le trac.

Pendant que son équipe installait le matériel, elle tenta de se calmer en prenant de profondes inspirations. Puis elle fit le tour de la place à la recherche des meilleurs angles pour les prises de vues et en discuta avec le studio. Elle voulait qu'on voie les vieux cottages avec leurs toits bas et leurs jardins coquets, le petit manoir du XVIIIe reconverti en maison de repos pendant la guerre, et, en face, les maisons de style géorgien, l'église romane ainsi que le pub, avec ses pots de fleurs en suspension aux couleurs du drapeau britannique.

La petite route sinueuse menant au village, où une seule voiture pouvait passer à la fois, disparaissait derrière les haies par endroits. Tout de suite après, c'étaient les fameuses collines du Sussex, et les moutons qui formaient comme des points blancs dans tout ce vert. En se débrouillant bien, les caméras pouvaient éviter la rangée de maisons mitoyennes moches qui dataient des années 1960 et bouchaient la vue derrière le pub. Ainsi, les téléspectateurs auraient sous leurs yeux le village pittoresque d'il y a cinquante ans.

« Un, deux. Tu m'entends, Simon ? dit-elle dans l'oreillette pour la énième fois.

— T'inquiète, si tu es coincée, on t'aidera, répondit Simon. C'est à toi dans cinq, quatre, trois… »

Oh là là ! On respire. On sourit. On est pro.

« Bonjour et bienvenue à notre émission spéciale, *Au cœur de l'Angleterre* ! Aujourd'hui est un jour particulier, puisque la nation tout entière commémore la victoire des Alliés contre l'Allemagne nazie, à l'occasion du cinquantième anniversaire du 8 mai 1945. Je m'appelle Katie Hamilton-Jones, vous regardez Albion Television, et nous espérons que vous resterez avec nous tout au long de cette journée pour une émission en direct de Crowmarsh Priors, dans le Sussex. »

Elle indiqua le village derrière elle à grand renfort de gestes de la main.

« Arrête de gesticuler », grondèrent Simon et le réalisateur en même temps dans son oreillette.

Paniquée, Katie empoigna le micro des deux mains et poursuivit :

« Si Londres est le poumon économique de la Grande-Bretagne, les bourgades telles que Crowmarsh Priors en sont l'âme. Aujourd'hui, avec le chant des oiseaux et les moutons en train de brouter dans les collines derrière moi, ce paisible village du Sussex a des allures de carte postale. Voyez cette jolie place, ce pub typique et ces cottages, ils sont encore plus beaux par une belle matinée de printemps, n'est-ce pas ? Et pourtant, le 3 septembre 1939, pour les habitants d'innombrables villages comme celui-ci, à travers l'Angleterre, le réveil fut brutal. La guerre venait d'être déclarée avec l'Allemagne.

» Dans l'émission d'aujourd'hui, nous allons rendre hommage aux Britanniques qui ont vécu l'un des moments les plus sombres de l'Histoire mondiale. Le 8 mai 1945 marque la fin d'une période terrible pour toute l'Europe, et en ce cinquantième anniversaire, je peux vous dire que l'instant est solennel. Ainsi, nous allons suivre un office célébré en l'église du village, comme tant d'autres dans le pays. Plus tard, il y aura une grande fête sur la place du village, et nous aurons l'occasion de parler à des hommes et des femmes qui vivaient à Crowmarsh Priors pendant la guerre. »

Ça se passait plutôt bien, Katie avait retrouvé son assurance. Si elle arrivait à se remettre en selle aussi facilement, peut-être qu'elle aurait dû tenter l'examen du barreau, finalement. Une pause pour rejeter ses cheveux en arrière, puis elle parla directement à la caméra. Elle espérait bien que les amies de sa mère étaient devant leur télé en ce moment.

« Chers téléspectateurs, des invités exceptionnels ont accepté d'évoquer leurs souvenirs avec nous, comme des anciens membres de la fameuse *Home Guard*, ou encore des résidents de la Maison de Convalescence "Princesse Élizabeth", qui se trouvait ici même, à Crowmarsh Priors. Vous voyez cette belle maison là-bas, eh bien elle a été réquisitionnée par le ministère de la Guerre en 1941, à la mort de sa propriétaire, pour en faire un lieu où les soldats blessés pouvaient venir se rétablir. » Toutefois, l'émission d'aujourd'hui va surtout s'intéresser aux femmes, et au rôle crucial qu'elles ont joué pendant la guerre. Quand on y pense, on entend rarement parler de ces femmes qui ont continué à s'occuper du foyer tout en participant au même titre que les hommes à l'effort de guerre. Ces femmes, qui étaient des épouses, des filles, des sœurs et des mères, avaient toutes un être cher parti au front. Au quotidien, elles devaient se préparer pour une invasion allemande qui, je vous le rappelle, était sur toutes les lèvres à l'époque. Malgré tout, elles sont restées calmes, ont gardé le sourire et ont fait leur part de travail, tout en élevant les enfants seules et en étant les piliers de leur communauté. Nous souhaitions rendre hommage à ces héroïnes méconnues, et nous avons choisi de vous parler plus spécialement de quatre femmes qui vivaient ici même, à Crowmarsh Priors.

» Ces quatre femmes, qui étaient très jeunes à l'époque, sont devenues des épouses et parfois des mères, alors même que le Blitz faisait rage. Leur destin a été transformé par cette guerre, et l'adversité les a rapprochées, avant de les séparer. Aujourd'hui, elles sont réunies pour la première fois depuis plus de cinquante ans, et nous allons leur demander d'évoquer leurs souvenirs et l'impact que la guerre a eu sur leur vie. Je prends le pari que cela va rappeler des choses à beaucoup de nos téléspectatrices. »

Derrière Katie, une Mercedes argentée entra dans le champ de la caméra, tourna brusquement sur la place et se gara en épi. L'instant d'après, une femme sortait côté conducteur et claquait sauvagement la portière. Le cameraman zooma sur elle : un certain âge, petite et bien en chair, mais vêtue d'une superbe robe en soie à fleurs violettes, avec collants et escarpins assortis. Sa généreuse poitrine était rehaussée d'une aigrette de diamants et d'un collier de perles. Elle ouvrit la portière arrière de la berline pour en sortir un chapeau à larges bords, une pochette et des gants en cuir, le tout dans les mêmes tons.

Le cadreur indiqua à voix basse :

« C'est Lady Je-ne-sais-quoi, celle qui a casqué pour qu'on vienne filmer son patelin. Elle est pleine aux as. »

Katie se tourna discrètement pour regarder la vieille dame qui ressemblait à la reine mère dans cette tenue et donnait l'impression d'être là pour inaugurer quelque chose.

« Notre première invitée est arrivée ! s'extasia-t-elle. Il s'agit de Lady Carpenter, veuve de Sir Bernard Carpenter. C'était la plus jeune de la bande à l'époque, et c'est grâce à sa générosité que l'église Saint-Gabriel a pu être restaurée et que les festivités ont lieu ici aujourd'hui. Si elle arrive de bon matin, c'est certainement pour s'assurer que tout est en place en ce jour particulier, ce jour très, très particulier… parce que c'est elle qui, euh… les préparatifs… euh… »

Merde ! Elle était en train de tout faire foirer. En studio, c'était la panique.

« Du calme, Katie, lui ordonna Simon dans l'oreillette. Continue, parle de l'église, et surtout… reste cool. »

Heureusement pour eux, la jeune journaliste avait l'esprit vif.

« À propos de Lady Carpenter et de l'église, que vous pouvez admirer derrière moi, se ressaisit-elle tandis que la caméra faisait un plan large, j'ai une anecdote à vous raconter. Elsie Pigeon était une jeune fille de dix-sept ans lorsqu'elle a épousé Bernard Carpenter ici même, en 1942. Quelques mois seulement après leur mariage, l'église a été fortement endommagée dans un bombardement, et depuis, elle était fermée. Lorsque son mari, Sir Bernard, a pris sa retraite, il s'est consacré pleinement à son hobby, l'histoire de la Seconde Guerre mondiale. Dans toutes les interviews qu'on a de lui, il se souvient avec beaucoup de tendresse du temps passé à Crowmarsh Priors dans sa jeunesse. À sa mort il y a deux ans, Lady Carpenter a appris qu'un projet immobilier menaçait l'église en ruine. Alors, elle a décidé de la faire reconstruire en souvenir de son mari. »

Il faut savoir que l'église et le village ont une histoire fascinante qui remonte au Moyen Âge. Tous deux sont étroitement liés à la famille De Balfort, dont l'ancêtre, le chevalier Giles de Balfort, s'est vu attribuer un fief sur les côtes du Sussex par Guillaume le Conquérant. En son honneur, le chevalier a fait construire un monastère et une forteresse pour le défendre. Ces édifices ont depuis disparu, mais ce qui est incroyable, c'est que les terres sont restées la propriété de la famille De Balfort jusqu'à aujourd'hui. Le dernier descendant vit encore au village, et nous espérons pouvoir lui parler.

» Jusqu'à ce qu'elle soit détruite pendant la guerre, la demeure ancestrale des De Balfort était Gracecourt Hall, un château datant d'Élizabeth Ire. À l'époque, leur fortune provenait du commerce de la laine, d'un certain nombre de mariages avec les familles les plus puissantes d'Angleterre et même, à en croire certaines rumeurs, de la contrebande, qui a prospéré pendant près de trois siècles sur les côtes du Sussex. Lady Carpenter a eu la gentillesse de nous prêter ces photos de Gracecourt datant de l'âge d'or des années 1930. Vous devriez les voir à l'écran en ce moment.

» Comme beaucoup d'aristocrates à l'époque, les hommes de la famille faisaient ce qu'on appelle le "Grand Tour", un long voyage en Europe qui venait compléter leur éducation et leur permettait de rapporter des trésors de leurs périples. C'est ainsi qu'avec le temps, la famille De Balfort s'est constitué une splendide collection de tableaux, meubles, tapisseries, argenterie, dont vous voyez quelques exemples sur les photos. Le château était également un passage obligé pour le gratin de l'époque. Imaginez des parties de chasse au faisan en hiver, des grands bals en été, des dîners somptueux. À l'écran, vous voyez la pelouse uniquement réservée aux parties de croquet, et à l'arrière-plan, un pique-nique… Voici à présent les courts de tennis, la pagode chinoise – très en vogue à l'époque – et ici nous avons le jardin aquatique, dessiné par un célèbre paysagiste allemand qui a eu l'idée de construire une série de bassins rectangulaires communiquant entre eux grâce à un ingénieux mécanisme. Malheureusement, la maison et ses trésors ont été détruits dans un incendie, à la fin de la guerre.

— Attention, tu te répètes ! Reviens à aujourd'hui, lui conseilla Simon. Va interviewer Lady Carpenter, tiens. »

Le cadreur suivit Katie quand elle se dirigea vers la Mercedes, tout en regardant l'objectif par-dessus son épaule.

« Mais revenons à l'histoire des époux Carpenter et de cette ravissante petite église… »

L'intéressée ignorait qu'une caméra de télévision venait droit sur elle, car elle était occupée à extraire du siège passager un jeune homme en chemise à rayures, blazer bleu marine et cravate rouge.

« Pour l'amour du ciel, Graham ! » le rembarra-t-elle. L'accent cockney de sa jeunesse avait disparu, mais pas sa verve.

Son petit-fils, un agent immobilier à qui tout réussissait – et accessoirement un fêtard invétéré – avait une gueule de bois monumentale, conséquence directe de l'enterrement de vie de garçon auquel il était invité la veille. Avachi sur son siège, le teint cireux et nauséeux, il regrettait amèrement d'avoir proposé à sa mamie de l'accompagner. Son défunt grand-père se targuait d'aimer les voitures autant que les femmes, et il en avait accumulé un certain nombre dans son immense garage. Seulement elles étaient surtout pour Elsie qui adorait conduire même si elle devenait folle quand elle prenait le volant. Elle ne se lassait pas de raconter à sa famille qu'elle avait même conduit un tracteur, pendant la guerre. Bernie était ravi d'être réduit au rôle de passager, et se contentait de suggérer de temps en temps qu'elle lâche l'accélérateur, tout en tirant une bouffée de cigare cubain hors de prix. Encore maintenant, l'odeur imprégnait l'habitacle.

Sauf que quand on n'est pas papi, songea Graham, *conduire avec mamie a de quoi vous donner un arrêt cardiaque, surtout si elle est pressée*. De leur passage sur l'autoroute, il se souvenait seulement d'une masse indistincte de camions dépassés à une vitesse interdite par la loi.

« Bon, ça va, maintenant. Ton grand-père ne s'est jamais plaint de ma façon de conduire. Allez, dépêche ! »

Ouais, parce que le cancer du poumon l'a emporté avant que tu le tues dans un carambolage, pensa encore Graham, mais il se garda bien de le dire tout haut. Elsie s'écarta pour le laisser passer, et elle plissa les yeux en apercevant une silhouette voûtée, en uniforme de la *Home Guard*, qui donnait le bras à une jeune fille en jupe d'été. De sa main libre elle tenait un grand panier, deux plaids et un transat. Ils s'arrêtèrent, la fille déplia le transat et installa le vieillard dedans. Elle lui mit un chapeau sur la tête et, malgré le beau temps, lui recouvrit les jambes avec un plaid.

« Nom d'une pipe, mais c'est Albert Hawthorne ! », dit Elsie. Elle regarda la fille étendre l'autre plaid par terre et balancer dessus un livre de poche, un thermos et des lunettes de soleil prises dans le panier.

« Tu veux ton thé, papi ? » demanda-t-elle d'une voix forte, le genre de voix qu'on prend pour parler à un sourd. Le vieillard hocha la tête.

Graham suivit le regard de sa grand-mère. Son portable sonna.

Elsie lui jeta un regard mauvais. C'étaient les premières notes de l'*Ode à la joie* de Beethoven, une sonnerie particulièrement agaçante.

« Désolé ! Je crois que j'ai enfin un acheteur pour cette bicoque dont on n'arrive pas à se débarrasser, expliqua-t-il en mettant la main sur le micro. Graham à l'appareil », ajouta-t-il d'une voix transformée.

Elsie sortit un poudrier pour retoucher son maquillage. Graham avait ses défauts mais ce qui était certain, c'est qu'il avait hérité du sens des affaires de Bernie. Ou plutôt de la combine.

« La villa Regent's Park ? poursuivit-il d'un ton doucereux. Ah, ravissante maison, Nash ! Oui, très chic comme quartier. Tout le monde va être impressionné à Dallas, quand vous leur direz. Mais il ne va pas falloir traîner. Ces biens sont rares, ils se vendent comme des petits pains, à cause du grand jardin… Peu commun à Londres, en effet. C'est parce qu'il y avait un canal derrière les maisons, avant… Non, il n'existe plus, votre petit dernier ne risque pas d'y tomber. Il a été comblé pendant la guerre. D'après ce qu'on m'a dit, l'eau réfléchit la lumière la nuit et les Allemands s'en servaient pour naviguer pendant le Blitz. Bien, je vous dis à lundi, dix heures… Et je vous souhaite une bonne journée. À bientôt ! »

Il mit fin à son appel.

« Cette baraque va coûter une fortune à rénover et personne n'est intéressé à part ce banquier américain qui débarque à Londres. C'est sa femme qui le pousse, parce qu'elle tient absolument à avoir un jardin et le parc à proximité. Bon, puisqu'on est en avance, je vais aller me dégourdir les jambes, voir s'il n'y aurait pas un ou deux cottages à vendre comme résidence secondaire. Je ne pige toujours pas pourquoi les gens achètent ces trucs. Qui aurait envie de passer tous ses week-ends à la campagne ? Et pourtant c'est la folie, tout le monde se les arrache.

— Regarde si tu ne vois pas Tante Agnes et Oncle Ted dans le coin, tant que tu y es », marmonna Elsie qui avait toujours la tête dans son poudrier.

Graham tourna les talons, effaré.

« Sans déconner, Mamie, t'as pas invité Ted le Rouge ! Tu sais comment il est, et Agnes est pire que lui ! Ils vont trop boire, se jeter sur la bouffe comme s'ils n'avaient pas mangé depuis un mois, et ensuite Ted va harceler les gens avec les travaillistes qui auraient soi-disant trahi la classe ouvrière. Agnes va leur casser les pieds jusqu'à ce qu'ils signent une pétition, et ils vont faire tourner les serveurs en bourrique en leur demandant s'ils sont syndiqués. J'espère bien que tu leur as interdit d'amener des tracts. Et puis le gros Trotski va…

— Ton cousin ne s'appelle pas Trotski, mais Léon, l'interrompit-elle en chassant une bestiole qui l'agaçait. Je leur ai dit pour les tracts, effectivement, mais tu connais Tante Agnes… Le message a du mal à passer. Je ne pouvais quand même pas ne pas les inviter ! Les liens du sang, tu comprends. Je le dois à M'man.

— Ouais, ben tu peux prier pour qu'ils ne déplient pas une foutue banderole devant les caméras », marmonna-t-il avant de s'éloigner.

Elsie referma son poudrier d'un coup sec. Quelque chose à propos de cette maison à Londres la turlupinait. Mais quoi ? Si seulement ça pouvait être la pièce manquante du puzzle. Après toutes les recherches que Bernie et elle avaient fait faire au détective privé…

« Je me demande… » dit-elle à voix haute. Elle écarta le micro de Katie, remonta en voiture, appela son assistante personnelle et lui demanda de se renseigner sur la maison que son petit-fils essayait de vendre, notamment sur le canal qui bordait le jardin.

Graham passa lentement devant la fille qui était venue avec le vieil Albert Hawthorne. Elle avait ôté ses ballerines et s'était allongée sur le ventre pour lire, dévoilant par inadvertance ses jambes bronzées.

Désespérée, Katie regardait autour d'elle pour trouver quelqu'un d'autre à interviewer.

Au même moment, un taxi de l'aéroport se gara derrière la berline. Elsie vérifia l'heure à sa montre en diamant, le dernier cadeau de Noël de Bernie. Il était un peu plus de dix heures. Pourvu que les autres arrivent vite. Elles avaient beaucoup à se dire. Elle prit une dernière chose sur le siège arrière, un porte-documents relié en cuir. Dehors, une femme corpulente, vêtue de noir et de sandales à lacets qui lui avaient fait gonfler les pieds, sortit péniblement du taxi. Le chauffeur l'aida, puis alla chercher sa canne dans le coffre. Ses cheveux gris s'échappaient d'un chignon fatigué, elle avait chaud et se sentait mal à l'aise. Deux ados sortirent à sa suite, un garçon en T-shirt et *kippa* et une grande brune en jean, nu-pieds et casquette. Aussitôt, ils commencèrent à se chamailler en hébreu. Mais quand leur grand-mère se dirigea lentement vers la vieille dame en violet, ils suivirent. La fille leva la tête, et Elsie laissa échapper une exclamation de surprise. Elle était le sosie de Tanni au même âge, son portrait craché.

« C'est comme dans ton souvenir, Bubbie ? »

Tanni prit le temps d'observer autour d'elle.

« Ça, c'est nouveau, dit-elle en indiquant le lotissement derrière le pub. Mais sinon, ça n'a pas changé, je crois. »

Elle se retourna vers le taxi, comme si elle se tâtait pour remonter dedans et quitter les lieux.

« Vous savez, dit-elle à moitié pour elle-même, je me rappelle certaines choses très clairement. Evangeline au jardin, en train d'arracher les légumes, le nécessaire à couture que je gardais au pied de ma chaise, dans la cuisine. Elsie et ses poisons pour rats, Alice qui passait à vélo le matin, en chemin vers l'école, Frances dans son uniforme des *Land Girls* qu'elle détestait. Et puis il y a d'autres choses dont je n'arrive pas à me souvenir. Mais la guerre… Enfin bref, conclut-elle en haussant les épaules. Elsie ! s'écria-t-elle en la voyant arriver, mains tendues.

— Tanni ! »

L'arrivée du taxi avait pris Katie de court, mais à présent, elle faisait signe au cameraman de filmer les retrouvailles des deux amies, qui allaient forcément être émouvantes.

« C'est parti, grommela le preneur de son. Sortez les mouchoirs. »

Les deux femmes se regardèrent un instant, puis se penchèrent avec raideur et s'étreignirent chaleureusement.

« Oh, Tanni ! Ça fait si longtemps !

— Elsie, ma chère Elsie ! »

Elles tanguèrent un peu, mais restèrent ainsi. Les ados étaient en retrait, ne sachant trop quoi faire. Quant au chauffeur de taxi, il avait déchargé une valise, deux sacs à dos, et filé.

« Et voici notre seconde invitée, confia Katie à la caméra. Il s'agit d'Antoinette Zayman, qui arrive d'Israël ce matin même. Juste avant la guerre elle a épousé Bruno Zayman, un brillant historien, et ensemble ils se sont établis en Angleterre. Monsieur Zayman était trop souffrant pour venir, malheureusement, alors Mme Zayman est escortée par deux de ses… douze petits-enfants ! Allons leur parler. »

Albert Hawthorne donna une tape à son accompagnatrice.

« Qu'est-ce qu'il y a, papi ? » demanda-t-elle en levant le nez de son livre. Il pointa un doigt tremblant vers la place.

« Elles étaient toutes les deux des gamines, à leur arrivée ici. C'était juste avant le début de la guerre, je m'en souviens. Elles avaient des grands yeux de lapins effarouchés. C'était la vieille Fairfax qui les avait fait venir. Il fallait toujours qu'elle se mêle des affaires des autres, celle-là. »

Sur ces entrefaites, de l'autre côté de la place, une porte en bois s'ouvrit. C'était celle du jardin de la Maison de Convalescence "Princesse Élizabeth", avec ses escaliers de secours et son double vitrage qui dénaturaient la façade XVIIIe. Une femme mince en robe rouge sortit, laissant la porte claquer derrière elle.

Katie se retourna vivement.

« Et voici notre troisième invitée, Mme Evangeline Fairfax, une Américaine qui a épousé un officier de la Marine britannique rencontré aux États-Unis en 1938. Elle sort en ce moment même de l'ancienne maison de repos qui avant la guerre était la demeure de… de… »

Katie farfouilla dans ses notes, mais impossible de retrouver le nom.

« Quelqu'un du village, finit-elle lamentablement. Depuis, l'endroit est devenu un foyer d'hébergement pour les vétérans et leurs épouses… »

Evangeline portait un chapeau de paille orné de cerises en plastique qui tremblaient quand elle marchait. De près, on voyait clairement que le chapeau était en fin de vie, tout comme la pochette en skaï et les chaussures à bout ouvert.

Ignorant superbement Katie et les caméras braquées sur elle, Evangeline s'exclama :

« Elsie ! C'est bien toi ! »

Elle se jeta dans les bras d'Elsie qui eut juste le temps de dire « Mince alors ! » avant d'être noyée dans un nuage de sherry bon marché et de Chanel N°5.

Tanni s'avança. « Evangeline ! »

Elle embrassa affectueusement son amie et plissa le nez. Puis elle fit signe aux ados de venir. L'air emprunté, ils serrèrent la main aux dames.

« Chaïm, dit le garçon. Ravi de vous connaître.

— Salut, moi c'est Shifra, dit la fille.

— On t'a déjà dit que tu ressemblais à ta grand-mère ? plaisanta Elsie. Ah, mes chers enfants, que je suis heureuse de vous voir ici ! Ça nous rajeunit pas, hein les filles ! Mon petit-fils Graham est quelque part par là », précisa-t-elle en montrant les cottages.

Evangeline tourna lentement son cou fripé pour regarder. Elle avait fait un AVC deux ans plus tôt, et le médecin lui avait fortement conseillé de ne plus boire d'alcool : le risque était trop grand. Elle ne l'avait pas écouté. Elle sourit et dit :

« Ils sont bien mignons tes petits-enfants, Tanni. Les cadets d'Anna, c'est ça ? »

Elle hoqueta.

« Hum. Comment va Bruno ? J'ai su pour son opération. Et Johnny ?

— Bruno se remet doucement. L'opération s'est bien passée, Dieu merci, mais il va devoir rester tranquille un moment. Johnny est toujours le même. Il travaille trop, comme son père, mais il est heureux. Rendez-vous compte, il va bientôt être grand-père. »

Elle fronça les sourcils en voyant un micro rôder au-dessus de leurs têtes. Le preneur de son s'écarta juste avant qu'une des petites vieilles donne un coup de canne à son matériel hors de prix. Chaïm et Shifra dévisagèrent leur grand-mère, médusés.

« Mon Dieu, ça fait si longtemps ! Après la guerre tout le monde s'est dispersé. Elsie et Bernie à l'étranger la plupart du temps, Tanni et Bruno en Israël, Alice aux États-Unis… mais… vous voilà, enfin ! »

Evangeline avait le plus grand mal à retrouver le fil de sa pensée.

« Au fait, toutes mes condoléances pour Bernie, Elsie. »

L'intéressée se figea. De toute évidence, les larmes n'étaient pas loin.

« Je suis tombée sur l'avis de décès dans le journal. Ah ! foutu cancer du poumon… Tu te rappelles ces cigarettes dégoûtantes qu'il fumait avant l'arrivée des G.I. ? Et après, malin comme il était, il s'est fait une fortune en les revendant. Ah ça oui, il était malin, Bernie. Il va nous manquer aujourd'hui, c'est certain. J'ai entendu dire que la rénovation de l'église et l'émission étaient son idée, au départ ? Un homme plein de surprises, n'est-ce pas ? »

En voyant l'expression d'Elsie, Evangeline sut qu'elle avait encore gaffé.

« Mazette, quelle tenue ravissante ! enchaîna-t-elle comme un train express incapable de s'arrêter. Vraiment jolie… Et ce chapeau, alors… J'ai du mal à croire que tant d'années se sont écoulées depuis qu'on vivait ici ensemble. Ça fait à proprement parler une éternité ! »

Les cerises sur son chapeau n'arrêtaient pas de bouger.

« Evangeline, sois attentive ! Les organisateurs m'ont dit qu'ils laissaient des rafraîchissements pour nous dans la salle paroissiale. Personne n'a le droit d'y entrer, on sera tranquilles pour discuter.

Dès qu'Alice aura débarqué, on fonce. Je veux vous montrer ce que j'ai trouvé, parce que c'est notre seule chance – rah ! mais elle nous casse les pieds celle-là ! »

Du coin de l'œil, Elsie avait vu que la blonde tentait une nouvelle approche.

« À votre avis, où est Alice ? dit-elle soudain, suffisamment fort pour que la journaliste entende.

— Ah, Lady Carpenter veut sûrement parler d'Alice Osbourne Lightfoot ! s'exclama Katie, obligée de fixer la caméra pendant que les trois femmes en profitaient pour lui tourner le dos. Notre quatrième et dernière invitée. Elle s'est mariée avec un pilote de l'US Air Force en 1944, et… »

Au même moment, une Ford Fiesta de location freina bruyamment sur le gravier. Une grande femme en sortit, cheveux gris bouclés, tailleur-pantalon beige et tennis blanches impeccables, avec en main un sac fourre-tout en cuir, un appareil photo et un imperméable. Elle regarda en direction du ciel, puis reposa l'imper sur le siège passager. Ensuite, elle ferma la voiture et se dirigea vers les trois femmes qui l'attendaient sous la tente.

« C'est la première fois qu'elle revient en Angleterre depuis 1946, date à laquelle Mme Lightfoot est montée à bord d'un paquebot plein à craquer de jeunes mariées qui partaient aux USA, déclama Katie tout en montrant à la caméra une photo de femmes agglutinées sur un bastingage et agitant leur mouchoir. Et là, c'est le colonel et Mme Lightfoot le jour de leur mariage ! »

La caméra zooma sur le cliché en noir et blanc d'une jeune femme épanouie, vêtue d'un ensemble élégant, les cheveux relevés en un « chignon de la victoire », et prenant le bras d'un grand gaillard en uniforme qui sourit, un œillet à la boutonnière et sa casquette de pilote sous le bras. Ils se tiennent sur les marches d'une église sombre, dans l'encadrement d'une porte en voûte. En bas à droite on aperçoit un bout de soutane et des pieds.

Tout à coup, un homme âgé s'aventura dans le champ de la caméra. Il marqua une pause, ôtant son chapeau pour saluer la journaliste. Son geste révéla un visage défiguré par une vilaine cicatrice, partiellement dissimulée par ses longs cheveux blancs.

« Pardonnez-moi », dit-il simplement. Katie sut tout de suite qu'il s'agissait d'Hugo de Balfort, grièvement blessé en tentant de sauver son père infirme dans l'incendie de leur château. Katie se souvenait avoir lu dans ses notes que lorsqu'ils avaient retrouvé le corps du père, il était collé à son fauteuil roulant. Le brasier l'avait fait fondre.

« Sir Hugo de Balfort, bien le bonjour ! fit-elle courageusement. Je voulais justement vous parler. Vous avez passé toute la guerre ici, n'est-ce pas ? L'armée vous avait réformé pour raisons médicales, mais cela ne vous a pas empêché de contribuer à l'effort de guerre en travaillant dans la ferme située sur vos terres. La plupart de nos téléspectateurs se souviendront qu'il était vital de nourrir la population pendant le Blitz. Vous avez également servi dans la *Home Guard* avec M. Hawthorne, là-bas. Pouvez-vous nous en dire plus sur cette unité ? Était-ce terriblement dangereux comme travail ? »

Sir Hugo s'appuya des deux mains sur sa canne, la regarda. Puis il secoua la tête d'un air désapprobateur.

« Tout ça c'était il y a bien longtemps, ma chère.

— Racontez-nous ce que faisait la *Home Guard.*

— Eh bien, on était censés s'entraîner comme à l'armée, mais on était tellement peu, ça paraissait absurde de marcher au pas et de se mettre au garde-à-vous sur la place du village. Et puis, au départ on était si mal équipés qu'on défilait avec des manches à balai. Alors au bout d'un moment, on a arrêté. Churchill avait beau jeu de dire que le jour où les Allemands arriveraient, on se battrait "jusque sur les plages s'il le fallait". Je me demande avec quoi on y serait allés. On nous avait promis des pistolets-mitrailleurs. Eh bien on les a attendus longtemps, je peux vous le dire. Tout ça, c'était désespérant.

— Si je ne m'abuse, Sir Hugo, la *Home Guard* avait aussi pour mission de retrouver les pilotes allemands dont l'avion était abattu par la RAF. Il n'y avait pas des armes antiaériennes disséminées dans les collines autour du village ?

— Si, mais elles ne servaient à rien, puisque la plupart du temps personne n'était là pour les faire fonctionner. La grosse artillerie était concentrée sur les côtes, et quand le Blitz a commencé, on a vite compris que les canons de la D.C.A manquaient d'efficacité, si vous voyez ce que je veux dire. À l'époque, l'invasion paraissait imminente. Je ne pense pas qu'on aurait pu tenir beaucoup plus longtemps.

— Et sinon vous avez capturé des Allemands avec votre unité ?

— Il est arrivé que des bombardiers se fassent descendre dans les collines, mais en général il n'y avait pas de rescapés. Je me souviens d'une fois où on en a trouvé deux, ils étaient morts. Le révérend a insisté pour les enterrer au cimetière de Crowmarsh Priors.

— Vous avez peut-être regardé le documentaire à la télévision l'autre soir, Sir Hugo, dans lequel un général à la retraite affirmait qu'à l'époque, les services de renseignements craignaient beaucoup qu'il y ait des espions infiltrés en Angleterre, notamment un qui aurait envoyé des bulletins météo à la Luftwaffe pour aider leurs pilotes à naviguer durant le Blitz. Il est vrai que les bombardements coïncidaient de façon étonnante avec les nuits où le temps était dégagé de ce côté-ci de la Manche. Sa théorie est-elle plausible, selon vous ?

— Effectivement, j'ai vu un bout du documentaire. Mais la mémoire de ce général n'est sans doute plus ce qu'elle était, ma chère. Cela aurait été très compliqué de faire quelque chose de ce genre en secret. Les villages comme celui-ci était des communautés unies en ce temps-là, vous comprenez, tout le monde se connaissait et s'entraidait. Et puis la paranoïa était généralisée. Les gens croyaient voir des agents allemands partout.

— Mais d'après le général… Ah! pardonnez-moi, je vois que nos invitées d'honneur se dirigent vers l'église, et j'aimerais leur parler. Merci d'avoir partagé vos souvenirs avec nous, Sir Hugo. »

La vache, je ne pensais pas que ce serait aussi crevant d'interviewer des petits vieux, songea Katie.

La première partie de l'émission touchait à sa fin, elle devait conclure. Elle demanda à son cameraman de filmer le parvis de l'église et commenta en même temps :

« Et voici donc ces quatre femmes au destin exceptionnel. Antoinette Joseph Zayman qui à peine mariée a dû fuir son pays pour trouver refuge en Angleterre. Elsie Pigeon Carpenter, une ancienne des *Land Girls,* qui a eu la chance d'épouser son amour de jeunesse. Evangeline Fontaine Fairfax, une Américaine qui a eu le coup de foudre pour un fringant officier anglais. Et enfin Alice Osbourne Lightfoot, une fille d'ici, qui a rencontré son futur mari dans un Londres ravagé. Le temps et la distance les ont peut-être séparées, mais elles sont là aujourd'hui pour fêter leur amitié. C'est leur journée, et j'espère que vous resterez avec nous pour la célébrer. » Ici Katie Hamilton-Jones, en direct du Sussex pour Albion Television. Nous nous retrouvons après le journal. »

Chaïm et Shifra avaient sorti un frisbee, et d'autres adolescents s'approchèrent pour jouer avec eux. Le pub ouvrit ses portes, et dehors un tableau noir annonçait que pour l'occasion, la bière était au même prix que pendant la guerre. Le petit-fils d'Elsie se demandait si la jolie fille qui lisait sur son plaid accepterait de boire un pot avec lui…

La blonde qui n'avait pas arrêté de jacasser toute la matinée s'était enfin arrêtée. À travers ses yeux mi-clos, Albert Hawthorne observa les quatre femmes suivre le révérend vers le cimetière. Il savait qu'il en manquait une dans la bande, mais à quatre-vingt-quinze ans il ne fallait pas trop en demander à sa mémoire.

Il était bien, là. Le soleil réchauffait ses vieux os et, au loin, il crut entendre un train siffler…

34

Crowmarsh Priors, le 8 mai 1995 à la mi-journée

Le nouveau révérend faisait des grands gestes en direction du clocher tout neuf. Les quatre amies s'étaient abritées les yeux de la main pour regarder, et hochaient la tête de temps en temps. Ensuite il tint à leur montrer le cimetière qui était une vraie forêt vierge.

« On ne dirait pas comme ça, Lady Carpenter, mais nous avons fait des progrès considérables depuis le début des travaux. C'était dans un état épouvantable, personne n'y avait touché depuis le bombardement, et nous avons mis un temps infini à dégager la zone autour du clocher. Les entrepreneurs ont découvert que le cimetière s'affaissait par endroits, et ils ont pensé que c'était plus prudent de ne pas faire venir les engins pour déblayer la partie la plus ancienne. Les ouvriers ont été obligés de tailler à la main et ils ont travaillé d'arrache-pied, jusqu'à hier encore, pour que ce soit présentable. En revanche, la vieille tombe du chevalier est toujours là. »

De la main, il leur indiqua une sépulture recouverte de lichen et à moitié enfouie.

Soudain, elles virent le gisant qu'elles connaissaient si bien. Le temps avait entièrement effacé son visage, hormis le nez, mais les jambes croisées, l'épée et le bouclier étaient bien visibles. Le révérend se creusa les méninges pour leur raconter quelques anecdotes qu'il avait lues à ce sujet dans le nouveau prospectus en vente pour vingt *pence* à l'église.

« Il s'agit de l'ancêtre De Balfort, bien entendu, le fameux chevalier qui a côtoyé Guillaume le Conquérant. On devine encore une inscription sur le côté, ainsi que les armoiries sur le bouclier. Vous avez remarqué que ses jambes se croisent au niveau des genoux ? Cela signifie qu'il est parti deux fois à la croisade. Au niveau des chevilles cela veut dire une fois, et au niveau des cuisses trois fois. La position de la tombe, à l'écart des autres, est également intéressante. On se serait attendu à ce que le seigneur le plus puissant de la région soit enterré à l'intérieur, sous le sol de l'église. »

Elsie se tourna vers Alice, comme pour l'interroger du regard.

« C'est passionnant, j'avais oublié où elle était exactement, dit cette dernière en avançant à travers les mauvaises herbes, puis en se penchant tout près, comme si elle cherchait à lire l'inscription.

— Prenez garde aux orties, madame Lightfoot, lui cria le révérend d'un ton quelque peu fébrile.

— Ne vous inquiétez pas, je fais partie d'un club de jardiniers », lui répondit Alice d'un air dégagé. Discrètement, sa main tâtonna sous le lierre. Où était-il, bon sang ? Elle était certaine qu'il se trouvait… là ! Elle empoigna le vieux crâne lisse et poussa le plus fort possible. Cela n'eut aucun effet. Elle poussa une seconde fois, plus fort encore, en se souvenant de tourner en même temps. Frances avait réussi à faire fonctionner le mécanisme juste après le bombardement, mais c'était il y a très longtemps. Elle essaya une dernière fois. Le lierre trembla, on entendit une sorte de raclement et un espace apparut entre les bords de la tombe. Elle jeta un coup d'œil par-dessus son épaule, mais le révérend parlait avec animation et n'avait rien remarqué. Elle poussa encore. Un grincement, plus fort.

Cette fois, Evangeline entendit.

« Venez voir ça, Révérend. Si c'est pas joli », le coupa-t-elle en l'entraînant à l'opposé, ses amies dans leur sillage. Ils se retrouvèrent à admirer la statue d'un ange montant la garde au-dessus de pierres tombales en piteux état.

« Regardez, il tient un ange plus petit par la main.

— Vous êtes sûre, madame Fairfax ? demanda le révérend en se débattant avec la vigne vierge pour observer de plus près.

— En vous baissant, vous le verrez. Juste là, sous l'aile droite », insista Evangeline. Et effectivement, il tomba dessus.

« Ce sont les ouvriers qui ont dû le remettre en place ; après le bombardement, je me souviens qu'il gisait au sol, face contre terre.

— Bon, c'est pas tout, si on rentrait boire un coup ? » l'interrompit Elsie. La dernière chose dont Tanni avait besoin, c'était d'entendre parler de petits anges et tout le bazar.

« On vous libère, Révérend. Vous devez sûrement aller attendre l'évêque devant l'église.

— Au contraire, Lady Carpenter, je veux bien rest…

— Non, vraiment, on ne vous retient pas. Vous comprenez, on aimerait relever un peu nos jambes, bavarder autour d'un café. Ça fait tellement longtemps qu'on ne s'est pas vues, rétorqua Elsie d'une voix ferme.

— Certes, certes. Dans ce cas je vous accompagne simplement à l'intérieur pour vérifier que vous ne manquez de rien. »

Evangeline laissa les autres avancer, puis se cacha derrière les ailes déployées de l'ange pour extirper une demi-bouteille de vodka de son sac et en boire une grande lampée.

« Quittons cette chaleur, mesdames, vous allez voir la température est très agréable dans la nouvelle salle paroissiale. »

Le révérend fit entrer Elsie et Tanni tout en continuant à parler.

« Voici la ravissante kitchenette que l'on doit à votre générosité, Lady Carpenter. Ah ! la nouvelle bouilloire. Personne ne s'en est servi encore, à part les dames qui sont venues décorer l'église hier – parfait, elles ont tenu parole. Nous avons du café soluble, du sucre, des tasses, des cuillères…, continua-t-il à déblatérer. Oh, il y a même du lait au frais et une grande assiette de sandwichs ! Regardez, elles vous ont laissé un petit mot : *Bienvenue à Crowmarsh Priors !* Comme c'est charmant ! »

Le révérend commença à s'affairer, sortant les tasses, demandant qui prenait du lait et du sucre, mettant l'eau à chauffer.

« Tout est par-fait, pépia-t-il en entendant la bouilloire frémir.

— C'est très gentil à vous », commenta Tanni faiblement, tout en s'asseyant sur une chaise. Elsie l'imita. Elle tenait toujours à la main sa pochette, ses gants et le porte-documents en cuir. Ses escarpins lui faisaient souffrir le martyre, et le révérend la rendait dingue.

Lorsque Evangeline entra, chapeau de guingois, elle se dirigea vers la fenêtre qui donnait sur les collines. Elle l'ouvrit et se pencha au-dehors.

« Ah, voilà Alice.

— Bien. En attendant, j'aimerais que vous me parliez du révérend qui officiait au village dans les années 1940 – M. Hammet, c'est ça ? Vous l'avez forcément connu. Voyez-vous, j'aimerais évoquer son souvenir dans le sermon d'aujourd'hui, mais j'ai eu beau chercher, je n'ai quasiment rien trouvé sur lui. Vous comprenez, dans la confusion de la guerre, les registres de l'Église ont disparu. Était-il marié ? Avait-il de la famille ? Je crois savoir qu'il est mort en 1947. »

Il regarda Lady Carpenter pour avoir confirmation.

« Sans doute la guerre l'aura-t-elle épuisé », estima-t-il en distribuant les mugs de café.

Tout en prenant le sien, Evangeline marmonna :

« On peut dire ça, oui. Jamais on n'aurait pensé à le voir, mais son cœur a lâché comme ça, un jour. »

Elle se leva pour retourner à la fenêtre.

« Il est enterré là-bas, à côté de mon mari et de sa mère. Après la guerre, ils ont agrandi le cimetière en annexant le champ de derrière. Vous voyez la clôture, autour ? demanda-t-elle au révérend. Dans ce carré on a mis également Richard, Penelope, Nell Hawthorne, le gendarme Barrows, sa femme, et d'autres encore. Je compte bien y reposer aussi. À côté de Richard.

— Un sandwich, mesdames ? »

Pendant un instant ils mangèrent en silence. Alice regardait autour d'elle, stupéfaite de voir cette sacristie qui sentait le plastique alors qu'elle associait les lieux à la douce odeur de l'encens.

Le révérend s'était installé confortablement avec son café. Il devait en être à son quatrième sandwich, et n'avait pas du tout l'air pressé de partir.

« Faut que j'aille au petit coin, dit Elsie d'un ton résolu. C'est par où les toilettes ? »

Il y eut un murmure d'approbation.

« Je vais en profiter pour me repoudrer, annonça Alice en prenant son fourre-tout.

— Oui, bonne idée, renchérit Tanni.

— Excusez-nous, Révérend, fit Evangeline en reposant son café sans y avoir touché.

— C'est par là, les informa-t-il en leur montrant un couloir qui empestait la moquette neuve. Quant à moi, je ferais mieux de retourner à mon bureau pour réfléchir à ce que je vais dire sur M. Hammet. Si vous avez besoin de moi, je suis juste là. »

Mais les femmes ne l'écoutaient déjà plus.

Les toilettes pour dames avaient été décorées d'un papier peint orné de fraises, de rideaux bouillonnés aux fenêtres et de boiseries vert pâle assorties aux lavabos. Le petit salon attenant, avec ses fauteuils capitonnés, devait servir aux futures mariées et à leurs demoiselles d'honneur.

« Enfin seules! s'exclama Elsie en s'affalant sur une banquette. Bon, ne perdons pas de temps. Si je vous ai demandé de venir aujourd'hui, c'est pour mettre nos idées en commun et comprendre enfin ce qui est arrivé à Frances. »

Elle sortit un dossier de son porte-documents, et Alice des notes de son sac.

« Avec Alice on a trouvé quelques éléments, mais j'espère qu'ensemble on va résoudre l'énigme. Vous vous souvenez qu'à l'époque, on s'est toutes demandé comment Frances avait pu se volatiliser comme ça, sans nous dire au revoir. Même son père n'a pas su ce qui s'était passé. La police n'était pas intéressée, mais mon Bernie, lui, n'a jamais renoncé. Il avait un peu le béguin pour elle, comme la plupart des hommes, mais c'était plus que ça. Je pense que… Bernie était un gars loyal, et il disait toujours qu'il ne pouvait rien me dire tant qu'il n'était pas sûr et certain. En fait, il avait un mauvais pressentiment pour Frances, et il voulait en avoir le cœur net parce que comme il disait, on lui devait bien ça. Au début, il a cru qu'elle avait eu un accident, un de ces trucs bêtes mais classiques en temps de guerre. Elle aurait pu se faire tuer dans un bombardement et son corps n'être jamais identifié. Ensuite il a pensé à un acte criminel, et il a fait passer le mot à ses copains dans le milieu, il a même offert une récompense pour ça. Mais personne ne savait rien – niet, nada.

» Le temps a passé, mais il ne l'a pas oubliée. Des années après, une fois qu'il s'était fait tout cet argent en conseillant le ministre des Finances sur la meilleure façon de rendre les billets de banque infalsifiables, il a retenté le coup. Seulement cette fois, il avait les moyens d'engager des détectives. Les premiers n'ont pas trouvé grand-chose, à part des photos d'elle dans les journaux quand elle a eu tous ces ennuis, et aussi un article expliquant qu'elle devait hériter d'une fortune le jour de son mariage. En parallèle, Bernie s'est débrouillé pour faire faire des fouilles dans le tunnel. Il s'était toujours demandé si elle n'y était pas retournée une dernière fois après cette fameuse nuit…

— Quelle nuit? demanda Tanni. Je ne me souviens pas de ce qui est arrivé à l'église, je l'ai appris des mois plus tard. Mais si le village avait été bombardé, je m'en serais aperçue, quand même. L'amnésie, d'après les docteurs, c'est la réaction du cerveau à un choc terrible. J'en ai déduit que c'était ça, le choc. Le bombardement. »

Tanni était blême, elle sentait que la nausée la reprenait.

« Alors pourquoi est-ce que j'ai la sensation qu'il y a autre chose? J'ai toujours senti qu'il s'était passé autre chose! Mais je ne sais pas quoi. Oh, pourquoi je n'arrive pas à me rappeler! »

Alice échangea un regard lourd de sens avec Elsie et Evangeline, et toutes trois secouèrent la tête tristement. Bruno avait appelé chacune d'elles pour leur annoncer la venue de Tanni et les prévenir qu'elle n'avait jamais retrouvé la mémoire au sujet de Rebecca, son bébé mort-né. Pour lui sa femme avait assez souffert comme ça, quand on lui avait annoncé après la guerre qu'elle avait perdu ses parents à Auschwitz et ses sœurs jumelles dans un camp en France. Finalement, c'était une bénédiction que Tanni ne se souvienne pas de la nuit de son accouchement, et elles ne devaient pas s'en inquiéter.

Quand elles avaient raccroché, Alice et Elsie avaient eu un curieux sentiment, mélange de culpabilité et de délivrance. Si Tanni n'avait aucun souvenir de ce qui était arrivé, elle avait également dû oublier le plan qu'elles avaient mis au point pour sauver Lili et Klara – donc, que les fillettes étaient censées être dans le tunnel la nuit où les Allemands l'avaient bombardé. Ça aussi c'était une bénédiction, même si Bruno n'en avait pas conscience puisqu'il n'avait jamais été au courant de rien. À présent, impossible de lui dire qu'il se trompait, que les jumelles n'étaient pas mortes en France. C'était trop tard.

« Evangeline, c'est bien toi qui as vu Frances en dernier, n'est-ce pas ? » dit Alice précipitamment, de peur qu'elle fasse une bourde en parlant de Rebecca.

Les cerises en plastique bougèrent lorsque Evangeline hocha la tête.

« C'était quelques jours après l'incendie du château. J'ai pensé qu'elle prenait le train pour Londres parce qu'elle n'avait pas son uniforme des *Land Girls*. Elle m'a fait signe de la main en passant devant la maison. Je m'en souviens comme si c'était hier. Je ne vous l'ai jamais dit, mais elle m'avait fait promettre que s'il lui arrivait quelque chose… Seulement c'était tellement impensable, j'étais persuadée qu'elle finirait par refaire surface. Je vais tout vous expliquer, mais d'abord finis ce que tu voulais dire, Elsie. »

Se redressant légèrement, Elsie reprit la parole.

« Il y a quelques années, quand Bernie devait rester allongé à cause de la chimio, il me demandait souvent de lui lire le journal. Un jour, j'ai repéré ça dans un article sur la France dans la Seconde Guerre mondiale. »

Elle chercha dans le dossier, sortit une page de journal et la posa sur la banquette. Sous une photo, la légende disait : « *Résistants français non identifiés* ».

« Vous reconnaissez quelqu'un ? »

Elles s'approchèrent pour regarder.

« Qui est-ce? Je n'ai jamais vu ces gens, dit Evangeline au bout d'un moment.

— Je ne crois pas non plus », renchérit Alice en plissant des yeux derrière ses lunettes à double foyer.

Mais soudain Tanni s'exclama :

« Là ! », en mettant le doigt sur une femme qui portait un fichu sur la tête et des sabots. Elle était en train de parler à quelqu'un en dehors du cadre et ne se souciait absolument pas du photographe.

En y regardant de plus près, les autres poussèrent un cri de surprise. « Elle ressemble à Frances, c'est vrai, mais…

— Je suis certaine que c'est elle. Certaine.

— C'est bien Frances, je la reconnaîtrais entre mille, affirma Tanni. Mais ce que vous n'avez pas vu, c'est qu'elle est enceinte ! »

Elles se dévisagèrent.

« Mais qu'est-ce qu'elle fabriquait en France ? Et qui peut bien être le père du bébé, à votre avis ? » fit Alice.

Evangeline secoua la tête vivement, et les cerises s'agitèrent de plus belle.

« Nooon… C'est ce que je voulais dire, en fait je crois… »

Le révérend frappa à la porte.

« Mesdames, tout va bien ?

— Super, merci ! C'est nos pieds, ils nous font un mal de chien. On va se reposer encore un peu, cria Elsie avant de rebaisser la voix. Bon, aucune idée pour le père du bébé. Mais reprenons dans l'ordre. En voyant ça, Bernie a aussitôt engagé un autre détective. C'était la première fois qu'il s'intéressait à quelque chose depuis qu'on l'avait forcé à prendre sa retraite. Il est même entré en rémission pendant un temps, avec ça. Le détective a découvert que la photo avait sans doute été prise fin 1944 dans l'est de la France, à proximité de la frontière allemande.

— Mais comment a-t-elle atterri là, avec les combats et tout le reste ?

— M'en parle pas ! Bernie et moi, on s'est posé la question des centaines de fois. On n'en dormait plus la nuit. Et puis un jour, il a eu une idée. Il a invité à dîner un vieux copain du ministère, qui avait été dans les services de renseignements pendant la guerre. Il lui a fait boire assez de vin pour bourrer un éléphant, et ensuite il lui a montré la photo. Le gars s'est mis à bafouiller, il a fait semblant de ne pas savoir, mais c'est juste parce qu'ils ne sont pas censés parler de ce qu'ils ont fait à l'époque. Ça se voyait qu'il était pris au dépourvu, mais vous connaissez Bernie, il obtenait toujours ce qu'il voulait. Alors il a continué à remplir son verre, et le copain a fini par avouer que la femme sur la photo était un agent infiltré, il était certain de se souvenir d'elle parce qu'il l'avait rencontrée dans un camp d'entraînement, une fille d'amiral, comme il a dit. Une femme superbe, très intelligente, et déterminée. Un de ses supérieurs en pinçait à moitié pour elle, apparemment. La femme de la photo était plus ordinaire, mais d'après lui c'était un déguisement, et il a fini par nous jurer sur la tête de sa mère que c'était bien elle. Alors Bernie lui a demandé : "Est-ce qu'elle s'appelait Frances Falconleigh ?", et le type a répondu "Oui, c'est ça !". Quelques jours après, le copain de Bernie a appelé parce qu'il s'était souvenu d'une chose. Morts ou vivants, tous les agents infiltrés du S.O.E avaient été comptabilisés après la guerre. Il avait vérifié, aucune Frances Falconleigh ne figurait sur la liste. Ce qui veut dire qu'elle ne faisait pas partie du S.O.E. On en a déduit qu'elle avait été recrutée dans le mouvement de résistance secret de Churchill, qu'il appelait les Unités Auxiliaires. Même formation que les agents du S.O.E, et à l'automne 1944, beaucoup de ceux postés en Alsace avaient été exécutés ou déportés. Quelqu'un comme Frances aurait très bien pu être parachutée là pour prendre la place d'un agent capturé. Dans son souvenir, elle tenait beaucoup à être postée en France, mais ses supérieurs avaient peur qu'elle soit trop jeune pour le terrain. »

Elsie secoua la tête tout en soupirant.

« Et dire que pendant tout ce temps, on la croyait en mission pour les *Land Girls* à Londres. Le détective a retrouvé des traces de ces camps d'entraînement. Elle y a appris plein de choses, techniques de survie, combat rapproché, maniement des explosifs. Comment mener un interrogatoire. Et même tuer. »

Elles mirent un moment à digérer tout cela.

« Mais Alice a enquêté de son côté, finit par dire Elsie. Ça va nous aider à combler certains trous. Vas-y, Alice. »

Elle regarda ses notes, puis se lança.

« Quelque temps après, Elsie m'a écrit pour me demander ce que je pensais de cette photo. À l'époque, j'avais un neveu qui faisait une thèse sur la Seconde Guerre mondiale, alors je suis allée le trouver à sa fac de Géorgie. Au départ, il était surpris que sa vieille tante veuille tout savoir sur les mouvements de résistance, mais il a été très gentil et m'a bien tout expliqué. »

Elle prit ses notes et se mit à lire.

« À l'automne 1944 la France est quasiment libérée, mais les Alliés lancent une grande offensive à l'Est pour repousser les nazis en Allemagne. Dans cette zone, les collabos aident activement les Allemands pour tenter de sauver leur peau. Les Alliés veulent éliminer ces traîtres, mais c'est tout aussi bien que le public ne sache pas comment. En fait, ils se servent d'agents infiltrés pour les assassiner. En Grande-Bretagne, le ministère de la Guerre n'approuve pas ce genre de tactiques. Officiellement.

— Tu ne penses quand même pas que Frances… »

Evangeline interrompit Tanni pour dire d'une voix traînante :

« C'est dur à croire, c'est sûr… Mais les explosifs, ça m'étonnerait moins. Le jour de l'incendie à Gracecourt, des villageois ont raconté avoir entendu une énorme explosion. Sur le coup, ils avaient même cru à un autre bombardement. Quelques jours plus tard, Frances disparaissait.

— Je me suis mariée le 13 août 1944, enchaîna Alice. Je me souviens d'avoir appelé Evangeline pour lui annoncer la nouvelle, et lui demander de prévenir Frances car je n'arrivais pas à la joindre. À l'époque je me suis simplement dit qu'elle était à Londres, mais…

— Aucune d'entre nous ne l'a jamais revue, termina Elsie. Mais il y a autre chose. Ce matin, mon petit-fils a dit quelque chose au sujet d'une maison qu'il a en vente dans son agence, et ça a fait tilt. Je crois bien que j'ai trouvé la dernière pièce du puzzle. La maison en question se situe au bord d'un canal, à Londres, et le client de

Graham avait peur que son enfant tombe dedans. Graham lui a dit de ne pas s'inquiéter, que le canal avait été comblé pendant la guerre parce que la nuit l'eau réfléchit la lumière, et que les pilotes allemands s'en servaient pour naviguer.

— Mais qu'est-ce que tout ça a à voir avec Frances ? »

Elsie sortit un autre dossier de son porte-documents avec « De Balfort » écrit en gros dessus. Elle l'ouvrit.

« Vous allez comprendre. Un peu par hasard, Bernie a dit au détective qu'Hugo de Balfort avait demandé Frances en mariage plusieurs fois, et que c'était peut-être une piste à considérer. Le détective en est arrivé à la conclusion qu'il en avait après l'argent de Frances, parce qu'à l'époque les De Balfort étaient ruinés, et à moins qu'Hugo épouse une femme riche comme son père avant lui, ils allaient perdre Gracecourt. Il nous a aussi dit qu'ils étaient sans doute surveillés par les autorités à cause de leurs fréquentations *avant* la guerre. Pas mal d'Allemands qu'Hugo avait rencontrés en voyage, et qui se sont ensuite avérés être des nazis.

— Je me souviens que Leander de Balfort a dépensé une fortune pour des projets totalement farfelus, intervint Alice, et tout ça pour impressionner leurs amis. Lady Marchmont n'arrêtait pas de le critiquer là-dessus, elle ne supportait pas les esthètes. Il faut dire que les fêtes se sont succédé au château pendant des années, et que les invités étaient forcément tous beaux et intelligents. »

Alice soupira. Plus de cinquante ans après, le souvenir cuisant de ce déjeuner où Muriel Marchmont l'avait traînée dans l'espoir de lui trouver un prétendant était encore vivace.

« Avec leurs fume-cigarette et leurs joues fardées, les femmes étaient des mondaines, et flirtaient sans vergogne avec les maris des autres.

— Lady Marchmont n'en savait pas la moitié, reprit Elsie. Le détective sentait qu'il y avait autre chose, et il nous a demandé la permission d'aller en Allemagne pour enquêter. Au bout d'un mois, il est rentré avec des photocopies de lettres écrites par Leander, qu'il avait dénichées dans des archives là-bas. Devinez où l'aristo a trouvé les sous pour faire toutes ces transformations à Gracecourt ?

— Où ?

— En fait, leurs amis allemands avaient réussi à persuader Leander qu'une invasion de l'Angleterre serait une bonne chose pour eux, et que le seul moyen de sauver le château était de les aider. Résultat, ils lui ont donné beaucoup d'argent dans les années 1930 – en préparation de l'invasion, disons. Leander a tout dilapidé dans ses projets tordus, comme tu as dit, Alice. Au passage, le paysagiste qui a conçu le jardin aquatique était un fanatique. Sauf que les Allemands n'ont pas vaincu l'Angleterre aussi vite que Leander l'avait prévu. Il s'est encore retrouvé dans la dèche, et c'est là qu'il a commencé à presser son fils pour qu'il épouse Frances.

— Tu es en train de nous dire que Leander de Balfort était un des traîtres qu'on était censés démasquer ? »

Alice était consternée.

« Quand je pense que quelqu'un du village, qu'on connaissait tous… »

Elsie s'étrangla de rire.

« Attends, il y a pire ! Les nazis savaient combien Leander était prêt à tout pour perpétuer le nom des De Balfort. Pour le faire marcher, ils sont allés lui raconter qu'ils faisaient des expériences secrètes – toutes ces conneries sur l'avènement d'une race aryenne, dont on a seulement entendu parler après la guerre. Ils lui ont fait croire qu'il pourrait en bénéficier… Et maintenant, la réponse de Leander. Il leur explique qu'il a trouvé "un spécimen parfait de femme aryenne" pour son fils. Il continue en disant qu'il se considère comme un "artiste", qu'il entend créer de son côté une lignée supérieure en accouplant son fils avec Frances, et que si les médecins nazis ont vu juste, ils auront des tas de jumeaux. Il s'enflamme même carrément, en disant qu'il voit bien Frances mettre au monde vingt ou trente petits De Balfort, qui eux-mêmes auront un jour vingt ou trente enfants, et ainsi de suite jusqu'à ce que l'Angleterre croule sous les mioches de Leander. Il y a de quoi vous donner envie de vomir. Tenez, jugez-en par vous-mêmes. »

Elles se passèrent la lettre en silence. Remarquant que Tanni était blanche comme un linge, Alice lui pencha la tête en avant pour faire passer le malaise.

Sur ces entrefaites, le révérend frappa.

« Ça va toujours comme vous voulez, mesdames ? Je voulais vous dire, la voiture de l'évêque vient de se garer et la messe va bientôt commencer. »

Elsie lança un regard noir en direction de la porte et continua à voix basse :

« Bref, Hugo subissait une sacrée pression de la part de Leander, et ça explique qu'il a tant insisté avec Frances. Par contre, on n'a rien trouvé au sujet du bombardement de l'église ou du tunnel…

— De quel tunnel s'agit-il, au juste ? Tu en as déjà parlé tout à l'heure », fit Tanni. Voyant que personne ne lui répondait, elle ajouta :

« Shifra et Chaïm doivent commencer à s'inquiéter. On devrait y aller. »

Elle n'allait pas bien du tout – encore une crise d'angoisse déclenchée par cette sensation indéfinissable qui la hantait. Elle commença à se sentir oppressée dans la pièce, comme à chaque fois. Elle respira profondément pour se calmer, mais son cœur battait à tout rompre. Il fallait qu'elle sorte de là.

« Mesdames ! » beugla le révérend en tambourinant à la porte. L'évêque était très à cheval sur la ponctualité.

Les quatre femmes se levèrent et prirent leurs affaires.

« On continuera après cette satanée messe », dit Elsie.

Une petite procession les attendait devant l'église : deux enfants portant une croix, l'évêque, le révérend, les bedeaux et une vingtaine de vétérans. Les hommes avaient remis leurs uniformes pour l'occasion, et certains étaient couverts de médailles. Plusieurs femmes étaient en tenue de l'armée, les autres avaient sorti gants et chapeaux. Ils se tenaient tous aussi droits que possible, mais beaucoup avaient une canne ou un déambulateur.

À l'intérieur, les fidèles patientaient. Il ne manquait plus que la procession pour qu'ils puissent s'asseoir.

En passant la porte de l'église, Elsie ferma les yeux et se rappela le jour de son mariage – Bernie gêné comme tout devant l'autel, le soulagement qu'elle avait lu sur son visage en arrivant, l'allée qu'elle avait remontée au bras d'Albert Hawthorne dans sa sublime robe blanche, en prenant soin de faire un pas-*pause*, un pas-*pause*. Les yeux de Bernie qui s'étaient écarquillés à mesure qu'elle approchait, quand il lui avait pris la main et s'y était agrippé de toutes ses forces. Quand il avait dit « *Oui* » un peu trop fort – et trop souvent. Elle se mordit la langue pour empêcher les larmes de couler.

« Allez viens, Mamie », lui chuchota Graham en la poussant gentiment par le coude.

Tanni avança entre ses petits-enfants et fut suivie d'Evangeline et Alice, qui avaient décidé de marcher ensemble. Elles remontèrent lentement l'allée entre les bancs décorés pour l'occasion.

« J'ai bien cru qu'elles n'arriveraient jamais, murmura Katie à son cameraman. Mais c'est pas grave, on a des images d'enfer. »

35

Crowmarsh Priors, le soir du 8 mai 1995

Le service était terminé, l'évêque avait béni la nouvelle église, et un copieux buffet avait été servi sous la tente. Plusieurs vétérans étaient assis en cercle sur la place et prenaient un dernier thé avant de rentrer.

Du coin de l'œil, Katie vit Elsie et Alice se diriger vers Evangeline qui observait la scène. Elle les suivit, et toutes trois allèrent parler à Tanni qui donna un billet à Shifra et Chaïm en disant :

« Et ne buvez pas trop ! »

Les ados lui firent un grand sourire, puis s'éloignèrent en direction du pub où les jeunes étaient occupés à se reluquer.

C'était le moment ou jamais : Katie fonça pour les interviewer. Elsie savait qu'elle allait devoir en passer par là, alors elle accepta de répondre aux questions de la blonde qui était vraiment pénible à rejeter ses cheveux en arrière comme ça.

« Oui, mon mari aurait été ravi de voir l'église », fit-elle distraitement. Elle prit soin d'acquiescer à tout ce que la journaliste disait, histoire d'en terminer plus vite. Il ne lui tardait qu'une chose, être au calme pour pouvoir résoudre le mystère Frances.

« Oui, il y a deux ans. Vous avez raison, c'est bien dommage. Oui, ravie d'entendre le clocher sonner de nouveau. C'est vrai, ça rappelle des souvenirs. Oh oui ! mon mari était très romantique. Oui, oui… Cinquante ans, et pourtant on dirait que c'était hier. Vous avez le sens de la formule, ma jolie. »

Katie la remercia avec effusion et passa à la grosse dame en noir.

« Mes souvenirs ? répéta Tanni d'un air désolé. Vous voulez savoir ce dont je me souviens ? »

Elle paraissait stupéfaite qu'on lui pose la question.

« Parle-lui de ma robe de mariée, lui souffla Elsie.

— Oh oui ! s'extasia Katie en décochant un regard enthousiaste à la caméra. Nos téléspectatrices veulent tout savoir ! »

Tanni se laissa prendre au jeu et expliqua où elles l'avaient eue, puis évoqua le problème du rationnement des habits, et comment elle s'était retrouvée à coudre pour le village entier.

Soudain, Alice et Evangeline levèrent le nez de leur thé et virent Katie rôder autour d'elles avec son micro.

« Et maintenant, à vous, mesdames ! Racontez-nous tout. Que faisiez-vous pendant la guerre ? Comment avez-vous rencontré vos maris ? Quels sont vos souvenirs les plus marquants de cette époque-là ? » débita-t-elle.

Alice prit un air pensif, comme si elle avait du mal à se rappeler.

« Hum. Eh bien, le rationnement, d'abord. C'était compliqué de trouver de quoi manger, mais la plupart des gens étaient vraiment patriotes et savaient se contenter de peu. Accommodez et raccommodez, comme disait la propagande. Il y avait aussi les jardins de la Victoire. Les abris où il fallait courir quand la sirène retentissait. Les enfants qui avaient été évacués de Londres et qu'on avait recueillis. C'était dur, mais on ne se laissait pas abattre… Et quand on trouvait l'amour, on ne chômait pas pour se marier. C'est ce que j'ai fait.

— Ouuuuh !

— On ne tergiversait pas, voilà tout. Pas le temps de lambiner.

— Vous connaissiez le colonel Lightfoot depuis combien de temps quand il vous a demandée en mariage ? », l'interrogea Katie.

Alice sourit.

« Quelques jours. On s'est rencontrés un vendredi soir et on s'est mariés un peu plus d'une semaine après, un lundi, dans une chapelle près de sa base. J'ai fait jouer mes relations pour avoir un congé. Et lui, pour nous trouver un aumônier.

— Moi, c'est la musique que je n'ai pas oubliée », dit Evangeline, l'air rêveur. Son sac était ouvert et Katie repéra la bouteille de vodka.

« Mais oui, bien sûr ! Vous êtes la première à y penser, madame Fairfax. Ah, la musique ! Les chansons amusantes qu'on reprenait ensemble pour se donner du cœur à l'ouvrage, comme "*Vite, ayons hâte/On doit tous mettre la main à la pâte...*"

— Oh non, pas ces affreux refrains. Je vous parle de jazz. De swing. Les clubs de Soho. Glenn Miller.

— Bien sûr, Glenn Miler !

— J'ai toute une collection de disques, vous savez. Je connaissais quelqu'un en ce temps-là... Un musicien très talentueux... Son rêve était de jouer avec Glenn Miller. Il m'envoyait tous les disques auxquels il participait... Richard, mon mari, adorait les écouter. C'est-à-dire... Il a été gravement blessé pendant la guerre, et il ne s'est jamais vraiment remis, mais ces disques, il les aimait par-dessus tout. Tous les jours il demandait à en écouter un... Et puis, cet homme que je connaissais... Glenn Miller a fini par l'accepter dans son orchestre, parce qu'il devait se rendre en France pour un concert et qu'un de ses musiciens était malade... Mon ami était dans l'avion le jour fatidique. »

Simon souffla quelque chose dans l'oreillette de Katie, et aussitôt elle se tourna vers la caméra.

« Certains d'entre vous s'en souviennent, mais pour les plus jeunes, Glenn Miller était un grand chef d'orchestre américain qui a fait beaucoup pour le moral des troupes pendant la guerre en donnant des concerts, exactement comme les Anglaises Gracie Fields et Vera Lynn. Malheureusement, son avion a disparu au-dessus de la Manche en…

— Décembre 1944, souffla Simon.

— En décembre 1944. Plusieurs de ses musiciens se trouvaient à bord avec lui. Une véritable tragédie », conclut Katie.

Evangeline hocha la tête sobrement.

« Excusez-nous », dit Elsie, sautant sur l'occasion. Les quatre femmes s'éloignèrent rapidement.

La fête battait son plein. Les serveurs avaient enfin débarrassé les restes du buffet et remplacé le thé par du vin rouge, des bières et du vin blanc dans des grands seaux à glace, de la limonade pour les enfants. L'un d'eux avait allumé un barbecue. D'autres avaient sorti des plateaux entiers de saucisses, ainsi que de grandes salades et des montagnes de pains pita et à hot-dog. Des femmes en robes d'été, qui avaient quitté Londres pour la campagne en pensant à la santé de leurs enfants, sirotaient leur verre de blanc tout en s'accordant sur la nécessité d'ouvrir une autre classe à l'école du village, tandis que leurs maris, bière en main, se demandaient les uns les autres s'ils avaient pu parler au type en costard cravate, celui qui était convaincu que les prix de l'immobilier allaient grimper à Crowmarsh Priors.

L'arrière-petite-fille d'Albert Hawthorne lui ramena une demi-pinte de brune du pub.

« Tiens, papi, je t'ai pris une bière. Quand il a su que c'était pour toi, le barman n'a jamais voulu que je paie. Il m'a expliqué que son grand-père était dans la *Home Guard* avec toi.

— Tu es une gentille fille, Lizzie », répondit Albert, avant de boire une grande gorgée. Il n'allait pas tarder à avoir besoin des toilettes. Il pourrait toujours demander de l'aide au gars à la cravate tape-à-l'œil, celui qui tournait autour de Lizzie comme une abeille autour d'un pot de miel. Il se laissa aller dans son transat, tout en se demandant pourquoi la bière brune n'avait plus le même goût qu'avant.

« Tiens, pourquoi elles retournent à l'église ? s'interrogea Lizzie à voix haute. Elles ont dû oublier quelque chose. »

Les quatre amies étaient quasiment à la porte du cimetière. Le révérend ne les avait pas vues partir, occupé qu'il était à parler de la crise de la foi chez les jeunes au micro de Katie Hamilton-Jones.

« Le type à la balafre les suit. Sir Hugo de Balfort, c'est bien ça ? demanda Lizzie à Graham. J'imagine que c'est beaucoup d'émotions pour eux, cette journée, comme ta mamie quand elle est entrée dans l'église. Ils doivent avoir envie de se retrouver pour discuter. Impossible d'en placer une, avec cette journaliste qui se mêle de tout. Elles ont l'air un peu fatiguées – regarde, elles ont toutes une canne pour marcher. J'ai entendu ta grand-mère demander à des vétérans si elle pouvait en emprunter quelques-unes un instant. Ta mamie pense à tout, on dirait. »

Elsie appela Hugo :

« Venez nous tenir compagnie un moment. On allait justement rendre un dernier hommage aux morts en privé.

— Volontiers, mesdames, dit-il en leur emboîtant le pas.

— Vous aurez remarqué, j'en suis sûre, qu'il manquait quelqu'un à la cérémonie d'aujourd'hui.

— Frances Falconleigh, précisa Evangeline.

— Qui donc ? Ah ! Frances. Et qu'est-elle devenue ? Je crois me souvenir que je m'étais entiché d'elle, à un moment donné. Une vraie beauté, cette fille.

— On aimerait vous montrer quelque chose, dit Alice.

— Mais naturellement, à votre service, mesdames », répondit Sir Hugo en faisant une petite révérence.

Ils entrèrent dans le cimetière.

« Venez, c'est par-derrière. »

Elsie était contente de pouvoir s'aider de la canne pour marcher. La journée avait été longue, et elle avait sacrément mal aux pieds.

« Par ici.

— Ah, la tombe du chevalier ! Il y a un tas d'anecdotes à ce sujet…

— On va plutôt parler de Frances, si tu veux bien. Elle a découvert qu'avec ton père, tu envoyais des messages aux nazis pendant la guerre, déclara Elsie d'un air impassible. Ils se doutaient qu'il s'agissait de quelqu'un vivant près des côtes. Quelqu'un habitant dans le Sussex. C'était toi.

— Certainement pas ! s'indigna Hugo. C'est absurde ! Comment aurais-je pu faire ça – encore moins mon père infirme !

— Ton père a dépensé beaucoup d'argent juste avant la guerre, de l'argent qu'il n'avait plus puisqu'il avait dilapidé la fortune de ta mère. Il était criblé de dettes, et le château allait devoir être vendu. Ça aurait été la fin de la lignée De Balfort à Gracecourt Hall. Et ne dis pas le contraire, Bernie a vérifié. Mais d'un coup, il y avait ces nouveaux courts de tennis, les écuries, le jardin aquatique. Si quelqu'un savait s'enrichir en contournant la loi, c'était bien mon Bernie, mais malgré ça il n'a jamais réussi à piger comment ton père s'y était pris. Il n'y avait aucune trace nulle part. Sauf que maintenant, on sait. Quand tes soi-disant copains du continent sont venus te voir à Gracecourt, ils ont proposé à ton père une coquette somme en échange de quelques services.

— Mensonges !

— C'est seulement aujourd'hui que j'ai vraiment compris, grâce à une remarque de mon petit-fils. Ces bassins rectangulaires dans le jardin aquatique. Ton père les a faits d'après les plans d'un paysagiste allemand, mais en réalité c'était pour mieux guider les bombardiers par la suite.

— Ridicule ! Comment auraient-ils pu y voir quoi que ce soit ? La surface était trop petite.

— Oh, mais ils n'avaient pas besoin d'une grande surface ! Il suffit qu'il n'y ait pas de nuages pour que l'eau réfléchisse la lumière la nuit, surtout celle de la lune. Ces longs bassins indiquaient tout simplement le chemin à prendre aux avions allemands. Et c'était toi qui leur envoyais un message dès que le ciel était dégagé. C'est toi qui les as aidés à larguer toutes ces bombes sur Londres, toi qui es en partie responsable du Blitz. Et tu étais aussi prêt à les aider le jour où ils t'auraient donné le signal de l'invasion. »

Sir Hugo plissa les yeux.

« Pendant ce temps, Frances s'ennuyait ferme chez les *Land Girls*, et les amis de son père ont accepté de l'entraîner au sein des services secrets, pour faire d'elle une sorte de résistante anglaise. Sauf qu'au départ, ils ont décidé de la renvoyer à Crowmarsh Priors, avec pour instruction de t'épier, toi et ton père. »

Alice fit un pas vers Hugo qui recula d'autant.

« Mais le piège était en train de se refermer sur toi, n'est-ce pas ? Partout, les espions à la solde des Allemands étaient traqués. À ce stade, l'argent des nazis était dépensé depuis longtemps, et Frances refusait de t'épouser. Tu as cru qu'elle avait le béguin pour Oliver Hammet, alors tu t'es mis à rôder du côté de l'église, pour voir à quelle fréquence elle y allait. Mais tu avais aussi besoin de trouver d'autres infos à marchander avec l'ennemi, et en te cachant dans le cimetière tu as découvert notre petit secret. Tu t'es rappelé l'histoire des tunnels de contrebandiers, dont j'avais parlé le jour où j'ai déjeuné à Gracecourt. C'était avant la guerre, tu te souviens ? J'avais bu trop de sherry et j'ai commencé à jacasser comme je faisais toujours, parce que je ne savais pas quoi dire aux hommes. Tu étais terriblement poli, tu n'arrêtais pas de me poser des questions. Idiote que je suis j'ai tout déballé – le rôle de ta famille dans la contrebande, le tunnel menant à la côte et l'entrée dans le cimetière.

— Mais ça n'a pas de sens !

— Au contraire. Tu savais que les Allemands seraient prêts à payer cher pour en savoir plus sur ce moyen de pénétrer secrètement en Angleterre, et tu as attendu le bon moment pour monnayer ton info. Mais ton père n'arrêtait pas de te tanner avec cette histoire de mariage, il te faisait sentir que tu n'étais pas à la hauteur, il se moquait en disant que tu t'étais fait doubler par un simple pasteur de campagne. Alors, avant de révéler l'emplacement du tunnel, tu as convaincu tes gentils copains de larguer quelques bombes sur le presbytère, histoire d'éliminer ton rival. Sauf qu'ils ont aussi bombardé l'église et le cimetière, et que cette nuit-là, deux enfants étaient censées emprunter le tunnel, deux petites filles qu'on tentait de faire sortir clandestinement de France depuis des mois. Les sœurs de Tanni. »

Quand Alice se rendit compte du choc que ses paroles allaient provoquer, elle se tut. Elsie et Evangeline étaient horrifiées. Pâle comme la mort, Tanni dit d'une voix tremblante :

« Oh non!… J'ai toujours su qu'il s'était passé quelque chose cette nuit-là, une chose terrible… Je me souviens maintenant, on avait un plan, un plan pour les sauver. On a essayé de sauver Lili et Klara, mais…

— Tanni…

— On a essayé… Il n'y avait pas d'autre moyen. On devait prendre le risque.

— Tanni…

— Non, ça va. Je sais, enfin. Je dois aller au bout des choses maintenant, affirma Tanni qui paraissait curieusement apaisée. Frances voulait m'aider. Elle a même vendu ses bijoux…

— C'était il y a bien longtemps, tout ça », dit Sir Hugo d'une voix qui n'était plus qu'un murmure.

Elsie revint à la charge.

« En 1944, Frances est retournée à Gracecourt une dernière fois. Elle pensait que ton père était seul et elle l'a confronté à la vérité. Il l'a narguée en lui disant que l'heure de la capitulation avait sonné pour l'Angleterre, ou une connerie de ce genre. Toi, tu étais là et tu as tout entendu, mais elle était armée et tu ne pouvais rien faire. On ne sait pas ce qui s'est passé après, comment l'incendie a pris, mais des témoins parlent d'une explosion et Frances avait accès à de la dynamite. Personne n'aurait parié un kopeck sur ta guérison, mais tu as guéri. Entre-temps, Frances avait disparu. Tu en avais entendu assez pour comprendre que c'était un agent. Tu t'es mis à sa recherche.

— Il n'y a aucun secret qui ne peut être éventé, même en temps de guerre, déclara Hugo avec mépris. À tous les niveaux du gouvernement, des sympathisants à notre cause avaient réussi à s'infiltrer.

— Tu as envoyé la description de Frances aux nazis, exactement comme tu leur envoyais les bulletins météo, continua Alice. Tu leur as dit qu'elle travaillait pour les services de renseignements britanniques, et qu'elle était en mission en France… »

Tout à coup, Sir Hugo se redressa et la regarda droit dans les yeux.

« La petite idiote ! Elle aurait dû m'épouser quand je le lui ai proposé. Père s'est presque mis à genoux pour la supplier. Elle ne se rendait pas compte de la chance qu'on lui offrait, cracha-t-il. Le nom des De Balfort aurait retrouvé sa gloire. Les expériences des scientifiques allemands étaient sur le point d'aboutir. »

Ses yeux brillaient d'une lueur inquiétante.

« Nous étions à l'aube d'une nouvelle ère ! Mais maintenant… ». Il émit un son inhumain, à mi-chemin entre le sanglot et le cri.

« Nous devons attendre qu'un autre Hitler renaisse des cendres du rêve aryen, tel le Phénix. »

En entendant cela, les quatre amies l'encerclèrent et le firent reculer vers la tombe.

« Je savais qu'ils avaient dû l'envoyer dans l'est de la France. Les agents du S.O.E tombaient comme des mouches dans cette zone, et les Britanniques n'avaient pas le choix, ils devaient les remplacer. Comme prévu, Frances était là-bas. Les S.S. l'ont débusquée en février 1945, dans les Ardennes. Elle était dans une maternité et se faisait passer pour une Française venant d'accoucher. Je le sais parce qu'ils m'ont envoyé un message pour me prévenir. D'ordinaire, ils l'auraient expédiée en camp pour lui soutirer ce qu'elle savait sous la torture. Mais les Alliés approchaient, alors ils se sont contentés de la supprimer. D'une seule balle, une balle allemande, propre et nette. J'aime à croire qu'à la dernière minute elle a regretté. »

Les femmes observaient cet homme abject, et elles fulminaient. Soudain, Elsie brandit sa canne et frappa Hugo de toutes ses forces. Tanni lui donna un grand coup sur l'arrière des jambes. Evangeline l'attaqua aux genoux et Alice s'en prit à la tête. Il y eut un craquement sinistre, et Sir Hugo tomba à la renverse. De rage, elles le tapèrent et le poussèrent tant qu'elles purent. Le vieil homme se mit en boule pour tenter d'échapper aux coups, mais s'assomma à un coin de la tombe.

Elles baissèrent le regard sur lui, un regard plein de haine et de dégoût.

« Oh Frances ! dit Alice en pantelant. Quand je pense qu'ils t'ont abattue comme un chien !

— Tiens, ça c'est pour M'man, et Jem, et Violet, et tous les autres qui se sont fait tuer par ta faute, s'exclama Elsie, en recommençant à le frapper.

— Mes parents, Frau Zayman, Lili et Klara, qu'ils reposent en paix », haleta Tanni, l'imitant. Les larmes roulaient sur ses joues.

« Et tous ces gens dans les camps, ces morts innocents, tant de morts… et… et… Je me souviens, enfin ! s'écria-t-elle. J'avais un bébé, il est mort cette nuit-là ! J'ai toujours su… Oh, mon Dieu !

— Et ça, c'est pour le convoi de Richard torpillé par les Allemands, dit Evangeline en assénant les coups comme une possédée. Oh, Richard ! Pendant vingt ans, vingt ans, je t'ai regardé souffrir !

— Frances ! Ma pauvre mère ! cria Alice. Ils sont tous morts par ta faute, espèce de monstre ! »

Soudain Evangeline ordonna :

« Poussons-le dans le tunnel et laissons-le moisir là !

— Non, non, non », pleurnicha Hugo faiblement. Il était couvert de sang et tremblait.

« Poussons-le ! C'est exactement ce qu'il mérite ! »

Alice actionna une dernière fois le crâne, afin d'ouvrir la tombe en grand.

« Vite », dit Elsie en soufflant bruyamment. Elles unirent leurs forces pour le faire basculer dans le sombre passage. Il y avait juste assez de place pour lui sur les marches étroites. Le vieillard se débattit, chercha à remonter, mais il ne faisait clairement pas le poids.

La frêle silhouette poussa un cri, et disparut dans le trou noir. Puis il y eut un son mat quand elle rencontra le sol en pierre. Alice referma la tombe. Après toutes ces années d'attente, c'était presque trop facile. Les quatre femmes s'appuyèrent sur les cannes pour reprendre leur souffle.

Tanni pleurait et gémissait de façon incohérente. Evangeline lui passa un bras réconfortant autour des épaules.

« Bruno cherchait à te protéger, tu sais. Il t'aime énormément.

— D'après l'avocat de Bernie, on n'aurait jamais réussi à l'envoyer derrière les barreaux, dit Elsie d'une voix rauque. On était d'accord qu'il devait payer, ajouta-t-elle en regardant les autres pour avoir confirmation. N'est-ce pas ? » Elles acquiescèrent toutes en même temps, puis mirent de l'ordre dans leurs tenues et coiffures.

« Alors, allons-y.

— Je me demande bien ce qui est arrivé au bébé de Frances, s'interrogea Alice tout en marchant.

— Vous savez, quand j'ai dit à Bernie qu'on devrait rechercher le père, il a pris cet air de furet, comme quand il avait fait un truc louche. Pendant un moment horrible j'ai pensé, “C'est quand même pas lui !" Mais tout de suite il m'a dit non. Et ensuite, qu'il était bien obligé de tenir sa promesse. Je n'ai jamais compris ce qu'il a voulu dire.

— Moi si, répliqua Evangeline. Et je vais vous expliquer. Mais avant, il faut que je m'asseye. »

« Super plan », chuchota Katie au cameraman, en voyant les femmes revenir lentement avec, derrière elles, l'église au soleil couchant. Elles avaient l'air épuisées, les pauvres, surtout Mme Zayman. Dans cette lumière, elles redevenaient quatre vieilles dames qui se fichaient d'être ébouriffées après une longue journée.

« On va terminer avec cette image d'elles et les feux d'artifice », dit-elle au moment où un bruit assourdissant remplissait le ciel de Crowmarsh Priors.

Elle s'approcha et tendit son micro.

« Mesdames, voudriez-vous vous dire le mot de la fin pour nos téléspectateurs ?

— C'est gentil, mais non. Je crois qu'on est toutes fatiguées. On était en train de parler de crimes de guerre, si vous voulez tout savoir. Et maintenant, excusez-nous.

— Oh ! fit Katie, se demandant si elle devrait les poursuivre ou pas.

— Prépare-toi à conclure », lui ordonna Simon dans l'oreillette.

À quelques pas d'elle, le vieillard en uniforme de la *Home Guard* réclama une pinte d'une voix forte ; il ne voulait pas rentrer, pas encore. Puis il ajouta :

« Il en manque une. La cinquième n'est pas là.

— Qui n'est pas là, papi ?

— Celle qui avait épousé le pasteur – Oliver... C'était comment son nom, déjà ? J'étais témoin à leur mariage. Très soudain cette affaire, ils ont fait ça en douce à Tunbridge. C'est Bernie qui nous avait emmenés. Je me souviens, Oliver a dit qu'il l'épousait parce qu'un mari ne peut pas témoigner contre sa femme au tribunal. Ça a fait rire Bernie, et il a répondu que peut-être Frances avait l'intention de se reconvertir en perceuse de coffres-forts. Toujours est-il qu'ils nous ont fait promettre de ne rien dire à personne, avec Bernie. Tu les aurais vus quand on est sortis de l'église, ils rayonnaient de bonheur. Et puis après, ils ont repris leur vie comme si de rien n'était. Frances était tout le temps en vadrouille, et un jour elle est partie pour de bon. Elle m'a laissé une lettre pour Oliver, et elle m'a demandé de prendre soin de lui si jamais elle ne revenait pas. Après son départ, Nell m'a dit, "Je sais que c'est impossible, vu que Frances est célibataire, mais j'aurais juré qu'elle est enceinte.". Elle avait un sixième sens pour ça, Nell. Évidemment, comme j'avais promis, je n'ai pas pu lui dire…

— Ben dis donc, sacrée histoire, papi. Et qu'est-ce qui lui est arrivé, à cette Frances ?

— Je ne me rappelle pas, à part qu'on ne l'a jamais revue. J'ai gardé la lettre pendant des mois, en espérant qu'elle reviendrait, et puis j'ai fini par la donner à Oliver. Il ne m'a pas dit ce qu'il y avait dedans, mais le pauvre bougre est mort quelques jours après, figure-toi. Tout le monde était surpris, il avait l'air de se porter comme un charme. C'était en 1946 ou 1947. D'après Nell… Enfin, c'était il y a longtemps. Bien longtemps. »

La nuit tombait et les serveurs étaient plus que jamais occupés, certains à éteindre le barbecue, d'autres à ramasser les bouteilles vides et les saladiers, d'autres encore à jeter les fleurs qui piquaient du nez. Les enfants, surexcités, se virent remettre des petits Union Jacks, une idée de Katie pour clore l'émission. Les quatre amies posèrent avec le révérend pour une photo qui paraîtrait le lendemain dans le journal local. Derrière eux, les dernières traces du feu d'artifice illuminaient le ciel.

« Nous voici donc au terme de cette émission spéciale et d'une journée mémorable, et nous espérons que vous aurez passé un aussi bon moment que nous. Et puisqu'on célébrait l'ancienne génération aujourd'hui, laissons le dernier mot aux plus jeunes. »

La caméra fit un plan large derrière elle, sur la bande d'enfants qui sautaient partout en agitant joyeusement leurs drapeaux.

« Vous avez passé une bonne journée, les enfants ?

— Oui ! » hurlèrent-ils en chœur.

Musique et… *Générique.*

Épilogue

Londres, 12 mai 1995, bureaux de « SOS personnes disparues »

« SOS personnes disparues, Lily à l'appareil. Bonjour, que puis-je faire pour vous ? Un instant, je prends un formulaire. Bien, je vais vous poser quelques questions, madame. Nom de la personne disparue ? Sir Hugo de Balfort, très bien. Adresse ? D'accord. Âge ? Quatre-vingt-cinq ans environ… Non, ça ira. Et la dernière fois que vous l'avez vu ? Chez lui, quand vous lui avez préparé son petit-déjeuner… Quand est-ce qu'il a disparu, vous dites ? Il n'est pas rentré d'une cérémonie du cinquantenaire du 8 mai 1945, qui se passait dans son village de Crowmarsh… quoi ? Vous pouvez l'épeler pour moi, s'il vous plaît ? Samedi, donc, on est d'accord ? Oui, impossible de le rater. » Maintenant, à vous. Vous vous appelez ?… Miss Annie Pomfret. La gouvernante. Bon, ce M. de Balfort, il a de la famille ? Plus, d'accord. Est-ce qu'il vous a paru désorienté ce matin-là, Miss Pomfret ? Vous savez s'il prend des médicaments particuliers ? C'est très bien de ne pas fouiller dans ses affaires personnelles, simplement les gens sont observateurs, parfois. Une photo de lui à nous envoyer, sinon ? Oui, j'ai compris, seulement si on veut que l'avis de recherche donne quelque chose, on doit savoir à quoi il ressemble.

Et un numéro de téléphone où vous contacter ? Bien sûr, je prends note que votre sœur ne souhaite pas être importunée à toute heure du jour et de la nuit.

» Effectivement, Miss Pomfret, nous travaillons en collaboration avec la police, mais si vous n'avez aucune raison de soupçonner un acte criminel… Oui, nous allons lancer l'avis tout de suite. En général, les vieilles personnes ont simplement l'esprit confus et ne savent plus rentrer chez elles. Elles se perdent, tout bêtement, et on les retrouve vite… On fait au mieux, d'accord ? Essayez de ne pas trop vous inquiéter, Miss Pomfret. On vous rappelle dès qu'on a quelque chose. Allez, au revoir. »

Lily raccrocha, mit le formulaire dans la corbeille de départ et s'étira.

« On en est au quatorzième petit vieux disparu le week-end dernier, dit-elle à sa collègue. Heureusement qu'on n'est pas en hiver. Je t'ai dit qu'ils ont retrouvé la dame de Herne Hill cachée derrière un ancien abri ? Il y a eu un défilé aérien samedi après-midi, et le bruit a déclenché des souvenirs chez elle. Elle était persuadée que c'était le Blitz et que la sirène avait retenti. Elle attendait que quelqu'un ouvre l'abri.

— Je trouve qu'ils se sont un peu emballés avec toutes leurs cérémonies, renchérit sa collègue. C'est l'overdose, quoi. Moi, mon grand-père a dit qu'il avait enduré la guerre une fois, et que ça lui avait suffi. Il a fait le débarquement en Normandie, tu te rends compte ? Du coup, avec ma grand-mère, ils ont décidé de partir en vacances – en Floride, sous les palmiers. Et toi, Lily, ils ont connu la guerre dans ta famille ?

— Du côté paternel, c'était des objecteurs de conscience, et je sais que mon papi a été toubib dans un camp sur l'île de Wight ou je ne sais où. Du côté maternel, c'est plus compliqué à vrai dire.

— Ah ? Pourquoi ?

— Je ne sais pas trop, ça a toujours été un peu mystérieux. Ma grand-mère est morte, alors je ne peux plus lui poser de questions, mais je sais qu'avec sa sœur jumelle, elles ont été élevées dans une famille adoptive à Manchester. Elles n'ont jamais su qui étaient leurs vrais parents, et leurs origines sont toujours restées énigmatiques. Imagine, Mamie Klara parlait l'anglais, le français *et* l'allemand, et sa sœur jumelle aussi, même si elle était un peu attardée. Elle disait toujours qu'elle se souvenait vaguement d'une chambre rose dans une grande maison, où une jeune fille qui était peut-être une grande sœur, ou alors la nourrice, leur lisait des histoires. Elle se rappelait aussi d'un train, où elle était montée avec d'autres enfants, et d'une ferme avec des montagnes au loin. Et puis d'hommes qui parlaient dans le noir, et ma mamie était terrifiée par "les méchants", comme elle disait, parce qu'elle croyait qu'ils allaient les tuer.

» Des années après, sa mère adoptive lui a raconté cette histoire incroyable. Un soir, pendant la guerre, un pilote de la RAF avec un grand paquetage est venu frapper à sa porte, et a demandé s'il était bien dans le quartier juif. Il lui semblait que oui parce qu'il avait habité à Manchester avant la guerre. La dame a cru qu'il cherchait à se loger, et comme elle avait une chambre de libre, elle l'a laissé entrer. Mais une fois à l'intérieur, il lui a raconté que son avion s'était fait descendre en France et que la Résistance l'avait aidé à rentrer en Angleterre. Ensuite il a posé son paquetage par terre, il l'a ouvert et il y avait deux petites filles qui dormaient à l'intérieur. Il a dit : « Elles sont juives », et il a disparu avant que la dame ait le temps de lui poser des questions. C'est délirant, non ?

— Carrément.

— La seule chose que les jumelles connaissaient, c'était leur prénom. Ma mamie se souvenait de leurs parents adoptifs se disputant en anglais, une langue qu'elle ne comprenait pas au départ. La dame leur a fait mettre une robe noire et des collants épais, et elle leur a ordonné de ne pas moufter quand elles étaient dans la rue.

Elles avaient l'habitude de ne pas beaucoup parler, alors ça ne leur a pas paru bizarre, pas plus que le quartier où elles avaient atterri, tu vois le genre, bourré à craquer de Juifs ultraorthodoxes, avec des bouchers kasher partout et des hommes en redingote et papillotes. Je crois qu'avec tout ce qui leur était arrivé, elles ne se sont pas posé de questions. Elles l'ont simplement accepté.

— Ben dis donc, quelle histoire !

— Je sais. Quand ma mamie s'est mariée, ma grand-tante Lili est venue vivre avec elle au début, mais elle est morte jeune. Ma mère m'a toujours dit que les jumelles se ressemblaient comme deux gouttes d'eau, et qu'elles étaient très jolies. Aussi, que Mamie Klara était super intelligente et qu'elle est allée à la fac *après* son mariage, ce qui n'était pas rien, à l'époque. Elle est devenue enseignante, comme son mari. Apparemment, ma grand-tante était très gentille avec ma mère, elle s'occupait d'elle pendant que Mamie allait en cours. On m'a appelé Lily en souvenir d'elle.

— Oh, c'est mignon ! Il doit y avoir des tas d'histoires sur la guerre qu'on ne connaîtra jamais. Je te jure, il y aurait un bouquin à écrire. Ah ! le devoir nous appelle. Non, laisse, je m'en charge. C'est l'heure de ta pause. Vas-y. J'espère qu'on va vite retrouver ton petit vieux, Lily. »

Remerciements

Le manuscrit d'un auteur est une chose ; sa transformation en livre sur les étagères d'une librairie en est une autre. Le diable se niche dans les détails, comme on dit, et je voudrais exprimer ma gratitude à tous ceux qui ont contribué à faire des *Mariées du Blitz* un roman. En tant qu'écrivain, je me sens chanceuse d'avoir pu travailler avec eux.

En premier lieu, je tiens à remercier Terry Goodman, éditeur chez Amazon Publishing, qui m'a un jour envoyé un courriel tout à fait charmant pour m'informer qu'Amazon souhaitait publier mon roman, et s'est ensuite toujours montré disponible pour moi. Après avoir mis le projet sur les rails, il s'est assuré que tout se passe au mieux, dans les temps et en douceur.

Cela a été un réel plaisir de travailler avec l'équipe d'Amazon. J'aimerais remercier tout particulièrement Renee Johnson, car c'est grâce à sa relecture minutieuse que le manuscrit de départ est devenu un roman. Elle est la correctrice dont rêvent tous les auteurs – avec ses yeux de lynx, rien ne lui échappe.

Nikki Sprinkle, directrice du marketing, et Jessica Poore, attachée de presse, méritent aussi tous mes remerciements pour leur énergie et leurs idées.

J'aimerais souligner l'aide précieuse de mes agents, Jane Dystel et Miriam Goderich qui m'ont soutenue depuis le début. Je leur suis reconnaissante d'avoir su partager leur expérience et prodiguer leurs bons conseils.

Et pour finir, j'ai la grande chance d'avoir le soutien de ma famille, en particulier celui de mon cher mari, qui non seulement comprend le lien de cause à effet entre désorganisation de la maison et frénésie d'écriture, mais a également l'élégance de dire qu'au final, ce qui compte c'est d'écrire.

À propos de l'auteur

Helen Bryan est née en Virginie et vit depuis longtemps à Londres. Avocate de formation, elle se consacre aujourd'hui à l'écriture. Elle est l'auteur d'une biographie sur Martha Washington qui a été primée. Elle a eu l'idée des *Mariées du Blitz* en écoutant les innombrables anecdotes que famille et amis pouvaient avoir sur la guerre, aux États-Unis comme en Angleterre, et en lisant les histoires moins connues de ces courageuses femmes devenues agents secrets pour Churchill.

Les mariées du Blitz est son premier roman.

7072109R00315

Printed in Germany
by Amazon Distribution
GmbH, Leipzig